KB129596

國內 所藏 稀貴本 中國文言小說 紹介와 研究

* 이 책은 2010년 정부의 재원으로 한국연구재단의 지원을 받아 연구되었음
(NRF-2010-322-A00128)

경희대학교 비교문화연구소 비교문화총서 11

國內 所藏 稀貴本 中國文言小說 紹介와 研究

閔寬東 · 劉僖俊 · 朴桂花 共著

<table>
<tr><td>연구제목</td><td>한국에 소장된 중국 고전소설 및 희곡판본의 수집정리와 해제</td></tr>
<tr><td>연구기간</td><td>2010년 09월 01일 - 2013년 08월 31일</td></tr>
<tr><td colspan="2">프로젝트 전반기 연구진(2010.09.01-2012.02.29)</td></tr>
<tr><td colspan="2">책임연구원 : 민관동
공동연구원 : 정영호 / 이영월 / 정선경 / 박계화
전임연구원 : 김명신 / 장수연 / 유희준 / 유승현
연구보조원 : 이숙화 / 심지연 / 김보근 / 유형래 / 홍민정</td></tr>
<tr><td colspan="2">프로젝트 후반기 연구진(2012. 03. 01-2013. 08. 31)</td></tr>
<tr><td colspan="2">책임연구원 : 민관동
공동연구원 : 정영호 / 이영월 / 박계화
전임연구원 : 김명신 / 장수연 / 유희준 / 유승현
연구보조원 : 배우정 / 옥주 / 최정윤 / 윤소라 / 최미선</td></tr>
</table>

머 리 말

本書는 한국연구재단 토대연구 과제인 ≪한국에 소장된 중국 고전소설 및 희곡판본의 수집정리와 해제≫(2010년 9월-2013년 8월 / 3년 과제)의 일환으로 나온 책이다. 본 연구팀에서는 국내 소장된 중국문언소설의 판본과 해제에 이어 후속으로 국내 소장 희귀본 중국문언소설의 소개를 준비하여 왔다. 본서에서는 국내 소장된 판본 가운데 희귀본 위주로 선정하여 考證과 소개를 하고자 한다.

고려시대 및 조선시대에 국내에 유입된 중국 고전소설 대략 440여 종에 달한다. 그 중 文言小說은 약 200여 종으로 宋代 以前 작품이 43종, 宋·元代 작품이 30종, 明代 작품이 45종, 淸代 작품이 82종에 해당한다. 본서에서는 200여 종에 달하는 중국 문언소설의 국내 유입과 현재 국내 남아있는 판본 및 국내 전파와 수용 양상 등을 일목요연하게 정리하려고 하였다. 국내 문집의 한정된 자료들 중 중국과 서적교류가 가장 활발했던 고려와 조선시대의 기록들을 중심으로 작품에 대한 유입이나 수용 등의 실마리를 찾아내고 총괄하는 작업이 쉬운 작업은 아니었다. 비록 희귀본 문언소설을 모두 다루지는 못했지만, 프로젝트 과정 중에 발굴해 학계에 보고했던 작품들을 다시 정리하여, 후학들의 학문 연구를 돕고자 하였다. 이러한 자료들은 한·중 양국의 학술교류와 문인들의 문학 창작 및 문화적 환경까지 살펴볼 수 있는 귀한 자료가 될 것이라 믿는다.

本書는 총 3부로 구성하였다.

제1부 : 제1부는 총론으로 송대 이전의 작품들과 송대부터 청대까지 유입된 작품들을 나누어서 소개하였다. 이 부분에서는 전체적인 유입과 국내 판본의 상황을 소개하고 있기 때문에 문언소설 전반을 연구하기에 좋은 자료가 될 것이다.

제2부 : 제2부는 작품론으로 3년 동안의 프로젝트 과정 중에 새롭게 발굴된 판본이나 작품들 위주로 구성되었다. 이 작품들은 이미 발굴 당시 소개를 위해 국내 학회지에 발표되었던 논문들을 다시 수정하고 보완하여 새롭게 구성하였다. 주로 ≪新序≫와 ≪說苑≫을 비롯하여 ≪吳越春秋≫·≪酉陽雜俎≫·≪梅妃傳≫·≪夷堅志≫·≪皇明世說新語≫·≪兩山墨談≫·≪閒談消夏錄≫·≪螢窗異草≫ 등의 작품 분석을 담았다.

제3부 : 제3부는 부록으로 여기서는 주로 희귀본 발굴본의 사진자료를 소개하여 이 분야 연구자들에게 도움이 되도록 하였다.

本書는 조선시대 국내에 유입된 중국 문언소설 작품 200여 종에 대한 전반적인 소개와 국내에서 새롭게 발굴된 희귀본 작품을 중심으로 구성하려고 하였다. 그러나 아직도 미흡한 부분이나 혹 누락된 부분에 대해서는 앞으로 지속적으로 보완 작업을 해나갈 예정이다.

이번에도 흔쾌히 출간에 응해주신 학고방 하운근 사장님을 비롯한 전 직원 여러분께 감사를 드리고, 원고정리 및 교정에 도움을 준 일반대학원 배우정 학생과 교육대학원 최정윤·옥주·윤소라·최미선 학생에게도 감사의 뜻을 전한다.

2014년 01월 01일

민관동·유희준·박계화

目 次

第二部 作品論

第一部

總 論

1. 中國 文言小說의 국내유입과 수용양상
— 宋代 以前 文言小說을 중심으로*

중국 고전소설의 국내 유입과 수용에 관한 연구가 시작된 이래 새로운 자료들이 꾸준히 발굴되고 있다. 최근 이루어진 전면적인 조사를 통해 2013년까지 대략 440여 종의 중국 고전소설이 국내에 유입되었음이 확인되었다.[1] 중국 고전소설의 유입에 관한 문제는 우리 고전소설사에서도 많은 관심을 기울이고 있는 부분이다. 이는 중국을 중심으로 형성되었던 동아시아 공동의 문화적 패러다임을 간과할 수 없기 때문이다. 羅末麗初에 傳奇小說이 창작되었던 것은 이 시기에 우리나라에서 전기소설이 창작될 수 있었던 사회적·문화적 수준이 형성되었기 때문일 수도 있지만 唐 傳奇의 영향을 받았음도 부인할 수 없다. 이처럼 우리 고전소설이 발생초기단계부터 중국의 소설과 일정 정도 관련성을 띠면서 형성 발전되어왔다는 사실을 고려해 볼 때[2], 중국 고전소설의 국내 유입 상황을 파악하는 것은 단순히 숫자상의 통계 정리를 넘어서 그 문화사적 의의를 탐색할 수 있는 기초 작업이 될 수 있다.

현재 우리나라에 남아 있는 조사 가능한 판본 목록 및 판본은 남아 있지 않지만 문헌기록상 유입 기록이 있는 작품을 살펴보면, 유입된 총 440여 종의 중국 고전소설 중 文言小說이 약 200여 종, 白話小說이 약 240여 종이다. 좀 더 세분해 보면, 宋代 以前

---

* 이 논문은 2010년 정부재원(교육인적자원부 인문사회연구 역량강화사업비)으로 한국연구재단의 지원을 받아 연구되었음(NRF—2010—322—A00128).

이 글은 2013년 10월≪中國語文學論集≫제82호에 투고된 논문을 수정 보완하여 작성한 것임.

** 주저자: 박계화(성균관대학교 대동문화연구원 연구원) / 교신저자: 민관동(경희대학교 중국어학과 교수)

*** 이 논문은 경희대 비교문화연구소 한국연구재단 토대연구팀의 "한국에 소장된 중국문언소설 판본 목록과 해제" 작업에서 정리한 자료를 참조하여 완성하였음.

1) 민관동·정영호 공저, ≪중국고전소설의 국내 출판본 정리 및 해제≫, 학고방, 2012, 160-165쪽 참조.

2) 윤세순, 〈16세기, 중국소설의 국내유입과 향유 양상〉, ≪민족문학사연구≫ 제25권, 2004, 135쪽.

문언소설은 43종, 宋·元代 문언소설은 30종, 백화소설은 3종이고, 明代 문언소설은 45종, 백화소설은 72종이며, 淸代 문언소설은 82종, 백화소설은 164종이다.[3] 이러한 수치는 여러 가지 상황을 알려준다. 즉, 명·청대 소설의 유입 수량이 이전 시대의 것에 비해 폭발적으로 늘어나고 백화소설 유입의 비율이 갈수록 증가하였다는 점은 중국 소설의 홍성 양상을 그대로 반영해 주는 것이라고 할 수 있다. 또한 백화소설에 대한 수요의 증가에도 불구하고, 규범적인 문언체 문장에 익숙한 전통 문인들로 인해 조선후기까지 중국 문언소설에 대한 수요도 끊이지 않았음을 알 수 있다.

중국 문언소설은 삼국시대부터 끊임없이 유입되어 우리의 설화문학과 한문소설 창작에 영향을 주었다고 추정되지만 남아 있는 자료가 거의 없어서 그 구체적인 상황을 알기가 어렵다. 중국과 문화교류의 일환으로 서적교류가 활발했던 고려(918-1392)의 기록을 통해 비로소 이른 시기에 유입된 중국서적 목록을 약간 엿볼 수 있을 뿐이다. 다시 말해 고려 이전 즉 송대 이전 중국 소설에 관한 기록도 고려 이후의 기록물을 통해서만 알 수 있다. 志怪·志人·軼事 등을 포함하는 筆記體, 당 전기의 傳奇體로 나뉘는 문언소설의 커다란 두 체제가 唐代를 거치며 거의 완성되고 宋代 이후로는 이러한 체제에 큰 변화 없이 모방과 창조적 계승이 이루어지기 때문에 사실 송대 이전 중국소설은 이후 소설 창작의 典範으로서의 가치가 매우 크다. 그러므로 본고에서는 한정된 자료나마 남아 있는 기록들을 통해 우선 송대 이전 문언소설 가운데 국내에 유입된 작품들의 유입시기와 그 특징 및 그 작품들을 적극적으로 수용하여 출판·번역한 상황을 살펴보고자 한다.[4] 이러한 작업은 송대 이전 문언소설이 우리의 고전 소설의 형성과 발전 및 문인들의 문학 창작 활동을 포함한 문화적 환경의 변화에 미친 영향을 파악하는 데 도움이 될 수 있을 것이다.

3) 박계화·민관동, 〈중국 문언소설의 국내유입과 수용양상—송·원·명·청대를 중심으로〉, 《중국어문학논집》 제75호, 2012, 528쪽. 국내 유입된 중국문언소설의 목록과 수량은 필자가 "한국에 소장된 중국문언소설 판본 목록과 해제" 작업에 참여하여 얻은 결과를 바탕으로 기존 연구를 수정·보완한 것이다.

4) 송대 이후 중국 문언소설의 국내유입과 수용양상에 관해서는 박계화·민관동, 앞의 논문(2012)을 참조할 것.

1.1 국내 유입된 宋代 以前 文言小說

우선, 국내에 유입된 것으로 보이는 송대 이전 문언 소설 목록을 소개하자면 다음과 같다.

唐代以前 作品 27종 :
≪山海經≫·≪穆天子傳≫·≪燕丹子≫·≪神異經≫·≪十洲記≫·≪洞冥記≫·≪東方朔傳≫·≪漢武帝內傳≫·≪吳越春秋≫·≪新序≫·≪說苑≫·≪列女傳≫·≪列仙傳≫·≪西京雜記≫·≪高士傳≫·≪神仙傳≫·≪靈鬼志≫·≪博物志≫·≪拾遺記≫·≪搜神記≫·≪搜神後記≫·≪述異記≫·≪世說新語≫·≪趙飛燕外傳≫·≪漢武故事≫·≪齊諧記≫·≪續齊諧≫

唐代 作品 16종 :
≪酉陽雜俎≫·≪宣室志≫·≪獨異志≫·≪朝野僉載≫·≪北夢瑣言≫·≪因話錄≫·≪北里志≫·≪卓異記≫·≪玉泉子≫·≪遊仙窟≫·≪尚書故實≫·≪資暇錄≫·≪無雙傳≫·≪白猿傳≫·≪諾皐記≫·≪河間傳≫

1) 유입시기

송대 이전 문언소설의 유입관련 기록과 시기를 정리한 도표는 다음과 같다.

〈표 1〉 宋代 以前 작품

書 名	流入關聯 最初記錄과 時期	飜譯出版	備考[5]	所藏處
唐代以前 作品				
山海經	西紀284年以前[百濟](和漢三才圖會), 朝鮮王朝實錄[太宗卷24] 等	無		國立中央圖 等
穆天子傳	1700年代中期以前, 靑莊館全書 卷57	無	설, 한	藏書閣
燕丹子	未詳, 中國木版本	無	기(永樂大典)	全羅南道 長城郡 邊時淵
神異經	未詳, 朝鮮筆寫本, 筆寫者·筆寫年 未詳	無	태, 설, 한	啓明大
十洲記	未詳[1618年以前], 惺所覆瓿稿 卷13	無	태, 설, 한	國立中央圖
洞冥記	未詳[1618年以前], 惺所覆瓿稿 卷13	無	태, 설, 한	國立中央圖

書 名	流入關聯 最初記錄과 時期	飜譯出版	備考[5]	所藏處
東方朔傳	未詳, 中國木版本(1647年)	無	태, 설	서울대 등
漢武帝內傳	未詳, 中國木版本(1880年)	無	태, 설	서울대
吳越春秋	1461年以前, 朝鮮王朝實錄(文宗實錄, 世祖實錄), 惺所覆瓿稿 閑情錄 等	飜譯	태	서울대
新序	1091年以前, 高麗史(世家, 第10, 宣宗8年[1091年]) 等	出版	한	啓明大 等
說苑	高麗宣宗年間 981-997年, 高麗史(世家, 第10, 宣宗8年[1091年]), 朝鮮王朝實錄(仁祖實錄) 等	出版	태, 한	國立中央圖書館, 金俊植 等
列女傳	1404年以前, 海東繹史 卷44, 藝文志3	飜譯出版	태	奎章閣 等
列仙傳	1762年以前, 中國小說繪模本(完山李氏)	無	태, 설	奎章閣
西京雜記	未詳, 中國木版本	無	태, 설, 패, 한	國立中央圖 等
高士傳	1091年以前, 高麗史(世家, 第10, 宣宗8年[1091年]), 閑情錄 等	無	설	國立中央圖
繪圖歷代神仙傳	未詳, 中國木版本	無	태, 설, 한	嶺南大
靈鬼志	未詳, 中國木版本	無	태, 설	서울大
博物志	1547年以前, 剪燈新話句解跋[林芑], 攷事撮要	出版	태, 설, 패, 한	奎章閣 等
拾遺記	未詳, 中國木版本	無	태, 설, 한	慶熙大, 漢陽大
搜神記	1091年以前, 高麗史(世家, 第10, 宣宗8年[1091年]) 等	無	태, 설, 패, 한	奎章閣
搜神後記	未詳, 中國木版本	無	태, 설, 한	全羅南道 長城郡 邊時淵
述異記	1700年代中期以前, 靑莊館全書 卷57	無	태, 설, 패, 한	啓明大
世說新語	1195年以前, 東國李相國集(卷5, 古律詩)	出版	태, 설	奎章閣 等
趙飛燕外傳	1600年代中期以前, 谿谷集, 澤堂集	無	설, 한	失傳
漢武故事	未詳[1600年以前], 西浦漫筆 下卷	無	태, 설, 기(古今說海)	失傳
齊諧記	未詳[1800年以前], 五洲衍文長箋散稿 卷7	無	태	失傳
續齊諧	未詳[1800年以前], 五洲衍文長箋散稿 卷7	無	태, 설, 한	失傳
唐代 作品				
酉陽雜俎	1492年以前, 朝鮮王朝實錄(成宗實錄, 卷285, 成宗24年)	出版	태, 설, 패	成均館大 等
宣室志	未詳, 中國木版本	無	태, 설, 패	奎章閣
獨異志	未詳, 中國木版本	無	태, 서, 패	奎章閣
朝野僉載	未詳, 中國木版本	無	태, 설	서울대
北夢瑣言	未詳, 中國木版本	無	태, 설, 패	東亞大
因話錄	未詳, 中國木版本	無	태, 설, 패	서울大
北里志	未詳, 中國木版本	無	설	서울大
卓異記	未詳, 中國木版本	無	태, 설	서울大
玉泉子	未詳, 中國木版本	無	태, 설, 패	邊時淵

書 名	流入關聯 最初記錄과 時期	飜譯出版	備考[5]	所藏處
遊仙窟	7-8世紀頃[新羅], 唐書	無		서울대(日本版本)
尙書故實	未詳, 中國木版本	無	태, 설	서울대
資暇錄	未詳, 中國木版本	無	설	서울대
無雙傳 (古押衙)	未詳, 中國木版本	飜譯	태, 설	서울대, 단국대
白猿傳	未詳, 中國木版本	無	태, 설	失傳
諸皐記	未詳[1800年以前], 五洲衍文長箋散稿 卷7	無	*유양잡조	失傳
河間傳	1495년 이전, 朝鮮王朝實錄[연산군 1년] 等	無		失傳

위의 표로부터 알 수 있듯이, 송대 이전 문언소설의 국내 유입 시기는 몇 가지로 나누어 설명할 수 있다.

첫째, 삼국시대에 유입된 것으로 보이는 작품으로 ≪山海經≫과 ≪遊仙窟≫이 있다. 중국 신화의 보고인 ≪산해경≫이 西紀 284年 백제의 阿直岐에 의해 일본으로 전해졌다는 ≪和漢三才圖會≫의 기록으로 보아[6] 이것이 284년 이전에 백제에도 유입되었음을 추측할 수 있다. 그러나 우리나라 기록으로는 그보다 한참 후인 고려시대 李奎報(1168-1241)의 ≪東國李相國集≫에서 비로소 찾아볼 수 있다. 이규보는 ≪동국이상국전집≫〈山海經疑詰〉에서 ≪산해경≫을 夏禹가 지었다는 설에 의문을 표하였고, 〈古律詩 四十四首 次韻吳東閣世文呈誥院諸學士三百韻詩 幷序〉에서 ≪산해경≫에 기록된 것들을 인용하여 주석을 달고 있다. 이를 통해 이규보가 ≪산해경≫의 내용에 매우 익숙하였음을 알 수 있다.[7]

---

5) 비고란에 기재한 것은 중국에서 국내로 유입된 대표적인 叢書나 類書 가운데 해당 작품을 포함하고 있는 것이다. '태'는 ≪太平廣記≫, '설'은 ≪說郛≫, '패'는 ≪稗海≫, '한'은 ≪漢魏叢書≫, '기'는 그 밖의 기타 총서류를 말한다.

6) ≪和漢三才圖會≫는 일본의 寺島良安이 중국의 ≪三才圖會≫를 모방하여 17세기말부터 18세기 초에 편찬한 것으로, 天·地·人 三才의 사물을 모은 다음 그림을 그려서 설명한 백과전서이다. ≪산해경≫을 언급한 원문은 다음과 같다. 晋 太康 5年, 應神 15年 가을 팔월 丁卯日에 百濟王이 阿直岐란 사람을 보내서≪易經≫·≪孝經≫·≪論語≫·≪山海經≫과 良馬를 바쳤다(晉太康五年, 應神十五年(西紀 284年, 百濟古爾王)秋八月丁卯, 百濟王遣阿直岐者, 貢≪易經≫·≪孝經≫·≪論語≫·≪山海經≫及良馬).

7) ≪동국이상국전집≫제22권 〈雜文·論〉〈山海經疑詰〉: 내가 ≪산해경≫을 읽어 보니, 매권마다 그 첫머리에, "대우가 짓고 곽씨가 전을 냈다"하였으니, 이 ≪산해경≫은 夏禹가 지었다고 해야 할 것이다. 그러나 나는 의심하건대, 하우가 지은 것이 아닌 듯하다.(予讀山海經. 每卷首標之曰大禹製郭氏傳. 則此經當謂夏禹所著矣. 然予疑非禹製.), 〈古律詩 四十四首 次韻吳東閣世文呈誥院諸學士三百韻詩 幷序〉: 그 고장에는 모습어가 별미라지. ≪山海經≫ 〈北山

당 전기인 張鷟(약660-740)의 ≪遊仙窟≫의 경우, 중국에서는 일찍이 실전되었다가 만청시기 학자 楊守敬이 ≪日本訪書志≫에 그 서명을 기록하여 중국에 소개하였고,[8] '五四'운동 후 魯迅이 ≪中國小說史略≫에서 정식으로 이 작품을 언급함으로써 학계의 주목을 받게 되었다. 특히 魯迅은 "신라와 일본의 사신들이 금은보화를 치르고 그의 글을 샀다(新羅日本使臣, 必出金寶購其文)"는 ≪舊唐書≫〈張薦傳〉의 기록을 인용하여 신라와 일본에서 張鷟의 글을 선호하였음을 지적하였는데,[9] 실제로 일본에 ≪遊仙窟≫이 전해져 남아있는 것을 보면[10] 이 작품이 국내에도 삼국시대 때 유입되었을 가능성이 매우 크다.

한편, 12세에 당나라로 유학을 떠나 17년간 당나라의 문화적 세례를 받고 돌아와 신라의 안위와 번영을 위해 고민했던 崔致遠(857-?)은 정치적으로는 불운하였으나 일찍부터 뛰어난 문학적 재능을 보여주었으며, 이는 현전하는 ≪桂苑筆耕集≫[11]을 통해서도 알 수 있다. 최치원이 당에서 신라로 돌아올 때 가지고 온 서적이 있는지 여부는 정확히 알 수 없지만 그가 경험한 중국의 문화를 신라에 일정 정도 전파하였을 것이라는 점은 쉽게 예상할 수 있다. 동아시아 국제교류사 연구에도 중요한 자료가 되는 ≪계원필경집≫에 수록된 시문 속에서 최치원의 중국문화에 대한 해박한 지식과 이해를 엿볼 수 있는데, 경서와 사서를 비롯한 정통문학뿐만 아니라 소설에도 관심을 갖고 있었음을 알 수 있다. ≪계원필경집≫ 속 시문에 쓰인 전고의 출전 가운데 눈에 띄는 중국 소설로는 ≪수신기≫·≪서경잡기≫·≪신선전≫·≪열선전≫·≪오월춘추≫·≪해내십주기≫·≪박물지≫ 등이 있다. 이러한 책들이 당시에 실제로 유입되었다고 단정할 수는 없지만 전고로 사용하여 소통할 수 있었던 분위기로 보아 삼국시대 문인들은 적어도 이러한 소

注〉에 "茈湖에 모습어가 많이 난다" 하였다. (土聞生鶩鰼. 山海經北山注云, 茈湖多鶩鰼魚.)

8) 楊守敬, 〈日本訪書志序〉, ≪日本訪書志≫, 遼寧教育出版社, 2003.

9) 루쉰 저, 조관희 역주, ≪중국소설사≫, 소명출판, 2004, 180-181쪽.

10) 현재 일본에 남아 있는 ≪유선굴≫의 대표적인 鈔本과 刊本으로는 京都醍醐寺三宝院藏康永三年(1344)钞本(日本古典保存会1926年影印本), 名古屋真福寺宝生院藏文和二年(1353)鈔本(日本貴重古籍刊行会1954年影印本), 江户时代(1603—1868)初期無刊記刊本(日本和泉書院1983年影印本), 慶安五年(1652)刊本, 元祿三年(1690)刊本(일명 ≪游仙窟钞≫) 등이 있다.

11) ≪계원필경집≫은 최치원이 당나라 淮南節度使 高駢의 휘하 從事官으로 활동할 때 지은 1만여 편 글 중에서 50수의 詩와 320편의 글을 직접 골라 신라 憲康王(재위 875-886)에게 올린 시문집이다.

설의 존재와 내용을 알고 있었을 것으로 추정할 수 있다.

둘째, 고려시대에 유입된 서적에 대해서는 우선 역사서에 남아 있는 기록을 통해 그 유입 사실을 확인할 수 있다. 고려시대에는 국가적으로 중국 서적 수입에 적극적이었으며 그 결과 선종 8년(1091)에는 오히려 송나라가 고려에 소장되어 있는 중국 선본을 보내달라고 요구할 정도가 되었다.

> 丙午日에 이자의(戶部尙書)등이 宋나라에서 돌아와 이렇게 아뢰었다. "송나라 황제가 우리나라 서적 중에는 좋은 판본이 많다고 하는 것을 듣고 館伴에 명령하여 구하려고 하는 서적의 목록을 적어서 주며 말하기를 '비록 卷帙이 부족한 것이 있더라도 傳寫하여 부쳐보내라' 하였는데 모두 128종입니다"하였다.[12)]

≪고려사≫의 이 기록에는 문언소설인 ≪신서≫·≪설원≫·≪고사전≫·≪수신기≫가 포함되어 있다. 여기에 보이는 서적들은 당시 고려에 소장되어 있는 것으로 보이는 것 중 송나라에서 필요한 서적만을 지적한 것이라서 실제 고려에는 더 많은 서적들이 유입되었을 것으로 여겨진다. ≪신서≫·≪설원≫ 등 유향이 편집한 저작이 있는 것으로 보아 유향의 ≪열녀전≫도 이미 유입되었을 가능성이 크다. 또한 ≪설원≫의 경우는 조선시대 ≪仁祖實錄≫의 기록을 통해 그 유입시기가 더 이르다는 것이 확인되었다. ≪仁祖實錄≫卷46-78 仁祖 23年(1645年) 기록에 高麗 成宗年間(981-997) 金審言이 소를 올려 劉向의 ≪說苑≫에 있는 六正六邪와 ≪漢書≫에 있는 刺史六條를 써서 벽에다 붙여 놓고 귀감으로 삼을 것을 제청하자, 왕이 큰 포상을 내리고 그대로 시행했다는 사실과 그 뒤 崔沖(984-1068年)이 이것이 세월이 오래 되어 종이가 바랬으니 다시 써 붙여 이글의 내용을 督勵해야 한다고 하자, 또 그대로 따랐다는 사실이 인용되어 있다. 여기에서 주목해야할 것은 고려 成宗年間에 ≪說苑≫이 이미 국내에 유입되어 여

---

12) ≪高麗史≫〈世家〉第10, 宣宗 8年[1091年] 曰: (未辛年)丙午, 李資義等還自宋, 奏云: 帝聞我國書籍多好本, 命館伴書所求書目錄授之, 乃曰: 雖有卷第不足者, 亦須傳寫附來, 百二十八篇: 尙書, 荀爽周易十卷、京房易十卷、鄭康成周易九卷、陸績注周易十四卷、虞飜注周易九卷、東觀漢記一百二十七卷、謝承後漢書一百三十卷、韓詩二十二卷、業遵毛詩二十卷、呂悅字林七卷、古玉篇三十卷、括地志五百卷、輿地志三十卷、新序三卷、說苑(劉向撰)二十卷、劉向七錄二十卷 .... 深師方黃帝鍼經九卷、九墟經九卷 .... 淮南子二十一卷 .... 羊祜老子二卷、羅什老子二卷、鍾會老子二卷 .... 吳均齊春秋三十卷 .... 班固集十四卷 .... 稽康高士傳三卷 .... 干寶搜神記三十卷 .....

러 신하들에게 읽혀지고 있었다는 사실이다. 즉 기존에 알려진 ≪高麗史≫에 언급된 유입기록보다도 약 100년이나 빠른 시기에 유입되어졌다는 점에서 상당한 의미를 지닌다.[13)]

고려시대에 유입되었음을 알려주는 또 다른 자료는 고려 문인들의 문집이다. 송대 이전 문언소설의 내용이 인용되거나 서명이 거론된 고려시대 문인의 문집으로 가장 대표적인 것은 李奎報의 ≪東國李相國集≫[14)]이다. 이규보는 무신정권 하에 권력에 굴복한 어용시인이라는 논쟁이 있기도 하였으나 그가 남긴 수많은 시문은 그가 문학적으로 놀랄 만한 대가임을 인정할 수밖에 없게 만든다. 그는 韻을 따라 詩想을 형식 속에 자유자재로 채워 넣는 데 뛰어난 재주가 있었고 이를 이용한 長篇의 시를 짓는데 매우 능했다.[15)] 또한 중국의 수많은 전적에 해박한 지식을 가지고 창작에 임했음을 보여주고 있는데, 그가 거론한 송대 이전 문언소설로는 앞에서 거론한 ≪산해경≫을 비롯하여 ≪세설신어≫·≪동명기≫·≪습유기≫ 등이 있다. ≪東國李相國集≫卷5〈古律詩〉中〈次韻吳東閣世文呈誥院諸學士三百韻詩〉를 보면 그가 이 작품들을 주석에서 직접 인용하고 있는 것을 확인할 수 있다.

> 지난일은 반드시 孟岐에 묻곤하네. (≪洞冥記≫에 "맹기는 淸河의 逸士로 나이가 7백세나 되어 國初의 일을 말했다"고 하였다.)[16)]
>
> 위엄은 이미 왕이를 복종시켰네. (王衍의 이모로 ≪世說≫에 보인다.)[17)]
>
> 인지의 황괴한 것을 물리쳤네. (≪拾遺記≫에 "인지국에서 다섯 개의 발이 달린 짐승을 진상해 왔는데 생김새가 獅子와 같다"하였다.)[18)]

이 시가 지어진 시기는 고려 명종 25년(1195년)으로, 이미 1195년 이전에 이러한 문

---

13) 민관동, 〈조선 출판본 신서와 설원 연구〉, ≪중국어문논역총간≫제29집, 2011.7. 155-157쪽

14) ≪동국이상국집≫은 모두 53권 14책으로 이루어진 李奎報의 文集으로 1241(고종 28)년에 이규보의 아들 涵이 편찬, 간행하였으며 1251(고종 38)년에 증보하여 다시 간행했다.

15) 〈次韻吳東閣世文呈誥院諸學士三百韻〉은 무려 302韻에 이르고 〈開元天寶詠史詩〉는 41수에 이르며, 지금은 일실된 삼국시대 역사의 일면을 보여 주는 〈東明王篇〉은 141운이나 된다.

16) "古事必咨岐. ≪洞冥記≫曰. 孟岐. 淸河逸人也. 年可七百歲. 語及周初時事."

17) "威已懾王姨. 王夷甫. 姨也. 事見≪世說≫."

18) "荒怪黜因墀. ≪拾遺記≫曰. 因墀國獻五足獸. 如師子."

언소설들이 국내에 유입되었음을 알 수 있다.

한편, 고려 문인들이 중국의 문언소설을 접할 수 있었던 경로로 가장 큰 영향력을 미친 것은 바로 ≪태평광기≫의 유입이라고 할 수 있다. ≪태평광기≫는 북송의 李昉 등이 태종의 명으로 태평홍국 3년(978)에 편찬하고 태평홍국 6년(981)에 판각한 것으로, 漢代부터 北宋 초에 이르는 소설·필기·야사 등의 전적에 수록되어 있는 고사를 광범위하게 채록하여 총 7000여 조에 달하는 고사를 총 500권으로 엮었으며 각 고사의 끝에 그 출처를 밝혀 놓았다. 인용된 서적은 송초까지 존재했던 것으로 보이는데 거의 500여 종에 달한다. 그 중 절반 가량은 이미 망실되어 ≪태평광기≫를 통해서만 전해지다가 이후에 ≪태평광기≫에서 뽑아서 다시 엮어 간행되기도 하였다.

≪태평광기≫가 우리나라에 전래된 정확한 시기는 알 수 없지만 송 신종 원풍 3년(1080) 송나라에 파견된 고려 사신 박인량이 ≪태평광기≫에 실려있는 고사를 능숙하게 활용하여 글을 지었다는 기록이 남송 王闢之의 ≪澠水燕談錄≫에 남아있는 것을 근거로 ≪태평광기≫의 유입시기를 추정하기도 한다. 그 후로 ≪三國史記≫[1145, 高麗 仁宗 23년], 고려 문신 尹誧의 〈太平廣記撮要詩〉[1146, 高麗 仁宗 24年], ≪翰林別曲≫[1216, 高麗 高宗 3年], ≪三國遺事≫[1281, 高麗 忠烈王 7年], ≪高麗史≫[1451, 朝鮮 文宗 元年] 등에 ≪太平廣記≫의 書名이나 내용이 계속 나타난다.

그 후 조선 초기에는 중국 판본이 재차 수입되어 당시 식자층의 필독서가 되었다. 그러나 원서는 분량이 너무 방대하고 중국에서 수입해야 했기 때문에 구해보기가 쉽지 않았다. 그래서 世祖 8年(1462)에 成任이 원서를 50권으로 축약한 ≪太平廣記詳節≫을 간행했으며, 그 후 다른 여러 책에서 채록한 30권 분량의 고사를 합쳐 80권으로 된 ≪太平通載≫를 다시 간행했다. 이를 통해 당시 ≪太平廣記≫의 수요가 어느 정도였는지 짐작할 수 있다.[19]

위의 표에서도 제시하였듯이, 현재 유입관련 기록이 있거나 판본이 남아있는 송대 이전 문언소설 작품 가운데 ≪태평광기≫에 수록된 작품의 출전과 일치하는 것은 약 33종이다. 이는 전체 43종 작품 중 거의 3/4을 차지하는 숫자이며, 이를 통해 고려 말 문인들이 이미 대부분의 송대 이전 대표적인 문언소설에 대해 알고 있었다고 추정할 수

19) 김장환, 〈≪태평광기상절≫편찬의 시대적 의미〉, ≪중국소설논총≫제23집, 2006, 194-195쪽.

있다. 물론 ≪태평광기≫에 수록된 작품은 제재별로 분류되어 있어 원래 원 텍스트의 모습은 아니지만, ≪태평광기≫에 수록된 개별 고사를 통해 원 텍스트의 존재를 알고 그 내용을 알고 있었을 가능성이 매우 크다.

이와 더불어 소설 내용의 일부를 단편적으로나마 알 수 있었던 경로로 ≪태평광기≫보다 먼저 편찬되었던 類書 ≪太平御覽≫의 유입도 고려해 볼 만한 사항이다. ≪태평어람≫은 인용서가 훨씬 방대하여 약 1,660종에 달하며 거의 모든 事類를 망라하고 있는데, ≪고려사절요≫ 肅宗 明孝大王 1년(1101)의 기록에 의하면 王嘏·吳延寵이 송 황제가 하사한 ≪태평어람≫ 1천 권을 가지고 돌아와 바쳤다고 한다.[20] ≪태평어람≫의 유입으로 인해 고려 문인들이 송대 이전 문언소설의 원본을 비록 보지 못하였더라도 그 書目과 수록된 일부 내용에 대해 숙지하여 자신의 문학작품에 전고로 인용하고 활용하였을 뿐만 아니라 문인들 사이의 지적 소통이 가능하였을 것이라고 예상할 수 있다.

셋째, ≪조선왕조실록≫의 기록을 통해 왕의 특별한 관심을 받았거나 문인들 사이에서 논란이 된 작품들에 관해 찾아볼 수 있는데, 그것으로 대략적인 유입 정보를 알 수 있는 경우이다. 예를 들어 ≪태종실록≫에는 忠州史庫로부터 유향의 ≪설원≫·≪산해경≫ 등의 서적이 진상되었다는 사실이 기록되어 있고,[21] ≪문종실록≫·≪세조실록≫에는 ≪오월춘추≫의 내용을 바로잡아 撰하였다는 사실,[22] ≪성종실록≫에는 ≪신서≫

---

20) ≪고려사절요≫제6권 〈肅宗 明孝大王 一〉 辛巳 6년(1101): "王嘏, 吳延寵, 還自宋, 帝, 賜王, 大平御覽一千卷, 延寵, 奏, 臣等, 在宋, 館伴, 中書舍人謝文瓘, 謂臣曰, 聞國王, 好文, 近來海東, 文物大興, 所上表章, 甚佳, 朝廷, 頗美之, 王曰, 大平御覽, 文考, 嘗求而不得, 神醫普救方, 濟世要術也, 今, 朕, 兩得之, 此, 使者之能也, 其賀登極, 及奉慰使副, 僚佐, 竝加爵賞."

21) 史官 金尙直에게 명하여 忠州史庫의 서적을 가져다 바치게 하였는데, ≪小兒巢氏病源候論≫·≪大廣益會玉篇≫…≪國語≫·≪爾雅≫·≪白虎通≫·劉向≪說苑≫·≪山海經≫·王叔和≪脈訣口義辯誤≫·≪前定錄≫·≪黃帝素問≫·≪武成王廟讚≫·≪兵要≫·≪前後漢著明論≫·≪桂苑筆耕≫·≪前漢書≫·≪後漢書≫·≪文粹≫·≪文選≫·≪高麗歷代事迹≫·≪新唐書≫·≪神秘集≫·≪冊府元龜≫ 등의 책이었다. 또 명하여 말하길, "≪神秘集≫은 펴보지 못하게 하고 따로 봉하여 올리라"고 하였다. 임금이 그 책을 보고 말하기를, "이 책에 실린 것은 모두 怪誕하고 不經한 설(說)들이다."하고, 대언(代言) 柳思訥에게 명하여 이를 불사르게 하고, 그 나머지는 春秋館에 내려 간직하게 하였다. [太宗實錄 卷24, 太宗12年(1412)8月7日, 己未]

22) 문종 7권, 1년(1451) 4월 15일 3번째 기사 "경연에 나아가 ≪대학연의≫를 강하다"와 세조 31권, 9년(1463) 윤7월 8일 2번째 기사 "우부승지 최선복·동부승지 김수령에게 ≪오월춘추≫를 교정하게 하다"

·≪설원≫·≪유양잡조≫가 왕명으로 출판되었다는 사실이 기록되어 있으며,[23] ≪연산군일기≫에는 ≪하간전≫에 관한 내용이 언급이 있다.[24] 또한 ≪열녀전≫의 경우, 세종이 며느리 봉씨에게 ≪열녀전≫을 가르치게 했다는 기록이 ≪세종실록≫에 보이며[25] 중종이 ≪小學≫·≪女誡≫·≪女則≫ 등과 함께 번역 출판하도록 명한 기록이 ≪중종실록≫에 보인다.[26] 이로부터 고려 때까지 유입 가능성은 있으나 확실한 유입기록이 없던 ≪산해경≫·≪오월춘추≫·≪유양잡조≫·≪하간전≫·≪열녀전≫ 등이 15세기 늦어도 16세기 초 이전에 유입되어 조선 문인들에게 영향을 미쳤음을 알 수 있다.

넷째, 16세기 이후 출판관련 기록이나 조선 문인들의 문집을 통해 유입 사실을 알 수 있는 경우이다.

① 우선, 선조 1년(1568) 간행본 ≪고사촬요≫에 언급된 송대 이전 문언소설로 ≪박물지≫·≪열녀전≫·≪설원≫·≪유양잡조≫ 4종이 있다.[27] 즉, 이 4종은 1568년 이전에 조선에서 간행되었으며, 최소한 16세기 중엽 이전에 이 서적들이 유입되었고 그 가치를 인정받았다는 점을 알 수 있다.

이 중 ≪박물지≫에 대한 기록은 垂胡子 林芑가 쓴 ≪剪燈新話句解≫ 跋文에서도 찾아볼 수 있다. "정미년(1547) 가을 예부령사 송분이라는 자가 나에게 주석을 구하였다. 나는 패설이 실용에 적당하지 않은데 어찌 주석을 달 필요가 있을까 하고 생각하여

---

23) ≪成宗實錄≫, 卷二八五·21, 成宗24年(1493年)12月29日, 己丑

24) [연산군 1년 을묘(1495) 5월 28일 庚戌]: "我朝의 법이 엄하긴 하나, 법을 준행하는 관리가 없으므로 그 법이 행해지지 못했습니다. 행하지 못하는 자는 금망이 엄밀하여 사정에 맞지 않기 때문입니다. 비록 刻意하여 받들어 시행하고자 하는 자도 행하는 바가 한 번만 법에 어긋나면 바로 河間 여자의 음행과 같아서 다시 금하지 못할 것입니다.…"

25) [세종 18년 병진(1436) 11월 7일 戊戌]: 처음에 김씨를 폐하고 봉씨를 세울 적에는, 그에게 옛 훈계를 알아서 경계하고 조심하여 금후로는 거의 이런 따위의 일을 없게 하고자 하여, 女師로 하여금 ≪열녀전≫을 가르치게 했는데, 봉씨가 이를 배운 지 며칠 만에 책을 뜰에 던지면서 말하기를, '내가 어찌 이것을 배운 후에 생활하겠는가.' 하면서, 학업을 받기를 즐겨하지 아니하였다.

26) [중종 12년(1517) 6월 27일 辛未] : 弘文館에서 아뢰길 "… 바라옵건대 여러 책 가운데에서 日用에 가장 절실한 것, 이를테면 ≪소학≫이라든가 ≪열녀전≫·≪女誡≫·≪女則≫과 같은 것을 한글로 번역하여 印頒하게 하소서. 그리하여 위로는 宮掖으로부터 朝廷卿士의 집에 미치고 아래로는 여염의 小民들에 이르기까지 모르는 사람 없이 다 강습하게 해서, 일국의 집들이 모두 바르게 되게 하소서. …" 하니, 정원에 전교하기를, "홍문관에서 아뢴 뜻이 지당하다. 해조(該曹)로 하여금 마련하여 시행하게 하라."하였다.

27) ≪고사촬요≫ 선조 1년(1568) 간행본을 근거로 만든 중국 고전소설의 출판목록에 관해서는 민관동·정영호 공저, 앞의 책, 213쪽 참조.

사양하였다. 얼마 후 생각해보니, ≪산해경≫·≪박물지≫도 말이 기이하지만 모두 箋疏가 있었고, …"[28]라는 기록에서 ≪박물지≫는 늦어도 1547년 이전에 유입되었음을 알 수 있다.

또한 ≪설원≫과 ≪열녀전≫의 경우 ≪고사촬요≫ 이전에 확실한 유입 기록들이 있지만 후에 이렇게 출판된 기록이 남아 있다는 점은 조선시대에 그 수요가 매우 증가했음을 말해주는 것이다. 특히 ≪열녀전≫은 늦어도 세종 때에는 이미 유입된 것으로 보이는데[29] 그 이후로도 ≪열녀전≫ 관련 기록은 계속해서 나타난다. 성종 6년(1475) 成宗의 어머니인 昭惠王后가 여성교훈서인 ≪內訓≫3卷 3冊을 편찬하면서 ≪列女傳≫·≪小學≫·≪女敎≫·≪明鑑≫의 네 책에서 부녀자에게 요긴한 대목을 뽑은 후 원문을 싣고 한글로 번역했다는 사실과 성종 12년(1481)에 간행한 ≪삼강행실도≫의 경우 ≪열녀전≫의 일부를 국문으로 번역하여 실었다는 사실, 그리고 여러 문인의 문집에서 ≪열녀전≫이 거론되고 있다는 점으로 보아 조선시대에 ≪열녀전≫이 매우 중시되었다는 것을 알 수 있다.

≪유양잡조≫의 전래 사실을 가장 먼저 확인시켜 주는 기록은 徐居正의 ≪筆苑雜記≫序이다. 表沿沫(1449-1498)이 1486년에 쓴 이 序에서 ≪필원잡기≫는 名敎를 전하는 데 중점을 둔 책이고 ≪수신기≫·≪유양잡조≫는 기이한 사실을 들추어 자랑하거나 오락거리로 삼을 만한 정도의 책이라고 책의 성격을 거론하였다. 이것으로 보아 이미 이전에 전래되어 널리 읽혀왔다는 것을 알 수 있다. 현재 ≪유양잡조≫는 성종 23년(1492) 간본이 誠庵文庫와 奉化 冲齋宗宅에 소장되어 있는데, 이것이 바로 선조 1년 간행본 ≪고사촬요≫에 기록되었던 판본일 것으로 추정된다. 이 외에도 더 후대에 나온 판본으로 보이는 ≪유양잡조≫ 嘯皐祠堂本이[30] 있는 것으로 보아 ≪유양잡조≫가 여러 차례 출판되었음을 짐작할 수 있다.

② 조선의 문인들은 종종 자신들이 읽거나 구입한 도서목록을 기록해 놓았는데 그것

---

28) "歲丁未(1547)秋 禮部令史 宋糞者 求釋於余. 余以爲稗說 不適於實用 何以釋爲 乃辭. 既而思之 山海經 博物志 語涉吊詭 俱有箋疏."

29) 태종 4년에 명 황제가 조선 국왕에게 ≪열녀전≫을 하사하였다는 기록이 있는데 이 때 ≪열녀전≫은 유향의 ≪열녀전≫이 아니라 ≪열녀전≫에 근거하여 解縉이 증보 개편한 명대 간행본 ≪古今列女傳≫을 말한다.

30) 영주시 고현동 소고당본은 현재 소수서원에 위탁 관리되고 있다.

으로 유입 시기를 알 수 있는 경우이다.

허균(1569-1618)은 ≪한정록≫에서 자신이 중국을 다녀오며 4천여 권의 책을 구입하였다고 하며 그 목록을 남겼다.[31] 그 가운데 송대 이전 문언소설로 ≪열선전≫·≪고사전≫·≪세설신어≫·≪오월춘추≫ 등의 제목이 보이며, ≪패해≫·≪설부≫ 등 청대 이전 문언소설을 모아 놓은 문언소설 총서류도 보인다.

동시대 문인 이수광(1563-1628)도 ≪지봉유설≫에서 자신이 읽은 책을 근거로 고증을 하거나 견해를 밝히고 있다. 거론되는 것으로 ≪신서≫·≪설원≫·≪앵앵전≫·≪곽소옥전≫·≪백원전≫·≪박물지≫·≪오월춘추≫ 등을 볼 수 있는데 다른 문인들과는 달리 ≪앵앵전≫·≪곽소옥전≫·≪백원전≫ 등 당 전기 작품을 많이 읽고 활용하였다는 점이 특이하다.[32] 그러나 이수광이 이들 소설을 단독으로 유입된 것을 접했다기보다는 ≪태평광기≫나 ≪설부≫ 등을 통해 읽었을 가능성이 크다.

이외에도 김창협·서거정·신흠·박세당·이익·안정복·박지원·이덕무·이규경 등 많은 문인들의 문집에서 그들이 송대 이전 문언소설을 읽었음을 확인할 수 있다. 그 중 18세기 문인 兪晩柱(1755-1788)의 경우를 보면, 그는 1775년부터 1787년까지 자신의 독서와 사색에 관한 기록인 ≪欽英≫을 남겼는데 이 안에도 송대 이전 문언소설의 서명이 종종 등장한다. 그는 ≪산해경≫·≪목천자전≫을 어려서부터 즐겨 읽고 베껴 적었다고 하였으며[33] 唐 傳奇가 주로 수록된 ≪刪補文苑楂橘≫, 당대 이전 문언소설이 수록된 ≪漢魏叢書≫나 ≪古今說海≫를 두루 읽었다고 하였다.[34] 이를 통해 그가 송대 이전 문언소설에 대해 매우 익숙하였으며 더 나아가 이러한 독서를 즐겼음을 알 수 있다.

③ 조선 문인들의 문집을 검토하며 특히 16~18세기 문인들이 송대 이전 문언소설 대

---

31) 許筠, ≪惺所覆瓿稿≫, 〈閑情錄〉 凡例 참조.

32) 이수광, ≪芝峯類說≫卷七 〈經書部三〉 〈書籍〉편 참조, "稗史曰. 剪燈新話. 乃楊廉夫所著. 惟秋香亭記. 是瞿宗吉所撰. 觀其詞氣不類. 可知云. 余謂古今書籍. 如此托名者何限. 且新話中水宮慶會錄. 專取東坡志林. 申陽洞記. 專襲白猿傳而少加檃栝. 其他莫不模倣爲之. 若剪燈新話則効顰又甚矣. 鶯鶯傳. 乃元稹自叙而假張生爲說.", ≪芝峯類說≫卷十九 〈服用部〉 〈器用〉: "霍小玉傳曰. 出烏絲欄素段三尺. 授李生. 宋詩曰正圍紅袖寫烏絲. 韻書曰. 烏絲闌紙名. 今承文院事大文書出草. 用細墨印札. 謂之烏絲闌紙是也."

33) 유만주, ≪흠영≫, 1775년 3월 14일: "余年十三, 始見≪山海經≫·≪穆天子傳≫, 酷好之, 口誦手謄, 忘日與夜."

34) 박계화, 〈18세기 조선 문인이 본 중국염정소설 - 흠영을 중심으로〉, ≪대동문화연구≫ 제73권, 2011, 66-68쪽 〈표1〉 참조.

부분을 알고 즐겼다는 점을 알 수 있다. 그런데, 이들이 이전보다 더 많은 소설을 알고 독서하게 된 데에는 총서의 유입이 결정적인 역할을 했음을 지적하지 않을 수 없다. 명대 서적들이 수입되면서 총서·총집류가 대거 유입되었는데[35] 문언소설총집이나 총서 등도 단순히 문학적인 측면뿐만 아니라 문헌학의 측면에서도 가치가 있기 때문에 문인들에게 중시되었다.

예를 들어 金昌協(1651~1708)은 ≪稗海≫를 자세히 정독한 후, 총서가 역사서의 빠진 내용을 보충하고 교화에 도움이 되며 문학적 아름다움을 추구하는 데도 충분하다고 여겼다.[36] 이와 같은 생각이 널리 퍼지고 ≪한위총서≫·≪설부≫ 등의 총서류 저작이 대거 국내로 유입되면서 18세기 조선에는 총서 편찬의 열풍이 불었으며 이를 통해 조선 문인들이 중국의 문언소설에 대해 더욱 익숙해지게 된 것이다.

≪설부≫·≪패해≫ 등 총서를 구입하였다는 기록은 앞에서 언급한 허균의 중국서적 구입목록에서 처음 보이지만, 실은 그보다 앞서 ≪설부≫를 읽었다는 기록이 있다. 1564년 당시 刑曹判書 兼藝文館提學으로 있던 尹春年이 쓴 〈題注剪燈新話後〉에 보면 임기가 ≪전등신화≫에 주석을 달았으며 자신이 주석을 달았다는 소문은 잘못된 것이라고 밝히면서 "내가 욕되게도 玉堂에 있을 때 우연히 陶九成이 편찬한 ≪說郛≫를 보다가 몇 대목을 찾아서 첨가했을 뿐이다"라고 한 대목이 있다. 陶九成은 곧 陶宗儀를 가르키며, 이로써 그가 편찬한 ≪설부≫ 110권이 16세기 중엽에 이미 조선에 들어와 ≪태평광기≫를 보완하였음을 알 수 있다.[37] 앞의 표에서 지적하였듯이, 송대 이전 문언소설은 ≪태평광기≫를 비롯 ≪설부≫·≪패해≫·≪한위총서≫ 등에 대부분 수록되어 있다. 삼국시대에 전해진 것으로 추정되는 ≪산해경≫·≪유선굴≫과 인용기록만 있을 뿐 지금은 실전된 ≪하간전≫ 3종을 제외한 나머지 40종은 이러한 총서류들을 통해서 조선문인들에게 다양하게 소개되었다고 할 수 있다.

---

35) 박계화·민관동, 앞의 논문, 543-544쪽 참조.

36) ≪農巖集≫제34권 〈雜識〉 外篇: "…近從人借看稗海書, 乃明人蒐集漢唐宋以來說家, 爲一部書. 其中雖有神怪不經, 詼調不根, 近於汲冢齊東者, 然其逸事異聞, 名言嘉話, 可以裨史乘之闕, 備藝文之采. 而關名敎助理致者, 不翅多焉, 亦足爲博雅之助矣.…"

37) 정용수 역, ≪전등신화구해역주≫, 푸른사상사, 2003, 360-363쪽. "余在玉堂時, 偶見陶九成所著說, 得數段, 添入而已."

2) 특징

근대 이전 국내에 유입된 송대 이전 문언소설의 유입 시기 및 경로 등에 관해서는 남아 있는 자료의 한계로 인해 그 대체적인 상황만 추정할 수 있을 뿐이다. 한편 유입된 이러한 소설들에 대해 어떤 방식으로 수용하고 향유하였는지에 관해서는 좀 더 구체적인 기록들이 남아 있어서 그 특징을 살펴볼 수 있다. 우선 가장 1차적인 수용 활동은 개별 작품집을 출판하고 번역하여 독서의 저변을 확대한 점을 꼽아야 할 것이다. 서적의 출판이 현재와 같이 용이하지 않던 시대에 중국에서 들어온 서적을 국내에서 다시 출판한다는 사실은 그 서적에 특별한 가치를 부여하였거나 관심을 가졌다는 것을 시사하는 것이고, 번역을 하였다는 사실은 그 내용을 이해하는 독자 계층의 확대를 의미한다. 구체적인 출판과 번역 양상에 대해서는 다음 장에서 다시 살펴보기로 하고 여기에서는 다양한 수용 과정에서 보이는 몇몇 특징에 대해 분석해보고자 한다.

첫째, 어떤 작품들은 유교 이데올로기의 내면화·풍속의 쇄신 또는 교화에 도움을 준다는 입장에서 수용되었다. 예를 들어, ≪열녀전≫은 조선에 유입되어 유교적 여성 정체성을 형성하는 수신서로 읽혔다. 왕실의 요구로 번역되고 출판되는 등 국가적 차원의 수용과 보급을 통해 ≪열녀전≫은 궁중을 비롯한 상층 사대부가 여성들이 가부장제에 철저히 순종하도록 이끌었던 것이다. 태교와 자녀교육을 강조하고 자신의 몸과 가문의 명예를 지키기 위한 정절을 강조하는 것은 여성의 신체를 구속시킴으로써 유교 이데올로기를 강화시키는 기제였다. 또한 여성들도 자의에 의한 것이든 타의에 의한 것이든 ≪열녀전≫ 베껴 쓰기와 번역에 동참하면서[38] ≪열녀전≫이 강조하는 여성의 도리를 깊이 깨달아 그 규범과 의미를 내면화하였다.[39] 또한 ≪열녀전≫은 인물 또는 사건 중심의 이야기 구조를 취하고 있어 읽는 와중에 저절로 체화될 수 있기 때문에 보통 사람들이 재미를 느끼면서 쉽게 감화될 수 있었고 은연중에 교화의 효과를 가질 수 있었다.

≪신서≫와 ≪설원≫은 주로 고대의 제후나 선현들의 행적 및 逸話와 寓話 등을 수록한 것으로 위정자를 교육하고 훈계하기 위한 독본으로 활용되었다. 그래서 고려시대 成宗

---

38) 이광사, 〈선비 정부인 파평 윤씨 묘지〉, ≪원교집≫, 한국문집총간 221, 522쪽: "어려서부터 ≪소학≫·≪열녀전≫·≪반씨 가훈≫·≪삼강행실≫ 같은 책들을 읽기 좋아하여 언문으로 번역하여 옆에 써두었다."

39) 김경미, 〈≪열녀전≫의 보급과 전개-유교적 여성 주체의 형성과 내면화 과정〉, ≪한국문화연구≫ 13, 2007, 61-77쪽 참조.

때 金審言이 왕에게 ≪설원≫을 읽어 귀감으로 삼을 것을 청하였고, 조선시대 仁祖 때 우의정 李景奭 역시 왕뿐만 아니라 의정부와 육조, 각 고을의 청사의 관원들까지 ≪설원≫을 옆에 붙여 놓고 늘 읽게 하면 풍속을 교화하는 데 보탬이 될 것이라고 간하였다. 또한 成宗 때 李克墩은 왕명으로 여러 서적을 간행하며 유향의 ≪설원≫과 ≪신서≫가 帝王의 治道와 관계되기에 간행한다고 당당히 말하며 이 책들의 가치를 옹호하였다.

둘째, 지식을 확대시키고 나아가 정확한 지식을 근거로 고증을 하거나 잘못을 바로잡아 귀감을 삼을 수 있다는 입장에서 이들 문언소설을 수용하였다.

≪오월춘추≫와 같은 역사 소설은 오나라 월나라 양국의 흥망성쇠 과정을 묘사하며 문학적 상상력을 더한 작품으로, 역사 지식을 습득할 수 있는 동시에 현 세태를 참고하여 경계할 가치가 있다고 여겼다. 崔恒의 ≪太虛亭集≫에는 그가 지은 〈오월춘추서〉가 수록되어 있는데, 여기에서 그는 역사서의 중요성을 지적한 후 이 책이 단순히 오·월 두 나라에 대한 기록을 넘어서 군신의 귀감이 된다고 하였다.

또한 ≪습유기≫·≪수신기≫·≪박물지≫·≪유양잡조≫ 등과 같은 지괴류 소설들은 불경하다는 공격을 자주 받았지만 이를 수용하는 문인들은 그 안에 수록된 지식을 끌어내 새로운 사물이나 사실에 대해 고증을 하고 행동의 근거로 삼았다. 나아가 선과 악을 함께 살펴봄으로써 권계를 삼을만하다고 주장하기도 하였다. 즉 지괴류·박물류 문언소설은 그 황당함보다는 해박한 지식 창고로서의 가치에 중점을 두고 수용되었다고 할 수 있다.

셋째, 문인들의 고상한 취향에 부합하는 문언소설들 역시 적극 수용되었다. 가장 대표적인 예가 ≪세설신어≫라고 할 수 있는데, 李宜顯1669-1745)은 ≪陶谷集≫에서 ≪세설≫이 문인들에게 사랑 받는 이유가 그 문장이 담백하고 고상하여 즐길 만하기 때문이라고 하였고, 허균도 평소 ≪세설≫을 즐겨 읽었다고 하면서 명대에 그것을 보충하고 산거한 ≪世說新語補≫를 구해보고자 애쓴 사실을 기록하였다. 그밖에 ≪고사전≫·≪열선전≫·≪신전전≫ 등을 읽으며 은일과 탈속의 욕구를 표출하기도 하였다.

넷째, 여러 문인들이 유입된 문언소설들을 읽고 그 책의 내용을 제재로 적극적으로 자신의 문학 창작 활동을 확대해 나갔다.

우선 작품을 읽은 뒤 그것을 시의 제제로 삼아 감상을 토로한 것으로 申欽의 〈讀山海經〉13수와 李春英의 〈讀神仙傳〉53수, 허균의 〈列仙贊〉30편, 任錪의 〈讀漢武帝

故事〉 등을 들 수 있다. 성리학적 이념이 공고했던 조선시대에 환상적인 중국 신화와 도교적 소설이 유행했던 데에는 문인들의 정치적 부침이나 ≪태평광기≫의 신선류 고사 등의 영향을 들 수 있을 것이다. 조선 문인들은 단순히 이러한 작품을 읽고 즐기는 것을 넘어서서 이를 적극적으로 수용하여 詩로 읽는 '神仙傳'을 창작하거나 자유분방한 상상력을 동원하여 小說 독서를 詩 창작으로 확대시켜나갔음을 볼 수 있다.

또한 실학파의 주요 인물 박지원과 이덕무의 경우 척독 교환을 통해 ≪산해경≫ 補經과 注를 지었다. 이것은 ≪산해경≫의 문체와 郭璞 注의 문체를 장난스럽게 패러디한 것으로 18세기 중엽 지식론의 한 단면을 드러내주는 해학적인 戱文이라 할 수 있으며 이로써 한문 산문에 훈고학의 방법을 전용하는 전통을 형성하였다. 즉 이 희문을 통해 그들이 인간과 역사를 이해하고 해석하는 유력한 방법으로 박학의 가치를 재평가하고 있으며 또한 그들이 ≪산해경≫ 등의 문언소설을 널리 읽음으로써 사유세계를 확장하였다는 점을 알 수 있다.[40)]

한편, ≪수신기≫나 ≪유양잡조≫ 등에 보이는 이야기 중에는 견우직녀 이야기, 청개구리 이야기와 같이 우리 설화와 유사한 것들이 있으며 특히 '방이설화'의 경우는 ≪흥부전≫으로 번안되었다. 즉 중국 문언소설의 짧은 고사들과 당 전기의 다채로운 이야기들이 우리나라 설화와 소설 형성에 적지 않은 영향을 주었음은 짐작할 수 있다.

이와 같이, 송대 이전 문언소설들이 유입되어 국내에 수용되는 과정 중에 나타나는 특징은 단순하지 않다. 고려시대까지는 이들을 문학 창작의 소재로 활용한 정도가 보편

---

40) 심경호, 〈박지원과 이덕무의 희문 교환에 대하여〉, ≪한국한문학연구≫ 제31집 참조. 李德懋의 ≪靑莊館全書≫ 권62 〈山海經補東荒〉에 실려 있는 원문은 다음과 같다. "補經: 百濟西北三百里有塯, 塯東有蟲, 名囁思. 耳目如針孔, 口如蚓竅, 其性甚慧, 好讓而善藏. 雙臂兩腳, 五指會撮指天, 其心芥子大. 善食墨, 見兎則舐其毫, 常自號其名. 一名或云嬰處. 見則天下文明, 餌之, 可已頑鈍不惠之疾, 明心目, 益人慧識. 擬郭景純注: 按囁思蟲, 形方而帖然, 色白有無量黑斑. 長周尺一尺弱, 狹半之. 善飼養脉望, 隱身中篋間. 古有李氏, 性蘊藏退讓, 愛蟲之隱身類己也. 潛畜而滋蕃之. 視聽言思, 宗相關涉. 今補經曰: 雙臂兩脚五指, 食墨舐兎. 自號嬰處者, 皆非也. 山海經或曰伯益著, 荒唐不根, 已不列六經, 今補者, 疑亦齊東之人也. 囁思蟲, 余嘗聞諸烏有先生, 烏有先生聞諸無何有鄕人, 無何有鄕人聞諸太虛." 이 글은 박지원이 이덕무의 ≪耳目口心書≫를 빌려가자 이덕무가 마지못해 빌려주었다가 자신의 속좁음을 핑계로 하루만에 찾아오려고 하면서 지어진 것이다. 박지원이 "백제의 서북쪽 3백리 거리에 탑이 있고, 탑 동쪽에 벌레가 있는데 이름이 '囁思'이다"라고 하며 ≪산해경≫의 문체를 모방하여 그를 '囁思蟲'에 빗대자, 이덕무는 곽박의 注 문체를 모방하여 자신이 '섭구충'이 아니라 자신의 저술 곧 ≪耳目口心書≫가 '섭구충'이라며 반박하였다.

적이었지만 조선의 문인들은 당시 정치적 이념이나 사회적 필요에 따라 이러한 문언소설들을 적극적으로 수용하고 있음을 알 수 있다.

1.2 출판 및 번역 양상

1) 출판 양상

근대 이전 국내에 출판된 중국고전소설은 대략 24종이며, 그 중 송대 이전 문언소설류는 ≪列女傳≫·≪新序≫·≪說苑≫·≪博物志≫·≪酉陽雜俎≫ 5종이다. 그 출판 관련 기록을 정리해 보면 다음과 같다.

〈표 2〉 송대 이전 문언소설 출판 양상

書 名	版式 或 出版特記事項	出版記錄文獻	出版時期	文體	所藏處
列女傳	申珽·柳沆飜譯, 柳耳孫寫·李上佐畵, 六曹中禮曹主管	稗官雜記卷4(魚叔權), 朝鮮王朝實錄(中宗, 卷101條)	朝鮮中宗38年 癸卯(1543年)	文言	失傳
新序	劉向(漢)撰, 10卷2冊, 木版本, 31×20cm, 四周雙邊, 半郭:18.5×15cm, 有界, 11行18字, 內向黑魚尾, 紙質:楮紙	朝鮮王朝實錄(成宗24年12月 29日條, 卷285條). 攷事撮要	朝鮮成宗23~24年(1492~3年)	文言	上卷:啓明大, 下卷:金俊植 等
說苑	劉向(漢)撰, 20卷4冊, 木版本, 26.9×17.8cm, 四周雙邊, 半郭:18.7×14.9cm, 有界, 11行18字, 註雙行, 內向一葉花紙紋魚尾. 紙質:楮紙	朝鮮王朝實錄(成宗24年12月 29日條, 卷285條). 攷事撮要	朝鮮成宗23~24年(1492~3年)	文言	金俊植 等
博物志	未詳	攷事撮要, 宣祖1年(1568年) 刊行本	1568年 以前	文言	失傳
唐段小卿酉陽雜俎	李克墩·李宗準編輯, 10卷2冊, 四周雙邊, 29×16.8cm, 半郭18.4×12.5cm, 10行19字, 有界, 註雙行, 版心題:俎, 紙質:楮紙. 20卷3冊(後印)	朝鮮王朝實錄(成宗 卷285條)	朝鮮成宗23年(1492年)	文言	成均館大 等

위의 표에서 알 수 있듯이, 기록상으로는 조선시대에 5종의 소설이 간행되었다. 한편, 선조 1년(1568) 간행본 ≪고사촬요≫에는 ≪열녀전≫은 光州에서, ≪설원≫은 安東에

서, ≪박물지≫는 南原에서, ≪유양잡조≫는 慶州에서 각각 출판이 되었다고 기록되어 있지만 ≪신서≫의 출판 기록은 보이지 않는다.[41] 그러나 ≪成宗實錄≫의 成宗 24年(1493) 12月29日條에 ≪說苑≫과 ≪新序≫ 및 ≪酉陽雜俎≫ 을 이극돈에게 刊行하도록 지시했고 그리하여 이극돈이 各道에서 새로 간행한 이들 書冊을 직접 進上하였다는 기록이 남아 있다.[42] 이때가 1493년의 기록이므로 ≪新序≫·≪說苑≫·≪酉陽雜俎≫는 이미 1493년 이전에 간행됐음이 확인된다. 현존하는 ≪유양잡조≫ 판본이 成宗 23年(1492)에 출판된 것으로 보아 ≪新序≫와 ≪說苑≫도 1492년이나 1493년에 간행되었을 가능성이 높다. 이렇게 5종의 출판 기록을 찾아 볼 수 있지만, 현재 ≪열녀전≫과 ≪박물지≫는 판본이 남아 있지 않고 ≪신서≫·≪설원≫·≪유양잡조≫ 3종만이 전해지고 있다.

출판 유형으로 볼 때, ≪열녀전≫은 번역출판의 효시라고 할 수 있다. 앞에서도 지적했듯이 ≪내훈≫이나 ≪삼강행실도≫ 열녀편에 이미 일부가 발췌 번역되어 출판되었다. 완전히 번역되어 출판된 것은 16세기 중반에 이르러서이다. 中宗 38년(1543)에 "中宗이 劉向의 ≪列女傳≫을 내주며 禮曹로 하여금 飜譯하게 하였다."[43]라는 기록이 그 근거이다. ≪고사촬요≫의 기록을 통해서도 이 판본이 확실히 출판된 것을 알 수 있으나 안타깝게도 실전되어 현재는 그 번역 형태를 알 수가 없다. 다만 여성 교육서로서 편찬된 ≪내훈≫의 예를 보아 한문에 구결을 달고 번역을 하는 한편, 번역문 안에 주석을 넣어서 이해하기 쉽게 하는 형태를 취했을 것으로 추측할 수 있다. 그 후 ≪英祖實錄≫에 閔鎭遠이 명대에 편찬된 ≪古今列女傳≫을 간행하려한다는 기록이 있으나[44]

---

41) 민관동·정영호 공저, 앞의 책, 213쪽 참조.

42) [≪成宗實錄≫, 卷二八五·21, 成宗 24年(1493年)12月29日, 己丑] 吏曹判書李克墩來啓: 太平通載、補閑等集, 前監司時已始開刊, 劉向說苑、新序、非徒有關於文藝, 亦帝王治道之所係, 酉陽雜雜以不經, 亦博覽者所宜涉獵, 臣令開刊. 前日諸道新刊書冊, 進上有命, 故進封耳. 이조판서 이극돈이 와서 아뢰기를, "≪太平通載≫·≪補閑集≫ 등의 책은 전에 監司로 있을 때 이미 印刊하였고, 유향의 ≪說苑≫·≪新序≫는 文藝에 관계되는 바가 있을 뿐만 아니라, 또한 帝王의 治道에도 관계되며, ≪酉陽雜俎≫가 비록 不經한 말이 섞여 있다 하나 또한 널리 보는 사람들이 마땅히 涉獵하는 바이므로, 신이 刊行하게 하였습니다. 그리고 前日에도 諸道에 새로 간행한 書冊을 進上하라는 명령이 있었기 때문에 진봉(進封)하였을 뿐입니다.

43) "嘉靖癸卯 中廟出劉向列女傳 令禮曹翻以諺文." [稗官雜記 권4](大東稗林27, 國學資料院, 1992년, 407쪽)

44) [英祖實錄, 卷十一· 2 4, 英祖 3年(西紀 1727年) 3月 26日, 癸丑] 行召對, 講≪明紀≫. 參

이것이 간행되었는지 여부는 알 수가 없다.

기록이나 실물로 확인할 수 없는 ≪박물지≫를 제외한 나머지 3종은 모두 원문 그대로 출판하는 방식을 취했다.

≪신서≫의 경우, 성종 때 판본이 安東市 臥龍面 군자마을 後彫堂과 계명대학교 도서관 두 군데에 나뉘어 소장되어 있다. 이 책은 총 10卷 2冊으로 계명대 소장본인 上卷에는 卷1~5 雜事 5篇이, 安東市 臥龍面 군자마을 所藏本인 下卷에는 刺奢·節士·義勇·善謀(上)·善謀(下) 5편이 수록되어 있다. 板式狀況은 모두가 木版本으로 半郭은 대략 18.5×15㎝ 내외이고 一葉 11行18字에 註雙行의 內向黑魚尾로 되어있으며 紙質은 모두 楮紙로 일치한다.

≪설원≫은 현재 안동 군자마을 後彫堂에 성종 때 간행된 20권 4책의 완전한 판본이 소장되어 있으며 상태도 양호한 편이다. 1책은 권1-5, 2책은 권6-10, 3책은 권11-15, 4책은 권16-20으로 되어 있다. 이 외에 奉化郡 權廷羽 所藏本·醴泉郡 李虎柱 所藏本·安東市 豐山邑 金直鉉 所藏本 등이 남아 있는데 板式狀況을 살펴보면 판본 모두가 木版本이며 半郭은 대략 18.7×14.7㎝ 內外이다. 또 모두가 四周雙邊이고 一葉 11行18字에 註雙行의 大黑口 內向黑魚尾로 되어있으며 紙質도 모두 楮紙로 일치한다. 일반적으로 板式이 ≪新序≫와 거의 유사하다.[45]

≪신서≫와 ≪설원≫의 중국에 현존하는 가장 오래된 판본은 明 嘉靖 年間(1522-1566)에 나온 四部叢刊本이다. 이것은 宋代 曾鞏이 찬집한 판본을 복각한 것이다. 조선 출판본 ≪신서≫와 ≪설원≫은 시기적으로 1492년에서 1493년 사이에 출간된 것으로 현존하는 중국 판본보다 30-70여 년이나 앞서기에 서지학적 가치가 매우 높다고 할 수 있다.[46]

≪酉陽雜俎≫는 조선시대 成宗 23年(1492년) ≪唐段少卿酉陽雜俎≫라는 제목으

贊官金致垕曰: "經書及≪性理大全≫, 皆皇明太宗時所纂也. 太宗尊斯文之功大矣." 上曰: "解縉等奉勅修≪古今列女傳≫. 書成, 太宗親製文序之. 我國有≪內訓≫, 乃皇明太祖高皇后所作也. 予欲刊行." 判府事閔鎭遠, 請使嶺營刊行, 上曰: "當頒下於玉堂矣."

45) 醴泉郡 李虎柱 所藏本만 10행 18자로 다른데 誤記이거나 그렇지 않다면 後印으로 보여 진다. 민관동, 〈조선 출판본 신서와 설원 연구〉, ≪중국어문논역총간≫제29집, 2011.7. 169쪽 참조.

46) 민관동·김명신 공저, ≪조선시대 중국고전소설의 출판본과 번역본 연구≫, 학고방, 2013, 354-356쪽 참조.

로 간행되었고 이후에 後印되기도 하였다. 성종의 명으로 李克墩과 李宗準이 편집하여 간행한 ≪唐段少卿酉陽雜俎≫은 총 20권 2책이며 한 면이 10행 19자로 되어있다. 또 宣祖 1年(1568) 刊行本 ≪攷事撮要≫에도 ≪유양잡조≫가 慶州에서 간행되었다는 기록이 있는데, 바로 성종 때 간행한 판본일 것으로 추정된다. 이 판본은 현재 成均館大學校뿐만 아니라 誠庵文庫·奉化 沖齋宗宅 등에 소장되어 있으나 각각 조금씩 누락된 부분이 있어 完整本은 없는 상태이며, 또 책 크기가 28×16.5㎝, 29.1×16.8㎝, 26.9×17.5㎝, 29.2×16.8㎝ 등의 차이를 보이고 있다. 충재박물관 소장 ≪唐段少卿酉陽雜俎≫本과 비교해본 결과 충재박물관 소장본이 1492년 원판본이고 成均館大學校 소장본은 後印으로 보인다.[47] 한편, 嘯皐祠堂本은 문체와 판식이 다른 것으로 보아 또 다른 출판본으로 여겨진다.

2) 번역 양상

조선시대 국내에서 번역된 중국고전소설은 약 72종으로, 그 중 송대 이전 문언소설은 3종이다.

〈표 3〉 송대 이전 문언소설의 번역 양상

書 名	飜譯版式	飜譯樣相	飜譯時期	文體	所藏處
列女傳	申珽·柳沆飜譯, 柳耳孫寫, 李上佐畵	中宗38年本 未確認, 그외:坊刻本(1918年, 太華書館)	中宗38年癸卯(1543年)	文言	失傳
오월춘추(吳越春秋)	1冊(15張), 筆寫本, 31.4×16.3㎝, 無界, 13行字數不定	部分省略, 直譯	朝鮮後期	文言	단국대
古押衙傳奇(無雙傳)	1冊 (23장), 8行 22-23字.	原文充實한 完譯	朝鮮(1879), 歲次己卯三月姪世本	文言	金東旭(羅孫文庫)

조선시대에 번역된 중국 소설은 대부분 백화소설이었다. 그 독자층은 대부분 중인층과 부녀자를 중심으로 이루어졌으며 번역 대상이 된 소설들도 대부분 재미와 흥미 위주

47) 민관동·유희준·박계화 공저, ≪한국 소장 중국문언소설의 판본목록과 해제≫, 학고방, 2013, 116-117쪽 참조.

였다. 따라서 총 72종의 번역 소설 중 번역된 문언소설은 송대 이전 문언소설이 3종, 송대 이후 문언소설이 10종 정도에 불과하다.[48] 문언소설의 경우 대부분 敎化나 지식의 습득, 正史의 보충 등의 창작 목표를 표방하고 있으며 대부분 문인들의 관심사를 반영하는 것이었기 때문에 원문 그 자체로 읽고 감상할 수 있는 문인 계층 이외의 독자를 위한 번역이 그다지 필요하지 않았던 것이다. 그러나 지배층의 이데올로기를 민간에 전파하고 주입시키기에 적당한 문언소설이나 재자가인의 사랑 이야기·인물 위주의 영웅 이야기 등 백화소설의 통속적인 제재가 겹쳐지는 문언소설의 경우는 예외였다. 그러므로 여성들의 수신서인 ≪열녀전≫과 영웅의 활약을 포함한 흥미진진한 역사 이야기 ≪오월춘추≫, 협의와 애정을 소재로 한 당 전기 ≪무쌍전≫이 번역된 것은 대중의 요구와 수요에 부합하는 것이었다고 할 수 있다.

≪열녀전≫은 출판 양상에서 설명하였듯이, 중종 때 번역 출판되었지만 이 판본은 아직 발견되지 않고 있으며, 현존하는 ≪열녀전≫의 번역본 이본으로 조선 말기나 일제 강점기에 나온 필사본과 구활자본이 전해지고 있다. 한글 번역 필사본으로는 국립중앙도서관 소장 ≪고녈녀뎐≫(1책, 79장), ≪녈녀뎐≫(2책), 충북대학교 李樹鳳 교수 소장본 ≪열녀전≫(1책, 67장)이 있다. 이 중 ≪고녈녀뎐≫은 원문에 충실한 직역으로 되어 있는데, 번역본에 나타난 어휘 형태로 보아 대략 18세기 후반에 필사된 것으로 보이며,[49] 乾·坤으로 편철되어 있는 ≪녈녀뎐≫은 ≪고열녀전≫의 원래 체제대로 번역하지 않고 새롭게 재편하여 번역하였다. 구활자본으로는 1918년 태화서관에서 간행한 구활자본 ≪렬녀젼≫이 있으며, 世界書林에서 출판한 구활자본 ≪고금녈녀집≫은 명대 해진이 편찬한 ≪고금열녀전≫을 번역한 것이다.

≪오월춘추≫는 서로 인접한 오나라와 월나라가 서로 경쟁하며 패권을 차지하기까지 흥망성쇠의 과정을 기본 골격으로 하여 거기에 문학적인 묘사와 상상력을 동원하여 기록한 문학과 역사서의 중간적 성질을 띤 작품이다.[50] ≪吳越春秋≫ 한글 번역 필사본은 현재 檀國大學校 율곡기념관에 소장되어 있다. 이 판본은 표지가 한자로 ≪吳越春秋≫라고 되어있고, 속표지에 한글로 ≪오월츈츄≫라고 표기되어 있다. 그 내용을 보

48) 민관동·박계화, 앞의 논문 551-555쪽 참조.

49) 김민지 교주, ≪고녈녀뎐≫, 선문대학교 중한번역문헌연구소, 2008, 머리말.

50) 조엽 저, 김영식 역, ≪오월춘추≫, 지식을 만드는 지식, 2011, 8-9쪽.

면 필사자가 번역을 하면서 직역과 의역의 방법이 아닌 전반적인 내용을 간역해서 필사해 놓은 것이 특징이다. 또한 필사자 자신이 필요 없다고 여기는 부분을 과감히 삭제하고 편년체 표기 방식을 따르지 않은 채 이야기의 흐름에 맞게 기술했다. 이 책은 ≪吳越春秋≫를 처음부터 번역한 것이 아니라 오나라 수왕의 이야기부터 시작해서 오자서가 합려에게 손무를 천거하는 부분까지만 번역하고 있다. 현재 1冊만 남아 있는 상태인데 원래부터 이 부분만 발췌 번역한 것인지 아니면 다른 부분은 일실된 것인지 분명하지 않지만 ≪오월춘추≫의 유일한 번역본으로서 그 가치가 충분하다.[51)]

≪無雙傳≫은 唐代 傳奇小說로 薛調(830-872)가 지었다. 어려서 혼인을 약속한 劉無雙과 王仙客이 姚令言의 반란으로 인해 헤어지게 되는데, 왕선객이 의협지사 古押衙에게 도움을 청해 유무쌍을 宮에서 구출하여 부부의 연을 맺게 되고, 일을 성공시킨 고압아는 스스로 목숨을 끊어 이 사실이 누설되는 것을 막는다는 내용이다. 국내에서는 ≪古押衙傳奇≫로 더 알려져 있으며, 이 작품은 ≪太平廣記詳節≫권46 雜傳2와 ≪刪補文苑楂橘≫上卷에도 수록되어 있다.

한글 번역 필사본 ≪無雙傳≫은 표제에 ≪古押衙傳奇≫라고 되어 있으며, 현재 1冊 23장으로 이루어진 金東旭 所藏本(檀國大[天安 율곡도서관] 羅孫本 筆寫本)이 전해지고 있다. ≪고압아전기≫ 속에는 〈古押衙〉·〈裴諶〉·〈紅線〉 세 작품이 수록되어 있다. 이 작품들은 기존의 ≪太平廣記諺解≫에는 없는 것으로, 이러한 번역본을 통해 민간에서 기존의 언해본에 만족하지 않고 더 많은 전기 작품을 번역하려는 시도가 있었음을 알 수 있다.[52)] 이 세 작품의 번역은 조선활자본 ≪산보문원사귤≫을 底本으로 하

---

51) 한글 필사본 ≪오월춘추≫의 내용에 관해서는 유희준·민관동, 〈≪오월춘추≫의 국내유입과 번역 및 수용양상〉, ≪중국소설논총≫ 제36집, 2012, 17-23쪽 참조.

52) 이와 비슷한 예로, ≪태평광기≫와 ≪산보문원사귤≫에는 수록되어 있지만 ≪태평광기언해≫에는 없는 〈汧國夫人(李娃傳)〉의 한글 번역필사본이 〈연국부인거힝녹〉이라는 제목으로 국문소설 ≪月下僊傳≫의 부록으로 삽입되어 있는 것을 볼 수 있다. 이 필사본의 표지에는 ≪월하션젼단≫이라 쓰여 있고, 표지 이면에는 ≪月下僊傳卷之單≫이라 적혀 있다. 책 제목인 〈월하션젼〉이 앞 부분 15면을 차지하고 있고, 16면부터는 〈연국부인거힝녹〉 18면과, 11면으로 된 〈탁셰둥봉일타홍〉이 이어지고 있는데, 세 이야기는 모두 기녀가 사랑하는 남자와 우여곡절 끝에 맺어지며 그가 입신양명하도록 돕는다는 점에서 공통점을 찾을 수 있다. 이 중 〈연국부인거힝녹〉의 경우 당 전기 〈이와전〉의 번역이지만 국문 창작 소설 필사본에 끼어 있기 때문에 본 논문에서는 단독 번역본으로 구분하지는 않았다. 〈연국부인거힝녹〉의 마지막 부분에는 大淸道光二十五年(1845), 歲次乙巳時憲書라고 되어 있어 필사 연대를 알 수 있는 근거가 있다.

여 문맥이 통하지 않는 부분은 ≪태평광기≫나 ≪염이편≫ 등 기타 서적을 참고한 것으로 보인다. ≪古押衙傳奇≫의 번역은 직역 위주로 되어 있고 오역은 거의 없는 편이며 간혹 원문에 없는 이야기를 부연 설명한 것도 있지만 문장 끝 감탄사로 시작하는 부분부터는 번역을 생략하고 있다.[53)]

종합해보면 송대 이전 문언소설의 한글 번역본의 경우, 백화소설이나 송대 이후 문언소설의 번역본 양보다 현저히 적고, 현재 남아 있는 것들도 모두 19세기 이후의 것이다. 하지만 그 번역본이 주는 의미는 작다고 할 수 없다. ≪열녀전≫과 같이 국가적으로 널리 보급할 필요가 있고 특히 여성 독자를 교화시킬 목적이 있었던 작품은 왕명으로 번역이 시도되고 출판까지 된 것이다. ≪오월춘추≫의 번역은 번역본 소설의 큰 비중을 차지했던 역사소설에 대한 독자들의 수요에 부응하는 것이었다고 할 수 있으며, ≪고압아전기≫의 번역본은 ≪태평광기언해≫에 번역되지 않은 唐 傳奇 작품에 대한 수요를 반영하는 것으로 또 다른 唐 傳奇 한글 번역본이 존재했을 가능성을 짐작케 한다.

국내에 유입된 송대 이전 문언소설과 관련한 문헌자료를 조사하여 유입시기와 특징 및 출판과 번역 상황에 대해 대략적으로 살펴보았다. 당대 이전 문언소설 27종과 당대 문언소설 16종을 살펴본 결과 다음과 같은 특징을 살펴볼 수 있었다.

우선, 남아 있는 자료를 근거해 볼 때, ≪산해경≫과 ≪유선굴≫이 전해진 삼국시대 이래로 고려를 거쳐 조선시대까지 끊임없이 유입되었으며, 개별 작품이 전해지지 않았더라도 ≪태평광기≫나 ≪설부≫·≪패해≫등 유서와 총서를 통해 작품을 접할 수 있었을 것으로 예상할 수 있었다.

수용과정에서 보이는 특징을 살펴보면, ≪열녀전≫·≪신서≫·≪설원≫ 등의 유교적 입장이 많이 반영된 작품들의 경우 조선에서도 유교 이데올로기의 내면화, 풍속의 쇄신 또는 교화에 도움이 된다는 측면에서 적극 수용되었으며 ≪오월춘추≫·≪박물지≫·≪유양잡조≫ 등과 같은 작품들은 지식을 확대시키고 선과 악을 두루 살펴 권계로 삼고 귀감을 삼을만하다는 측면에서 받아들여졌고, ≪세설신어≫나 은일류 소설 등은 문인들의 고상한 취향에 부합함으로써 향유되었다. 또한 여러 문인들이 유입된 문언소설

53) 이재홍, 〈羅孫本 필사본고소설자료 所載 한글번역필사본 唐傳奇에 대하여〉, ≪中國語文學論集≫ 제45호, 2007. 8. 321-341쪽.

들을 읽고 그 책의 내용을 제재로 새로운 문학 창작을 시도하였으며 박지원과 이덕무의 예처럼 문체를 모방하여 희문을 지음으로써 당시 지식론의 한 단면을 드러내고 사유세계를 확장시켰다. 한편 같은 소설 장르에서 보면, 우리의 설화 문학과 고전 소설의 발전에도 많은 영향을 미쳤음을 알 수 있다.

송대 이전 문언소설의 출판과 번역 양상을 살펴보았을 때 출판된 것은 5종, 번역된 것은 3종으로 백화소설이나 송대 이후 문언소설의 상황과 비교해 볼 때 매우 적은 편이다. 그러나 유교적 이데올로기와 교화를 표방하는 작품들이 주로 출판되고 번역된 경우가 주를 이루며, 한글 번역은 중인과 부녀자가 주 독자층이었던 것을 감안할 때 이들의 교화와 취향에 맞는 작품들이 번역되었음을 알 수 있다.

이와 같이 송대 이전 문언소설의 유입과정과 수용 양상을 살펴보면서 비록 자료의 한계로 인해 정확한 유입시기를 고증해내는 것은 어려웠지만 이들이 유입된 후 관심과 필요에 의해 적극적으로 수용했던 모습을 일부분이나마 확인해 볼 수 있었다. 아직 발굴되지 않은 자료들에 지속적인 관심을 가져서 더 중국 고전소설 수용에 대해 좀 더 다양한 논의가 나올 수 있기를 기대하며, 이 논문에서 자세히 다루지 못한 개별 작품의 수용과 변용 양상에 대한 연구는 후속 작업으로 남겨둔다.

2. 中國 文言小說의 국내유입과 수용양상
— 宋·元·明·淸代를 중심으로*

국내에 유입된 중국 고전소설의 목록 정리 및 번역·출판에 관한 연구가 시작된 이래로 꾸준히 새로운 자료가 발굴되고 있다. 2007년까지 조사된 바에 따르면 조선시대까지 유입된 중국 고전소설은 약 330여 종이었으나,[1] 최근 전면적인 조사를 통해 110여 종이 더 늘어나 총 440여 종의 목록이 확인되고 있다.[2] 그 중 文言小說이 약 200종, 白話小說이 약 240종을 차지한다. 단순히 수치상으로만 비교하면, 文言과 白話라는 문체로 구분되는 두 갈래의 중국 고전소설이 국내에 골고루 유입된 것으로 보인다. 그러나 과연 그러할까? 같은 한자문화권이라 할지라도 중국에서 창작되고 유통되던 모든 소설들이 언어와 사회·문화적 배경이 다른 우리의 정서에 모두 부합하는 것이 아닌 이상, 취사선택되어 수용되었을 가능성이 크다. 또한 중국의 소설사를 살펴보면, 백화소설이 송·원대에 등장하여 문언소설과는 확연히 다른 작자와 독자층을 형성하기 시작하고, 명·청대에 이르면 더욱 크게 홍성하여 통속문학의 주류를 차지하게 된다. 이와 같이 시대에 따른 중국 고전소설 내부의 변화 양상은 우리에게도 어떠한 영향을 미치지 않았을까?

실제로 국내 유입 목록과 남아 있는 판본 자료들을 자세히 분석해 보면, 흥미로운 사실들을 발견할 수 있다. 현재 우리나라 도서관에는 판본과 목록이 남아 있지 않지만 문

---

* 이 논문은 2010년 정부재원(교육인적자원부 인문사회연구 역량강화사업비)으로 한국연구재단의 지원을 받아 연구되었음(NRF—2010—322—A00128)
이 글은 2012년 8월 ≪중국어문학논집≫제75호에 투고된 논문을 수정 보완하여 작성한 것임.

** 주저자 : 박계화(성균관대학교 대동문화연구원 연구원). 교신저자 : 민관동(경희대학교 중국어학과 교수)

1) 민관동, ≪중국고전소설의 전파와 수용≫, 아세아문화사, 2007, 14-43쪽 참조.

2) 민관동·정영호 공저, ≪중국고전소설의 국내 출판본 정리 및 해제≫, 학고방, 2012, 160-165쪽 참조.

헌 기록상 유입기록이 있는 작품들을 살펴보니, 宋代 이전 문언소설은 43종, 宋·元代 문언소설은 30종, 백화소설은 3종이고, 明代 문언소설은 45종, 백화소설은 72종, 淸代 문언소설은 82종, 백화소설은 164종이 유입된 것으로 조사되었다.[3] 즉, 明·淸代로 갈수록 유입된 소설의 수량이 폭발적으로 늘어나고 있으며, 문언소설과 백화소설의 비율도 달라지고 있다. 이처럼 후대로 갈수록 증가하는 소설 수량과 백화소설의 증가량은 중국 고전소설의 흥성 양상이 국내에도 반영되었음을 보여주는 것이라고 할 수 있을 것이다.

명·청대 출판업의 발전, 특히 독자의 요구에 부응하고 영리를 추구하는 상업 출판의 발전으로 인해 통속적인 백화소설의 출판과 유통이 크게 확대된 것은 사실이다. 그러나 전통 문인 사회의 문언으로 된 글쓰기 방식이 사라지지 않은 이상 문언소설 역시 끊임없이 재생산되었고, 시대에 따라 변화되는 양상을 보인다. 우리의 경우, 한글이 창제된 이후에도 전통 문인들은 여전히 한자로 글을 지었으며, 이들은 중국의 구어적 문법이 반영된 백화체 문장보다는 규범적인 문언체 문장에 더 익숙했다. 이 때문에 조선후기까지 중국 문언소설에 대한 수요도 끊이지 않았다. 단순히 읽고 즐기는 차원에서 끝나지 않고 나아가 국내에서 다시 출판하고 번역하는 등 적극적으로 수용하였다.

최근 국내에 소장되어 있는 중국 古書의 전면적인 정리와 연구가 주목을 받고 있다. 이러한 작업이 중국서적의 수입과 전파 등 유통 경로를 파악하는 작업임과 동시에 동아시아의 지식유통의 지형도를 그릴 수 있는 초석이 될 수 있다는 인식이 많은 학자들의 동의를 얻고 있다.[4] 필자는 이러한 측면에서 제도권 내의 글쓰기 방식에서 많이 벗어나지 않으면서도 전통문인들의 문화적 일탈을 일정부분 반영하는 문언소설에 주목하여, 우리 문인들이 접한 중국 문언소설 목록을 정리하면서 기존의 오류를 수정·보완하고 남아 있는 기록이나 판본 등을 분석하여 그 문화적 의의를 찾아보고자 한다.

---

3) 국내 유입된 중국소설의 유입목록과 수량은 기본적으로 민관동·정영호 공저의 ≪중국고전소설의 국내 출판본 정리 및 해제≫, 160-165쪽을 참고한 것이나, 국내 유입된 중국문언소설의 목록과 수량은 필자가 "한국에 소장된 중국문언소설 판본 목록과 해제" 작업에 참여하여 얻은 결과를 바탕으로 수정한 것이다. 수정한 작품목록은 제2장 국내 유입된 송대 이후 문언소설을 참조할 것.

4) 金鎬, 〈한국 소장 중국고서 정리와 연구에 관한 서설-고서 해제를 중심으로〉, 중국어문학연구회, ≪중국어문학논집≫제71호, 2011, 485-487쪽.

한편, 중국 서적이 삼국, 통일신라시기부터 끊임없이 유입되었다고 추정되지만 남아 있는 자료의 한계로 인해 그 자세한 상황을 알기가 어렵다. 본격적인 통일왕조인 고려는 국시로서의 불교진흥과 富國安民의 정책을 시행하기 위해 佛經은 물론 儒家 經典·史書·과학서·기타 서적 등을 적극적으로 수입하였다.[5] 고려(918-1392)는 왕조가 지속된 시기 동안 전반기에는 송나라(960-1279)와 후반기에는 원나라(1271-1368)와 교류하였고, 외교적 경로를 통해 서적을 수입했을 뿐만 아니라 민간 상인들(宋商)을 통해 서적 교역을 하였다. 이러한 상황은 ≪高麗史≫·≪高麗史節要≫ 및 문인들의 문집 등에서 찾아 볼 수 있으며 송·원대 서적에 관한 기록도 좀 더 근거가 확실하다고 수 있다. 따라서 필자는 국내 유입된 중국 문언소설 가운데 일차적으로 송대 이후 작품을 대상으로 국내 유입 상황 및 수용 양상을 분석해보고자 한다.

1.1 국내 유입된 宋代 이후 문언소설

우선, 국내에 현존하는 판본과 문헌기록상의 유입관련 기록을 근거로 송대 이후 국내에 유입된 것으로 보이는 문언 소설 목록을 소개하자면 다음과 같다.[6] (밑줄 그은 작품은 현재 국내에는 판본이 남아 있지 않지만 문헌기록에는 유입기록이 있는 작품이다.)

---

5) 고려시대 서적 수입 상황에 관해서는 박문열, 〈고려시대의 서적수입에 관한 연구〉, 청주대 인문과학연구소, ≪인문과학논집≫11, 1992, 이시찬, 〈송원시기(宋元時期) 고려(高麗)의 서적 수입과 그 역사적 의미〉, 동방한문학회, ≪동방한문학≫, 2009, 금지아, 〈중국 한적의 조선 전래 양상(1)〉, 고려대 한자한문연구소, ≪한자한문연구≫제6호, 2010 등을 참고할 수 있다.

6) 참고로 송대 이전 문언소설의 유입 목록은 다음과 같다.
당대이전 27종: ≪山海經≫·≪穆天子傳≫·≪燕丹子≫·≪神異經≫·≪十洲記≫·≪洞冥記≫·≪東方朔傳≫·≪漢武帝內傳≫·≪吳越春秋≫·≪新序≫·≪說苑≫·≪列女傳≫·≪列仙傳≫·≪西京雜記≫·≪高士傳≫·≪神仙傳≫·≪靈鬼志≫·≪博物志≫·≪拾遺記≫·≪搜神記≫·≪搜神後記≫·≪述異記≫·≪世說新語≫·≪趙飛燕外傳≫·≪漢武故事≫·≪齊諧記≫·≪續齊諧≫
당대작품 16종: ≪酉陽雜俎≫·≪宣室志≫·≪獨異志≫·≪朝野僉載≫·≪北夢瑣言≫·≪因話錄≫·≪北裏志≫·≪卓異記≫·≪玉泉子≫·≪遊仙窟≫·≪尙書故實≫·≪資暇錄≫·≪無雙傳≫·≪白猿傳≫·≪諾皐記≫·≪河間傳≫

宋·元代 작품 30종 :

≪太平廣記≫·≪梅妃傳≫·≪楊太眞外傳≫·≪歸田錄≫·≪夢溪筆談≫·≪澠水燕談錄≫·≪冷齋夜話≫·≪巖下放言≫·≪玉壺淸話≫·≪涑水記聞≫·≪夷堅志≫·≪續博物志≫·≪鷄肋編≫·≪過庭錄≫·≪桯史≫·≪齊東野語≫·≪鶴林玉露≫·≪癸辛雜識≫·≪鬼董≫·≪閑窗括異志≫·≪五色線≫·≪睽車志≫·≪江隣幾雜志≫·≪南村輟耕錄≫·≪稗史≫·≪綠珠傳≫·≪漢成帝趙飛燕合德傳≫·≪唐高宗武後傳≫·≪嬌紅記≫·≪避署錄話≫

明代 작품 45종 :

≪說郛≫·≪山中一夕話≫·≪聘聘傳≫·≪太原志≫·≪廣博物志≫·≪皇明世說新語≫·≪正續太平廣記≫·≪剪燈新話≫·≪剪燈餘話≫·≪覓燈因話≫·≪效顰集≫·≪花影集≫·≪玉壺氷≫·≪稗史彙編≫·≪紅梅記≫·≪西湖遊覽志≫·≪亘史≫·≪五雜俎≫·≪智囊補≫·≪野記≫·≪何氏語林≫·≪訓世評話≫·≪鐘離葫蘆≫·≪兩山墨談≫·≪花陣綺言≫·≪情史≫·≪太平淸話≫·≪林居漫錄≫·≪癡婆子傳≫·≪逸史搜奇一百四十家小說≫·≪稗海≫·≪國色天香≫·≪顧氏文房小說≫·≪廣四十家小說≫·≪五朝小說≫·≪古今說海≫·≪漢魏叢書≫·≪獪園志異≫·≪艶異編≫·≪宋人百家小說≫·≪春夢瑣言≫·≪虞初志≫·≪仙媛傳≫·≪富公傳≫·≪迪吉錄≫

淸代 작품 82종 :

≪典故列女傳≫·≪簷曝雜記≫·≪挑燈新錄≫·≪客窓閒話≫·≪續客窓閒話≫·≪夢園叢說(夢園叢記)≫·≪見聞隨筆≫·≪遯窟讕言≫·≪耳食錄≫·≪忘忘錄≫·≪景船齋雜記≫·≪無稽讕語≫·≪鸝砭軒質言≫·≪甕牖餘談≫·≪灤陽消夏錄≫·≪埋憂集≫·≪子不語≫·≪夜譚隨錄≫·≪夜雨秋燈錄(續錄)≫·≪燕山外史≫·≪閱微草堂筆記≫·≪聊齋志異≫·≪女聊齋誌異≫·≪後聊齋志異≫·≪兩般秋雨庵隨筆≫·≪分甘餘話≫·≪我佛山人箚記小說≫·≪庸閒齋筆記≫·≪虞初新志≫·≪虞初續志≫·≪廣虞初新志≫·≪右台仙館筆記≫·≪里乘≫·≪刪補文苑楂橘≫·≪十一種藏書≫·≪海陬冶遊錄≫·≪諧鐸≫·≪今世說≫·≪茶餘客

話≫·≪質直談耳≫·≪壺天錄≫·≪寄園寄所寄≫·≪道聽塗說≫·≪淞南夢影錄≫·≪雨窗寄(記)所記≫·≪澆愁集≫·≪粵屑≫·≪因樹屋書影≫·≪螢窗異草≫·≪秋坪新語≫·≪翼駉稗編≫·≪說鈴≫·≪香艷叢書≫·≪坐花誌果≫·≪池北偶談≫·≪歸田瑣記≫·≪浪跡續談≫·≪池上草堂筆記≫·≪宋艷≫·≪笑林廣記≫·≪此中人語≫·≪海上群芳譜≫·≪滄海遺珠錄≫·≪秋燈叢話≫·≪閒談消夏錄≫·≪吳門畵舫錄≫·≪秘書二十一種≫·≪說冷話≫·≪三異筆譚≫·≪夢厂雜著≫·≪板橋雜記≫·≪續板橋雜記≫·≪桃溪客語≫·≪多暇錄≫·≪焦軒隨錄≫·≪北窗囈語≫·≪庸庵筆記≫·≪餘墨偶談≫·≪定香亭筆談≫·≪椒生隨筆≫·≪雪鴻小記≫·≪唐人說薈≫

1) 宋、元代 문언소설

송·원대 문언소설의 유입관련 기록과 시기를 정리한 도표는 다음과 같다.

〈표 1〉 宋·元代 작품

書 名	流入關聯 最初記錄과 時期	飜譯/出版	비고	所藏處
太平廣記	1080年 以前, 澠水燕談錄(王闢之) 1100-1200年間, 高麗史(志, 樂二)	飜譯, 出版		奎章閣 等
梅妃傳	未詳, 朝鮮筆寫本	飜譯	說郛	雅丹文庫
楊太眞外傳	未詳, 中國木版本	無	說郛	國立中央博物館
歸田錄	1241年 東國李相國集, 中國木版本	無	說郛	서울大
夢溪筆談	1241年 東國李相國集, 中國木版本	無	稗海	서울大
澠水燕談錄	1241年 東國李相國集, 中國木版本	無	說郛, 稗海	啓明大
冷齋夜話	18C 青莊館全書, 中國木版本	無	說郛	奎章閣
嚴下放言	未詳(朝鮮末期), 中國木版本	無	說郛	서울대
玉壺淸話	1241年 東國李相國集, 中國木版本	無	說郛	全南大
涑水記聞	16C末 芝山集, 中國木版本	無	說郛	東亞大
夷堅志	明心寶鑑 1305年(正氣篇), 五洲衍文長箋散稿 卷7	無	說郛	高麗大 等
續博物志	17C 澤堂集, 農巖集, 星湖僿說, 五洲衍文長箋散稿, 中國木版本	無	說郛, 稗海	全南大, 慶熙大 외
鷄肋編	五洲衍文長箋散稿, 中國木版本	無	說郛	서울大
過庭錄	未詳, 中國木版本	無	說郛, 稗海	奎章閣
桯史	17C 淸陰集(金尙憲), 中國木版本	無	說郛, 稗海	성암문고

書 名	流入關聯 最初記錄과 時期	飜譯/出版	비고	所藏處
齊東野語	16C 白沙集(李恒福), 中國木版本	無	稗海	國立中央博物館
新刊鶴林玉露	1599年以前 遣閑雜錄(沈守慶)	無	說郛, 稗海	國立中央圖書館, 서울大 等
癸辛雜識	未詳, 中國木版本, 續書있음	無	稗海	奎章閣
鬼董	未詳, 中國木版本	無		東國大
閑窗括異志	未詳, 中國木版本	無	稗海	奎章閣
五色線	未詳, 筆寫本	無		安東大
睽車志	1618年代以前, 閑情錄	無	稗海	延世大 等
江隣幾雜志	未詳, 中國木版本	無	稗海	奎章閣
南村輟耕錄	1599年以前 遣閑雜錄(沈守慶)	無		嶺南大
稗史	未詳(朝鮮末期), 中國木版本	無	說郛	奎章閣 等
綠珠傳	未詳, 中國木版本	無	說郛	서울大, 忠南大
漢成帝趙飛燕合德傳(한셩제 됴비연합덕뎐)	未詳, 筆寫本	飜譯	說郛 (?)	雅丹文庫
唐高宗武後傳(당고종무후뎐)	未詳, 筆寫本	飜譯		雅丹文庫
嬌紅記	1506年, 朝鮮王朝實錄 (燕山君, 卷62條)	出版(未詳)		失傳
避署餘話	未詳[1618年以前], 閑情錄	無	稗海	失傳

위의 표에서 송·원대 문언소설의 국내 유입에 관해 몇 가지 사실을 파악할 수 있다. 첫째, 송·원대 문언소설 중 유입 기록이 가장 이른 것은 ≪太平廣記≫이다. ≪太平廣記≫가 처음 우리나라에 전래된 분명한 시기는 알 수 없지만, 南宋 때의 문인 王闢之가 지은 ≪澠水燕談錄≫중에 宋 神宗 元豊 3年(1080) 송나라에 파견된 고려 사신 樸寅亮이 ≪太平廣記≫에 실려 있는 고사를 능숙하게 활용하여 글을 지었다는 내용이 기록되어 있기에 이것으로 1080년 이전에 ≪태평광기≫가 국내에 유입되었을 가능성을 주장하기도 한다.[7] 그러나 다른 방증 자료가 부족하고 중국을 왕래하던 문인들이 ≪태평광기≫속 이야기들을 중국에서 단편적으로 접했을 가능성도 배제할 수 없기 때문에 유입시기를 1080년 이전이라고 확정시키기는 어렵다. 다만 그 후로 고려 문신 尹誧의 〈太平廣記撮要詩〉[1146, 고려 仁宗 24年], ≪翰林別曲≫[1216, 고려 高宗 3年, ≪高

7) 趙維國, 〈太平廣記傳入韓國時間考〉, ≪中國小說硏究會報≫46, 2001, 참조.

麗史≫〈樂志〉에 수록] 등에서 ≪太平廣記≫의 서명이나 내용이 계속 나타나는 것으로 보아[8] 적어도 12세기 말에는 유입되어 많은 문인들에게 읽혔음을 알 수 있다.

둘째, 고려 문인들의 문집에 작품 내용이 인용되었거나 서명이 거론된 경우 그 유입시기를 추정할 수 있다. 李奎報(1168-1241年)의 ≪東國李相國集≫에 典故로 사용되고 있는 것으로 보아 그 유입시기를 1241년 이전으로 추정할 수 있는 작품으로 ≪歸田錄≫·≪夢溪筆談≫·≪玉壺清話≫·≪澠水燕談錄≫ 등을 들 수 있다.

≪歸田錄≫에 관련된 기록은 ≪東國李相國集≫권7 〈古律詩-찐 게를 먹으며〉에 나온다. "또 보지 않았던가! 錢卿이 고을 벼슬살이 구할 때 바라던 것은 다른 게 아니라, 오로지 게만 있고 고을의 감찰사는 없는 것이었네(又不見錢卿乞郡非他求, 唯思有蟹無監州)"라는 구절은 ≪歸田錄≫卷2에서 게를 좋아하는 항주 사람 錢卿 즉 錢昆이 外職으로 나가기를 바라고 있을 때 누군가 그에게 어느 고을로 가고 싶은지를 묻자 "蟹만 있고 通判이 없는 고을이면 된다"고 대답했다는[9] 이야기를 인용한 것이다. 이는 宋 나라 초기에 通判과 知州 사이에 알력과 권력다툼이 있었음을 풍자적으로 말한 것이었다.

또, ≪東國李相國集≫권36 〈金紫光祿大夫守大尉門下侍郎同中書門下平章事上將軍修文殿大學士修國史判禮部事趙公誄書〉에 '蛾眉班'이라는 말이 나오는데 이것은 ≪夢溪筆談≫권3 故事二에 "당 나라 제도에 兩省의 供奉官들이 동서로 마주서는 것을 아미반이라 한다(唐制兩省供奉官東西對立謂之'蛾眉班')"라고 한 부분을 인용하여 학사의 반열을 비유한 것이다.

≪東國李相國集≫권5 〈東閣 吳世文이 誥院의 여러 學士에게 드린 삼백 韻의 시에 차운하다〉라는 시에서 "碧雲騢가 어찌 趙宋에만 있었으며, 明月珠도 隨侯에게만 있었겠는가(碧雲何獨趙, 明月不須隨)"라는 구절이 나오는데, 여기에서 인용한 벽운하에 관한 내용은 ≪玉壺清話≫와 ≪澠水燕談錄≫에 나온다. 宋 太宗의 御馬로 입가에 푸른 구름무늬가 있었으므로 碧雲騢(또는 碧雲霞)라 명명하였는데, 하루에 천 리를 달렸고 태종이 죽자 따라 죽었다고 한다.[10] 즉, 벽운하와 같은 훌륭한 인재가 현재에도

---

8) 김장환, 〈≪太平廣記祥節≫편찬의 시대적 의미〉, ≪중국소설논총≫제23집, 2006, 194-195쪽.

9) "錢昆少卿者, 家世餘杭人也, 杭人嗜蟹, 昆嘗求補外郡, 人問其所欲何州, 昆曰: '但得有螃蟹, 無通判處則可矣.'"

10) ≪玉壺清話≫권8 : "太宗禦廄一馬號'碧雲霞', 折德扆獲之於燕澗. 因貢焉. 口角有紋如碧霞, 夾於雙勒. 圉人飼秣, 稍跛倚失恭, 則踣齧吼噴, 怒不可解. 從征太原, 上下岡阪, 其平

있다는 뜻으로 인용한 것인데 이규보가 두 작품 중 어느 것을 본 것인지는 확실하지 않지만 중국의 전적에 해박했던 이규보의 성향으로 보아 두 작품 모두 알고 있었을 가능성이 크다.

한편, 高麗 忠烈王 때 文臣이었던 秋適(1246-1311年)이 著述했다는 ≪明心寶鑑≫ 〈正己篇〉 중에 "≪夷堅志≫에 이르기를, 여색 피하기를 원수 피하는 것과 같이 하고, 바람 피하기를 날아오는 화살 피하는 것 같이 하며, 빈속에 차를 마시지 말고 밤중에 밥을 많이 먹지 말라(夷堅志雲, 避色如避讐,避風如避箭, 莫喫空心茶, 少食中夜飯)"라고 인용한 대목이 있다. 이 경우에는 직접적으로 ≪夷堅志≫라고 그 서명을 거론하고 있으므로, 그 유입시기가 확실히 고려 말기임을 알 수 있다.

셋째, 沈守慶(1516-1599年)의 ≪遣閑雜錄≫ · 李恒福(1556-1618年)의 ≪白沙集≫ 등에 인용된 것으로 보아 조선 전기에 유입된 것으로 추정되는 작품으로 ≪齊東野語≫ · ≪鶴林玉露≫ · ≪南村輟耕錄≫ 등이 있다.

沈守慶(1516-1599年)의 ≪遣閑雜錄≫에 보면 그가 ≪遣閑雜錄≫을 저술하며 자신이 본 雜記 목록을 적어 놓았는데 그 가운데 ≪鶴林玉露≫와 ≪南村輟耕錄≫이 있다.

> 예나 지금이나 문인으로서 저술한 잡기(雜記)가 많은데, 내가 본 것을 들어보면 ≪南村輟耕錄≫ · ≪江湖記聞≫ · ≪酉陽雜俎≫ · ≪詩人玉屑≫ · ≪鶴林玉露≫ 등의 서적과 고려 때 李仁老의 ≪破閑集≫, 李齊賢의 ≪櫟翁稗說≫과 本朝 徐居正의 ≪太平閑話≫ · ≪筆苑雜記≫ · ≪東人詩話≫, 李陸의 ≪青坡劇談≫, 成俔의 ≪慵齋叢話≫, 曹伸의 ≪謏聞鎖錄≫, 金正國의 ≪思齋摭言≫, 宋世琳의 ≪禦眠楯≫, 魚叔權의 ≪稗官雜記≫, 權應仁의 ≪松溪漫錄≫ 등이 있다. 이들은 모두 견문을 기록한 것으로 한가할 때 볼 수 있는 자료이다.[11]

如砥. 下則伸前而屈後, 登高則能反之. 太宗甚愛. 上樽餘瀝, 時或令飮, 則嘶鳴喜躍. 後聞宴駕, 悲悴骨立. 真宗遣從皇輿於熙陵, 數月遂斃. 詔令以敝幃埋桃花犬之 旁." 이와 비슷한 내용이 王辟之의 ≪澠水燕談錄≫卷八〈事志〉에도 나온다.

11) 沈守慶(1516-1599年)의 ≪遣閑雜錄≫: "古今文人著述雜記多矣. 餘所得見者, 南村輟耕錄 · 江湖記聞 · 酉陽雜俎 · 詩人玉屑 · 鶴林玉露等書, 及前朝李仁老有破閑集, 李齊賢有櫟翁稗說, 我朝徐居正有大平閑話 · 筆苑雜記 · 東人詩話, 李陸有青坡劇談, 成俔有慵齋叢話, 曹伸有謏聞鎖錄, 金正國有思齋摭言, 宋世琳有禦眠楯, 魚叔權有稗官雜記, 權應仁有松溪漫錄. 皆是記錄見聞之事, 以爲遣閑之資耳."

여기에서 심수경이 ≪鶴林玉露≫와 ≪南村輟耕錄≫을 직접 읽었다고 한 것으로 보아 이 두 작품은 16세기 말 이전에는 국내에 유입되었다고 볼 수 있다. 심수경은 자신이 지은 ≪遣閑雜錄≫도 이 작품들처럼 모두 몸소 겪은 견문을 바탕으로 기록한 것이고, 모두가 쓸데없고 무익한 말만은 아니니 여가를 보내는 데 도움이 될 만한 것이라고 하며 이 작품들의 성격을 규명하고 있다. 잡기류 문언소설에 대한 이러한 생각은 심수경 뿐만 아니라 위에 언급된 당시 문인들의 보편적인 생각으로 볼 수 있을 것이다.

또한, 李恒福이 1598년 丁應泰의 무고사건을 해결하기 위하여 북경에 다녀오면서 남긴 기록인 ≪朝天錄≫을 보면, 그가 지은 〈재차 앞의 운을 사용하여 기록해서 해월에게 바치고, 겸하여 월사에게 적은 것을 보여서 함께 짓기를 요구하다(再疊前韻, 錄呈海月, 兼簡月沙, 邀同賦)〉는 시에 "황당한 말은 제동야어에 관계되고, 일은 산해경의 기록과 비슷하구려(語涉齊東野, 事類山海誌)"[12]라고 하며 ≪齊東野語≫를 인용하고 있다. 여기에서 '齊東野'는 제나라 동쪽 변두리에 살아 허튼 소리를 한다는 '齊東野人'[13]을 말하는 것일 수도 있으나 뒤의 구절에 ≪山海經≫이 나오는 것으로 보아 '齊東野'도 ≪齊東野語≫를 가리킬 가능성이 크다고 여겨진다.

넷째, 표에서 정리한 30종의 소설 가운데 유입 관련 기록이 보이지 않거나 비교적 후대에 기록이 보이는 작품 중 明代에 나온 文言小說 叢書인 ≪說郛≫나 ≪稗海≫에 수록되어 있는 것이 24종이나 된다.

元末-明初를 살았던 陶宗義가 편찬한 ≪說郛≫는 野史·수필·經典·傳記·문집·소설 등의 서적 1,000여 종을 抄錄하여 편찬한 것으로 지금 현재 전해지고 있는 ≪說郛≫ 총서는 크게 두 종류로 나뉜다. 하나는 오랫동안 필사본으로만 전하여지고 있던 것을 1927년에 張宗祥이 校訂하여 출판한 총 100권의 ≪明鈔本說郛≫이고, 또 하나는 明末 天啓-崇禎 年間(1621-1644)에 陶廷이 ≪重編百川學海≫·≪續百川學海≫·≪廣百川學海≫·≪廣漢魏叢書≫·≪五朝小說≫ 등 明代叢書의 版本을 이용하여 1,364종의 서적을 수록한 ≪重較說郛≫120권이다.[14] ≪稗海≫는 商濬이 편찬이 편찬

12) ≪白沙別集≫제5권 〈朝天錄〉上 戊戌十二月(1598년) 十三日 條.

13) 齊東野人은 맹자가 믿을 수 없는 황당한 말을 하는 시골사람을 멸시하여 이른 말이다. ≪孟子≫〈萬章上〉: "此非君子之言, 齊東野人之語也."

14) 寧稼雨, ≪中國文言小說總目提要≫, 齊魯書社, 1996, 188쪽.

한 明代 文言小說叢書로서 魏晉이후로 전해지는 74종의 소설, 잡기류의 글이 수록되어 있다.

이 두 총서는 朝鮮 光海君때 許筠(1569-1618年)이 두 해(1614-15)에 걸친 북경사행길에서 구입한 중국서적 목록에 포함되어 있으며,[15] 이것으로 이 두 총서의 유입시기가 늦어도 17세기 초임을 알 수 있다. 그러므로 문헌상 유입기록이 보이지 않는 ≪梅妃傳≫ · ≪楊太眞外傳≫ · ≪綠珠傳≫ · ≪過庭錄≫ 등의 작품과 17세기 이후에 기록이 보이는 ≪冷齋夜話≫ · ≪續博物志≫ · ≪桯史≫ 등의 작품들은 ≪說郛≫나 ≪稗海≫를 통해 17세기 초 문인들이 읽었을 것으로 추정할 수 있다.

한편, ≪漢成帝趙飛燕合德傳≫의 경우 현재 중국 판본이 전해지는 것이 없고 한글번역 필사본만 전해지는 독특한 책이다. 아직 자료가 충분하지 않아 이 작품이 원래 중국 작품에 있었던 것인데 일실된 것인지 아니면 조선에서 조비연과 관련된 이야기를 모아 번안한 소설인지 확실하지는 않다. 하지만 이 경우도 ≪說郛≫에 ≪조비연외전≫과 ≪조비연별전≫이 수록되어 있는 것으로 보아 17세기 초에 조비연에 관한 이야기가 충분히 전해졌을 것으로 여겨진다.

이 밖에 유입기록은 있으나 판본이 없는 작품으로는 ≪嬌紅記≫와 ≪避署錄話≫가 있다.

≪嬌紅記≫에 관해서는 ≪燕山君日記≫燕山君 12년(1506) 4월 13일에 처음 보이고, 8월 7일에 ≪嬌紅記≫등을 간행하라고 명한 기록이 보인다.[16] 이것으로 보아 16세기 초에 이 책이 국내에 알려진 것으로 볼 수 있지만 안타깝게도 현재 전해지는 판본이 없다. ≪避署錄話≫의 국내 유입 기록도 정확하지 않다. 그러나 韓致奫(1765-1814年)

---

15) 朝鮮 光海君때 許筠이 쓴 ≪惺所覆瓿稿≫, 閑情錄 凡例中 中國稗官小說의 書目 : "…[中略]… 乃朱蘭嵎 太史所贈 ≪棲逸傳≫ · ≪玉壺氷≫ · ≪臥遊錄≫三種反覆披覽 …. [中略]… 甲寅乙卯兩年 因事再赴帝都 斥家貨 購得書籍 幾四千餘卷 …. [中略]… ≪列仙傳≫ · ≪世說新語≫ · ≪太平廣記≫ · ≪睽車志≫ · ≪高士傳≫ · ≪何氏語林≫ · ≪事文類聚≫ · ≪貧士傳≫ · ≪仙傳拾遺≫ · ≪問奇語林≫ · ≪稗海≫ · ≪說郛≫ · ≪張公外記≫ · ≪筆談≫ · ≪南村輟耕錄≫ · ≪玉壺氷≫ · ≪吳越春秋≫ · ≪眉公秘笈≫ · ≪小窓清記≫ · ≪明野彙≫ · ≪經鋤堂雜志≫ · ≪稗史彙編≫ · ≪四友叢說≫ · ≪林居漫錄≫ · ≪艷異編≫ · ≪耳談類林≫ · ≪避署餘話≫ · ≪太平淸話≫ · ≪玄關雜記≫ · ≪河南師說≫ · ≪西湖遊覽記≫ 等." ≪許筠全書≫, 亞細亞文化社, 影印本 253쪽.

16) 민관동 · 정영호 공저, 앞의 책, 242쪽 참조.

의 ≪海東繹史≫ 제27권 〈文房類〉에 ≪避署錄話≫의 내용이 소개되어[17] 있는 것을 보면, 이 책은 늦어도 18세기 말에서 19세기 초에는 유입되었을 것이다. 한치윤이 본 판본이 어떤 판본인지는 알 수 없으나 현재 국내에는 ≪稗海≫本이 남아있다.

2) 明代 문언소설

국내에 유입된 명대 문언소설은 총 45종으로, 유입관련 기록과 시기를 정리한 도표는 다음과 같다.

〈표 2〉 明代 작품

書 名	流入關聯 最初記錄과 時期	飜譯/出版	비고	所藏處
說郛	未詳[1618年以前], 惺所覆瓿稿 閑情錄	無	叢書	奎章閣
山中一夕話	1762年以前, 中國小說繪模本(完山李氏)	無	笑話	梨花女大 等
빙빙뎐 (聘聘傳)	18世紀初 國內飜譯本, 剪燈餘話5 (類似), 中國小說繪模本序文	飜譯		韓國學中央研究院, 樂善齋
太原志	1762年以前, 中國小說繪模本 序文 (국문소설로 보는 견해도 있음)	飜譯		樂善齋
廣博物志	五洲衍文長箋散稿, 中國木版本	無		奎章閣, 延世大 等
皇明世說新語	未詳, 中國木版本	出版		啓明大 等
正續太平廣記	未詳, 中國木版本	無	類書	國史編纂委員會 等
剪燈新話	15世紀 金時習, 龍泉談寂記(金安老), 1506年, 朝鮮王朝實錄(燕山君, 62條)	飜譯, 出版		奎章閣 等
剪燈餘話	1450年代以前, 龍飛禦天歌(第99章), 朝鮮王朝實錄(燕山君, 卷62條) 等	出版		國立中央圖, 日本(內閣文庫)一部所藏
覓燈因話	未詳, 中國木版本	無		奎章閣
效顰集	1506年, 朝鮮王朝實錄(燕山君, 卷62條)	出版		失傳(日本)
花影集	1546年, 花影集 跋文, 國內出版本	飜譯, 出版		失傳(日本)

17) ≪文淵閣四庫全書≫제863권 ≪避暑錄話≫卷上 : "黃山의 소나무는 풍만하고 단단하면서도 결이 치밀해서 다른 주에 있는 소나무와는 다르며, 또 漆이 많다. 예전에는 칠을 쓰는 자가 없었는데, 30년 전부터는 사람들이 비로소 칠을 썼다. 소나무를 칠에다 적셔서 함께 불태운다. 내가 大觀(1107-1110年) 연간에 墨工 高慶和를 시켜서 산에서 그을음을 채취하게 하고는 그에 대한 값의 고하를 따지지 않고 다 주었다. 또 일찍이 三韓 사신들을 접대하는 館伴의 명을 받고는 그들이 조공하는 먹을 얻어서 이를 잘게 부순 다음 3분의 1을 섞어서 먹을 만드니, 潘穀과 張穀 및 陳瞻의 무리가 만든 먹이 모두 이 먹만 못하였다." 한국고전종합DB ≪海東繹史≫제27권 〈文房類〉 해석 재인용.

書 名	流入關聯 最初記錄과 時期	飜譯/出版	비고	所藏處
玉壺氷	1580年以前, 牛溪集卷6(成渾), 閑情錄	出版		奎章閣 等
稗史彙編	1618年以前, 閑情錄	無	類書	奎章閣
紅梅記	未詳, 朝鮮筆寫本	飜譯		樂善齋
西湖遊覽志餘	1618年以前, 閑情錄	無		啓明大
亙史	19C初 研經齋全集(成海應), 中國木版本	無		奎章閣
五雜組	1800年代初中期, 星湖僿說(李瀷), 五洲衍文長箋散稿 等	無		失傳
智囊補	未詳, 中國木版本	無	總集	朴在淵
野記	未詳, 中國木版本	無		成均館
何氏語林	1618年以前, 閑情錄	無		奎章閣
訓世評話	1473年, 朝鮮出版本	出版		國立中央圖 等
鐘離葫蘆	1623-1649年間, 於于野談	出版	笑話	
兩山墨談	1575年, 朝鮮出版本	出版		國立中央圖 等
花陣綺言	1762年以前, 小說經覽者, 中國木版本	無	叢書	國立中央圖書館
情史	1762年以前, 小說經覽者, 中國木版本	無	總集	奎章閣 等
太平淸話	1618年以前, 閑情錄	無		奎章閣
林居漫錄	1618年以前, 閑情錄	無		失傳
癡婆子傳	1762年以前, 小說經覽者	無	禁書	崇實大
逸史搜奇一百 四十家小說	未詳, 中國木版本	無	叢書	韓國學中央研究院
稗海	1618年以前, 閑情錄	無	叢書	奎章閣
國色天香	1720年以前, 陶穀集(庚子燕行雜識)	無		失傳
顧氏文房小說	未詳, 中國石印本	無	叢書	奎章閣
廣四十家小說	未詳, 中國石印本	無	叢書	成均館大
五朝小說	未詳, 中國木版本	無	叢書	朴在淵
古今說海	1776年以前, 欽英, 中國木版本	無	叢書	忠南大, 東亞大等
漢魏叢書	1776年以前, 欽英, 中國木版本	無	叢書	延世大 等
獪園志異	未詳, 中國木版本	無		奎章閣
艷異編	1618年以前, 閑情錄	無	總集	朴在淵
宋人百家小說	未詳(朝鮮後期), 中國木版本	無	叢書	奎章閣
春夢瑣言	未詳,	無		失傳
虞初志	[1800年以前], 五洲衍文長箋散稿卷7	無		失傳
仙媛傳	1762年以前, 中國小說繪模本(完山李氏)	無		失傳
富公傳	1762年以前, 中國小說繪模本(完山李氏)	無		失傳
迪吉錄	1762年以前, 中國小說繪模本(完山李氏)	無		失傳

위의 도표에서 정리한 명대 소설의 유입 관련 기록을 통해 다음과 같은 사실을 알 수 있다.

첫째, 총 45종의 작품 중 유입기록이 확인되지 않는 작품을 제외한 나머지 30여 종을 살펴보면, 16세기 이전에 유입 기록이 있는 작품이 6종, 17세기에 유입 기록이 있는 작품이 9종, 18세기에 유입 기록이 있는 작품이 12종, 19세기에 유입 기록이 있는 작품이 4종으로 명대 소설은 17-18세기에 주로 유입되었음을 알 수 있다. 이것은 조선에서의 중국 서적 구입 상황의 변화와도 관련이 있다. 조선 초기에는 중국 서적의 수입이 국가의 필요에 의해 국비로 구입한 것이 대부분이었고, 간혹 개인적으로 연행사나 수행원에게 비용을 주며 필요한 책을 구입해 줄 것을 의뢰해 받아볼 수 있었다.[18] 그러나 갈수록 연행 사신을 따라간 수행원들이나 역관들의 사적인 도서 구입이 늘어나며 조선에 유통되는 중국 도서의 종류와 양이 늘어났다. 사행 온 조선인들이 서적 구입에 열을 올리는 모습에 대해 17세기 초 董紹書는 다음과 같이 기록하였다.

> 조선인은 책을 가장 좋아한다. 무릇 사신으로 오는 이들은 한 오륙십 명 정도인데, 그들 중 어떤 이는 舊傳을 어떤 이는 新書를, 또 어떤 이는 稗官小說을 찾아, 그들에게 없는 것을 날마다 저자로 나가 각각 서목을 베끼고, 만나는 사람마다 두루 물어 혹 비싸더라도 아까워하지 않고 구입해 가지고 돌아간다. 그러므로 저들 나라에는 도리어 異書 소장본이 있기도 하다.[19]

이러한 기록은 사행원으로 중국에 간 우리나라 사람들이 서적 구입에 정성을 쏟았으며 특히 패관소설에도 관심이 있었음을 알려준다. 임진왜란 전후로 출현한 중국 소설의 한글 번역본으로 인해 이 무렵 국내의 중국 소설 독자층이 늘어난 것도 한 원인이라고 할 수 있다.

둘째, 명대 소설의 유입 관련 기록은 크게 4가지 경로를 통해 찾아 볼 수 있다. 왕조의 공식적인 기록, 許筠이나 박지원 등처럼 연행 사절단에 합류하여 다녀온 이들의 연행

---

18) 배현숙, 〈宣祖初 校書館 활동과 書籍流通考-柳希春의 〈眉巖日記〉분석을 중심으로〉, ≪서지학연구≫, 제18집, 1999, 242-247쪽 참조.

19) ≪增補文獻備考≫3, 동국문화사, 1957, 844쪽. "朝鮮國人最好書, 凡使臣之來限五六十人, 或舊傳, 或新書, 或稗官小說, 在彼所缺者, 日出市中, 各寫書目, 逢人遍文, 不惜重置購回. 故彼國反有異書藏本也."

기록, 조선 문인들의 일기나 문집, 소설 삽화와 관련하여 발견된 중국소설 목록 등이다.

① ≪조선왕조실록≫을 살펴보면 중국 소설 유입에 적극적인 태도를 보인 왕이 燕山君이었음을 알 수 있다. 〈燕山君 12年(1506) 4月13日, 壬戌〉에 "전교하기를, '≪剪燈新話≫·≪剪燈餘話≫·≪效顰集≫·≪嬌紅記≫·≪西廂記≫ 등을 謝恩使로 하여금 사오게 하라.'하였다. ……[中略]…… 전교하기를 '≪剪燈新話≫·≪剪燈餘話≫ 등을 인쇄하여 바치라.'하였다."는 기록이 남아있다.[20] 이와 같이 ≪전등신화≫·≪전등여화≫·≪효빈집≫ 등 주로 남녀 간의 사랑을 서술한 明代 傳奇小說이 燕山君의 주목을 받고 공식적인 기록에 나타나고 있다. 그러나 ≪전등신화≫와 ≪전등여화≫에 관한 기록은 더 이전에도 찾을 수 있다. 金安老(1481-1537年)가 ≪龍泉談寂記≫에서 김시습(1435-1493年)의 ≪금오신화≫는 明의 ≪전등신화≫를 모방해서 지었다고 처음 언급했는데, 실은 김시습 사후에 출간된 ≪梅月堂集≫권4에도 그가 ≪전등신화≫를 보고 지은 〈題剪燈新話後〉라는 글이 실려 있는 것으로 보아 ≪전등신화≫는 15세기 중반에 이미 국내에 유입되었을 것으로 추정된다.

≪전등여화≫의 경우는 世宗朝 ≪龍飛禦天歌≫에서 그 흔적을 찾아 볼 수 있다. ≪용비어천가≫를 편찬할 때 집현전 학사들이 ≪剪燈餘話≫의 한 대목을 주석으로 인용함으로써 최초의 전래기록을 남기고 있는데, 이것으로 ≪전등여화≫의 유입 시기도 15세기 중반 이전으로 볼 수 있다.[21]

명종 9년(1554) 魚叔權이 편찬한 類書 ≪攷事撮要≫는 당시 중국과 우리나라의 여러 문물제도를 기록한 것으로, 韓中關係史를 살피는 데 빼놓을 수 없는 자료로서 여러 차례 개정·증보되었다. 그 가운데 〈攷事撮要冊板目錄〉은 조선 최초의 도서목록으로서 임진왜란 이전 전국 각지에서 발간된 도서의 간행장소와 간행연도를 추정할 수 있는 중요한 자료이다. 宣祖 1년(1568)과 9년(1577)·18년(1585)에 간행된 ≪攷事撮要≫의 목록을 살펴보면 위의 도표에서 정리한 소설 중 ≪효빈집≫·≪화영록≫·≪옥호빙≫·≪훈세평화≫·≪양산묵담≫이 지방 관아에서 간행되었음을 알 수 있으며, 이로써 중

20) 민관동, ≪중국고전소설비평자료총고≫, 학고방, 2003년, 86쪽. "傳曰, 剪燈新話·剪燈餘話·效顰集·嬌紅記·西廂記等, 令謝恩使貿來. …[中略]… 傳曰, 剪燈新話·餘話等書, 印進."

21) 최용철, ≪剪燈三種≫(上), 소명출판사, 2005, 501쪽. ≪龍飛禦天歌≫제99장 권10 : "≪剪燈餘話≫曰: 五代之 亂, 古所未有, 不有英雄起而定之, 則亂何時而已乎. …."

국어 교재로서 조선에서 편찬한 소설집 ≪훈세평화≫를 제외한 나머지 작품들이 늦어도 16세기에는 국내에 유입되었음을 알 수 있다.

② 다음으로는 연행 사신단의 일원으로 중국에 다녀오면서 중국 서적을 가져오거나 소개한 경우이다. 이 경우에 가장 대표적인 인물이 許筠이다. ≪閒情錄≫은 許筠이 1606년에 원접사 柳根의 종사관으로 중국 사신 朱之蕃 등을 만났을 때에 朱之蕃으로부터 받은 ≪世說刪補≫·≪玉壺氷≫·≪臥遊錄≫ 등과 1614년에 중국에 가서 구입해온 ≪學海≫·≪居漫錄≫등의 내용을 주제별로 분류하여 요약하고 이후에 이것을 증보하여 만든 것이다. ≪한정록≫에서 許筠은 중국에서 4천여 권의 책을 구입해 왔다고 기록하였는데, 그 중에 16세기에 유입기록이 보이는 ≪옥호빙≫을 제외하면 ≪설부≫·≪패사휘편≫·≪서호유람지여≫·≪하씨어림≫·≪태평청화≫·≪임거만록≫·≪패해≫·≪염이편≫ 등의 8종이 보인다.[22] 이것으로 이 작품들이 17세기 초에 국내에 유입되었음을 알 수 있다.

한편, 전해지는 ≪花影集≫조선 간본의 跋文은 조선 宣祖 때 松都三絶의 1명인 崔岦(1539-1612年)이 쓴 것으로, 최립은 이 글에서 조선 명종(재위 1545-1567年) 초에 僉知中樞府事가 되어 進賀使의 부사로 明에 다녀온 尹溪가 구해왔다고 적고 있다. 윤계는 연행을 다녀오며 입수한 중국 책에 관해 기록을 남기지 않았지만, 최립의 글을 통해 연행사신단을 통한 중국소설 유입이 許筠보다도 더 앞서고 있음을 알 수 있다. 또한 앞에 언급한 ≪고사촬요≫宣祖 18년(1585) 간행본에서 알 수 있었던 ≪화영집≫의 유입 추정 기록보다도 실제 유입시기가 훨씬 앞당겨져 그보다 40여 년 앞선 16세기 중엽에 국내에 소개가 되었음을 알 수 있다.

③ 조선 문인들의 일기나 문집에서 중국 소설을 읽었다고 언급한 경우이다. 조선 초·중기에 자신의 일상을 기록으로 남긴 일기로 유명한 두 문인이 있다. 바로 ≪眉巖日記≫를 남긴 柳希春[23]과 독서일기 ≪欽英≫을 남긴 兪晩柱[24]이다. 유희춘과 유만주

22) 주15) 참조.

23) 柳希春은 1567년부터 1577년까지 10년간 자신의 일상과 당시 조정에서 일어난 사건에 대해 적고 있어서 그의 일기는 사료로서 가치가 크다.

24) 유만주는 1775년부터 1787년까지 자신의 독서와 사색에 관한 일기를 남겼는데, 자신이 암송해야 할 책은 몇 번 읽었는지, 巨帙인 경우에는 날마다 얼마씩 읽었는지를 구체적으로 기록해 놓았다. 이러한 기록은 당시 경화노론 지식인의 사유세계를 이해할 수 있는 귀중한 자료로서 주목받

의 일기를 통해서 16세기와 18세기 문인들이 서책을 구입하는 방법 및 서적 유통에 관한 단면을 엿볼 수 있다.

유희춘은 교서관 제조로서 宣祖 초반에 서적을 간행하는 데 큰 역할을 했으며 또 직접 많은 서적을 편찬하기도 하였다. ≪미암일기≫에는 당시 교서관에서 간행하는 서적의 내용뿐 아니라 유희춘의 서적 구입 경로에 대해 자세히 기록되어 있다. 그는 주로 필사의 방법으로 서적을 수집하였지만, 그밖에 다른 지방관이나 주위 사람으로부터 책을 증여받거나 선물 받는 경우가 있었고, 또한 서적 거간꾼 책쾌를 통해 서적을 구입하기도 하였다.[25] 명대 문언소설 ≪兩山墨談≫의 경우, 宣祖 9년(1576) 2월 1일에 慶尙監司 遞任時 尹根壽가 인출하여 자신에게 보내주었다고 기록하였는데 이 때 받은 ≪양산묵담≫은 지금 國立中央圖書館 등에 남아 있는 宣祖 8년(1575) 경주에서 간행한 ≪양산묵담≫판본으로 보이며, 그렇다면 ≪양산묵담≫의 유입시기는 宣祖 8년 이전으로 추정할 수 있다.

척쾌들이 가장 활발히 활동하던 시대는 18세기로 유만주의 ≪흠영≫에서도 그가 책쾌에게 중국 서적 구입을 상의하는 내용이 나온다.

> 책쾌가 와서 ≪통감집람≫과 ≪한위총서≫를 무역하는 일에 대해 의논을 했다. …… 그밖에 ≪절강서목≫을 보여 달라고 부탁하니, 내어서 보여주었다. 돋보기를 가지고 글자 모양과 크기를 들여다보니 마치 사정전의 각본 같았다. 거듭 이와 같은 판본을 요구하며 경·사·자·기·소설을 막론하고 하나의 책이든, 열 가지 책이든, 백 가지 책이든 구애받지 말고 다만 힘써 구해오라고 하니 (책쾌가) 말하기를, "그것은 심히 어렵습니다. 다만 당연히 별도로 한 번 힘써 보도록 하겠습니다."라고 했다.[26]

인용문에서 보듯이 유만주는 좋은 판본의 중국 서적을 종류를 가리지 않고 구해달라고 책쾌에게 부탁해서 많은 책을 읽었으며 그 가운데에는 소설도 적지 않았다. 위에서 언급한 ≪한위총서≫를 읽고 필사한 기록이 남아 있으며,[27] 1776년 2월 13일에 명대 문언소설 총서인 ≪고금설해≫를 읽었다는 기록도 있다.

고 있다.

25) 이민희, ≪16-19세기 서적중개상과 소설·서적 유통관계 연구≫, 도서출판 역락, 2007, 36-37쪽.
26) 유만주, ≪흠영≫18책, 1784년 11월 9일(≪흠영≫5, 규장각, 392면)
27) 유만주, ≪흠영≫1775년 3월 12일과 1778년 윤 6월 13일.

④ 명대 소설 삽화와 관련하여 발견된 중국소설 목록은 중국 고전소설의 국내유입을 밝히는 획기적인 역할을 한 자료라고 할 수 있다.[28] 박재연이 발굴한 尹德熙의 ≪字學歲月≫(1744)나 ≪小說經覽者≫(1762), 完山 李氏의 ≪中國小說繪模本≫(1762)에는 그들이 읽거나 본 중국 소설 목록이 나열되어 있다. 문인화가로서 윤덕희가 여러 소설을 읽은 것은 소설 자체를 읽기 위해서보다는 소설 속의 삽화를 보기 위한 목적이 컸다고 여겨지며, 그것은 윤덕희의 작품 세계에 일정한 영향을 끼쳤을 것으로 보인다.[29] 즉 명청대에 증가한 삽화본 소설에 대한 관심에서 출발하여 그들이 본 중국 소설의 목록을 이 책들 속에 남겨 놓게 된 것이라 할 수 있다. 국내에는 처음으로 보이는 명말청초 백화소설 목록이 대거 수록되어 있다는 점에서 큰 가치가 있지만, 그 중에 보이는 문언소설 역시 주목할 만하다. ≪國色天香≫ · ≪艶異編≫ · ≪花陣綺言≫ · ≪一夕話≫ · ≪情史≫ 등 명말의 애정류 문언 소설뿐만 아니라 명대 초 ≪전등신화≫와 ≪전등여화≫가 18세기에도 여전히 애독되고 있었음을 알 수 있다.

셋째, 명대 문언소설의 유형별 대표적인 작품이 모두 유입되어 읽혔음을 알 수 있다. 즉 애정전기류의 대표인 '剪燈三種'이 모두 유입되었으며 이와 비슷한 제재의 전기소설 ≪빙빙전≫ · ≪화영집≫ · ≪효빈집≫ · ≪국색천향≫ · ≪염이편≫ 등도 유입되어 읽히면서 우리나라 애정류 전기소설 창작에도 영향을 주었다. 또한 지인소설의 대표인 ≪세설신어≫의 영향을 받아 편찬된 ≪皇明世說新語≫ · ≪何氏語林≫ · ≪世說新語補≫ 등이 유입되었으며, 세설체 소설의 유행은 ≪世說新語姓彙韻分≫의 간행으로 이어졌다. 이 책은 ≪세설신어보≫를 검색하기 편리하도록 姓氏 別로 나누어 재편집한 책으로 조선의 독창적인 간행본이라는 데 의의가 있다.

넷째, 유입된 명대 문언소설 중에 總集 · 叢書類 · 類書類가 약 15종으로 두드러지게 많다는 점도 특징이다. 이것은 명말 강남의 출판문화가 발달하면서 이전에 단편으로 전해지던 작품을 한데 모으거나 옛 서적에서 발췌하여 엮은 소설총집의 간행량이 증가한 것과 관련이 있다.[30]

또한 문언소설총집이나 총서 등은 문학적인 측면뿐만 아니라 문헌학 상에서도 가치

28) 민관동, 〈중국고전소설의 국내 유입과 수용에 대한 연구〉, ≪중국어문학≫제49집, 354쪽.

29) 박재연, 〈關於尹德熙的≪小說經覽者≫〉, ≪한국학연구≫제3호, 2004, 194-195쪽.

30) 박계화 · 장미경 공저, ≪명청대 출판문화≫, 이담북스, 2009, 134-146쪽.

가 있기 때문에 지식인들의 지적인 흥미와 만족을 충족시켜주었다고 할 수 있다. 汪雲程이 편찬한 ≪逸史搜奇≫는 漢代에서 明代까지의 전기소설을 수록하고 있는데 序에서 "기이한 것을 수집하게 하여 逸史를 보충하는 데 사용한다."라고 하여 소설이 逸史를 보충한다는 관념을 드러내며 가치를 부여하고 있다.

총서에 대한 이러한 생각은 金昌協(1651-1708)의 ≪農巖集≫에서도 보인다. 우선 ≪農巖集≫제34권 〈雜識〉外篇에 나와 있는 내용을 보면 金昌協은 ≪稗海≫를 자세히 정독했음을 알 수 있다.

> ……요사이 누구에게 ≪稗海≫를 빌려 보았는데, 그것은 바로 明나라 사람이 漢, 唐, 宋 이후의 소설을 수집하여 한 部의 책으로 엮은 것이었다. 그중에는 비록 神怪하여 이치에 닿지 않는 말이나 근거 없는 농담으로 汲塚書, 齊東野言에 가까운 것도 있기는 하나, 세상에 드러나지 않은 일과 처음 듣는 말, 명언과 아름다운 이야기는 역사서에 빠진 내용을 보충하고 藝文의 문채를 갖추어 줄 만하였다. 또한 名敎에 관계되고 이치를 돕는 내용도 많을 뿐이 아니었으니, 풍부하고 고상한 文辭를 돕기에도 충분하였다.……[31]

김창협도 중국의 총서 편찬자와 마찬가지로 그것이 역사서의 빠진 내용을 보충하고 교화에 도움이 되며 문학적 아름다움을 추구하는 데도 충분하다고 여겼다. 이와 같은 생각이 널리 퍼지고 ≪한위총서≫ · ≪설부≫ 등의 총서류 저작이 대거 국내로 유입되면서 18세기 조선에는 총서 편찬의 열풍이 불었다. 유만주는 중국에 ≪한위총서≫가 있는데 천 년이 넘는 문헌의 역사를 가진 우리가 흩어져 있는 그 많은 문헌을 정리하지 못하고 있음을 안타깝게 여겨 ≪해내총서≫를 기획하였고, 문헌을 시대별로 분류해 384종의 목록을 정리했다. 또한 ≪설부≫를 본떠 ≪통원설부≫를 엮어 우리의 온갖 기이하고 희한한 이야기를 가려 모았다.[32] 이와 같이 명대 출판문화의 발달로부터 유행하게 된 총서류의 간행과 국내로의 유입은 조선 문인들의 지식 경영에도 큰 영향을 주었다고 할 수 있다.

---

31) "…近從人借看稗海書, 乃明人蒐集漢唐宋以來說家, 爲一部書. 其中雖有神怪不經, 詼調不根, 近於汲塚齊東者, 然 其逸事異聞, 名言嘉話, 可以裨史乘之闕, 備藝文之采. 而關名敎助理致者, 不翅多焉, 亦足爲博雅之助矣.…."

32) 정민, ≪18세기 조선 지식인의 발견≫, 휴머니스트, 2007, 48-49쪽.

3) 淸代 문언소설

국내에 유입된 청대 문언소설은 총 82종으로, 유입관련 기록과 시기를 정리한 도표는 다음과 같다.

〈표 3〉 淸代 작품

書名	流入關聯 最初記錄과 時期	飜譯/出版	비고	所藏處
典故列女傳	未詳, 中國木版本	無		建國大
簷曝雜記	未詳, 中國木版本	無		韓國學中央硏究院 等
挑燈新錄	未詳(朝鮮末期), 中國木版本	無		奎章閣
客窓閒話	未詳(朝鮮末期), 中國木版本	無		延世大
續客窓閒話	未詳, 中國木版本	無		國民大
夢園叢說 (夢園叢記)	未詳, 中國木版本	無	申報館	奎章閣
見聞隨筆	未詳, 中國木版本	無		奎章閣
遯窟讕言	未詳(朝鮮末期), 中國木版本	無		澗松本
耳食錄	未詳(朝鮮末期), 中國木版本	無		嶺南大, 東亞大
忘忘錄	未詳, 中國木版本	無		奎章閣
景船齋雜記	未詳, 中國活字本	無	申報館	奎章閣
無稽讕語	未詳, 中國木版本	無		奎章閣
鸝砭軒質言	未詳, 中國活字本	無	申報館	奎章閣
甕牖餘談	未詳, 中國活字本	無	申報館	奎章閣
灤陽消夏錄	未詳, 中國木版本	無		延世大
埋憂集	未詳, 中國石印本	無		延世大, 高麗大 等
子不語	未詳(1800年以前), 五洲衍文長箋散稿 卷7, 一名:新齊諧	無		奎章閣
夜譚隨錄	未詳, 中國木版本	無		奎章閣
夜雨秋燈錄 (續錄)	未詳(朝鮮末期), 中國木版本	無		延世大 等
燕山外史	未詳(朝鮮末期), 中國木版本	無		奎章閣 等
閱微草堂筆記	1800年代初·中期, 中國木版本	無		奎章閣, 高麗大 等
聊齋志異	1800年代初中期, 五洲衍文長箋散稿 等	無		成均館大 等
女聊齋誌異	未詳, 中國石印本	無		成均館大
後聊齋志異	未詳(朝鮮末期), 中國木版本	無		成均館大, 奎章閣
兩般秋雨庵隨筆	未詳, 中國木版本	無		奎章閣
分甘餘話	未詳, 中國石印本	無		國民大

書 名	流入關聯 最初記錄과 時期	飜譯/出版	비고	所藏處
我佛山人箚記小說	未詳(朝鮮末期), 中國木版本	無		高麗大
庸閒齋筆記	未詳, 中國石印本	無		高麗大
虞初新志	未詳(1800年以前), 五洲衍文長箋散稿 卷7	無		奎章閣 等
虞初續志	未詳(朝鮮末期), 中國木版本	無		奎章閣
廣虞初新志	未詳(朝鮮末期), 中國木版本	無		奎章閣
右台仙館筆記	1800年代中期	無		成均館大
里乘	未詳(朝鮮後期), 中國木版本	無		奎章閣
刪補文苑楂橘	1699-1760年以前, 國內出版本, 中國小說繪模本 序文 等	出版		中央圖書館 等
十一種藏書	未詳, 中國木版本	無		延世大
海陬冶遊錄	未詳, 中國木版本	無		國立中央圖書館
諧鐸	未詳(朝鮮末期), 中國木版本	無		奎章閣
今世說	未詳(朝鮮末期), 筆寫本	無		高麗大
茶餘客話	未詳, 中國木版本	無		釜山大
質直談耳	未詳, 中國木版本	無		釜山大
螢窗異草	未詳(朝鮮末期), 中國木版本	無		成均館大 等
壺天錄	未詳(朝鮮末期), 中國木版本	無	申報館	奎章閣
寄園寄所寄	未詳, 中國木版本	無		奎章閣, 釜山大
道聽塗說	未詳(朝鮮末期), 中國木版本	無	申報館	奎章閣
淞南夢影錄	未詳(朝鮮末期), 中國木版本	無	申報館	奎章閣
雨窗寄(記)所記	未詳, 中國木版本	無		奎章閣
澆愁集	未詳, 中國活字本	無	申報館	奎章閣
粵屑	未詳, 中國活字本	無		奎章閣
秋坪新語	未詳(朝鮮末期), 中國木版本	無		韓國學中央硏究院
翼駉稗編	未詳, 中國木版本	無		奎章閣
說鈴	兪晩柱의≪欽英≫(1775-1787)	無		奎章閣 等
香艷叢書	未詳, 中國鉛印本	無		國會圖書館
坐花誌果	未詳, 中國木版本	無		奎章閣
池北偶談	未詳, 中國木版本	無		延世大, 全南大 等
池上草堂筆記	未詳(朝鮮末期), 中國木版本	無		奎章閣, 東亞大
宋艷	未詳(朝鮮後期), 中國木版本	無		成均館大
笑林廣記	未詳, 中國版本	無		東亞大
此中人語	未詳, 中國活字本	無	申報館	奎章閣

書名	流入關聯 最初記錄과 時期	飜譯/出版	비고	所藏處
滄海遺珠錄	未詳, 中國木版本	無		奎章閣
秋燈叢話	未詳(朝鮮末期), 中國木版本	無		奎章閣
閒談消夏錄	未詳, 中國木版本	飜譯		奎章閣
海上群芳譜	未詳, 中國活字本	無	申報館	奎章閣
吳門畵舫錄	未詳, 中國石印本	無		成均館大
歸田瑣記	未詳(朝鮮末期), 中國木版本	無	申報館	成均館大
秘書二十一種	未詳, 中國木版本	無		延世大
說冷話	未詳(朝鮮末期), 中國木版本	無		奎章閣
三異筆譚	未詳(朝鮮末期), 中國活字本	無	申報館	奎章閣
夢巖雜著	未詳(朝鮮末期), 中國木版本	無		奎章閣
板橋雜記	未詳(朝鮮末期), 中國新活字本	無		서울大
續板橋雜記	未詳(朝鮮末期), 中國木版本	無		奎章閣
桃溪客語	未詳(朝鮮末期), 中國木版本	無		서울大
多暇錄	未詳(朝鮮末期), 中國木版本	無		서울大
浪跡續談	未詳(朝鮮末期), 中國木版本	無		成均館
焦軒隨錄	未詳(朝鮮末期), 中國木版本	無		서울大
北窗囈語	未詳(朝鮮末期), 中國木版本	無		奎章閣
庸庵筆記	未詳(朝鮮末期), 中國木版本	無		서울大
餘墨偶談	未詳(朝鮮末期), 中國木版本	無		慶熙大
定香亭筆談	未詳(朝鮮末期), 中國木版本	無		韓國學中央研究院
椒生隨筆	未詳(朝鮮末期), 中國木版本	無		서울大
因樹屋書影	兪晩柱의≪欽英≫(1775-1787)	無		失傳
雪鴻小記	未詳(朝鮮末期), 新鉛活字本	無		奎章閣
唐人說薈	未詳(朝鮮末期), 中國木版本	無		東亞大, 奎章閣 等

국내에 유입된 청대 문언소설의 수는 명대 문언소설에 비해 거의 두 배 가깝게 늘어난 모습인데 그 특징을 살펴보면 다음과 같다.

첫째, ≪우초신지≫·≪설령≫·≪요재지이≫·≪지북우담≫·≪인수옥서영≫·≪자불어≫ 등 청대 초·중기에 나온 몇 작품 외에는 국내의 유입 관련 기록이 잘 보이지 않는다는 점이다. 청대 문언 소설을 언급하고 있는 자료로는 兪晩柱의 ≪欽英≫과 李圭景의 ≪五洲衍文長箋散稿≫정도가 있을 뿐이다. 이는 18세기 말 정조의 문체반정으로 인해 문인들이 패사소품에 대해 공식적으로 언급하기를 꺼렸기 때문인 것으로 보인다. 즉 소설 작품들이 실제로는 유통되고 있었지만 문집 등에는 기록을 남기지 않았을 가능성이 크다.

둘째, 송원명대 문언소설에 비해 남아 있는 청대 문언소설의 양이 월등히 많지만 출판되거나 번역된 소설이 매우 적다는 점이다. 조선에서 출판된 ≪산보문원사귤≫의 경우, 논란의 여지가 있긴 하지만 조선에서 중국 문언소설을 골라 편찬한 것으로 보인다. 즉 내용은 중국 문언소설이지만 엄밀히 말하자면 진정한 중국 청대 문언소설집이라고는 할 수 없다. 또한 한글 번역 필사본으로는 ≪한담소하록≫한 작품 밖에 없다. 이는 청대 백화소설의 한글번역본의 양(35종)과[33] 비교해 볼 때 극히 적은 양이다.

이러한 현상이 나타난 것은 조선후기로 갈수록 중국소설의 출판과 번역이 백화소설을 위주로 이루어졌기 때문이라고 할 수 있다. 조선후기 소설 출판 구조는 점차 영리위주의 방각본 출판이 대세였고, 이에 따라 하급관리와 부녀자 층을 대상으로 한 백화소설의 출판과 번역이 주를 이루었다. 문언소설의 독자층은 전통문인들로 한정될 수밖에 없었고 문언에 익숙한 이들 문인에게는 번역이 별로 필요하지 않았던 것이다.

셋째, 청대 대표적인 문언소설 ≪우초신지≫·≪요재지이≫·≪열미초당필기≫가 모두 유입되었는데 이들 중 ≪우초신지≫열풍이 눈에 띈다. ≪우초신지≫가 국내에 유입된 사실을 알려주는 자료로는 兪晩柱(1755-1788年)의 ≪欽英≫이 있는데, 그는 1775년 3월 4일과 1779년 5월 14일, 1784년 3월 23일 등에 이 책을 읽고 감상했다고 기록하였다.[34] 또한 1776년 柳得恭(1748-1807年)은 연경에 사신으로 가는 이에게 ≪우초신지≫를 꼭 구해다 줄 것을 당부하고 있으며, 金鑢(1766-1821年)와 金祖淳(1765-1832年)은 ≪우초신지≫를 몹시 애호하여 1792년에 이를 모방한 ≪虞初續志≫를 만들기도 했다. 이와 같은 ≪우초신지≫열풍은 그 안에 수록된 작품들이 奇과 癖을 추구하던 당시 경화세족 문인들의 취향과 맞아 떨어지는 것이었기에 벌어진 현상인 듯하다.

또한 청대 중기 乾嘉學風의 영향으로 필기류 문언소설이 유행하였고 이를 반영하듯 조선에 유입된 청대 문언소설도 60여 종 이상이 필기류 소설이다. 문인들은 재미와 오락거리를 찾으면서도 학문적·지적 만족을 채워줄 수 있는 필기류 소설에 호감을 가질 수밖에 없었기 때문으로 보인다.

넷째, 전해지는 82종의 청대 문언소설 중에 19세기-20세기 초에 출판되고 유통된 청

---

33) 김명신·민관동, 〈조선시대 번역본의 번역 양상 및 특징〉, ≪중국소설논총≫제35집, 2011, 참조.
34) 박계화, 〈18세기 조선 문인이 본 중국염정소설 - 흠영을 중심으로〉, ≪대동문화연구≫제73권, 2011, 참조.

말 작품이 거의 50여 종으로 전체의 반 이상을 차지한다. 특히 근대의 새로운 출판 형태인 石印 출판 기술과 신문이라는 매체를 통해 청말 소설의 부흥을 이끌었던 上海 申報館에서 출판된 주요 소설들이 대부분 유입되어 읽혔다. 1872년 4월 30일 상해 신보관이 설립되고 여기에서 ≪신보≫가 발간되면서 신문연재 소설이 등장하게 되었으며, 연재가 끝난 뒤에 소설집으로 출판되는 구조가 만들어졌다.[35] 만청 문언소설의 대표작가 王韜의 ≪둔굴란언≫등의 출판도 그러하다. 위의 도표에서 살펴보면 신보관에서 간행한 소설이 ≪몽원총설≫·≪경선재잡기≫·≪호천록≫ 등 12종에 이른다. 이 작품들의 내용은 문언소설 전통의 지괴나 전기 형식으로 여전히 괴이하고 신기한 이야기를 위주로 한 것이지만 서구 문명이 도입되어 변화하는 사회상과 문화를 반영하고 있으므로, 근대의 문턱에서 함께 문화적 충격을 겪던 조선 말기 문인들에게 적지 않은 영향을 주었을 것으로 여겨진다.

2.2 출판 및 번역 양상

1) 출판 양상

조선까지 출판된 중국 고전소설은 대략 24종이며, 그 중 송·원·명·청대 소설류는 11종이다. 목록은 다음과 같다.

〈표 4〉 송·원·명·청대 소설 출판 양상

書名	版式 或 出版特記事項	出版記錄文獻	出版時期	文體	所藏處
詳節太平廣記	成任編纂, 總50卷(現存7卷2冊), 四周單邊, 34×20.7㎝, 半郭:23.7×16㎝, 10行17字, 上下黑口內向黑魚尾, 紙質:楮紙	高麗史(志,樂2), 四佳文集卷4-5 (徐居正), 三灘集卷10 (李承召) 等	朝鮮世祖6年 (1460年)	文言	高麗大, 成均館大, 忠南大 等

35) 신보관에서 출판한 문언소설 출판상황은 宋莉華, ≪明淸時期的小說傳播≫, 중국사회과학출판사, 2004, 362쪽을 참조.

書名	版式 或 出版特記事項	出版記錄文獻	出版時期	文體	所藏處
嬌紅記	未詳	朝鮮王朝實錄 (燕山君63條)	1506年頃(推定)	文言	未確認
訓世評話	李邊·柳希仁跋文, 上下2卷1冊, 黑魚尾, 10行17字, 白話文:10行16字	攷事撮要·宣祖1年 (1568年)刊行本	1473年(未確), 1480年·1518年 (中宗13)	文言	國立中央圖書館 等
剪燈新話句解	尹春年訂正·林芑集解, 2卷2冊, 四周單邊, 10行20字(11行20字, 10行18字, 12行18字等 各版不一定), 有界, 註雙行, 紙質:楮紙	燕山君日記(卷62-2 [1506年]), 攷事撮要(魚叔權), 校書館發行, 坊刻本 等	朝鮮明宗4(1549), 明宗14(1559), 明宗19(1564), 1704 等	文言	國立中央圖書館, 奎章閣 等
剪燈餘話	國內 失傳, 日本內閣文庫 (後半部 所藏)	朝鮮王朝實錄(燕山君62條), 攷事撮要(魚叔權)	約1568年 以前, 淳昌刊行	文言	日本 內閣文庫
刪補文苑楂橘	2卷2冊, 四周雙邊, 木活字本, 27×17cm, 半郭:21.4×13.2cm, 10行20字, 上二葉花紋魚尾, 紙質:楮紙, 第一校書館印書體	樸在淵發掘本	約1669年 -1760年	文言	國立中央圖書館, 藏書閣 等
花影集	昆陽郡守 尹景禧編纂·崔岦跋文·昆陽板刻(現泗川地方)	花影集序文	1586年	文言	日本早稻田大
效顰集	四周單邊, 30.8×21.8cm, 半郭:22.6×17.1cm, 12行21字, 有界, 白口內向黑魚尾, 紙質:楮紙	攷事撮要(1568), 漢陽縣儒學教諭南平趙弼撰述	宣祖1年(1568年) 以前, 木版本	文言	日本逢左文庫
玉壺氷	1卷冊, 四周單邊, 25.2×16.3cm, 半郭:17.9×13.6cm, 9行17字, 有界, 白口內向黑魚尾, 紙質:楮紙, 卷末都穆跋文	9行18字本, 10行18字本, 10行20字本 等 多數(後印本)	庚辰10月日務安縣刊(大略1580)	文言	奎章閣, 中央圖書館, 高麗大 等
世說新語補	劉義慶(宋)撰, 劉孝標(梁)注, 劉辰翁(宋)批·何良俊(明)增, 王世貞(明)刪定, 王世懋(明)批釋, 鍾惺(明)批點·張文柱(明)校註, 總20卷7冊, 左右雙邊, 31×20cm, 半郭:22.8×15.6cm, 10行18字, 有界, 註雙行, 內向黑魚尾, 序文:嘉靖丙辰(1556)…王世貞撰, 曆庚辰(1580)…王世懋撰, 乙酉(1585)王世懋再識, 萬曆丙戌(1586)秋日沔陽陳文燭玉叔撰. 紙質:楮紙, 顯宗實錄字	朝鮮王朝實錄, 世說新語姓彙韻分 (後代覆印本, 姓氏別分類再編輯)	世說新語補: 朝鮮肅宗 34年(1708年) 世說新語姓彙韻分 (英正祖年間: 1724-1800年)	文言	國立中央圖書館, 藏書閣, 高麗大, 延世大, 成均館大 等
兩山墨談	13卷3冊(全18卷4冊),木版本, 33.4×20.8cm, 四周雙邊	兩山墨談刊記:皇明萬曆三年歲在乙亥	宣祖8年(1575)	文言	國立中央圖書館, 啓明大,

書名	版式 或 出版特記事項	出版記錄文獻	出版時期	文體	所藏處
	半郭:21.6×15.2㎝, 有界, 9行18字, 註雙行, 內向黑魚尾, 紙質:楮紙	(1575)春慶州府開刊			京畿大

위의 표를 살펴보면, 출판된 송·원대 문언소설은 2종, 명대 문언소설은 8종, 청대 문언소설은 1종으로 명대 문언소설의 출판이 가장 많았음을 알 수 있다. 또 대부분이 임진왜란 이전에 출판된 官刻本이다. 임진왜란 이후 전쟁으로 인한 위축된 국가재정 등으로 인해 관에서의 출판 상황이 이전만 못해졌고, 중인층이 즐겨 본 백화소설은 대부분 방각본으로 출판되었기 때문에 문언소설의 출판이 현격히 줄어든 모습을 보여준다.

이 중 아직 원본을 찾지 못한 판본으로 ≪교홍기≫가 있고, ≪전등여화≫도 일본 내각문고에 일부분만 보관되어 있으며 국내에서는 보이지 않는다. 그 외 중국 문언소설에 대한 출판유형은 크게 5가지로 구분된다.[36]

① ≪세설신어보≫·≪옥호빙≫·≪효빈집≫·≪화영집≫·≪종리호로≫·≪양산묵담≫ 등과 같이 원문 그대로 출판하는 방식.

② ≪전등신화구해≫와 같이 난해한 어휘나 어구 및 지명, 인명, 관직 등 우리에게 익숙하지 않은 단어에 직접 주해를 달아 출판하는 방식.

③ ≪세설신어성휘운분≫과 같이 ≪세설신어보≫를 완전히 해체하여 등장인물의 성씨별로 재배치한 체제변형 출판 방식.

④ ≪상절태평광기≫와 ≪산보문원사귤≫과 같이 축약 또는 부분 편집의 출판 방식.

⑤ 교훈이 될 만한 소설들을 모아 중국어 교육용 학습서로 편찬한 ≪훈세평화≫와 같이 용도를 변경하여 편집 출판하는 방식.

출판된 각각의 중국 소설에 대한 자세한 상황은 기존의 연구에 이미 되어 있으므로[37] 여기에서는 ≪양산묵담≫의 출판상황에 관해서만 간략한 소개를 하고자 한다.

≪兩山墨談≫은 明 陳霆(약 1477-1550年)이[38] 편찬한 작품으로 야사 뿐 아니라 폭

36) 출판유형의 분류는 민관동, 〈중국고전소설의 출판문화 연구〉, ≪중국어문논역총간≫제30집, 224-229쪽을 참조하여 다시 정리·보충하였음.

37) 민관동·정영호 공저, 앞의 책의 해제를 참조할 것.

38) 陳霆은 字가 聲伯이고, 號가 水南이며 浙江 德淸縣 사람이다. 弘治 15年(1502)에 進士가 되어 刑科給事中을 역임했다. 正德元年(1506) 劉瑾에 의해 옥에 갇혀졌으나, 후에 다시 刑部主事로 복직되었다. 다음해에 山西提學僉事로 임용되었으나 오래지 않아 사직하고 낙향하여 은

넓은 잡학들이 담겨있는데 비교적 이른 시기에 우리나라에 유입되어 문인들의 사랑을 받았던 것으로 보인다.[39] 宣祖 8年(1575)에 경상도 지역에서 간행되어 일본에까지 전해졌으며,[40] 앞에서 언급했듯이 유희춘도 ≪미암일기≫에서 이 판본을 尹根壽로부터 받았다고 적고 있다.

朝鮮 宣祖 8年(1575) 慶尙道 慶州관청에서 간행한 ≪兩山墨談≫판본은 嘉靖 乙亥年(1539)에 陳霆이 쓴 발문이 있으며, 당시 경학에 뛰어난 실력을 겸비했던 崔起南(1559-1619年)의 교정한 것이다. 國立中央圖書館과 啓明大學校·京畿大學校·高麗大學校 등에 소장되어 있으며, 東國大學校에는 光緖 22年(1896)에 간행된 木版本이 소장되어 있다.

2) 번역 양상

조선시대까지 국내에 번역된 중국 고전소설은 모두 72종으로, 그 중 송·원·명·청대 문언소설은 10종이다.

〈표 5〉 송·원·명·청대 문언소설의 번역 양상

書名	飜譯版式	飜譯樣相	飜譯時期	文體	所藏處
太平廣記諺解	樂善齋本:9卷9冊, 13行23-25字, 木覓本:5卷5冊(缺冊1卷:延世大), 10行25字, 27.5×17.5㎝	金一根本(選譯本)	約1566年-1608年, 樂善齋本은 (18-19世紀)	文言	樂善齋, 金一根 (木覓)
太原志	4卷4冊, 29.1×15.6㎝, 10行20-25字內外, 中國原典逸失	국문 고소설로 보는 견해도 있음	未詳	文言	樂善齋
梅妃傳 (매비젼)	1冊, 筆寫本, 29.2×20.5㎝, 半葉 13行字數不定	附錄:한셩뎨됴비연 합덕젼, 당고종무후뎐	朝鮮後期	文言	雅丹文庫
漢成帝趙飛燕合德傳	1책, 筆寫本, 29.2×20.5㎝, 半葉 13行字數不定	매비젼의 부록1	朝鮮後期	文言	雅丹文庫

거하면서 저술에만 힘썼다. 작품으로는 ≪兩山墨談≫외에도 ≪仙潭志≫·≪水南稿≫·≪淸山堂詩話≫·≪淸山堂詞話≫ 등이 있다.

39) 李墍(1522-1600年)·鄭逑(1543-1620年)·李德懋(1741-1793年)·朴趾源(1737-1805年) 등 17-18세기 조선 문인들의 문집에서 ≪兩山墨談≫의 내용을 인용하여 사실 고증과 의론의 근거로 삼고 있는 모습이 종종 발견된다.

40) 천혜봉, ≪일본 봉좌문고 한국전적≫, 지식산업사, 2003 참조.

書 名	飜譯版式	飜譯樣相	飜譯時期	文體	所藏處
唐高宗武後傳	1책, 筆寫本, 29.2×20.5㎝, 半葉 13行字數不定	매비전의 부록2	朝鮮後期	文言	雅丹文庫
紅梅記	太平廣記 飜譯本 簿錄, 綠衣人傳 改編本	詩評省略, 縮約意譯	18世紀末	文言	藏書閣
剪燈新話	9篇(전체 중 9篇만 飜譯, 151面), 8行26字內外, 民間에서 飜譯 轉寫됨	詩詞까지 빠짐없는 충실한 번역	18世紀末-19世紀初	文言	檀國大
娉娉傳 (聘聘傳)	全5册中 4册存(卷2, 3, 4, 5), 28×20㎝, 12行28字內外	原本未詳, 剪燈餘話卷5(類似)	約18世紀初期	文言	樂善齋
花影集	9卷9册, 一名:뉴방삼의뎐(劉方三義傳), 태평광기 번역본 부록	詩評省略, 縮約意譯	18世紀末	文言	藏書閣
閒談消夏錄	2册, 筆寫本, 30.3×19.9㎝	原文充實, 直譯爲主	朝鮮末期	文言	奎章閣

국내에서의 중국 고전소설 수용 양상은 번역을 통해서도 분석해 볼 수 있다. 중국 고전소설 번역본의 독자층은 주로 중인층과 부녀자를 중심으로 이루어졌으며 흥미와 재미 위주의 백화소설이 주로 번역되었다. 위의 도표에서도 알 수 있듯이, 문언소설 중에서도 대부분 남녀의 사랑 이야기를 중심으로 한 傳奇 소설이 번역되었다.

여기에서는 기존에 소개되지 않은 ≪매비전≫과 ≪漢成帝趙飛燕合德傳≫·≪唐高宗武後傳≫에 대해 주목해 보고자 한다. 최근 雅丹文庫에 소장되어 있는 朝鮮時代 번역 필사본 ≪梅妃傳(미비젼)≫의 附錄에 ≪漢成帝趙飛燕合德傳≫·≪唐高宗武後傳≫이 함께 번역·필사되어 있음이 알려졌다.

현존하는 한글 번역 필사본 ≪梅妃傳≫은 정확히 언제 필사되었는지 연도를 추정할 수는 없다. 표지에는 한자로 ≪梅妃傳≫이라고 되어 있으며 총 18장이다. 페이지마다 13행으로 되어있으나, 字數는 일정하지 않다. 궁서체이긴 하지만 흘림체에 가깝게 필사되어 있다. 하지만 필사된 어휘와 문체들을 보면 고어와 신조어가 병용되어 있어 19세기 이후에 필사된 것이라 추정할 수 있다. 번역된 양상을 보면, 직역 및 의역을 한 부분이 가장 많았으며, 音讀을 부가하여 韻文을 번역하는 방법 등을 사용하였다.

漢나라 成帝 劉驁(B.C. 52-B.C. 7年)와 皇後 趙飛燕과 昭儀 趙合德 자매의 사랑 이야기를 묘사한 한글본 ≪한셩뎨됴비연합덕젼≫의 번역상황을 살펴보면, 약간의 흘림체로 필사되어 있고, 페이지마다 13행으로 총 23장이며, 매우 간결하게 번역되어 있는 것으로 보아 작품의 내용을 전반적으로 축역했을 가능성이 상당히 높다. 이와 비슷한 내용의 작품으로 漢代의 伶元이 편찬한 傳奇小說 ≪趙飛燕外傳≫과 宋代의 秦醇이 지은 傳奇小說 ≪趙飛燕別傳≫이 있는데, 이들 작품을 직역한 것은 아니고 다른 판본을 번역했을 가능성이 있다.[41] 또한 작품의 내용을 필사한 형태로 보아 朝鮮時代 後期에 번역된 것으로 보인다.

한글본≪당고종무후뎐≫은 약간의 흘림체로 되어 있고 13행으로 되어 있으며 22장으로 간략하게 필사 번역되어 있다. 현재까지 원전 작품이 발견되지 않아 번역 양상을 명확하게 알 수 없지만 간략한 번역 상태로 되어 있으므로 文言小說을 저본으로 하여 번역된 것으로 보이며 비교적 단정하게 필사한 형태로 보아 朝鮮後期에 번역 필사된 것으로 보인다.

이 세 작품은 모두 唐玄宗과 梅妃 · 漢 成帝와 趙飛燕 · 趙合德 자매, 唐高宗과 武則天의 사랑과 비극에 관한 이야기이므로 후궁이나 궁녀들이 자신의 신세를 투영시키며 즐겨 읽었을 것이라 추측할 수 있다.

방대한 양의 유서인 ≪태평광기≫역시 인물 위주의 흥미로운 이야기만을 선택하여 다양한 방식으로 번역되었다. 한문을 해독할 수 없는 일반 서민이나 여성 독자들을 위해서는 우리말로 된 번역본이 필요했던 것이다. 이러한 필요에 의해 明宗(재위 1545-1567年) 때를 전후해 나온 것이 바로 ≪太平廣記諺解≫이다. ≪太平廣記諺解≫의 판본은 두 종류로 하나는 覓南本이고, 또 다른 하나는 樂善齋本이다. 멱남본은 김일근에 의해 6 · 25 전란 중 製紙 원료로 쓰기 위해 수집된 폐지더미에서 발견되었다. 한글 필사본이며 金 · 木 · 水 · 火 · 土의 5권 5책인데, 발견될 당시에는 두 번째 권이 없었다. 일실된 것으로 알려졌던 제2권은 김장환과 박재연에 의해 연세대학교 도서관에서 발견되어 현재에는 5권 5책이 온전히 전해진다. 제작 시기는 기존의 연구들을 종합해보면 대략 명종 · 宣祖~현종 · 숙종 사이이며, 저본은 명나라 판본으로 추정된다. 金卷 26편,

---

41) 魯迅이 校注한 ≪唐宋傳奇集≫이나 기타 文言小說集을 살펴보면, ≪梅妃傳≫과 ≪趙飛燕別傳≫이 함께 수록되어 있어 번역자가 ≪趙飛燕別傳≫을 번역했을 가능성이 있다. 그러나 번역문과 원문을 비교해 보면 체례와 내용이 맞지 않기 때문에 다른 판본을 번역했거나 축역 했을 가능성이 더 높다.

木卷 21편, 水卷 21편, 火卷 26편, 土卷 33편으로 총 127편이 수록되어 있다.

낙선재본은 9권 9책이고 全帙이 갖추어져 있다. 1권 41편, 2권 28편, 3권 40편, 4권 15편, 5권 41편, 6권 34편, 7권 15편, 8권 23편, 9권 31편으로 총 268편이 수록되어 있다. 특이한 점은 낙선재본에는 ≪태평광기≫에는 없는 작품 14편이 수록되어 있다는 것이다. 멱남본과 낙선재본에 공통적으로 수록되어 있는 작품은 75편이고, 멱남본에만 수록된 작품은 52편, 낙선재본에만 수록되어 있는 작품은 193편이다. 공통적으로 수록되어 있는 작품을 살펴보면 표기에만 차이가 있을 뿐, 언해의 내용적인 측면에서는 차이가 없다.[42]

한글본 ≪태평광긔≫의 번역 양상은 축자적인 번역, 불필요한 것을 축약한 번역, 새로운 내용을 첨가한 번역, 과감하게 내용을 생략한 번역 등으로 나누어지고 있다. 그중에서 단순한 축자적인 번역은 제2화 〈니공뎐〉, 제14화 〈뉴즘녀뎐〉, 제24화 〈옥녀뎐〉등 몇 편에 불과하고 나머지 작품들은 대부분 번역에 상당한 공을 들인 것으로 보인다. 멱남본은 대개 16세기 후반에서 18세기 전반에 번역되었고 낙선재본은 18세기 무렵에 번역되었으므로 우리말 어휘에 있어서도 많은 차이를 나타내고 있다고 볼 수 있다.[43]

한글본 ≪태평광긔≫의 내용은 원전 ≪太平廣記≫와 마찬가지로 환상, 명사, 호협, 꿈, 사물 등에 관한 내용으로 다양하게 분류하여 번역하고 있는데, 특히 인물 전기식의 제목 '~뎐' 이라는 형식을 즐겨 사용하여 작품의 내용과 형식을 단순 규격화하고 있다는 특징을 지니고 있다.

이전에는 소개되지 않은 ≪閒談消夏錄≫의 한글 번역 필사본을 살펴보면, 대부분 인물 위주의 설화이며, 주로 만청 사회의 암흑상과 각종 부패에 대해 비판하는 내용을 담고 있다.

≪한담소하록≫은 淸 朱翊淸이 王韜(淸)의 ≪遯窟讕言≫의 일부를 표절하여 엮은 책이다. 朱翊淸(1786-?年)은 역사 기록에 실린 바가 없으나, 그의 字가 梅叔이고 號는 紅說山莊外史이며, 歸安(現 浙江 吳興縣)사람이다. 누차 시험에 응시하였으나 합격

42) 김영옥 · 김정숙 · 윤지나 · 김동숙 · 권경순, 〈태평광기언해와 번역용례사전 구축〉, ≪한자한문연구≫제5호, 2009.12, 283-312쪽과 金長煥, 〈中國 古典 飜譯과 太平廣記 飜譯 佚事〉, ≪中國小說論叢≫제32집, 2010.9, 31-50쪽 참조.

43) 김동욱 풀어 옮김, ≪교역태평광기언해≫, 보고사, 2009, 3-9쪽 참조.

하지 못하여 결국 벼슬길을 단념하였다고 한다.

국내 유입 시기는 알 수 없으나, 奎章閣에 중국 목판본이 소장되어 있고, 국립중앙도서관에 한글로 필사된 국문 번역본이 소장되어 있다. 국문으로 필사된 〈한담소하록〉은 편저자·연대 미상인 국내 소설로 잘못 소개되고 있는데, 이것은 번역 필사된 것이 분명하기 때문에 오류를 바로잡을 필요가 있다. 원본은 12권 12책이지만 번역 필사본은 2권까지 번역이 되어 있고, 중간에 몇 편이 빠져있다.

한글 필사본 ≪한담소하록≫의 번역 상황을 살펴보면 정련된 궁서체로 적혀 있으며 시가 부분에는 우리말 독음을 달고 雙行의 해석 부분을 쓰고 있다. 직역 위주의 번역으로 되어 있어 원문의 내용을 알아보기 쉽게 되어 있으며 朝鮮末期에 번역된 것으로 보인다.

마지막으로, ≪太原志≫는 4권 4책본으로, 중국 원전이 전해지고 있지는 않지만 우리나라 樂善齋 문고에 전해지고 있는 英雄小說이다. 한글 필사본으로 되어 있고 현재 한국학중앙연구원에 소장되어 있다.[44] 임치균이 교주한 ≪太原誌≫가 2010년에 한국학중앙연구원 출판부에서 출판되었다.

≪太原志≫는 현재 여러 가지 논란이 일고 있는 작품이다. 조희웅은 ≪중국소설회모본≫에 ≪태원지≫가 기록된 점을 들어 중국소설일 가능성을 제기했고[45] 김진세는 조선을 동방예의지국으로 예찬한 점, 중국인을 부정적으로 묘사한 점, 혼인의 법도 등을 들어 우리 소설로 보고 있으며, 민관동과 박재연은 ≪태원지≫를 중국소설로 보고 영웅소설로 분류하고 있다.[46] 최근 임치균은 조선에 대한 찬양, 중국인에 대한 부정적 서술과 ≪童蒙先習≫의 수용, 중국에 대한 상대적 인식 등을 근거로 우리소설로 보고 있으며[47] 홍현성은 임치균의 논리에 찬성하면서 ≪태원지≫의 시공간에 대해서 좀 더 구체적인 연구를 진행하여 화이질서에 반하는 세계를 형성하고자 했다고 주장하고 있다.[48]

이처럼 ≪태원지≫에 대한 다양한 논리가 전개되고 있지만 현재까지 명확하게 우리

44) 朴在淵 編, ≪中國小說繪模本≫, 강원대학교출판부, 1993, 168쪽 참조.

45) 조희웅, 〈낙선재본 번역소설 연구〉, ≪국어국문학≫62-63 합집, 국어국문학회, 1973, 266-267쪽.

46) 민관동, 〈중국고전소설의 한글 번역문제〉, ≪고소설연구≫제5집, 1998, 445쪽, 朴在淵 編, ≪中國小說繪模本≫, 강원대학교출판부, 1993, 168쪽.

47) 임치균, 〈≪태원지≫연구〉, ≪고전문학연구≫제35집, 2009, 355-384쪽.

48) 홍현성, 〈≪太原誌≫시공간 구성의 성격과 의미〉, ≪고소설연구≫제29집, 2010, 291-319쪽.

나라 소설이라 확정할 만한 근거는 제시되지 않고 있다. 따라서 앞으로 정확한 고증과 후속적인 연구가 기대되는 작품이라 하겠다.

종합해 보면 송·원·명·청대 문언소설의 한글 번역본의 경우, 대부분 문인들이 좋아하던 필기류 문언소설보다는 통속소설에 주요 제재로 등장하는 재자가인, 영웅 등 인물위주의 전기체 문언소설을 번역한 것을 볼 수 있다. 이것으로 볼 때, 번역자가 문언소설의 전통적인 독자인 문인을 독자대상으로 삼은 것이 아니라 통속소설의 주요 독자층인 중인과 부녀자들을 겨냥하여 번역한 것임을 알 수 있다.

국내에 유입된 송·원·명·청대 문언소설과 관련한 문헌 자료를 조사하여 유입시기와 시대별 작품의 수용의 특징 및 출판과 번역 상황을 대략적으로 살펴보았다. 우선 유입정보가 될 만한 기록은 주로 고려시대 이후이기 때문에 이에 해당하는 송·원대부터 분석 대상으로 삼아 문헌적 근거를 제시하기 위해 노력하였다.

송·원대 작품 30종, 명대작품 45종, 청대작품 82종의 국내 유입 상황을 살펴보니, 다음과 같은 특징이 있었다. 송·원대 작품 중 가장 유입 기록이 가장 빠른 것은 ≪태평광기≫였으며, 고려시대 문인들의 글 속에서 직접적으로 중국 소설의 작품명이 거론되는 것을 거의 없었으나 내용을 알고 전고로 사용하여 글을 짓는 것으로 보아 몇몇 작품의 유입을 추정할 수 있었다. 또한 명대에 나온 ≪설부≫나 ≪패해≫ 등에 송·원대 작품이 많이 수록되어 있는 것으로 보아 송·원대 작품이 단행본으로 먼저 유입이 되지 않았더라도 후대에 유입된 類書를 통해 송·원대 문언소설을 접했을 가능성이 크다고 보았다.

명대 문언소설 작품은 중국의 서적 구입 활동이 활발했던 17-18세기에 주로 유입되었으며 유입관련 기록은 ≪조선왕조실록≫이나 관각 출판 목록, 연행 기록, 문인들의 일기나 문집, 소설 삽화와 관련하여 발견된 중국소설 목록 등에서 찾아볼 수 있었다. 또한, 명대 ≪전등신화≫계통의 소설과 ≪세설≫류 소설의 인기는 출판으로까지 이어지며 우리 소설 창작에도 영향을 주었다는 사실과 중국의 총서류 소설 출판 붐이 조선에도 영향을 미쳤다는 점을 알 수 있었다.

청대 작품을 살펴보면, 이전보다 월등히 많은 작품들이 빠른 속도로 유입되어 유통된 것으로 보이지만 새로 조선에서 간행하거나 번역한 작품은 매우 적고, 상해 근대소설의 태동이 된 신보관에서 출판된 만청 소설과 필기류 소설들이 많이 남아 있다. 이것으로 조선에서도 중국 문언소설의 변화 양상을 민감하게 느끼고 시대별 흐름과 대세를 잘 알고 수용했음을 알 수 있다.

송·원·명·청대 문언소설의 국내 수용 양상을 출판 양상과 번역 양상으로 나누어 살펴보았을 때 두드러지는 현상은 출판은 문언소설이 많고, 번역은 백화소설이 많다는 사실이다. 특히 조선 전기 官刻 출판의 발전에 힘입어 문인들이 즐겨 읽는 문언소설 즉 傳奇·志人·筆記·笑話類 등이 골고루 출판되었으며, 번역은 백화소설의 주 독자층을 겨냥한 흥미 위주의 전기 소설을 주로 번역하고 있음이 확인되었다.

문언소설은 그 문체적 한계로 인해 주로 문인들 사이에서 향유되고 그들의 정신세계를 반영할 수밖에 없었지만 중국의 사회와 문화의 변화에 따라 문언소설의 형식과 내용에도 변화가 있었고 이러한 작품들이 국내에 유입된 후에는 우리 문인들의 의식과 문화 형태에도 일정정도 영향을 미쳤다고 할 수 있다.

3. 國內 稀貴本 中國 文言小說 紹介

국내에 유입된 중국 문언소설을 조선에서 새로 간행한 판본이 다수 존재한다.이들 판본들은 서지학적 가치가 매우 높은 작품들이다. 이에 10종을 선별하여 재차 정리해 보고자 한다. 송대 이전 작품으로 ≪열녀전≫과 ≪박물지≫, 송·원대 작품으로 ≪태평광기≫와 ≪교홍기≫, 명대 작품으로 ≪효빈집≫·≪화영집≫·≪옥호빙≫과 조선의 편집본인 ≪종리호로≫·≪훈세평화≫·≪문원사귤≫ 등이 그 대상이다.[1)]

3.1 宋代以前 作品

1) ≪列女傳≫

≪列女傳≫은 西漢의 劉向이 堯舜時代부터 春秋戰國時代까지 중국 고대의 모범을 보인 여성들과 경계해야 할 여성들 104명의 傳記를 모아 편집한 책이다. 이 책을 편찬한 동기는 西漢 成帝 때 趙飛燕 자매를 비롯한 후비들이 황실을 어지럽히는 것을 경계하기 위한 것으로, 내용은 母儀·賢明·仁智·貞順·節義·辯通·孼嬖 등 총 7권으로 구성되어 있다. 각 편의 전기는 일화와 '君子曰'로 시작되는 史評으로 이루어져 있는데, 유교적 관점에서 여성에 대한 도덕적 기준을 드러내는 유향의 관점이 잘 드러나 있다.

≪열녀전≫은 傳寫 과정 중에 여러 차례 수정·보완되어 다양한 판본들이 만들어졌기 때문에 유향이 편찬했던 당시의 모습을 정확히 알기는 어렵다. 후대에 ≪續列女傳≫

---

1) 〈기타 희귀본 해제〉는 본 연구팀이 "한국에 소장된 중국고전소설과 희곡판본의 수집정리와 해제" 작업을 수행하며 2차년도 성과로 출판한 ≪韓國 所藏 中國文言小說의 版本目錄과 解題≫(민관동·유희준·박계화 공저, 학고방, 2013)에 수록된 해제를 바탕으로 박계화가 수정·보완하였다.

과 ≪古今列女傳≫(3권)이 출현하게 되자 이들과 구분하기 위해 원래 유향의 ≪列女傳≫은 ≪古列女傳≫이라는 명칭으로 통용되었다. 특히 ≪古列女傳≫은 明代 嘉靖 壬子年(1552)에 黃魯曾이 編修하면서 쓴 서문과 萬曆 丙午年(1606) 黃嘉育이 쓴 서문이 있는 것으로 보아 여러 번에 걸쳐 출판되었음을 알 수 있다. 그 외에도 明代 解縉이 勅命을 받들어 다시 편찬한 ≪古今列女傳≫(1403, 2卷 4冊), 王照圓의 ≪列女傳補注≫(1812), 梁端의 ≪列女傳校注≫(1833), 劉開의 ≪廣列女傳校注≫(1919) 및 작자와 연대 미상의 ≪典故列女傳≫(4卷 4冊) 등 後續作品들이 지속적으로 출현하였다.

≪열녀전≫은 우리나라에 일찍 전래되었던 것으로 보인다. 고려시대에는 국가적으로 중국 서적 수입에 적극적이었는데, ≪고려사≫의 기록에 의하면 선종 8년(1091)에는 오히려 송나라가 고려에 소장되어 있는 중국 선본을 보내달라고 요구할 정도가 되었음을 알 수 있다.

> 丙午日에 이자의(戶部尙書)등이 宋나라에서 돌아와 이렇게 아뢰었다. "송나라 왕이 우리나라 서적 중에는 좋은 책이 많다고 하는 것을 듣고 館伴書에 명령하여 구하려고 하는 목록을 주며 말하기를 '비록 卷帙이 부족한 것이 있더라도 또한 모름지기 傳寫하여 부쳐보내라' 하였는데 모두 128종입니다"하였다. ≪尙書≫、荀爽≪周易≫十卷、≪京房易≫十卷、鄭康成≪周易≫九卷、陸績注≪周易≫十四卷、虞飜注≪周易≫九卷、≪東觀漢記≫一百二十七卷、謝承≪後漢書≫一百三十卷、≪漢詩≫二十二卷、業遵≪毛詩≫二十卷、呂悅≪字林≫七卷、≪古玉篇≫三十卷、≪括地志≫五百卷、≪輿地志≫三十卷、≪新序≫三卷、≪說苑≫(劉向撰)二十卷、≪劉向七錄≫二十卷 .... 深師方≪黃帝鍼經≫九卷、≪九墟經≫九卷 .... ≪淮南子≫二十一卷 .... 羊祜≪老子≫二卷、羅什≪老子≫二卷、鍾會≪老子≫二卷 .... 吳均齊≪春秋≫三十卷 .... ≪班固集≫十四卷 .... 稽康≪高士傳≫三卷 .... 干寶≪搜神記≫三十卷.....등이 그것이다. [≪高麗史≫卷10, 宣宗8年(西紀1091년) 6月條]

≪고려사≫의 이 기록에는 문언소설인 ≪신서≫·≪설원≫·≪고사전≫·≪수신기≫가 포함되어 있다. 여기에 보이는 서적들은 당시 고려에 소장되어 있는 것으로 보이는 것 중 송나라에서 필요한 서적만을 지적한 것이라서 실제로는 고려에 더 많은 서적들이 유입되었을 것으로 여겨진다. 이 목록에 유향이 편집한 ≪신서≫·≪설원≫ 등이 있는 것으로 보아 ≪열녀전≫도 이미 유입되었을 가능성이 크다. 만약 고려 宣宗(1084-1094) 이전에 전래된 ≪열녀전≫이라면 유향의 ≪古列女傳≫ 嘉祐本(1063)이 유입되

었을 것으로 추정된다.2)

이후 조선시대 기록을 통해 ≪열녀전≫이 조선에 지속적으로 영향을 미친 것을 알 수 있다. 우선 왕실에서도 ≪열녀전≫의 교육적 효과에 주목하였는데, ≪세종실록≫에 세종이 며느리 봉씨에게 ≪열녀전≫을 가르치게 했다는 기록 보이며,3) ≪삼강행실도≫ 열녀편에도 ≪열녀전≫의 일부를 인용하고 있다. 또한 1475년 成宗의 어머니인 昭惠王后(후의 인수대비)는 중국의 ≪列女傳≫·≪小學≫·≪女敎≫·≪明鑑≫의 네 책에서 부녀자의 요긴한 대목을 뽑아서 3卷 3冊의≪內訓≫4)을 편찬했다. ≪내훈≫은 먼저 한문 원문에 한글로 吐를 달고 이어 우리말로 언해하였으며 夾註를 달았다. 비록 ≪列女傳≫전문을 번역한 것은 아니지만 일부가 번역된 최초의 選譯本이라고 볼 수 있다.

일부뿐만 아니라 ≪列女傳≫ 全文이 이미 조선 초기에 번역된 것으로 보이는데 "嘉靖 癸卯年(中宗 38년, 1543)에 中宗이 劉向의 ≪列女傳≫을 내주며 禮曹로 하여금 飜譯하게 하였다"5)라는 기록이 그 근거이다. 이것은 중국고전소설에 대한 공식적인 번역의 嚆矢가 되었다고 할 수 있다. 그러나 안타깝게도 실전되어 현재는 그 번역 형태를 알 수가 없다. 다만 여성 교육서로서 편찬된 ≪내훈≫의 예를 보아 한문에 구결을 달고 번역을 하는 한편, 번역문 안에 주석을 넣어서 이해하기 쉽게 하는 형태를 취했을 것으로 추측할 수 있다.

이후 ≪列女傳≫ 출판과 관련된 기록도 발견된다. 宣祖 1年(1568) 刊行本 ≪攷事

---

2) 우쾌제, 〈열녀전의 전래와 수용양상 고찰〉, ≪동방문학비교연구총서≫ 2권, 1992, 432쪽.

3) 세종 18년 병진(1436,정통 1) 11월7일 (무술): 처음에 김씨를 폐하고 봉씨를 세울 적에는, 그에게 옛 훈계를 알아서 경계하고 조심하여 금후로는 거의 이런 따위의 일을 없게 하고자 하여, 여사(女師)로 하여금 ≪열녀전≫을 가르치게 했는데, 봉씨가 이를 배운 지 며칠 만에 책을 뜰에 던지면서 말하기를, '내가 어찌 이것을 배운 후에 생활하겠는가.' 하면서, 학업을 받기를 즐겨하지 아니하였다.

4) 책머리에 소혜왕후의 內訓序와 목록, 책 끝에는 尙儀曺氏의 발문이 있다. 권1에는 언행·효친·혼례, 권2에는 夫婦, 권3에는 母儀·敦睦·廉儉 등 전체를 7장으로 나누어서 실었다. 각 장마다 ≪女敎≫·≪禮記≫, 孔子·司馬溫公 등 40여 종의 경전과 諸家說을 인용하였고, 文王의 어머니 太任 등 50여 명의 행장을 인용하여 여성 행실의 실제와 경계할 내용을 밝히고 있다.

5) "嘉靖癸卯, 中廟出劉向列女傳, 命禮曹翻以諺文. 禮曹啓請申珽·柳沆飜譯, 柳耳孫寫字. 舊本本顧愷之畫 而歲久刻訛, 殊失筆格, 令李上佐略倣古圖而更畫之, 旣成, 誤依舊本書於每卷之首曰: 漢劉向編撰, 晉顧愷之圖畫, 正猶班固至今血食之文. 使此書傳於後世則孰知其爲李上佐之畫乎." [稗官雜記 권4](大東稗林27, 國學資料院, 1992년, 407쪽)

撮要≫를 보면 全羅道 光州에서 출판된 서목 중에 ≪列女傳≫이 있다. 이 때 간행된 ≪열년전≫ 판본이 남아 있지 않으므로 이 기록만으로는 이것이 1543년 번역된 ≪列女傳≫인지 아니면 ≪열녀전≫ 원전을 새로 출판한 것인지 확실히 알 수 없으나, 이미 16세기 초 중반에 ≪列女傳≫전문이 번역되고 출판되었다는 사실은 분명하다.

현전 한글 번역본 중 최고본으로 추정되는 것은 국립중앙도서관에 소장된 필사본(1책, 79장)인데, 이 책은 ≪고열녀전≫ 내용을 가장 충실히 직역한 것으로 번역본에 나타난 어휘 형태로 보아 대략 18세기 후반에 필사된 것으로 보이며,[6] 中宗 때 번역본에 있었다는 삽화는 보이지 않는다.[7]

한편, 太宗 3년(1403) 명대에 새롭게 편찬된 ≪古今列女傳≫이 유입되었고, 다음 해인 태종 4년(1404)에 다시 ≪고금열녀전≫ 500권이 유입되었다.[8] 이후 ≪英祖實錄≫(권21-24)에 閔鎭遠이 ≪古今列女傳≫을 간행하려한다는 기록이 있다. 기록을 살펴보면 다음과 같다.

> 癸丑에 召對를 행하였다. 명기(明紀)를 進講하였는데, 참찬관 金致垢가 아뢰기를, "經書와 ≪性理大全≫은 모두가 皇明 太宗 때에 편찬한 것이니, 태종이 사문(斯文)을 존숭한 공로가 큽니다."하니, 임금이 이르기를, "解縉 등이 勅命을 받들어 ≪古今列女傳≫을 편수했는데, 글이 완성되자 태종이 친히 序文을 지었고, 우리나라에 있는 ≪內訓≫은 곧 皇明 太祖의 高皇后가 지은 것인데, 내가 간행하려고 한다."하였다. 판중추부사 閔鎭遠이[9] 嶺營(嶺南의 監營, 곧 慶尙道觀察使가 공무를 보는 건물 또는 그 소재지를 일컬음)

---

6) 김민지 교주, ≪고녈녀뎐≫, 선문대학교 중한번역문헌연구소, 2008, 머리말.

7) 중종 38년(1543) 上命으로 申珽·柳沆 등을 시켜 번역하게 하고 柳耳孫에게 글씨를 쓰게 하고 李上佐에게 그림을 그리게 하여 간행하게 하였다는 기록이 주4) 魚叔權의 ≪稗官雜記≫에 보인다.

8) "十一月 己亥朔 進賀使 李至 趙希閔 賚帝賜列女傳 藥材 禮部咨文 回自京師. 咨文曰 欽奉聖旨 朝鮮國王缺少藥材 差臣來這裏收買恁禮部照他 買小的數目 關與他將去 與王用來的使臣告說 先蒙頒賜列女傳 分散不周 再與五百部 欽此藥材列女傳交付 差來使臣李至等. 麝香二斤 朱砂六斤 沉香五斤 蘇合油一十兩 龍腦一斤 白花蛇三十條 古今列女傳五百部." [太宗實錄 卷八, 26－27, 太宗 4 年 1 1 月1日, 己亥朔]

9) 閔鎭遠 : 본관은 驪興이며, 호는 丹巖·洗心이고, 시호는 文忠이다. 아버지는 여양부원군 閔維重이다. 숙종의 계비 仁顯王后의 오빠이자 우참찬 閔鎭厚의 동생이다. ≪숙종실록≫·≪경종실록≫등의 편찬에 참여하고, ≪加足帝腹論≫을 찬하였다. 벼슬은 좌의정·영중추부사에 이르렀으며, 저서에 ≪丹巖奏議≫·≪燕行錄≫·≪閔文忠公奏議≫등이 있다. 위 기록에서 대략 1727년경에 민진원은 嶺南의 監營에서 ≪列女傳≫을 간행하고자 영조에게 청하였고 영조도 이

에서 간행하게 하기를 청하니, 임금이 이르기를, "마땅히 玉堂에 頒下하겠다."하였다.

癸丑 行召對. 講明紀 參贊官金致垢曰 經書及性理大全 皆皇明太宗時所纂也 太宗尊斯文之功大矣. 上曰 解縉等 奉敕 修古今列女傳書成 太宗親製文序之 我國有內訓 乃皇明太祖高皇后所作也 予欲刊行. 判府事 閔鎭遠 請使嶺營刊行. 上曰 當頒下於玉堂矣. [英祖實錄, 卷十一· 2 4, 英祖 3年(西紀 1727年) 3月 26日, 癸丑]

그러나 위에서 언급한 ≪古今列女傳≫의 出刊與否는 확인되지 않고 있다. 그 후 구활자 방각본으로 1918년 太和書館에서 출간된 것이 있으며, 이 출판본은 朝鮮初期 출간본과는 다른 것으로 보여 진다. 李樹鳳 소장본 등은 그 내용이 ≪古今列女傳≫ 번역본의 일부 또는 그를 축약한 것들로 볼 수 있다.

≪典故列女傳≫은 漢代 劉向이 편찬한 ≪列女傳≫의 영향으로 淸末에 출판된 책이다. 저자는 미상이며, 남아 있는 판본에 "曉星樵人復校重刊"이라고 새겨져 있는 것으로 보아 淸 光緖年間(1875-1908) 南京의 三山街에서 書肆를 운영하던 李光明이 간행했던 것임을 알 수 있다. 李光明의 字는 椿峰, 號는 曉星樵人이며 자신이 간행한 책 목록을 책 끝에 부록으로 붙여 놓았는데, 여기에서도 ≪典故列女傳≫의 제목이 확인된다.

母儀·賢明·仁智·貞順·節義·辯通·孼嬖 등 7종목으로 분류한 ≪列女傳≫과는 달리 ≪典故列女傳≫은 明淸代를 거치며 강화된 烈女觀을 반영하여 女性들의 敎育을 위해 婦德·婦言·婦容·婦功 等의 각 편으로 나누고 각 편의 主題와 관련된 古人들의 言行을 적고 이와 관련된 列女들의 行蹟들을 서술하였다.

국립중앙도서관에 소장된 乾·坤 2冊으로 편철되어 있는 ≪녈녀뎐≫은 체제가 ≪典故列女傳≫과 비슷하여 이를 새롭게 재편한 것으로 볼 수 있다.

書名	出版事項	版式狀況	一般事項	所藏處/所藏番號
列女傳	中宗38年癸卯(1543年)	申珽·柳沆飜譯, 柳耳孫寫, 李上佐畵		失傳
렬녀전	太華書館:렬녀전, 世界書林:고금녈녀전	太華書館:렬녀전(구활자 방각본)	太華書館:렬녀전(1918년, ≪古今列女傳≫ 번역)	

에 허락을 하였다는 기록이 보인다. 그러나 아직 국내에서 간행된 판본은 확인되지 않고 있다.

書名	出版事項	版式狀況	一般事項	所藏處/所藏番號
고녈녀뎐	飜譯筆寫本	1冊, 79張	原文充實한 飜譯	國立中央圖書館 57-아-411, R3 5N-002960-2
녈녀전	飜譯筆寫本	2冊(乾, 坤), 28×21㎝	再編飜譯(≪典故列女傳≫체제)	國立中央圖書館
열녀전	飜譯筆寫本	1冊, 67장	(≪古今列女傳≫ 발췌번역)	忠北大學校 李樹鳳 所藏

2) ≪博物志≫

≪博物志≫는 晉代의 志怪小說로 西晉의 張華(232-300)가 編撰하였다고 전해진다. 신화·신선고사·인물고사·박물·잡설 등의 내용을 주로 다루고 있으며 간혹 민간전설 등도 곁들여 있다. 東晉 王嘉가 편찬한 ≪拾遺記≫의 기록에 의하면 이 책은 원래 400권이었으나 문장이 길고 기괴한 부분이 너무 많다고 여긴 晉 武帝가 장화에게 명해 10권으로 줄였다고 한다. ≪隋書≫〈經籍志〉 雜家類에 10卷으로 기록되어 있으며, ≪舊唐書≫〈經籍志〉에는 小說家類에 저록되어 있다. 그러나 이후 原書는 일실되었고, 현재 전해지는 ≪博物志≫는 후대에 다시 집록하여 이루어진 것이다.

판본으로는 두 종류가 있는데 하나는 흔히 39目으로 분류된 通行本으로 ≪廣漢魏叢書≫·≪古今逸史≫·≪稗海≫ 등의 叢書에 수록된 것이다. 다른 하나는 黃丕烈이 汲古閣影抄宋連江氏刻本을 저본으로 간행한 ≪士禮居叢書≫本으로 차례는 통행본과 같지만 세목이 분류되어 있지 않다. 이 판본은 ≪指海≫·≪龍溪≫·≪博舍叢書≫에도 수록되어 있다. 이 두 종류의 판본 모두 周日用과 盧氏의 주석이 달려 있다. 1980년 中華書局에서 출판한 范寧의 ≪博物志校證≫은 本文 323조와 逸文 212조를 수록하고 歷代著錄·提要·各本의 序跋 등을 수록했다.

張華는 자가 茂先이며 范陽 方城[지금의 河北省 固安縣 북쪽] 사람이다. 西晉의 大臣이자 문학가로 司空이라는 벼슬을 지냈으며 시를 잘 지었다고 전한다. 저작에 ≪張司空集≫이 있다. ≪晉書≫권36에 그의 傳이 있다.

내용은 38류로 나누어 산천지리·鳥獸·초목·蟲魚·인물전기·신선고사 등을 기록했는데, 그 가운데에 신화·古史·박물·잡설 등의 내용이 포함되어 있어서 '박물'의 특징을 분명하게 보이고 있다. 또한 일부 고사성이 비교적 강한 전설은 그것의 소설적인 색채를 증가시키고 있다. ≪博物志≫ 이후에 宋代 李石의 ≪續博物志≫와 明代

游潛의 ≪博物志補≫, 董斯張의 ≪廣博物志≫ 등 續作이 계속 나와 ≪博物志≫는 志怪小說 가운데 독특한 일파를 이루었다.

작품 모두가 소설이라 할 수는 없지만 일부 故事類 作品들은 소설적 색채가 뚜렷하다. 예를 들면 술에 취해서 1,000일을 계속 잤다는 이야기, 唐代의 傳奇 소설의 바탕을 이루는 원숭이와 인간의 交合 등의 이야기가 실려 있다. 후대에 ≪博物志≫의 續作으로 李石의≪續博物志≫(宋代)·游潛의≪博物志補≫(明代) 등이 출현하였다.

국내 유입된 정확한 시기는 알 수가 없지만 崔致遠(857-?)의 ≪桂苑筆耕集≫에 ≪박물지≫의 이야기가 전고로 쓰였던 것으로 보아 삼국시대 문인들도 ≪박물지≫의 내용을 알고 있었을 가능성이 높다. 이후 崔岦(1539~1612) 의 ≪簡易集≫과 張維(1587~ 1638)의 ≪谿谷集≫ 등에도 ≪博物志≫를 인용한 문구들이 보이며, 嘉靖 己未年(1599) 五月 下澣 青州 垂胡子가 쓴 ≪剪燈新話句解≫ 跋文에 "'丁未年 가을 禮部令史 宋糞이라는 자가 나에게 해석을 구하였다. 나는 稗說이 실용에 적당하지 않은데 어째서 해석을 할 필요가 있을까?' 라고 생각하여 사양하였다. 그리고 다시 그것을 생각해 보니 ≪山海經≫·≪博物志≫는 말이 기이하지만 모두 箋疏가 있다."[10] 라는 기록이 보인다. 張華의 ≪博物志≫·干寶의 ≪搜神記≫·王子年(王嘉)의 ≪拾遺記≫·段成式의 ≪酉陽雜組≫·蘇軾의 ≪仇池筆記≫ 등의 책이 나오면서 괴이한 것을 말한 것이 많이 나왔으니, 이것은 기록으로 허탄한 데에 빠진 것인데 따라서 믿은 것이라고[11] 지괴류 소설을 부정적으로 평가한 이덕무(1741~1793)와 같은 문인도 있었지만, 李瀷(1681-1763)과 같이 ≪박물지≫를 인용하여 고증을 하는 경우도 많았다.[12] 이와 같은 기록들을 통해 조선시대 문인들이 ≪박물지≫를 많이 읽었다는 사실을 알 수 있다.

---

10) "歲丁未(1547)秋, 禮部令史, 宋糞者, 求釋於余. 余以爲稗說, 不適於實用, 何以釋爲, 乃辭. 既而思之 山海經·博物志, 語涉吊詭, 俱有箋疏." [韓國精神文化研究院 所藏本, D7C-5A]

11) "逮張華博物志, 干寶搜神記, 王子年拾遺記, 段成式酉陽雜組, 蘇軾仇池筆記出. 而言怪者輩出矣. 是記而溺者也, 從而信之. [≪青莊館全書≫ 권3 〈嬰處文稿〉一 〈記〉]

12) "또 ≪博物志≫에는, '憲章은 갇혀 있기를 좋아하고, 饕餮은 물에 들어가기를 좋아하고, 蟋蜴은 비린 냄새를 좋아하고, 만전(蠻)은 바람과 비를 좋아하고, 螭虎는 무늬 있는 채색을 좋아하고, 金猊는 연기를 좋아하고, 椒圖는 입다물기를 좋아하고, 虭蛥은 위험한 곳에 서 있기를 좋아하고, 鰲魚는 불을 좋아하고, 金吾는 잠을 자지 않는다. 이도 모두 용의 종류인데 대개 용은 성질이 음탕해서 교접하지 않는 것이 없는 까닭에 종류가 가장 많다'고 하였다." [≪星湖僿說≫ 권6 〈萬物門〉〈龍生九子〉]

또 ≪博物志≫는 조선시대에 국내에서 간행되기도 하였다. 즉 宣祖 1年(1568) 간행본 ≪攷事撮要≫[13]와 宣祖 18年(1585) 간행본 ≪攷事撮要≫에 출판기록이 보인다. ≪攷事撮要≫에 언급된 중국고전소설의 목록을 살펴보면 다음과 같다.

宣祖 1年(1568年) 刊行本 ≪攷事撮要≫ : 557종
原州 : ≪剪燈新話≫, 江陵 : ≪訓世評話≫, 南原 : ≪博物志≫, 淳昌 : ≪效顰集≫, ≪剪燈餘話≫, 光州 : ≪列女傳≫, 安東 : ≪說苑≫, 草溪 : ≪太平廣記≫, 慶州 : ≪酉陽雜俎≫, 晉州 : ≪太平廣記≫.

宣祖 18年(1585) 刊行本 ≪攷事撮要≫: 988종
위에 언급된 판본목록은 모두 중복되었고 추가 누락된 것만 소개.
延安 : ≪玉壺氷≫, 固城 : ≪玉壺氷≫, 慶州 : ≪兩山墨談≫,
昆陽 : ≪花影集≫.[14]

이 기록으로 인해 1568년 이전에 ≪박물지≫가 전라도 남원에서 출판이 되었다는 것을 알 수 있다. 그러나 그 당시 출판된 판본은 실전되어 아직 찾아내지 못하고 있다. 현재 국내에 소장되어 있는 판본은 거의가 청대말기의 판본들로 서지학적 가치는 떨어진다.

---

13) ≪攷事撮要≫는 魚叔權 등이 1554년(명종 9년) 왕명을 받아 ≪帝王曆年記≫ 및 ≪要集≫ 등을 참조하여 편찬한 책으로, 事大交隣과 일상생활에 필요한 여러 가지 사항들을 모아 상·중·하 3권과 부록으로 엮은 것이다. 이후 1771년(영조 47년) 徐命膺이 ≪攷事新書≫로 대폭 개정하고 증보할 때까지 열두 차례에 걸쳐 간행되었다. 현존하는 最古本은 1568년(선조 1년)에 발간한 乙亥字本이다. 1576년(선조 9년)에 간행된 을해자본 복각본은 坊刻本 중 가장 오래 된 것으로 인정받고 있다. 1585년(선조 18년)에 간행된 목판본은 許篈이 필요한 부분을 증보 수정하여 간행했으나, 임진왜란으로 판본이 모두 없어져 1613년(광해군 5년)에 朴希賢이 보충하여 ≪續攷事撮要≫를 간행했다. 1636년(인조 14년)에는 崔鳴吉이 다시 증보하여 ≪續編攷事撮要≫를 편찬했다.

14) 김치우, ≪고사촬요 책판목록과 그 수록간본 연구≫(아세아문화사, 2007년 8월). 필자는 ≪고사촬요≫ 조선시대 선조 1년(1568년 판)판을 근거로 중국고전소설의 출판목록을 따로 만들었다. 1568년 이전에 출간된 책판을 수록한≪고사촬요≫ 조선시대 선조 1년 판은 557종이 당시에 출판되었다고 언급되었는데 그 출판시기가 當時로 한정된 것이 아니라 조선시대 개국 이래 출판된 것을 모두 정리해 놓은 것으로 추정된다. 또 선조 18년 출간된 ≪고사촬요≫는 988종이나 늘어났다. 그렇다고 선조 1년에서 18년까지 17년 사이에 431종이나 출판된 것은 아니라 이전의 누락된 것을 다시 수집 정리하여 추가한 것으로 추정된다. 이 출판목록이 임진왜란 이전에 출판되어졌다는 사실은 확실하다.

3.2 宋·元代 作品

1) ≪太平廣記≫

≪太平廣記≫는 宋代 李昉(925~996)이 扈蒙·李穆·徐鉉 등 12명과 함께 편찬한 문언소설집이다. ≪崇文總目≫에 類書類 500卷이라고 되어 있으며, ≪郡齋讀書志≫와 ≪直齋書錄解題≫에 小說家類로 기재되어 있다. 北宋 太宗의 명을 받아 太平興國 3年(978)에 편찬하여 太平興國 6年(981)에 판각하였다. 宋나라가 천하를 통일하고 各地의 古書를 蒐集하면서 海內의 소외된 知識階層을 撫摩하고자 그들에게 厚한 祿을 주고 古書를 編修하게 하였는데 이것이 곧 ≪太平廣記≫500卷이다.[15] ≪太平廣記≫전 500권은 漢代부터 北宋 초에 이르는 소설·필기·야사 등 전적에 수록되어 있는 이야기들을 채록하여 그 내용에 따라 神仙·方士·異僧·報應·名賢·貢擧·豪俠·儒行·書·畵·醫·相·酒·諂諸·婦人·情感·夢·幻術·神·鬼·妖怪·再生·龍·호랑이·여우·뱀·雜傳記 등 92개 항목으로 분류하여 총 6965조에 달하는 고사를 수록하고 있다. 그중에서 〈神仙〉·〈女仙〉·〈報應〉·〈神〉·〈鬼〉·〈妖怪〉 등이 다른 부류의 권수보다 상대적으로 분량이 많다. 이러한 경향은 고대 민간풍속과 魏晉南北朝 이래 志怪小說의 홍성을 반영하고 있다. 각 고사의 끝에는 채록 출처를 밝혀 놓았는데 인용된 서적은 거의 500여 종에 달한다. 그 중 절반가량은 이후 망실되었지만 ≪태평광기≫에 의거하여 세상에 전해지게 되었다. 청대 紀昀이 이 책에 대해 "소설가의 깊은 바다[小說家之淵海]라고 칭송하였듯이, 古小說의 佚文을 보존하고[16] 이후 소설뿐만 아니라 희곡 등에 다양한 소재를 제공하며 변화·발전하는 양상을 확인할 수 있다는 측면에서 ≪태평광기≫의 소설사적 의의는 매우 크다. 또한 역사·지리·종

---

15) ≪태평광기≫는 宋初의 정치·사회·문화의 복합적인 배경 하에서 편찬된 것으로 보인다. 당시 '海內名士'로 인정받고 있던 五代의 '降臣'을 적절히 통제할 필요를 느꼈던 태종은 대형 유서 편찬을 통해 이들을 합법적으로 포섭함과 동시에 망실된 도서를 대대적으로 수집 정리하여 '文德致治'의 정책을 성공적으로 수행했으며, 여기에 태종 자신의 '好學'과 '好文' 정신이 더해져 중국역사상 주목할 만한 문화 사업을 완수할 수 있었다. 김장환, 〈太平廣記의 時代的 意味: 그 轉移와 收容의 研究史的 成果를 中心으로〉, ≪중국어문학논집≫ 제75호, 2012, 8쪽 참조.

16) 노신의 ≪고소설구침≫·≪당송전기집≫도 ≪태평광기≫에 의거하여 집록된 것이며, 현재 전해지고 있는 ≪劇談錄≫·≪闕史≫·≪三水小牘≫ 등의 작품집도 ≪태평광기≫에 인용된 고사와 조금씩 차이가 있으므로 대조·교감에 도움을 주고 있다.

교·민속·명물·전고·문장·고증 등 다방면의 연구에도 많은 자료를 제공하고 있다.

원본은 981년에 처음 목판 인쇄되었다가 明末에 이르러서야 談愷·許自昌이 교정하여 다시 간행했으며, 淸나라 黃晟이 소형본으로 출판하여 보급시켰다.

魯迅의 ≪中國小說史略≫ 등에 의하면 ≪태평광기≫는 판각된 후 곧바로 거두어 들여져 세상에 유포되지 못한 것으로 알려져 있다.[17] 하지만 북송 仁宗 天聖 5년(1027)에 晁逈이 ≪法藏碎金錄≫에서 ≪태평광기≫의 고사를 인용한 것, 북송 말년에 蔡蕃이 ≪태평광기≫에 수록된 고사와 시문 중에서 일부분을 취하여 ≪鹿革事類≫와 ≪鹿革文類≫ 각 30권을 편찬한 것, ≪崇文總目≫·≪通志≫·≪郡齋讀書志≫ 등과 같은 목록학 저작의 기록 등을 통해 실제로는 북송 때부터 이미 많은 문인 학자들이 ≪태평광기≫를 읽었던 것을 알 수 있으며, ≪태평광기≫가 단절되어 유전되지 못한 것이 아니라 볼 수 있는 사람이 한정되어 있었다고 추측할 수 있다.[18] 현재 송대 판본은 남아 있지 않지만 宋本에 근거한 것으로 현존하는 것은 명대 沈與文의 野竹齋鈔本, 陳鱣이 송 각본에 근거하여 교감한 許自昌 각본, 明 嘉靖 45년(1566) 송 초본에 근거하여 교감한 談愷 각본 3종이 있다.

≪太平廣記≫가 처음 우리나라에 전래된 분명한 시기는 알 수 없지만,[19] 南宋 때의 문인 王闢之가 지은 ≪澠水燕談錄≫을 보면 그 실마리를 찾을 수 있다. 거기에는 宋

17) (宋)王應麟, ≪玉海≫ 권54: "≪廣記≫鏤板頒天下, 言者以爲非學者所急, 收墨板藏太淸樓.", 魯迅, ≪中國小說史略≫ 第11篇 〈宋之志怪及傳奇文〉 참조.

18) ≪太平廣記≫의 版刻과 流傳상황에 대해서는 張國風의 ≪太平廣記版本考述≫(北京: 中華書局, 2004), 凌郁之, 〈太平廣記的編刻·傳播及小說觀念〉(≪蘇州科技學院學報≫(社科版) 제22권 제3기, 2005), 牛景麗, ≪太平廣記的傳播與影響≫(天津: 南開大學出版社, 2008), 曾禮軍, 〈太平廣記的文獻學研究綜述〉(≪文獻≫ 제4기, 2010) 등을 참고할 수 있다.

19) ≪太平廣記≫의 국내 유입시기에 대한 주요 연구로는 국내에서는 金鉉龍, ≪韓中小說說話比較研究—太平廣記의影響을中心으로≫(서울: 一志社, 1976), 徐張源, 〈≪太平廣記≫東傳之始末及其影響〉(≪中國語文學≫ 제7집, 1984), 安炳國, 〈≪太平廣記≫의 移入과 影響〉(≪溫知論叢≫ 제6집, 2000) 金長煥·李來宗·朴在淵, 〈≪太平廣記詳節≫研究〉(≪中國語文學論集≫ 제29호, 2004), 장연호, 〈≪太平廣記≫의 韓國傳來와 影響〉(≪韓國文學論叢≫ 제39집, 2005), 김장환, 〈太平廣記의 時代的 意味: 그 轉移와 收容의 研究史的 成果를 中心으로〉(≪중국어문학논집≫ 제75호, 2012) 등이 있으며, 국외에서는 程毅中, ≪太平廣記≫(沈陽: 春風文藝出版社, 1999), 趙維國, 〈≪太平廣記≫傳入韓國時間考〉(≪中國典籍與文化≫, 2002, 第2期), 金程宇, 〈韓國古籍≪太平廣記詳節≫新研〉(≪域外漢籍叢考≫, 北京: 中華書局, 2007) 등이 있다.

神宗 元豊 3年(1080)에 송나라에 사신으로 파견된 朴寅亮이 ≪太平廣記≫에 실려 있는 고사를 능숙하게 활용하여 글을 지었다는 내용이 기록되어 있다.[20] 元豊 3年은 高麗 文宗 34年에 해당하며, ≪太平廣記≫가 간행된 때(981년)로부터 100년이 채 안 된 시기에 ≪太平廣記≫가 국내에 전래되었을 가능성이 높다.

또한 고려시대 문헌 大覺國師外集 에는 송나라 승려 辯眞이 大覺國師義天(1055-1101)에게 보낸 편지가 실려 있는데, 의천이 선종 3년(1085)에 송나라에 들어가 약 14개월 동안 求法활동을 하면서 여러 승려들과 교유하고 돌아온 후 10년이 지난 대략 1095년경에 쓴 것으로 판단된다. 편지에서 "해동에 ≪태평광기≫가 있다고 들었다"고 언급한 것으로 보아 그 이전에 이미 ≪태평광기≫가 고려에 전래되어 있었음을 알 수 있다.[21]

그 후 고려 毅宗 8년(1154)에 黃文通이 찬한 尹誧의 墓誌銘에서도 ≪태평광기≫와 관련된 기록이 보인다.

> (윤포가) 또 大金 皇統 6년에 〈太平廣記撮要詩〉 100수를 찬하여 表文과 함께 올리자, 임금은 知奏事 崔惟淸을 보내 칭찬하셨다. "경은 나이가 많은데도 총명하며 文才가 淸新하니, 훌륭함을 감탄하며 잊을 수가 없소."[22]

윤포가 지은 〈太平廣記撮要詩〉는 현재 망실되어 남아있지 않지만 윤포가 金나라 皇統 6년 즉 고려 仁宗 24년(1146)에 ≪태평광기≫에서 소재를 취해 작품을 지었음을

20) (宋)王闢之, ≪澠水燕談錄≫ 권9 〈雜錄〉: "元豊中, 高麗使朴寅亮至明州, 象山尉張中以詩送之, 寅亮答詩序有'花面艶吹, 愧鄰婦靑脣之斂, 桑間陋曲, 續郢人白雪之音'之語. 有司劾, 中小官, 不當外交夷使. 奏上, 神宗顧左右: '靑脣何事?' 皆不能對. 乃以問趙元老, 元老奏: '不經之語, 不敢以聞.' 神宗再諭之, 元老誦 太平廣記 云: '有覩鄰夫見其婦吹火, 贈詩云: "吹火朱脣動, 添薪玉腕斜. 遙看煙裏面,恰似霧中花." 其婦告其夫曰: "君豈不能學也?" 夫曰: "汝當吹火, 吾亦效之." 夫乃爲詩云: "吹火靑脣動, 添薪墨腕斜. 遙看煙裏面, 恰似鳩槃茶."' 元老之强記如此, 雖怪僻小說, 無不該覽."

21) (高麗)義天, ≪大覺國師外集≫ 권5 〈大宋沙門辯眞書第二〉: "辯眞啓: 曾奉書馳問, 兼承惠及 圓宗文類. 將近十年, 于今披朱, 未嘗暫忘. ……兼聞海東有 大(太)平廣記, 可得觀光否?"

22) 朝鮮總督府編, ≪朝鮮金石總覽≫上(亞細亞文化社影印, 1976): "又於大金皇統六年, 纂太平廣記撮要詩一百首, 隨表進呈, 上敎遣知奏事崔惟淸奬諭曰: '卿年高聰明, 藻思如新, 嘉歎不忘.'"

알 수 있다.

또한 고려 문인들이 시문을 창작할 때 ≪태평광기≫ 고사를 전고로 사용하거나 서명을 거론하는 것을 발견할 수 있다. 李奎報(1168~1241)의 ≪東國李相國集≫에 실려 있는 〈開元天寶詠史詩·羯鼓〉(1194)의 幷序와 古律詩 〈晉陽侯集其日上番門客之姓爲韻, 命門下詩人輩賦冬日牡丹, 予亦和進一首, 傍韻自押〉(대략 1236) 自注에서는 ≪태평광기≫의 고사를 직접 인용하고 있으며, 高宗 3년(1216) 경에 문학을 담당하던 翰林學士들이 공동으로 지은 ≪翰林別曲≫에도 "≪太平廣記≫ 四百餘卷을 歷覽하는 光景이 얼마나 자랑스러운가"라고 하여 ≪태평광기≫ 서명을 언급하였다. 이밖에도 ≪三國遺事≫[1281, 高麗 忠烈王 7年], ≪高麗史≫[1451, 朝鮮 文宗 元年] 등에 ≪太平廣記≫의 書名이나 내용이 계속 나타난다.[23]

다시 말해 ≪태평광기≫는 늦어도 고려 文宗 34년(1080) 이전에 국내에 유입된 것으로 추정되며, 1095년경에는 분명히 존재했다고 할 수 있다. 그 후로 ≪태평광기≫는 꾸준히 문인 독자들에게 애호를 받으며 인용되고 전파되었던 것이다.

조선 초기에는 중국 판본이 재차 수입되어 당시 식자층의 필독서가 되었다. 그러나 원서는 분량이 너무 방대하고 중국에서 수입해야 했기 때문에 구해보기가 쉽지 않았다. 그래서 世祖 8年(1462)에 成任(1421-1484)이 원서를 50권으로 축약한 ≪太平廣記詳節≫을 간행했으며, 그 후 成宗 연간(1469-1494)에는 다른 여러 책에서 채록한 30권 분량의 고사를 합쳐 80권(혹은 100권)으로 된 ≪太平通載≫를 다시 간행했다. 이를 통해 당시 ≪太平廣記≫의 수요가 어느 정도였는지 짐작할 수 있다. ≪太平廣記詳節≫은 일찍이 망실되었지만 최근까지 50권 중 26권이 발굴되었으며, ≪太平通載≫도 현재

---

23) ≪太平廣記≫의 국내 유입시기에 대한 주요 연구로는 국내에서는 金鉉龍, ≪韓中小說說話比較硏究—太平廣記의 影響을 中心으로≫(서울: 一志社, 1976), 徐張源, 〈≪太平廣記≫東傳之始末及其影響〉(≪中國語文學≫ 제7집, 1984), 安炳國, 〈≪太平廣記≫의 移入과 影響〉(≪溫知論叢≫ 제6집, 2000) 金長煥·李來宗·朴在淵, 〈≪太平廣記詳節≫硏究〉(≪中國語文學論集≫ 제29호, 2004), 장연호, 〈≪太平廣記≫의 韓國傳來와 影響〉(≪韓國文學論叢≫ 제39집, 2005), 김장환, 〈『太平廣記』의 時代的 意味: 그 轉移와 收容의 硏究史的 成果를 中心으로〉(≪중국어문학논집≫ 제75호, 2012) 등이 있으며, 국외에서는 程毅中, ≪太平廣記≫(沈陽: 春風文藝出版社, 1999), 趙維國, 〈≪太平廣記≫傳入韓國時間考〉(≪中國典籍與文化≫, 2002, 第2期), 金程宇, 〈韓國古籍≪太平廣記詳節≫新硏〉(≪域外漢籍叢考≫, 北京: 中華書局, 2007) 등이 있다.

일부만 남아 있는 상태이다.

≪太平廣記詳節≫은 현재 온전하게 남아있지 않으나, 目錄 2권이 忠南大學校 圖書館에 완벽한 상태로 남아있다. 당시의 출판지가 어느 곳이었는가는 정확하게 알 수가 없지만 魚叔權의 ≪攷事撮要≫〈八道冊板目錄〉을 보면 慶尙道의 草溪와 晉州 두 곳에 ≪태평광기≫의 版木이 있었다고 한다.[24] ≪태평광기≫ 원본이 조선에서 간행된 적이 없었으므로 어숙권이 말한 ≪태평광기≫는 ≪태평광기상절≫을 말한 것이며, 이 책이 草溪나 晉州의 두 곳에서 각각 간행되었거나 아니면 두 곳에 나뉘어서 판각된 것으로 보아야 할 것이다. 현존하는 판본의 소장처를 보면 다음과 같다.

(1) 목록 2권, 권1-권3 : 忠南大學校 圖書館

(2) 권8-권11, 권20-권23, 권35-권37 : 玉山書院

(3) 권8-권11, 권39-권42 : 高麗大學校 晩松文庫

(4) 권14-권19 : 國立中央圖書館

(5) 권15-권21 : 誠庵古書博物館

(6) 권20-권25 : 김장환·박재연 개인소장 등. 총 목록 2권과 본문 50권 가운데 목록과 본문 26권만 현존한다.[25]

≪태평광기상절≫은 ≪태평광기≫에서 일부를 選文하여 엮은 책으로 편목을 살펴보면 그 순서가 ≪태평광기≫와 완전히 일치한다. 다만 현재 통행되는 ≪태평광기≫에는 92개의 大類와 그 중 일부에 다시 小類를 두어 약 150여 개의 크고 작은 편목이 있으며 총 6,965개의 제목이 들어 있는데, ≪태평광기상절≫에서는 그러한 구분을 없앤 채 143개의 편목을 두고 있으며 839개의 제목이 들어있다. 한편 ≪태평광기상절≫에는 현재 전하고 있는 談愷本 이후의 ≪태평광기≫에서는 찾아볼 수 없는 佚文 6조가 포함되어 있다. 이것으로 보아 ≪태평광기상절≫은 지금은 망실되어 전하지 않는 송본을 저본으로 삼았다고 판단된다. 그 일문 6조는 다음과 같다.

권10 徵應: 〈蕃中六畜〉〈耶孤兒〉〈胡王〉/ 定數: 〈王陟〉

---

24) (朝鮮)魚叔權, ≪攷事撮要≫(民族文化社影印, 1980), 198·201쪽.

25) 김장환, 〈태평광기상절 편찬의 시대적 의미〉, ≪중국소설논총≫제23집, 2006. 3. 191-200쪽 참고. 이 책은 최근 김장환·박재연·이래종 등이 譯註하여 ≪太平廣記詳節≫이라는 이름으로 출간하였다. 이 책은 총 8책(학고방, 2005년)으로 원형을 복원하고자 하는 시도로 상당한 의미가 있다.

권22 輕薄: 〈侯泳〉/ 酷暴: 〈陳延美〉

≪태평통재≫는 成任이 편찬하고 慶尙監司 李克墩이 조선 成宗 23년(1492)년경에 간행했으며, 15세기이전까지의 중국 및 우리나라의 일화나 고사 등을 광범위하게 수록해 놓았다. 현재 殘卷 12권이 남아있는데 아래와 같다.

(1) 권7-9 : 高麗大學校晩松文庫

(2) 권18-21 : 韓國學中央硏究院藏書閣

(3) 권28-29, 권65-67 : 江陵船橋莊

(4) 권68-70, 권96-100 : 서지학자 李仁榮 학계보고 (현재는 일실됨)

≪태평통재≫의 전체 권수에 대해서는 아직 명확하게 의견이 일치되지 않고 있다. 성임의 동생인 成俔의 ≪慵齋叢話≫에서는 80권이라 했고, 洪貴達이 지은 성임의 묘지명에서는 100권이라 했으며, 이인영은 적어도 240권 이상의 거질이었을 것이라고 추측했다.[26)]

≪태평통재≫는 편찬 동기와 내용, 체재에 있어서 ≪태평광기상절≫과 기본적으로 성격이 같으며 ≪태평광기상절≫에 실려 있는 고사가 대부분이다. 다만 ≪태평통재≫에는 권8의 異境과 같이 이들 두 책에 없는 편목이 수록되어 있다. ≪태평통재≫은 많은 서적을 인용하고 있는데, 현존하는 잔권 12권에서 확인할 수 있는 인용서목만 해도 78종이나 된다. 그중 가장 많이 인용된 것은 ≪태평광기≫(71조)이며 ≪藝文類聚≫(55조), ≪晉書≫(29조), ≪湖海新聞≫(25조), ≪江湖紀聞≫(18조) 등에도 많은 고사가 인용되었다. 또한 ≪태평광기≫ 이후에 나온 서적도 ≪剪燈新話≫와 ≪剪燈餘話≫을 포함하여 40여 종이나 되며, ≪新羅殊異傳≫·≪三國遺事≫·≪破閑集≫·≪李相國年譜≫·≪高麗史≫ 등과 같은 우리나라 전적도 포함되어 있다.

≪태평광기상절≫과 ≪태평통재≫가 여러 차례 간행되며 많은 독자층을 확보했지만 이는 어디까지나 한문을 이해할 수 있는 지식인 계층을 위한 것이었다. 따라서 한문 해독이 어려운 일반 서민이나 여성 독자들을 위해서는 우리말 번역본이 필요했다. 이러한 필요에 의해 明宗(1545～1567 재위) 때를 전후해 나온 것이 바로 ≪太平廣記諺解≫이다. ≪太平廣記諺解≫의 판본은 두 종류로 하나는 覓南本이고, 또 다른 하나는 樂

26) 李仁榮, 〈≪太平通載≫殘卷小考—特히 ≪新羅殊異傳≫逸文에 對하야〉, ≪震檀學報≫ 第12輯, 1940, 203쪽.

善齋本이다. 멱남본은 김일근에 의해 6·25 전란 중 製紙 원료로 쓰기 위해 수집된 폐지더미에서 발견되었다. 한글필사본이며 金·木·水·火·土의 5권 5책인데, 발견될 당시에는 두 번째 권이 없었다. 일실된 것으로 알려졌던 제2권은 김장환과 박재연에 의해 延世大學校 圖書館에서 발견되어 현재에는 5권 5책이 온전히 전해진다. 제작 시기는 기존의 연구들을 종합해보면 대략 명종·선조~현종·숙종 사이이며, 底本은 明나라 판본으로 추정된다. 金卷 26편, 木卷 21편, 水卷 21편, 火卷 26편, 土卷 33편으로 총 127편이 수록되어 있다.

樂善齋本은 9권 9책이고 全帙이 갖추어져 있다. 1권 41편, 2권 28편, 3권 40편, 4권 15편, 5권 41편, 6권 34편, 7권 15편, 8권 23편, 9권 31편으로 총 268편이 수록되어 있다. 특이한 점은 樂善齋本에는 ≪太平廣記≫에는 없는 작품 14편이 수록되어 있다는 것이다. 覓南本과 樂善齋本에 공통적으로 수록되어 있는 작품은 75편이고, 覓南本에만 수록된 작품은 52편, 樂善齋本에만 수록되어 있는 작품은 193편이다. 공통적으로 수록되어 있는 작품을 살펴보면 표기에만 차이가 있을 뿐, 언해의 내용적인 측면에서는 차이가 없다.[27)]

한글본 ≪태평광긔≫의 번역양상은 축자적인 번역, 불필요한 것을 축약한 번역, 새로운 내용을 첨가한 번역, 과감하게 내용을 생략한 번역 등으로 나누어지고 있다. 그중에서 단순한 축자적인 번역은 제2화 〈니공뎐〉, 제14화 〈뉴즙녀뎐〉, 제24화 〈옥녀뎐〉등 몇 편에 불과하고 나머지 작품들은 대부분 번역에 상당한 노력을 기울인 것으로 보인다. 멱남본은 대개 16세기 후반에서 18세기 전반에 번역되었고 낙선재본은 18세기 무렵에 번역되었으므로 우리말 어휘에 있어서도 많은 차이를 나타내고 있다고 볼 수 있다.[28)]

한글본 ≪태평광긔≫의 내용은 원전 ≪太平廣記≫와 마찬가지로 환상·명사·호협·꿈·사물 등에 관한 내용으로 다양하게 분류하여 번역하고 있는데, 특히 인물 전기식의 제목 '~뎐' 이라는 형식을 즐겨 사용하여 작품의 내용과 형식을 단순 규격화하고

27) 김영옥·김정숙·윤지나·김동숙·권경순, 〈태평광기언해와 번역용례사전 구축〉, ≪한자한문연구≫ 제5호, 2009. 12, 283-312쪽.
金長煥, 〈中國 古典 飜譯과 太平廣記 飜譯 佚事〉, ≪中國小說論叢≫제32집, 2010. 9, 31-50쪽 참조.

28) 김동욱 풀어옮김, ≪교역태평광기언해≫, 보고사, 2009. 3-9쪽 참조.

있다는 특징을 지니고 있다.

≪태평광기≫ 언해는 ≪태평광기≫에 대한 수요가 언문에 익숙한 일반 서민과 부녀자들에게까지 일어났음을 의미하며 그만큼 독자층이 확대되었음을 말해준다고 할 수 있다.

書名	出版事項	版式狀況	一般事項	所藏處/所藏番號
태평광긔(太平廣記)		5권 5책(卷之二 缺本) 零本1冊, 筆寫本, 27.5×17.5㎝	約1566年-1608年	覓南本(김일근)
태평광긔(太平廣記)		卷之二 零本1冊, 筆寫本, 27.5×17.5㎝	約17世紀 後半. 木覓本(5卷 5冊)의 缺本	延世大學校
태평광긔(太平廣記)	作者未詳, 寫年未詳	9卷9冊, 筆寫本, 28.8×23.2㎝, 13行23字, 註雙行, 無魚尾, 紙質:楮紙	表題:太平廣記, 印:藏書閣印. 樂善齋本(18-19世紀)	韓國學中央研究院 4-6853
太平廣記詳節	李昉(宋), 奉勅監修撰, 成任(1470~1449)選, 成宗年間(1470~1495)刊	7卷2冊(卷15~21), 木版本, 33.9×20.9㎝, 四周單邊, 半郭:23.8×16.1㎝, 有界, 10行17字, 註雙行, 上下小黑口, 內向黑魚尾, 紙質:楮紙	表題:太平廣記, 版心題:廣記詳節, 刊年出處:清芬室書目, 內容:卷15-博物, 卷16-書, 卷17-絶藝, 卷18-酒, 卷19-諂佞等으로分類하여 그 緣由記事를 輯錄한冊	誠庵文庫 4-1433
太平廣記詳節	李昉(宋)等奉勅撰, 世祖8年(1462)序	2卷1冊, 木版本, 30.7×19.9㎝, 四周單邊, 半郭:23×16㎝, 有界, 10行17字, 內向黑魚尾, 紙質:楮紙	表題:太平廣記, 序:蒼龍壬午(1462)夏四月有日達城徐居正(1420~1488)剛中書于四佳享之讀書軒易城李胤侯序	忠南大學校集, 總集類-1251
太平廣記詳節	李昉(宋)等奉勅撰, 成任改撰, 刊寫地未詳, 刊寫者未詳, 睿宗1年(1469)	(卷14-19)1冊, 木版本, 32.5×20.2㎝, 四周單邊, 半郭:23.4×16.2㎝, 有界, 10行17字, 註雙行, 內向黑魚尾	裝幀:黃色厚楮表紙, 土紅絲綴, 改裝	國立中央圖書館 [古]B2古朝91-58
太平廣記詳節	李昉(宋)等奉勅撰, 成宗年間(1470~1495)刊	3卷3冊(卷1~3), 木版本, 33.5×20.5㎝, 四周單邊, 半郭:23.2×15.9㎝, 有界, 10行17字, 註單行, 內向黑魚尾, 紙質:藁精紙	版心題:廣記, 序:易城李胤保序	忠南大學校集, 總集類-1251
太平廣記詳節	李昉(宋)奉勅監修 撰, 成任(1470~1495)選, 成宗年間(1470~	7卷2冊(卷15~21), 木版本, 33.9×20.9㎝, 四周單邊, 半郭:23.8×16.1㎝, 有界, 10行17字, 註雙行, 上下小黑口,	表題:太平廣記, 版心題:廣記詳節, 刊年出處:清芬室書目, 內容:-卷15, 博物, -卷16,	誠庵文庫 4-1433

書名	出版事項	版式狀況	一般事項	所藏處/所藏番號
	1495)刊	內向黑魚尾, 紙質:楮紙	書, -卷17, 絕藝, -卷18, 酒, -卷19, 諂佞等으로 分類하여 그 緣由記事를 輯錄한冊	
太平廣記詳節	李昉(宋)等奉勅纂, 成任(朝鮮)編 世祖~成宗年刊	4卷3冊(卷1~3), 木版本, 33.5×20.5㎝, 四周單邊, 半郭:23.2×15.9㎝, 有界, 行字數不定, 上下內向黑魚尾, 紙質:藁精紙	版心題:廣記, 序:壬午(1462)夏四月有日達成徐居正(1420-1488) 剛中書, 序:易城李胤保序	忠南大學校 集, 總集類-1251
太平廣記詳節	李昉(宋)奉勅撰, 中宗一宣祖年間	3冊(零本), 木版本, 四周單邊, 半郭16.2×24㎝, 10行17字, 有界, 黑口, 上下內向黑魚尾	所藏本:卷之8-11, 20-23, 35-37	李朝書院 (玉山書院)
太平廣記詳節	李昉(宋)等, 奉勅撰, 成任 (朝鮮)選, 成宗年間	零本2冊, 木版本, 34×20.7㎝, 四周單邊, 23.7×15.9㎝, 10行17字, 上下黑口, 內向黑魚尾	版心題:廣記詳節, 刊年:淸芬室書目, 藏本:卷之八~十一, 三十九~四十二(全50卷)	高麗大學校 (晩松文庫) [貴]338
太平通載	成任 編, 刊寫地未詳, 刊寫者未詳, 刊寫年未詳	3卷3冊(缺帙), 木板本, 四周單邊, 半郭:23.1×15.5㎝, 有界, 10行19字, 上下黑口, 內向黑魚尾: 28.7×19.8㎝	권7-9	高麗大學校 圖書館 화산貴-146-7-9
太平通載	成任 編, 尙州, 刊寫者未詳, 成宗23(1492)	1冊(缺本), 木板本, 四周單邊, 上黑魚尾, 28.4×18.8㎝	권18-21	韓國學中央硏究院 C14C-8
太平通載抄	著者未詳, 刊寫地未詳, 刊寫者未詳, 刊寫年未詳	1冊, 筆寫本, 12行字數不定, 22.0×15.0㎝	寫記: 歲己亥(?)仲春日成	淑明女子大學校 圖書館 CL920-태평통-태

2) ≪嬌紅記≫

元代 傳奇小說로 宋遠이 편찬했다. ≪百川書志≫ 外史類에 2卷이 기재되어 있으며 "元儒 邵庵 虞伯生 編輯, 閩南 三山明人 趙元暉 集覽"이라고 적고 있다. 그러나 虞伯生은 虞集으로 서적 상인이 이름을 가탁한 것으로 보인다. 丘汝乘은 ≪嬌紅記雜劇≫〈序〉에서 "元代 淸江 사람 宋梅洞이 일찍이 ≪교홍기≫를 지었다"라고 하였는데 宋梅洞이 바로 宋遠이며, 江西 淦川(지금의 淸江) 사람이다. 명대 ≪剪燈叢話≫와 ≪綠窗女史≫에서는 李詡가 撰한 것으로 가탁하고 있다.

현존하는 단행본으로는 ≪申王奇遘擁爐嬌紅記≫라는 題名의 明代 建安 鄭雲竹

刻本이 있으며, 명대 사람들은 ≪嬌紅記≫를 ≪艶異編≫·≪國色天香≫·≪繡谷春容≫·≪情史類略≫·≪風流十使≫·≪燕居筆記≫와 같은 소설총집에 수록하고 있다.[29)]

≪교홍기≫는 당시에는 보기 드물게 全文이 17,000여 자로 이루어진 長文의 문언소설로 주로 남녀지간의 애정과 결혼문제를 다루고 있다. 그 내용은 다음과 같다. 申純과 嬌娘은 서로 사랑하지만 교랑의 집 시녀 飛紅의 방해를 받게 된다. 결국 巫女가 이 둘이 天上의 西王母의 侍者였던 금동과 옥녀의 變身임을 알려 주게 되고, 申純과 嬌娘은 맺어져 천상으로 올라간다.

≪교홍기≫는 송원 중편전기소설 중 가장 빼어난 작품으로 명대 ≪전등신화≫ 창작에도 큰 영향을 미쳤으며, 원·명·청 희곡 작품에 이를 개편한 것이 많다. 유명한 작품으로 명대 劉兌의 잡극 ≪金童玉女嬌紅記≫·沈受先의 戲文 ≪교홍기≫·孟稱舜의 傳奇 ≪節義鴛鴦冢嬌紅記≫ 등이 있으며 청대 葉騰驤의 ≪證諦山人雜志≫卷12 〈沈月英〉 1篇도 ≪교홍기≫를 개작한 것이다.

≪嬌紅記≫에는 음란한 내용이 전혀 없지만 남녀 간 자유로운 애정을 추구하는 주제의식 때문에 淫書로 간주되어 淸 道光 18年(1838) 江蘇按察使設局查禁淫詞小說目과 道光 24年(1844) 江蘇巡撫·學政開列禁毁書目, 同治 7年(1868) 江蘇巡撫丁日昌禁毁書目 등에 모두 ≪교홍기≫가 포함되었다.

≪嬌紅記≫의 국내 유입기록은 ≪朝鮮王朝實錄≫〈燕山君日記〉(권 63-3, 燕山君 12年[1506년] 4월 13일)에 처음 보이는데, 여기에서 연산군이 전교하기를, "≪剪燈新話≫·≪剪燈餘話≫·≪效顰集≫·≪嬌紅記≫·≪西廂記≫ 등을 謝恩使로 하여금 사오게 하라" …… 또 전교하기를 "≪剪燈新話≫·≪剪燈餘話≫ 等을 印出하여 바치라"[30)] 라고 하였다. 이런 책들이 이미 유입되어 유통되었다가 유실되었는지, 또는 국내에 필요한 책을 새로 구입하려했던 것인지 정확하게 추정할 수 없으나, 이 시기에 많은 중국소설이 국내로 유입되었던 것으로 보인다. 그러기에 유입 시기는 16세기 중반 무렵으로

29) 이시찬, 〈원대≪교홍기≫문체와 인물에 관한 소고〉, 중국어문학논총(제67호), 2011, 398쪽.
30) "傳曰, ≪剪燈新話≫·≪剪燈餘話≫·≪效顰集≫·≪嬌紅記≫·≪西廂記≫等, 令謝恩使貿來. …… 傳曰, ≪剪燈新話≫·≪餘話≫等書, 印進." 그러나 그 해(1506년) 9월 中宗反正이 일어나 연산군은 폐위되고 中宗이 왕위를 계승하였기에 이러한 책들이 실제 간행되었는지는 알 수가 없다. 일반적으로 간행되지 못했다는 것이 중론이지만 가능성도 상존한다고 할 수 있다.

추정 할 수 있다. 한편, 현재 국내에 ≪교홍기≫ 판본이 전해지고 있지는 않지만, 연산군이 언급한 작품들이 대부분 조선 간행본이 있었던 것으로 보아 ≪교홍기≫ 역시 간행되었을 가능성을 배제할 수 없다.

3.3 明代 作品

1) ≪效顰集≫

≪效顰集≫은 明代 傳奇·志怪小說集으로 趙弼이 편찬했다. ≪千頃堂書目≫·≪四庫全書總目≫小說家類에 3卷으로 기재되어 있다. 지금 남아있는 판본은 明 宣德年間 刻本이 있는데 1957년 古典文學出版社에서 편찬할 당시 저본으로 삼았다. 이 판본에서는 '漢陽府知府新安王靜訂正繡梓, 漢陽縣儒學教諭南平趙弼撰述'과 같이 訂正한 사람과 작자를 밝히고 있는데, 朝鮮 刊本에 실려 있는 王靜의 序文은 보이지 않는다. 趙弼이 쓴 後序를 보면 "洪景盧와 瞿宗吉을 본받아 傳記 26편을 편술한다"라고 되어 있어 원래 수록 작품이 26편임을 밝히고 있지만 지금 남아있는 판본과 高儒의 ≪百川書志≫와 清代의 ≪千頃堂書目≫·≪八千卷樓書目≫·≪欽定續通考≫·≪四庫全書總目提要≫ 등에는 모두 25편으로 되어 있다.

趙弼에 대한 사적은 불분명하다. 그러나 책에 있는 기록들과 ≪千頃堂書目≫의 注를 보면 字는 補之이고 號는 雪航으로 南平(지금의 四川 巴縣) 사람이다. 처음엔 成都에 머물렀으나 永樂初에 翰林院 儒學教諭, 宣德 初에 漢陽教諭를 역임했다. 저서로는 ≪效顰集≫ 외에 만년에 漢陽에서 역사비평에 관한 글을 모아 엮은 ≪雪航膚見≫ 10卷이 있다.[31)]

趙弼은 後序에서 洪邁와 瞿佑의 작법을 본받으려 했기 때문에 '效顰'이라 이름 하였다고 언급하고 있으며, 실제로 洪邁의 ≪夷堅志≫의 지괴 작법을 본받고, 瞿佑의 ≪剪燈新話≫의 전기 작법을 본받아 ≪效顰集≫을 창작한 것이다. ≪효빈집≫이라는 제목의 유래에 대해서도 조필은 '서시가 가슴을 움켜쥐는 것을 흉내 내는 것(所謂傚西施

31) 寧稼雨 撰, ≪中國文言小說總目提要≫, 1997, 231~232쪽 참조.

之捧心)'이라고 하면서 效顰 故事에서 따온 것임을 밝히고 있다. 특히 卷上의 11篇 傳記는 모두 사실의 내용을 쓰고 있다. 특히 歷史 傳奇小說로 꼽히는 앞의 세 편 〈續宋丞相文文山傳〉·〈宋進士袁鏞忠義傳〉·〈蜀三忠傳〉에 등장하는 文天詳·袁鏞·朗革歹 세 주인공은 모두 元代 충의를 지키기 위해 몸을 바쳐 순국한 사람들이며, 그 외 나머지 이야기에 등장하는 인물들도 明初 고아한 선비의 풍격을 지닌 사람들을 묘사했다. 中·下卷 14篇은 귀신에 대한 이야기로 勸善懲惡的인 내용을 담고 있다. 역사상 善·惡의 인물들, 예를 들면 司馬遷·岳飛·趙高·秦檜 등을 仙界와 地獄으로 나누어 넣은 후, 상을 주거나 벌을 받게 하는 등의 줄거리로 忠節을 숭상하고 奸惡함을 경계하는 교훈적인 내용을 담고 있다. 소설사에서 가장 많이 논의되는 작품으로는 화본소설과 동일한 소재를 갖고 있는 〈鍾離叟嫗傳〉과 〈續東窓事犯傳〉·〈木綿庵記〉 등이 있다.

중국에 전해지는 ≪효빈집≫ 판본은 明 宣德 年間(1426-1435)에 간행된 각본이며, 1957년에 古典文學出版社에서 출판한 ≪효빈집≫은 이 책을 저본으로 한 것이다.

우리나라에 전해진 ≪효빈집≫의 최초 흔적은 조선 초기 세조와 성종 연간에 활약한 成任(1421-1484)이 편찬한 ≪태평통재≫에서 발견된다. ≪효빈집≫에 수록된 〈孫鴻臚傳〉을 〈孫剛〉이라는 제목으로 수록하고 있는데, 아마 늦어도 15세기 후반에는 이 책을 구해 읽었을 것으로 보인다.

≪효빈집≫이 직접 거론된 것은 ≪朝鮮王朝實錄≫〈燕山君日記〉[연산군 12년(1506) 4월 13일]에 처음 보인다. 연산군이 전교하기를, "≪剪燈新話≫·≪剪燈餘話≫·≪效顰集≫·≪嬌紅記≫·≪西廂記≫ 등을 謝恩使로 하여금 사오게 하라" 하였다. …… 또 전교하기를 "≪剪燈新話≫·≪剪燈餘話≫ 等을 印出하여 바치라"하였다. 하지만 이 기록으로 책을 다 구입해 왔는지에 대한 여부를 확인할 수는 없고, 다른 기록들을 통해 ≪效顰集≫이 국내에서 간행되었고, 중국으로부터 구입되어 왔을 것이라는 추정을 가능케 한다.

≪攷事撮要≫에서는 1568년 이전에 전라도 淳昌에서 木版本 ≪效顰集≫을 간행했음을 밝히고 있지만 안타깝게도 국내에선 그 판본이 유실되었고, 일본 나고야(名古屋)에 있는 蓬左文庫에 국내에서 간행한 ≪效顰集≫ 판본이 남아있다. 이 판본은 현재 국내로 다시 가져올 수는 없지만, 국립 중앙도서관에 복제본이 소장되어 있다. 최용철은 대개 연산군이 책을 구입해 오라고 언급(1505)한 이후 임진왜란 발발(1592) 사이

에 나온 16세기 조선 간본일 것으로 추정하고 있으며, 이 판본이 전란을 거치면서 일본으로 약탈되어 간 것으로 보고 있다. ≪剪燈新話句解≫와 ≪金鰲新話≫ 등이 明宗年間(1546-1567)에 간행되었다가 역시 임진왜란 때 일본으로 전해져 지금까지 전해지고 있는 점을 감안하면 ≪효빈집≫도 비슷한 경로를 겪었을 가능성이 크다.[32] 李德懋의 ≪靑莊館全書≫제69권 〈明氏의 사적〉에서도 ≪效顰集≫의 내용을 인용하고[33] 있는 부분이 나온다. 이런 기록들이 당시에 ≪效顰集≫ 판본이 있었음을 증명해주고 있는 것이다.

≪효빈집≫ 조선 刊本 목록에서는 上中下 각권으로 나누어 제목을 열거하였고, 상권은 한 행에 한 작품씩, 중권과 하권은 한 행에 두 작품씩 기록하고 있다. 판형은 四周單邊, 有界, 半葉 12行 21字, 白口上下內向黑魚尾이다. 서문 1葉과 목록 1葉 외에 본문은 상권이 27葉, 중권이 30葉, 하권이 31葉으로 되어 있어서 총 90葉이다. 조선 간본에는 중국 간본에 수록된 趙弼의 後序와 同治 甲戌年(1874)에 쓴 丁竹舟의 跋文이 없는 대신 王靜의 序文이 있다. 이 서문은 작자의 後序보다 4년 뒤에 쓰인 것으로 당시 王靜이 知府의 지위에 있으면서 조필의 작품을 간행한 사실을 확인할 수 있다.[34]

현재 국내에는 國立中央圖書館에 나고야 蓬左文庫에 있는 판본의 영인본이 소장되어 있고, 정확한 연도를 추정할 수는 없지만 國民大學校에 ≪效顰集≫漢文 筆寫本이 소장되어 있다.

---

32) 최용철, 〈≪效顰集≫의 전파와 판본 연구〉, ≪중어중문학≫, 2003, 181~182쪽 참조.

33) 李德懋, ≪靑莊館全書≫ 卷之六十九 〈寒竹堂涉筆〉下, 〈明氏事蹟〉: "癸卯年(1783, 정조 7) 7월, 서울로 가는 길에 全州 南門 밖에 사는 明德祚의 집에서 묵게 되었다. 내가, "그대 집에 家乘이나 族譜가 있는가?"물으니, 덕조가 곧 책 두 권을 내보였다. 明廷壽는 夏主의 13대 손으로 銀溪察訪을 지냈는데 申奎가 족보 발문을 썼다. 이에 촛불을 켜고 땀을 흘리며 한번 보고 나서 雷(光葵의 처음 이름)를 시켜 베껴서 고사를 살피는 자료로 삼게 하였는데, 내용은 다음과 같았다 …≪效顰集≫: 하주는 나라를 세워 황제를 일컫기 9년 만에 포로가 되어 우리나라에 왔다. 그의 모친 彭氏가 밤마다 하늘에 빌기를 '하늘이시여, 우리가 播遷하게 된 것은 전적으로 蜀의 대신들 죄입니다. 대신들이 明나라와 내통해서 우리 군사들이 동쪽을 막는 데만 힘쓰도록 해 놓고는 군사를 이끌고 서남쪽으로 침입하였으므로 드디어 망하게 된 것입니다.' 하였다."

34) 최용철, 앞의 논문, 190-193쪽.

書名	出版事項	版式狀況	一般事項	所藏處/所藏番號
效顰集	趙弼(明)著	3卷1冊, 木版本, 四周雙邊, 有界, 12行21字 註雙行, 上下內向黑魚尾	序:宣德七年壬子(1432)...王靜, *복제본소장기관:國立中央圖書館(古3747-287)	日本蓬左文庫(名古屋市教育委員會 蓬左文庫) 103-27
效顰集	趙弼(明)著	1冊, 筆寫本, 23.9×16.7㎝, 12行字數不定, 無魚尾	書名:表題임	國民大學校 001-효01

2) ≪花影集≫

≪花影集≫은 明代 陶輔(1441-?년)가 편찬한 傳奇小說集이며 4권 20편으로 구성되어 있다. ≪百川書志≫·≪千頃堂書目≫ 小說類에 4卷으로 기재되어 있으나 중국에서는 이미 망실되었고 오직 일본 와세다 대학에만 소장되어 있는데 이 판본은 또한 원래 조선에서 출판된 唯一本이다. 작자 陶輔의 字는 廷弼, 號는 夕川老人·安理齋 또는 海平道人이며 鳳陽 사람이다. 그는 음관으로 應天衛指揮를 세습했으나 무관 직무에는 힘쓰지 않고 문학을 좋아하였다고 한다. 그의 작품은 ≪花影集≫ 이외에도 ≪桑榆漫志≫1권, ≪四端通俗詩詞≫1권, ≪夕川愚特≫2권, ≪蚓竅清娛≫2권, ≪閭檐通俗詩詞≫1권, ≪夕川詠物詩≫1권이 있다.

≪화영집≫ 앞부분에 있는 正德 丙子(1516) 張孟敬의 〈花影集序〉와 嘉靖 2년(1523) 작자의 〈花影集引〉에서는 이 책이 瞿佑의 ≪剪燈新話≫와 李昌祺의 ≪剪燈餘話≫, 趙弼의 ≪效顰集≫ 등을 모방한 것이라고 하였다.

≪花影集≫은 임진왜란 이전에 조선에 유입되어 출판되었다. 이 사실은 朝鮮 宣祖 때 송도삼절의 한명이었던 崔岦(1539~1612년)이 쓴 跋文을 통해 밝혀졌다. 崔岦은 이 글에서 1546년 첨지 尹溪가 중국에 갔을 때 구해온 ≪花影集≫을 40년 뒤인 1586년 신천, 곤양군수를 역임한 그의 손자 尹景禧가 昆陽(지금의 경남 사천지방)에서 새로 찍어낸 것이라고 밝히고 있다.

≪花影集≫은 ≪剪燈新話≫와 ≪剪燈餘話≫ 및 ≪嬌紅記≫와 같이 남녀의 사랑얘기를 주로 다룬 傳奇體 小說로 조선 전기에 중국에서 들어와 사대부들 사이에서 꽤 많이 읽혔고 출판까지 된 것이다. 여기에 포함된 소설 20편 가운데 특히 인기가 높았던 것은 줄거리가 우여곡절이 있고 생동감이 있는 연애 이야기라고 알려진 〈心堅金石傳〉과 〈劉方三義傳〉이다. 특히 〈劉方三義傳〉은 ≪太平廣記諺解≫에도 포함되어 있

다.[35]

한글본 〈뉴방삼의뎐〉의 내용은 다음과 같다. 明代 宣德 연간에 河西 지방에 劉氏 노부부가 方氏 부자의 병간호를 했는데, 방씨가 죽자 그 아들을 양자로 삼아 劉方이라 개명시켜 양육하였다. 그 후 다시 劉奇 부부를 구해준 것을 계기로 유방과 유기가 인연을 맺고 자자손손 번창하게 되었다.

書 名	出 版 事 項	版 式 狀 況	一 般 事 項	所藏處/所藏番號
花影集	昆陽郡守 尹景禧編纂, 崔岦跋文, 昆陽板刻(現泗川地方), 1586年	4卷, 四周雙邊, 10行18字, 有界, 版心題:花影集, 紙質:楮紙.	花影集序文	日本 와세다(早稻田)大學
화영집 (花影集)	4卷 20篇, 〈뉴방삼의뎐〉 1편만 번역	국문필사본	번역:18세기(추정)	낙선재본 태평광긔언해의 附錄

3) ≪玉壺氷≫

≪玉壺氷≫은 明代 雜俎小說集으로 都穆(1458~1525)이 편찬하였다. 焦竑의 ≪國史經籍志≫와 黃虞稷의 ≪千頃堂書目≫ 小說類에 1卷이 著錄되어 있다. ≪中國文言小說書目≫(1981)과 ≪中國文言小說總目提要≫(1996)에는 ≪옥호빙≫의 판본으로 ≪續說郛≫본만 남아 있다고 되어 있는데, 사실 ≪속설부≫본은 도목이 본래 편록했던 판본이 아니므로 이것은 잘못된 기술이다. 현재 전해지는 명청대 판본으로는 明天啓年間(1621~1627)에 孫如蘭이 교감한 판본과 宋代 呂祖謙의 ≪臥遊錄≫明刊本 부록에 첨부되어 있는 판본이 있는데 모두 臺灣 國家圖書館에 소장되어 있다. 최근 연구에 따르면, 현존하는 ≪옥호빙≫ 刻本은 국내에 4종, 대만에 3종, 일본에 1종이 남아 있는데, 모두 도목의 원각본은 아니다. 이 중 국내에 소장된 4종은 모두 조선시대 간행본으로, 도목의 원본 계통이라 판단되고, 대만에 소장된 3종은 그중 1종만 원본 계통이고 나머지 2종은 후인이 증보한 증보본으로 판단된다. 일본에 소장된 1종은 국내 간행본과 같은 판본으로 판단된다.[36]

都穆은 明代 문학가이자 金石學者·藏書家로, 字는 玄敬이며 吳縣(江蘇 蘇州)사

35) 박재연 교주, ≪뉴방삼의뎐≫, 선문대학교 중한번역문헌연구소, 1999. 1-19쪽 참조.

36) 김장환, 〈明代筆記『玉壺氷』의 國內傳來와 朝鮮刊本〉, ≪인문과학≫ 제83집, 2001, 124쪽.

람이다. 부친 都昻의 字는 維明으로 博學多藝 했다고 전해진다. 都穆은 唐寅과 깊은 친분을 나누었고, 7세에 이미 詩를 지을 줄 알았다고 한다. 생계를 유지하기 위해 鳳陽에서 20년 가까이 글을 가르치다가, 나중에 吳寬을 통해 추천을 받아 비로소 秀才가 되었고, 3년 뒤 弘治 12년(1499) 41세에 進士가 되어 工部主事에 임명되었고, 正德年間, 1506~1521에 禮部郎中에 올랐으며, 太僕寺少卿으로 벼슬을 마쳤다. 벼슬을 그만둔 후 약 14년 동안 집에서 칩거했는데, 집안 형편은 날로 곤궁해졌지만 늘 옛 전적을 교감하면서 학문을 게을리 하지 않았다. ≪玉壺氷≫외에 ≪都公談纂≫·≪聽雨紀談≫·≪使西日記≫·≪南濠賓語≫·≪奚囊續要≫ 등의 저서가 있다.

'玉壺氷'은 옥으로 만든 병 속의 얼음처럼 맑고 깨끗한 마음을 뜻하며 隱者의 고결함을 비유한다. 총 72條의 짤막한 문장들로 이루어져 있는데 그 내용은 漢代부터 明初까지 ≪世說新語≫·≪容齋隨筆≫ 등 31종의 典籍 중에서 '高逸'한 문장이나 故事만을 가려 뽑아 시대 순으로 編錄해 놓은 것으로, 宋代가 37條로 전체의 절반 이상을 차지하고, 채록 작품으로는 ≪世說新語≫가 16條로 가장 많다.[37)]

국내 남겨진 가장 이른 기록으로는 조선의 成渾(1535~1598)의 ≪牛溪集≫제6권 〈雜著〉에 소개된 〈≪玉壺氷≫의 跋文〉이다.[38)] 바로 宣祖 13年인 1580년 여름 務安縣에서 ≪玉壺氷≫을 간행한 庚辰年에 쓴 것이다. 그 후 宣祖 39年(1606) 사신으로 왔던 朱之蕃이 遠接使 柳根의 종사관이었던 許筠에게 ≪世說刪補≫·≪詩雋≫·≪古尺牘≫과 함께 ≪太平廣記≫·≪玉壺氷≫·≪臥遊錄≫ 등의 서적을 선물하였는데 그 후 허균은 이때 선물로 받은 ≪玉壺冰≫·≪世說刪補≫·≪臥遊錄≫에서 글을 뽑

---

37) 정길수의 규장각해제 참조. 서울대학교규장각한국학연구원 http://e-kyujanggak.snu.ac.kr/ 인용.

38) 成渾의 ≪牛溪集≫제6권 〈雜著〉 중 〈≪玉壺氷≫ 跋文〉 庚辰年(1580, 宣祖13) 여름
이 책은 한가로움을 좋아하는 말을 모아 엮어서 보고 즐기며 세상을 잊고자 한 것이니, 이른바 玉壺氷이라는 것은 얼음 병처럼 깨끗하고 투명한 뜻을 취한 것이다. 그러나 陶淵明의 한가로움은 산과 물이나 물고기와 새에 있지 않고, 고상한 마음과 원대한 식견에 있었다. 고상한 마음과 원대한 식견이 없으면서 外物로 한가로움을 삼고자 한다면 참으로 한가로운 자가 아니다. 반드시 사물의 이치를 達觀할만한 식견이 있어야 하고 處地를 편안히 여기고 天命에 순응할 만한 지킴이 있어야 하니, 이런 뒤에야 한 그릇 밥과 한 그릇의 음료로 누추한 골목에 살면서도 남이 알아주기를 바라지 않고 자신의 즐거움을 변치 않을 수 있는 것이다. 그러하니 山陰 길가의 빼어난 물과 푸른 산만이 즐길 만한 것은 아니다. 이 책을 엮은 자는 기이한 것을 좋아하고 외물에 대한 것만을 힘써서 그 근본을 탐구하지 않은 듯 하므로 이것을 아래에 써서 보는 자들이 내면에 오로지 힘쓰고 한가로움만을 구하지 않기를 바라는 바이다.(한국고전종합DB 참조)

고 약간의 내용을 보충하여 1610년에 ≪閒情錄≫ 초고본을 만들었다고 한다. 그 내용이 소략한 것을 유감으로 여기던 중에 광해군 6년(1614)에 천추사로, 이듬해에는 冬至兼陳奏副使로 두 차례 명나라에 간 기회에 ≪學海≫·≪林居漫錄≫ 등의 서적을 구입해 와서 광해군 9년(1617) 이전에 편록해 놓은 초고를 증보하여 16門으로 나누고 부록을 더하여 ≪한정록≫을 완성했다. 이런 기록으로 보면 ≪玉壺氷≫은 확실히 1580년 이전에 국내 유입되어 출판되어 읽혀졌던 것으로 보인다.

조선에서 간행된 판본으로는 9행 17자본, 9행 18자본, 10행 18자본, 10행 20자본이 있다. 9행 17자본은 조선 간본 중 가장 널리 유포된 것으로 추정되는데 기타 체재는 9행 18자본인 庚辰年務安縣刊本과 같다. 출판 시기와 간행지는 정확히 추정할 수 없지만, 소장되어 있는 곳을 살펴보면 주로 경북지역에 밀집되어 있어, 이 지역에서 최초로 간행했다고 추정할 수 있다. 安東市 臥龍面 군자마을 後彫堂에 소장되어 있는 ≪玉壺氷≫에는 "正德乙亥(1515)夏六月吳郡都穆"라고 적힌 跋文이 수록되어 있다. 일본의 內閣文庫와 蓬左文庫에 소장된 ≪옥호빙≫은 바로 이 9행 17자본과 동일한 판본이다. 安東市 臥龍面 군자마을 後彫堂과 慶尙南道 密陽郡 申柄澈 등의 개인 소장자 외에도 慶北大學校·啓明大學校·서울大 奎章閣·國立中央圖書館·韓國學中央硏究院 장서각·延世大學校 등에 이 판본이 소장되어 있다.

한편, 1580년경 전라도 務安縣에서 간행한 ≪玉壺氷≫은 9행 18자본이며 유일하게 "庚辰十月日務安顯刊"라고 刊記에 출판 장소까지 명시를 해주어 '務安'에서 간행했음을 알 수 있다.[39] 본문의 卷端에 書名만 있고 編者에 대한 題記가 없다. 卷末에 도목의 跋文이 있으며 각 조마다 두 줄의 작은 글자로 채록 출처를 밝혀 놓은 것이 특징이다. 이 1580년 務安顯 간행본은 高麗大學校와 서울大 奎章閣 등에 소장되어 있다. 그 외에 10행 18자본, 10행 20자본 등의 판본이 더 있는 것으로 보아 後印이 있었음을 알 수 있다.[40] 10행 18자본은 延世大學校에 소장되어 있고, 10행 20자본의 필사본이 成均館大學校에, 10행 21자본과 10행 22자본의 필사본이 각각 京畿大學校와 淑明女

39) 도목의 원서가 간행된 1515년 이후 경진년에 해당되는 해는 1580년, 1640년, 1770년 등인데 이 판본은 明代 天啓年間 孫如蘭校本과 40여 字가 다른 것으로 보아 도목의 원간본을 저본으로 삼았을 가능성이 높으며, 선조 18년(1585) 간행본 ≪고사촬요≫에 ≪옥호빙≫의 서목이 포함되어 있는 것으로 보아 경진년은 1580년으로 추정된다.

40) 김장환, 앞의 논문, 190-196쪽

子大學校에 소장되어 있다. 1585년판 ≪攷事撮要≫에도 ≪玉壺氷≫이 延安과 固城에서 출간되었다는 기록이 있어 국내에서 여러 번 출판되었다는 사실을 뒷받침해준다. 이렇듯 ≪玉壺氷≫은 국내에서 비교적 이른 시기에 출판된 것으로 보아 조선전기에 유입된 것으로 보인다.

또한 1653년 제주에서 간행된 ≪탐라지≫ 창고조 책판고에 제주향교에 보관된 책판기록에 ≪玉壺氷≫이 나와 있어 ≪玉壺氷≫이 17세기 중반 경에 제주에서도 간행되었음을 알 수 있다.[41)]

書 名	出版事項	版式狀況	一般事項	所藏處/所藏番號
玉壺氷	都穆(明)著, 中宗10年(1515)跋, 後刷	1冊(24張), 朝鮮木版本, 27×18cm, 四周單邊, 半郭:19.5×15cm, 有界, 9行17字, 註雙行, 內向二葉花紋魚尾, 紙質:楮紙	內容:中國小說, 跋:正德乙亥(1515)夏六月吳郡都穆	安東市 臥龍面 군자마을 後彫堂(金俊植)
玉壺氷	都穆(明)著	1冊, 朝鮮木版本, 22×17.1cm, 四周單邊, 半郭:17.8×13.8cm, 有界, 9行17字, 內向黑白魚尾	跋:正德乙亥(1515)…都穆	啓明大學校 이812.8
玉壺氷	都穆(明)著	1冊(14張), 朝鮮木版本, 28.5×18cm, 四周單邊, 半郭:17.5×13.7cm, 有界, 9行17字, 上下內向黑魚尾	卷末:正德乙亥(1515)…都穆	서울大 奎章閣 [想白古]895.135-D65oa
玉壺氷	都穆(明)編	24張, 朝鮮木版本, 24.1×16.9cm, 四周單邊, 半郭:17.5×13.5cm, 9行17字, 註雙行, 內向3葉花紋魚尾	後識:正德乙亥(1515)…都穆	國立中央圖書館 BC古朝93-117
玉壺氷	都穆(明)編	24張, 木版本, 24.1×16.9cm, 四周單邊 半郭:17.5×13.5cm, 9行17字, 註雙行, 內向3葉花紋魚尾	後識:正德乙亥(1515)…都穆	韓國學中央研究院 C14C-17 全
玉壺氷	都穆	1冊, 木版本, 24cm	識1515	嶺南大學校 東濱文庫 [古]824
玉壺氷	都穆(明)著	1冊(23張), 木版本, 24.8×16.4cm, 四周單邊, 半郭:19.4×13.3cm, 無界, 9行18字, 上下花紋魚尾	卷末:正德乙亥(1515)…都穆文	서울大 奎章閣 一簑古 049.51-D65o
玉壺氷	都穆(明)撰	1冊(23張), 木版本, 四周單邊, 匡郭:18.5×14.5cm, 有界, 9行17字, 上下黑魚尾		延世大學校 812.36

41) 윤세순, 〈17세기, 간행본 서사류의 존재양상에 대하여〉, ≪민족문학사연구≫, 2008, 150쪽.

書名	出版事項	版式狀況	一般事項	所藏處/所藏番號
玉壺氷	都穆(明)著, 朝鮮朝後期刊	1冊(24張), 朝鮮木版本, 27.9×18cm, 四周單邊, 半郭:17.6×13.8cm, 有界, 9行17字, 註雙行, 內向黑, 二葉混入魚尾, 紙質:楮紙		慶尙南道 密陽郡 申柄澈
玉壺氷	都穆(明)編	1冊, 朝鮮木版本, 24.4×17.8cm, 四周單邊, 半郭:17.4×13.4cm, 有界, 9行17字, 上下內向二葉花紋魚尾	表題:玉壺氷, 版心題:玉壺氷	慶北大學校 [古]812.04 도35ㅇ
玉壺氷	都穆(明)編	1冊(24張), 朝鮮木版本, 25.7×17.7cm, 四周單邊, 半郭: 17×13.8cm, 有界, 9行17字, 上下向黑魚尾		慶尙大學校 古(춘추) D2C 도95ㅇ
玉壺氷		1冊, 筆寫本, 24cm		國立中央圖書館 a13749-2
玉壺氷	都穆(明)撰	1冊, 木版本(朝鮮), 44cm		國立中央圖書館 a13749-4
玉壺氷	都穆(明)編, 務安, 宣祖13年(1580)	1冊, 朝鮮木版本, 25.2×16.7cm, 四周單邊 半郭:19.4×13.2cm, 有界, 9行18字, 上向2葉花紋魚尾	卷末:正德(1515)夏六月 吳郡都穆去敬文, 刊記:庚辰(1580)[?]十月日 務安顯刊	高麗大學校 만송E4-A7 冊1
玉壺氷	都穆(明)著, 務安縣	1冊(23張), 朝鮮木版本, 25.6×17.2cm, 四周單邊, 半郭:19.5×13.3cm, 有界, 9行18字, 上下內向花紋魚尾	卷末:正德乙亥(1515) …都穆, 刊記:庚辰(?)十月日務安縣刊, 印:末松圖書	서울大 奎章閣 [想白古]895.135-D65ㅇ
玉壺氷	都穆(明)撰	1冊(20張), 木版本, 四周單邊, 匡郭:25.5×18.5cm, 有界, 10行18字, 上下花紋魚尾		延世大學校 812.38
玉壺氷	都穆(明)著, 大學章句大全, 朱熹(宋)編, 刊寫地未詳, 覽輝齋, 刊寫年未詳	1冊(36張), 筆寫本, 27×22.2cm, 10行22字	寫記:歲甲申(?)暮春覽輝齋開刊, 大學章句序:淳熙己酉(1189) 二月甲子新安朱熹序	淑明女子大學校 CL 811.3 도목 옥
玉壺氷	刊寫地未詳, 刊寫者未詳, 刊寫年未詳	1冊, 筆寫本, 25.5×18.7cm, 四周單邊, 半郭:20.8×16.2cm, 有界, 10行21字, 無魚尾		京畿大學校 경기-K109044
玉壺氷	都穆(明)撰, 朝鮮朝末期-日帝時代寫	1冊19張, 筆寫本, 28.8×19.5cm, 10行20字, 紙質:楮紙		成均館大學校 C14C-0028

3.4 조선 편집본

1) ≪訓世評話≫

≪訓世評話≫는 원래 조선시대에 만들어진 中國語敎育用 學習工具書이다. 그러나 學習書임에도 불구하고 이 책은 65편의 고사로 이루어져 있는데 그중 60편이 ≪太平廣記≫나 ≪搜神記≫ 등에서 발췌하여 인용한 것이고 나머지 5편은 우리나라 설화이다.

高麗末 朝鮮初에 살았던 李邊[42](1391-1473년)이 元代에 나온 많은 講史話本을 접하고 이와 같은 講史話本에 착안하여 名賢과 節婦에 관련된 고사를 중국 전적에서 취하고, 또 ≪三國史記≫·≪三國遺事≫·≪高麗史≫와 같은 국내의 문헌설화에서 귀감이 될 만한 이야기를 몇 편을 추려, 팔순의 나이에 그 당시 중국어 구어체로 번역했다.[43] ≪訓世評話≫의 서문을 보면 "중국어를 배우는 후학들에게 도움을 주기 위해 이를 陰騭 諸書에서 勸戒가 될 만한 이야기 수십조와 평소 들었던 고사 수십조 도합 65조를 추려 중국어로 번역하여 ≪訓世評話≫라 이름하고, 깨끗이 정서하여 成宗 임금에게 보여 임금의 재가를 얻어 典校署에서 간행하도록 하였다"[44]라는 기록이 남아있다. 하지만 이 때 바로 간행되었는지는 정확히 알 수가 없다. 그 후 7년 뒤 이 책을 간행했을 것으로 보이는 기록이 ≪朝鮮王朝實錄≫ 〈成宗實錄〉에 남아 있다.

成宗 11년 更子(1480, 성화 16) 10월19일 (乙丑)

〈시독관 이창신이 漢語에 능한 자로 하여금 ≪노걸대≫ 등을 고치도록 아뢰다〉

書講에 나아갔다. 侍讀官 李昌臣이 아뢰기를, "지난번에 명령을 받고 漢語를 頭目

---

42) 고려 공민왕 3년에 태어나 성종 4년에 세상을 떠난 朝鮮 초기의 文臣이다. 시호는 貞幹. 본관은 德水. 判事宰寺事 李公晋이 아버지이고, 어머니는 鄭光祖의 딸이다. 1419년(세종 1) 문과에 급제, 承文院博士·副校理·형조 판서·예문관·대제학·공조 판서·知中樞院事 등을 지내고 1467년(세조 13) 杖仗을 받았으며 특히 輔國崇祿大夫에 오르고 領中樞府事에 임명되었다. 특히 漢訓에 정통하여 일찍이 承文院司譯院提調로서 활약이 컸다.

43) 박재연, 〈15세기 역학서≪訓世評話≫에 대하여〉, ≪한국중국소설논총≫제7집, 1998, 132쪽 참조.

44) 이 부분에 대한 〈성종실록〉의 기록을 보면 다음과 같다. 成宗 4년 癸巳(1473,성화 9) 6월13일 (壬申) 〈영중추부사 이변이 ≪훈세평화≫를 찬집하여 올리다〉 領中樞府事 李邊이 古今의 名賢과 節婦의 事實을 纂集하여 漢語로 번역하고서 이름을 ≪訓世評話≫라 하여 올리니 傳旨하기를, "이제 撰述한 책을 보니, 嘉尙하기 그지없다." 하고, 油席 1張과 蓑衣 1件을 내려 주고, 이어 술을 대접하게 하였으며 典校署로 하여금 印行하게 하였다.

戴敬에게 質正하는데, 대경이 ≪老乞大≫와 ≪朴通事≫를 보고 말하기를, '이것은 바로 元나라 때의 말이므로, 지금의 중국말[華語]과는 매우 달라서, 理解하지 못할 데가 많이 있다.'고 하고, 즉시 지금의 말로 두어 귀절을 고치니, 모두 解讀할 수 있었습니다. 청컨대 漢語에 능한 자로 하여금 모두 고치게 하소서. 그리고 전에 領中樞 李邊과 高靈府院君 申叔舟가 중국말로 책 하나를 지어 이름을 ≪訓世評話≫라 하였는데, 그 原本이 承文院에 있습니다." 하니, 임금이 말하기를, "그것을 속히 刊行하고, 또 한어에 능한 자를 선발하여 ≪노걸대≫와 ≪박통사≫를 刪改하라."하였다.[45]

기록대로라면 1480년에 이 책이 간행되었어야 하지만 현전하는 판본은 中宗 13년(1518) 그의 외증손 尹希仁이 江原道 觀察使 兼兵 馬水軍節度使로 있으면서 관내 각 고을에 각각 나누어 판각하게 하여 나중에 江陵에서 모아 간행한 판본이다. 그러나 임진왜란과 병자호란을 겪으면서 이 판본마저 유실되어 당시로서도 얻어 보기 힘들었으며 肅宗 8年(1682) 元官 吳克興이 겨우 한권을 구했다는 기록이 있을 뿐이다.[46]

≪훈세평화≫는 上下 2卷 1冊으로 되어 있으며, 上卷은 尹希仁의 跋文 2葉, 本文 51葉 총 53葉으로 되어 있고, 下卷은 52葉, 李邊의 초간본 序文 2葉 총 54葉으로 되어 있다. 古文 뒤에 白話文 번역을 뒤에 놓은 文白對譯 형식을 취했는데, 고문 부분은 10行 17字, 백화문 부분은 10行 16字로 이루어져 있다.

1518년 尹希仁이 간행한 판본은 현재 일본 나고야(名古屋) 蓬左文庫에 소장되어 있으며, 국내 國立中央圖書館에 있는 것은 그 영인본이다.

書 名	出版事項	版式狀況	一般事項	所藏處/所藏番號
訓世評話	李邊(朝鮮) 撰, 刊寫地未詳, 刊寫者未詳, 刊寫年未詳(1473)	2卷1冊, 木版本, 四周單邊, 有界, 10行17字, 註雙行, 上下內向黑魚尾	跋: 正德十三年 戊寅(1518)…尹希仁, 漢語學習 敎材(故事를 백화문으로 注解했음)	國立中央圖書館 [古]327-6 日本蓬左文庫 (名古屋市 敎育委員會 蓬左文庫) 103-36)

45) 成宗實錄 11년 更子(1480,성화 16) 10월19일 (乙丑) 한국고전종합 DB http://db.itkc.or.kr/

46) "訓世評話一本, 國初以鑄字印行. 失於兵燹. 康熙壬戌, 院官吳克興得納一件." (≪通文館志≫ 권8 서적), 박재연, 〈15세기 역학서≪訓世評話≫에 대하여〉, ≪중국소설논총≫제7집, 1998, 134쪽 참조.

2) ≪鐘離葫蘆≫

≪鐘離葫蘆≫는 明代 笑話集 ≪絶纓三笑≫의 작품을 가져다가 추려서 대략 16세기 말이나 17세기 초에 조선에서 간행한 소화집이다. 처음 조선조 중기 문인 柳夢寅(1559~1623)이 자신이 엮은 ≪於于野談≫에서 이 책에 관한 중요한 기록을 남겼고,[47] 조선 후기 소설가 鄭泰齊(1612~1669)가 지은 ≪天君演義≫의 서문에서 우리나라에서 나온 책이라고 언급하여[48] 주목을 받았었다. 최용철은 아단문고에 소장되어 있는 ≪鐘離葫蘆≫판본을 검토하고 연구하여 全文 번역을 하였고, 그에 관련된 유입기록과 관련 자료를 찾았다. 그 후 김준형은 金烋(1597~1638)가 엮은 ≪海東文獻總錄≫에 ≪鐘離葫蘆≫의 제목으로 기록이 남아있는 것을 보게 되었으며 ≪鐘離葫蘆≫의 출처까지도 파악할 수 있게 되었다.[49]

≪絶纓三笑≫라는 책은 원래 4冊으로 되어 있는 明나라 笑話 모음집인데, 笑山子라는 사람이 이를 정리하여 모두 78편의 이야기를 모아 ≪鐘離葫蘆≫라 이름 하였다. 비록 제왕이 되거나 나라를 다스리는 일과는 상관이 없지만 또한 정신을 추스르는 데는 약간의 도움이 되는 이야기들이어서 天啓 壬戌年(1622) 봄에 평양 가촌에서 간행하였다는 것이다. 이 기록은 원래 ≪鐘離葫蘆≫의 後記인데, 원서의 뒷부분이 온전하지 못한 탓에 남아있지 않던 것을 ≪海東文獻總錄≫로 인해 다시 찾아낸 것이다.

笑山子가 정확히 누구인지 고증되지는 않았지만 최용철과 김준형은 1618년부터

---

47) 최용철, 〈조선간본 중국소화≪종리호로≫의 발굴〉, ≪중국소설논총≫, 2001, 267~268쪽.
"금년 봄에 새로 간행된 中原作品 70편의 (필기)소설이 있는데 제목이 ≪鐘離葫蘆≫로서, 西伯으로부터 들여온 것이다. 그러나 외설스럽기 그지없어 차마 눈을 뜨고 볼 수 없었다. 다만 그 중의 두 가지 고사는 世敎에 도움이 될 만 하다……(중략)"

48) 최용철, 〈조선간본 중국소화≪종리호로≫의 발굴〉, ≪중국소설논총≫, 2001, 269쪽.
"근세의 소설과 잡기 중에서 세상에 전해지는 것이 많지만 그 중에서 이름난 것으로 말하면 중국에서 온 책으로 ≪전등신화≫, ≪염이편≫등이 있고, 우리나라에서 나온 것으로는 ≪종리호로≫, ≪어면순≫ 등의 책이 있다……(중략)"

49) 김준형, 〈≪종리호로≫와 우리나라 稗說문학의 관계양상〉, ≪중국소설논총≫, 2003, 133쪽.
"그 後에 스스로 다음과 같이 썼다. ≪절영삼소≫는 명나라 사람의 웃음의 도구다. 예전에는 4본이 있었는데, 지금 내가 더하고 깎아 그 셋은 버리고 하나만 취하여 이름을≪종리호로≫라 하였다. 무릇 78편의 이야기는 비록 정권을 잡거나 국가의 大計를 결정하는 데에는 관계하지 못하지만 정신을 수렴하는 데에는 도움이 될 것이다. 宰予가 썩은 나무에서의 꾸짖음을 면할 수 있고, 邵雍이 주나라로의 결음을 수고로이 하지 않아도 되기에 이것은 大曆으로 어찌 조그마한 도움이 되지 않겠는가? 天啓 壬戌(1622) 봄에 笑山子가 箕城(평양)의 可村에서 쓰다."

1623년까지 평안도 관찰사로 있었던 朴燁(1570~1623)으로 보았다.[50]

최용철은 일본 東京大學에 소장되어 있는 ≪絶纓三笑≫판본을 연구하여 78편의 ≪鐘離葫蘆≫의 내용 중 71편이 거의 같은 내용으로 ≪絶纓三笑≫에서 가져왔다는 것을 증명하였다.[51] 이렇듯 1622년에 ≪鐘離葫蘆≫가 평양에서 간행되었다는 사실을 밝혀냈지만, 국내 아단문고에서만 유일하게 1冊을 소장하고 있어 아쉬움이 남는다.

아단문고 소장 ≪종리호로≫는 30張 60쪽으로 되어 있으며 內向花紋魚尾로 版心에는 '葫蘆'라는 두 글자가 찍혀 있고 본문은 굵은 흘림체로 된 목판본이다. 본문 첫 행에는 제목 ≪종리호로≫가 쓰여 있으며 바로 이어서 笑話 작품 78편이 수록되어 있다. 그러나 마지막 작품이 완전하지 않은 것으로 보아 뒷장이 탈락된 것으로 보이며, 권두에서도 서문이나 목차 등의 기록이 빠졌을 가능성이 있다. ≪종리호로≫는 당시 세간에서 떠돌던 명대 소화집 ≪절영삼소≫ 등을 중심으로 만들어진 자체편집 출판본으로서 조선의 기타 소화집 편찬에도 큰 영향을 미쳤다.

書名	出版事項	版式狀況	一般事項	所藏處/所藏番號
鍾離葫蘆	朝鮮朝後期刊	1冊(30張), 木版本, 20×14㎝, 7行15字, 內向二葉魚尾		雅丹文庫 813.7종298

3) ≪文苑楂橘≫

≪文苑楂橘≫은 중국소설로서 朝鮮時代에 翻刻된 文言 短篇小說集이다. 일찍이 孫楷第는 ≪日本東京所見小說書目≫에서 이 책에 관해 처음으로 설명하며, 조선 사람이 明本을 翻刻한 것이거나 또는 조선 사람이 작품을 뽑아 편집 인쇄한 것으로 추정한 바 있다. 한편 박재연은 이 책이 중국에서 逸失된 중국 문언소설집이 아니라, 조선인이 명대에 나온 문언소설을 참고하여 편찬한 것이며, 사용된 활자가 肅宗 10년(1684)

50) 朴燁: 조선 중기의 문신으로 字는 叔夜, 號는 菊窓이다. 1597년(선조 30) 별시문과에 급제하여 1601년 正言에 이어 병조정랑·直講·海南縣監 등을 역임하고, 광해군 때 함경도 병마절도사, 평안도관찰사를 지냈는데, 인조반정 후 학정의 죄를 쓰고 1623년 사형 당했는데, 사형당하기 1년 전 이 ≪종리호로≫를 간행하고 서문을 썼을 것이라고 보고있다.

51) 최용철, 〈명대소화≪절영삼소≫와 조선간본≪종리호로≫〉, ≪중국어문학≫, 2005. 78편중 7편에 대해서는 아직까지 정확한 출처를 파악하지 못했다.

경부터 英祖 36年(1760) 경까지 사용된 第一校書館 印書體字인 것으로 보아 조선에서의 출판연대를 대략 1760년 이전으로 추정하고 있다.[52]

이 책은 총 2권 2책으로 권두에 序文과 刊記가 없어 이 책의 유래에 대해서는 알 수가 없지만 수록된 작품 내용을 보았을 때, 明末에 나온 문언소설집 ≪艷異編≫·≪國色天香≫·≪情史≫ 등과 ≪太平廣記≫에서 작품을 뽑아 편찬한 것으로 보인다.[53] 수록된 문언소설은 총 20편으로, 그 중 唐代 傳奇小說이 15편(≪虬髯客傳≫·≪紅線傳≫·≪崑崙奴≫·≪無雙傳≫·≪汧國夫人≫(一名≪李娃傳≫)·≪崔鶯鶯≫(一名≪鶯鶯傳≫)·≪裴諶≫·≪韋鮑生≫·≪崔玄微≫·≪韋丹≫·≪靈應≫·≪柳毅≫·≪薛偉≫·≪淳于棼≫(一名≪南柯太守傳≫)·≪張直方≫), 宋明 文言小說이 5편(≪韋十一娘≫·≪義倡≫·≪負情儂≫·≪趙飛燕≫·≪東郭先生≫)이 수록되어 있다.

박재연이 발굴한 尹德熙의 ≪小說經覽者≫(1762)와 같은 해에 나온 完山李氏의 ≪中國小說繪模本≫序文에서 처음으로 그 서목이 보이며, 유만주의 독서 일기 ≪欽英≫에서도 1784년에 이 책을 읽었다는 기록이 남아 있다.[54] 이러한 사실로 보아 1760년 이전 18세기 중반부터 이 책이 문인들 사이에 애독되었음을 알 수 있다.

≪산보문원사귤≫은 2권 2책이며 상권 57葉, 하권 52葉으로 이루어져 있다. 第一校書印書體 活字本으로 한 면이 10행 20자이며 上二葉花紋魚尾이다.

이 책은 中國 판본은 없이 현재 國立中央圖書館과 韓國學中央硏究院 藏書閣에 木活字本이 각 一部씩 所藏되어 있고, 필사본으로는 國立中央圖書館에 1부·延世大學校에 2부·啓明大學校에 1부, 그리고 박재연이 1부를 각각 소장하고 있다. 일본에 전해진 이 책은 成簣堂(德富蘇峯) 문고에 활자본 1부, 宮內省圖書에 필사본 1부가 소장되어 있다.

---

52) 박재연, ≪删補文苑楂橘≫校註本, 선문대 중문과 출판, 1994년 참조.

53) ≪오주연문장전산고≫〈경사편〉1-〈경전류〉1 〈經傳總說〉〈經傳注疏를 널리 섭렵하는 데 대한 변증설〉에서도 ≪태평광기≫에서 작품을 뽑았다는 대목이 있다. "누대로 우리집 장서 중에≪文苑楂橘≫ 2권이 있었는데, ≪廣記≫를 鈔略한 것으로 그 속에도 역시 河上老人의 말이 실려 있어서 참고할 만했다. 그러나, 다른 사람에게 빌려 주었다가 잃어 버리니 한탄할 노릇이다(予家藏書中, 有≪文苑楂橘≫者二卷, 乃≪廣記≫之鈔略. 而其中, 亦詳載河上老人語, 可考也. 借人見佚, 可歎)."

54) 유만주, ≪흠영≫ 1784년 10월 9일: "續閱≪删補苑橘≫[二冊], 凡二十目."

書名	出版事項	版式狀況	一般事項	所藏處/所藏番號
刪補文苑楂橘	著者未詳, 刊年未詳	2册, 筆寫本, 23.3×16.4㎝	"返還文化財"	國立中央圖書館 [古]3738-12
補刪文苑楂橘	編者未詳, 芸閣印青體字本, 刊年未詳	2卷1册, 26.9×15.8㎝, 四周單邊, 半郭:21.9×16.7㎝, 10行20字, 上二葉花紋魚尾		國立中央圖書館 [일산古]3738-15
刪補文苑楂橘		2卷2册, 筆寫本, 32.5×20㎝	表題:文苑楂橘	延世大學校 812.38
		1册(零本, 卷之1缺), 筆寫本, 32.5×20㎝		延世大學校 812.36
刪補文苑揸橘	著者未詳	1册(册2缺), 筆寫本, 32.5×20.5㎝		延世大學校 (庸齋文庫) 811.36
刪補文苑楂橘	著者未詳, 年紀未詳	1册(39張, 缺本), 筆寫本, 31×23.3㎝		韓國學中央研究院 D7C-34
刪補文苑楂橘	著者未詳, 刊年未詳	2卷2册, 木活字本, 27×17㎝, 四周雙邊, 半郭:21.4×13.2㎝, 有界, 10行20字, 上二葉花紋魚尾, 紙質:楮紙	表題:文苑楂橘, 印:李王家圖書之章	韓國學中央研究院 4-6883
刪補文苑楂橘	編者未詳, 年紀未詳	2卷2册, 筆寫本, 27.5×17.4㎝, 四周單邊, 半郭:18.5×11. 9㎝, 烏絲欄, 10行20字, 無魚尾		啓明大學校 812.8-문원사
刪補文苑楂橘	第一校書館印書體 字, 朝鮮刊	1册(卷一, 一册缺), 活字本		박재연
刪補文苑楂橘	朝鮮(筆寫)	2卷2册, 筆寫本	朝鮮人筆寫	박재연

4. 中國古典小說의 出版文化
— 조선시대 출판본과 출판문화를 중심으로*

조선시대 국내에 유입된 중국고전소설은 과연 얼마나 될까? 필자는 2001년 학술지에 발표한 논문에서 280여 종의 중국고전소설이 국내에 유입되었다고 報告하였으나, 2007년 새로운 자료발굴에 힘입어 무려 50여 종 이상이 더 늘어난 330여 종으로 수정보고하였다.[1] 그러나 최근 전면적인 자료조사를 통하여 다시 110여 종이 추가되어 총 440여 종이나 되는 것으로 확인되었다. 그 외에도 조선시대 국내에서 번역된 중국고전소설은 약 72종이 있으며, 또 국내에서 출판된 중국고전소설은 약 24종이나 되는 것으로 확인되고 있다.

필자는 2010년까지 조선시대 출판된 중국고전소설을 18종으로 분류하였으나 최근 ≪攷事撮要≫를 분석하던 중 ≪新序≫ · ≪說苑≫ · ≪博物志≫ · ≪兩山墨談≫ · ≪皇明世說新語≫의 출판기록을 추가로 발견하였다. 또 국내 출판된 24종 중국소설 가운데 대부분은 그 原板本을 발굴하였으나 그중에서 ≪列女傳≫ · ≪新序≫ · ≪說苑≫ · ≪博物志≫ · ≪嬌紅記≫ · ≪兩山墨談≫ · ≪皇明世說新語≫는 최근까지 당시 출판된 판본을 찾아내지 못하고 있었다. 그러던 중 2010년 한국연구재단 토대연구 프로젝트를[2] 수행하면서 전국각지의 고서목록을 조사하다가 ≪新序≫ · ≪說苑≫ · ≪兩山墨談≫ · ≪皇明世說新語≫의 판본이 현존하고 있다는 것을 발견하게 되었다.[3] 이렇게 ≪新序≫ · ≪說苑≫ ·

---

* 이 논문은 2010년 한국연구재단의 정부재원(교육과학기술부 인문사회연구 역량강화사업비)의 지원을 받은 연구이다.(NRF-2010-322-A00128)

** 이 글은 2012년 ≪中國語文論譯叢刊≫제30집에 게재한 것을 수정 및 보완한 논문이다.(그 후 ≪中國古典小說의 국내출판본 정리 및 해제≫에 수록하였으나 신자료가 발굴됨에 따라 거듭 보충하였다).

*** 경희대학교 중국어학과 교수(경희대학교 비교문화연구소)

1) 민관동, ≪중국고전소설의 전파와 수용≫, 아세아문화사, 2007년. 14-43쪽 참고.

2) 본 프로젝트는 한국연구재단 토대연구과제로 「한국에 소장된 중국고전소설과 희곡판본의 수집정리와 해제」 이다(2010.09.01-2013.08.31)

≪兩山墨談≫·≪皇明世說新語≫의 판본을 발굴함으로서 지금까지 원판본을 찾아내지 못한 작품은 ≪列女傳≫·≪博物志≫·≪嬌紅記≫로 좁혀졌다.

조선시대 국내에서 출판된 24종의 판본들을 살펴보면 실로 다양한 출판형태와 출판양상을 보여준다. 즉 ≪三國演義≫나 ≪유양잡조≫처럼 中國語原文으로 출판하는 경우가 있는가 하면, ≪전등신화구해≫처럼 註解를 달아 語句마다 해설을 겸비하여 출판하는 경우도 있었다. 또 ≪세설신어성휘운분≫처럼 체제를 완전히 변형하여 ≪세설신어≫에 나오는 인물들의 姓氏에따라 완전 편집을 달리한 경우가 있는가 하면, ≪태평광기상절≫처럼 방대한 분량을 출간할 수 없기에 축약하여 만든 것도 있다. 그 외에 ≪수호지≫처럼 국문으로 번역출간을 한 경우가 있는가 하면, ≪훈세평화≫처럼 소설을 읽기위한 용도에서 학습용 교과서로 용도를 바꿔 출판한 경우도 있었다.

이처럼 조선시대에는 출판의 용도가 단순한 소설로서의 읽기용 出版 外에도 전혀 다른 목적으로 출판되는 등 실로 출판의 유형도 다양하게 나타나고 있다. 또한 국내 출간된 중국고전소설들의 출판양상도 시기별 혹은 장르별 또는 출판 장소별로 다양한 출판양상과 특징을 보여주고 있다.

필자는 이러한 점에 주목하여 각종 판본들을 收集하여 출판의 특징을 다방면으로 분석해 보았다. 본 논문에서는 먼저 중국소설의 출판목록을 정리하여 분석해 보고, 출판유형과 출판양상 및 출판의 의미를 중점적으로 고찰해 보고자 한다.

4.1 중국고전소설의 국내 출판현황

1) 조선시대 출판된 중국고전소설 목록

중국고전소설이 국내에서 출판되어 졌다는 기록은 조선시대 초기부터 조선 말기까지 다양하게 나타나고 있다. 현재 朝鮮時代에 出版된 中國古典小說은 대략 24種으로 확인된다.

(1)≪列女傳≫, (2)≪新序≫, (3)≪說苑≫, (4)≪博物志≫, (5)≪世說新語補≫,

3) 민관동, 〈조선출판본 신서와 설원 연구〉, ≪중국어문논역총간≫제29집, 2011. 153-177쪽

(6)≪酉陽雜俎≫, (7)≪訓世評話≫, (8)≪太平廣記≫, (9)≪嬌紅記≫, (10)≪剪燈新話句解≫, (11)≪剪燈餘話≫, (12)≪文苑楂橘≫, (13)≪三國演義≫, (14)≪水滸傳≫, (15)≪西遊記≫, (16)≪楚漢傳≫, (17)≪薛仁貴傳≫, (18)≪鍾離葫蘆≫, (19)≪花影集≫, (20)≪效顰集≫, (21)≪玉壺氷≫, (22)≪兩山墨談≫, (23)≪皇明世說新語≫, (24)≪錦香亭記≫[4)]

書名	版式 或 出版特記事項	出版記錄文獻	出版時期	文體	所藏處
列女傳	申珽・柳沆飜譯, 柳耳孫寫・李上佐畵, 六曹中禮曹主管	稗官雜記卷4(魚叔權), 朝鮮王朝實錄(中宗, 卷101條)	朝鮮中宗38年癸卯(1543年)	文言	失傳
新序	劉向(漢)撰, 10卷2冊, 木版本, 31×20㎝, 四周雙邊, 半郭:18.5×15㎝, 有界, 11行18字, 內向黑魚尾, 紙質:楮紙	朝鮮王朝實錄(成宗24年12月 29日條, 卷285條). 攷事撮要	朝鮮成宗 23-24年 (1492-1493年)	文言	上卷:啓明大, 下卷:金俊植 等
說苑	劉向(漢)撰, 20卷4冊, 木版本, 26.9×17.8㎝, 四周雙邊, 半郭:18.7×14.9㎝, 有界, 11行18字, 註雙行, 內向一葉花紙紋魚尾. 紙質:楮紙	朝鮮王朝實錄(成宗24年12月 29日條, 卷285條). 攷事撮要	朝鮮成宗 23-24年 (1492-1493年)	文言	金俊植 等
博物志	未詳	攷事撮要, 宣祖1年(1568年) 刊行本	1568年 以前	文言	失傳
世說新語補	劉義慶(宋)撰, 劉孝標(梁)注, 劉辰翁(宋)批・何良俊(明)增, 王世貞(明)刪定, 王世懋(明)批釋, 鍾惺(明)批點・張文柱(明)校註, 總20卷7冊, 左右雙邊, 31×20㎝, 半郭22.8×15.6㎝, 10行18字, 有界, 註雙行, 內向黑魚尾,	朝鮮王朝實錄. 世說新語姓彙韻分(後代覆印本, 姓氏別分類再編輯)	世說新語補 : 朝鮮肅宗34年(1708年)世說新語姓彙韻分 (英祖年間: 1724-1776年)	文言	國立中央圖書館, 藏書閣, 高麗大, 延世大, 成均館大 等

4) 拙著, ≪중국고전소설의 전파와 수용≫(아세아문화사, 2007년, 78-79쪽)에서는 18종으로 분류하였으나 최근에 ≪新序≫・≪說苑≫・≪博物志≫가 추가로 출판기록이 발견되었고, ≪新序≫・≪說苑≫・≪兩山墨談≫・≪皇明世說新語≫은 원판본도 발굴되었다. 또 ≪전등여화≫의 경우는 최용철이 일본 내각문고에 이 책의 뒷부분이 보관되어 있는 것을 확인하였다고 한다. 그 외 ≪訓世評話≫는 중국원판본이 없고 조선시대 당대 전기류 작품 중에서 선별하여 만든 책이기에 처음에는 제외시켰으나 그래도 중국고전소설에 대한 국내 출판본이기에 추가로 포함시켰다.

書名	版式 或 出版特記事項	出版記錄文獻	出版時期	文體	所藏處
	序文:嘉靖丙辰(1556)....王世貞撰, 萬曆庚辰(1580)....王世懋撰, 乙酉(1585)王世懋再識, 萬曆丙戌(1586)秋日沔陽陳文燭玉叔撰. 紙質:楮紙, 顯宗實錄字				
唐段小卿酉陽雜俎	李克墩・李宗準編輯, 10卷2冊, 四周雙邊, 29×16.8㎝, 半郭18.4×12.5㎝, 10行19字, 有界, 註雙行, 版心題:俎, 紙質:楮紙. 20卷3冊(後印)	朝鮮王朝實錄(成宗 卷285條)	朝鮮成宗23年(1492年)	文言	成均館大 等
訓世評話	李邊・柳希仁跋文, 上下2卷1冊, 黑魚尾, 10行17字, 白話文:10行16字	攷事撮要・宣祖1年(1568年)刊行本	1473年(未確), 1480 年・1518年 (中宗13)	文言	國立中央圖書館 等
詳節太平廣記	成任編纂, 總50卷(現存7卷2册), 四周單邊, 34×20.7㎝, 半郭23.7×16㎝, 10行17字, 上下黑口內向黑魚尾. 紙質:楮紙	高麗史(志,樂2), 四佳文集卷4-5(徐居正), 三灘集卷10(李承召) 等	朝鮮世祖6年(1460年)	文言	高麗大, 成均館大, 忠南大 等
嬌紅記	未詳	朝鮮王朝實錄(燕山君63條)	1506年頃 (推定)	文言	未確認
剪燈新話句解	尹春年訂正・林芑集解, 2卷2冊, 四周單邊, 10行20字(11行20字. 10行18字. 12行18字等 各版不一定), 有界, 註雙行. 紙質:楮紙	燕山君日記(卷62-2[1506年]), 攷事撮要(魚叔權), 校書館發行. 坊刻本 等	朝鮮明宗4(1549), 明宗14(1559), 明宗19(1564), 1704 等	文言	國立中央圖書館, 奎章閣 等
剪燈餘話	國內 失傳, 日本內閣文庫(後半部 所藏)	朝鮮王朝實錄(燕山君62條), 攷事撮要(魚叔權)	約1568年 以前, 淳昌刊行	文言	日本 內閣文庫
刪補文苑楂橘	2卷2冊, 四周雙邊, 木活字本, 27×17㎝, 半郭21.4×13.2㎝, 10行20字, 上二葉花紋魚尾, 紙質:楮紙. 第一校書館印書體	朴在淵發掘本	約1669年-1760年	文言	國立中央圖書館, 藏書閣 等
三國演義	三國志通俗演義(朝鮮金屬活字本, 30.5×17.5㎝. 11行20字), 新刊校正古本大字音釋三國志(周日校正, 13行24字, 丁卯耽羅開刊),	朝鮮王朝實錄(宣祖卷3), 星湖僿說類選9(李瀷). 坊刻本多數	朝鮮明宗年間1560年初中期,朝鮮仁祖5年(1627年), 英正祖年間(1724-1800年),	白話通俗	李亮載, 國立中央圖書館, 奎章閣, 藏書閣, 高麗大, 延世大, 釜山大, 成均館大 等

書名	版式 或 出版特記事項	出版記錄文獻	出版時期	文體	所藏處
	貫華堂第一才子書(20卷20冊, 卷首:金聖歎序, 讀三國志演義法25則, 凡例10則, 總目)		後印多數		
水滸傳	坊刻本(京本:2冊, 安城本:3冊)	無	朝鮮後期	白話通俗	金東旭
西遊記	坊刻本(京本:2冊, 孟冬華山新刊[現 紫霞門外廓])	無	丙辰年 (1856年)	白話通俗	法國東洋語學校, 金東旭
楚漢傳 (西漢演義)	丁未本(2冊, 丁未孟夏完南龜石里新刊), 戊申本(1冊, 隆熙2年戊申秋7月, 西漢記完西溪新刊)	無	丁未年 (1907年), 戊申年 (1908年)	白話通俗	中央圖書館, 柳鐸一, 李能雨 等
薛仁貴傳	坊刻本(京本:1冊本[30張], 2冊本[17張])	無	朝鮮後期	白話通俗	法國東洋語學校, 李能雨
鍾離葫蘆	1冊(30張), 朝鮮中後期木版本, 23×14cm, 半葉 7行15字, 內向二葉魚尾.	於于野談(卷3-36學藝篇), 天君演義序文	17世紀初葉以前	文言	雅丹文庫(株式會社:韓火圖書館)
花影集	昆陽郡守 尹景禧編纂 · 崔岦跋文 · 昆陽板刻 (現泗川地方)	花影集序文	1586年	文言	日本早稻田大
效顰集	四周單邊, 30.8×21.8cm, 半郭22.6×17.1cm, 12行21字, 有界, 白口內向黑魚尾. 紙質:楮紙	攷事撮要(1568). 漢陽縣儒學教諭南平趙弼撰述	宣祖1年 (1568年以前, 木版本	文言	日本逢左文庫
玉壺氷	1卷冊, 四周單邊, 25.2×16.3cm, 半郭17.9×13.6cm, 9行17字, 有界, 白口內向黑魚尾, 紙質:楮紙, 卷末都穆跋文	9行18字本, 10行18字本, 10行20字本 等 多數(後印本)	庚辰10月日務安縣刊 (大略1580)	文言	奎章閣 · 中央圖書館, 高麗大 等
兩山墨談	18卷4冊, 朝鮮木版本, 四周雙邊, 半郭:21.6×15cm, 有界, 9行18字, 內向黑魚尾, 紙質:楮紙	考事撮要(魚叔權, 1575年)	宣祖8年(1575) / 慶州刊行	文言	啓明大 等
皇明世說新語	8卷4冊, 朝鮮木版本, 四周雙邊, 半郭:18.5×14.9cm, 有界, 10行20字, 註雙行, 上二葉花紋魚尾, 紙質:楮紙	無	英 · 正祖(1725-1800)推定 / 刊行地未詳	文言	奎章閣, 中央圖書館, 啓明大 等
錦香亭記	京板本2種(2卷2冊本:由洞新刊, 3卷3冊本:1860年前後本)	無	約1847-1856年, 1860年前後 (3권本)	白話通俗	法國東洋語學校, 李能雨 等

2) 국내 출판작품 소개 및 분석

고려시대에 중국고전소설이 출판되었다는 기록은 전혀 보이지 않고 朝鮮前期에 들어와 출판의 기록이 나타난다. 조선후기까지 총 24종의 작품이 출판된 것으로 확인되는데 이에 대한 분석은 다음과 같다.

(1) ≪列女傳≫

≪列女傳≫은 대략 고려시대에 유입된 것으로 추정되며 국내 출판시기는 조선전기로 확인된다. ≪朝鮮王朝實錄≫(〈中宗實錄〉권28과 권101조[중종38년:1543년])에 王命에 의하여 ≪列女傳≫이 국내에서 처음으로 번역하여 간행되었다는 기록이 나오고, 宣祖 1年(1568年) 刊行本 ≪攷事撮要≫에도 光州에서 출판되었다는 서목이 보이는데, 이 기록은 바로 1543년 간행본을 지칭하는 듯하다. 그러나 原版本은 失傳되었다. 그 후 ≪英祖實錄≫(권21-24)에 閔鎭遠이 출간한다는 기록이 있으나 出刊與否는 확인되지 않는다.

(2) ≪新序≫

≪신서≫는 ≪高麗史≫卷10, 宣祖 8年에 서목이 보이는 것으로 보아 1091년 이전에 이미 국내에 유입되었고, 출판은 朝鮮≪成宗實錄≫(권285-21)의 성종 24년(1493년)頃에 刊行하였다는 기록이 보이는 것으로 보아 1492년이나 1493년에 간행되었음이 확인된다. 10권 2책이며, 한 면이 11행18자로 되어있다.[5)]

(3) ≪說苑≫

≪설원≫은 高麗 成宗年間 金審言의 疏에 ≪설원≫이 언급되어 있는 것으로 보아 981-997년에는 이미 유입된 것을 알 수 있다. 출판에 대한 기록은 ≪신서≫와 함께 朝鮮≪成宗實錄≫(권285-21)에 성종 24년(1493년)頃 刊行했다는 기록이 있는 것으로 보아 1492-1493년에 간행되었음을 알 수 있다. 또 1568年刊 ≪攷事撮要≫에 安東에서 출간했다는 기록이 있는데 이는 1493년경 간행된 ≪설원≫을 지칭하는 듯하다. 이 책

5) 민관동, 〈조선출판본 신서와 설원 연구〉, ≪中國語文論譯叢刊≫제29집, 2011,7. 155-169쪽 참고

은 20권 4책으로 되어 있으며, 한 면이 11행18자로 되어있다.[6]

(4) ≪博物志≫

≪박물지≫는 ≪剪燈新話句解跋≫(1599년)에 서명이 처음으로 보이나 고려시대에 유입된 것으로 추정된다. 국내출판은 宣祖 1年(1568年) 刊行本 ≪攷事撮要≫에 南原에서 출판되었다는 서목이 보이는 것으로 보아 적어도 1568년 이전에는 출간된 것으로 보인다. 그러나 原版本은 失傳되어 아직 찾아내지 못하고 있다.

(5) ≪世說新語≫

≪세설신어≫는 이규보의 ≪東國李相國集≫(권5, 古律詩)에 기록이 있는 것으로 보아 적어도 1195년 이전에는 유입된 것으로 보인다. 이 책은 朝鮮 肅宗 34年(1708년)에 출간되었다는 기록 외에도 국내 도서관에 가장 널리 퍼져있는 판본이다. 처음에는 ≪世說新語補≫가 출간되었고 후에 여러 차례 覆印도 있었다. 그 외 ≪세설신어보≫를 姓氏 別로 나누어 재편집한 책이 있었는데 이것이 바로 ≪世說新語姓彙韻分≫이다. 이 책은 ≪세설신어보≫가 간행된 후 얼마 후 출간되었다.

(6) ≪酉陽雜俎≫

≪유양잡조≫의 유입기록은 ≪조선왕조실록≫(성종:권285)에 처음으로 나온다. 이 책에 李克墩과 李宗準이 편집하여 1492년에 간행하였다는 기록이 나온다. 10권 2책으로 되어 있으며 한 면이 10행19자로 되어있다. 또 ≪攷事撮要≫에도 이 책에 대한 서목이 보이며 경주에서 간행하였다고 밝히고 있다. 後印도 있는 것으로 보인다.

(7) ≪訓世評話≫

≪훈세평화≫는 조선시대에 만들어 낸 중국어교육용 學習工具書이다. 조선시대 李邊(1391-1473년)이 편찬한 책으로 上下 2권 1책으로 되어 있다. 출간시기는 1473年(未確認)·1480年·1518年등 여러 차례 간행된 것으로 보인다. 또 ≪攷事撮要≫(1568년

---

6) 민관동, 〈조선출판본 신서와 설원 연구〉, 위의 책, 156-168쪽 참고

간)에도 이 서목이 보이는데 江陵에서 출간하였다고 되어 있다.[7)]

(8) ≪太平廣記≫

≪태평광기≫는 ≪고려사≫(志, 樂二,〈翰林別曲〉)에 언급한 것으로 보아 적어도 고려 고종년간(1214-1259년)이전에는 유입된 것으로 보인다. 이 책은 조선 세조 6년(1460년)에 成任이 총50권으로 축약하여 ≪詳節太平廣記≫라는 이름으로 편찬하였다. 이 책은 한 면이 10행17자로 되어 있으며, ≪攷事撮要≫에 晉州와 草溪에서 출간되었다는 기록이 보인다. 成任은 또 후에 이 책과 다른 서적중의 몇몇 작품들을 골라내어 ≪太平通載≫80권을 출간하였다.[8)]

(9) ≪嬌紅記≫

≪교홍기≫의 유입기록은 ≪燕山君日記≫(권63-3, 연산군 12년)에 처음 보이는 것으로 보아 유입시기가 1506년 이전이라 할 수 있다. 이 책에 연산군이 출간하라는 기록은 보이지만 실제 출간여부는 확인이 되지 않고 있다. 국내 도서관에서도 판본이 발견이 되지 않아 추정만 할 뿐이다.

(10) ≪剪燈新話句解≫

≪전등신화≫는 ≪燕山君日記≫(권62-3, 연산군 12년)에 처음 언급되어있는 것으로 보아 1506년 이전에는 유입된 것으로 보인다. 이 책은 ≪攷事撮要≫에 의하면 原州에서 출간된 것으로 되어 있다. 이 책은 尹春年과 林己가 편찬한 책으로 2권 2책으로 되어 있으며 朝鮮 明宗 4(1549), 明宗 14(1559), 明宗 19(1564), 1704年 等 여러 차례 출간되었다. 후대에 방각본이 나온 이후에는 더 많은 출간이 이루어져 적어도 수십 차례 이상 출간된 것으로 보인다. 국내에서 가장 많은 판본 중의 하나가 바로 ≪剪燈新話句解≫本 이다.

---

7) 박재연 외 역해, ≪훈세평화≫, 태학사, 1998년, 16-23쪽

8) 민관동 · 김명신 공저, ≪중국고전소설비평자료총고≫, 학고방, 2003년. 63-72쪽

(11) ≪剪燈餘話≫

≪전등여화≫는 ≪燕山君日記≫(권62-3, 연산군 12년)에 처음 보이는 것으로 보아 1506년 이전에 유입된 것으로 추정 된다. 이 책은 ≪攷事撮要≫에 의하면 淳昌에서 출간된 것으로 전해진다. 그러나 국내에서는 판본이 보이지 않는다. 최용철에 의하면 일본 내각문고에 후반부 부분이 소장되어 있다고 한다.[9] 대략 출판년도는 1568년 이전에 출간된 것으로 추정된다.

(12) ≪文苑楂橘≫

≪문원사귤≫은 중국 明版本을 조선사람이 翻刻하여 만들었다는 설과 조선사람이 여러 작품을 뽑아 편집하여 출판하였다는 설로 나누어진다. 이 책은 총 2권 2책으로 되어 있으며 서목은 ≪刪補文苑楂橘≫이다. 이 책의 출판연대는 英祖 36年 이전(1669-1760)으로 추정된다. 第一校書館印書體 木活字本으로 되어 있다.

(13) ≪三國演義≫

≪삼국연의≫의 최초 유입기록은 ≪宣祖實錄≫(1569년)에 보인다. 그러나 ≪三國志評話≫는 ≪老乞大≫에 언급되어 있는 것으로 보아 고려말에는 유입된 것으로 보인다. 이 책의 국내 출간으로 최근 국내에서 발견된 ≪三國志通俗演義≫(朝鮮金屬活字本, 11행20자)가 있는데 대략 1560년 초·중기에 간행된 것으로 보이고 후에 ≪新刊校正古本大字音釋三國志≫(1627년, 13행24자, 耽羅開刊)가 출간되었고, 英正祖年間(1724~1800년)에는 ≪貫華堂第一才子書≫(20권20책으로 되어 있으며 일명 ≪사대기서제일종≫이라고도 한다.)가 출간되었다. 이후에도 여러 차례가 後印이 있었으며, 번역된 방각본(京本, 安城本)도 다수가 있다.

(14) ≪水滸傳≫

≪수호전≫의 유입기록은 許筠(1569~1618년)의 ≪閑情錄≫에 처음 보이지만 대략

---

9) 최용철, 〈금오신화와 전등신화의 판본에 대하여〉, 「책을 좋아하는 사람들 모임」발표문(2010.12.17), 6쪽. 그 외 최용철, ≪전등삼종≫, 소명출판사, 2005년, 하권, 577쪽 일본 내각문고 소장 ≪전등여화≫판본의 사진 참조.

조선전기에는 유입되었을 것으로 추정된다. 이 책이 원문으로 출판된 기록은 없지만 번역하여 방각본으로는 여러 곳에서 출간되었다. 방각본으로 경본(2冊)과 안성본(3冊:김동욱소장) 등이 지금 전해진다. 飜譯時期는 적어도 1600년대 초기에는 번역되어진 것으로 보인다.

(15) ≪西遊記≫

≪서유기≫의 유입시기는 대략 ≪朴通事諺解≫에 ≪古本西遊記≫의 한 단락이 기술되어 있는 것으로 보아 고려말경에 유입된 것으로 추정된다. 후의 기록으로는 許筠(1569-1618년)의 ≪惺所覆瓿稿≫에 언급되어 있다. 이 책은 원문출판은 없었던 것으로 보이며, 번역하여 방각본(경본:2책)으로는 출간되었다. 出版年代는 1856년으로 추정된다.

(16) ≪楚漢傳≫

≪초한지≫는 一名 ≪西漢演義≫로 불린다. 이 책의 유입기록은 ≪宣祖實錄≫(1569년)에 ≪楚漢演義≫라는 이름으로 처음 보인다. 同時期 吳希文(1539-1613년)의 ≪瑣尾錄≫에 번역했다는 기록도 보인다. 출판은 모두가 번역본이고 대략 1900년대 초기(1900, 1907[완판본], 1908[완판본], 1911년)에 출판된 것이 전해진다.

(17) ≪薛仁貴傳≫

≪설인귀전≫의 유입관련 기록은 1700년대에 보이지만 더 이른 시기에 유입된 것으로 보인다. 출판은 조선 말기에 번역본으로 이루어졌다. 조선말기에 번역된 방각본(京板本)이 이능우와 프랑스 동양어학교에 소장되어 있다.

(18) ≪鍾離葫蘆≫

≪종리호로≫는 柳夢寅(1559-1632년)의 ≪於于野談≫에 언급된 것으로 보아 16세기 말이나 17세기 초에는 유입된 것으로 보이며, 유입 후 바로 간행된 것으로 추정된다(朴燁[1570-1623년]의 평안도 관찰사 재임시절[1618-1623년]). 1冊本으로 한 면이 7행15자로 되어 있고 현재 雅丹文庫에 소장되어 있다.

(19) ≪花影集≫

≪화영집≫은 ≪화영집서문≫에 의하면 1546년 尹溪가 중국에서 가져왔다고 전한다. 이 책은 곤양(현 泗川)에서 곤양군수 尹景禧가 1586년에 편찬한 책으로 일본 早稻田大에 소장되어 있다. ≪고사촬요≫에도 ≪화영집≫이 곤양에서 출간되었다고 한 기록이 보인다.

(20) ≪效顰集≫

≪효빈집≫은 ≪연산군일기≫(1506년)에 유입기록이 보이는 것으로 보아 조선전기에 유입된 것으로 추정된다. 국내출판은 1568년판 ≪고사촬요≫에 의하면 淳昌에서 출간되었다는 기록이 보이는 것으로 보아 이 책의 출판시기는 1568년 이전으로 추정되며 後印도 있는 것으로 보인다. 일본 逢左文庫에 소장되어 있다.

(21) ≪玉壺氷≫

≪옥호빙≫은 국내에서 비교적 이른 시기에 출판된 것으로 보아 조선전기에 유입된 것으로 보인다. 출판시기는 대략 1580년경 務安縣에서 출판된 것으로 추정된다. 판본도 9행 17자본 9행 18자본, 10행 18자본, 10행 20자본 등 여러 종이 있는 것으로 보아 後印이 있었음을 알 수 있다.[10] 또 1585년판 ≪고사촬요≫에도 ≪옥호빙≫이 延安과 固城에서 출간된 기록이 있어 이러한 사실을 뒷받침해준다.

(22) ≪兩山墨談≫

≪양산묵담≫의 유입기록은 ≪考事撮要≫(1575년)에 언급되어 있는 것으로 보아 1575년 이전에 유입된 것으로 확인된다. 총 18권 4책으로 慶州에서 1575년에 출간되었다. 번역 및 번안본은 보이지 않는다. 현재 계명대 등에 소장되어 있다.

(23) ≪皇明世說新語≫

≪황명세설신어≫의 유입기록은 확실하지 않지만 대략 조선 英·正祖(1725-1800년)

10) 김장환, 〈조선간본 명대필기집 옥호빙 연구〉, ≪중어중문학≫제26집, 2006년 6월. 190-196쪽

이전에는 유입된 것으로 추정된다. 이 책은 대략 영·정조(1725-1800년)시기에 출간된 것으로 보인다. 현재 8권 4책본이 있는데 규장각 등에 소장되어 있다.

(24) ≪錦香亭記≫

≪금향정기≫의 유입기록은 확실하지 않지만 대략 조선후기로 추정된다. 번역 및 번안본으로 약 1847-1856년경과 1860년경에 국내에서 출판되어졌다. 현재 2권 2책본과 3권 3책본이 있는데 경판본으로 출간되었다.

4.2 중국고전소설의 국내 出版類型

조선시대 출판된 24종 중국소설 가운데 아직 원본을 찾지 못한 판본은 3종으로≪列女傳≫·≪博物志≫·≪嬌紅記≫가 있고, ≪剪燈餘話≫도 일본 내각문고에 일부분만 보관되어 있어 확인이 어렵다. 그 외 나머지 20종 작품은 모두 확인이 가능하다.

또 동일 작품 가운데 ≪삼국연의≫는 ≪三國志通俗演義≫·≪新刊校正古本大字音釋三國志≫·≪貫華堂第一才子書≫·≪三國誌≫(번역본) 등 다른 이름으로 여러 차례 출판을 하여 版型과 版式이 확실히 다른 양상을 보여주고 있고, 또 ≪세설신어≫도 ≪世說新語補≫와 ≪世說新語姓彙韻分≫으로 나누어 출판되어 각기 다른 版型과 板式을 보여주고 있다.

조선시대 중국소설에 대한 출판유형은 크게 6가지로 분류된다.

1) 原文出版 : ≪新序≫·≪說苑≫·≪唐段小卿酉陽雜俎≫·≪世說新語補≫·≪玉壺氷≫·≪效顰集≫·≪花影集≫·≪鍾離葫蘆≫·≪三國演義≫(≪三國志通俗演義≫·≪新刊校正古本大字音釋三國志≫·≪貫華堂第一才子書≫)·≪兩山墨談≫·≪皇明世說新語≫ 등.
2) 註解出版 :≪剪燈新話句解≫.
3) 體制變形出版 :≪世說新語姓彙韻分≫
4) 縮約 및 部分編輯出版 :≪詳節太平廣記≫·≪刪補文苑楂橘≫ 등

5) 飜譯出版 :≪삼국지≫ · ≪수호지≫ · ≪서유기≫ · ≪초한지≫ · ≪설인귀전≫ · ≪금향정기≫ 등.

6) 用度變更出版 :≪訓世評話≫ 등으로 분류된다.[11)]

1) 原文出版(飜刻)

원문출판은 중국에서 들여온 판본을 국내에서 원문 그대로 출판하는 방식으로 일명 飜刻本이라고 부른다. 번각은 일반 출판사에 초판을 그대로 重刷하거나 혹은 다시 고쳐 출판하는 重刊과는 다르다. 즉 내용이 원본과 같아야 하며 경우에 따라 版式이 다를 수도 있다. 원문출판에는 두 종류가 있다. 하나는 중국에서 들여온 판본을 그대로 복사하듯 동일하게 覆刻하여 출판하는 방식이고, 또 하나는 한 면의 行과 字數가 달라 판식이 다소 다르지만 원문을 첨삭하지 않고 그대로 출판하는 방식이다. 이러한 것을 보두 飜刻이라 한다.

번각판으로는≪新序≫ · ≪說苑≫ · ≪唐段小卿酉陽雜俎≫ · ≪世說新語補≫ · ≪玉壺氷≫ · ≪效顰集≫ · ≪花影集≫ · ≪鍾離葫蘆≫ · ≪三國演義≫(≪三國志通俗演義≫ · ≪新刊校正古本大字音釋三國志傳通俗演義≫ · ≪貫華堂第一才子書≫) · ≪兩山墨談≫ · ≪皇明世說新語≫ 등이 있다. 그 중에서도≪新刊校正古本大字音釋三國志傳通俗演義≫ · ≪貫華堂第一才子書≫ · ≪世說新語補≫같은 판본은 거의 중국 원판본의 원형 그대로 모방하여 판각하는 형식을 취하고 있다.

2) 註解出版

註解出版은 중국에서 유입된 판본을 그대로 출간하는 것이 아니라 어렵고 난해한 語彙나 語句 및 地名 · 人名 · 官職 등 우리에게 익숙하지 않은 단어에 직접 註解를 달아 출판하는 방식이다. 주해출판의 대표적인 작품으로는 ≪剪燈新話句解≫를 들 수 있다.

이 책은 문언문으로 되어 있으며 朝鮮 尹春年(滄洲 訂立)訂正 · 林芑(垂胡子 集釋)集解로 되어 있는 2卷 2冊本이다. 字數는 한 면이 10行 20字, 11行 20字, 10行 18

---

11) ≪三國演義≫처럼 여러 차례 판을 달리하여 출판하였거나 또는 번역하여 방각본으로 출판된 경우에는 따로따로 분리하여 기술하였다.

字, 12行 18字 等 여러 종이 있으며, 출간시기도 朝鮮 明宗 4(1549), 明宗 14(1559), 明宗 19(1564), 1704년 等 수십 차례에 걸쳐서 출간되어 版種도 다양하다.

주해의 양상을 살펴보면 다음과 같다.

註解方式(例: :≪剪燈新話句解≫上卷中〈水宮慶會錄〉1면)

* 至正 : 元 順帝年號
* 潮州 : 古閩越之地, 今隷廣東布政司
* 余 : 余氏, 秦由余之後也
* 黃巾綉襖 : 音奧以綉爲袍也
* 廣利王 : 唐天寶十載正月詔以南海神祝融封爲光利王

이처럼 註解出版은 ≪剪燈新話句解≫에서만 보이는 독특한 출판 유형으로 당시 문인들이 註解까지 달 정도의 풍부한 학식과 작품에 대한 愛好가 있어야만 가능한 출판이기에 상당히 價値있는 출판으로 평가된다.

3) 體制變形出版

체제변형 출판은 독자의 필요성에 따라 한 작품을 해체하여 새롭게 판각하는 형태를 말한다. 즉 ≪世說新語姓彙韻分≫은 ≪世說新語補≫를 완전히 해체하여 전체고사를 등장인물의 姓氏別로 재배치한 작품이다. ≪세설신어≫의 결점 가운데 하나로 종종 지적되는 것은 등장인물이 여러 편에 散在되어 있어서 한 인물의 전체면모를 종합적으로 이해하기 어렵다는 것이었는데, ≪世說新語姓彙韻分≫은 바로 이러한 점을 효과적으로 해결했으며, 또한 일종의 검색 역할을 하는 다양한 장치를 마련하여 독자들에게 閱讀의 秀越性을 제공해 주고 있다. 이 책은 刻本의 刊記가 없어서 간행시기 및 刊行者 등을 알 수는 없지만 ≪世說新語姓彙韻分≫이 顯宗實錄字體 木活字로 인쇄 되었다는 점과 ≪世說新語補≫를 저본으로 했다는 점에 근거하면, 顯宗實錄字本 ≪세설신어보≫가 간행된 肅宗 34年(1708년)경 이후에서 英祖年間(1724-1776年) 사이에 간행되었을 것으로 추정할 수 있다.[12]

4) 縮約 및 部分編輯出版

축약 및 부분편집 출판은 책의 분량이 많을 경우 일부분을 축약하거나 혹은 부분만 떼어내어 출판하는 방식으로 ≪詳節太平廣記≫과 ≪刪補文苑楂橘≫이 이에 해당한다.

≪詳節太平廣記≫은 朝鮮世祖때 成任(1421~1484年)이 ≪태평광기≫를 축약하여 ≪태평광기상절≫이라는 이름으로 다시 간행하였다. 徐居正의 서문에 근거하면 대략 1462년(세조 8년 壬午年)에 간행된 것으로 추정된다. 본래 ≪태평광기≫는 본문 500권에 목록이 10권이나 되는 巨帙이기에 일반 독자들이 쉽게 열람할 수 없다는 등의 불편한 점이 있었기 때문에 성임은 이 책을 50권으로 축약하여 다시 간행하였던 것이다. 이 책의 간행지는 ≪고사촬요≫선조 1년(1568년)판에 의하면 草溪와 晉州에서 출간하였다는 기록이 보인다. 두 지역에서 각각 출간하였는지 혹은 분량이 많기에 나누어서 하였는지는 알 수 없으나 이 지역에서 출간된 것은 확실해 보인다. 이 책은 현재 일부분만 전해지고 있는데 현존하는 판본의 소장처를 보면 다음과 같다.

(1) 목록 2권, 권1-권3 : 충남대학교 도서관

(2) 권8-권11, 권20-권23, 권35-권37 : 玉山書院

(3) 권8-권11, 권39-권42 : 고려대학교 晩松文庫

(4) 권14-권19 : 국립중앙도서관

(5) 권15-권21 : 誠庵古書博物館

(6) 권20-권25 : 박재연 소장 등. 총 목록 2권과 본문 50권 가운데 목록과 본문 26권만 현존한다.[13]

그 외 ≪刪補文苑楂橘≫은 中國版을 조선사람이 翻刻했다는 설도 있지만 조선사람이 여러 작품을 뽑아 편집했을 가능성이 높은 책이다. ≪刪補文苑楂橘≫이라는 서목에서 보이듯이 刪補하여 편집한 책이기에 이곳으로 분류한다.

---

12) 김장환, 〈한국 고활자본 세설신어성휘운분 연구〉, ≪중국어문학논집≫제13호, 2000.2 참조

13) 김장환, 〈태평광기상절 편찬의 시대적 의미〉, ≪중국소설논총≫제23집, 2006.3. 191-200쪽 참고. 이 책은 최근 김장환·박재연·이래종 등이 譯註하여 ≪太平廣記詳節≫이라는 이름으로 출간하였다. 이 책은 총 8책(학고방, 2005년)으로 원형을 복원하고자 하는 시도로 상당한 의미가 있다.

5) 飜譯出版

번역출판은 중국고전소설을 번역하여 출판하는 방식으로 대개가 축약번역위주로 되어 있다. 이에 해당하는 소설로는 ≪삼국지≫·≪수호지≫·≪서유기≫·≪초한지≫·≪설인귀전≫·≪금향정기≫ 등 있다.

번역은 形態에 따라 飜譯·飜案·再創作 등으로 구분되고, 번역의 分量에 따라 全文飜譯과 部分飜譯으로 나누어지며, 번역의 質量에 따라 完譯과 縮譯이 또 번역의 技巧에 따라 意譯과 直譯으로 분류할 수 있다.

번역 출판은 대부분은 내용상 덜 필요한 부분이나 필요 없는 부분은 과감하게 생략하거나 삭제하여 출판되었다. 즉 큰 틀의 줄거리는 그대로 둔 채 소설의 序文이나 開場詩·挿入詩·散場詩 및 回後評 등은 대부분을 생략하였으며 중국통속소설의 常套語도 대부분 생략되었다. 또 비교적 原典에 가깝게 번역하면서도 직역을 피하여 평이한 의역으로 꾸며진 작품들이 주종을 이룬다. 또 ≪西漢演義≫·≪西遊記≫·≪錦香亭記≫ 등에서는 한 작품 안에서 번역과 번안이 함께 이루어지는 현상도 보인다.[14] 이러한 번역출간은 대부분 방각본으로 출간되었으며 이는 철저한 상업성에 근거하여 만들어진 작품들이다.

6) 用度變更出版

용도를 변경하여 출판한 작품으로는 ≪訓世評話≫를 들 수 있다. 이 책은 書目에서 言及하듯이 세상에 교훈이 될 만한 이야기를 뽑아 만든 중국어교육용 學習書이다. 이 책은 上下 2권 1책으로 되어 있으며 총 65편이다. 상권에는 37편이, 하권에는 28편이 수록되어 있으며 그 중 60편이 중국고사로 ≪搜神記≫·≪搜神後記≫·≪南雍州記≫·≪廣異記≫·≪幽明錄≫·≪河東記≫·≪還寃記≫·≪儆戒錄≫·≪涑水紀聞≫·≪鶴林玉露≫·≪笑林≫·≪剪燈新話≫·≪太平廣記≫ 등과 국내 고사로 5편으로 꾸며진 책이다.[15] 이처럼 ≪訓世評話≫는 교훈이 될 만한 이야기를 따로 모아 중국어 교육용 學習書로 용도를 변경하여 출판한 대표적 작품이다.

---

14) 민관동, 〈국내의 중국고전소설 번역 양상〉, ≪중국어문논역총간≫제24집, 2009.1. 615-620쪽 참고
15) 박재연 외 역해, ≪훈세평화≫, 태학사, 1998년, 12-23쪽 참고

4.3 중국고전소설의 국내 出版樣相

중국고전소설의 국내 출판 양상을 출판시기·출판장소·출판문체·출판목적과 의미로 나누어 분석해 보면 다음과 같다. 먼저 분석의 편리를 위해 도표로 꾸며 보았다.

作品	出版時期	出版場所	官刻/坊刻	文體	飜譯與否
列女傳	1543년	光州	官刻(禮曹)	文言	번역(失傳)
新序	1492-1493년	安東(推定)	官刻(推定)	文言	無
說苑	1492-1493년	安東	官刻(地方)	文言	無
博物志	1568년 以前	南原	官刻(推定)	文言	無(失傳)
世說新語補	1708년	漢陽	官刻(校書館)	文言	無
世說新語姓彙韻分	英祖年間(1724-1776年)	漢陽	官刻(校書館)	文言	無
酉陽雜俎	1492년	慶州	官刻(地方)	文言	無
訓世評話	1473년, 1480년, 1518년	江陵, 襄陽等	官刻(地方)	文言	無
太平廣記	1460년경	草溪, 晉州	官刻(地方)	文言	飜譯
嬌紅記	1506(未詳)	未詳	未詳	文言	無(未詳)
剪燈新話句解	1549. 1559, 1564, 1704년 등	原州 等 全國各地	官刻(校書館)/坊刻	文言	飜譯
剪燈餘話	1568년 이전	淳昌	官刻(推定)	文言	無
刪補文苑楂橘	1669-1760년(推定)	漢陽	官刻(第一校書館)	文言	無
三國志通俗演義	1560年初中期	漢陽	官刻(校書館)	白話通俗	飜譯
新刊校正古本大字音釋三國志	1627년경(推定)	耽羅(濟州道)	官刻(地方)	白話通俗	飜譯
貫華堂第一才子書	대략 1725~1800년, 後覆印 多數	全國各地	官刻(地方)/坊刻本 多數	白話通俗	飜譯
三國誌	1859년/1862-1874년 등	漢陽, 安城 等	京板本, 安城板本 等	白話通俗	飜譯
水滸傳	朝鮮後期	漢陽, 安城	京板本, 安城板本	白話通俗	飜譯
西遊記	1856년	漢陽	京板本	白話通俗	飜譯
楚漢傳	1907-1908년	完州	完板本	白話通俗	飜譯
薛仁貴傳	朝鮮後期	漢陽	京板本	白話通俗	飜譯
鍾離葫蘆	17世紀初葉	未詳	未詳	文言	無
花影集	1586년경	昆陽	官刻(地方)	文言	飜譯(部分)
效嚬集	1568년 이전	淳昌	官刻(地方)	文言	無

作品	出版時期	出版場所	官刻/坊刻	文體	諺譯與否
玉壺氷	대략 1580년	延安, 固城, 務安	官刻(地方) 等	文言	無
兩山墨談	1575년	慶州	官刻(地方)	文言	無
皇明世說新語	1725-1800년	未詳	官刻(地方)	文言	無
錦香亭記	1847-1857년	漢陽(由洞)	京板本 等	白話通俗	諺譯

1) 시기별 출판 양상

국내에서 출간된 작품을 시기별로 나누어 보면 다음과 같다.

15세기 : ≪新序≫ · ≪說苑≫ · ≪酉陽雜俎≫ · ≪訓世評話≫ · ≪太平廣記≫

16세기 : ≪列女傳≫ · ≪博物志≫ · ≪嬌紅記≫ · ≪剪燈新話句解≫ · ≪剪燈餘話≫ · ≪三國志通俗演義≫ · ≪花影集≫ · ≪效顰集≫ · ≪玉壺氷≫ · ≪兩山墨談≫

17세기 : ≪文苑楂橘≫ · ≪鍾離葫蘆≫ · ≪新刊校正古本大字音釋三國志傳通俗演義≫

18세기 : ≪貫華堂第一才子書≫ · ≪世說新語補≫ · ≪世說新語姓彙韻分≫ · ≪皇明世說新語≫

19세기 : ≪삼국지≫ · ≪수호지≫ · ≪서유기≫ · ≪설인귀전≫ · ≪금향정기≫

20세기 초기 : ≪초한전≫

이상은 대략 작품의 최초 출판시기를 추정하여 잡은 기록이다. 이처럼 15세기에서 16세기말(임진왜란 전)까지 15종의 작품이 출간되었고 임진왜란 이후에는 10종(삼국연의는 중복됨) 11개 작품이 출간되었음이 확인된다. 이는 朝鮮前期에 얼마나 출판문화가 왕성하였는가를 알려주는 좋은 자료가 된다.[16)]

이들 작품 가운데는 後印된 작품도 多數있다. ≪剪燈新話句解≫ · ≪貫華堂第一才子書≫ · ≪世說新語補≫ · ≪世說新語姓彙韻分≫은 후대에 여러 차례 출간되었다.

그리고 지금까지 국내에서 출판된 24종의 작품을 시대별로 분류해 보면, 명대이전 작품이 약 9종이고, 명대의 작품은 약 14종, 그리고 청대의 작품은 1종으로 확인된다. 또 조선

16) 宣祖 18年(1585년) 간행된 ≪攷事撮要≫에 의하면 조선개국이래 이때까지 간행된 책이 988종이나 된다고 하는 사실로 보아 조선전기에 출판문화가 특히 왕성했음을 방증해주고 있다.

후기로 갈수록 방각본에 의한 번역소설들이 주류를 이루며 출판되었음을 알 수 있다.

2) 출판장소별 양상

국내 출간된 작품을 출판장소별로 나누어 보면 다음과 같다.

漢陽(9종 11개작품) : ≪世說新語補≫ · ≪世說新語姓彙韻分≫ · ≪文苑楂橘≫ · ≪剪燈新話句解≫ · ≪三國志通俗演義≫ · ≪貫華堂第一才子書≫ · ≪삼국지≫ · ≪수호지≫ · ≪서유기≫ · ≪설인귀전≫ · ≪금향정기≫

光州 : ≪列女傳≫　　安東 : ≪新序≫(推定) · ≪說苑≫

南原 : ≪博物志≫　　慶州 : ≪酉陽雜俎≫ · ≪兩山墨談≫

江陵(襄陽) : ≪訓世評話≫　　草溪 / 晋州 : ≪太平廣記≫

原州 : ≪剪燈新話句解≫　　淳昌 : ≪剪燈餘話≫ · ≪效顰集≫

安城 : ≪삼국지≫ · ≪수호지≫　　完州(全州) : ≪초한전≫ · ≪삼국지≫

昆陽 : ≪花影集≫　　延安 / 固城 / 務安 : ≪玉壺氷≫

耽羅(濟州) : ≪新刊校正古本大字音釋三國志傳通俗演義≫

平壤 : ≪鍾離葫蘆≫　　未詳 : ≪嬌紅記≫ · ≪皇明世說新語≫

이처럼 漢陽, 光州, 安東, 南原, 慶州, 江陵, 草溪, 晋州, 原州, 淳昌, 安城, 完州(全州), 昆陽, 延安, 固城, 務安, 耽羅(濟州), 平壤, 未詳 등 전국 각지의 총 18개 지방에서 출간된 것으로 조사된다. 그중에서 가장 많이 출간된 곳은 한양으로 9종 11개 작품이 출간되었다.

朝鮮前期에서 임진왜란 전까지는 주로 官刻이 주류를 이루었고 出版處도 중앙정부의 校書館이나 지방의 관청에서 출판을 주도하였다. 임진왜란 이후 私刻本이 나오기 시작하며 대략 18세기부터는 사찰과 서원 및 방각본에 의한 출판이 주류를 이루었다. 조선말기로 갈수록 상업성에 근거한 방각본의 출판이 주류를 이루었으며, 방각본 가운데 특히 경판본 · 완판본 · 안성판본이 출판문화의 중심으로 부각되기 시작하였다.

3) 문체별 출판 양상

국내에서 번역된 72종 중국소설 가운데 대부분이 백화통속소설인 반면, 24종 出版本

가운데는 대부분이 문언소설의 출판이 주종을 이룬다. 이러한 현상은 文言體 문장이 白話體 문장보다는 더 익숙했던 조선 독자층의 독서성향과 독자들의 需要가 출판문화에 상당한 영향을 끼친 것이라 추정된다.

문체별 출판 양상을 살펴보면 문언소설의 출판으로는 ≪列女傳≫·≪新序≫·≪說苑≫·≪博物志≫·≪世說新語補≫·≪酉陽雜俎≫·≪訓世評話≫·≪太平廣記≫·≪嬌紅記≫·≪剪燈新話句解≫·≪剪燈餘話≫·≪文苑楂橘≫·≪鍾離葫蘆≫·≪花影集≫·≪效顰集≫·≪玉壺氷≫·≪兩山墨談≫·≪皇明世說新語≫ 등 대부분을 차지하고 있으며 백화통속소설로는 ≪三國演義≫·≪水滸傳≫·≪西遊記≫·≪楚漢傳≫·≪薛仁貴傳≫·≪錦香亭記≫ 등이 있다.

또 한문으로 원문출판된 것으로는 ≪列女傳≫·≪新序≫·≪說苑≫·≪博物志≫·≪世說新語補≫(同類 : ≪世說新語姓彙韻分≫)·≪酉陽雜俎≫·≪訓世評話≫·≪太平廣記≫·≪嬌紅記≫·≪剪燈新話句解≫·≪剪燈餘話≫·≪文苑楂橘≫·≪鍾離葫蘆≫·≪花影集≫·≪效顰集≫·≪玉壺氷≫·≪三國演義≫(同類 : ≪三國志通俗演義≫·≪新刊校正古本大字音釋三國志傳通俗演義≫·≪貫華堂第一才子書≫)·≪兩山墨談≫·≪皇明世說新語≫ 등 대부분을 차지하고 있으며 국문 번역소설로는 ≪삼국지≫·≪수호지≫·≪서유기≫·≪초한전≫·≪설인귀전≫·≪금향정기≫ 등이 있다. 원문출판은 朝鮮前期에 집중되어 출판되었고 번역출판은 조선후기이 방각본이 출현하면서 번역출판이 자리를 잡아가는 양상을 보여주고 있다.

4) 출판의 목적과 의의

다음은 "왜 출판을 하였을까?" 하는 문제이다. 이 문제는 각 시대에 따라 각기 다른 양상을 보여준다. 대략 조선전기에는 신학문에 대한 갈망과 호기심 그리고 풍속교화와 훈육 및 교육의 목적이 강했던 반면, 조선후기에는 방각본의 출현과 더불어 영리목적의 상업성 출판이 주류를 이루었다. 즉 조선전기는 문언소설위주의 학술적 출판이라면 조선후기는 통속소설위주의 상업적 출판이라고 해도 과언이 아니다.

(1) 신지식에 대한 갈망과 욕구

성종과 연산군 등의 제왕은 물론 당시 문인인 徐居正·李承召·尹春年·魚叔權·

柳希春 · 柳夢寅 · 許筠 등의 문인들도 文 · 史 · 哲의 지식은 물론 중국소설에도 두루 博學多識하였던 인물들이다. 조선시대 문인들이 중국의 문헌을 통하여 알고자 하였던 학구적 욕망은 일일이 설명하지 않아도 우리 고전의 기록에서 수없이 발견된다.[17] 이러한 기록들은 조선시대 문인들이 중국의 서적을 통하여 신학문에 대한 갈망과 욕구 및 호기심이 얼마나 강렬하였는지를 짐작하게 하는 端緖들이다.

(2) 풍속의 교화와 훈육 그리고 교육용

풍속의 교화와 훈육으로 활용된 경우는 高麗 成宗年間(981-997年)에 金審言이 왕에게 소를 올려 ≪說苑≫에 있는 六正六邪(바른 신하와 나쁜 신하로 나누어 훈계한 글)와 ≪漢書≫에 있는 刺史六條(자사가 명심해야 할 일)를 벽에다 붙여 놓고 그 내용을 귀감으로 삼자고 제청한 것에 왕도 이에 크게 호응하여 시행하였다는 기록이 있고, 또 ≪朝鮮王朝實錄≫에서 기록한 仁祖年間인 1600년대 중기에 ≪설원≫의 文章中에 있는 격언을 활용하여 국가정책에 이용하고 또 풍속교화를 위한 통치술에 활용되었다는 기록[18] 등이 이러한 사실을 증명해주고 있다.

그 외 교육용으로는 앞서 용도를 변경하여 출판한 작품으로≪訓世評話≫를 언급하였다. 이 책은 세상에 교훈이 될 만한 이야기를 따로 모아 중국어교육용 學習書로 출간한 대표적 작품이다.

(3) 영리목적의 상업성

조선후기로 들어오면서 영리목적의 상업적 출간이 주류를 이루게 된다. 그렇다고 새로운 지식에 대한 욕구와 풍속교화의 의식이 약화되었다는 것을 의미하지는 않는다. 그 이유와 원인은 곧 財政에서 찾을 수 있다. 즉 임진왜란 이후에 위축된 국가재정은 官刻으로의 출판이 더 이상 어렵게 되었고 또 당시 사대부 문인들의 소설에 대한 곱지 않은 시선은 관각의 출판을 더 어렵게 하였을 것으로 추정된다. 결국 중국소설의 출판은 私刻에 의존할 수밖에 없었다. 이러한 현상은 방각본이 출현하면서 다소 숨통을 트이게 하였다. 대략 영 · 정조대로 오면서 소설에 대한 열기가 다시 뜨거워지고 출판의 욕구가

17) 민관동, 〈조선 출판본 新序와 說苑 연구〉, ≪중국어문논역학회≫제29집, 2011.7. 170-173쪽
18) ≪仁祖實錄≫ 卷46-78, 仁祖 23年(1645年)10月9日, 丁亥條 참조

살아나게 된다. 이 시기는 철저한 영리추구의 상업성에 기반을 두었기에 대중성에 입각한 축약형 번역위주의 출간이 주로 이루어졌다.

(4) 출판의 의의

중국고전소설이 原文出版이든 飜譯出版이든 朝鮮時代부터 본격적으로 출판되어졌다는 사실은 그 작품이 독자들에게 상당히 환영받았다는 것을 반증하는 것이다. 왜냐하면 한 소설작품이 외국에 나가 출판된다는 것은 그 작품이 그 該當國의 독자들에게 상당한 애호와 수요가 있었기에 가능한 것이고 또 그 작품들의 影響力 또한 無視할 수 없는 것이기 때문이다. 더욱이 조선시대와 같은 封建社會에서 중국소설이 출판됐다는 사실만으로도 매우 큰 의미를 부여해주고 있는 것이라 할 수 있다.[19]

조선전기의 신학문에 대한 갈망과 호기심 그리고 풍속교화와 교육의 목적으로 이루어진 출판과 조선후기의 영리목적으로 이루어진 상업적 출판양상은 조선시대 출판문화의 한 단면을 상징적으로 보여주고 있다. 이는 당시 출판문화를 연구하는데 또 다른 자료와 의미를 내포하고 있다. 즉 중국소설의 출판이 우리의 출판문화 형성과 발전에 어떠한 영향을 주었으며 또 어떠한 의미가 있었는지 다시 한 번 되돌아보는 계기가 되기 때문이다.

이상에서 조선시대에 출판된 중국고전소설은 총 24종으로 이들 가운데 아직 원본을 찾지 못한 ≪列女傳≫·≪博物志≫·≪嬌紅記≫ 3종을 제외하고는 나머지는 그 실체를 확인할 수 있다.

이러한 작품들의 출판방식은 주로 原文出版·註解出版·體制變形出版·縮約 및 部分編輯出版·飜譯出版·用度變更出版 등으로 나누어 출판되었다. 출판된 24종의 작품을 시대별로 분류해 보면, 명대이전 작품이 약 9종이고, 명대의 작품은 약 14종, 그리고 청대의 작품은 1종으로 명대 작품이 주로 出刊되었음을 알 수 있다. 또 출판의 시기는 대략 15세기에서 16세기말(임진왜란 전)까지 15종의 작품이 출간되었고 임진왜란 이후에는 10종(삼국연의는 중복됨) 11개 작품이 출간되어 15-16세기에 출판문화가 왕성

19) 閔寬東, ≪중국고전소설의 전파와 수용≫, 아세아문화사, 2007년. 57쪽.

했음을 짐작 할 수 있다. 이들의 출판장소는 전국 총 18개 지방에서 출간되었으나 그중 한양에서 9종 11개 작품이 출간되었다.

중국소설의 출판은 주로 朝鮮前期에서 임진왜란 전까지는 官刻이 주류를 이루었으며 出版處도 중앙정부의 校書館이나 지방의 관청에서 출판을 주도하였다. 그러나 임진왜란 이후에 私刻本이 나오면서 사찰과 서원 및 방각본에 의한 출판이 주류를 이루었다. 조선말기로 갈수록 상업성에 근거한 방각본의 출판이 주류를 이루며 방각본 가운데 특히 경판본·완판본·안성판본이 출판문화의 중심으로 부각되기 시작하였다.

出版本 24종 중국소설 가운데는 대부분 문언소설이 주종을 이루고 있는데 이러한 현상은 文言體 문장이 白話體 문장보다는 더 익숙했던 조선 독자층의 독서성향과 독자들의 需要가 출판에 영향을 끼친 것으로 추정된다. 그러기에 한문으로 된 원문출판은 朝鮮前期에 집중되어 출판되었고 번역출판은 조선후기에 방각본이 출현하면서 자리를 잡아가는 양상을 보여준다.

중국소설에 대한 출판은 조선전기에는 신학문에 대한 갈망과 호기심 그리고 풍속교화와 훈육 및 교육의 목적이 강했던 반면, 조선후기에는 방각본의 출현과 더불어 영리목적의 상업성 출판이 주류를 이루었다. 중국고전소설이 原文出版이든 飜譯出版이든 朝鮮時代에 적지 않게 출판되어졌다는 사실은 그 작품이 독자들에게 상당한 歡迎과 愛好가 있었다는 것을 반증하는 것이기에 나름의 가치와 의미를 가진다고 할 수 있다.

第二部

作品論

1. 朝鮮 出版本 ≪新序≫와 ≪說苑≫ 연구*

하나의 문학작품이 타국에 전파되어 수용되는 과정에서 가장 강력한 영향을 끼치는 매체가 飜譯出版이다. 그러나 그 보다도 더 강력한 영향을 끼치는 것이 原文出版일 것이다. 왜냐하면 번역은 번역의 과정에서 자신도 모르는 사이에 번역자 자신의 주관이 개입되기에 원작자의 의도를 왜곡할 가능성이 있는 반면 원문출판은 同一文字 文化卷에서만 출판이 가능하기에 원작자의 本意를 독자가 그대로 수용할 수 있기 때문이다.

조선시대에는 비록 한글이 창제되었지만 한문이 여전히 공식적인 문자로 사용되었기에 중국문헌 가운데는 번역이 필요없는 原文出版이 주종을 이루었다. 그 중 중국고전소설의 출판에 있어서도 조선 중, 후기 방각본이 출현하기 전까지 대부분 원문출판을 통하여 출판이 이루어졌다.

조선시대 국내에서 직접 출판된 중국고전소설은 현재 확인된 것만 24종이나 된다. 그 목록을 살펴보면 다음과 같다.

(1)≪列女傳≫ · (2)≪新序≫ · (3)≪說苑≫ · (4)≪博物志≫ · (5)≪世說新語補≫ · (6)≪酉陽雜俎≫ · (7)≪訓世評話≫ · (8)≪太平廣記≫ · (9)≪嬌紅記≫ · (10)≪剪燈新話句解≫ · (11)≪剪燈餘話≫ · (12)≪文苑楂橘≫ · (13)≪三國演義≫ · (14)≪水

---

* 이 논문은 2010년 한국연구재단의 정부재원(교육과학기술부 인문사회연구 역량강화사업비)의 지원을 받은 연구이다.(NRF-2010-322-A00128)

** 이 글은 2011년 ≪중국어문논역총간≫29집에 투고된 논문을 수정 보완하여 작성한 것임.

*** 민관동 : 경희대학교 중국어학과 교수

1) 拙著, ≪중국고전소설의 전파와 수용≫(아세아문화사, 2007, 78-79쪽)에서는 18종으로 분류하였으나 최근에 ≪新序≫ · ≪說苑≫ · ≪博物志≫ · ≪兩山墨談≫ · ≪皇明世說新語≫가 추가로 출판기록이 발견되었고, ≪訓世評話≫는 중국원판본이 없고 조선시대 당대 전기류 작품 중에서 선별하여 만든 책이기에 제외하였으나 그래도 중국 고전소설에 대한 국내 출판본이기에 추가로 포함시켰다.

滸傳≫ · (15)≪西遊記≫ · (16)≪楚漢傳≫ · (17)≪薛仁貴傳≫ · (18)≪鍾離葫蘆≫ · (19)≪花影集≫ · (20)≪效顰集≫ · (21)≪玉壺氷≫ · (22)≪錦香亭記≫ · (23)≪兩山墨談≫ · (24)≪皇明世說新語≫ 等.

얼마 전까지 필자는 조선시대 출판된 중국 고전소설을 18종으로 분류하였으나 최근 ≪攷事撮要≫를 분석하던 중 ≪新序≫ · ≪說苑≫ · ≪博物志≫ · ≪兩山墨談≫ · ≪皇明世說新語≫의 출판기록을 추가로 발견하였다. 또 국내 출판된 24종 중국소설 가운데 대부분은 그 原版本을 발굴하였으나 그중에서 ≪列女傳≫ · ≪新序≫ · ≪說苑≫ · ≪博物志≫ · ≪嬌紅記≫는 최근까지 당시 출판되었던 원본을 찾아내지 못하고 있었다.

2010년 필자는 한국연구재단 토대연구 프로젝트를 수행하면서 전국 각지의 고서목록을 조사하던 중 ≪新序≫와 ≪說苑≫의 판본이 현존하고 있다는 것을 발견하였다. 이번에 발굴된 ≪新序≫와 ≪說苑≫이라는 책은 모두가 西漢末에 劉向이 편찬한 작품이다. 그 중 ≪新序≫는 劉向이 편찬한 故事集으로 이야기 묘사와 의인화 수법이 뛰어난 작품으로 雜事(5篇) · 刺奢 · 節士 · 義勇 · 善謀(上 · 下篇) 등 총 10편으로 구성되어 있다. 총 176개의 이야기가 들어 있으며 각편의 폭이 매우 크다. 이 책은 유향 자신의 창작이 아니라 이전 사람들의 저작을 가져와 편집하였다는 점과 故事 대부분이 우언이 아니라는 점에서 평가가 엇갈리는데, 이는 이 책을 정리한 목적이 우언 창작에 있지 않고 과거사를 거울삼아 후대에게 가르침을 주고자 하는 데 있었기 때문이다. ≪新序≫는 세심한 구성 과정을 거쳐 가공됨으로써 서사가 간결하고 의론 전개가 유창하여 문학적 가치가 크다.[1)]

또 유향은 이 ≪新序≫의 작업이 끝나자, 나머지 방대한 자료를 그냥 둘 수 없어 이번에는 더욱 세분화하고 편장의 주제까지 명확히 하여, 그 유명한 ≪설원≫을 완성하게 된다. 이 ≪설원≫은 학자들의 연구에 의하면 ≪신서≫의 나머지 부분이었던 것으로 추정하고 있다. ≪신서≫가 이루어진(B.C 24年) 7년 뒤인 成帝 鴻嘉 4年(B.C 17)에 완성된 것으로 내용이나 편장의 장단 · 분량 등에 있어서 훨씬 자유롭고 방대하다.[2)]

---

1) [출처] 신서 [新序] | 네이버 백과사전 : http://search.naver.com/search.

2) 劉向撰, 林東錫譯註, ≪新序≫, 동서문화사, 2009년, 〈서문〉해제 중 참조.

≪說苑≫또한 여러 책의 내용을 발췌해서 정리한 책으로 총 20권(君道 · 臣術 · 建本 · 立節 · 貴德 · 復恩 · 政理 · 尊賢 · 正諫 · 法誡 · 善說 · 奉使 · 權謀 · 至公 · 指武 · 談叢 · 雜言 · 辨物 · 修文 · 反質) 등으로 구성되었다. 또 ≪新序≫와 그 체재가 비슷하고 내용도 중복된 것이 있다. 내용은 대략 고대의 제후나 선현들의 행적 및 逸話와 寓話 등을 수록한 것으로 위정자를 교육하고 훈계하기 위한 독본으로 주로 활용되었다.

필자는 먼저 ≪新序≫와 ≪說苑≫의 국내 유입기록과 당시의 평론 및 출판기록을 살펴보고 이번에 새롭게 발굴된 판본의 개황을 분석해 보고자 한다. 또 ≪新序≫와 ≪說苑≫이 국내에서 출판하게 된 동기와 의미 및 가치를 재검토해 보고자 한다.

1.1 국내 유입기록

西漢時代 劉向이 편찬한 ≪新序≫와 ≪說苑≫은 대략 先秦時代부터 漢代까지의 歷史故事를 기술한 책으로 유향은 이 책을 통하여 漢 王朝에게 諫言과 교훈을 삼도록 하려는 의도였다고 한다. 이 책은 ≪搜神記≫나 ≪高士傳≫처럼 상당히 일찍 국내에 유입된 것으로 보여 진다. 현존하는 문헌에 나타난 가장 빠른 유입기록은 ≪朝鮮王朝實錄≫가운데 ≪仁祖實錄≫에서 그 단서를 찾을 수 있다. ≪仁祖實錄≫의 仁祖 23年(1645)의 기록에서 ≪說苑≫이 언제 국내에 유입되었으며 어떤 용도로 읽혀지고 사용되었는지 명확하게 밝혀주고 있다.

> 右議政李景奭, 以雷變上箚, 乞免, 且陳時事略曰…又有大於荒政者乎? 周禮荒政, 所當講明而申飭者也. 昔在麗代成宗朝, 金審言上疏, 請以劉向說苑六正六邪文及漢書刺史六條, 堂壁各寫其文, 出入省覽, 以備龜鑑. 王大加褒獎, 依所奏施行. 其後崔沖以爲: 今世代已遠, 宜更書揭之, 使知飭勵. 從之. 其言皆切實, 亦古者訓戒之意也. 敢將周禮荒政及說苑刺史條, 列錄於箚尾. 伏願殿下命寫一通, 並與盤席之銘而置諸座右, 以寓閑燕之省察. 又令政院取荒政以下之文, 內則付諸政府及六曹, 使之各錄於屬司之壁上, 外則遍諭於八道監司兩府留守州縣, 廳壁並令書揭, 常存惕念. 則其於風化, 不爲無補.
>
> 우의정 이경석이 우뢰의 변고로 차자를 올려 면직을 빌고, 또 시국에 대해 진술하였는데, 그 대략에 이르기를, "그리고 오늘날에 가장 급한 일로서 구황 정책보다 더 급한 일이

있겠습니까. ≪周禮≫荒政은 당연히 강명(연구하여 밝힘)하고 신칙(단단히 타일러 경계함)하여야 될 것입니다. 지난 고려 성종 때에 金審言이 소를 올려 劉向의 ≪說苑≫에 있는 六正六邪와 ≪漢書≫에 있는 刺史六條를 써서 벽에다 붙여 놓고 드나들며 읽어 귀감으로 삼을 것을 청하자, 왕이 큰 포상을 내리고 아뢴 대로 시행하였습니다. 그 뒤에 崔沖이, 이것이 세월이 오래 되어 바랬으니 다시 써 붙여서 신칙하고 권려하는 도리를 알도록 하여야 된다고 하자, 또 그대로 따랐는데, 그 말은 모두가 절실하고, 또 예전에 훈계한 내용입니다. 이에 감히 ≪주례≫의 황정과 ≪설원≫ 및 자사 육조를 차자 말미에 써서 올립니다. 바라건대 전하께서는 이것과 함께 반명과 석명 각 한 통씩을 쓰도록 명하여 좌석 오른편에 붙여 두고 한가한 때에 성찰하소서. 그리고 또 정원으로 하여금 황정 이하의 글을 가져다가 안으로는 의정부와 육조에 주어서 각기 소속 관사의 벽에다 써 붙이도록 하고, 밖으로는 팔도의 감사와 양부(兩府)의 유수에게 하유하여 모든 고을의 청사 벽에다 써 붙여 놓고 늘 각별히 생각하도록 하소서. 그러면 풍속을 교화하는 데 있어 보탬이 없지 않을 것입니다."

[≪仁祖實錄≫ 卷46-78, 仁祖23年(1645年)10月9日, 丁亥][3)]

위 기록은 조선시대 仁祖年間 쓴 기록이지만 내용은 高麗 成宗年間(981-997)에 金審言이 소를 올려 劉向의 ≪說苑≫에 있는 六正六邪와 ≪漢書≫에 있는 刺史六條를 써서 벽에다 붙여 놓고 귀감으로 삼을 것을 제청하자, 왕이 큰 포상을 내리고 그대로 시행하였다는 기록과 그 뒤 崔沖(984-1068年)이 이것이 세월이 오래 되어 바랬으니 다시 써 붙여 이글의 내용을 督勵해야 한다고 하자, 또 그대로 따랐다는 이야기를 인용하여 언급하고 있다.

여기에서 주목해야할 것이 고려 成宗年間으로 이는 西紀 981-997년에 해당된다. 이때 이미 ≪說苑≫이 국내에 유입되어 여러 신하들에게 읽혀지고 있었다는 사실이다. 즉 기존에 알려진 ≪高麗史≫ 宣宗 8年(1091)에 언급된 유입기록보다도 약 100년이나 빠른 시기에 유입되어졌다는 점에서 상당한 의미를 지닌다.

그 후 ≪說苑≫은 650여년이 지난 朝鮮 仁祖年間인 1600년대 중기에도 여전히 읽혀지고 있었다는 사실, 더더욱 설원의 文章中에 있는 격언을 활용하여 국가정책에 이용하고 또 풍속교화를 위한 통치술에 활용되고 있었다는 사실이 놀랍기만 하다. 그 다음의 유입기록으로는 ≪高麗史≫ 宣祖 8年(1091)의 기록이다.

---

3) ≪朝鮮王朝實錄≫中 ≪仁祖實錄≫ 卷46-78, 仁祖 23年 10月 9日, 丁亥條.

≪高麗史≫〈世家〉第10, 宣宗 8年(1091) 曰 : (未辛年)

丙午, 李資義等還自宋, 奏雲 : 帝聞我國書籍多好本, 命館伴書所求書目錄授之, 乃曰 : 雖有卷第不足者, 亦須傳寫附來, 百二十八篇 : 尙書, 荀爽周易十卷、京房易十卷、鄭康成周易九卷、陸績注周易十四卷、虞飜注周易九卷、東觀漢記一百二十七卷、謝承後漢書一百三十卷、韓詩二十二卷、業遵毛詩二十卷、呂悅字林七卷、古玉篇三十卷、括地志五百卷、輿地志三十卷、新序三卷、說苑(劉向撰)二十卷、劉向七錄二十卷 …… 深師方黃帝鍼經九卷、九墟經九卷 …… 淮南子二十一卷 …… 羊祜老子二卷、羅什老子二卷、鍾會老子二卷 ……. 吳均齊春秋三十卷 …… 班固集十四卷 …… 稽康高士傳三卷 …… 干寶搜神記三十卷 …….

丙午日에 이자의(戶部尙書)등이 宋나라에서 돌아와 이렇게 아뢰었다. "송나라 왕이 우리나라 서적 중에는 좋은 책이 많다고 하는 것을 듣고 館伴書에 명령하여 구하려고 하는 목록을 주며 말하기를 '비록 卷帙이 부족한 것이 있더라도 또한 모름지기 傳寫하여 부쳐보내라' 하였는데 모두 128종입니다."하였다. ≪尙書≫、荀爽≪周易≫十卷、≪京房易≫十卷、鄭康成≪周易≫九卷、陸績注≪周易≫十四卷、虞飜注≪周易≫九卷、≪東觀漢記≫一百二十七卷、謝承≪後漢書≫一百三十卷、≪漢詩≫二十二卷、業遵≪毛詩≫二十卷、呂悅≪字林≫七卷、≪古玉篇≫三十卷、≪括地志≫五百卷、≪輿地志≫三十卷、≪新序≫三卷、≪說苑≫(劉向撰)二十卷、≪劉向七錄≫二十卷 ……. 深師方≪黃帝鍼經≫九卷、≪九墟經≫九卷 …… ≪淮南子≫二十一卷 …… 羊祜≪老子≫二卷、羅什≪老子≫二卷、鍾會≪老子≫二卷 ……. 吳均齊≪春秋≫三十卷 …… ≪班固集≫十四卷 …… 稽康≪高士傳≫三卷 …… 干寶≪搜神記≫三十卷 …… 등이 그것이다.

[≪高麗史≫卷10, 宣宗 8年(1091年)6月條][4]

이상의 기록내용으로 보아 고려 초기 1091년경에는 이미 劉向의 ≪新序≫와 ≪說苑≫이외에도 稽康의 ≪高士傳≫ · 干寶의 ≪搜神記≫ 등이 국내에 유입된 사실이 확인된다. 또 1080년 이전에 ≪太平廣記≫가 고려에 유입되었다는 기록(≪澠水燕談錄≫[王闢之])으로 보아 당시에는 이미 수많은 패설이 국내에 유입되어 수용되어지고 영향을 끼치고 있었던 것으로 보여 진다. 여기에서 注目되는 일은 宋 哲宗이 많은 양의 책들을 고려에 요구해와 보냈다고 하는 기록이다. 중국 宋代文人 陸游(1125-1210年)의 ≪渭南集≫卷27에 의하면:

李德芻云 : 館中說苑二十卷, 而闕反質一卷, 曾鞏乃分修文爲上下, 以足二十卷. 後

4) ≪高麗史≫〈世家〉卷10, 宣宗 8年(未辛年)6月條.

高麗進一卷, 遂足. [陸遊, ≪渭南集≫卷27]
이덕추가 말하길 : 서고에 ≪설원≫ 20권이 있지만, 그러나 〈反質〉1권이 빠진 것이어서 증공이 곧 〈修文篇〉을 상하로 나누어 20권으로 만들었다. 그 후 高麗에서 1권을 들여와 비로소 전체의 면모를 갖추게 되었다.[5)]

여기에서 陸遊의 ≪渭南集≫末尾에 "淳熙乙巳十月六日務觀"이라 하였는데 淳熙乙巳는 南宋 孝宗의 淳熙 12年으로 1185년에 해당되며 務觀은 陸遊의 字이다.[6)]

이상의 기록을 근거로 살펴보면 중국에서 ≪說苑≫이 殘本形態로 남아 있다가 高麗所藏本을 역수입하여 완본으로 꾸며진 것이 확실시 된다. 이는 이전까지 우리는 중국의 서적들을 일방적으로 수입만 하였다고 인식하고 있었지만 이러한 기록은 일방적인 유입이 아닌 쌍방의 상호 보완적인 학술교류가 있었다는 사실을 증명하며 또 당시 학술문화 교류가 왕성하였다는 사실을 확인시켜주는 귀중한 자료로 평가된다.

그 후 ≪新序≫와 ≪說苑≫에 대한 기록은 한동안 뜸하다가 다시 조선 초기에 언급되기 시작한다. 주로 ≪朝鮮王朝實錄≫에 많이 기록되었는데, ≪說苑≫의 書誌狀況에 대한 기록과 내용에 대한 담론이 많이 언급되어 있다.

命史官金尙直取忠州史庫書冊以進 : 小兒巢氏病源侯論、大廣益會玉篇、鬼穀子、五臟六腑圖、新彫保童秘要、廣濟方、陳郎中藥名詩、神農本草圖、本草要括、五音指掌圖、廣韻、經典釋文、國語、爾雅、白虎通、劉向說苑、山海經、王叔和脈訣口義辯誤、前定錄、黃帝素、武成王廟讚、兵要、前後漢著明論、桂苑筆耕、前漢書、後漢書、文粹、文選、高麗曆代事跡、新唐書、神秘、冊府元龜等書冊也. 且命曰: 神秘集、毋得披閱, 而別封以進. 上覽其集曰 : 此書所載, 皆怪誕不經之說. 命代言柳思訥焚之. 其餘春秋館.

史官 金尙直에게 명하여 忠州史庫의 서적을 가져다 바치게 하였는데, ≪小兒巢氏病源候論≫、≪大廣益會玉篇≫、≪鬼穀子≫、≪五藏六賦圖≫、≪新彫保童秘要≫、≪廣濟方≫、陳郎中≪藥名詩≫、≪神農本草圖≫、≪本草要括≫、≪五音指掌圖≫、≪廣韻≫、≪經典釋文≫、≪國語≫、≪爾雅≫、≪白虎通≫、劉向≪說苑≫、≪山海經≫、王叔和≪脈訣口義辯誤≫、≪前定錄≫、≪黃帝素問≫、≪武成王廟讚≫、≪兵要≫、≪前後漢著明論≫、≪桂苑筆耕≫、≪前漢書≫、≪後漢書≫、≪文粹≫、≪文選≫、≪高麗歷代事跡≫、≪新唐書≫、≪神秘集≫、≪冊府元龜≫ 등의 책이었다.

---

5) 劉向撰, 林東錫譯註, ≪說苑≫, 동서문화사, 2009년, 〈서문〉중 재인용.
6) 劉向撰, 林東錫譯註, ≪說苑≫, 동서문화사, 2009년, 〈서문〉해제 중에서 참조.

또 명하여 말하길 : "≪神秘集≫은 펴보지 못하게 하고 따로 봉하여 올리라."라고 하였다. 임금이 그 책을 읽은 후 말씀하시길 : "이 책에 실린 것은 모두 怪誕하고 不經한 說들이다."라고하며 대언(代言) 柳思訥에게 명하여 이를 불사르게 하고, 그 나머지는 春秋館에 내려 간직하게 하였다.

[≪太宗實錄≫卷二四-8, 太宗12年(1412年)8月7日, 己未][7)]

이글에서 언급한 내용을 요약하면 忠州史庫의 서적 중에 일부를 궁중으로 가져오라는 내용으로 그중에는 ≪廣韻≫·≪國語≫·≪爾雅≫·≪桂苑筆耕≫·≪前漢書≫·≪後漢書≫·≪文選≫·≪新唐書≫·≪冊府元龜≫ 등과 같은 文史哲의 명저들 가운데 ≪說苑≫과 ≪山海經≫같은 책들도 함께 취급되어 궁중의 서고 春秋館에 당당하게 비치되어졌다는 사실이 흥미롭다. 또 ≪神秘集≫같은 서적은 어떤 책인지 확인할 수 없으나 "펴보지 못하게 하고 따로 봉하여 올리라."라고 한 점과 임금이 그 책을 직접 열람하고는 "이 책에 실린 것은 모두 怪誕하고 不經한 설(說)들이다."라며, 柳思訥에게 불사르게 한 점으로 보아 稗說類 책일 가능성이 농후하다. 다시 ≪說苑≫에 대한 기록은 ≪成宗實錄≫에 多數가 보인다.

左議政韓明澮進新增綱目通鑒、名臣言行錄、新增本草、遼史、金史、劉向說苑、歐陽文忠公集各一帙、慶會樓、大成殿、明倫堂、藏書閼扁額、龍腦一器、蘇合香油二器、墨二封、及中朝文士所和押鷗亭詩軸, 仍啓曰 : 綱目, 太監金輔, 素知上好學, 付臣獻之. 此本 中朝亦罕有之, 若一失, 難再購. 龍腦、蘇合油各一器、墨一封、太監薑玉所獻也餘皆臣私買也.

좌의정 韓明澮가 ≪新增綱目通鑑≫·≪名臣言行錄≫·≪新增本草≫·≪遼史≫·≪金史≫·劉向의 ≪說苑≫·구양수의 ≪文忠公集≫ 각 1질(帙)과 慶會樓·大成殿·明倫堂·藏書閣의 扁額과 龍腦 1기(器), 소합향유 2기(器), 먹[墨] 2봉(封) 및 중국 조정의 文士가 押鷗亭에서 화답한 詩軸을 올리고, 이어서 아뢰기를, "≪강목≫은 太監 金輔가 본래 성상의 好學하심을 알고, 신에게 맡겨서 이를 드리는 것입니다. 이 책은 중국에서도 드물게 있는 것이므로, 만약 한번 잃어버리게 되면 다시 사기가 어려울 것입니다. 용뇌·소합유 각 1기와 먹 1봉은 太監 薑玉이 드리는 바이며, 나머지는 모두 신이 사사로이 산 것입니다.

[≪成宗實錄≫, 卷五六·成宗 6年(1475), 6月, 壬午][8)]

---

7) ≪朝鮮王朝實錄≫中 ≪太宗實錄≫卷二四-8, 太宗 12年 8月 7日, 己未條.

8) ≪朝鮮王朝實錄≫中 ≪成宗實錄≫卷五六·成宗 6年 6月, 壬午條.

이글은 좌의정 한명회가 당시 성종이 책읽기를 좋아함을 알고 임금에게 상납하는 책의 목록으로 그중에는 劉向의 ≪說苑≫도 포함되어 있다. 또 이 책들이 당시에도 드문 책이라고 언급한 점과 그리고 이런 책들이 한명회 자신이 사사로이 샀다는 점들을 감안하여 유추하면 아마도 명나라에 가는 조공사 편에 부탁하여 구입한 것으로 추정된다.

당시 성종은 ≪說苑≫에 많은 관심을 보이게 되자, 후에 조공사로 갔던 이극기가 ≪說苑≫을 사다가 진상하였다는 기록도 보인다.

> (丙子) 正朝使漢城府右尹李克基, 副使大護軍韓忠仁, 來復命, 仍進淸華集、劉向新語、劉向說苑、朱子語類、分類杜詩及羊角書板.
>
> 正朝使 한성부 우윤 李克基와 副使 大護軍 韓忠仁이 와서 復命하고, 이어서 ≪淸華集≫·劉向≪新語≫·劉向≪說苑≫·≪朱子語類≫·≪分類杜詩≫ 및 양각서판(羊角書板)을 진상하였다.
>
> [≪成宗實錄≫, 卷139…6 成宗13年(1482年)3月, 丙子][9)]

이상에서처럼 조공사들이 명나라에서 돌아오며 劉向의 ≪新語≫와 ≪說苑≫을 사들여 왔다는 사실과 또 이 책들을 임금님께 진상하였다는 사실은 이 책을 매우 중시하였다는 것을 의미하는 것으로 이에 대한 기록은 다음과 같다.

> 傳曰 : 予觀劉向說苑雲 : 星變旱災, 由於某事之先. 是膠固不通矣. 洪範庶徵亦雲 : 某事得則某體徵應, 某事失則某咎徵應. 先儒亦以爲膠固不通矣.
>
> 전교하기를, 내가 "劉向의 ≪說苑≫을 보니, '별자리의 변고와 가뭄의 재해가 어떤 전후의 징조라고 하는 것은 이는 전혀 융통성이 없는 완고한 발상이다.'라고 하였고, ≪書經≫ 洪範의 庶徵에도 이르기를, '어떤 일이 적합하게 다스려지면 徵兆가 없고, 어떤 일이 틀어지게 되면 咎徵이 감응된다.'고 하였는데. 先儒들 역시 이를 융통성 없고 완고한 것이라고 여겼었다.
>
> [≪成宗實錄≫ 卷290-30, 成宗25(1494年)年5月14日, 辛醜][10)]

≪說苑≫의 말을 인용하여 전교를 내리는 상황으로 보아 임금이 읽었다는 사실이 확인된다. 劉向의 ≪說苑≫은 성종이 특히 좋아하여 즐겨 읽은 책으로 보여 진다. 그 외

---

9) ≪朝鮮王朝實錄≫中 ≪成宗實錄≫ 卷139-6, 成宗 13年 3月, 丙子條.

10) ≪朝鮮王朝實錄≫中 ≪成宗實錄≫ 卷290-30, 成宗 25年 5月, 辛醜條.

의 기록으로는 李圭景(1788-1856年)의 ≪五洲衍文長箋散稿≫에 명언명구를 인용한 글이 있다.

> 說苑扈子曰 : 春秋, 國之鑑也. 宋神宗以司馬光所編歷代君臣事跡, 賜名資治通鑑, 以此也. 然則通鑑之體裁, 無異春秋, 而間多訛謬.
>
> ≪說苑≫에서 扈子가 이르길 : "≪春秋≫는 나라의 거울이다."라고 하였으니 宋 神宗께서 司馬光이 歷代 君臣의 사적을 편찬한 것에 대하여 ≪資治通鑑≫이라는 이름을 하사한 것도 이 때문이다. 그러나 ≪通鑑≫의 體裁는 ≪春秋≫와 다를 것이 없는데, 간간이 오류가 많다.
>
> [≪五洲衍文長箋散稿≫제19집, 〈史籍類〉2, 史籍雜說][11)]

이상에서 나타난 ≪新序≫와 ≪說苑≫의 기록으로 보아 ≪新序≫보다는 ≪說苑≫에 관련된 기록이 더 많이 발견되고 있어 ≪설원≫이 더 중시되어 읽혀진 것으로 보인다. ≪說苑≫은 고려시대와 조선시대에 거쳐서 많은 제왕부터 문인들에 이르기까지 즐겨 읽은 필독서였고 특히 마음을 다스리는 修養書籍으로 또는 관리의 훈계용 서적으로 많이 사용되었음이 확인된다.

1.2 출판기록과 판본개황

1) ≪新序≫와 ≪說苑≫의 출판기록

≪新序≫와 ≪說苑≫에 대한 국내 출판기록은 ≪成宗實錄≫의 成宗 24年(1493年)12月29日條에 처음으로 나온다. 먼저 그 내용을 살펴보면 다음과 같다.

> 吏曹判書李克墩來啓 : 太平通載、補閑等集, 前監司時已始開刊, 劉向說苑、新序、非徒有關於文藝, 亦帝王治道之所係, 酉陽雖雜以不經, 亦博覽者所宜涉獵, 臣令開刊. 前日諸道新刊書冊, 進上有命, 故進封耳.
>
> 이조판서 이극돈이 와서 아뢰기를, "≪太平通載≫·≪補閑集≫ 등의 책은 전에 監司

11) ≪五洲衍文長箋散稿≫제19집, 〈史籍類〉2, 史籍雜說(≪오주연문장전산고≫ 전5권), 민족문화추진회, 민문고 출판, 1989년, 127쪽.

로 있을 때 이미 印刊하였고, 유향의 ≪說苑≫·≪新序≫는 文藝에 관계되는 바가 있을 뿐만 아니라, 또한 帝王의 治道에도 관계되며, ≪酉陽雜俎≫가 비록 不經한 말이 섞여 있다 하나 또한 널리 보는 사람들이 마땅히 涉獵하는 바이므로, 신이 刊行하게 하였습니다. 그리고 前日에도 諸道에 새로 간행한 書冊을 進上하라는 명령이 있었기 때문에 진봉(進封)하였을 뿐입니다.

[≪成宗實錄≫, 卷二八五·21, 成宗24年(1493年)12月29日, 己醜][12)]

상기의 기록에서 언급한 것처럼 당시 이조판서 이극돈이 이전에 地方監司(慶尙道觀察使)로 재직할 때 이미 ≪太平通載≫와 ≪補閑集≫등의 책을 印刊하였다고 하였고 ≪說苑≫과 ≪新序≫ 및 ≪酉陽雜俎≫ 또한 이극돈이 刊行하도록 지시하였다는 기록이다. 그리고 各道에 새로 간행한 書冊을 직접 進上하였다고 명확하게 언급하고 있다. 이때가 1493년의 기록이므로 ≪新序≫·≪說苑≫·≪酉陽雜俎≫는 이미 1493년 이전에 간행되어졌음이 확인된다. ≪酉陽雜俎≫가 성종 23년(1492)에 ≪唐段小卿酉陽雜俎≫가 月城(慶州)에서 출판되었다는 기록이 존재하는 것으로 보아 ≪新序≫와 ≪說苑≫도 1492년이나 1493년에 간행되었을 가능성이 높다.

또 宣祖 1年(1568) 간행본 ≪攷事撮要≫[13)]와 ≪嶺南冊版記≫[14)]에도 ≪說苑≫의 출판기록이 보인다. 필자가 宣祖 1年(1568) 간행본 ≪攷事撮要≫와 宣祖 18年(1585) 간행본 ≪攷事撮要≫에 언급된 중국고전소설의 목록을 조사한 결과를 보면 다음과 같다.

宣祖 1年(1568) 刊行本 ≪攷事撮要≫ : 557종

---

12) ≪朝鮮王朝實錄≫中 ≪成宗實錄≫卷二八五-21, 成宗24年12月, 己醜條.

13) ≪攷事撮要≫는 魚叔權 등이 明宗 9年(1554) 왕명을 받아 ≪帝王曆年記≫ 및 ≪要集≫ 등을 참조하여 편찬한 책으로, 事大交隣과 일상생활에 필요한 여러 가지 사항들을 모아 상·중·하 3권과 부록으로 엮은 것이다. 이후 英祖 47年(1771) 徐命膺이 ≪攷事新書≫로 대폭 개정하고 증보할 때까지 12차례에 걸쳐 간행되었다. 현존하는 最古本은 宣祖 1年(1568)에 발간한 乙亥字本이다. 仙鳥 9年(1576)에 간행된 을해자본 복각본은 坊刻本 중 가장 오래 된 것으로 인정받고 있다. 仙鳥 18年(1585)에 간행된 목판본은 許篈이 필요한 부분을 증보·수정하여 간행했으나, 임진왜란으로 판본이 모두 없어져 光海君 5年(1613)에 樸希賢이 보충하여 ≪續攷事撮要≫를 간행했다. 仁祖 14年(1636)에는 崔鳴吉이 다시 증보하여 ≪續編攷事撮要≫를 편찬했다. [출처] 고사촬요 [攷事撮要] | 네이버 백과사전

14) ≪嶺南冊版記≫가 만들어진 시기는 조선 明宗 9年(1554) 以前 說과 宣祖 1年(1568) 以後 說이 있다. 이 책에도 劉向 ≪說苑≫의 출판 기록이 보인다. 劉向 ≪說苑≫(安東) : 壯紙二十二貼二張, 黑三丁이라 언급되어 있다. 이는 ≪攷事撮要≫의 기록과 일치한다.

原州 : ≪剪燈新話≫ · 江陵 : ≪訓世評話≫ · 南原 : ≪博物志≫ · 淳昌 : ≪效顰集≫ · ≪剪燈餘話≫ · 光州 : ≪列女傳≫ · 安東 : ≪說苑≫ · 草溪 : ≪太平廣記≫ · 慶州 : ≪酉陽雜俎≫ · 晉州 : ≪太平廣記≫

宣祖 18年(1585) 刊行本 ≪攷事撮要≫: 988종
위에 언급된 판본목록은 모두 중복되었고 추가 누락된 것만 소개.
延安 : ≪玉壺氷≫ · 固城 : ≪玉壺氷≫ · 慶州 : ≪兩山墨談≫ ·
昆陽 : ≪花影集≫.[15)]

이처럼 安東地方에서 ≪說苑≫이 출간되어졌다는 기록이 보인다. 이 기록은 앞에서 언급한 성종 24년(1493)이전에 출간되었다는 ≪說苑≫ · ≪酉陽雜俎≫의 출판기록을 의미하는 것으로 추정된다. 그러나 ≪攷事撮要≫에는 ≪新序≫에 대한 출판 기록이 없다. 하지만 기록의 앞뒤정황으로 보아 ≪新序≫도 이때에 함께 출간된 것으로 추정된다.

위 인용문에서 언급되었듯이 당시 成宗은 각도에서 출판된 서적들을 총 정리하여 冊版目錄을 보고하라는 명을 내린 것으로 보아 국가에서 출판에 많은 관심이 있었음이 확인된다. 또 宣祖 18年에 간행된 ≪攷事撮要≫에 의하면 당시까지 국내에서 간행된 책들이 988종이나[16)] 된다고 하는 기록으로 보아 출판문화가 매우 왕성하였음을 알 수

---

15) 김치우, ≪고사촬요 책판목록과 그 수록간본 연구≫(아세아문화사, 2007.8). 필자는 ≪고사촬요≫ 조선시대 宣祖 1年(1568)판을 근거로 중국고전소설의 출판목록을 따로 만들었다. 1568년 이전에 출간된 책판을 수록한≪고사촬요≫ 조선시대 宣祖 1年(1568)판은 557종이 당시에 출판되었다고 언급되었는데 그 출판시기가 當時로 한정된 것이 아니라 조선시대 개국이래 출판된 것을 모두 정리해 놓은 것으로 추정된다. 또 宣祖 18년 출간된 ≪고사촬요≫는 988종이나 늘어났다. 그렇다고 宣祖 1년에서 18년까지 17년 사이에 431종이나 출판된 것은 아니라 이전의 누락된 것을 다시 수집 정리하여 추가한 것으로 추정된다. 이 출판목록이 임진왜란 이전에 출판되어졌다는 사실은 확실하다.

16) 당시에 출판된 책 중에는 ≪攷事撮要≫에 누락된 책들이 상당수 있어 실제로는 더 많은 책들이 출간되었을 것으로 추정된다. 예를 들어 박재연에 의해 발굴된 이양재소장본 ≪三國志通俗演義≫나, 필자가 발굴한 劉向의 ≪新序≫등은 그 당시나 그 이전에 출간된 책임에도 불구하고 ≪攷事撮要≫에는 그 출판기록이 누락 되어 있기 때문이다. 이러한 사실로 볼 때 ≪攷事撮要≫에 언급된 988종 책판목록 외에도 누락된 책들은 상당수 있으리라 추정된다.

있다.

또 당시 출판을 주도한 이극돈(1435-1503年)[17]이라는 인물에 주목할 필요가 있다. 그는 世祖 3년(1457)에 과거에 급제한 후 성균관직강, 예문관응교, 世子侍講院弼善, 사헌부집의 등을 역임하였다. 후에 명나라에도 여러 차례 다녀왔고 평안, 강원, 전라, 경상도 등의 관찰사를 차례로 역임하였으며, 의정부의 좌우찬성과 한성부판윤을 거쳐 1494년 이조판서에 이어 병조판서·호조판서를 지냈던 인물이다. 특히 경상도 감찰사로 재직할 때 尙州本 ≪太平通載≫를 출간 하였고 이조판서로 在職時에는 ≪說苑≫과 ≪新序≫ 및 ≪酉陽雜俎≫ 를 刊行하도록 지시한 인물로 출판 및 중국소설 방면에 상당히 관심이 많았던 인물이기도 하다. 또 ≪說苑≫과 ≪新序≫는 文藝에 관계되는 바가 있으며 帝王의 治道에도 관계된다고 말한 것과 ≪酉陽雜俎≫가 비록 不經한 말이 있으나 널리 섭렵한 자들이 많았다고 언급한 글은 이극돈의 문학관과 당시의 독서풍토를 이해하는데 귀중한 자료로 평가된다.

2) ≪新序≫와 ≪說苑≫의 판본개황

≪成宗實錄≫과 ≪攷事撮要≫의 기록에서 보여지 듯 ≪新序≫와 ≪說苑≫은 朝鮮前期에 출판된 것이 확실해진다. 다음은 그동안 필자가 수집한 중국 고전소설 고서목록 자료에서 확인한 판본목록이다. 최근 수집한 자료에는 ≪新序≫와 ≪說苑≫의 판본목록이 상당수 있으나 朝鮮出版本만 언급해보기로 한다.

---

17) 李克墩(1435년[世宗17]-1503년[燕山君9]) : 조선 초기의 문신. 世祖 3年(1457) 親試文科에 병과로 급제 하여 典農寺注簿에 임명되었으며 이어 성균관직강·예문관응교·世子侍講院弼善·사헌부집의 등을 역임하였다. 1468년 중시문과에 을과로 급제하고, 예조참의로 승진하였으며, 이어 한성부우윤이 되었다. 成宗 1年(1470) 대사헌·형조참판을 거쳐, 이듬해 佐理功臣 4등으로 廣原君에 봉해졌다. 1473년 성절사로 명나라에 다녀 오고, 1476년 예조참판으로 奏請使가 되어 또다시 명나라에 다녀왔다. 그 뒤 1484년 正朝使가 되어 명나라에 다녀왔고, 1487년 한성부판윤이 되었다. 1494년 이조판서에 이어 병조판서·호조판서를 지내고, 그동안 평안·강원·전라·경상·永安 5도의 관찰사를 차례로 역임하고 의정부의 좌우찬성을 지냈다. 典禮에 밝고 詞章에 능한 훈구파의 거물로서, 성종 이후 정계에 진출한 사림파와 항상 반목이 심하였고, 燕山君 4年(1498) 戊午士禍를 일으켜 사림파의 많은 학자를 제거하는 데 큰 구실을 한 원흉으로 일컬어진다. 어세겸·柳洵·尹孝孫·金詮 등과 함께 사관으로서 김일손의 사초를 보고도 즉시 보고하지 아니하였다는 이유로 사화가 있은 뒤 잠시 파직을 당하였다가, 다시 광원군에 봉하여졌다. 시호는 翼平이라 하였으나, 뒤에 다시 관직과 함께 추탈되었다.

(1) ≪新序≫의 판본 현황

書名	出版事項	版式狀況	一般事項	所藏處	所藏番號
劉向 新序	劉向(漢)撰, 壬亂以前刊	2卷1冊, 木版本, 24×17.5㎝, 四周雙邊, 半郭:18.4×14.5㎝, 有界, 11行18字, 大黑口, 內向黑魚尾, 紙質:楮紙		慶山郡 崔在石	韓國典籍綜合調査目錄第1輯
劉向 新序	劉向(漢)撰, 壬亂以前刊	4卷1冊, 木版本, 25.4×18㎝, 四周雙邊, 半郭:18.3×14.6㎝, 有界, 11行18字, 小黑口, 內向黑魚尾, 紙質:楮紙	版心題:新序	榮豊郡 金用基	韓國典籍綜合調査目錄第1輯
劉向 新序	劉向(漢)撰, 壬亂以前刊	5卷1冊(卷6-10), 木版本, 31×20㎝, 四周雙邊, 半郭:18.5×15㎝, 有界, 11行18字, 註雙行, 內向黑魚尾, 紙質:楮紙	內容:刺奢第 節士第 義勇第 善謀上第 善謀下第	安東市 臥龍面 金俊植	韓國典籍綜合調査目錄第5輯
劉向 新序	劉向(漢)著, 刊年未詳	1冊(零本, 所藏本:卷1-5), 木版本, 25.7×17.9㎝, 四周單邊, 半郭:18.5×14.7㎝, 有界, 11行18字, 黑口, 內向黑魚尾	內容:卷1-5, 雜事	계명대학교	귀812.8 812.081-유향ㅇ

현재 조선에서 출판된 ≪新序≫는 대략 4군데서 발견된다(慶山郡 崔在石 所藏本·榮豊郡 金用基 所藏本·安東市 臥龍面 金俊植 所藏本·계명대학교 所藏本). 이 책은 총 10권 2책으로 上卷에는(계명대 소장본) 卷1-5, 雜事5篇과 下卷에는(安東市 臥龍面 金俊植 所藏本) 刺奢·節士·義勇·善謀(上)·善謀(下)로 총 5편으로 구성되어 있다.

版式狀況은 모두가 木版本이며 半郭은 대략 18.5×15㎝ 內外이다(판본간의 다소의 오차는 目錄 整理者의 오차로 보여 짐). 또 모두가 四周雙邊이고(계명대 본은 四周單邊으로 오기로 보여 짐) 一葉 11行18字에 註雙行의 內向黑魚尾로 되어있으며 紙質은 모두 楮紙로 일치한다. 古書目錄을 정리한 기록자들은 대부분 출판기록을 壬亂以前刊이나 혹은 刊年未詳(계명대)이라고 기록하였으나 이것은 ≪成宗實錄≫과 ≪攷事撮要≫에 언급된 출판기록과 거의 일치하고 있다.

이상의 기록을 종합하면 ≪新序≫의 출판은 앞서 언급한≪成宗實錄≫의 기록을 근거하여 1492년이나 1493년에(이극돈이 1493년 12월 29일에 상주한 글이기에 1493년일 가능성도 높다) 간행되었다는 결론이 나온다.

(2) ≪說苑≫의 판본 현황

書名	出版事項	版式狀況	一般事項	所藏處	所藏番號
劉向說苑	劉向(漢)撰, 壬亂以前刻, 後刷	6冊, 木版本, 26.6×18.5㎝, 四周雙邊, 半郭:18×14.8㎝, 有界, 11行18字, 大黑口, 內向黑魚尾, 材質:楮紙	版心題:說苑	奉化郡 權廷羽	韓國典籍綜合調查目錄第1輯
劉向說苑	劉向(漢)撰, 壬亂以前刊	1冊, 木版本, 28.5×18.8㎝, 四周雙邊, 半郭:18.7×14.8㎝, 有界, 11行18字, 大黑口, 內向黑魚尾, 紙質:楮紙	版心題:說苑	奉化郡 金斗淳	韓國典籍綜合調查目錄第1輯
劉向說苑	劉向(漢)撰, 曾鞏(宋)集, 壬亂以前刊	3卷3冊, 木版本, 24.1×17.9㎝, 四周雙邊, 半郭:18.8×15㎝, 有界, 11行18字, 大黑口, 內向黑魚尾, 紙質:楮紙		奉化郡 金斗淳	韓國典籍綜合調查目錄第1輯
劉向說苑	劉向(漢)撰, 壬亂以前刊	2卷1冊, 木版本, 28.2×18.4㎝, 四周雙邊, 半郭:18.7×14.7㎝, 有界, 10行18字, 小黑口, 內向黑魚尾, 紙質:楮紙		醴泉郡 李虎柱	韓國典籍綜合調查目錄第1輯
劉向說苑	劉向(前漢)撰, 朝鮮朝中期刊	5卷1冊(卷16~20), 木版本, 25×18.9㎝, 四周雙邊, 半郭:19.7×15.9㎝, 有界, 11行18字, 上下大黑口, 內向一·二葉混入花紋魚尾, 紙質:楮紙	版心題:說苑, 所藏印:五美洞印, 豊山金氏, 金憲在印	安東市 豊山邑 金直鉉	韓國典籍綜合調查目錄第5輯
劉向說苑	劉向(漢)撰, 壬亂以前刊	15卷4冊, 木版本, 26.9×17.8㎝, 四周雙邊, 半郭:18.7×14.9㎝, 有界, 11行18字, 註雙行, 內向一葉花紋魚尾, 紙質:楮紙	版心題:說苑, 所藏印:先祖公家藏書男富義□□□	安東市 臥龍面 金俊植	韓國典籍綜合調查目錄第5輯

≪說苑≫의 朝鮮版本은 대략 5군데서 발견된다(奉化郡 權廷羽 所藏本·奉化郡 金斗淳 所藏本·醴泉郡 李虎柱 所藏本·安東市 豊山邑 金直鉉 所藏本·安東市 臥龍面 金俊植 所藏本).

이 책은 총 20권으로 君道·臣術·建本·立節·貴德·復恩·政理·尊賢·正諫·法誡·善說·奉使·權謀·至公·指武·談叢·雜言·辨物·修文·反質篇 등으로 구성되었다. 중국에서는 20권 4책으로 간행된 것이 주류를 이루고 국내에서는 20권 5책으로 간행된 듯하다. 현재 소장된 판본들 모두가 완전하지 않은 殘本形態라서 단언할 수 없지만 대략 1책은 권1-3, 2책은 권4-6, 3책은 권7-10, 4책은 권11-15, 5책은 권16-20으로 분해된 듯하며 板式이 서로 차이가 나는 것으로 보아 後印도 있는 듯하다.

版式狀況을 살펴보면 판본 모두가 木版本이며 半郭은 대략 18.7×14.7㎝ 內外이다. 또 모두가 四周雙邊이고 一葉 11行18字에(醴泉郡 李虎柱 所藏本만 10행 18자로 다르데 이는 필자가 확인을 하지 못하였으나 誤記이거나 그렇지 않다면 後印으로 보여진다) 註雙行의 大黑口 內向黑魚尾로 되어 있으며 紙質도 모두 楮紙로 일치한다. 일반적으로 版式이 ≪新序≫와도 거의 유사하다.

그리고 古書目錄을 정리하여 기록한 연구원들은 출판기록을 대부분 壬亂以前刊이나 혹은 朝鮮朝中期刊이라고(安東市 豐山邑 金直鉉 所藏本) 기록하고 있는데 이러한 기록들 모두 ≪成宗實錄≫과 ≪攷事撮要≫의 기록과 일치하고 있다. 이러한 정황으로 보아 ≪說苑≫또한 ≪新序≫의 출판과 함께 1492년이나 1493년에 간행되어진 것이 확실해 보인다.

1.3 국내출판의 목적과 의미

1) 국내출판의 目的

국내에서 출판된 24종 중국 고전소설 가운데 3종이나 되는 작품이 한 사람의 저자에 의하여 나왔다는 것은 실로 대단한 일이다. 즉 조선시대 출판본 ≪列女傳≫·≪說苑≫·≪新序≫가 유향 한 사람의 작품이라는 점에는 그만한 연유와 목적 및 의미가 있었을 것이다. 그 의미를 검토하기 전에 먼저 작품의 내용을 간략하게 파악해 보면 다음과 같다.

유향의 ≪列女傳≫은 ≪詩≫·≪書≫속의 賢妃·貞婦와 興國顯家의 부녀자들 이야기를 모아 완성하였다. 그리고 유별로 교훈적인 이야기와 문장을 모아 찬집한 ≪新序≫와 ≪說苑≫은 오늘날까지 유가의 典範과 방증자료로 널리 이용되고 있는 책이다.

특히 ≪說苑≫은 君道·臣術로 시작하여 修文·反質에 이르기까지 오늘날 20권으로 되어 있으며 당시까지의 교훈적 일화와 명문을 모아 유가의 정치이론과 가치관을 그대로 반영한 대작이다. 그에 비하여 ≪新序≫는 ≪春秋≫의 근본사상을 바탕으로 上古부터 漢代에 이르기까지 嘉言善行을 褒揚하여 太平之基, 萬世之利의 사회정의에 대한 관념을 정론화 한 것으로 평가받고 있다.[18)]

이러한 유향의 작품이 출판되었다는 사실은 당시 조선전기의 유가사상과 연관이 깊다. 즉 前漢의 최고 유학자인 유향의 작품들은 유학을 국가의 근본사상으로 삼았던 朝鮮의 분위기와 맞아떨어지면서 부양효과를 얻게 되었다. 즉 풍속교화를 위한 통치술로의 이용과 격언을 활용한 국가 정책에 반영 및 관리들의 훈육과 교육 등의 측면에서 유향의 작품들은 단순한 소설의 읽을거리 찾기와는 접근부터가 달랐다. 이러한 측면에서 劉向의 ≪列女傳≫·≪新序≫·≪說苑≫의 출판적 의미는 조선후기 출판이 주로 상업성에 시작된 것과는 확연히 구별되는 것이다. 즉 출판의 목적은 크게 "풍속의 교화와 훈육"이라는 교육적 관점과 "신지식에 대한 갈망과 욕구"라는 학문적 관점으로 나누어진다.

(1) 풍속의 교화와 훈육

풍속의 교화와 교훈이라는 교육용 및 統治用의 관점에서 살펴보면 먼저 高麗 成宗 年間(981-997)에 金審言[19]이 왕에게 소를 올려 ≪說苑≫에 있는 六正六邪[20]와 ≪漢

---

18) 劉向撰, 林東錫譯註, ≪新序≫, 동서문화사, 2009년, 〈序文〉解題中 參照.

19) 김심언(미상-1018年) : 고려 초기의 문신. 靜州 靈光縣人. 성종 때 과거에 급제하여 여러 벼슬을 거쳐 右補 闕兼起居注가 되었다. 成宗 9年(990)에 封事를 올려 성종의 특별한 주목을 받았다. 그의 봉사는 성종 때 유교적 정치이념의 구현에 큰 공헌을 하였다. 목종 때에 지방관으로 나가 치적을 올렸으며, 현종 초에 右散騎常侍, 예부상서가 되었다. 顯宗 5年(1014)에는 內史侍郞平章事에 승진, 서경유수가 되었다. 시호는 文安이다.

20) 六正六邪란 漢代의 문인 劉向이 바른 신하와 나쁜 신하를 각각 여섯 가지로 구분하여 만든 것으로 ≪說苑≫에 나온다. 六正의 첫째는 聖臣으로 어떤 조짐이 나타나기 전에 미리 홀로 환하게 앞을 내다보고 사전에 군주에게 간하여 잘못된 정치를 하지 않고 선정을 베풀 수 있도록 할 수 있는 신하, 둘째는 良臣으로 군주를 예의로써 권면하고 좋은 계책으로써 보필할 수 있는 신하, 셋째는 忠臣으로 賢人薦擧에 힘쓰고 자주 故事를 들어 군주의 뜻을 勉勵할 수 있는 신하, 넷째는 智臣으로 밝게 成敗를 살펴 구제하고 화를 돌려 복을 만들어 군주를 편안하게 할 수 있는 신하, 다섯째는 貞臣으로 법대로 행동하고 일을 분담하며 節儉할 수 있는 신하, 여섯째는 直臣으로 나라가 어지러울 때에 군주의 잘못을 면전에서 말할 수 있는 신하.
六邪의 첫째는 具臣으로 官에 安居하여 官祿을 탐하고 公事에 힘쓰지 않고 관망하는 신하, 둘째는 諛臣으로 군주가 말하는 것은 다 옳다 하고 군주가 하는 것은 다 좋다 하며 아첨만을 일삼는 신하, 셋째는 奸臣으로 마음이 음흉하여 善人을 시기하고 현인을 미워하며 군주의 정사를 흐리게 하는 신하, 넷째는 讒臣으로 간사한 꾀로써 안으로는 골육 사이를 이간시키고 밖으로는 혼란을 야기시켜 조정에 큰 피해를 주는 신하, 다섯째는 賊臣으로 권세를 오로지하여 함부로 왕명을 꾸며서 개인적인 이익만을 추구하는 신하, 여섯째는 亡國臣으로 군주를 불의에 빠지게 하고 군주의 악함을 국내외에 드러나게 하여 나라를 망치는 신하라 하였다. (네이버 사전 참조)

書≫에 있는 刺史六條[21]를 써서 벽에다 붙여 놓고 그 내용을 귀감으로 삼자고 제청한 것과 왕도 이에 크게 호응하여 시행하였다는 기록에 나타난다. 그 후 崔沖(984-1068年)도 이 내용을 재차 상기시켜 분위기를 쇄신하고 위정자들을 독려한 부분이 이에 해당된다.

또 ≪朝鮮王朝實錄≫에서 기록한 仁祖年間인 1600년대 중기에 ≪설원≫의 文章中에 있는 격언을 활용하여 국가정책에 이용하고 또 풍속교화를 위한 통치술에 활용되었다는 기록[22]이 이러한 사실을 증명해주고 있다.

(2) 신지식에 대한 갈망과 욕구

새로운 지식에 대한 갈망과 욕구라는 학문적 관점에서 살펴보면 제2장의 ≪成宗實錄≫ 卷290-30, 成宗 25年 5月, 辛醜條 인용문에서 언급되었듯이 忠州史庫의 서적 중에 일부를 궁중의 春秋館으로 가져오라는 내용이 나온다. 그 서적들은 주로≪廣韻≫·≪國語≫·≪爾雅≫·≪桂苑筆耕≫·≪前漢書≫·≪後漢書≫·≪文選≫·≪新唐書≫·≪冊府元龜≫·≪山海經≫ 등과 같은 文史哲 명저들로 이중에 ≪說苑≫도 이러한 책들과 함께 취급되어졌다는 기록으로 보면 상당히 중히 여겨졌다는 사실이 증명된다.

또 成宗이 ≪說苑≫의 기록을 인용하여 "별자리의 변고와 가뭄의 재해가 어떤 전후의 징조라고 하는 것은 이는 전혀 융통성이 없는 완고한 발상이다."라고 하였고, ≪書經≫洪範의 庶徵에도 이르기를, "어떤 일이 적합하게 다스려지면 徵兆가 없고, 어떤 일이 틀어지게 되면 咎徵(천벌이나 재앙이 있을 징조)이 감응된다고 하였는데. 先儒들 역시 이를 융통성 없고 완고한 것이라고 여겼다."[23]라고 말한 것으로 보아 성종도 이

---

21) 자사육조는 ≪漢書≫에 있는 것으로서 자사가 해야 할 일을 열거하고 있다. 한나라 武帝 때에 刺史가 지방 고을을 돌며 治政을 살피는 데 있어 중점적으로 다루던 여섯 가지 조항. 곧 토호들의 위법 행위와 약소민에 대한 횡포, 관료들의 토색질, 의옥(疑獄) 적체와 賞刑濫用, 편견에 의한 인사 행정, 관료 자제들의 청탁 행위, 뇌물 수수 행위를 말하는 것으로 즉, 첫째는 서민의 疾苦와 실직한 자를 살피는 것, 둘째는 묵수장리(墨綬長吏)이상의 官政에 居하는 자를 살피는 것, 셋째는 백성들의 재물을 도둑질하는 자와 간교한 자를 살피는 것, 넷째는 전범률(田犯律)과 사시금(四時禁)을 살피는 것, 다섯째는 백성이 효제(孝悌)하고 염결(廉潔)하며 행수(行修)가 바르고 재주의 특이한 것을 살피는 것, 여섯째는 관리가 전곡(錢穀)을 장부에 기입하지 아니하고 짐짓 흩어버리는 것을 살피는 것이다. (네이버 사전 참조)

22) 앞의 인용문 ≪仁祖實錄≫ 卷46-78, 仁祖 23年(1645年)10月9日, 丁亥條 참조.

23) ≪成宗實錄≫ 卷290-30, 成宗 25年(1494年)5月14日, 辛醜條.

책을 즐겨 읽고 감상한 것으로 보여 진다. 또한 ≪書經≫같은 책의 내용을 꿰뚫어 비교하는 지식의 소유자로 학문의 박식함을 엿볼 수 있다.

또 이규경의 ≪五洲衍文長箋散稿≫에서도 "≪說苑≫에서 扈子가 이르길 : '≪春秋≫는 나라의 거울이다.'라고 하였으니 宋 神宗께서 司馬光이 歷代 君臣의 사적을 편찬한 것에 대하여 ≪資治通鑑≫이라는 이름을 하사한 것도 이 때문이다. 그러나 ≪通鑑≫의 體裁는 ≪春秋≫와 다를 것이 없는데, 간간이 오류가 많다."라고[24] 전문적인 부분까지도 인용하고 있다. 이는 당시 문인인 이규경이 ≪說苑≫·≪春秋≫·≪資治通鑑≫ 등의 서적내용을 파악하고 있었음은 물론 文史哲의 지식에도 두루 博學多識하였음을 알 수 있다. 이러한 기록은 조선시대 문인들이 중국의 서적을 통하여 신학문에 대한 갈구와 욕망이 얼마나 강렬하였는지를 짐작하게 하는 일부의 단서가 된다. 그 외에도 조선시대 문인들이 중국의 문헌을 통하여 알고자 하였던 학구적 욕망은 일일이 설명하지 않아도 우리 고전의 기록에서 수없이 발견된다.

이처럼 ≪新序≫와 ≪說苑≫은 고려시대와 조선시대에 거쳐서 국왕을 포함한 많은 문인들의 필독서였고 특히 修養書로 또는 訓戒書로 주로 사용되었기에 급기야 朝鮮前期에는 출판으로까지 이어졌던 것으로 추정된다.

2) 국내출판의 의미

최근에 조사한 자료에 의하면 조선시대에 국내에 유입된 중국 고전소설은 대략 440여종이나 된다. 그중에서 번역된 중국 고전소설은 대략 72종이며 국내에서 출판된 중국 고전소설은 약 24종으로 확인되었다.

이러한 중국 고전소설의 국내 유입은 대략 壬辰倭亂을 前後로하여 급속도로 확산되었다. 이러한 중국 통속소설의 유입은 우리 古小說의 형성과 발전에도 지대한 영향을 끼쳤고 讀者 또한 꾸준히 증가하여 많은 讀書層을 확보하게 되었다. 이렇게 중국 고전

傳曰: 予觀劉向說苑雲 : 星變旱災, 由於某事之先. 是膠固不通矣. 洪範庶徵亦雲 : 某事得則某體徵應, 某事失則某咎徵應. 先儒亦以爲膠固不通矣.

24) ≪五洲衍文長箋散稿≫제19집, 〈史籍類〉2, 史籍雜說(≪오주연문장전산고≫ 전5권), 민족문화추진회, 민문고 출판, 1989년, 127쪽.
說苑扈子曰 : 春秋, 國之鑑也. 宋神宗以司馬光所編歷代君臣事跡, 賜名資治通鑑, 以此也. 然則通鑑之體裁, 無異春秋, 而間多訛謬.

소설에 대한 關心과 愛好는 곧 出版으로 이어져 여러 차례 중국 고전소설을 출판하기에 이르게 된다. 사실 하나의 소설작품이 외국에 나가 출판되어 진다는 것은 그 소설작품이 그 該當國의 독자들에게 상당한 환영과 수요가 있었기에 가능한 것으로 그 작품의 影響力 또한 無視할 수 없는 것이다. 더욱이 조선시대와 같은 封建社會에서 중국소설이 출판됐다는 사실만으로도 매우 큰 의미를 부여해주고 있는 것이라 할 수 있다.[25]

또 중국 고전소설이 원문으로 出版됐다는 사실은 그 작품이 독자들에게 상당히 환영받았다는 것을 반증하는 것이다. 그러나 ≪新序≫와 ≪說苑≫의 출판은 기타 통속류 소설의 출판과는 또 다른 의미를 지니고 있다. 즉 기타 통속류 소설의 출판은 출판의 취지가 상업성에서 출발한다. 그렇지만 ≪新序≫와 ≪說苑≫의 출판은 풍속의 교화와 훈육이라는 교육적 관점과 신지식에 대한 갈망과 욕구라는 학문적 관점에서 출발하였기에 다른 소설작품들과는 출판의 목적이 뚜렷하게 대비되는 것이다. 즉 조선전기의 출판이 주로 교화와 훈육의 교육용 출판이라면 조선후기의 출판은 방각본의 출현과 함께 상업용 근거한 출판이라 할 수 있다.

이러한 목적의 출판은 당시의 출판문화에도 적지 않은 영향력을 끼쳤음은 부인할 수 없다. 이러한 출판문화는 우리 고소설의 형성과 발전에 새로운 모형과 방향을 제시해 주었고, 또 우리의 독특한 소설문학 발달에도 상당한 기여와 나름의 의미를 內包하고 있는 것이다.

그리고 지금까지 국내에서 출판된 24종의 작품을 시대별로 분류해 보면, 명대이전 작품이 약 9종이고, 명대의 작품은 약 14종, 그리고 청대의 작품은 1종으로 확인된다. 또 24종의 국내 출판본 가운데 대부분은 문언소설이다. 이러한 현상은 文言體 문장이 白話體 문장보다는 더 익숙했던 조선 독자층의 독서성향과 독자들의 需要가 출판에 상당한 영향을 끼친 것이라 사료된다.

이상을 종합하자면, 劉向의 ≪新序≫와 ≪說苑≫은 이미 西紀 990年代 이전에 국내에 유입된 것으로 보여 진다. 특히 ≪說苑≫은 중국에서 逸失된 缺本을 보충해 주는 등 韓中學術文化交流에도 일익을 담당한 책으로 의미가 깊다.

---

25) 閔寬東, ≪중국 고전소설의 전파와 수용≫, 아세아문화사, 2007년, 57쪽.

≪新序≫와 ≪說苑≫은 국내에 유입되어 위로는 국왕부터 일반 문인에 이르기까지 폭넓은 독자층을 형성하며 愛讀되어진 작품으로 평가된다. 심지어 朝鮮初期 대략 1492-1493년에는 국내에서 출판되기까지 하였다.

필자는 최근에 魚叔權의 ≪攷事撮要≫에서 ≪新序≫와 ≪說苑≫의 國內出刊 기록을 확인하고 고서목록을 살펴보던 중, ≪新序≫와 ≪說苑≫ 두 종 모두 국내 현존하고 있음을 발견하였다. 이 책들은 慶尙北道 安東에서 대략 1492-1493년에 출간되었으며 또 두 책 모두 비슷한 시기에 함께 출간된 것으로 확인되었다.

이 책들의 출간 목적은 크게 풍속의 교화와 훈육이라는 교육적 관점과 신지식에 대한 갈망과 욕구라는 학문적 관점에서 출간이 이루어졌다. 이는 조선후기의 상업성에 근거한 출판과는 확연히 구별되는 것이다.

조선시대에는 대략 24종의 중국 고전소설이 출간되었는데 그 중에서 3종, 즉 ≪列女傳≫ · ≪新序≫ · ≪說苑≫이 모두 劉向의 작품이며 3종의 작품 모두가 국내에서 原文으로 출간되었다. 이러한 출판은 당시의 출판문화를 이해하는데 귀중한 자료가 될 뿐만 아니라 상당한 의미를 내포하고 있다.

2. ≪吳越春秋≫의 국내유입과 번역 및 수용양상*

≪吳越春秋≫는 내용 중에 고대 志怪小說에 포함될 만한 異聞雜事가 많을 뿐만 아니라 상상력이 풍부한 문학적인 표현들이 가득하기 때문에, 史學의 변방 지대에 놓인 것이 오히려 문학적인 호재로 작용했다.[1] 때문에 ≪隋書·經籍志≫에서 이 책을 雜事類로 분류했고, ≪新唐書·藝文志≫에서는 소설가류로 분류했으며, ≪四庫全書≫에서는 소설가의 말에 가까운 漢晉의 稗官雜記體로 평가했다. 비록 이 작품이 寧稼雨가 정리한 ≪中國文言小說總目提要≫[2]목록에 들어있지는 않지만, ≪中國古代小說百科全書≫에는 서지사항이 자세히 나와 있어 소설로 보기에 충분하다. 또한 최근 중국학자들에 의해 역사서로서의 가치보다는 오히려 문학작품 특히 최초의 문언 장편소설로 인정을 받고 있는 상황이다.[3]

≪吳越春秋≫를 역사서가 아닌 소설로서 분류했던 평가는 국내에서도 찾아볼 수 있다. 이미 조선시대 許筠은 이 작품을 소설로 규정지어 기록으로 남겼다. 朝鮮 光海君 때 許筠이 쓴 ≪惺所覆瓿稿≫ 閑情錄 凡例中 中國稗官小說의 書目에는 다음과 같은 것들이 있다.

---

* 이 논문은 2010년도 정부 재원(교육과학기술부 인문사회연구 역량강화사업비)으로 한국연구재단의 지원을 받아 연구되었음(NRF-2010-322-A00128)
이 글은 2012년 4월 ≪중국소설논총≫제36집에 투고된 논문을 수정 보완하여 작성한 것임.

** 주저자 : 유희준(경희대학교 비교문화연구소 학술연구교수) / 교신저자 : 민관동(경희대 중국어학과 교수)

1) 조엽 저, 김영식 역, ≪오월춘추≫, 지만지, 2011, 8쪽.

2) 寧稼雨, ≪中國文言小說總目提要≫, 齊魯書社, 1996.

3) 黃仁生, 〈≪吳越春秋≫作爲首部長篇歷史小說的思想成就〉, ≪湖南師範大學學報≫(社會科學版), 1995, 第1期, 24卷, 93쪽.

…[中略]…… 乃朱蘭嵎太史所贈 《棲逸傳》·《玉壺氷》·《臥遊錄》 三種反覆披覽 ……[中略]…… 甲寅 乙卯兩年 因事再赴帝都 斥家貨購得書籍 幾四千餘卷 ……[中略]…… 《列仙傳》·《世說新語》·《太平廣記》·《睽車志》·《高士傳》·《何氏語林》·《事文類聚》·《貧士傳》·《仙傳拾遺》·《問奇語林》·《稗海》·《說郛》·《張公外記》·《筆談》·《南村輟耕錄》·《玉壺氷》·《吳越春秋》·《眉公秘笈》·《小窓淸記》·《明野彙》·《經鋤堂雜志》·《稗史彙編》·《四友叢說》·《林居漫錄》·《艶異編》·《耳談類林》·《避署錄話》·《太平淸話》·《玄關雜記》·《河南師說》·《西湖遊覽記》 等[4]

이처럼 우리 先祖들에게도 《吳越春秋》는 역사서가 아닌 허구적인 문학작품으로 분류되어 읽혀졌던 것을 알 수 있다. 특히 조정에서 왕을 비롯한 대신들이 이 작품의 독서층으로 등장했는데, 그 이유는 물론 그들이 식자층이기도 했겠지만, 남방의 吳 나라와 越 나라 양국 간의 역사적 홍망성쇠의 과정을 기본으로 문학적인 묘사와 상상력을 가미해서 실감나게 사실적으로 그려냈기 때문에 현 세태를 참고하여 경계할 가치가 있었다고 여겼던 듯싶다.[5] 특히 日暮途遠·同病相憐·臥薪嘗膽을 비롯해서, 兎死狗烹·西施의 美人計 등의 故事成語를 담고 있어 우리에게 정치권에서의 처세에 대한 지혜도 알려주고 있다. 오늘날 吳·越의 역사를 이해하려면 대부분 《越絶書》와 《吳越春秋》, 더 후대에 간행된 《吳地記》를 참조하고 있기 때문에 그 가치는 더욱 크다고 볼 수 있다. 또한 史書의 부족한 부분을 자세히 보충해주고 있기에 2천 여 년 전 중국 춘추시대의 정황을 눈앞에 그릴 수 있다는 점에서 흥미를 더해주고 있다.

필자는 한국에 소장된 중국 문언소설 판본들을 정리하는 과정에서 고려시대 문인들이 자신들의 문집에 《吳越春秋》의 내용을 인용한 문구들을 보게 되었다. 또한 《조선왕조실록》을 검토하던 중 이 작품이 비교적 일찍 국내에 유입되었을 것이라는 추정에 힘을 실을 만한 기록까지 보게 되었다. 文宗때도 이미 조정에서 이 작품을 읽었다는 기록이 있으며, 世祖 때 《吳越春秋》에서 빠진 부족한 부분을 보완해서 간행하라고 命했던 기록 등을 접하게 된 것이다. 그러면서 국내 소장 판본들을 살피던 중 단국대 도서관에 한글 필사본이 소장되어 있다는 사실을 알게 되었다. 비록 전문 번역은 아니었지만 축역 하여 한글로 필사한 《吳越春秋》작품이 분명했다. 지금까지 국내에서 번

4) 《許筠全書》, 亞細亞文化社, 影印本 253쪽.

5) 《朝鮮王朝實錄》, 《世祖實錄》 참조.

역된 중국소설은 모두 71종이었지만 이 작품을 찾아내면서 72종이 되었기 때문에 기존의 연구서를 다시 수정해야 할 만큼 귀중한 자료를 찾아낸 것이다. 물론 필사본이라는 한계로 인해 정확한 필사연도를 추정하기 어렵다는 문제를 지니고 있지만, 국내 소설연구에 있어 귀한 자료를 제공해 줄 수 있을 것이라고 믿는다.

본 논문에서는 우선 작가 조엽과 ≪吳越春秋≫의 판본문제를 살펴보고, 역사소설로서 우리에게 많은 사랑을 받았던 ≪吳越春秋≫가 구체적으로 언제 국내 유입되었는지 국내에서 어떻게 수용되어 읽혀졌는지에 대해서도 현재 남아있는 기록을 통해 추정해보고, 현재 확인되는 유일한 번역본인 단국대에 소장 한글 필사본을 소개하면서, 그 외에 국내에 소장된 판본까지 살펴보는 기회를 가져보고자 한다.

2.1 작가 趙曄과 판본문제

앞에서도 언급했듯이 ≪吳越春秋≫ 는 문학적인 묘사와 상상력을 동원해서 編年體 서술 방식으로 생동감 있게 기록한 역사소설이다. ≪吳越春秋≫의 작가는 東漢 학자 趙曄이지만 그의 생애에 대해서는 아직 많은 고증이 이루어지지 못했다. 하지만 최근 국내에 ≪吳越春秋≫번역본이 4종류가 출판되어, 조엽의 생애에 대해 간단하게 서술하고 있다. 때문에 필자는 조금 더 고증된 중국의 논문들과 자료를 통해 국내 소개되어 있는 조엽의 생애를 보충하고자 한다. 조엽에 대한 기록은 단지 ≪後漢書 · 儒林列傳≫에 다음과 같은 기록이 남아있을 뿐이다. 이 부분에 대해 우선 김영식 번역의 ≪오월춘추≫를 살펴보면 다음과 같다.

> 조엽은 자가 長君으로, 會稽 山陰(지금의 浙江省 紹興) 사람이다. 젊어서 일찍이 縣의 낮은 관리가 되어, 문서를 받들어서 督郵를 영접한 적이 있었는데, 조엽은 종처럼 시중드는 일에 부끄러움을 느껴 마침내 관직을 버리고 떠났다. 그는 犍爲郡 資中縣(지금의 四川省 資中)으로 杜撫를 찾아가 ≪韓詩≫를 배우며 깊이 연구했다. 20년의 세월이 쌓이는 동안 소식도 끊고 돌아가지 않아, 집에서는 그를 위해 喪을 치르고 상복까지 입었다. 스승 두무가 죽자 비로소 집에 돌아갔다. 州의 官府에서는 그를 불러 從事 벼슬에 임명했으나 나아가지 않았다. 도를 지닌 有道로 천거되었으나 고향에서 여생을 마쳤다.
>
> 조엽은 ≪오월춘추≫와 ≪詩細歷神淵≫을 지었다. 채옹이 회계에 이르러, ≪시세≫를

> 읽고 찬탄하며 王充의 ≪論衡≫보다 뛰어나다고 여겼다. 채옹이 京師로 돌아와 이 책을 전하니, 학문하는 자들이 모두 암송하며 익혔다.[6)]

이렇듯 趙曄은 東漢時代 사람으로 생졸 연대도 정확히 기재되어 있지 않다. 단지 조엽은 젊어서 縣의 하급 관리가 되었으나 督郵를 영접하는 일이 부끄러워, 마치 도연명이 관직을 버리고 낙향하듯, 車馬를 버리고 떠났고, 杜撫를 찾아가 ≪韓詩≫를 배워 뛰어난 성과를 이루었다고 한다. 官府에서 從事 벼슬을 주었으나 사양했으며, 有道科에 천거되었으나 고향에서 여생을 마쳤다고 기록하고 있다.

조엽이 찾아갔다는 杜撫는 犍爲郡 武陽 사람이다. 그런데 기록을 보면, 조엽은 두무를 찾아 武陽으로 가지 않고, 資中으로 갔다고 되어 있다. ≪後漢書≫第23을 보면 당시 東漢에는 '郡'은 총 다섯 곳이 있었고, 犍爲郡 아래에는 아홉 개의 縣이 있었다고 한다. 그 중 資中과 武陽은 같은 郡에 속한 縣이라고 한다. 杜撫가 고향으로 돌아왔다고 했으나, 杜撫가 돌아간 곳은 犍爲郡의 武陽縣이 아닌 실제로 같은 郡의 資中縣으로 간 것이었다. 또한 ≪韓詩≫는 즉 ≪韓詩外傳≫으로, 작가는 西漢의 早期 유학자 韓嬰으로 조정에서 활동하던 금문학자이다. ≪韓詩≫는 바로 詩經으로 齊·魯·韓·毛 四家 詩중 하나이다. 趙曄은 杜撫에게 20여 년 동안 韓詩를 배우고, 杜撫가 세상을 떠나고 나서야 고향으로 돌아왔다고 한다. 그동안 그의 가족들은 소식이 없는 조엽을 위해 장례까지 치렀던 상태였다.

≪後漢書·儒林列傳≫杜撫傳에 의하면 杜撫는 建初(76-84年)연간에 公車令을 지내다가 수개월 후에 관직을 그만뒀다는 기록이 있다. 建初는 東漢 章帝의 연호로 76년부터 84년까지를 말한다. 그래서 두무는 建初 중에 즉 西紀 80년 정도에 죽었을 가능성이 크다. 그렇다면 趙曄은 대략 60년부터 80년까지 20년 동안 두무에게서 시를 배웠을 것이다. ≪後漢書·儒林列傳≫杜撫傳에서 두무는 먼저 고향에서 제자들에게 詩를 가르치고 있었고, 한때 驃騎將軍의 밑에도 있었다고 한다.[7)]

---

6) 趙曄, 字長君, 會稽山陰人也. 少嘗爲縣吏, 奉檄迎督郵, 曄恥於廝役, 遂棄車馬去. 到犍爲資中, 詣杜撫受≪韓詩≫, 究竟其術. 積二十年, 絶問不還, 家爲發喪制服. 撫卒乃歸. 州召補從事, 不就. 擧有道. 卒於家.曄著≪吳越春秋≫·≪詩細歷神淵≫. 蔡邕至會稽, 讀≪詩細≫而歎息, 以爲長於≪論衡≫. 邕還京師, 傳之, 學者鹹誦習焉. ≪後漢書·儒林列傳≫ (조엽 저, 김영식 역, ≪오월춘추≫, 지만지, 2011, 8쪽)

7) 東平王 劉蒼이 이 벼슬직을 받았다고 한다. 東平王 蒼은 建武十五年에 東平公에 책봉되었었

趙曄은 아마도 동한 光武帝 建武 16年(40) 전후에 태어나 章帝 때는 확실히 생존했었을 테고, 西紀 100년경인 和帝 때까지 살았거나 수명이 더 길었다면 安帝(107-125年) 때까지 살았을 가능성이 있다. 그가 縣의 낮은 관직을 버리고 杜撫에게 공부하러 갔을 때는 20세 전후일 것으로 보는 것이 가장 합리적이다. 그리고 두무에게 20년 동안 詩를 배웠으니, 그의 스승이 죽었을 때는 조엽의 나이가 40세 전후였을 것이다. 그런데 ≪後漢書 · 儒林列傳≫에 따르면 杜撫는 建初 연간에 公車令이 된 지 몇 달 만에 세상을 떠나게 되었고 그 시기는 위에서 언급했던 것처럼 西紀 80년 전후였다고 판단할 수 있다. 따라서 이런 추측을 근거로 하면, 조엽이 西紀 40년 전후에 태어났을 것이라고 추정할 수 있는 것이다.

東平王 蒼은 明帝가 즉위한지 얼마 되지 않아 驃騎將軍 직을 받았고 아래 관리 40여 명을 둘 수 있었으며, 이때가 바로 西紀 58년이다. 杜撫의 경우를 보면, 東平王 蒼이 明帝 때에 驃騎將軍직을 받았을 때 長史掾史員 40명 안에 杜撫가 포함되었을 것으로 보인다. 당연히 趙曄은 杜撫가 西紀 58년 이후 관직에서 물러난 후 만났을 것이고, 杜撫가 서기 80년에 죽은 시점으로 추정해, 전후 20년을 따져보면 조엽이 詩를 배우러 두무를 찾아갔던 나이는 많아야 25세를 넘지는 않았을 것이다. ≪후한서≫에는 20세 정도였을 것이라고 했는데, 그것도 어느 정도 타당성이 있어 보인다. 그렇게 본다면 조엽이 두무에게서 20년 공부를 다 마치고 고향으로 돌아간 시점도 나이를 따지면 45세를 넘기지는 않았을 것이다. 당연히 20년 세월로 인해 두 사람은 사제 간의 정이 두터웠던 것으로 미루어 짐작할 수 있다. 앞에서 말했듯이 조엽은 젊은 혈기로 지방현의 낮은 관리로 있으면서 督郵에게 굽히기 싫어 관직을 그만두었다. 기록된 바를 보더라도 그 '젊다'는 것은 결코 30세를 넘긴 나이는 아니었을 것이다. 만약 30세에 관직을 그만두고 두무에게 시를 배우러 가서, 20년 동안 머물고 두무가 죽은 후 돌아왔다면 그의 나이 50세가 되기 때문에 비교적 늦다고 볼 수 있다.

조엽의 출생년도를 西紀 35년으로 치더라도, 스승 두무가 세상을 떠나고 고향으로 돌아왔을 때, 조엽의 나이는 아무리 많다 하더라도 55세는 넘지 않았을 것이고 그렇다

고, 다시 2년 후에 王으로 승격되었다. 東漢 明帝가 즉위하면서 驃騎將軍이 되어 長史掾史員 40여명을 두었다고 하는데, 지위는 오히려 三公보다도 위에 있었다고 한다. 이 기록이 ≪後漢書 · 光武十王列傳≫에도 전해지고 있다.

면 서기 90년을 넘기지 않았을 것으로 추정할 수 있다. 어떤 학자들은 조엽이 20세에 두무 밑에 들어가 40세에 귀향했을 것이라고 보고 있기도 하다.[8] 앞에서 언급했듯이 두무 밑에서 공부한 20년의 시간동안 연락이 안 되서 조엽의 집에서는 이미 장례까지 치렀고, 죽었다고 생각하고 있었다. 두무가 죽고 조엽이 집으로 돌아온 후 '州'에서 다시 '從事' 일을 맡기게 된다. 여기에서 '州'는 郡에 비해 한 단계 높은 행정단위로, 동한에 모두 12개의 州가 있었다고 한다. ≪文獻通考≫에 의하면 佐吏 · 漢有別駕 · 治中 · 主簿 · 功曹書佐 · 簿曹 · 兵曹 · 部郡國從事史 · 典郡書佐 등의 관직이 있었다고 한다. '從事'는 '從事史'를 칭하는 것이다. '從事'는 薄曹 · 兵曹아래에 있던 부속 관원이었는데, 조엽은 이런 從事 직에 임명되었으나 그 관직을 받아들이지 않았다는 것이다. '兵曹從事史'는 兵馬軍事에 관한 일을 담당하는 직분이고, '薄曹從事史'는 재무와 군량 등 회계업무를 담당했던 것으로 보인다. 그렇지만 '郡國從事'라는 직은 행정적인 문건들을 관리하는 직책이었던 것으로 보인다.[9] 趙曄이 20년간 두무 밑에서 공부한 경력을 보면 '郡國從事'의 일을 의뢰받았을 가능성이 크지만, 응하지 않은 것이다.

그리고 道를 겸비한 선비인 有道에도 추천되었다고 한다. 당시 東漢에는 賢良 · 方正 · 孝廉 · 秀才 등이 있었고, 한참 東漢이 흥성하고 나서는 敦樸 · 有道 · 賢能 · 直言 · 獨行 · 高節 · 質直 · 淸白 · 敦厚 등을 맡은 사람들이 있었다고 한다. 황제는 여러 가지를 견해를 뜻있는 선비들에게 묻곤 했는데 이런 선비들은 도덕적 수준과 지식이 높았기 때문이다. 有道는 즉 道術을 의미하기도 하는데, 道는 유가사상의 핵심내용이다. 孔子는 늘 "아침에 도를 들으면, 저녁에 죽어도 괜찮다(朝聞道, 夕死可矣)."라고 했다. 물론 道의 의미를 한마디로 규정할 수는 없을 정도로 그 함의는 매우 광범위하다. 하지만 有善道 · 治國之策 · 爲人之道 · 處世原則 · 辦事方法 등의 내용을 모두 포함한다고 할 수 있다. 결국 '有道'라는 것은 처세의 원칙과 치국의 방법을 아는 것을 의미하는 것이다.

조엽은 두무에게서 詩를 20년 학습하였기 때문에 詩를 통해 仁義道德 뿐 아니라

8) 曹美娜, 〈≪吳越春秋≫作者趙曄生平解說與考證〉, ≪重慶工學院學報≫, 2009, 제23권 제9기, 127쪽.

9) 曹美娜, 〈≪吳越春秋≫作者趙曄生平解說與考證〉, ≪重慶工學院學報≫, 2009, 제23권 제9기, 128쪽.

孔子가 언급했던 치세와 외교의 능력까지도 겸비했을 것이다. ≪후한서≫의 기록에 의하면 이런 察擧有道가 생겨난 것은 安帝 元年이라고 한다. 만약 조엽이 이때 察擧有道를 받아들였다면 적어도 107년까지는 살았을 것이다.

安帝 年間에 두 번째 察擧有道는 14년 후인 建光 元年(121)에 행해졌다. 建光 元年에 추천제가 처음 시작되어, 有道는 東漢시대에 추천해서 뽑는 科가 되었다고 한다. 이때는 西紀 121년으로 조엽의 나이도 이미 80-90세가 되었을 것이기 때문에, 이때까지 살았다고 보기는 어렵다. 조엽은 마지막에 고향 집에서 생을 마감했다고 전해진다. 확실히 어느 시기였는지 알 수는 없지만 有道에 추천된 지 얼마 되지 않았을 것이 분명하다. 이미 조엽은 고희의 나이가 되었고, 察擧에 의해 有道가 된 시간을 근거로 하면 그는 고향에 돌아와서 20여 년의 시간을 보낸 듯하다. 조엽은 이 시기에 ≪吳越春秋≫와 ≪詩細歷神淵≫책 외에도 ≪韓詩譜≫ 2권과 ≪詩神泉≫ 1권도 지었다고 하나 隋·唐 시기에 이미 없어졌으며, 이 밖에도 ≪詩道微≫ 11권을 지었다고 한다.

결국 이런 근거로 조엽의 생졸년 나이를 추정해 보면, 적어도 조엽은 西紀 33年에서 40年 사이에 출생하여 西紀 107年에 사망한 것으로 볼 수 있고 70여 년의 생을 산 것이라고 볼 수 있다.

≪吳越春秋≫는 형식상 "雜史"에 해당된다. 조엽은 경학에 능한 유학자였지만 東漢 전기의 국가 홍망에 대해 잘 이해하고 있었던 듯하다. 조엽의 생졸년과 생애를 살펴보면 ≪吳越春秋≫는 西紀 80-90年 사이에 완성되었을 것으로 보는 것이 타당하다. 이 시기는 章帝의 후반기와 和帝 후반에 해당한다. 東漢은 和帝 때부터 쇠망의 길로 접어들어 암흑의 통치시대로 진입하게 된다. 趙曄이 쓴 ≪吳越春秋≫의 章帝 통치 후반은 사회의 여러 방면에서 모순이 끊임없이 나타나던 시대였다. 또한 조엽의 스승 杜撫는 薛漢의 제자였다. 때문에 ≪韓詩章句≫·≪詩題約義通≫을 조엽에게 전수해줄 수 있었을 것이다. 비록 ≪韓詩≫가 지금은 전하지 않지만, ≪吳越春秋≫의 광범위한 역사고사와 전설과 다양한 詩 인용은 이런 학문적 소양의 배경에서 나왔을 것이다.

원래 조엽의 ≪吳越春秋≫는 12권본인데, 현존하는 ≪吳越春秋≫는 10권본이다. 그렇다면 그 판본의 문제는 어떻게 된 것인지 간단하게 살펴보도록 하겠다. 後漢에서 唐代에 이르기까지 吳·越 두 나라의 역사를 기록한 저작들이 대거 출현하였다. 비교적 자세히 분석한 이명화의 논문에서 이 부분을 참조해보면, 趙曄의 ≪吳越春秋≫를 비롯해 趙岐의 ≪吳越春秋≫·張遐의 ≪吳越春秋外紀≫·작자미상의 ≪吳越春秋≫·≪吳越春秋次錄≫·敦頒의 ≪吳越春秋記≫·楊方의 ≪吳越春秋削繁≫·皇甫遵의 ≪吳越春秋傳≫ 등 그 종류만도 거의 여덟, 아홉 종류에 이른다고 한다. 그러나 ≪隋書·經籍志≫·≪舊唐書·經籍志≫·≪新唐書·藝文志≫기록을 보면 趙曄의 ≪吳越春秋≫12卷·皇甫遵의 ≪吳越春秋傳≫·楊方의 ≪吳越春秋削繁≫5卷·작자미상의 ≪吳越記≫6卷만이 남아있다.[10] 또한 ≪崇文總目≫권3에는 ≪吳越春秋≫10권과 ≪吳越春秋傳≫10권을 雜事類로 분류하면서 다음과 같이 평을 했다.

> 唐 皇甫遵이 주를 달았다. 당초 趙曄이 ≪吳越春秋≫ 10권을 지었다. 그 후 楊方은 趙曄이 찬한 것을 번잡하다고 여겨 또 깎아 내어 5권으로 만들었으며, 皇甫遵은 이에 두 사람의 책을 합쳐 상고하고 확정해서 주를 달았다.[11]
>
> 唐皇甫遵注. 初, 趙曄爲≪吳越春秋≫十卷. 其後有楊方者, 以曄所撰爲繁, 又刊削之爲五卷, 遵乃合二家之書考定而注之.

이 기록에 의하면 지금 전해지는 ≪오월춘추≫ 10권본은 황보준이 고찰해서 확정지은 판본이라고 봐야 한다고 김영식의 책에서 언급했다. 비록 작품의 원저자가 조엽이라 하더라도 楊方이 삭감하고 황보준이 고쳐서 확정한 것이기 때문에 이미 원본과는 많이 다른 것이고 따라서 지금 전해지는 ≪오월춘추≫는 조엽이 편찬한 것을 다시 황보준이 손질하는 과정을 거쳐 완성한 10권이라는 것이다.

결국 東漢에 조엽의 원본이 나온 이래, 晉代에 양방의 刪節本인 改編本이 나왔으며 수·당·북송 시기에 이르면 황보준의 考定本을 포함해 세 가지 종류의 傳本, 즉 조엽 원본의 12권본과, 양방의 산절본인 5권본, 그리고 황보준의 참정 주석본(參定注釋本), 곧 考定本 10권본이 있었다는 결론을 얻게 된다. 하지만 宋末·元初에 이르러 원본과 개편본은 사라지고 황보준이 刪定한 고정본만 남게 된 것임을 알 수 있다. 그 후 元代에 宋代 徐天祜 서문이 있는 大德本이 나왔고, 대덕본 원형을 살려 明代 弘治 14年(1501)에 간행된 弘治本이 나왔다. 이 홍치본은 1919년 上海 涵芬樓에서 ≪四部叢刊≫을 輯印하여 영인할 때 저본으로 사용되었다.

---

10) 이명화, 〈조엽과 ≪오월춘추≫-한대 지식인의 역사인식〉, ≪중국고대사연구≫, 제12집, 129쪽.
11) 조엽 저, 김영식 역, ≪오월춘추≫, 지만지, 2011, 13-14쪽.

淸代에는 6권본이 많이 나왔는데 대표적인 것이 ≪秘書廿一種≫本 · ≪摛藻堂四庫全書薈要≫本 · ≪欽定四庫全書≫本 · ≪增訂漢魏叢書≫本(乾隆56年(1791)) 등이 있으며, 10권본으로는 徐乃昌의 ≪隨庵徐氏叢書≫본이 있다. 이 밖에 근년에 간행된 것으로 ≪文淵閣四庫全書≫本과 江蘇古籍出版社에서 1986년에 출판한 10권본 ≪오월춘추≫가 있다.[12)]

2.2 국내유입과 수용양상

≪吳越春秋≫가 국내에 유입된 시기에 대한 기록은 나와 있기 않기 때문에 정확한 시기를 가늠할 수는 없다. 하지만 고려시대 간행된 문집에서 ≪吳越春秋≫를 인용한 문구들이 보여 그 시기에 이미 유입되었다는 사실을 뒷받침 해주고 있다. 가장 이른 기록으로는 고려 후기의 학자 李奎報(1168-1241年)의 ≪東國李相國文集≫에 보인다. ≪동국이상국집≫후집 제1권 古律詩 〈侍郞 張自牧에게 드린다〉에서 '취한 西施 같은 芍藥'이라든지, '湛盧'와 같은 단어가 시에 등장한다. '담로'는 칼 이름으로≪吳越春秋≫〈闔閭傳〉에 "楚昭王은 고이 누워서 吳王의 담로라는 보검을 얻었었다."라는 대목에서 가져온 것이다. 다음으로 보이는 기록은 李穀(1298~1351) 의 시문집인 ≪稼亭集≫[13)] 에 보인다. ≪稼亭集≫제17권 律詩 중 〈順菴의 원숭이를 읊은 시〉에 '名傳學劍師'라는 구절이 나오는데 여기서 '劍師'는 白猿을 가리킨다. 춘추 시대 越人 처녀가 越王에게 검술을 가르치려고 길을 가던 도중에 '흰 원숭이 [白猿]'가 변신한 袁公이라는 사람을 만나, 그의 요청을 받고는 검술 시합을 하였는데, 원공이 그녀를 상대하다가 나무 위로 날아올라 다시 흰 원숭이로 몸을 바꿔 사라졌다는 전설이 趙曄이 지은 ≪吳越春秋≫ 권9〈句踐陰謀外傳〉에 나온다. 여기에서 유래하여 후대에 검술의 명인을 白猿公 혹은 白猿翁이라고 지칭하게 되었다.

12) 조엽 저, 김영식 역, ≪오월춘추≫, 지만지, 2011, 13-15쪽 참조.

13) 20권 4책. 목판본. 초간본은 아들 색(穡)이 편집하고, 사위 朴尙衷이 금산에서 恭愍王14年(1364)에 간행 하였는데, 고려가 망하고 조선이 건국되는 사이에 병화로 소실되자, 世宗4年(1422)에 그의 후손인 種善이 강원도관찰사 柳思訥로 하여금 중간하게 하였다.

다음으로 보이는 기록은 李穡(1328-1396年)의 ≪牧隱集≫〈밤에 앉아서 느낌이 있어〉 라는 詩에서 '烹狗'라는 말을 인용하였는데 '팽구'는 본디 ≪吳越春秋≫에서 나온 말인데, 범여가 한 말을 淮陰侯 韓信이 잡혀 죽을 적에 ≪오월춘추≫를 인용하여 "과연 사람들의 말과 같구나. '교활한 토끼가 잡히고 나면 사냥개는 삶김을 당한다.[狡兎死良狗烹]' 했으니, 천하가 이미 평정된 지금은 내가 응당 삶김을 당할 것이다." 라고 하였다. 이렇게 인용된 기록은 고려시대에 이미 조엽의 ≪오월춘추≫가 들어와서 문무 대신들이 읽었다는 사실을 뒷받침 해주는 명백한 자료가 된다. 때문에 유입시기를 고려시대 후반으로 추정할 수 있을 듯하다.

그 후 왕조가 바뀌고 ≪오월춘추≫에 대한 기록들은 朝鮮時代 문무 대신들의 문집[14] 뿐 아니라 ≪조선왕조실록≫에서도 찾아볼 수 있다. 조선 초 ≪文宗實錄≫에 보이는 기록을 보면, ≪대학연의≫를 강연하면서 夫差가 伍子胥를 放殺하는 대목에서 文宗이 경연관 成三問에게 범여에 관한 사실을 묻게 된다. 우선 1451년에 기록을 살펴보자.

> 經筵에 나아가서 ≪大學衍義≫를 講하다가, 夫差 가 伍子胥를 放殺하는 대목에 이르러 임금이 經筵官에게 말하기를, "내가 일찍이 史書를 읽었으나, 다만 越王이 吳나라에 애걸하여 그 나라를 보전하였다는 것을 보았을 뿐이고, 範蠡의 항복을 받아들여 신하로 삼았다는 말은 듣지 못하였는데, 이제 集賢殿이 올린 ≪兵要草≫에 항복을 받아들였다는 말이 있으니, 무엇에 근거한 바인가?"
>
> 하니, 檢討官 成三問이 대답하기를, "신이 ≪左傳≫·≪國語≫를 상고할 적에는 이 말이 없었으나, 다만 ≪吳越春秋≫에 있었습니다." 하였다. 임금이 말하기를, "이 글은 허황되고 과장되어서 사실이 아니므로 그대로 믿을 수가 없기 때문에 이미 ≪병요초≫에서 삭제하게 하였다" 하였다.
>
> 御經筵, 講≪大學衍義≫, 至夫差放殺子胥, 上謂經筵官曰: "予嘗讀史, 但見越王乞哀於吳, 以保其國, 未聞與範蠡納降爲臣之語。今集賢殿所上≪兵要草≫有納降之語, 何所據乎?" 檢討官成三問對曰: "臣考≪左傳≫、≪國語≫, 無有此語, 但≪吳越春秋≫有之。" 上曰: "是書浮誇無實, 不足取信。故已於≪兵要草≫削之。"[15]

14) 徐居正의 ≪東文選≫〈吳越春秋序〉, 許穆의 ≪眉叟記言≫, 朴世堂의 ≪西溪集≫, 許筠의 ≪惺所覆瓿稿≫, 李瀷의 ≪星湖僿說≫, 權應仁의 ≪(松溪漫錄≫, 宋時烈의 ≪宋子大全≫, 朴趾源의 ≪熱河日記≫, 李圭景의 ≪五洲衍文長箋散稿≫, 申好益의 ≪芝山集≫, 李德懋의 ≪靑莊館全書≫, 南孝溫의 ≪秋江集≫, 李植의 ≪澤堂集≫, 韓致奫의 ≪海東繹史≫, 鄭希得의 ≪海上錄≫, 正祖의 ≪弘齋全書≫ 등이 있다.

15) 文宗 7卷, 1年(1451 辛未 / 明 景泰 2年) 4月 15日(癸未) 3번째 기사 "경연에 나아가 ≪대학

이 기록으로 보면 이미 文宗 때에 ≪吳越春秋≫를 왕 뿐 아니라 문무 대신들이 읽었었고, 허황된 허구적인 부분, 시대 역사적 사료에 맞지 않는 부분이 있어서 왕이 직접 삭제하라고 명했다는 대목이 보인다. 조선 초기에 이런 기록이 있다는 것은 적어도 이 책이 고려 말, 즉 조선 초기 文宗보다 더 이전 국내에 유입되었다는 사실을 반영해 주고 있다. 다시 그 후에 보이는 기록은 世祖때의 기록이다.

> 우부승지 최선복 · 동부승지 김수령에게 명하여 ≪오월춘추≫를 수교하게 하였다.
> 命右副承旨崔善復、同副承旨金壽寧讎校≪吳越春秋≫[16)]

文宗 때 왕이 직접 시대적, 역사적 정황에 맞지 않는 부분을 삭제하라고 명했었지만, 그로부터 12년이 지난 1463년 世祖 때에 이르러서는 이미 삭제되고 부족한 ≪吳越春秋≫원본을 최선복과 김수령에게 명하여 보완하게 한 것이다. 그리고 이 命을 받들어 보완해서 책을 만들었다는 기록이 崔恒의 문집 ≪太虛亭集(15-16世紀)≫[17)]에서 보인다. ≪태허정집≫은 詩集 1권 · 文集 2권 · 補遺, 합 2책으로 된 서적으로 규장각에 소장되어 있다(奎章閣 [古] 3428-19).

최항[18)]이 펴낸 ≪태허정집≫은 일반적인 문집 체계와는 달리 맨 앞에 저자의 묘비명

연의≫를 강하다."

16) 世祖 31卷, 9年(1463 癸未 / 明 天順 7年) 閏7月 8日(乙醜) 2번째 기사 "우부승지 최선복 · 동부승지 김수령에게 오월춘추를 교정하게 하다."

17) ≪태허정집≫의 初刊本은 최항이 죽은 뒤 아들 永隣 · 永灝 형제가 문집 간행을 위해 자료를 수집하다가 차례로 죽자 처남인 徐居正이 이를 이어 成宗 17年(1486)에 편집 간행하였고, 重刊本은 宣祖 2年(1569) 曾孫인 輿源이 慶尙道 都事로 있으면서 統營에서 간행하였다. 그 뒤 중간본의 잘못을 고치기 위해 仁祖3年(1625)에 7대손 藴이 중간본의 의심스러운 부분에 頭註하였다. 〈奎章閣 해제 참조〉

18) 崔恒(1409-1474年)은 世宗 16年(1434)에 알성문과에 장원으로 급제하여 集賢殿副修撰 · 知製敎가 되었으며 이 해에 ≪資治綱目通鑒訓義≫의 편찬에 참여하였다. 이후 鄭麟趾 등과 함께 ≪高麗史≫의 편찬, 申叔舟 등과 함께 ≪訓民正音≫ · ≪東國正韻≫ 등의 편찬에도 참여하였다. 世宗 29年(1447)에는 문과중시에 5등으로 합격하여 直提學 · 世子右輔德이 되었으며, 세자인 文宗이 섭정함에 이르러서는 書筵官으로서 출납을 관장하여 정치를 보좌하였다. 문종이 즉위한 뒤에는 司諫院 左司諫에 임명되고, 文宗 1年(1451)에 집현전 부제학으로서 ≪世宗實錄≫의 撰修에 참여하고, 다음해에 승정원 同副承旨 · 左副承旨가 되었다. 端宗 1年(1453) 癸酉靖難 때 協贊한 공으로 都承旨로 승진하고 輸忠衛社協贊靖難功臣의 칭호를 받았으며, 다음해에는 이조참판에 제수되고 寧城君에 봉해졌다. 또 다음해에는 대사헌이 되었으며, 世祖가 즉위

과 묘지문이 있고, 이어 권1에 시 218수, 권2에 序 12편, 記 5편, 跋 3편, 書 1편, 表 7편, 箋 13편, 疏 5편, 제문 3편, 贊 12편, 碑銘 2편, 補遺로 啓蒙要解跋 · 司藝府君行蹟 등이 수록되어 있다. 주의해야 할 점은 序 12편 〈御製諭將說序〉 · 〈明皇誡鑑序〉 · 〈吳越春秋序〉 · 〈謝賜宴藝文館序〉 · 〈御製屯亭詩序〉 · 〈桑林詩序〉 · 〈張寧皇華集序〉 · 〈訓辭後序〉 · 〈後妃明鑑序〉 · 〈山穀精粹序〉 · 〈匪懈堂詩軸序〉 · 〈晉山世稿敍〉 중에 〈吳越春秋序〉가 있다는 것이다. 서울大 奎章閣의 해제를 보면 "世祖 때, 중국의 전국시대 당시 일의 得失을 기록해 후세의 귀감이 될 만하다 하여 편찬한 ≪吳越春秋≫의 서문. 임금이 趙曄이 찬한 것을 위주로 하고 ≪左傳≫ · ≪國語≫ · ≪戰國策≫ · ≪劉向說苑≫ 등을 참고하여 만든 ≪吳越春秋≫를 申叔舟(1417-1475年) 등과 함께 교정하고 注解하게 하였는데 몇 개월 후에 찬진한 후 왕명에 의해 기록한 글이다. 과거의 일은 이를 기록한 책이 없으면 聖人이라도 상세히 알 수 없다고 하여 역사책의 중요성을 지적한 후 이 책은 단순히 중국의 吳 · 越 두 나라에 대한 기록에만 머물지 않고 군신의 귀감이 된다고 하였다"[19]라고 되어있다. 구체적인 내용을 ≪태허정집≫의 〈오월춘추서〉를 통해 보면 다음과 같다.

> 주상 전하는 신 아무개를 불러 이르기를, "내가 전부터 역사서를 살펴보기 좋아했는데 ≪오월춘추≫도 史家의 부류로서 당시 행사의 득실을 기록하여 후대의 거울이 되게 하였고 또 그 글이 증빙할 만한 점이 있었다. 내가 일찍이 文宗의 명령을 받들어 ≪歷代兵要≫

한 후 佐翼功臣에 녹훈되었으나 가을에는 부친상을 당하였다. 3년 喪을 마친 후 世祖 3年(1457)에는 호조참판, 1458년에는 형조판서 등에 임명되어 품계가 資憲大夫에까지 이르렀다고 한다. 이 해 겨울에는 모친상을 당하였으나 다음해에 왕명에 의해 起復되어 中樞院使와 世子左賓客兼成均大司成에 임명되었다. 다시 世祖 6年(1460)에는 이조판서에 승진하고, 世祖 9年(1463)에는 의정부 좌참찬, 다음해에는 右參贊兼世子貳師가 되어 왕명에 의해 鄭麟趾 · 申叔舟 · 丘從直 · 金禮蒙 · 韓繼禧 · 徐居正 등과 함께 五經四書의 口訣을 바로잡았다. 世祖 12年(1466)에 判兵曹事를 거쳐, 이듬해에는 관직이 우의정 · 좌의정 · 영의정에 올랐다. 1468년 예종이 즉위한 후 領經筵事를 맡았으며 世祖대에 완성한 ≪經國大典≫ 刑典 · 戶典 二典을 제외한 나머지 四典을 이때 완성하여 찬진하였다. 成宗 1年(1470)에는 ≪歷代帝王後妃明鑑≫을 찬진하고, 1471년에는 純誠明亮經濟弘化佐理功臣에 녹훈되고 다시 좌의정이 되어 ≪世祖實錄≫와 ≪睿宗實錄≫을 찬진하였다. 成宗 5年(1474) 4월에 66세의 나이로 사망하였다. 특히 문장으로 뛰어나 관직 생활 중 중국에 보내는 事大表箋의 대부분을 그가 담당하였으며 각종 편찬사업에도 많이 참여하였다. 시호는 文靖公이고 봉호는 寧城府院君이며, 徐居正은 그의 처남이다. 〈奎章閣 ≪태허정집≫ 저자 崔恒 해제 참조〉

19) 奎章閣 ≪태허정집≫ '吳越春秋序' 해제 참조.

> 를 엮어내고, 아울러 吳·越의 사실까지도 기입했었다. 그러나 체재나 범례에 구애되어 오직 兵家에 절실한 것만을 다 잡았기 때문에 미처 자세히 하지 못했다. 나는 그 소략함을 유감으로 여겨 範曄의 저작인 ≪後漢書≫를 주로 삼고, ≪左傳≫·≪國語≫·≪戰國策≫과 劉向의 ≪說苑≫ 등의 책을 일일이 참고해서 자세하기를 기하여 빠진 것은 보태고 거듭된 것은 깎아 실을 꿰듯이 차례를 삼고 그릇된 곳을 바르게 하여 한 책을 만들어 거의 넓고 흡족하도록 이바지했으니, 이제 마땅히 다시 교정을 더하고 또한 注解를 붙이라." 하셨다. 신이 신숙주 등과 더불어 삼가 지시를 받들고 몇 달 만에 겨우 완성하여 올리니 책 이름을 내리시고 또 신에게 명하여 서문을 쓰라고 하였다.……[中略]…… 주상 전하는 하늘이 내리신 명철한 분이시고 지혜가 날로 새로워 즉위하시기 전에 독서하기에 항상 부지런하여 여러 책을 널리 보시고, 지난 일을 밝게 아시며, 비록 零編이나 소설이라도 눈에 익히고 마음으로 명상하지 않은 것이 없었다. 이 책에 이르러서는 더욱더 생각을 두시어 손수 검토하고 정밀하게 攷定하여 실가닥이 얽히고 머리털이 맺어진 듯한 것을 낱낱이 풀어내어 은미한 것을 나타내고, 탈락된 것을 수집하여 그 처음과 끝을 갖추어 보존하고, 진짜와 가짜를 가려내어 마름질한 것은 밝고, 분류한 것은 치밀하며, 검토한 것은 유실된 바가 없고, 확실함을 드러낸 것은 근거가 있게 하셨다. ≪오월춘추≫ 한 책이 이에 이르러 비로소 좋은 기록이 되었으니, 저 전대 제왕이 등한히 찾고 함부로 편집하여 거룩한 撰箸라 자랑한 것이 어찌 만분의 하나인들 비슷할 수 있겠는가.……[中略]……지금 이 한 책이 어찌 다만 오월의 사적을 기록한 책만 될 뿐이겠는가. 진실로 천하 만세의 군신의 귀감이 될 것이다.[20]

이 기록으로 보면 확실히 世祖의 명을 받아 趙曄의 ≪吳越春秋≫를 기본으로 하여 신숙주와 함께 ≪左傳≫·≪國語≫·≪戰國策≫·≪劉向說苑≫를 참조하여 ≪吳越春秋≫를 교정하고 주해까지 했음을 알 수 있다. 世祖는 특별히 이 책을 아꼈고 그래서 손수 검토하고 정밀하게 고정하면서 마치 실가닥처럼 얽힌 것을 풀어냈다고 기록

---

20) 上召臣某若曰。予夙好觀史。吳越春秋。亦史家流也。紀當時行事得失之蹟。爲後代鑑。其書有足徵者。予嘗承文宗命。撰歷代兵要。幷入吳越事實。然拘體例。唯取切於兵家者摭之。故莫得而詳焉。予恨其疏略。乃就後漢趙曄所撰書爲主。左傳，國語，戰國策，劉向說苑等書。反覆參考。務從詳悉。漏者補之。重者刪之。次其綸貫。正其僞舛。以成一書。庶資博洽。今宜更加讎校。且著注解。於是臣與申叔舟等祗承指授。閱數月就緖以進。賜名曰某書。且命臣序之。…恭惟我主上殿下英明天縱。睿智日新。自在龍潛。恒勤乙覽。博極群書。洞觀往事。雖零編稗說。莫不經眼而關心。至於是書。亦留睿思。手自檢尋。精加攷定。絲棼髮結。爬梳靡遺。顯發微隱。蒐擧逸脫。使其源委俱存。眞贋亦甄。裁成之明。屬比之密。討閱者無所失。揚搉者有所據。吳越一書。至此而始得爲善志。此豈前代帝王間搜浪輯。以誇聖撰者。所可彷彿其萬一歟。……[中略]…… 然則今此一書。豈直爲吳越紀事之書而已哉。誠天下萬世君臣之龜鑑也。

하고 있다. 당시 ≪吳越春秋≫에 대한 世祖의 마음을 읽을 수 있는 부분이다. 하지만 안타깝게도 지금은 이 판본이 남아있지 않아, 단지 기록으로만 그 흔적을 찾아 볼 수 있을 따름이다. 이렇게 왕명에 의해 판본을 정리해 놓는 노력에도 불구하고 이 책은 결국 유실되고야 만다. 때문에 이 서적을 보고자 했던 왕실의 사람들은 다시 책을 구해야만 했다. 燕山君 때의 기록을 보자.

> 전교하기를, "홍문관이 유실한 ≪오월춘추≫·≪남북사≫·≪삼국지≫ 등 서책을 천추사로 하여금 사오게 하라." 하였다.
> 傳曰 : "弘文館遺失書冊≪吳越春秋≫·≪南北史≫·≪三國志≫, 令千秋使貿來"[21]

이 기록을 보면 燕山君 때는 이미 이 서적이 유실되고 볼 수가 없었다. 藏書를 담당했던 弘文館[22]의 부주의로 서적이 유실되어, 중국에 가서 ≪南北史≫·≪三國志≫ 등의 역사서와 함께 ≪吳越春秋≫를 구입해 오라고 명을 내린다. 하지만 앞에서 언급하고 주석을 달았듯이 이 책은 여전히 문무 대신들 사이에서 읽히고 있었다. 서적을 관리하던 홍문관에서 없어졌을 뿐이지, 누군가는 귀하게 소장하고 있었을 가능성이 큰 것이다. 또한 燕山君이 서적을 구입하라고 명은 했지만, 이 때 서적을 구입했다는 기록이 없고 판본을 조사하는 과정에서도 찾을 수가 없었다. 때문에 이 때 새로 구입한 판본이 유입되었는지는 판단하기 어렵다. 하지만 ≪宣祖實錄≫에 남겨진 기록을 보면 다시 이 책을 읽었다는 기록이 남아있어, 燕山君의 명령으로 이 서적들을 구입해 온 것이 분명해 보인다.

> ≪오월춘추≫를 고찰하면 서시는 吳나라 夫差가 망했을 때 죽었으니, 범여가 卿相의

---

21) 燕山 25卷, 3年(1497 丁巳 / 명 弘治 10年) 7月 7日(丙午) 6번째 기사 "유실한 ≪오월춘추≫·≪남북사≫·≪삼국지≫ 등의 서책을 중국에서 사오게 할 것을 명하다"

22) 玉堂·玉署·瀛閣이라고도 하며, 司憲府·司諫院과 더불어 이른바 言論三司라고 한다. 홍문관의 일은 본래 정종 때 설치한 集賢殿에서 맡아 하였는데, 世祖는 집현전을 혁파하고 藝文館에서 그 기능을 맡게 하였다. 이후 世祖 9年(1463) 梁誠之의 건의에 따라 藏書閣을 홍문관이라 하였으나 이때의 홍문관은 藏書 기관의 역할만 하였다. 燕山君 때 잠시 進讀廳으로 고쳤다가 中宗 1年(1506)에 복구하였고, 高宗 31年(1894)에 경연청과 합하여 이듬해에 經筵院이라 개칭하였다가 1896년에 다시 홍문관으로 고쳐서 勅任官의 大學士·학사·經筵官, 奏任官의 副學士, 경연관·判任官의 侍讀을 두었다(네이버 지식백과 참조).

영화를 사절하고 五湖에서 작은 배를 타고 노닐 때에 서시를 태웠을 리가 없는데, 당나라 시인 杜牧의 시에, 서시가 고소를 떠나 배 하나로 치이를 따랐네 했으니, 대개 고소가 멸망하자 서시가 떠돌며 의탁할 데가 없었으므로 치이처럼 가버렸다고 한 것입니다. 두목이 이미 그르쳐 놓은 것을 뒷사람들이 잘못된 대로 이어받고 틀린 대로 답습하여 사실처럼 여긴 것입니다. 송나라 王銍은 자가 性之인데 '모든 서적을 하나하나 고찰해 보았어도 범여가 서시를 싣고 갔다는 기록은 아무데도 없다.'고 한 것을 주자가 자주 언급했습니다.

按≪吳越春秋≫, 西施死於吳夫差之亡, 範蠡辭卿相之榮, 扁舟五湖, 本無載西施之事, 而唐時人杜牧之詩雲: '西施下姑蘇, 一舸隨鴟夷。' 蓋謂姑蘇之滅, 西施飄泊無所依, 如鴟夷之去耳。牧之旣誤, 後人承誤踵訛, 以爲實然. 宋王銍, 字性之, 歷考諸書, 竝無範蠡載西施事。朱子亟稱之。[23]

이 대목을 보면 유희춘[24]이 역대 정치에 대해 얘기하면서 杜牧의 詩 〈杜娘詩〉에 나온 구절 '西施下姑蘇, 一舸隨鴟夷'와 ≪吳越春秋≫의 내용을 비교하였다. 두목의 잘못된 인용을 후세사람들이 답습하여 사실대로 받아들이면 안 된다고 경계하고 있는 대목이다. 이에 대해 宣祖는 유희춘의 학식에 감탄을 하는데, 유희춘이 이렇게 비교하면서 강연할 수 있었던 것은 유희춘 자신이 ≪吳越春秋≫를 읽었다는 말이 된다. 그렇다고 본다면 적어도 宣祖 7年(1574) 때에는 필사본이던, 새로 구입하여 온 판본이던 ≪吳越春秋≫작품이 藏書閣에 있었다는 얘기가 된다. 지금 남아있는 가장 이른 판본이 1719년 필사본이니까, 그로부터 약 145년 전의 일이다. 그래도 이런 기록을 통해 조엽의 ≪吳越春秋≫가 적어도 고려시대 후반기에 국내에 유입되었을 것이라고 추정할 수 있는 것이다.

2.3 국내 소장 판본과 한글 필사본

앞에서 살펴 본 바와 같이 이미 고려 말이나 조선 초기에 ≪吳越春秋≫가 유입되었을 가능성이 크고, 世祖 때 부족한 부분을 교정해서 편찬하고, 燕山君 때 서적을 다시

23) 宣祖 8卷, 7年(1574 甲戌 / 明 萬曆 2年) 2月 5日(庚戌) 1번째 기사 "주강에서 유희춘이 역대의 정치를 예로 들면서 진강하자 상이 경탄하다"

24) 조선 중기의 문신으로 경사와 성리학에 조예가 깊어 ≪미암일기≫외 많은 저서를 남겼으며 16세기 호남사림을 대표하는 인물이다.

〈단국대학교 소장 한글필사본-표지〉

재구입하는 그런 일들이 있었음에도 불구하고 결국 이 판본이 남아있지 않게 되었다. 현재 국내에 소장되어 있는 ≪吳越春秋≫판본은 모두 6종류이다. 그 판본들을 정리하면 크게 4가지로 분류 할 수 있다.

첫째, 국내 한문 筆寫本

둘째, 국내 한글 筆寫本(현재 확인되는 유일한 번역 필사본)

셋째, 淸代에 간행한 木版本

넷째, 淸代에 간행한 挿畵 石印本

첫 번째로 국내에서 필사한 한문 필사본을 살펴보면, 世祖의 명을 받들어 책을 撰 했다고 기록되어 있으나, 실제로 이 책을 필사한 연도는 肅宗 45年이다. 刊記에 "庚熙五十八年(1719)季壬辰七月日書"라고 되어 있는 기록을 바탕으로 연도를 추정한 것으로 1719년에 필사한 것이 분명하다. 그렇다면 그 이전에 世祖의 명을 받아 교정해서 편찬했던 ≪吳越春秋≫판본은 과연 어디에 소장되어 있는지, 왜 世祖의 명으로 편찬하라 했던 ≪吳越春秋≫에 肅宗 때의 간기가 기록되어 있는 것인지 의문이 아닐 수 없다. 이것은 아마도 肅宗 때 이 책을 필사할 당시 필사원본이 世祖 때 교정해서 편찬했던 필사본이었을 것이다. 그랬던 것이 다시 필사 원본은 유실되고 肅宗 때의 필사본만 남았을 것이라고 추정할 수 있다.

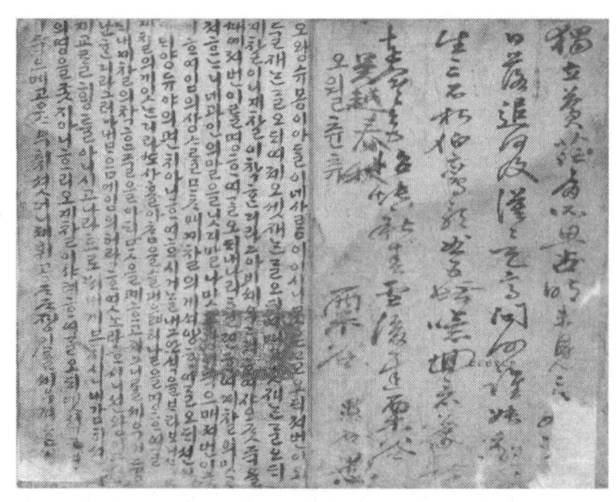
〈단국대학교 소장 한글필사본-속표지〉

두 번째로 국내 한글 필사본이다. 이 판본은 단국대 율곡기념관에 소장되어 있으며, 필사만 한 것이 아니라 필사자가 축역 하여 필사해 놓은 것이다. 표지는 한자로 ≪吳越春秋≫라고 되어있고, 속표지에 한글로 〈오월츈츄〉 라고 표기되어 있다. 그 내용을 보면 ≪吳越春秋≫를 처음부터 번역한 것이 아니라 오나라 수왕의 이야기부터 시작해서 오자서가 합려에게 손무를 천거하는 부분까지 기록되어 있다. 전체적으로 보면 오나라의 얘기 중에서도 극히 적은 부분에 해당된다.

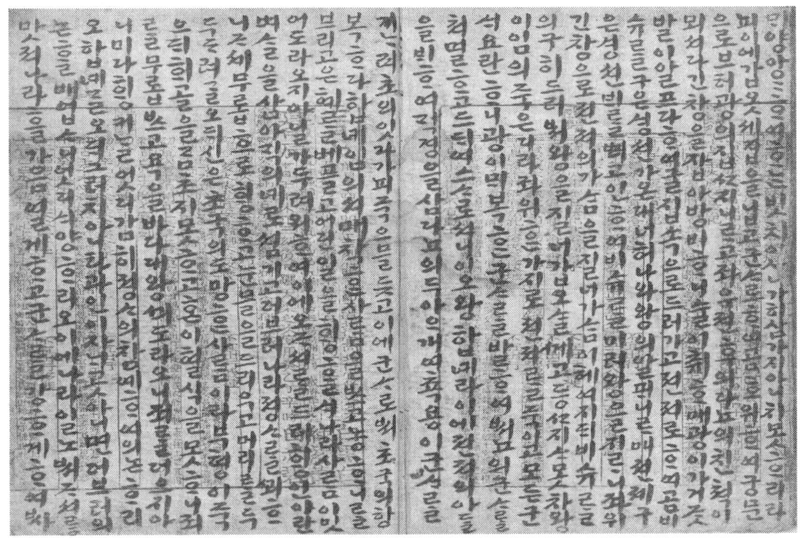

〈단국대소장 한글필사본-석판본 위에 필사한 것으로 보이는 흔적〉

이 필사본이 전체 몇 冊으로 되어 있는지는 알 수 없다. 또 전체를 다 번역 필사한 것인지도 알 수 없다. 단지 지금 전하고 있는 것이 단지 20페이지 분량의 1冊이기 때문에 자세한 정황은 추정할 수가 없다. 그래도 종이질이나 필사되어 있는 한글의 상태를 보면 이 필사본은 비교적 늦은 시기에 필사된 것으로 보인다. 이 필사본의 종이질을 보면, 이면지를 사용하기도 했고, 어떤 것은 서책 위에 그냥 필사한 흔적도 보인다. 서책 위에 필사한 흔적을 자세히 들여다보면 서책이 일반 목판본이 아닌 정교한 석판본일 것으로 추정되는 흔적들이 눈에 들어온다. 흐릿해서 정확히 출판연대를 가늠하기는 어렵지만, 석판본은 출판의 역사에서 보면 비교적 뒤늦게 등장하게 되는 출판 방식이다. 따라서 필사시기를 조선후기 또는 일제강점기로 추정할 수 있는 것이다. 이 필사본을 국내 최초의 ≪吳越春秋≫번역본이라고 주장할 수는 없지만 현재 확인되는 유일한 번역 필사본이라는 점에서 가치가 크다고 할 수 있다.

세 번째로 볼 수 있는 판본은 淸代에 간행한 木版本으로 서울대 中央圖書館에 淸

末에 간행된 것으로 보이는 ≪吳越春秋≫木版本과 ≪吳越春秋吳太伯傳≫木版本이 소장되어 있다. 이 두 판본에는 모두 '徐天祐'의 서문이 들어있다고 기록되어 있다. 그런 점으로 보아 元代에 간행했던 宋代 徐天祐 서문이 있는 大德本 계열의 판본인 것으로 추정된다. 더욱이 ≪吳越春秋≫木版本에는 '徐乃昌'이 발문이 들어있는데, 乾隆年間에 발행된 徐乃昌의 ≪隨庵徐氏叢書≫본 계열일 것으로 추정된다. 하지만 國立中央圖書館에 소장되어 있는 판본은 淸末에 간행된 木版本이라고만 되어 있을 뿐 서지사항이 자세하지 않아 판본계열과 시기를 정확히 추정해 내기는 힘들다.

네 번째로는 淸代에 간행한 揷畵가 들어있는 石印本 ≪繡像新刻吳越春秋≫로 한국학중앙연구원에 소장되어 있다. 標題紙書名이 〈繡像吳越春秋鼓詞全傳〉이라고 되어 있으며 1908년에 출판된 것이다. 이 판본은 인쇄업의 발달과 함께 독자층의 요구에 의해서 삽화를 넣어 정교한 책자를 만들었을 가능성이 크다. 판식도 석인본이기 때문에 다른 판본보다는 뒤늦게 간행된 것이고, 다른 판본들에 비해 가치도 떨어진다고 볼 수 있다.

지금까지 언급한 국내 소장된 ≪吳越春秋≫판본들을 표로 정리하면 다음과 같다.

書名	出版事項	版式狀況	一般事項	所藏處	所藏番號
吳越春秋	世祖(朝鮮)命撰, 肅宗45年(1719)	1冊(零本), 筆寫本, 30.5×19.7㎝	刊記:庚熙五十八年(1719) 季壬辰七月日書	서울大學校 奎章閣	181.1-Ow2-v.5/6
오월츈츄	趙曄(漢)撰	1冊(15張), 筆寫本, 31.4×16.3㎝, 無界, 13行字數不定	表題:吳越春秋	단국대학교 율곡기념도서관	고853.5-오869
吳越春秋	趙曄(後漢)撰, 徐乃昌(淸)編, 南陵徐氏家, 1903~1908	10卷2冊(卷1-10), 中國木版本, 29.7×17.6㎝, 上下單邊, 左右雙邊, 半郭:20×14.1㎝, 有界, 9行17字, 註雙行, 上下向白魚尾	隨庵叢書, 總目錄題, 隨庵徐氏叢書, 總序:光緖戊申(1908) 繆筌孫, 卷末:徐氏補注, 吳氏春秋逸文, 吳氏春秋劄記 序:徐天祐, 跋:丙午(?)徐乃昌	서울大學校 中央圖書館	0230-48-2-3
吳越春秋	趙曄, 遊桂 校, 淸板本	2卷2冊, 中國木版本, 24.8×16.2㎝		國立中央圖書館	BA2225-3-1-2
吳越春秋吳太伯傳	越燁(漢)撰, 鄭國勳(中國)輯, 龍谿精舍, 刊寫年未詳	10卷3冊(卷1-10), 中國木版本, 27.3×17.2㎝, 上下單邊, 左右雙邊, 半郭:17×12.7㎝, 有界, 10行21字, 註雙行, 花口, 上下向黑魚尾	龍谿精舍叢書, 標題:吳越春秋, 卷末에 劄記 있음, 刊記:龍谿精舍校刊, 刊記:潮陽鄭氏用元大德本刊, 序:徐天祐	서울大學校 中央圖書館	0230-29-20-22

書名	出版事項	版式狀況	一般事項	所藏處	所藏番號
繡像新刻吳越春秋	上海, 茂記書莊, 光緖34年(1908)	4卷4冊, 中國石印本, 有圖, 14×8.8㎝	標題紙書名:繡像吳越春秋鼓詞全傳, 表紙書名:繡像吳越春秋, 刊記:光緖戊申(1908)冬月上海茂記書莊校印	한국학중앙연구원(장서각)	D7C-81

2.4 한글 필사본의 내용

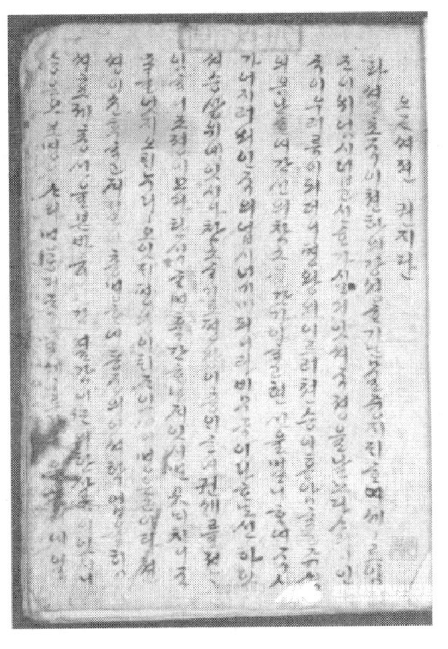

〈오자서전 한글 필사본〉

앞에서도 언급했듯이 단국대에 소장된 한글 필사본은 국어의 표기나 석인본 인쇄 종이에 필사한 것 등을 감안하면 조선후기나 일제시대에 필사한 것으로 보인다. 국내 소장된 삽화본 ≪吳越春秋≫가 석인본이고 1908년에 간행된 판본인 것을 보더라도, 이즈음에 정교한 석인본 판본들이 대거 인쇄되어 나왔기 때문이다. 따라서 적어도 필사 시기는 1900년대 초반이 될 것이다. 원래 국문학자 金東旭이 소장하고 있었지만 지금은 단국대학교 율곡기념도서관에 소장되어 있다. 서울대학교 도서관 소장본 국문 필사본인 작자·연대 미상의 고전소설 필사본 <오자서전>[25]이나, 대창·한양 보급서원에서 1918년에 나온 활자본 〈伍子胥實記〉와는 다른 것으로 봐야 한다.

<오자서전>의 내용을 살펴보면 오자서라는 인물을 중심으로 서술된다. 오운은 초나라 사람으로 자는 자서이며, 아버지는 오사인데 초평왕이 며느리를 가로채 아들을 낳고 태자를 죽이려 하자, 오사가 이를 간하다가 큰아들 오상과 함께 죽음을 당하는 부분부터 시작한다. 오운은 여러 사람의 도움으로 태자의 아들 승을 데리고 오나라로 도망가게 되고, 사촌 요에게 왕위를 빼앗긴 공자광이 왕위를 빼앗으려 일을 도모하다가 오

25) 〈오자서전〉에는 육십이 된 사대부가의 부인이 자손을 모두 경성에 보내고 적적함을 이기지 못하여 내밀한심회를 절절하게 풀어 쓴 수필조의 긴 필사기가 첨부되어 있다고 한다.

나라로 도망 온 오운을 만나게 되는 이야기가 전개된다. 끝부분은 결국 백비의 농간으로 오자서가 자결하게 되고 월왕이 결국 오나라를 쳐서 멸망시키자 부차는 자결하고 백비는 월왕에게 죽음을 당한다는 줄거리로 구성되었다.

이에 반해, 이 한글 필사본 ≪오월춘추≫는 1권도 생략되고 축역 되었지만, 정확히 2권 吳王壽夢傳부터 시작하고 있다.

내용도 완역한 것이 아니라 축역한 것이다. 앞에서 판본 문제에서도 다루었지만 현존하는 ≪吳越春秋≫는 모두 10권으로 되어있다. 1권부터 5권이 오나라에 대한 이야기로 〈吳太伯傳〉으로부터 시작되어 2권이 〈吳王壽夢傳〉, 3권이 〈王僚使公子光傳〉, 4권이 〈闔閭內傳〉, 5권이 〈夫差內傳〉로 구성되어 있다. 그리고 6권부터 10권은 월나라에 대한 이야기로 6권은 〈越王無餘外傳〉, 7권은 〈句踐入臣外傳〉, 8권은 〈句踐歸國外傳〉, 9권은 〈句踐陰謀外傳〉, 10권은 〈句踐伐吳外傳〉 등으로 구성되어 있다.

하지만 앞에서도 언급했듯이 단국대에 소장된 한글 필사본 ≪吳越春秋≫는 1권 〈吳太伯傳〉이 생략되어 있다. 2권 〈吳王壽夢傳〉부터 본격적인 이야기를 시작하는 데 그 시작도 앞부분은 대거 생략하고 수몽이 죽음에 임박했을 당시부터 서술하고 있다. 우선 한글 필사본에서 생략된 부분을 살펴보면 다음과 같다.[26)]

> [수몽 원년, 주의 천자를 알현하고 초나라에 가서 제후국의 예제와 음악을 관찰했다. 노나라 성공이 종리에서 수몽을 만나니 수몽은 주공이 제정한 음악을 깊이 물었고, 이에 성공은 그를 위해 전왕의 예제와 음악을 상세하게 말해주고, 이어서 수몽에게 하 · 상 · 주 삼대의 민가를 음송하고 노래해줬다. 수몽이 말했다. "나는 오랑캐 땅에 있으면서, 단지 몽치같이 상투를 묶은 것으로 풍습을 삼았으니 어찌 이런 복장이 있는가?"이어 탄식하며 떠나면서 말했다. "아아! 이런 것이 예로다" 수몽 16년, 초나라 공왕은 오나라가 무신을 위해 자기를 친 것에 원한을 갖고서, 이에 군대를 일으켜 오나라를 정벌해 형산까지 이르렀다가 돌아갔다.[27)]]
>
> 壽夢元年, 朝周, 適楚, 觀諸侯禮樂. 魯成公會於鍾離, 深問周公禮樂, 成公悉爲陳前王之禮樂, 因爲詠歌三代之風. 壽夢曰 : 〈孤在夷蠻, 徒以椎髻爲俗, 豈有斯之服哉!〉 因歎而去, 曰 : 〈於乎哉, 禮也!〉 二年, 楚之亡大夫申公巫臣適吳, 以爲行人. 敎吳射禦, 導之伐楚. 楚莊王怒, 使子反將, 敗吳師. 二國從斯結讎. 於是吳始通中國而與諸侯

26) 필자는 이 절에서 단국대 소장 한글 필사본의 내용 중 2권의 내용을 김영식의 번역(지만지출판사, 2011)과 비교해서 살펴보려고 한다.

27) (이 부분은 생략됨) 조엽 저, 김영식 역, ≪오월춘추≫, 지만지, 2011, 32-33쪽.

爲敵. 五年, 伐楚, 敗子反. 十六年, 楚恭王怨吳爲巫臣伐之也, 乃擧兵伐吳, 至衡山而還… 十七年, 壽夢以巫臣子狐庸爲相, 任以國政.

이렇듯 일반 번역본을 보면 2권 앞부분에는 수몽 원년부터 기술하고 있으나 한글 필사본 ≪오월춘추≫에서는 元年부터 17년까지의 일을 과감히 생략하였다. 그리고 본격적인 이야기가 시작된다.

오왕 슈몽이 아ᄃᆞᆯ이 네 사ᄅᆞᆷ이 이시니 ᄆᆞᆺ은 ᄀᆞᆯ오ᄃᆡ 져번이오 둘재ᄂᆞᆫ ᄀᆞᆯ오ᄃᆡ 여제오 셋재ᄂᆞᆫ ᄀᆞᆯ오ᄃᆡ 여ᄆᆡ오 넷재ᄂᆞᆫ ᄀᆞᆯ오ᄃᆡ 계찰이니 계찰이 착ᄒᆞᆫ디라 그 아비 셰우고져 ᄒᆞ여 쟝ᄎᆞᆺ 죽을쌔에 져번이ᄅᆞᆯ 명ᄒᆞ여 ᄀᆞᆯ오ᄃᆡ 내 나라 홀뎐ᄒᆞ여 계찰의 밋고져 ᄒᆞᄂᆞ니 네 과인의 말을 닛디말나

[25년에 드디어] 수몽이 병이 들어 죽을 상황에 놓여있었다. 수몽에게는 아들 넷이 있었는데, 장자는 제번이고, 둘째 아들은 여채이며 셋째가 여말이고 막내가 계찰이었다. 계찰이 현명해서 수몽은 그를 왕위에 세우고자 했으나, 계찰은 오랜 제도와 예법이 있는데, 어찌 그런 예법을 폐하고서 부자간의 감정을 행할 수 있느냐며 사양했다. 이에 수몽이 이에 제번에게 명하기를 계찰을 믿어, 나라를 주려고 하니 그 말을 잊지 말라고 당부했다.

二十五年, 壽夢病將卒. 有子四人 : 長曰諸樊, 次曰餘祭, 次曰餘昧, 次曰季劄. 季劄賢, 壽夢欲立之, 季劄讓, 曰 : 〈禮有舊制, 奈何廢前王之禮, 而行父子之私乎?〉 壽夢乃命諸樊曰 : 〈我欲傳國及劄, 爾無忘寡人之言.〉

필사자는 이 부분을 번역하고 필사하는 과정에서 계찰이 말하는 부분을 삭제하고 간략화 해서 서술하였다. 하지만 여기까지 번역을 하고 다시 제번의 대답 부분은 과감하게 삭제하였다.[28] 아마도 필사자가 생각하기에 불필요하다고 생각되는 부분은 임의대로 삭제한 것으로 보인다.

제번이 대답했다. "주나라의 태왕이신 고공단보께서 서백의 성덕을 아시고서, 장자를 폐하고 막내아들을 세워, 주 왕조의 통치의 도가 일어났습니다. 이제 나라를 계찰에게 물려주고자 하시니, 저는 진정으로 들판에서 밭이나 갈겠습니다." 수몽이 말했다. "옛날 주나라에서 시행한 덕은 온 세상 백성들에게 더해졌지만, 이제 너는 조그만 나라이자 오랑캐 지역에 있으니, 어찌 천자의 대업을 이룰 수 있겠느냐? 이제 만일 그대가 전대 사람의 말을

28) 〈禮有舊制, 奈何廢前王之禮, 而行父子之私乎?〉

잊지 않는다면, 반드시 나라를 형제의 순서에 따라 계찰에게 물려줘야 할 것이다."[29]

諸樊曰 : 〈周之太王知西伯之聖, 廢長立少, 王之道興. 今欲授國於劄, 臣誠耕於野.〉 王曰 : 〈昔周行之德, 加於四海, 今汝於區區之國, 荊蠻之鄉, 奚能成天子之業乎? 且今子不忘前人之言, 必授國以次及於季劄.〉 (諸樊曰 : 〈敢不如命?〉)

이 부분을 또 생략하였고, 다시 축약하였다. 이어지는 부분을 보면 아래와 같다.

밋 오왕이 죽으매 져번이 즉시ᄒᆞ여 임의 상ᄉᆞᄅᆞᆯ ᄆᆞᄎᆞ매 계찰의게 쇠양ᄒᆞ여 ᄀᆞᆯ오ᄃᆡ 션왕이 ᄆᆡ양듀야의 편치 아니ᄒᆞ여 ᄒᆞ시거ᄂᆞᆯ 내 그 안ᄉᆡᆨ을 ᄇᆞ라보니 ᄡᅳᆺ이 계찰의게 잇ᄂᆞᆫ디라 ᄯᅩ 사ᄒᆞᆯ 아ᄎᆞᆷ을 슬퍼 읇허 날을 명ᄒᆞ여 ᄀᆞᆯ오ᄃᆡ 내 계찰의 착ᄒᆞᆫ 줄을 아되 ᄆᆞᆺ을 폐ᄒᆞ고 져그니ᄅᆞᆯ 셰우기 듕난ᄒᆞᆫ디라 그러나 매 ᄆᆞᄋᆞᆷ에 임의 허락ᄒᆞ엿노라 ᄒᆞ시니 션왕이 ○○계교ᄅᆞᆯ 힝틀 아니시고 나라흐로 뼈내게브치시니 내 감히 션왕의 명을 좃지 아니ᄒᆞ리오

수몽이 죽고, 제번은 적장자의 신분으로 국사를 대리해서 상례를 마치고, 계찰에게 처리하며 국정을 맡아보았다. [오왕 제번 원년, 상복을 벗고 난 후에 군주 자리를] 계찰에게 양보하며 말했다. "[옛날 선대왕이신 부친께서 아직 돌아가시지 않았을 때에] 일찍이 새벽부터 황혼까지 불안해하신 적이 있으셨는데, 내가 그분의 안색을 바라보니 그 뜻이 온통 그대에게 있었다. 그리고서 또다시 내조에서 비탄하시면서 '나는 공자 계찰의 현능함을 안다'라고 말씀하셨다. 장자를 폐하고 막내아들을 왕위에 세우고자 하셨지만, 입에 올리기가 어려웠던 것이다. 비록 그렇긴 했지만 나는 마음속으로 이미 부왕께 허락했다. 그러나 부왕께서는 차마 사사로운 계책을 행하시지 못해 나라를 나에게 전해 주셨다. 그러하나 내가 어찌 감히 명령을 따르지 않겠는가? [이제 이 나라는 그대의 나라다. 나는 부왕의 뜻을 이룰 수 있기를 바란다."][30]

壽夢卒, 諸樊以適長攝行事, 當國政. 吳王諸樊元年, 已除喪, 讓季劄, 曰 : 〈昔前王未薨之時, 嘗晨昧不安, 吾望其色也, 意在於季劄. 又復三朝悲吟而命我曰 : 吾知公子劄之賢, 欲廢長立少. 重發言於口. 雖然我心已許之, 然前王不忍行其私計, 以國付我, 我敢不從命乎? 今國者, 子之國也, 吾願達前王之義.〉

다음으로 이어지는 부분을 보자.

[계찰이 사양하며 말했다. "적장자가 국정을 담당하는 것은 부왕의 사사로운 뜻이 아니

29) (이 부분은 생략됨) 조엽 저, 김영식 역, ≪오월춘추≫, 지만지, 2011, 34-35쪽.

30) 조엽 저, 김영식 역, ≪오월춘추≫, 지만지, 2011, 35-36쪽.

고 종묘사직의 제도이니 어찌 바꿀 수가 있겠습니까?"제번이 말했다. "만일 나라에 시행할 수 있다면, 무슨 고대 제왕의 명령이 있겠는가? 태왕이 후계자를 계력으로 바꾸니 두 형이 오랑캐 땅 초로 들어가 성벽을 쌓아 나라를 이루어, 주 왕조의 도가 성취되었다. 이전 사람들이 그를 칭송함이 입에서 끊이지 않으니, 이는 그대가 익히 아는 바다."]

季札謝曰 : 〈夫適長當國, 非前王之私, 乃宗廟社稷之制, 豈可變乎?〉 諸樊曰 : 〈苟可施於國, 何先王之命有! 太王改爲季歷, 二伯來入荊蠻, 遂城爲國, 周道就成, 前人誦之不絶於口, 而子之所習也.〉

이 부분은 완전히 생략되어 있고, 계찰이 다시 사양하는 내용부터 이어진다.

계찰이 샤례ᄒᆞ여 ᄀᆞᆯ오ᄃᆡ 옛적 조션공이 죽으매 공자 부취 셧더니 제휘 공ᄌᆞ ᄌᆞ졍이를 세우려 ᄒᆞ매 장이 듯고 도망하여 가니 내 비록 ᄌᆡ조롭지 못ᄒᆞ나 원컨대 ᄌᆞ쟝의 의를 ᄉᆞ모ᄒᆞ여 내 진실노 피ᄒᆞ리라 ᄒᆞ고 물러가 들에 밧 가니

계찰이 다시 사양하며 말했다. "옛날 조나라 선공이 죽은 후, 공자 부추가 군주가 되고 적장자가 죽임을 당하자, 제후들과 조나라 사람들은 그가 나라에서 군주로 세워지는 것을 옳지 않다고 생각했습니다. 선공의 시신을 모시러 진나라에 갔던 자장이 소문을 듣고서 거닐며 탄식하다가 조나라로 돌아갔습니다. 조나라의 군주가 된 성공은 그를 두려워했습니다. 제후들은 자장을 군주로 세우려 했지만, 자장이 조나라를 도망쳐 떠나니, 조나라의 통치의 도가 비로소 이루어졌던 것입니다. 저 계찰은 비록 재능은 없지만, 자장의 뜻을 따르길 원합니다. 저는 진실로 군왕자리를 피하고자 합니다." 오나라 사람들은 완고하게 계찰을 군주로 세우고자 했지만, 계찰이 받아들이지 않고 들에서 밭갈이를 하니, [오나라 사람들도 할 수 없이 그를 포기했다.][31]

札復謝曰 : 〈昔曹公卒, 廢存適亡, 諸侯與曹人不義而立於國. 子臧聞之, 行吟而歸. 曹君懼, 將立子臧, 子臧去之, 以成曹之道. 札雖不才, 願附子臧之義. 吾誠避之.〉 吳人固立季札, 季札不受而耕於野, 吳人舍之.

이 부분은 축역하기도 했지만, 필사자가 본문의 내용과는 별개로 자신의 의지대로 줄거리를 요약한 듯 보이는 대목이다. '[]'의 부분은 생략하거나 많이 축약한 부분을 의미한다. 그리고 2권의 마지막 부분으로 이어진다.

져버뉘 신을 경만이 ᄒᆞ고 하놀ᄭᅴ 비러 죽기를 구ᄒᆞ여 장ᄎᆞᆺ죽으려ᄒᆞᆯᄉᆡ 아우 여제를 명

31) 조엽 저, 김영식 역, ≪오월춘추≫, 지만지, 2011, 36-38쪽.

ᄒᆞ여 ᄀᆞᆯ오ᄃᆡ 반드시 나라ᄒᆞᆯ 계찰의게 미ᄎᆞ리 ᄒᆞ고 이에 계찰이ᄅᆞᆯ 연능에 봉ᄒᆞ여 호ᄒᆞ여 ᄀᆞᆯ오ᄃᆡ 연능뎨자라 ᄒᆞ더라 그후 여제 죽으매 여매고션지사연의 죽으매 계찰에게 지위ᄅᆞᆯ 주고져 ᄒᆞ니 계찰이 ᄉᆞ양ᄒᆞ여 ᄀᆞᆯ오ᄃᆡ 내 임의 ᄌᆞ장 의ᄅᆞᆯ ᄉᆞ모ᄒᆞᆫ디라 몸을 조촐이 ᄒᆞ고 ᄒᆡᆼ실을 ᄆᆞᆰ게 ᄒᆞ여 오니 어린ᄃᆡ 쳐ᄒᆞ려 ᄒᆞᄂᆞ니 부귀ᄂᆞᆫ ᄀᆞ올ᄇᆞᄅᆞᆷ이 귀ᄀᆞ으로 디남 ᄀᆞᆺ다 ᄒᆞ고 ᄃᆞᄃᆡ 연능으로 도라가니 오나라 사ᄅᆞᆷ이 여매의 아ᄃᆞᆯ노 세외 왕을 삼으니

제번은 교민하고 방자해 귀신에게 태만히 하고 가벼이 해, 하늘을 우러러 죽음을 구했다. 죽으려고 할 때 아우 여재에게 "반드시 나라를 계찰에게 전해라"라고 명령했다. 이에 계찰을 연릉지방에 봉하고 "연릉제자"라 불렀다. 17년, 여채가 죽자 여말이 즉위했다. [여말 4년] 그가 죽을 때 군주 자리를 계찰에게 전수하고자 했으나, 계찰은 사양해 도주하며 말했다. "내가 왕위를 받지 않는다는 것은 분명하다. 옛날에 선군이신 제번왕께서 왕위를 이어 받으라는 명령이 있었으나, 나는 이미 자장의 뜻을 따르기로 해서, 몸과 행실을 깨끗하게 하고 고상한 절개를 우러르고 이행해 오직 인의에만 처했으니 부귀영화가 나에게는 마치 가을바람이 지나가는 것과 같을 뿐이다." 그러고서 마침내 연릉으로 도망갔다. 이에 오나라 사람들은 여말의 아들 주우를 옹립하고 그를 오왕 요라 호칭했다.[32)]

諸樊驕恣, 輕慢鬼神, 仰天求死. 將死, 命弟餘祭曰 : 〈必以國及季劄.〉 乃封季劄於延陵, 號曰延陵季子. 餘祭十二年, 楚靈王會諸侯伐吳, 圍朱方, 誅慶封. 慶封數爲吳伺祭, 故晉楚伐之也. 吳王餘祭怒曰 : 〈慶封窮來奔吳, 封之朱方, 以效不恨士也.〉 卽擧兵伐楚, 取二邑而去. 十三年, 楚怨吳爲慶封故伐之, 心恨不解, 伐吳, 至乾谿, 吳擊之, 楚師敗走. 十七年, 餘祭卒. 餘昧立四年卒. 欲授位季劄, 季劄讓, 逃去. 曰 : 〈吾不受位明矣. 昔前君有命, 已附子臧之義. 潔身淸行, 仰高履尙, 惟仁是處, 富貴之於我, 如秋風之過耳.〉 遂逃歸延陵. 吳人立餘昧子州於, 號爲吳王僚也.

이렇게 2권이 끝나지만 한글 필사본에서는 2권이 끝났다는 표시가 없고, 바로 3권의 내용이 들어간다. 이런 방식은 필사 끝까지 이어진다.

필자는 이 절에서는 한글 필사본에서 단지 2권에 해당하는 "吳王壽夢傳" 부분만 인용하여 비교하였다. 필사자는 직역이나 의역이 아닌 축역의 형태로 조엽의 ≪吳越春秋≫를 시작한다. 그리고 필사자는 자신이 필요 없다고 여기는 부분을 과감히 삭제하고 이야기의 흐름에 맞게 기술했는데, 편년체 표기 방식도 따르지 않았다. 아마도 필자가 ≪吳越春秋≫를 읽고 생각나는 대로 줄거리를 요약했을 것으로 추정된다. 이 필사본은 전편이 다 발견되지 않았다. '요리가 스스로 자신의 손발을 자르고서 검에 엎어져 자살'하는 부분, 그리고 '합려가 초나라를 치려 하자 오자서가 손무를 합려에게 천거하는' 부분

32) 조엽 저, 김영식 역, ≪오월춘추≫, 지만지, 2011, 38-40쪽.

까지 기록되어 있다. 정확히 말하면 이 부분은 오나라의 이야기 중에서도 4권 〈闔閭內傳〉 중반까지이다. 아마도 더 필사했을 것이라 추정되지만, 현재 단국대에 소장되어 있는 이 필사본은 단지 1冊만 남아 있어 그 진위여부는 가려내기 힘들다. 그리고 필사자가 바로 번역을 하면서 필사한 것인지, 번역해 놓은 다른 필사본을 보고 다시 필사한 것인지도 정확히 알 수가 없다. 만약 필사자가 다른 번역 필사본을 보고 베낀 것이라면 그 원본에 대한 존재여부도 궁금하지 않을 수 없다. 때문에 이 한글 필사본을 국내 최초의 ≪吳越春秋≫번역본이라고 주장하는 것은 조심스럽다. 하지만 현재 확인되는 유일한 번역 필사본임에는 틀림없어 보인다.

필자는 ≪吳越春秋≫가 소설로서 인식되었던 기록을 ≪中國古代小說百科全書≫에서 찾았고, 중국에서 발표된 최근 논문들을 통해서도 이 작품을 역사서가 아닌 문학서로서 받아들이고 있다는 점을 인식했다. ≪吳越春秋≫는 ≪春秋列國志傳≫에도 당연히 영향을 주었을 테고, 시대를 초월해서 독자들에게 사랑을 받았기 때문에 唐代 변문인 〈伍子胥變文〉을 통해서도 이야깃거리로 전승되었고, 元代 講史話本인 ≪吳越春秋平話≫ 등으로 각색되어 대중과 만날 수 있었을 것이다. 더욱이 고려시대에 국내에 유입 되었을 것으로 추정되는 역사적 사료를 통해, 필자는 그 유입시기를 고려후기로 보았는데, 국내에서도 왕실과 조정대신들에게 많은 사랑을 받으면서 읽혀졌던 사실을 알 수 있었다. 조선시대 文宗이 역사적 사료와 맞지 않는 부분을 삭제하게 한 점, 世祖가 부족한 부분을 교정해서 편찬하라고 한 점, 燕山君때 유실된 서적을 중국에 가서 다시 구입해 오라고 한 점 등은 이 ≪吳越春秋≫ 작품이 국내에서도 끊임없이 사랑받았다는 점을 말해주고 있는 것이다. 그 증거자료가 서울大 奎章閣에 남아있는 肅宗때 한문으로 필사한 판본이고, 단국대 율곡도서관에 소장되어 있는 한글필사본이다.

이 ≪吳越春秋≫한글 필사본은 축역이긴 하지만 국내에서 현재 확인되는 유일한 번역 필사본이라고 할 수 있다. 적어도 19세기 말에 이렇게 번역 필사된 이후, 100여 년의 시간이 흐르는 동안 ≪吳越春秋≫번역본은 나오지 않았었다. 그런 의미에서 최근 ≪吳越春秋≫ 현대 번역본이 여러 권 나온 것은 반가운 점이다. 박광민 譯으로 '경인문화사'에서 2004년 3월 25일에 발행되었고, 신동준 譯으로 '인간사랑'에서 2004년 11월 10일, 이명화 譯으로 '일조각'에서 2009년 8월 24일에, 김영식 譯으로 '지만지'에서 2011년

2월 28일에 출판되었다. 필자역시 신동준과 김영식의 번역본을 참조했다. 역사적 생동감이 충만한 춘추시대 남방의 吳·越 양국의 패권 다툼의 흥망성쇠 이야기는 현 시대를 살고 있는 우리들에게도 귀감이 된다.

더욱이 한문·한글 필사본을 통해 先祖들의 독서열풍을 느낄 수 있었고, 서책을 필사해서 소장해 놓으려던 장서의 중요성, 번역을 해 놓고 읽으려 했던 번역의 필요성 등 국내에서의 수용양상까지도 느끼고 확인할 수 있어, 21세기를 사는 후학자로서 감회가 더욱 새로웠다. 비록 이 논문에서는 한글 필사본 중에서도 단 2권의 내용만을 비교하였지만, 앞으로 중세국어와 고어 등을 더 연구해서 국내 소장되어 있는 한문 필사본과 한글 필사본의 내용을 연구하고 분석하는 작업까지 이루어질 수 있기를 기대해 본다. 또한 비슷한 시기에 필사되었을 것으로 추정되는 한글 필사본 〈오자서전〉과도 좀 더 정확한 비교가 이루어져서 그 연관성까지 연구되기를 기대해 본다. 마지막으로 자료를 제공해 준 단국대 율곡도서관 관계자분들께 진심으로 감사드린다.

3. ≪酉陽雜俎≫의 국내 유입과 수용*

≪酉陽雜俎≫는 唐代의 段成式이 張華의 ≪博物志≫를 모방해서 편찬한 작품으로 대략 異事奇文을 위주로 엮어 놓은 책이다. '酉陽'이라는 유래는 위진육조 梁 나라 元帝가 지은 賦 〈訪酉陽之一典〉에서 따온 것이라고 하며, 또 '酉陽'은 山名(湖南省 沅陵縣의 小酉山)으로 秦代에 책을 보관했던 石室이라고도 한다(그 외에도 一說에는 단성식의 號'라고 추정하는 이도 있다). 그리고 '雜俎'는 잡다한 것을 모아 놓았다는 뜻으로 ≪酉陽雜俎≫는 唐代 筆記小說 가운데 독창성이 매우 높은 대표적 작품으로 평가받고 있다.

≪酉陽雜俎≫는 前集 20권과 續集 10권을 합하여 총 30권으로 되어 있으며, 수록한 事類에 따라 '史志'부터 '支植'까지 다양한 편목으로 세분되어 있다. 그 내용은 서명에서 알 수 있듯이 人事·神怪·飮食·醫藥·寺塔·動物·植物 등 매우 광범위하며, 傳奇·志怪·雜錄·考證 등 그 문체도 다양하다.[1]

편찬자 段成式(803?-863年)은 字가 柯古이며 齊州 臨淄 출생(현 山東省 淄博市)이다. 그는 唐 穆宗 때 校書郎을 지냈으며 말년에는 太常少卿에까지 올랐던 문인이다. 집안에 藏書가 많아 어려서부터 박학다식했으며 특히 佛經에 정통했다고 전해진다. 그는 일찍부터 文名이 높았는데, 그가 구사하는 언어와 문장은 뜻이 심오하고 광대하여 세상 사람들이 珍異하게 여겼다고 하며, 그의 작품으로는 ≪廬陵官下記≫2卷이 있으나 현재 전하지는 않는다.[2]

---

* 이 논문은 2010년 한국연구재단의 정부재원(교육과학기술부 인문사회연구 역량강화사업비)의 지원을 받은 연구이다.(NRF-2010-322-A00128)

이 글은 2014년 1월 ≪중국어문논역총간≫34집에 투고된 논문을 수정 보완하여 작성한 것임.

** 민관동(경희대학교 중국어학과 교수)

1) 劉世德 외, ≪中國古代小說百科全書≫, 中國大百科全書出版社, 1993년, 698-699쪽

2) 陳文新·閔寬東 合著, ≪韓國所見中國古代小說史料≫, 武漢大學出版社, 2011년, 91-92쪽

段成式의 ≪酉陽雜俎≫는 일찍이 국내에 유입되어 국내 문단에 많은 영향을 끼쳤으며 또 조선시대 초기에는 국내에서 출판까지 이루어졌는데, 이로 인해 조정의 문인들 사이에서 논란과 시비의 중심에 있었던 문제의 책이기도 하다.

본 논문에서는 먼저 ≪유양잡조≫의 국내 유입시기와 논쟁의 원인에 대하여 살펴보고, 국내에서 출판된 판본과 현재 국내에 소장된 판본을 구체적으로 분석하여 그 가치를 평가해 보고자 한다. 또한 ≪유양잡조≫가 국내에 유입되어 수용되는 과정과 영향을 중점적으로 다루기로 한다.

3.1 ≪유양잡조≫의 국내 유입과 논쟁

段成式의 ≪酉陽雜俎≫가 언제 국내에 유입되었는지에 대한 정확한 기록은 없다. 그러나 고려시대에 이미 ≪山海經≫ · ≪新序≫ · ≪說苑≫ · ≪搜神記≫ · ≪嵇康高士傳≫ · ≪世說新語≫ · ≪太平廣記≫까지 유입된 정황으로 보아 늦어도 고려시대 중기에는 국내에 유입된 것으로 보인다(특히 남송시기에 출간된 판본이 유입되었을 가능성이 높아 보인다).[3] 또 고려중기 이후 문인들의 漢詩에 ≪酉陽雜俎≫에만 나오는 典故들이 원용되고 있는 점으로 대략적 유입시기를 추정할 수 있다.[4]

국내 고전문헌에서 찾아볼 수 있는 最初記錄은 徐居正(1420-1488년)의 ≪筆苑雜記≫ 序文에 나타난다.

> 대개 筆談은 벼슬을 그만두고 거처하던 때에 보고들은 것이요, 言行錄은 名臣의 실제 행적을 기록한 것이니 이 책은 이 둘을 겸한 것이다. 어찌 ≪搜神記≫와 ≪酉陽雜俎≫ 등의 책과 같이 기이한 일을 들추어서 두루 섭렵하였음을 자랑하며 웃음거리로 이바지하는 데 그치겠는가?[5]

寧稼雨, ≪中國文言小說總目提要≫, 齊魯書社, 1994년, 106쪽

3) 손병국은 9세기 경에 우리나라에 전래된 것으로 보고 있다. 손병국, 〈유양잡조의 형성과 수용양상〉, ≪한국어문학연구≫제41집, 2003.8, 172쪽

4) 단성식 지음, 정환국 옮김, ≪譯註酉陽雜俎≫, 소명출판, 2011년 9월, 20쪽 참고

5) 表沿沫, ≪筆苑雜記≫序, 손병국, 〈유양잡조의 형성과 수용양상〉, ≪한국어문학연구≫제41집, 2003.8, 181쪽 재인용

이글은 徐居正의 ≪筆苑雜記≫ 序文에 나오는 글인데 본래 이 서문은 表沿沫(1449-1498년)이 1486년에 쓴 글이다. 이러한 사실로 보아 1486년 이전에 전래되어 많이 애독되고 있었음이 확인된다.

그 다음 기록으로는 ≪조선왕조실록≫의 ≪成宗實錄≫(卷二八五 · 19-20, 成宗 24年 12月 28日, 戊子)에서 찾아볼 수 있다. 成宗 24年은 西紀 1493년으로 그해 12월 朝廷에서 이 책으로 인하여 상당한 물의와 논란을 불러일으킨 기록이다. 그 기록을 살펴보면 다음과 같다.

> 弘文館 副提學 金諶 등이 箚子(신하가 임금에게 올리는 공문서)를 올리기를, "삼가 듣건대, 지난번 李克墩이 慶尙監司로, 李宗準이 都事로 재직하고 있을 때 ≪酉陽雜俎≫ · ≪唐宋詩話≫ · ≪遺山樂府≫ 및 ≪破閑集≫ · ≪補閑集≫ · ≪太平通載≫ 등의 책을 刊行하여 바치니, 폐하께서는 그것을 大闕 內府에 所藏하도록 명하셨습니다. 그리고 다시 ≪唐宋詩話≫ · ≪破閑集≫ · ≪補閑集≫ 등의 책을 내려 臣 등으로 하여금 歷代의 年號와 人物 出處를 대략 註解하여 바치게 하셨습니다. 그러나 臣 등은 帝王의 학문은 마땅히 經史에 마음을 두어 修身齊家하고 治國平天下하는 要結을 종지로 삼고, 治亂과 得失의 자취를 講究해야하며, 이외에는 모두 治道하는데 無益하고 聖學(성인이 진술한 학문, 즉 유학)에 방해가 된다고 생각합니다. 그런데 이극돈 등이 그저 ≪유양잡조≫와 ≪당송시화≫ 등의 책이 怪誕하고 不經한 말과 浮華하고 戲弄하는 언사로 되었음을 알지 못하고 이렇게 굳이 전하께 進上하는 것은 전하께서 詩學에 흥미가 있다는 것을 알고, 그것을 이용해 관심을 끌고자 했기 때문입니다. 항시 임금이 嗜好하는 것에는 아부를 하기위해 이를 따르는 자들이 많은 법인데, 李克墩이 바로 이러한 인물일 뿐만 아니라 하물며 중간에서 중개자가 되어 그것을 전한 자임에랴 어찌하겠습니까! 이처럼 怪誕하고 장난스럽게 쓴 책은 전하께서는 淫聲이나 美色과 같이 멀리해야 마땅하며, 宮中 內府에 秘藏하게 하여 乙夜之覽(국왕이 정무를 끝내고 취침하기 전인 열시 경에 독서를 하므로 이름)을 돕게 함은 마땅하지 못합니다. 청컨대 위의 여러 책들을 外方(외부지방)에 내려 보내시고, 聖上께서는 心性을 바르게 수양하는 功力을 다하시고, 臣下들이 아첨하는 길을 막으소서."라고 하였는데, 임금이 전교하기를, "그대들이 말한 바와 같이 ≪유양잡조≫ 등의 책이 怪誕하고 不經하다면, ≪詩經≫의 國風과 ≪左傳≫에 실린 것들은 모두 純正하다는 것인가? 근래에 인쇄하여 반포한 ≪事文類聚≫ 또한 이와 같은 일들이 실려 있지 아니한가? 만약 人君이 이러한 책들을 보는 것은 마땅하지 못하다면, 임금은 단지 經書만 읽어야 마땅하다는 것인가? 李克墩은 理致를 아는 大臣인데, 어떻게 그 不可함을 알면서도 그렇게 하였겠는가? 지난번에 柳輊가 慶尙監司로 있을 때 十漸疏를 屛風에 써서 바치니, 그것에 대해 논하는 자들이 아첨[阿諛]하는 것이라고 주장하였는데, 지금 말하는 것 또한 이와 같도다. 내가 前日에 그대들에게 이 책들을 대강 註解하도록 명하였는데, 그대들은 주해하

는 것을 꺼려하여 이러한 말을 하고 있는 것이로다. 일찍이 불가함을 알았다면 애초에 어찌 말하지 아니하였는가?"라고 하였다.6)

〈成宗實錄, 卷二八五·19-20, 成宗24年12月28日, 戊子〉

이 글은 副提學 金諶 등이 1492년 이극돈과 이종준이 경상감사와 都事로 재직할 때 ≪酉陽雜俎≫와 ≪太平通載≫ 등의 책을 刊行하여 바친 일이 발단이 되어 탄핵을 하는 기록이다. 이 사건의 핵심은 副提學으로 있던 金諶이 이극돈이 간행한 ≪酉陽雜俎≫와 ≪太平通載≫ 등의 책을 不經한 것이라고 탄핵한데서 시작된다. 그는 오히려 패관잡기 등의 책을 註解하도록 命한 임금(成宗)을 교묘히 힐책하며 모름지기 임금은 이러한 불경한 책들을 멀리하고 經史를 읽어 心身修養에 힘써야 한다고 奏請한다. 이에 심기가 불편해진 임금은 "≪詩經≫·≪左傳≫과 ≪事文類聚≫에는 모두 순정한 내용만 있단 말인가? 또 임금은 오직 經書만 읽어야 한단 말인가?"라며 역정을 낸다. 성종은 오히려 "金諶 등이 註解(성종이 命한 ≪唐宋詩話≫·≪破閑集≫·≪補閑集≫ 등에 대한 註解)하는 것을 꺼려하여 이러한 괴변을 늘어놓는 것 아니냐"며 그 잘못을 추궁하고 있다.

탄핵사건이 점점 심각하게 돌아가자 다음날(1493년 12월 29일) 이 탄핵사건의 당사자인 이극돈은 바로 임금님을 謁見하여 이 문제에 대한 출판경위에 대하여 해명을 하며 탄핵의 부당함을 호소한다.

---

6) ≪朝鮮王朝實錄≫, 成宗實錄, 卷二八五·19-20.
(弘文館副提學 金諶等, 上箚子曰, 伏聞 頃者 李克墩爲慶尙監司, 李宗準爲都事時, 將所刊酉陽雜俎 唐宋詩話 遺山樂府 及破閑 補閑集 太平通載等書以獻, 旣命藏之, 內部旋下. 唐宋詩話 破閑 補閑等集, 令臣等 略注歷代編年號, 人物出處以進. 臣等竊惟帝王之學, 潛心經史, 以講究修齊治平之要, 治亂得失之跡耳, 外此皆無益於治道, 而有妨於聖學. 克墩等置不知雜俎詩話等書, 爲怪誕不經之說, 浮華戱劇之詞, 而必進於上者. 知殿下留意詩學而中之也,. 人主所尙, 趨之者衆, 克墩尙爾, 況媒進者乎. 若此怪誕戱劇之書, 殿下當如淫聲美色而遠之, 不宜爲內府秘藏, 以資乙夜之覽. 請將前項諸書, 出府外藏, 以益聖上養心之功, 以杜人臣獻諛之路. 傳曰, 如爾等之言, 以酉陽雜俎等書, 爲怪誕不經, 則國風左傳所載, 盡皆純正歟. 近來印頒, 事文類聚, 亦不載如此事乎. 若曰, 人君不宜觀此等書, 則當只讀經書乎. 克墩識理大臣豈知其不可而爲之哉, 前者 柳輊爲慶尙監司時, 書十漸疏于屛進之議者以爲阿諛, 今所言, 亦如此也. 予前日命汝等, 略注此書, 必汝等, 憚於注解而有是言也. 旣知其不可, 則其初, 何不云爾.)

吏曹判書 李克墩이 와서 아뢰기를, "≪太平通載≫와 ≪補閑集≫ 등의 책은 이전에 제가 監司로 있을 때 이미 刊行하였습니다. 劉向의 ≪說苑≫와 ≪新序≫는 文藝에 관계되는 바가 있을 뿐만 아니라, 또한 제왕의 治道에도 관계되는 것이며, ≪酉陽雜俎≫가 비록 不經한 말이 섞여 있다 하나, 또한 보는 사람들이 마땅히 널리 涉獵해야하는 바이므로, 신이 刊行하도록 하였습니다. 그리고 前日에 각 도에서 새로 간행한 書冊을 進上하라는 御命이 있었기 때문에 進封(진상)하였을 뿐입니다. 어떤 책이 詩學에 관계되기에 臣을 지적하여 전하의 비위를 맞추어 아부하는 것이라 하는 것인지 알지 못하겠습니다."라고 하였다.7) 〈成宗實錄, 卷二八五·21, 成宗24年 12月 29日, 己丑〉

이처럼 이극돈은 직접 御殿으로 들어와 그 억울함과 부당함을 읍소하고 있다. 사실 당시 이극돈은 이조판서로 재직중에 있었으며 탄핵을 주도한 金諶은 홍문관 부제학이다. 이러한 雜記書籍의 출판문제가 정치적 사건으로 까지 비화되어 권력의 암투로 이어지게 된 사실이 매우 흥미롭다.

탄핵사건이 오히려 탄핵을 주도한 金諶 등에게 불리하게 돌아가자, 당일(12월 29일) 金諶 등이 다시 임금을 謁見하며 극구 변명을 하고 있다. 이러한 사실로 보아 당시 신하들 사이에서도 이 문제가 적잖이 화재가 되었던 것으로 보여 진다. 또한 앞뒤의 정황을 살펴보면 稗官雜記의 간행으로 君臣間에 혹은 신하들 사이에 상당한 논쟁이 있었음을 알 수 있다.8)

副提學 金諶 등이 와서 임금께 아뢰기를, "≪唐宋詩話≫·≪破閑集≫·≪補閑集≫ 등의 책을 註解하는 일을 臣 등이 꺼려한다고 하셨는데, 지난번에 ≪事文類聚≫를 먼저 校正하라는 御命을 전교 받았기 때문에 곧 바로 註解하지 못했던 것입니다. 臣下가 御命을 받으면 비록 위험한 곳에 나아간다 하더라도 감히 피하지 아니하는 법인데, 하물며 문필(文墨)의 작은 일에 어떻게 조금이라도 꺼려하는 情狀이 있었겠습니까? 臣 등은 이러한 마음이 전혀 없었습니다. 臣 등은 보잘것없는 才能을 가지고 侍從(모시고 따름)하면서, 평소 임금이 詩學 따위에 관심을 가져서는 안 된다고 생각하였던바 聖上께서 혹시라도 이것에 흥미를 가지실까 두려워하였습니다. 李克墩은 事理를 아는 大臣으로서 이런 不經하고 희

7) ≪朝鮮王朝實錄≫, 成宗實錄, 卷二八五·21.
(己丑....... 吏曹判書 李克墩來啓, 太平通載 補閑等集 前監司時, 已始開刊. 劉向說苑 新序, 非徒有關於文藝, 亦帝王治道之所係, 酉陽雜雜以不經, 亦博覽者, 所宜涉獵, 臣令開刊. 前日諸道新刊書冊, 進上有命故, 進封耳. 未知何書, 爲關於詩學, 而指臣爲中之乎.)

8) 민관동, ≪중국고전소설의 전파와 수용≫, 아세아문화사, 117-123쪽 참고

극적인 책들을 지어 바쳤으므로, 臣 등이 이 일을 생각하기에 진실로 그르다고 여겼기 때문에 아뢰었을 뿐입니다. 어떻게 감히 허물이 없는 者에게 허물을 씌우고, 말이 없는 데에 빈말을 만들고자 하였겠습니까? 註解하라는 명을 받들고 즉시 시작하지 아니한 것은 진실로 上敎와 같습니다. 그러나 臣下의 도리란 옳다고 생각되는 바가 있으면 반드시 啓達하는 것이니, 어찌 말한 때가 이르고 늦은 것으로써 감히 形迹(뒤에 남은 흔적, 자신의 행위)을 피하겠습니까? 지금 下敎를 받들고 보니 절실한 마음 감당하지 못하겠습니다. 待罪를 청합니다." 하니, 전교하기를, "내가 그대들이 말하는 뜻을 모르는 바 아니도다. ≪酉陽雜俎≫ 등의 책이 비록 不經한 말로 뒤섞여 있다 하나, ≪詩經≫國風 또한 淫亂한 말이 실려 있다고 하여 經筵(임금 앞에서 경서를 강론하는 자리)에서 進講하지 못하도록 請한 자가 있었으니, 後人이 그 그릇됨을 많이 의논할 것이다. 帝王은 마땅히 善과 惡을 살펴봄으로써 勸戒를 삼는 것이니, 만약 그대들이 말한 바와 같다면 근래에 印刷한 ≪事文類聚≫는 不經한 말이 없다는 것인가? 그렇다면 大闕 內府에 간직해 둔 여러 책을 장차 모두 찾아서 외부로 내보낸다면, 임금은 단지 四書五經만 읽어야 한단 말인가? 이 책을 註解하도록 명한 것이 8월에 있었으나, 이제까지 써서 바치지 아니하였으니, 책망이 돌아갈 바가 있는데, 도리어 이제 와서 이런 말을 하는 이유는 무엇인가? 그대들은 반드시 考閱(註解하는 일)하기를 꺼려하여 그러한 말을 하는 것이라 생각되는 도다. 그러나 待罪(처벌)하지는 않겠다." 라고 하였다.[9] 〈成宗實錄, 卷二八五·21, 成宗24年 12月 29日, 己丑〉

위 기록은 1493년 12월 29일 수세에 몰린 홍문관 부제학 金諶 등이 다시 임금을 謁見하여 오해를 풀기위해 극구 변명을 늘어놓는 장면이다. 즉 ≪事文類聚≫를 먼저 校正하라는 御命을 받았기에 ≪酉陽雜俎≫를 바로 註解하지 못했다고 변명을 하면서도 한편으로는 帝王이 불경한 잡학에 관심을 두는 것과 李克墩의 행위에 대해서 경계를 늦추지 않고 있다. 그러자 "帝王은 마땅히 善과 惡을 두루 살펴봄으로써 勸戒를 삼는

9) ≪朝鮮王朝實錄≫, 成宗實錄, 卷二八五·21.
(副提學 金諶等來啓曰, 唐宋詩話 破閑 補閑等集注解事, 以臣等爲厭憚, 前此事文類聚, 爲先校正事, 承傳故, 未卽注解. 人臣受命雖蹈湯赴火, 且不敢避, 況此文墨細事, 豈有一毫厭憚之情. 臣等萬無是心. 臣等俱以劣能待罪, 侍從以爲詩學, 人主之末事, 常恐聖上, 或有留意. 克墩以識理大臣, 獻此不經戱劇之書, 臣等心實非之故, 啓之耳. 安敢求疵於不疵, 造辭於無辭乎. 承註解之命, 不卽論啓, 誠如上敎人臣之義, 有懷必達, 豈以言之早晩, 敢避形迹乎. 今承下敎不勝隕越,. 請待罪. 傳曰, 予未知爾等所言之意. 酉陽雜俎等書, 雖雜以不經之說, 然國風亦載淫亂之辭, 而有請於經筵, 不以進講者, 後人多議其非. 人主當觀善惡, 以爲勸戒, 若如爾等之言則, 近印事文類聚, 其無不經之說乎. 然則內藏諸書, 將書搜出, 而人君只讀四書五經而已耶. 命註此集, 在於八月而迄, 不書進責有所歸, 而今反有是言何耶. 爾等必憚於考閱, 而求其說也. 然勿待罪.)

것이지 어찌 오직 四書五經만 읽을 수 있느냐"며 反問하고 분명 그 책을 註解하기 꺼려하여 구차한 변명한다며 詰責하고 있다. 그러나 임금은 그의 죄를 더 이상 추궁하지 않겠다고 밝히고 있어 이 문제가 다른 문제로 비화되지 않도록 불문에 붙이고자 한 의도를 엿볼 수 있다.

그 당시 논쟁이 야기되었던 쟁점은 중국고전소설이 詩文爲主의 정통문학이 아닌 非正統文學이기에 일부 사신들 사이에서는 이것을 不經하다는 이유와 음란한 문구가 많다는 이유로 배척하고 있으며, 그와 반대로 국왕과 이극돈 등의 일부 문인들은 오히려 "임금은 마땅히 善과 惡을 살펴봄으로써 그 勸戒를 삼는 것"이라며 詩文爲主의 문학관을 떨치고 폭넓은 학문관을 주장하며 논쟁을 벌인 사건으로 당시 문인들의 문학의식을 살펴 볼 수 있는 한 단면이기도 하다.[10)]

이처럼 우리 작품도 아닌 일개 중국소설의 出刊問題가 朝廷에서 君臣間에 혹은 신하들 사이에 曰可曰否하며 논쟁을 하였다는 것 자체가 매우 희귀한 사실이며 해학적인 사건 중의 하나이다. 그러나 이 탄핵사건은 단순할 출판문제로 惹起된 사건이 아닌 또 다른 음모가 있었음이 확인된다. 즉 김심 등이 이극돈을 탄핵한 본질은 당시의 정치문제를 소설류의 출간문제를 빌미잡아 해결하려 하였다는 것으로 추정된다.

이 사건의 핵심은 勳舊派와 士林派의 견제와 대결구도에서 나온 정치적 사건으로 당시 사림파는 弘文館(성종 9년부터 弘文館이 정비되어 왕성한 활동함)을 중심으로 세력을 크게 확대하며 본격적으로 훈구파를 견제하게 된다. 사림파의 주요인물로는 김종직을 위시하여 김굉필·정여창·김심·표연말·이종준·김일손 등의 신진 유림세력이었으며, 이들은 道學的인 유교정치를 理想으로 실현하려는 과정에서 기존에 깊게 뿌리를 내리고 있던 훈구파와 정치적으로 크게 부딪친다. 당시 이극돈은 勳舊派였고 김심은 이와 대립관계에 있었던 士林派였다.

여기에서 흥미로운 일은 ≪유양잡조≫를 출간하여 올린 사람이 경상감사 이극돈과 都事로 재임하였던 이종준이다. 그러나 이들은 함께 일을 하였음에도 탄핵의 대상에서 이종준은 제외되었다는 점이다. 실제 성균관대본 ≪유양잡조≫의 跋文을 살펴보면 "弘治壬子....廣原李士高(이극돈의 字)識"과 "月城李宗準謹識"이라고 되어 있어 출판을

10) 민관동, ≪중국고전소설의 전파와 수용≫, 아세아문화사, 123쪽

주도한 인물은 이극돈과 이종준임을 알 수 있다. 그럼에도 불구하고 이종준에 대한 탄핵은 제외되고 탄핵대상을 이극돈으로 삼았다. 왜냐하면 이극돈은 훈구파인 반면 이종준은 김종직 문인의 사림파였기 때문이다. 이러한 연유에서 이 사건은 탄핵의 본질이 정치적 대립에서 비롯되었다는 것을 증명해 준다.

또 이러한 사건의 앞뒤정황과 조선 초기의 출간을 기록한 ≪고사촬요≫의 서목을 살펴보면 조선 초기의 중국소설류에 대한 국내출판은 당시 조정의 중심이 되었던 훈구파들의 왕성한 편찬사업에 힘입어 중국소설류의 출판도 가능했던 것으로 추정된다.

그 외 유입과 관련된 자료로는 金安老의 ≪退樂堂集≫ · 이황의 ≪退溪集≫ · 이수광의 ≪芝峯類說≫ · 李瀷의 ≪星湖僿說≫ · 李圭景의 ≪五洲衍文長箋散稿≫ · 박지원의 ≪熱河日記≫ · 李德懋의 ≪青莊館全書≫에도 언급되어 있으며, 그 외 ≪與猶堂全書≫ · ≪研經齋集≫ · ≪海東繹史≫에서도 확인된다. 이들이 언급한 내용은 喪禮나 冊名 · 異域 등 주로 典據나 고증의 누락된 부분의 보충과 의학적 지식 및 서지상황 등에 대하여 언급하고 있다.[11] 이 부분에 대한 것은 제5장 ≪유양잡조≫의 국내 수용에서 다시 소개하기로 한다.

3.2 ≪유양잡조≫의 국내 출판

≪酉陽雜俎≫는 조선시대 成宗 23年(1492년)에 ≪唐段少卿酉陽雜俎≫라는 이름으로 출판되었다. 이 책은 1492년 李克墩과 李宗準이 경상감사와 都事로 재직하던 시기에 간행한 책으로[12] 총 20권 2책 혹은 20권 3책이며(어느 책이 먼저인지는 확인하기 어렵다). 한 면이 10行 19字로 된 판본으로 추정된다. 그 출판관련 기록을 살펴보면 다음과 같다.

---

11) 단성식 지음, 정환국 옮김, ≪譯註酉陽雜俎≫, 소명출판, 2011년 9월, 21쪽 참고

12) ≪조선왕조실록≫ 285권, 성종 24년(1493 12월 28일)에 "弘文館 副提學 金諶 등이 箚子를 올리기를, "삼가 듣건대, 지난번 李克墩이 慶尙監司와 李宗準이 都事로 있을 때 ≪酉陽雜俎≫ · ≪唐宋詩話≫ · ≪遺山樂府≫ 및 ≪破閑集≫ · ≪補閑集≫ · ≪太平通載≫ 등의 책을 刊行하여 바치니.……"라는 기록에서 이극돈과 이종준이 간행하였음을 알 수 있다.

> 吏曹判書 李克墩이 와서 아뢰기를, "≪太平通載≫와 ≪補閑集≫ 등의 책은 이전에 제가 監司로 있을 때 이미 刊行하였습니다. 劉向의 ≪說苑≫와 ≪新序≫는 文藝에 관계되는 바가 있을 뿐만 아니라, 또한 제왕의 治道에도 관계되는 것이며, ≪酉陽雜俎≫가 비록 不經한 말이 섞여 있다 하나, 또한 보는 사람들이 마땅히 널리 涉獵해야하는 바이므로, 신이 刊行하도록 하였습니다.[13)]
>
> 〈成宗實錄, 卷二八五·21, 成宗24年 12月 29日, 己丑〉

이 기록에서 이극돈은 ≪酉陽雜俎≫를 출간하였다고 분명히 밝히고 있으며 그 외에도 ≪太平通載≫와 ≪補閑集≫도 자신이 출간하였음이 확인된다. 특히 劉向의 ≪說苑≫과 ≪新序≫도 그에 의하여 출간되었음을 알 수 있다. 그러면 이극돈은 어떤 인물이며 그의 문학관은 어떠한지 주목할 필요가 있어 보인다.

이극돈(1435-1503년)[14)]은 우의정 李仁孫[15)]의 아들로 1457년(세조 3) 文科에 급제하여 吏曺判書와 右贊成 등 주요 관직을 두루 거친 훈구파의 거물이다. 또 그는 연산군 때 신진 士林派와 반목하던 중 무오사화를 일으킨 장본인이기도 하다. 그러나 학술서적 편찬에는 남다른 조예가 있었던 것으로 보인다. 그가 편찬한 책으로는 ≪綱目新增≫·≪東國通鑑≫·≪酉陽雜俎≫·≪唐宋詩話≫·≪遺山樂府≫·≪破閑集≫·≪補

---

13) ≪朝鮮王朝實錄≫, 成宗實錄, 卷二八五·21.
己丑.......吏曹判書 李克墩來啓, 太平通載 補閑等集 前監司時, 已始開刊. 劉向說苑 新序, 非徒有關於文藝, 亦帝王治道之所係, 酉陽雖雜以不經, 亦博覽者, 所宜涉獵, 臣令開刊.

14) 이극돈은 字가 士高이고, 號는 四峯이며 우의정 李仁孫의 아들이다. 그는 1457년(세조3) 親試文科에 급제하여 典農寺注簿·成均館直講·應敎 등을 역임했다. 1468년 文科重試에 乙科로 급제하고 禮曹參議에 승진하였고, 이어 漢城府右尹을 지냈다, 1470년(성종 1)에는 대사헌·형조참판을 거쳐 이듬해 佐理功臣으로 廣原君에 봉해졌고 1473년 聖節使로 명나라에 다녀왔다. 또 1476년 예조참판 때 奏請使로, 1484년에는 정조사가 되어 재차 명나라에 다녀왔고, 1487년에 漢城府判尹이 되었다. 1493년에 이조판서에 이어 병조·호조판서를 역임하였고, 平安·江原 등의 관찰사를 거쳐 左贊成에 이르렀다. 1498년(연산군 4년) 勳舊派의 거물로서 신진 士林派와 반목하던 중 柳子光을 시켜 金馹孫 등을 탄핵하여 戊午士禍를 일으켰다. 이후 1501년(연산군 7) 병조판서가 되었다가 1503년에 69세의 나이로 사망하였다. 시호는 翼平이었으나 뒤에 관직과 함께 추탈되었다

15) 본관은 廣州. 자는 仲胤, 호는 楓厓이다. 참의 李之直의 아들이다. 그는 태종 11년 생원시로 입조하여 세종·문종·단종을 거치면서 출세를 하였고 특히 세조 때에는 찬탈에 가담하여 3등공신이 되었다가 나중에는 우의정에 이른다. 그에게는 아들이 5형제가 있었는데 李克培(영의정), 李克堪(형조판서), 李克增(숭정대부 판중추부사), 李克墩(이조판서), 李克均(좌의정)이다. 이들 형제는 世祖 및 成宗 年間에 걸쳐 조선 최고의 명문세가를 이루었던 훈구파의 대표적인 집안이다.

閑集≫·≪太平通載≫·≪說苑≫·≪新序≫·≪成宗實錄≫ 등이 있다.[16)]

그가 출판을 주도한 서책 가운데 문학 서적이 주류를 이루고 있는 점은 당시 經書出版을 주도하였던 사림파와는 상당한 대조를 이룬다. 즉 조선 초기의 출판활동은 훈구파들의 왕성한 편찬사업에 힘입은 바가 크다. 이는 經學爲主의 편협된 학문관에서 벗어나 중국소설류의 출판을 주도하였다는 점은 그들의 문학관을 엿볼 수 있는 일면으로 나름의 의미를 찾을 수 있다.

또 ≪酉陽雜俎≫에 대하여 내용이 비록 "不經한 말이 섞여 있다 하나, 또한 보는 사람들이 마땅히 널리 涉獵해야 한다"는 관점은 서책의 내용을 가려서 읽는 것이 아니라 不經한 책이라 할지라도 읽고서 자신이 그 眞僞와 是非를 가려야 한다는 매우 폭넓은 학문관을 가지고 있었던 것으로 판단된다.

그 외 출판을 주도한 이종준(? -1498년)은 안동출신으로 김종직의 문인이다. 그는 신진 사림파로 시문·서화로 저명했으며, 대표저서로는 ≪慵齋遺稿≫가 있다. 1498년(연산군 4년) 무오사화 때 김종직의 문인으로 몰려 富寧으로 귀양 가다가 高山驛에 써 붙인 시로 말미암아 체포되어 이듬해 사형되었던 인물이다.

일반적으로 ≪유양잡조≫는 慶尙監司 李克墩과 都事 李宗準이 출간한 것으로 알려졌지만 이들 외에도 실제로 출판을 주도한 인물이 하나 더 있다. 그는 崔應賢(1428-1507)이라는 인물로 당시 慶州府尹을 지낸 인물이다. 그는 조선 중기의 문신으로 字는 寶臣이며 號는 睡齋이다. 1448년(세종 30)에 사마시에 합격하여 그 뒤 江原道都事·이조참의·동부승지·충청도감찰사에 임명되었다. 1489년에는 대사헌으로 있다가, 1491년에 경주부윤으로 임명되었다. 1494년에 한성부좌윤을 거쳐 1497년 다시 대사헌에 임명되었고 1505년에는 강원도관찰사를 거쳐 형조참판과 오위도총부 부총관을 역임하였던 인물이다.

그가 ≪유양잡조≫의 출간에 참여하였다는 기록은 성균관대본(貴D7C-16)과 성암문고본(4-1413)의 ≪酉陽雜俎≫跋文에 "弘治壬子(1492)… 睡翁 崔應賢 寶臣 謹志"라는 기록이 이를 증명해준다. 본래 이 판본의 발문에는 세 개의 발문이 보이는데 첫 번째가 "弘治壬子(1492) 臘前二日廣原李士高識,"이고 두 번째가 "弘治 五年(1492)…李

16) 한국민족문화대백과사전 참고

宗準謹識,"이며 세 번째가 "弘治壬子(1492)…睡翁崔應賢寶臣謹志"순으로 되어있다.

또 최응현은 1491년에 경주부윤으로 임명받은 점과 이 책의 출판지가 慶州라는 점 그리고 최응현의 발문이 가장 뒤에 나오는 점 등을 고려하면 실제적 출간의 총책은 당시 경주부윤으로 있었던 최응현이 실무를 총괄하였을 가능성이 높다.

그 외에도 당시 ≪酉陽雜俎≫의 출판을 고증하는 자료가 宣祖 1年(1568) 刊行本 ≪攷事撮要≫에서도 보인다.

宣祖 1年(1568年) 刊行本 ≪攷事撮要≫ : 557종
原州 : ≪剪燈新話≫, 江陵 : ≪訓世評話≫, 南原 : ≪博物志≫, 淳昌 : ≪效顰集≫, ≪剪燈餘話≫, 光州 : ≪列女傳≫, 安東 : ≪說苑≫, 草溪 : ≪太平廣記≫, 慶州 : ≪酉陽雜俎≫, 晉州 : ≪太平廣記≫.
宣祖 18年(1585) 刊行本 ≪攷事撮要≫: 988종
위에 언급된 판본목록은 모두 중복되었고 추가 누락된 것만 소개.
延安 : ≪玉壺氷≫, 固城 : ≪玉壺氷≫, 慶州 : ≪兩山墨談≫, 昆陽 : ≪花影集≫.[17]

宣祖 1年(1568) 刊行本 ≪攷事撮要≫의 기록에 의하면 ≪酉陽雜俎≫는 月城(慶州)에서 간행되었다고 밝히고 있는데 성균관대본 ≪酉陽雜俎≫의 跋文에도 "月城李宗準謹識"이라는 기록이 있어 이 책이 바로 成宗 23年(1492년)에 이극돈에 의하여 발간된 ≪唐段少卿酉陽雜俎≫을 지칭하는 것으로 확인된다.

≪唐段少卿酉陽雜俎≫는 최초 목판본으로 발간되었고 현재 誠庵文庫(본인이 직접 원본을 확인하지 못하였음), 奉化 沖齋宗宅, 成均館大學校 등 여기저기 흩어져 있어 完整本은 없는 상태이다. 또 판본의 크기도 각각 28×16.5㎝, 29.1×16.8㎝, 26.9×17.5㎝, 29.2×16.8㎝ 등 차이를 보이고 있는 점과 卷冊의 수에 있어서도 20권 2책본과 20권 3책본이 따로 존재하는 것으로 보아 한 번의 출판으로 끝난 것이 아니라 後印이 따로 있었던 것으로 보인다.

봉화 충재박물관본의 경우 20권 2책 가운데 落帙로 현재 전반부 10권(권1-권10) 1책만 남아있고, 성암문고 소장본(4-1412)은 후반부 10권(권11-권20)까지 1책만 소장되어

17) 김치우, ≪고사촬요 책판목록과 그 수록간본 연구≫(아세아문화사, 2007년). 필자가 ≪고사촬요≫ 조선 선조 1년(1568년)판을 근거로 중국소설의 출판목록을 따로 만들었다.

있어 두 권을 합하면 全帙을 복원할 수 있다.

忠志

唐段少卿酉陽雜俎卷之一

忠志

高祖少神勇隋末嘗以十二人破草賊號無端兒
數萬又龍門戰盡一房箭中八十人
太宗虬鬚嘗戲張弓挂矢好用四羽大笴長常箭
一膚射洞門闔上嘗觀漁於西宮見魚躍焉問其
故漁者曰此當乳也於是中網而止
骨利幹國獻馬百疋十疋尤駿上為製名決波騟
者近後足有距走歷門三限不躓上尤惜之

〈그림 1〉 奉化 冲齋博物館 所藏本

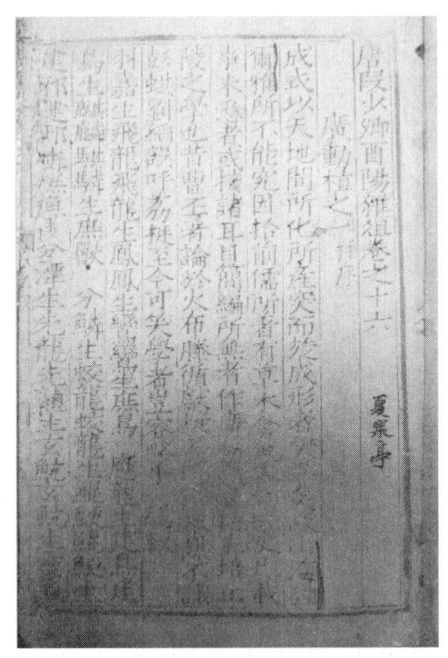

唐段少卿酉陽雜俎卷之十六

廣動植之一

〈그림 2〉 榮州 嘯皐祠堂本(紹修書院所藏)

그 외에도 국내 출판본으로 영주 소수서원본이 새로 筆者에 의하여 발굴되었다. 이 책은 총 20권 4책으로 현재 권16-권20까지 1권만 남아있다. 또 四周雙邊이며 上下白口와 上下向黑魚尾로 되어 있으며 한 면이 10행 23자로 꾸며져 있다.

榮州 嘯皐祠堂本(현재 紹修書院에 所藏) ≪유양잡조≫는 간행지가 불분명한 16세기 판본이며 紙質이 和紙인 것으로 보아 신중한 접근이 필요해 보인다. 和紙는 본래 일본에서 기원하였으나 우리나라에서도 사용된 전통 종이이다. 우리나라에서 和紙를 사용한 기록은 조선시대 초기로 거슬러 올라간다. 조선 전기 일본으로부터 들여 온 倭楮(일본의 닥나무)를 충청도 태안과 전라도 진도 그리고 경상도 남해와 하동 등지에서 재배하여 和紙를 생산하였다고 한다. 또한 세종 때에는 ≪綱目通鑑≫을 이 종이로 인출하였다는 기록도 있다. 그러기에 이 판본은 일본 판본일 가능성보다는 오히려 조선전기에 간행된 국내 판본일 가능성이 높다. 충재박물관 소장 ≪唐段少卿酉陽雜俎≫本과 비교해본 결과 충재박물관 소장본(1492년)이 앞서 출간되었고 후에 嘯皐祠堂本이

출간된 것으로 보인다.[18]

3.3 ≪유양잡조≫의 판본

≪酉陽雜俎≫는 ≪四部叢刊≫에 수록되어 있으며, 秘書를 기록하고 異事를 서술한 책으로 仙·佛·人·鬼로부터 동식물에 이르기까지 총괄하여 기재하고 있는데, 이 책은 같은 類를 모아 놓아 마치 類書처럼 보이기도 한다. 이 책은 前集 20권 續集 10권 총 30권으로 이루어진 책으로 구성과 내용을 살펴보면 다음과 같다.

前集 卷1 : 忠志 · 禮異 · 天咫(군주의 사적, 하늘의 영험)
卷2 : 玉格 · 壺史(도교와 도사의 기험), 壺史-道術을 기록한 것
卷3 : 貝編(불가의 경전), 貝編-佛經에서 뽑은 것
卷4 : 境異 · 喜兆 · 禍兆 · 物革(변경, 화복의 조짐 등)
卷5 : 詭習 · 怪術(기괴한 풍습과 술법)
卷6 : 禮絶 · 器奇 · 樂(기예, 음악, 기물)
卷7 : 酒食 · 醫(술과 음식 및 명의)
卷8 : 黥 · 雷 · 夢(문신, 우레, 꿈이야기) 黥-文身에 대한 기록
卷9 : 事感 · 盜俠(사물의 감홍, 괴도, 유협)
卷10 : 物異(기이한 물건들)
卷11 : 廣知(세간의 속설)
卷12 : 語資(일화의 자료)
卷13 : 冥跡 · 尸窀(명계, 무덤의 비화) 尸窀-喪葬을 서술한 것
卷14 : 諾皐記 上(귀신과 요괴에 관한 기록)
卷15 : 諾皐記 下(귀신과 요괴에 관한 기록)
卷16 : 廣動物之一, 羽篇/毛篇(동식물 잡찬, 금수류)
卷17 : 廣動物之一, 鱗介篇/蟲篇(동식물 잡찬, 어패류 곤충류)
卷18 : 廣動物之一, 木篇(동식물 잡찬, 나무)
卷19 : 廣動物之一, 草篇(동식물 잡찬, 풀)
卷20 : 肉攫部(맹금류)-매를 기르는 방법을 기술

18) 소고당본은(영주시 고현동 소고사당) 현재 소수서원에 위탁관리하고 있다.
민관동 · 유희준 공저, ≪한국 소장 중국고전소설의 판본목록≫, 학고방, 2013년 6월, 338쪽

續集 卷1 : 支諾皐 上(귀신, 요괴 습유)
卷2 : 支諾皐 中(귀신, 요괴 습유)
卷3 : 支諾皐 下(귀신, 요괴 습유)
卷4 : 貶誤(잘못된 사례)-考證
卷5 : 寺塔記 上(장안 사찰 유람기) 寺塔記-사찰에 대한 기록
卷6 : 寺塔記 下(장안 사찰 유람기) 寺塔記-사찰에 대한 기록
卷7 : 金剛經鳩異(금강경의 영험에 대한 기록)
卷8 : 支動(기타 동물)
卷9 : 支植 上(기타 식물)
卷10 : 支植 下(기타 식물)[19]

그 중 忠志 · 詭習 · 怪術 · 禮絶 · 盜俠 · 語資 등은 비교적 소설의 맛이 강한 작품이다. 특히 〈諾皐記〉 2권과 〈支諾皐〉 3권은 허구적 요소와 작품성이 뛰어나 많은 사람이 애독하였던 것으로 전해진다.

≪酉陽雜俎≫는 저자가 한 번에 쓴 것이 아니고 여러 차례 나누어서 만들어진 책으로 前集 20권은 대략 唐 會昌(841-846)과 大中(847-859)年間에 만들어졌고, 續集 20권은 大中 7年(853) 이후에 만들어졌다. 그러나 이 책이 바로 출간되지는 않은 듯하다. 이 책의 가장 이른 판본은 南宋 嘉定 七年(1214) 永康 周登이 출판한 판본으로 前集 20권만 간행하였다. 그 후 9년후 嘉定 十六年(1223)에 武陽 鄧復이 또 續集 10권을 묶어 30권으로 출간하였다. 또 南宋 理宗淳祐 十年(1250)에는 廣文 彭氏 등이 보충하여 재차 印出하였다.[20] 그러나 현재 이 판본들은 실전되었다.

그 후 현존하는 판본으로는 明代 脈望館刻本(趙琦美等이 校勘한 趙本/≪四部叢刊≫本[影印本]/30卷本) · 명대 商濬의 ≪稗海≫本(20卷本) · 明末淸初 毛晉의 ≪津逮秘書≫本(30卷本) · 청대 張海鵬의 ≪學津討源≫本(30卷本) · ≪叢書集成初編≫本(30卷本) 등이 있고, 최근 1981년에는 중화서국에서 方南生이 趙琦美本을 저본으로 보충한 點校本(30卷本)이 출간되었다.[21]

중국에서 현존하는 가장 이른 完帙本으로는 명대 萬曆 35年(1607년)에 李雲鵠이

19) 손병국, 〈유양잡조의 형성과 수용양상〉, ≪한국어문학연구≫제41집, 2003.8, 178쪽. 鄭煥局, ≪譯註酉陽雜俎≫, 소명출판사, 2011년, 12-13쪽 참고

20) 方南生, ≪유양잡조≫점교본, 중화서국, 1981년, 前言 3쪽

21) 陳文新 · 閔寬東 合著, ≪韓國所見中國古代小說史料≫, 武漢大學出版社, 2011년, 91쪽

趙琦美의 校補本을 근거로 간행한 판본이다. 그러나 이 판본은 조선시대 이극돈이 출간한 1492년본에 비하면 115년이나 늦은 판본으로 조선시대 출간한 ≪唐段少卿酉陽雜俎≫야말로 ≪유양잡조≫ 판본 가운데 원형을 추정할 수 있는 가장 값진 판본으로 평가 된다. 일본에서도 ≪유양잡조≫를 자체 출판하였으나 이 책은 元祿 10年(1697년)에 출간한 책이기에 중국의 李雲鵠本보다 다소 늦다.

다음은 국내 주요도서관에 소장된 ≪유양잡조≫의 판본 목록으로 먼저 판본 목록을 근거로 설명하기로 한다.[22)]

書名	出版事項	版式狀況	一般事項	所藏處/所藏番號
唐段少卿酉陽雜俎	段成式(唐)撰, 成宗23年(1492)刊	零本1册(卷1-10), 朝鮮木版本, 29.2×16.8cm, 四周雙邊, 半郭:18.6×12.3cm, 有界, 10行19字, 上下大黑口, 上下內向黑魚尾, 紙質:楮紙	序:…唐太常少卿段式, 所藏:卷1~10	奉化郡 冲齋宗宅 09-1935
唐段少卿酉陽雜俎	段成式(唐)撰, 成宗23年(1492)刊	10卷1册(卷11~20), 朝鮮木版本, 29×16.8cm, 四周雙邊, 半郭:18.4×12.5cm, 有界, 10行19字, 註雙行, 內向黑魚尾, 紙質:楮紙	表題:酉陽雜俎, 版心題:俎, 跋:…弘治壬子(1492)… 李士高識, 印記:權熙淵花山世家實言	誠庵文庫 4-1412
唐段少卿酉陽雜俎	段成式(唐)撰, 月城(慶州), 成宗23年(1492)刻	20卷3册, 朝鮮木版本, 28×16.5cm, 四周雙邊, 半郭:17.6×12.5cm, 有界, 10行19字, 大黑口, 內向黑魚尾, 紙質:楮紙	版心題:俎, 跋:募工刊于月城廣流布…弘治壬子(1492)臘前二日廣原李士高識, 備考:卷6~13紙葉中央毁損	成均館大學校 貴D7C-16
唐段少卿酉陽雜俎	段成式(唐)撰, 成宗23年(1492)刊	8卷1册(現存:卷12~15, 17~20), 朝鮮木版本, 26.9×17.5cm, 四周雙邊, 10行19字, 半郭:18.4×12.5cm, 有界, 註雙行, 上下小黑口, 上向黑魚尾, 紙質:楮紙	版心題:俎, 跋:…弘治壬子(1492) …李士高識, …弘治五年(1492)… 李宗準謹識, …弘治壬子(1492)… 睡翁崔應賢寶臣謹志	誠庵文庫 4-1413
唐段少卿酉陽雜俎	16世紀刊(推定)	零本1册(卷16-20), 朝鮮木版本, 28×18cm, 四周雙邊, 半郭:21.7×14cm, 有界, 10行23字, 上下白口, 上下向黑魚尾, 紙質:和紙	藏書記:夏寒亭, 20卷4册 중 卷16-20(1册)이 현존함(소수서원)	榮州 嘯皐祠堂 01-01525
酉陽雜俎	段成式(唐)撰, 刊寫地, 刊寫者未詳, 元祿10年(1697)	20卷8册, 日本木版本, 27×19cm		國立中央圖書館 [古]10-30-나3

22) 민관동 · 유희준 · 박계화, ≪한국 소장 중국문언소설의 판본 목록과 해제≫, 학고방, 2013년 2월, 117-119쪽을 참고하여 도표를 다시 보강함.

書名	出版事項	版式狀況	一般事項	所藏處/所藏番號
酉陽雜俎	段成式(唐)撰, 明版本	20卷2冊, 中國木版本, 25.4×16㎝	序:段成式	奎章閣 [奎]4838
酉陽雜俎	段成式(唐)撰, 毛晉(明)訂, 刊年未詳	20卷4冊, 中國木版本, 24.7×15.2㎝, 四周單邊, 半郭:18.4×13.2㎝, 9行19字, 注雙行, 無魚尾	序:(唐)段成式, 識:(明)毛晉	國立中央圖書館 [古]3739-1
酉陽雜俎	段成式(唐)撰, 刊寫地, 刊寫者, 刊寫年未詳	4冊, 中國木版本		李朝書院 (三溪書院)
酉陽雜俎	段成式(唐)撰, 毛晉(明)訂, 明朝年間	20卷5冊, 中國木版本, 24.5×15.5㎝, 左右雙邊, 半郭:18.5×13.2㎝, 有界, 9行19字, 註雙行, 紙質:竹紙	序:唐太常小卿段成式撰… 酉陽雜俎凡三十篇爲二十卷 不以此間錄味也, 跋:以此爲吸矢云湖南毛晉 識, 印:李王家圖書之章	韓國學 中央研究院 4-239
酉陽雜俎	段成式(唐)撰, 刊寫地未詳, 刊寫者未詳, 刊寫年未詳	12卷2冊(缺帙, 卷1~12), 24.1×15.7㎝, 四周雙邊, 半郭:18.1×12.8㎝, 有界, 9行24字, 註雙行, 花口, 內向二葉花紋魚尾	表題(記):臨川李穆堂輯 酉陽雜俎 本衙藏板, 序:段成式	檀國大學校 퇴계 圖書館, 873-단258ㅇ
酉陽雜俎	著者未詳, 刊寫地未詳, 刊寫者未詳, 刊寫年未詳	8卷2冊(缺帙, 卷13~20), 24×15.6㎝, 四周雙邊, 半郭:18.1×12.8㎝, 有界, 9行24字, 花口內向二葉花紋魚尾		檀國大學校 퇴계 圖書館873-유285
酉陽雜俎	段成式(唐)撰, 上海, 文瑞樓, 刊寫年未詳	20卷3冊(續集10卷2冊, 共5冊, 卷1~20, 續集 卷1~10), 20×13.2㎝, 四周雙邊, 半郭:16.4×11.8㎝, 有界, 14行31字, 上下向黑魚尾	表題:正續酉陽雜俎, 刊記:上海文瑞樓印行	東亞大學校 (3):12:2-18
酉陽雜俎	段成式(唐)撰, 淸, 光緖1年(1875)刊	20卷2冊, 中國木版本, 26.7×17.5㎝, 四周雙邊, 半郭:18.7×14㎝, 有界, 12行24字, 註雙行, 上下小黑口, 內向黑魚尾, 紙質:綿紙	序:段成式序, 識:湖南毛晉識, 刊記:光緖紀元夏月湖北崇文書局開雕	仁壽文庫 4-440
酉陽雜俎	段成式(唐)撰, 鄂官書處, 中華1年(1912)刻, 後刷	20卷4冊, 中國木版本, 26.2×16.9㎝, 四周雙邊, 半郭:18.9×13.9㎝, 有界, 12行24字, 註雙行, 大黑口, 內向黑魚尾, 紙質:竹紙	序:唐太常小卿段成式撰, 跋:湖南毛晉識, 刊記:中華民國元年(1912) 鄂官書處重刊	成均館大學校 D7C-86
酉陽雜俎	段成式(唐)撰, 中華民國元年 (1912)	20卷4冊, 中國木版本, 四周單邊, 12行24字, 匡郭:19.5×15㎝, 有界, 上下黑魚尾, 上下黑口	刊記:中華民國元年(1912)	延世大學校

書名	出版事項	版式狀況	一般事項	所藏處/所藏番號
唐段小卿酉陽雜俎	唐太常小卿臨惱柯古段成式 撰, 明, 四川道監察御史內鄕, 李雲鵠校, 後印	30卷(前集, 20卷, 續集, 10卷)4册, 中國石印本, 20×14㎝		嶺南大學校 汶坡文庫

국내 주요 도서관에 소장된 ≪유양잡조≫판본은 비교적 여러 종이 발견된다. 조선판본과 중국판본 및 일본판본까지 다양하다. 먼저 가장 이른 판본으로 역시 조선 1492년에 발간한 판본이 가장 이른 판본으로 誠庵文庫와 奉化 沖齋宗宅 및 成均館大學 등에 소장되어 있고, 그 후에 간행된 것으로 보이는 榮州 嘯皐祠堂本이 주목되는 판본으로 서지학적 가치가 높은 책이다.

중국에서 현존하는 가장 이른 完帙本인(明代 萬曆 35年[1607년]에 李雲鵠이 趙琦美의 校補本을 근거로 간행한 판본) 脈望館刻本은 보이지 않고 후대에 李雲鵠本을 다시 찍은 후인본이 영남대에 소장되어 있다.

중국 판본 중에 주목되는 판본은 明末淸初 毛晉의 ≪津逮秘書≫本(30卷本/9행 19자/중국목판본)으로 보이는 판본이 규장각 · 국립중앙도서관 · 한국학중앙연구원) 등이 있다. 이 판본들은 明末淸初에 간행된 것으로 보인다. 그 외의 판본들은 대부분이 淸代中 · 後期 판본들로 毛晉本의 後印本이다. 대개가 14行 31字本과 12行 24字本으로 되어 있으며, 20권 4책본과 30권 4책본이 주류를 이룬다.

또 國立中央圖書館에 소장된 1697년 일본에서 간행된 목판본 ≪유양잡조≫도 注目된다. 필자는 최근 일본학자 大塚秀高에게 ≪유양잡조≫의 일본 간행본에 대하여 자문을 구하였는데, 그는 長澤規矩也가 쓴 ≪和刻本漢籍分類目錄≫에서 ≪유양잡조≫의 판본목록을 보내주었다.

1. 酉陽雜俎20卷續集10卷, 津逮秘書本, 唐段成式撰, 明毛晉校, 刊, 大10.
2. 同, 同, (元祿10印, 京, 井上忠兵衛等), 大10.
3. 同, 同, (後印, 京, 弘簡堂須磨勘兵衛), 大6. [23]

23) 長澤規矩也, ≪和刻本漢籍分類目錄≫, 日本 汲古書院, 昭和51年(1976) 10월, 147쪽

여기에서 2번에 해당하는 기록이 바로 元祿 10年(1697년)本으로 이 판본이 바로 국립중앙도서관([고]10-30-나3)에 소장되어 있는 판본이다. 이상의 기록을 살펴보면 일본에서도 ≪유양잡조≫가 여러 차례 출간되었음이 확인된다. 그러나 출판시기는 조선의 출간시기 보다도 200여 년이나 후에 이루어졌다. 1697년 일본판 ≪유양잡조≫가 어떻게 국내에 유입되었는지는 확인이 어려우나 대략 일제 강점기에 일본인이 들여왔다가 국립중앙도서관에 남겨진 것으로 추정된다.

3.4 ≪유양잡조≫의 국내 수용

조선시대는 문헌에 언급된 기록이나 국내에서 출판된 판본의 상황으로 보아 ≪유양잡조≫에 대한 관심과 열기가 대단하였음이 확인된다. 즉 ≪유양잡조≫의 출간이 탄핵의 대상으로 대두되었던 논쟁기록과 ≪유양잡조≫가 여러 차례 출판된 판본 정황 등을 통해 당시 조선의 지식인들이 추구하고자 했던 가치관과 문학관을 짐작해 볼 수 있는 귀중한 자료들이다.

≪유양잡조≫에 대한 국내 수용은 출판방식의 적극적인 수용 외에도 다양한 분야에서 수용이 이루어졌다. 특히 민간고사로의 수용, 신학문에 대한 지적 호기심과 욕구, 박물지적 역할과 서지상황의 고증, 의학적 수용 등을 그 예로 들 수 있다.

1) 민간고사의 수용

≪유양잡조≫는 우리의 산문문학의 형성에 지대한 영향을 끼쳤을 뿐만 아니라 특히 민간고사로의 수용에도 두드러진다. ≪興夫傳≫의 根源說話라고 하는 旁㐌說話가 수록되어 있어서 일찍부터 국문학계의 관심의 대상이 되어 왔다. ≪유양잡조≫와 관련하여 국내에 유입된 대표적인 작품을 간추려 요약하면 다음과 같다.

1) 旁㐌兄弟 金錐鼻長說話(흥부전전신):≪유양잡조≫續集,卷一〈支諾皐〉
2) 청개구리전설(青蛙傳說):≪유양잡조≫(≪태평광기≫ 권389〈渾子〉)
3) 콩쥐팥쥐전설:≪유양잡조≫〈葉限〉
4) 韓滉故事(朴東亮의≪寄齋雜記≫):≪유양잡조≫續集, 卷4〈貶誤〉(≪태평광기≫卷

172). 그 외에도≪유양잡조≫續集, 卷3〈支諾皐〉에 실린 "李簡과 張弘義의 이야기"는〈옹고집전〉과 연관되어 있는 것으로 보이며, ≪유양잡조≫卷16〈羽篇〉의 "天帝女 이야기"도 "金剛山仙女說話"와의 관련이 있어 보인다.[24)]

이처럼 수많은 설화와 민간고사들이 국내에 유입되어 수용되는 과정에서 ≪유양잡조≫는 적지 않은 역할을 한 것으로 사료된다.

2) 신학문에 대한 지적 호기심과 욕구

조선 전기에는 성리학의 유입과 함께 신학문에 대한 갈망과 호기심 그리고 풍속교화와 교육의 욕구가 강했던 시기였다. 중국의 역사나 생활사 또 중국 이외 주변국에 대한 知的 情報 그리고 동식물에 대한 신지식 등 다양한 정보를 획득하는데 가장 적절한 책이 ≪유양잡조≫였다. 이 책은 이러한 부분을 충족시켜주면서 한편으로는 喪禮나 異域 혹은 典據나 고증의 漏落을 보충하는 역할을 담당하였다. 이러한 예는 李圭景(1788-1856)의 ≪五洲衍文長箋散稿≫에 잘 드러나 있다.

세상에 패관소설이 오로지 징험할 게 없다는 소리는 또한 세속의 견해이다. 혹은 사서에 보충할 것이 있으니 ≪虞初≫·≪酉陽≫에서 수록한 것은 거의 폐기할 수는 없는 것들이다.[25)]

이처럼 ≪유양잡조≫는 국내에 수용되어 각 분야의 학술영역에 많은 영향을 주었고 또 당시 문인들의 知的 호기심을 충족시켜주는데 일익을 담당하였던 것으로 보인다. 더군다나 ≪유양잡조≫는 신라나 고구려 및 백제에 관련된 이야기도 간혹 섞여있어 당시 관심과 흥미의 대상이 되었음을 짐작할 수 있다.

3) 博物志的 역할과 서지상황의 고증

≪유양잡조≫의 수용에 있어서 또 다른 기능은 박물지적 역할과 典籍에 대한 고증의

24) 손병국, 〈유양잡조의 형성과 수용양상〉, ≪한국어문학연구≫제41집, 2003. 186-192쪽

25) ≪五洲衍文長箋散稿≫卷四五, 影印本 下, 446쪽. 稗官小說 亦有徵補辨證說
世以稗官小說 專歸無徵者 亦爲俗見也. 或有可補史牒者 '虞初''酉陽'之所錄者 是己不可廢也.

용도로도 사용되었다. 그 예로 李圭景(1788-1856)의 ≪五洲衍文長箋散稿≫ 卷7, 經史篇4, 經史雜類2, 典籍雜說, 〈古今書籍名目辨證說〉에 이르길:

> 그 예로 段成式이 지은 ≪酉陽雜俎≫에는 玉格 一卷이 들어 있는데, 내용이 鬼神과 詳瑞 異變에 관한 것으로, 玉을 品評하는 것으로 알고 譜錄 가운데 넣었으며, 元代 劉燾가 편찬한 樹萱錄 一卷을 艸木類에 넣었으니, 아마 種樹書로 알았던 모양이다. 옛날 文章이 博識한 사람도 이러한 잘못을 저질렀으니, 어찌 조심하지 않을 수 있겠는가? 그러므로 내가 이에 대하여 변증을 하였으나 만의 하나에 불과하니(대부분을 누락하고 지엽적이고 하찮은 것만을 쓴 것에 불과하니), 독자는 비웃지 말았으면 한다. 책이름은 다음과 같다.
>
> 齊諧記(者) : 莊子에 보이는데 齊諧란 괴이한 것을 적은 것이다.
>
> 虞初志(者) : 虞初란 漢나라 때의 小吏로서 黃衣를 입고 수레를 타고 다니면서 천하의 異聞을 채집한 사람이다.
>
> 虞初新志 : 王晫 張潮가 지었다.
>
> 夷堅志(者) : 列子에 나오는데 夷堅이라는 자가 기이한 것을 듣고 기록한 것이다.
>
> 酉陽雜俎(者) : 唐의 段成式이 저술한 것이다. 小酉山의 石窟속에 冊 一千卷이 있었기 때문에 책명으로 삼은 것이다.
>
> 諾皐記(者) : 唐의 段成式이 지었다. 梗陽巫皐의 일을 인용한 것인데 遁甲中經에 "山林속에 머물면서 諾皐太陰將軍이란 주문을 왼다."하였으니 諾皐란 太陰의 이름이다. 太陰은 隱神의 神이며 秘隱한 것을 취한 것이다.[26)]

이처럼 이 책은 당대와 당대이전의 다양한 故事와 奇物·奇人·風俗·其他 動·植物까지 총망라한 책이기에 다양한 지식습득을 할 수 있는 반면 각종 오류를 바로 잡거나 보충하는 용도로 사용되었음이 확인된다.

---

26) ≪五洲衍文長箋散稿≫ 卷7, 經史篇4, 經史雜類2, 典籍雜說, 古今書籍名目辨證說,(고전국역총서 155, 276-277쪽)〉
如段成式酉陽雜俎 有玉格一卷 所記鬼神詳異 而類之譜錄中 盖以爲品玉之書 元撰樹萱錄一卷 入艸木類 盖以爲種樹之書. 古之文章博識 亦有此患 可不念哉. 愚故爲此辨 然則漏萬掛一也 覽者勿譏其少焉. 如書名. 齊諧記(者) : 見莊子齊諧志怪者也. 虞初志(者) : 虞初漢時小吏 衣黃乘輜 采訪天下異聞者也. 虞初新志 : 王晫 張潮著. 夷堅志(者) : 出列子云夷堅聞而志之者也. 酉陽雜俎(者) : 唐段成式著 小酉山石穴 有書千卷 故名也. 諾皐記(者) : 唐段成式著 引梗陽巫皐事者 遁甲中經云 住山林中 呪曰諾皐太陰將 蓋諾皐 乃太陰之名 太陰乃隱神之神也 取秘隱者也.

4) 醫學的 수용

≪유양잡조≫는 의학적 지식을 얻을 수 있는 기능도 있었다. 특히 동·식물 잡찬 부분에는 이러한 정보가 담겨져 있어 의학적 상식을 활용하기도 하였다. 李德懋의 ≪青莊館全書≫를 살펴보면:

> ≪酉陽雜俎≫에 "上尸는 青姑인데 사람의 눈을 치고, 中尸는 白姑인데 사람의 五臟을 치고, 下尸는 血姑 사람의 胃와 命을 친다."라고 하였는데 일명 尸蟲이다. 道家에서는 "사람의 뱃속에 시충이 셋이 있는데 그것을 三彭이라 한다."고 말한다.[27]

이상에서와 같이 의학적 상식과 지식을 활용하는 내용이 있다. 이 책의 卷7(酒食/醫)과 卷16-卷19(廣動植之一/二/三/四) 등 여러 부분에서 의학적 지식을 소개하고 있다. 예를 들면 ≪유양잡조≫권18에 "酒杯藤, 크기가 사람 팔뚝만하고 꽃잎이 단단하여 술잔으로 사용할 수 있다. 열매의 크기는 손가락만 한데 이것을 먹으면 숙취를 해소할 수 있다."라는 유형의 의학적 상식을 소개하는 내용이 나온다.

이처럼 ≪유양잡조≫는 국내에 유입되어 다양한 용도로 수용되었다. 급기야 출판까지 이루어졌다는 사실은 그 작품이 독자들에게 상당히 환영받았다는 것을 입증하는 것이다. 왜냐하면 한 작품이 외국에 나가 출판되어 진다는 것은 그 작품이 그 該當國의 독자들에게 상당한 애호와 수요가 있었기에 가능한 것이고 또 그 작품의 影響力 또한 無視할 수 없는 것이기 때문이다.[28] 더욱이 조선시대와 같은 封建社會에서 ≪유양잡조≫와 같은 책이 출간되어 애독되었다는 사실만으로도 상당한 의미가 있는 것이며 이 책의 파급력 또한 재조명할 가치가 있어 보인다.

---

27) 李德懋, ≪青莊館全書≫ 卷之五十四, 三尸(≪고전국역총서≫9, 47쪽)
酉陽雜俎, 上尸青姑, 伐人眼, 中尸白姑, 伐人五臟, 下尸血姑, 伐人胃命, 一曰尸蟲, 道家言, 人身有尸蟲三, 處腹中, 謂之三彭.

28) 閔寬東, ≪중국고전소설의 전파와 수용≫, 아세아문화사, 2007년. 57쪽.

4. ≪梅妃傳≫의 국내유입과 번역 양상*

최근 필자는 한국연구재단 토대연구 과제인 "한국에 소장된 중국 고전소설과 희곡판본의 수집정리와 해제"를 수행하면서 "국내 번역된 중국 고전소설 해제"를 위해 자료를 수집하던 연구책임자 민관동에 의해 아단문고[1])에 한글 필사본 ≪梅妃傳≫이 있다는 사실을 접하게 되었다. 지금까지 문언소설 ≪梅妃傳≫의 국내 유입과 판본에 대한 기록과 자료가 없는 상황에서 한글 필사본 ≪梅妃傳≫의 발견은 매우 귀중한 사료의 발굴일 뿐 아니라, ≪梅妃傳≫의 국내 수용양상까지 파악할 수 있기 때문에 연구할 만한 가치가 있다고 보았다. ≪梅妃傳≫의 발견을 통해 국내 소장되어 있는 번역본 중국소설의 목록도 다시 정리하게 되었다. 본 토대연구 프로젝트팀의 수집결과에 의하면 현재 국내에 소장되어 있는 번역본 중국소설은 ≪梅妃傳≫을 포함해서 총 72種[2])으로 확인된다.

---

* 이 논문은 2010년도 정부 재원(교육과학기술부 인문사회연구 역량강화사업비)으로 한국연구재단의 지원을 받아 연구되었음(NRF-2010-322-A00128)
이글은 2012년 6월 ≪비교문화연구≫제27집에 투고된 논문을 수정 보완하여 작성한 것임.

** 주저자 : 유희준(경희대학교 비교문화연구소 학술연구교수) / 교신저자 : 민관동(경희대 중국어학과 교수)

1) 雅丹文庫 : 재단법인 아단문고는 전 주식회사 빙그레 회장이며 현 김구재단 이사장인 김호연이 운영하는 재단법인으로, 그는 모친 雅丹 강태영여사가 그동안 각별한 애정과 관심을 가지고 수집한 국보 · 보물 · 각종 문화재 등 89,150점을 가지고 2005년에 설립하였다. 현재 이사장은 아단 강태영 여사의 아들 김호연이 하고 있으며, 여기에는 우리나라의 고전문헌 뿐만 아니라 중국 고전문헌까지 구비하고 있어 연구자들의 관심이 필요하다. 특히 얼마 전 고려대 최용철에 의하여 발굴된 ≪종리호로≫(중국에서 逸失된 소설로 조선시대 간행본)가 소장된 곳이다.

2) 列女傳 · 古押衙傳奇(無雙傳) · 太平廣記(諺解) · 太原志(太原誌) · 吳越春秋 · 梅妃傳 · 紅梅記 · 薛仁貴傳 · 水滸傳 · 三國志演義 · 殘唐五代演義 · 大明英烈傳 · 武穆王貞忠錄(大宋中興通俗演義) · 西遊記 · 列國志 · 包公演義(≪龍圖公案≫번역) · 西周演義(封神演義) · 西漢演義 · 東漢演義 · 平妖記(三遂平妖傳) · 仙眞逸史(禪眞逸史) · 隋煬帝艶史 · 隋史遺文 · 東度記 · 開闢演義 · 孫龐演義 · 唐晉[秦]演義(大唐秦王詞話) · 南宋演義(南宋志傳) · 北宋演義(大字足本北宋楊家將) · 南溪演談(義) · 剪燈新話 · 聘聘傳(娉娉傳) · 型世言 · 今古奇觀 · 花影集 · 後水滸傳 · 平山冷燕(≪第四才子書≫) · 玉嬌梨傳 · 樂田演義 · 錦香亭記(≪錦香亭≫) · 醒風流 · 玉

중국소설사에서 唐 玄宗을 대상으로 쓰여 진 작품으로는 樂史의 ≪楊太眞外傳≫, 秦醇의 ≪驪山記≫와 ≪溫泉記≫, 무명씨의 ≪梅妃傳≫ 등이 있다. 이들 작품들은 주로 唐 玄宗과 양귀비의 사치스러운 궁중생활을 묘사하거나 양귀비와 梅妃 사이의 투기를 묘사한 작품들인데[3] 이 중 양귀비와 梅妃 사이의 투기를 묘사한 작품이 바로 ≪梅妃傳≫이다.

이번에 발굴된 ≪梅妃傳≫은 宋代 무명씨의 傳奇小說로 唐 玄宗과의 사랑이야기를 다룬 작품이다. 梅妃는 양귀비가 현종의 총애를 입기 전에 사랑하던 여인으로 현종의 지극한 사랑을 받았던 여인이다. 梅妃에 관한 故事가 正史에 기록되지 않고 주로 野史나 秘史에만 전해지고 있어, 후대에 만들어진 인물이라는 설도 있긴 하다. 하지만 梅妃의 이야기를 다룬 작품이 존재하는 것을 보면 그 진위여부를 정확히 가려 낼 수는 없을 것이다. 또한 위키백과를 찾아보면 梅妃에 대해 江采蘋이라고 소개하며 710年부터 756年까지 살았다고 정확히 생졸년을 표시하고 있다. 그 내용이 비록 ≪梅妃傳≫을 중심으로 梅妃의 생애를 소개하고 있긴 하지만, 이미 唐代부터 梅妃에 대한 전설이 유행하고 있었고, 莆田지방에 전해지는 ≪江氏族譜≫에도 梅妃와 그녀의 아버지 江仲遜에 대한 내용이 실려 있다고 한다. 이런 이유들 때문에 梅妃는 실존했던 인물로 보는 것이 타당할 수도 있겠다. 梅妃가 등장하는 문학 작품들을 살펴보면 우선 唐人의 小說로는 ≪明皇雜錄≫·≪高力士外傳≫·≪開元天寶遺事≫ 등이 있으며, 北宋後期 李綱의 〈梅花賦〉와 晁說之의 〈枕上和圓機絶句梅花十有四首〉등 詩 두 편에서도 梅妃에 대한 얘기가 언급되어 있다.[4]

그 후 明代戲曲 傳奇로 吳世美의 ≪驚鴻記≫라는 작품이 등장하는데 주로 唐明皇과 梅妃 그리고 楊貴妃의 삼각관계를 중심 내용으로 다루었으며, 여자 주인공인 '正旦'의 역할은 양귀비가 아닌 梅妃가 맡았다.[5] 또한 수당의 역사소설을 담은 ≪隋唐演義≫

支磯(≪雙英記≫)·畵圖緣(≪花天荷傳≫)·好逑傳(≪俠義風月傳≫)·快心編(醒世奇觀)·隋唐演義·女仙外史(≪新大奇書≫)·雙美緣(駐春園小史의 飜案)·麟鳳韶(≪引鳳簫≫)·紅樓夢·雪月梅傳·後紅樓夢·粉粧樓·合錦廻文傳·續紅樓夢·瑤華傳·紅樓復夢·白圭志(第八才子書)·補紅樓夢·鏡花緣(第一奇諺)·紅樓夢補·綠牡丹·忠烈俠義傳·忠烈小五義傳·繡像神州光復志演義·珍珠塔(九松亭)·再生緣傳(≪繡像繪圖再生緣≫)·梁山伯傳·千裏駒·閒談消夏錄

3) 최용철 외, ≪중국소설사의 이해≫, 학고방, 75쪽 참조.

4) 程傑, 〈關於梅妃與≪梅妃傳≫〉, ≪南京師範大學大學院學報≫, 2006.9, 第3期, 125쪽.

는 明淸代에 쓰여 졌지만 이 이야기를 인용한 것이다. 비록 이런 작품들에서 梅妃에 대해 언급해 주었지만 唐 玄宗과 양귀비의 사랑을 다룬 작품이 40여종이 넘는 것을 감안해 본다면, 梅妃가 언급된 문학작품은 그리 많지 않다. 국내 연구의 경우를 보더라도 2005년 劉淑雙이 강남대학교 석사논문으로 〈≪인현왕후전≫과 ≪매비전≫ 대비 연구〉에 대해 쓴 것이 梅妃와 관련된 유일한 논문이라고 할 수 있다.

중국에서 ≪梅妃傳≫에 대해 연구된 논문으로는 陳春陽의 〈鄭樵≪通志二十略≫中的≪梅妃傳≫素材〉(福建師範大學福淸分校學報, 2010年 第4期), 章培恒의 〈≪大業拾遺記≫≪梅妃傳≫等五篇傳奇的寫作時代〉(深圳大學學報(人文社會科學版), 2008年 第25卷 第1期), 程傑의 〈關於梅妃與≪梅妃傳≫〉(南京師範大學大學院學報, 2006.9 第3期) 등이 있다. 〈鄭樵≪通志二十略≫中的≪梅妃傳≫素材〉에서는 ≪梅妃傳≫이 어떻게 ≪通志二十略≫에 영향을 주었는지에 대한 상관관계를 다루었고, 〈≪大業拾遺記≫≪梅妃傳≫等五篇傳奇的寫作時代〉에서는 ≪梅妃傳≫을 포함한 5편의 傳奇 작품의 창작시기를 언급하였다. 마지막으로 〈關於梅妃與≪梅妃傳≫〉에서는 秘書나 문학작품에 등장한 매비와 ≪梅妃傳≫에 대한 소개를 하고 있는데, 다른 논문에 비해 梅妃에 대해 좀 더 자세하게 언급해 주었다.

본 논문에서 필자는 ≪梅妃傳≫의 창작시기와 작가에 대한 부분을 살펴보고, 국내 소장된 ≪梅妃傳≫의 판본 현황과 각종 문헌기록을 근거로 ≪梅妃傳≫의 국내유입 정황과 유입시기를 추정하고자 하였다. 또 아단문고에 소장되어 있는 한글 필사본 ≪梅妃傳≫을 통해 번역 양상까지도 종합적으로 검토해 보고자 한다.

4.1 ≪梅妃傳≫의 작가와 내용

1) 창작시기와 작가

≪梅妃傳≫은 宋代 傳奇小說로 작가는 정확히 고증되지 않았다. 元末-明初의 陶宗儀가 편찬한 涵芬樓本 ≪說郛≫卷38에 최초로 보이고, 다음으로는 明代 顧元慶의

5) 오수경 등 外 지음, ≪중국 고전극 읽기의 즐거움≫, 민속원, 2011, 271-272쪽.

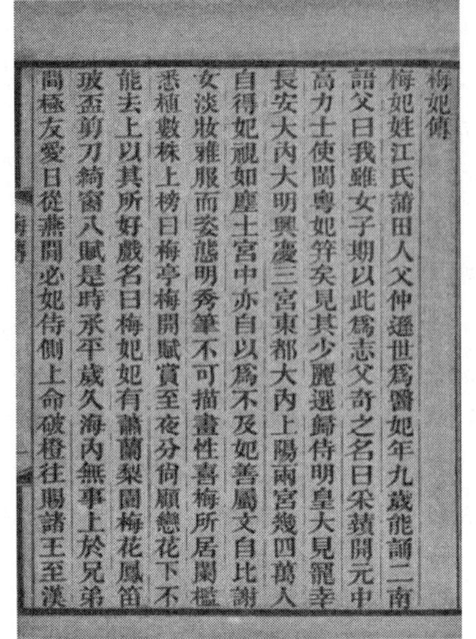
梅妃傳
梅妃姓江氏莆田人父仲遜世爲醫妃年九歲能誦二南
語父曰我雖女子期以此爲志父奇之名曰采蘋開元中
高力士使閩粵妃笄矣見其少麗選歸侍明皇大見寵幸
長安大內大明興慶三宮東都大內上陽兩宮幾四萬人
自得妃視如塵土宮中亦自以爲不及妃善屬文自比謝
女淡妝雅服而姿態明秀筆不可描畫性喜梅所居闌檻
悉植數株上榜曰梅亭梅開賦賞至夜分尙顧戀花下不
能去上以其所好戲名曰梅妃妃有蕭蘭梨園梅花鳳笛
玻盃剪刀綺窗八賦是時承平歲久海內無事上於兄弟
間極友愛日從燕間必妃侍側上命破橙往賜諸王至漢

〈그림 1〉 梅妃傳 원전-上海廣益書局本

≪顧氏文房小說≫에 보이는데 모두 편찬자에 대해서는 언급하지 않았다. 그 후 清代 陳蓮塘의 ≪唐人說薈≫本 제11집에 ≪梅妃傳≫을 수록하고 曹鄴이 撰했다고 기록하였다. 그 외에 ≪唐朝小說大觀≫과 魯迅의 ≪唐宋傳奇集≫에도 ≪梅妃傳≫이 수록되어 있다. 또한 金鋒의 ≪中國歷代秘書集成·隋唐卷≫(內蒙古人民出版社, 2001), 段啓明 外, ≪唐宋傳奇≫ (中國少年兒童出版社, 2003), 徐哲身, ≪中國秘史大系≫(中國檢察出版社, 1998), 張友鶴, ≪唐宋傳奇選≫ (人民文學出版社, 1982) 등은 古語에 校註를 달아 편찬한 것들이다. 現代漢語로 편찬한 경우는 柯岩의 ≪中國短篇小說卷≫이 있고,[6] 국내에서는 전인초 · 김장환 공저의 ≪중국문언소설단편소설선≫[7]이 있는데, ≪梅妃傳≫원문에 주석을 달아 출판하였다.

≪梅妃傳≫의 창작 시기는 책 末尾에 있는 跋文을 보고 추정할 수 있다.

> 漢이 막 홍성했을 때 ≪春秋≫를 숭상했고, 독서하는 사람들도 ≪公羊傳≫과 ≪穀梁傳≫을 믿어 서로 그들의 高低를 쟁론했지만, ≪左傳≫만이 숨어져 있으면서 알려지지 않았다가 마지막에야 드러났다. 대개 고서들은 오랜 시간 유전되어 세상에 남겨진 것들이 많다. 지금 세상에 전해지고 있는 매화를 들고 있는 미인도는 호가 梅妃로 唐明皇 때의 사람이지만 정확한 출처를 알 수 없다. 당명황이 양귀비에게 빠져 자리를 잃게 되었기 때문에 문인들은 양귀비에 대한 이야기를 쓰는 것을 좋아한다. 梅妃는 단지 아름다운 嬪妃일 뿐 양귀비와 비교하면 이름 없는 妃일뿐이다. 이 전기는 "朱萬卷"이라 불리는 朱遵度 집에서 얻은 것이다. 大中 2年 7月 필사된 것인데, 글자 또한 매우 아름답지만, 문장에 때론 속된 표현이 있다. 안타까운 점은 역사서에는 이러한 내용이 산실되었다는 것이다. 내가 약간의 수식을 더해 원래의 말을 보존하려 하였지만 사실 원서에 이르지 못함이 있다. 단지 葉少蘊과 내가 이 문장을 얻어 후세에 전하니 어쩌면 이 책을 근본으로 삼을 수도 있겠다. 이 문장의 내원이 이러함을 글로서 남기는 바이다.[8]

---

6) 劉淑雙, 〈≪인현왕후전≫과 ≪매비전≫ 대비 연구〉, 강남대학교 석사학위 논문 2005, 11쪽 참조.
7) 전인초 · 김장환, ≪중국문언소설단편소설선≫, 학고방, 2001.
8) 漢興, 尊≪春秋≫靈, 諸儒持≪公≫、≪穀≫先角勝負, ≪左傳≫獨隱而不宣, 最後乃

이 跋文의 내용을 보면 발문을 쓴 사람은 朱遵度의 집에서 이 ≪梅妃傳≫을 구해서 필사하여 葉少蘊(葉夢得)과 함께 이 책을 전한다고 언급했다. 그렇다면 이 작품이 쓰여 진 시기는 大中 2年(848) 7月 이전이 된다. 朱遵度는 南唐의 藏書家로 정확한 생졸년은 알 수 없다. 跋文을 쓴 사람이 누구인지 언급은 없지만 葉少蘊의 이름이 거론된 것으로 보아 같은 시대의 사람일 것이다. 葉少蘊은 ≪避署錄話≫[9]를 지은 사람으로 이름은 夢得으로 1077년에 출생하여 1148년까지 살았다. 號는 石林으로 吳縣(지금의 江蘇 蘇州)사람이고, 紹聖 4年(1097)에 진사가 되어 徽宗때 翰林學士를 지냈으며 高宗때 戶部尙書에 올랐다.

이 跋文에 따르면 창작 시기는 적어도 晩唐으로 보는 견해와 南宋으로 보는 두 가지 견해가 있다. 작가에 대한 說 역시 창작시기에 따라 달라지는 데 ≪梅妃傳≫은 누가 썼는지 정확히 고증되지는 않지만 창작시기에 따라 두 가지 說이 있다.

첫 번째는 唐末 曹鄴의 작품이라는 說이다. 앞에서 언급한 대로 淸代 陳蓮塘의 ≪唐人說薈≫에서는 曹鄴이 撰 했다고 기록하였고, 四川大學校 史學硏究所所長 古木 역시 ≪中國歷代名女人之謎≫에서 曹鄴의 작품이라고 했다. 이 說은 跋文에 의해 ≪梅妃傳≫이 朱遵度의 집에서 발견되었고, 大中 2年 7月에 쓴 것으로 되어있기 때문에 적어도 唐末의 藏書家·朱遵度와 동시대 사람의 작품일 것이라는 견해인데, 어느 정도 타당성이 있다고 보여 진다.

두 번째는 南宋 사람의 작품이라는 說이다. 魯迅은 ≪小說史略≫에서 跋文의 내용

出。蓋古書曆久始傳者極眾。今世圖畫美人把梅者，號梅妃，泛言唐明皇時人，而莫詳所自也。蓋明皇失邦。咎歸楊氏，故詞人言傳之。梅妃特嬪禦擅美，顯晦不同，理應爾也。此傳得自萬卷朱遵度家，大中二年七月所書，字亦媚好。其言時有涉俗者。借乎史逸其說。略加情潤而曲循舊語，懼沒其實也。惟葉少蘊與餘得之，後世之傳，或在此本。又記其所從來如此。

9) 宋代 雜俎小說集으로 葉夢得(1077-1148年)이 편찬했다. ≪直齋書錄解題≫와 ≪宋史·藝文志≫小說家類에 ≪石林避署錄≫2권이 著錄되어 있고, ≪四庫全書總目≫雜家類에 ≪避署錄話≫라고 기재되어 있다. 明 嘉靖 項氏宛委山堂刊本 4卷과 ≪稗海≫·≪津逮秘書≫·≪學津討原≫ 등의 叢書에 2卷이 들어있다. 北宋의 雜事를 폭넓게 수집하여 ≪避署錄話≫를 편찬하였기 때문에 사료로서의 가치도 지닌다. 국내 유입 기록은 정확하지 않지만 韓致奫(1765-1814年)의 ≪海東繹史≫제27권 〈文房類〉에 ≪避署錄話≫의 내용이 소개되어 있는 것을 보면 18세기 말에서 19세기 초에는 유입되었을 것이다. 한치윤이 본 판본이 어떤 판본인지는 알 수 없으나 현재 국내에는 ≪稗海≫本이 남아있다.

중 北宋末의 葉夢得을 언급한 점을 운운하면서 南宋 사람의 작품일 것이라고 주장했다. 그 내용을 보면 아래와 같다.

> ≪梅妃傳≫ 1권도 역시 지은이가 없다. 대개 당시의 그림에 매화를 들은 미인을 梅妃라 불렀던 것을 보고, 되는 대로 唐明皇 때의 사람일 것이라 말한 듯하다. 그래서 이 傳을 지었다. 江씨 성에 이름이 采蘋인 소녀가 궁궐에 들어갔다가 太眞의 질투로 다시 쫓겨나 안록산의 난을 만나 병사들에게 죽임을 당했다. 跋文에 의하면 이 傳은 大中 2년에 쓴 것으로 萬卷 朱遵度의 집에 있었는데 지금은 葉少蘊이 나에게 주어 얻을 수 있었다고 말했다. 말미에 서명을 해놓지 않았지만 대개 본문을 지은 사람일 것이다. 스스로 葉夢得과 동시대라고 말하고 있는 것으로 보아, 南渡 전후에 썼을 것이다. 현행본 가운데 어떤 것은 당의 趙鄴이 지은 것이라 제하고 있으나 역시 明代 사람들이 근거 없이 덧붙인 것이다.[10]

郭箴一도 ≪中國小說史≫(常務印書館, 1974)에서 ≪梅妃傳≫의 내용을 소개하면서 南宋 사람의 작품이라 언급했으며, 그 외 許道勛과 趙克堯가 쓴 ≪唐玄宗傳≫(人民文學出版社, 2003)에 언급한 내용을 보면 梅妃와 같은 고향사람인 李俊甫가 쓴 ≪莆陽比事·梅妃入侍≫는 ≪梅妃傳≫의 남본이라고 하면서 〈梅妃入侍〉의 跋文의 내용을 통해 ≪梅妃傳≫의 작가를 남송 사람으로 추정하였다. 국내 학자 전인초 역시 宋代 사람의 作이라고 보고 있다.[11] 이 說은 跋文을 쓴 사람이 비록 누구인지는 모르지만 작가일 것으로 추정하고, 葉少蘊과 동시대 사람일 것으로 추정해서 ≪梅妃傳≫의 작가를 南宋代의 사람이라고 주장하는 것이다.

비록 작가에 대한 정확한 고증이 이루어지지 않았지만, 필자는 첫 번째 說을 동조하는 입장이다. 跋文을 쓴 사람이 이 작품을 필사하고 글자를 수정했다 하더라도 이미 다른 사람이 창작한 완성된 작품을 보고 교정을 본 것이기 때문에 최초의 작가라고 볼 수는 없다. 跋文이 의도적으로 唐代 사람으로 작가를 가탁하기 위해 써진 것이라는 주장도 있지만 정확히 大中 2年 7월에 필사되었다고 구체적으로 언급한 점으로 보아 확실히 그 시기에 써진 것으로 보인다.

지금 전해지고 있는 판본이 南宋 때 다듬어진 것이라고 하더라도 晩唐 의 藏書家

---

10) 魯迅 著, 조관희 역, ≪중국소설사≫, 소명출판, 2004, 262쪽.

11) 劉淑雙, 〈≪인현왕후전≫과 ≪매비전≫ 대비 연구〉, 강남대학교 석사학위 논문 2005, 12쪽-13쪽 참조.

朱遵度의 집에서 발견된 작품을 底本으로 삼았으니, 원작자는 따로 있다고 보아야 할 것이다. ≪梅妃傳≫의 원작자가 曹鄴이라고 단언할 수는 없지만 ≪唐人說薈≫本에 편찬자로 언급이 되어 있고, 曹鄴을 작자로 보고 있는 학자도 있기 때문에 曹鄴이 아니라고도 말 할 수 없다. 간단히 그의 생애만 살펴보면 曹鄴(816-?年)은 晩唐의 저명한 詩人이라고 한다. 字는 鄴之로 晩唐 大中때의 陽朔사람이라고 전해진다. 大中 4年(850) 進士에 급제해, 齊州(山東省 濟南)推事 등을 역임하고 天平節度使의 幕府생활을 한다. 咸通(860-874年) 초에, 太常博士와 祠部郎中·洋州(陝西省 洋縣)刺史·吏部郎中을 지내다가 咸通 9年(868) 사임하고 桂林에 머물면서 평생 詩作에 몰두했다고 한다. 그의 작품으로는 ≪曹祠部詩集≫2卷이 있다고 전해진다.[12)]

만약 첫 번째 說에 따라 曹鄴이 작자라고 본다면 曹鄴이 816년에 태어나 850년 大中 4年에 進士가 되었고, 책이 쓰인 시기가 大中 2年 7月임을 감안한다면 ≪梅妃傳≫은 848年 7月에 써졌기 때문에 그 때 조업의 나이는 32세였을 것이다. 작자 曹鄴이 저명한 詩人이었기 때문에 ≪梅妃傳≫안에 아름다운 운문을 써 넣을 수 있었을 것이다.

2) ≪梅妃傳≫의 내용

≪梅妃傳≫의 내용을 보면, 환관 高力士가 궁녀를 선발하기 위해 남방에 갔다가 유교 교육을 잘 받은 의원의 딸 강채빈을 보고는 궁으로 데리고 온다. 唐 玄宗은 특별히 그녀를 사랑하여 매화를 좋아하는 그녀를 '梅妃'라 부르게 된다. 하지만 현종이 楊玉環의 미모에 빠져 여도사로 만들었다가 결국 취하여 귀비로 봉하자, 매비는 上陽宮으로 쫓겨나게 된다. 매비는 현종의 사랑을 되찾고자 〈樓東賦〉를 써서 올리지만 결국 양귀비에 발각되어 수포로 돌아간다. 현종은 매비를 잊지 못하면서도 여전히 양귀비에게 빠져 벗어나지 못한다. 그러다 안녹산의 난이 일어나 현종은 양귀비와 함께 난을 피하지만, 매비는 전란 중에도 궁에 남아 있다가 죽임을 당하게 된다. 전란을 피해 도망을 간 현종은 신하들의 강요로 양귀비를 賜死하게 된다. 궁에 돌아온 현종은 매비와의 옛 정을 잊지 못하여 매비를 찾으려 수소문하지만 찾을 수 없었다. 우연히 꿈에 매비가 나타나 자신이 이미 죽어 매화나무 아래 묻어졌음을 알려준다. 현종은 바로 매비의 시체를

---

12) 寧稼雨, ≪中國文言小說總目提要≫, 齊魯書社, 1996, 114쪽.

〈그림 2〉 전해지는 매비초상

찾아 妃의 예로서 다시 장사지내고 제문을 써서 매비를 회고한다.

앞에서도 언급했듯이 梅妃에 대한 이야기는 正式 歷史에 기재되어 있지 않다. 어쩌면 宋代에 양귀비에 대한 義憤의 감정으로 만들어진 허구의 인물일 가능성이 크다는 의견을 피력하는 학자도 있다.13) 唐代 사람들에게는 楊玉環에 대한 동정이 일었던 반면 宋代에 들어서면 오히려 나라를 위험에 빠트린 것을 그녀의 잘못으로 몰아넣는 분위기였고, 그렇기 때문에 그녀와 대립하는 인물인 梅妃를 형상화했을 것으로 보고 있다. 이 說은 완전히 가능성이 없다고 볼 수도 없다. 특히 작가가 梅妃 형상을 사실적으로 그려놓았기 때문에 사람들은 지금까지 역사상 생존했던 인물로 보고 있는 것이다. 하지만 앞에서 언급했던 위키백과의 내용14)을 보면 매비는 분명 실존했던 인물이었고, 程傑 역시 그의 논문 〈關於梅妃與≪梅妃傳≫〉(南京師範大學大學院學報, 2006.9, 第3期)에서 梅妃에 대해 남겨진 詩와 다른 작품 등을 소개하면서, 또한 지금 전해지는 ≪梅妃傳≫跋文에 있는 문장 중 "今世圖畵美人把梅者, 號梅妃, 泛言唐明皇時人, 而莫樣所自也"라는 말을 인용하여 梅妃가 실존 인물이었음을 주장했다.

≪梅妃傳≫은 唐 玄宗과 梅妃, 그리고 楊貴妃의 삼각관계를 다루고 있다. 梅妃와 楊貴妃 간의 모순과 충돌 등 비참한 결말을 통해 궁정생활의 암흑과 부패를 여실히 보여주고 있다. 封建 皇帝의 一夫多妻制에서 비롯되는 젊은 여인들의 청춘이 하루아침에 망가지는 상황을 제시하여 一代興亡의 역사적 교훈까지도 심어주고 있는 것이다.

13) ≪中國古典小說鑑賞辭典≫, 中國展望出版社, 1981년, 600-602쪽 孟蓬英 解題.

14) 매비에 대해 江采蘋이라고 소개하며 710年부터 756年까지 살았다고 정확히 생졸년을 표시하고 있으며 이미 唐代부터 매비에 대한 전설이 유행하고 있었고, 莆田지방에 전해지는 ≪江氏族譜≫에도 매비와 그녀의 아버지 江仲遜에 대한 내용이 실려 있다고 한다.

작품에서는 梅妃와 楊貴妃, 唐 明皇 세 사람의 각자 특색 있는 예술적 형상을 성공적으로 그려냈다. 작가는 梅妃의 원망과 슬픔을 묘사하여 사람들에게 동정을 일으켰으며, 楊貴妃가 사악하고 표독한 질투심을 발휘하다가 결국 비참한 결말을 맞는 부분도 어느 정도 동정할 만하다. 唐 明皇의 음란하고 잔혹한 性情을 그려냈지만 사랑에 빠져 어쩔 줄 몰라 하는 모습은 화는 나지만 가련하게 느껴지기까지 한다. 작가는 이러한 인물들의 특징적인 성격을 제시할 때 모순되면서도 통일된 성격의 복잡성을 파악하여 보여주려고 하였다. 그래서 인물 형상이 살아있는 듯 더욱 핍진하게 다가온다.

梅妃는 "姿態明秀"하고 성정이 "柔緩"했다. 작가는 梅妃가 황제의 총애를 받았을 때의 아름다운 모습과 총애를 잃었을 때의 처량한 상황을 묘사해서 그녀의 현실이 비극적으로 변하고 있음을 암시했다. 梅妃가 처음 입궁했을 때 궁에는 "4만 여명"의 궁녀가 있었으나 현종이 "梅妃를 얻은 후에는 먼지 보듯 했다(自得妃, 視如塵土)." 梅妃의 위치가 하루아침에 궁에 있던 모든 사람들을 능가하게 된 것이다. 梅妃가 황제의 총애를 받을 때는 형제간의 우애도 깊었다. 연회가 있을 때면 반드시 곁에 두었을 정도였다고 한다. 하루는 연회에서 황제가 梅妃에게 탱자열매를 잘라 王(제후)들에게 나누어 주라고 했다. 漢王이 장난으로 그녀의 신발을 밟자, 그녀는 바로 자신의 처소로 돌아갔고 "신발의 진주장식을 다시 정리하고 가겠다."는 전갈만 보냈다. 한참이 되어도 梅妃가 오지 않자 황제는 직접 梅妃를 찾아갔고, 梅妃는 윗옷을 벗어 황제를 맞이하였다. 이런 장면을 보면 梅妃는 아름답지만, 성격은 오히려 柔하면서도 강한 성격을 드러낸다. 그러나 楊貴妃가 궁에 들어왔을 때 서로 총애를 두고 싸우게 되면서 그녀의 강한 성격도 양귀비에게는 도저히 대적할 수 없는 상태가 된다.

매비가 총애를 잃은 후에도 비교적 강렬하게 자신의 행복을 다시 찾고자 노력하는 대목이 나온다. 唐 明皇의 마음을 되돌리고자 千萬金을 써서 高力士에게 司馬相如가 〈長門賦〉를 썼던 것처럼 하기 위해 才子를 구해주길 원하지만 高力士는 오히려 楊貴妃의 눈치를 보고 있었던 터라 적당한 사람이 없다고 한다. 梅妃는 스스로 〈樓東賦〉를 쓰게 된다. 楊貴妃가 玄宗과의 사랑을 방해하고 있었기 때문에 梅妃의 마음은 어디에 의지해야 할지 몰랐다. 물론 사실상 楊貴妃가 없었다 하더라도 李貴妃와 王貴妃가 있어 서로 총애를 다투었을 것이다. 封建皇帝가 많은 妃를 두고 음란한 생활을 하는 상황에서 황제가 한사람만 사랑한다는 것은 불가능했을 것이다. 궁중생활의 암흑과 부패는 梅妃의 비극적인 운명을 되돌릴 수 없는 지경까지 가게 만들었다. 楊貴妃에게 '荔枝'를 바치기 위해 남쪽 지방에서 사신이 왔다는 부분의 묘사는 梅妃의 비극적 운명을 더욱 강조하고 있는 부분이다. 황제는 비밀리에 珍珠 1斛(10말)를 하사하지만 매비는 받지 않고 자신이 지은 詩와 함께 황제에게 되돌려준다. 이에 황제가 詩를 받고는 음악을 연주하게 하고 그 작품을 〈一斛珠〉라 이름 붙인다. 이것은 더 이상 변할 수 없는 자신의 비극적 운명을 암시한 것으로 梅妃는 절망하게 된다. 그녀는 더 이상 황제가 자신의 옆에 있을 것이라는 환상을 갖지 않게 된다. 그래서 황제의 비밀 선물을 거절한 것이다.

梅妃와 대립된 형상인 楊貴妃는 이 작품에서 그녀의 가족이나 세력, 唐 明皇의 영향 등에 대해서는 묘사되지 않았다. 하지만 高力士가 "그녀의 세력을 두려워하고 있었다(且畏其勢)."라고 한 부분만 보더라도 그녀의 지위를 알 수 있게 해준다. 그리고 唐 玄宗이 몰래 梅妃를 불렀을 때 楊貴妃가 화를 내며 唐 明皇에게 수치를 주는 장면에서 楊貴妃의 지독한 성격을 드러내 준다. "여기 술잔과 접시가 흩어져 있고, 침상아랜 여자의 신발이 떨어져있는데, 폐하께선 어제 누구와 잠자리를 드셨길래 이렇게 해가 떴는데도 아침 조회에도 못나가셨어요?"[15] 라고 하였다. 梅妃가 〈樓東賦〉를 지었다는 얘기를 듣고는 현종에게 "江妃는 저속하고 천해요. 隱語를 써서 자신의 원한을 드러내니 차라리 죽이세요."[16]라고까지 하였다. 이 두 사건을 보더라도 양귀비는 가족의 세력과 황제의 총애를 뒤에 지고 제멋대로 행동했음을 알 수 있다.

唐 明皇은 소설의 남자주인공이다. 작가는 그를 비판하기도 하지만 동정의 눈길로 바라본다. 唐 玄宗이 자신의 침소에 몰래 梅妃를 불러들였을 때, 楊貴妃가 오고 있다는 말을 듣고는 현종은 "웃옷을 걸치고 매비를 안아 병풍 뒤로 숨겼다."[17] 양귀비가 한바탕 소란을 피우고 돌아간 후 환관이 이미 梅妃를 東宮으로 되돌려 보낸 사실을 알고는 진노하여 포악하게 환관을 죽여 버린다. 비록 대국의 皇帝였지만 애정문제에 있어서는 완전할 수 없는 부분이 있게 마련이다. 원래 梅妃를 사랑했지만 楊貴妃의 방해로

15) 太真大怒曰："肴核狼籍，禦榻下有婦人遺舄-，夜來何人侍陛下寢，歡醉至於日出不視朝？陛下可出見群臣. 妾止此閣俟駕回."

16) 太真聞之，訴明皇曰："江妃庸賤，以廋詞宣言怨望，願賜死"上默然.

17) 上披衣，抱妃藏夾幕間.

梅妃를 몰래 불러 만나야 했으며, 楊貴妃가 와서 소란을 피우는 상황에서 고개를 돌리고 아무 말도 하지 않았던 상황은 그런 단면을 보여주는 예이다. 梅妃가 〈樓東賦〉를 지었을 때 역시 楊貴妃는 梅妃를 죽이라고 했지만 玄宗은 아무 말도 하지 않았다. 모든 권력을 손에 거머쥔 것 같은 황제였지만 楊貴妃의 앞에서만은 쩔쩔매는 모습을 보였다. 이것은 사랑이 아니라 아마도 정치적으로 엉켜있는 勢力 때문이었을 것이다.

작가는 더 이상 많은 묘사를 하지 않고 단지 "후에 안록산의 난이 일어나, 서쪽으로 피난했으며 太眞을 사사했다"[18]라는 역사적 사실만을 언급했을 뿐이다. 안사의 난 이후에 唐 玄宗은 梅妃를 찾았지만 결국 찾을 수 없었다. 어느 날 꿈에 梅妃가 나타나 자신이 묻혀있는 곳을 알려주어, 梅妃의 시신을 찾아 다시 妃의 禮로서 葬事지내고 친히 祭文을 써서 梅妃의 혼령을 위로하였다. 이런 묘사는 唐 玄宗의 梅妃에 대한 아련한 감정과 지극한 사랑의 감정을 드러낸 것이다.

작가가 개성 있는 언어를 사용하여 인물의 다른 성격을 사실적으로 그려낸 것이 이 작품의 가장 큰 특징이라고 볼 수 있다. 또한 소설에서 나오는 〈樓東賦〉라든지 〈一斛珠〉 및 唐 玄宗의 題詩는 주인공들이 당시에 느꼈던 감정을 그대로 드러내주고 있어서 깊은 감동을 느끼게 해준다.

4.2 아단문고 소장의 한글 번역 필사본

1) 국내 유입과 판본

≪梅妃傳≫이 국내 유입된 시기에 대해서는 남아있는 기록이 없어서 정확히 추정할 수는 없다. ≪梅妃傳≫이라는 제목으로는 아단문고에 소장되어 있는 한글 번역 필사본이 유일하지만 어떤 원본을 저본으로 삼았는지도 알 수 없다. 하지만 ≪梅妃傳≫이 陶宗儀가 정리한 ≪說郛≫에도 들어있고 淸代 간행된 ≪藝苑捃華≫총서에도 찾아 볼 수 있기 때문에, 국내에서는 아마도 ≪說郛≫本을 통해 접했을 가능성이 커진다. 국내에 소장되어 있는 판본들을 살펴보면 아단문고에 소장되어 있는 국내 유일의 번역 필사

18) 後祿山犯闕子, 上西幸, 太真死.

본 ≪梅妃傳≫을 제외하면 모두 중국에서 간행된 판본이고 국내에서 간행된 흔적은 보이지 않는다.

필자는 ≪梅妃傳≫의 유입시기를 ≪說郛≫와 같은 시기로 추정하기로 한다. 국내 남아있는 ≪梅妃傳≫단행본이 없고, 단행본은 한글 번역 필사본만 있으며, 지금 남아있는 ≪梅妃傳≫도 ≪說郛≫本이 가장 많다.

≪說郛≫는 文言小說 叢書로 元末 明初를 살았던 陶宗義가 편찬했다. ≪說郛≫는 ≪國史經籍旨≫小說家類에 100卷이 기재되어 있고, ≪千頃堂書錄≫에는 類書類에≪四庫全書總目≫에는 雜家類에 포함되었다. 현대의 莫伯驥가 정리한 ≪五十萬卷樓藏書目錄≫에 기재된 것을 보면 弘治 9年(1496) 鬱文博과 楊維楨이 序文이 있는 鬱文博 校正本이 가장 오래된 것이라고 한다. 하지만 유실되었고, 지금은 明代 필사본 여러 種이 전해지고 있으며, 혹은 "上海後學鬱文博校正"이라고 언급한 鬱文博 校本 계통이 전해지고 있다.

陶宗儀(1321-1407年)의 字는 九成이고, 號는 南村이며 浙江 臺州 黃岩 사람이다. 먼 조상은 東晉時代 저명한 시인 陶淵明이라 한다. 아버지 陶煜은 字가 明元이요 號는 逍遙山人이다. 榮利를 탐하지 않고 평생을 청빈하게 살았으며 오직 저술하는 일로써 즐거움을 삼았다 한다. 그의 평생 저서는 10여部 수백 卷에 이른다. ≪輟耕錄≫과 ≪書史會要≫를 제외하고도 ≪說郛≫·≪南村詩集≫·≪國風尊經≫·≪四書備遺≫·≪古唐類苑≫·≪草莽私乘≫·≪遊志續編≫·≪古刻叢鈔≫·≪元代掖庭記≫·≪金丹密語≫·≪滄浪棹歌≫·≪淳化帖考≫ 등이 있다. 陶宗儀는 臺州 출신으로는 가장 많은 저작이 ≪四庫全書≫에 수록된 작가로 ≪說郛≫를 완성하고 난 지 얼마 되지 않아 病卒하였다.

≪說郛≫는 野史·수필·經典·傳記·문집·소설 등 정통적인 것이 아닌 진기한 서적 1,000여 종을 抄錄하여 편찬한 것으로 지금 현재 전해지고 있는 ≪說郛≫총서는 크게 두 종류로 나뉜다. 첫째는 오랫동안 필사본으로만 전하여지고 있던 것을 1927년에 張宗祥이 이들 필사본 중 6종의 명나라 때 사본을 校訂하여 ≪明鈔本說郛≫ 총 100권을 출판한 판본이다. 여기에는 109종의 서적이 수록되어 있으며, 원본에 가장 가깝다. 두 번째는 明末 天啓-崇禎 年間(1621-1644年)에 陶廷이 ≪重編百川學海≫·≪續百川學海≫·≪廣百川學海≫·≪廣漢魏叢書≫·≪五朝小說≫ 등 明代叢書의 版本

을 이용하여 1,364종의 서적을 수록한 ≪重較說郛≫ 전 120권 출판본이다. ≪說郛≫라고 하면, 이상에서 언급한 2種 총서를 가리키는 경우가 많다.[19]

국내 가장 이른 기록으로는 고려시대 李穀(1298-1351年)의 ≪稼亭集≫에서 찾아볼 수 있다. 雜錄 〈李中父가 征東行省에 사신으로 나가는 것을 전송하며 지은 序〉에서 당나라 때에는 관직을 지닌 자는 皁袍를 입고, 관직이 없는 유생은 白袍를 입고, 서민은 布袍를 입었는데, 여기에서 유래하여 백포가 擧人 즉 入試生의 복장으로 쓰이게 되었다는 ≪說郛 卷44上 臣庶許服紫袍≫의 내용이 나온다. 뿐만 아니라 제16권 〈辛巳年(1341) 元日에 감회에 젖어〉라는 律詩에서도 ≪說郛 卷12 鬱壘≫의 내용이 소개되었다. 섣달 그믐날 밤과 새해 아침에 폭죽을 터뜨리면 질병을 옮기는 악귀가 그 소리를 듣고 달아난다고 하였으며, 桃符는 두 개의 복숭아나무 판자에다 神荼와 鬱壘의 두 귀신 이름을 써서 만든 부적으로, 邪氣를 막을 목적으로 정초에 이것을 문간에 걸어 두었다는 것이다.

이런 기록을 통해 보면 ≪說郛≫가 국내 유입된 시기는 고려시대 말로 추정할 수 있으나, 정확한 유입기록은 없다. 조선시대 許筠은 ≪한정록≫에서 ≪說郛≫를 여러 차례 인용하고 있고 일찍이 두 해(1614-15)에 걸친 북경사행 길에 4,000여 권의 중국서적을 구입해 돌아왔는데, ≪說郛≫를 비롯한 명나라 판본 서적 상당수가 구입목록에 포함되어 있다.[20] 따라서 1610년을 전후로 유입되어 읽혀졌을 것으로 추정하기도 한다. 이렇듯 ≪說郛≫는 적어도 17세기 초반에 조선에 유입되었을 것으로 보고 있기 때문에, ≪梅妃傳≫역시 그때부터 읽혀졌을 것이다. 비록 문인들의 문집이나 왕조실록 등에 ≪梅妃傳≫에 대한 기록이 남아있지 않지만 1610년 전후에 유입된 것이 확실해 보인다.

현재 국내 남아있는 ≪梅妃傳≫과 ≪梅妃傳≫이 수록된 판본을 표로 정리하면 다음과 같다.[21]

---

19) 寧稼雨, ≪中國文言小說總目提要≫, 齊魯書社, 1996, 188쪽.

20) 임철규, ≪조선 문인이 걸어온 길≫, 한길사, 2004, 572쪽.

21) 이 표는 한국연구재단 토대연구 과제인 "한국에 소장된 중국고전소설과 희곡판본의 수집정리와 해제" 중 "한국에 소장된 중국문언소설 판본 목록과 해제"를 연구하는 과정에서 필자가 작성한 것이다.

書名	出版事項	版式狀況	一般事項	所藏處	所藏番號
민비젼		1冊, 筆寫本, 29.2×20.5cm, 半葉 13行字數不定	附錄:한셩뎨됴비연합덕젼, 당고종무후뎐	아단문고	813.5-민48
藝苑捃華(梅妃傳)	務本堂, 同治7年(1868)序	24冊, 木版本, 16.2×11.2cm, 上下單邊, 左右雙邊, 半郭:12.1×9.2cm, 有界, 9行20字, 無魚尾	藝苑捃華에 수록되어 있음	奎章閣	[奎]6192
說郛	陶宗儀(明)纂, 張縉彥(明)補輯, 刊寫地未詳, 宛委山堂, 淸版本(1616-1911)	165冊(10冊), 中國木版本, 22.4×15.3cm	序:弘治九年(1496)…鬱文博, 第121冊부터는 續集임	서울大 奎章閣	[古]4498
說郛	陶宗儀(明)編	本集120卷93冊(卷101缺), 續集46卷40冊(卷1缺), 合133冊, 木版本, 四周雙邊, 半郭:19.5×14.5cm, 有界, 10行20字, 上白魚尾	序:順治四年丁亥(1647)王應昌, …順治三年丙戌(1646)李際期	延世大學校	(李源喆文庫)
說郛	陶宗儀(明)編, 陶珽(明)重輯, 淸代刊	零本18冊, 中國木版本, 24.2×15.4cm, 上下單邊, 左右雙邊, 半郭:19.2×14.3cm, 有界, 9行20字, 上下向白魚尾, 紙質:竹紙	(18冊:5, 12, 13, 15, 16, 30, 37, 38, 39, 48, 58, 59, 78, 111, 116, 117, 118, 續16)	忠南大學附屬校	總.叢書類-13
說郛	陶宗儀(明)纂, 陶珽(明)重輯	38冊(缺帙), 中國木版本, 22.8×15.4cm, 上下單邊, 左右雙邊, 半郭:19.1×13.6cm, 有界, 9行20字, 註雙行, 花口, 上下向白魚尾, 紙質:竹紙		全南大學校	3N4 - 설47ㄷ
說郛	陶宗儀(明)編, 陶珽(明)重輯, 宛委山堂, 淸 順治4年(1647)序	121卷118冊, 木版本, 23.2×15.7cm, 左右雙邊, 半郭:19.2×13.6cm, 有界, 9行20字, 上白魚尾, 紙質:竹紙		成均館大學校 존경각	C14D-0018
說郛	陶宗儀(明) 纂, 順治4年(1647)序	160冊, 中國木版本, 24.8×16.3cm	序:順治四年(1647)…王應昌. 弘治九年(1496)…鬱文博	奎章閣	3649
說郛	陶宗儀(明)編	168冊, 中國木版本, 25.1×15.5cm		國立中央圖書館	BA古10-00-나42

위의 표를 정리해 보면, 현재 남아있는 ≪梅妃傳≫판본은 크게 세 가지로 나눌 수 있다.

첫째는 아단문고에 있는 한글 번역 筆寫本이다. 이 번역 필사본은 국내 유일본으로서 ≪미비젼≫외에도 ≪한셩뎨됴비연합덕젼≫과 ≪당고종무후뎐≫이 부록으로 실려 있다.

둘째는 奎章閣에 있는 ≪藝苑捃華≫本에 있는 ≪梅妃傳≫인데, 務本堂에서 간행했으며 同治 7年(1868)에 쓰여 진 서문이 있는 것으로 보아 이 판본이 국내 유입된 시기는 19세기 정도로 추정된다.

셋째는 ≪說郛≫本에 있는≪梅妃傳≫으로 奎章閣에 소장되어 있는 [古]4498은 弘治 9年(1496)에 쓴 서문이 있다. 이 판본이 간행된 연도를 정확히 추정하기 어렵지만 적어도 淸代에 간행되었다고 보더라도 17세기 초반 許筠이 구입해서 국내에 유입되었을 것이다. 그 외에도 奎章閣(소장번호 3649)과 성균관대학교에 소장되어 있는 판본에 順治 4年(1647)에 쓴 서문이 있다. 정확한 유입 시기는 알 수 없지만 ≪說郛≫本의 유입시기를 따져본다면 적어도 17세기 중반에는 국내 유입이 되었을 것으로 보고 있다. 이 외에도 延世大學校·忠南大學校·전남대학교·국립중앙도서관 등에 淸代 木版本이 소장되어 있다.

2) 한글 번역 필사본

아단문고에 소장되어 있는 ≪梅妃傳≫은 국내 유일의 한글 번역 필사본이다. 필사된 연대는 기록되어 있지 않아 필사 시기는 정확히 추정할 수 없다. 표지에는 ≪梅妃傳≫이라고 한자로 되어 있고 〈매비전〉 외에 〈한셩뎨됴비연합덕젼〉과 〈당고종무후뎐〉이 부록으로 첨가되어 있다. 총 18장으로 되어 있고, 매 페이지는 13행으로 되어있으나, 字數는 일정하지 않다. 궁서체이긴 하지만 흘림체에 가깝게 필사되어 있다.

≪梅妃傳(미비젼)≫뒤에 수록되어 있는 작품은 모두 두 편인데 그 중 하나가 ≪漢成帝趙飛燕合德傳≫이다. 아직까지 작품에 대한 판본, 내용과 번역 상황에 대해서 제대로 알려진 바가 없어 후속 연구가 기대되는 작품이다. 한글본 ≪한셩뎨됴비연합덕젼≫의 번역상황을 살펴보면 약간의 흘림체로 되어 있고 13행으로 되어 있으며 23장으로 구성되어 있는데, 매우 간결하게 번역되어 있는 것으로 보아 작품의 내용을 전반적으로 축역 했을 가능성이 상당히 높다. 이와 비슷한 내용의 작품으로 漢代의 伶元이 편찬한

傳奇小說 ≪趙飛燕外傳≫과 宋代의 秦醇이 지은 傳奇小說 ≪趙飛燕別傳≫이 있는데, 이들 작품을 직역한 것은 아니고 다른 판본을 번역했을 가능성이 있다.22) 또한 작품의 내용을 필사한 형태로 보아 朝鮮時代 後期에 번역된 것으로 보인다.23)

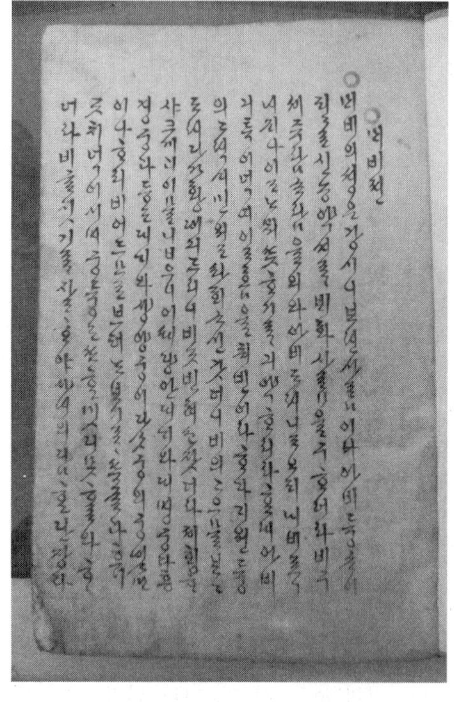

〈그림 3〉〈ᄆᆡ비젼〉의 첫 페이지

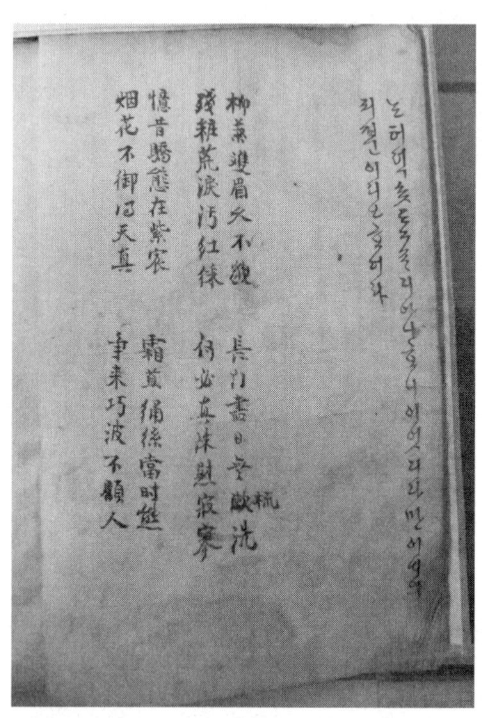

〈그림 4〉〈ᄆᆡ비젼〉 마지막 페이지

22) 魯迅이 校注한 ≪唐宋傳奇集≫이나 기타 文言小說集을 살펴보면, ≪梅妃傳≫과 ≪趙飛燕別傳≫이 함께 수록되어 있어 번역자가 ≪趙飛燕別傳≫을 번역했을 가능성이 있다. 그러나 번역문과 원문을 비교해 보면 체례와 내용이 맞지 않기 때문에 다른 판본을 번역했거나 축역 했을 가능성이 더 높다.

23) 한글본 ≪한셩뎨됴비연합덕젼≫의 내용은 다음과 같다. 이 작품은 漢나라 成帝 劉驁(B.C. 52-B.C. 7年)와 皇後 趙飛燕과 昭儀 趙合德 자매의 사랑 이야기를 묘사한 것이다. 초반부는 조비연과 조합덕 자매의 親父 馮萬金의 이야기부터 시작되어, 아버지의 죽음, 趙氏 성을 얻게 되는 상황과 宮에 들어가게 되는 정황들이 서술되어 있으며 마지막에는 성제와 합덕이 죽은 뒤 庶人으로 강등된 조비연이 황후 된 지 16년 만에 자살로 생애를 마감한 이야기에 대해 언급하고 있다.

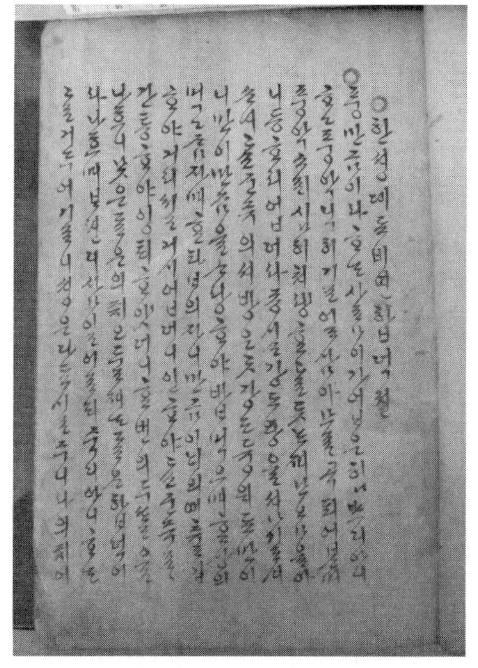

〈그림 5〉 부록 〈한셩뎨됴비연합덕젼〉

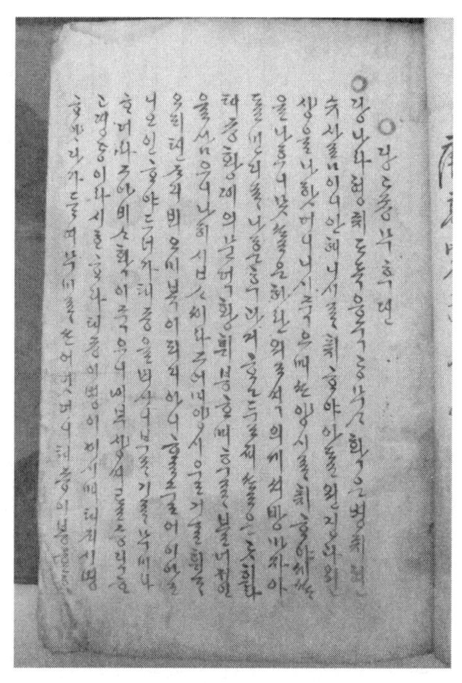

〈그림 6〉 부록 〈당고종무후뎐〉

마지막으로 세 편 중 마지막에 수록되어 있는 ≪唐高宗武後傳≫역시 아직까지 그 작품에 대한 판본, 내용과 번역 상황에 대해서 제대로 알려진 바가 없어 연구가 기대되는 작품이다. 한글본 ≪당고종무후뎐≫은 약간의 흘림체로 되어 있고 13행으로 되어 있으며 22장으로 간략하게 필사 번역되어 있다. 현재까지 원전 작품이 발견되지 않아 번역 양상을 명확하게 알 수 없지만 간략한 번역 상태로 되어 있으므로 文言小說을 저본으로 하여 번역된 것으로 보이며 비교적 단정하게 필사한 형태로 보아 朝鮮後期에 번역 필사된 것으로 보인다.[24]

필사자가 정확히 고증되지 않았기 때문에 누가, 왜 이 세 작품을 한글로 번역하고 필사해서 같이 묶어 놓았는지에 대한 해답을 찾을 수는 없다. 단지 세 작품의 공통된 특

24) 한글본 ≪당고종무후뎐≫의 내용을 살펴보면 다음과 같다. 唐 나라 太宗 때 荊州都督 武士彠의 딸로 高宗을 자기 손아귀에 넣고 정치를 좌지우지했던 則天武後에 대한 이야기를 서술하고 있다. 전반적인 내용은 武則天이 형주도독 무사확의 둘째딸로 태어나 14세에 太宗의 후궁이 되었다가 다시 高宗의 후궁이 되었으며 이후 女帝로서 권력을 휘두르다가 붕어하게 되는데 마지막에는 황소의 난까지 언급되어 있다.

징이 사랑을 주제로 하였다는 점, 그 중에서도 황실에서의 사랑이었다는 점을 감안해 본다면 궁중이나 사대부가에서 읽혀을 가능성이 크다. 또한 일반적으로 조선후기 필사 작업은 주로 여성들이 담당했던 상황을 살펴보면 필사자 역시 여성으로 볼 수도 있다.

4.3 ≪梅妃傳≫의 번역 양상

일반적으로 작품을 필사를 하는 목적은 주로 원문의 텍스트를 정확히 탐독하기 위해 하는 경우가 대부분이다. 더욱이 ≪梅妃傳≫과 같은 중국소설은 무심코 지나쳤던 내용을 필사를 통해 더 정확히 해독할 수 있다는 장점이 있다. 때문에 조선후기에 필사된 소설들은 그런 목적에 의해 필사된 작품들이 많다고 한다.[25] 현존하는 한글 번역 필사본 ≪梅妃傳≫은 정확히 언제 필사되었는지 연도를 추정할 수는 없다. 하지만 필사된 어휘와 문체들을 보면 고어와 신조어가 병용되어 있어 19세기 이후에 필사된 것이라 추정할 수 있다. 이 시기 번역된 양상도 직역 및 의역을 한 부분이 가장 많았으며, 음독을 부가하여 운문을 번역하는 방법 등을 사용하였다.

1) 직역 및 의역

≪梅妃傳≫은 기본적으로 원전의 글자 하나하나를 번역하는 직역 위주의 번역 양상을 보이는데, 이것은 한글 고어가 중국어를 직역하여 표현하기에 적합했기 때문에 그랬을 것이다. 구체적인 양상을 살펴보기 위해 도입부분을 원문과 비교하여 보면 다음과 같다.

ᄆᆡ비의 셩은 강시니 보뎐(莆田) 사ᄅᆞᆷ이라 아비 듕손이 될손 신농[26] 약서ᄅᆞᆯ ᄇᆡ화 사ᄅᆞᆷ을

---

25) 이지영, 〈한글 필사본에 나타난 한글 필사(筆寫)의 문화적 맥락〉, ≪한국고전여성문학연구≫, 2008, 284-285쪽 참조.

26) 神農氏는 상고시대의 신화적 존재로 알려져 있다. 炎帝(火德을 나타냄) 신농씨는 성이 薑(薑水라는 곳에서 태어났기 때문)인데, 몸은 사람이고 머리는 소였다. 風姓을 이어 천자가 된 화덕의 왕이다. 신농씨는 처음으로 나무를 깎아 쟁기를 만들고, 나무를 구부려서 자루를 만들어 농사짓는 법을 가르쳤다. 그리고 사제(12월에 하늘에 제사를 지냄)를 행했고, 붉은 채찍으로 풀과 나

구ᄒᆞ니라 비 구세 주남(周南) 소남(召南)을 외와 아비도져 닐으되 내 비록 녀ᄌᆡ나 이조노워 뜻ᄒᆞ거를 긔약ᄒᆞ리라 하ᄆᆡ 아비 긔특이넉여 일홈을 ᄎᆡ빈이라 ᄒᆞ라

梅妃，姓江氏，莆田人。父仲遜，世爲醫。妃年九歲，能誦≪二南≫，語父曰："我雖女子，期以此爲志。"父奇之，名之曰采蘋。

매비의 성은 江씨이며 莆田사람이다. 그녀의 부친 江仲孫은 평생 의술을 행하였다. 매비가 9살에 ≪시경≫ 중에 周文王 後妃의 사적을 다룬 〈周南〉과 〈召南〉을 외우며 부친에게 말하기를 "제가 비록 일개 여자지만 이것으로 제 뜻을 삼겠습니다" 하였다. 부친은 매우 놀라 이 아이가 보통 여자아이들과는 다르다고 느꼈고, 이에 "채빈[채평:采萍]"[27]이라 이름 하였다.

개원 듕의 고력사 민(閩), 월(粵)과 회 ᄉᆞ신 갓더니 비의 고으믈[28] 보고 모셔다가 황제긔 드리니 빛빈혀순 잣더라 제횡[29] ᄒᆞ샤 크게 괴이믈[30] 닙으니 이때 장안 대내와 대명궁과 홍경궁과 동도 대내와 상양궁이라 갓 궁의 궁 일만이나 ᄒᆞ리 비 어드믈[31] 브터ᄂᆞᆫ 보기를 쑥졸과 흙ᄀᆞ치 넉이시며[32] 궁듕도 ᄯᅩᄒᆞᆫ 밋디 못ᄒᆞᆯ와[33] ᄒᆞ더라

開元中，高力士使閩、粵(越)，妃笄矣。見其少麗，選歸，侍明皇，大見寵幸。長安大內、大明、興慶三宮，東都大內、上陽兩宮，幾四萬人，自得妃，視如塵土；宮中亦自以爲不及。

唐 玄宗 開元年間에 高力士가 福建과 廣東일대를 돌아다녔는데, 그때 매비는 이미 15세가 되었다. 고력사는 그녀의 젊고 아름다운 자태를 보고 궁으로 데려와 당 황제에

무를 쳐서 100가지 풀을 맛보아 처음으로 의약을 만들었다고 전해진다. 전설에 의하면 신농씨는 자편이라고 하는 일종의 신비한 채찍을 사용하여 약초의 독성여부와 약효를 알아냈다고 하며 혹은 신농씨 자신이 직접 각종 약초의 맛을 보았다고도 한다.

27) 梅妃 이름은 江采蘋으로 알고 있으나 ≪說郛≫本에는 采蘋으로 되어 있다.

28) 고으믈 : '곱다'라는 의미, '고음을'.

29) 제회 : 뜻이 서로 잘 통하여.

30) 괴이믈 → '괴이다' : '사랑을 받다'는 의미.

31) 어드믈 : '얻다'라는 의미, '얻음을'.

32) 넉이시며 : 여기다

33) 밋디 못ᄒᆞᆯ와 : 미치지 못하다(不及)의 의미.

게 바쳤고, 그녀는 황제의 총애를 한 몸에 받았다. 당시 수도였던 長安에는 大內[太極] · 大明 · 興慶이라는 궁전이 있었고 東都 洛陽에는 大內[太初] · 上陽이라는 궁전이 있었다. 궁에 있는 궁녀만 해도 4만 명이 넘었는데, 당 황제가 매비를 얻은 후부터 그녀들은 모두 塵土나 다름없었다. 궁에 있는 妃嬪들 역시 자신들이 매비와 비교될 수 없음을 알고 있었다.

비 글 짓기를 잘ᄒᆞ야 사녀(謝女)[34]의 담ᄒᆞᆫ 단장과 아담ᄒᆞᆫ 복식의 비ᄒᆞ되 ᄌᆞᄐᆡ(姿態)의 모더고 ᄲᅢ혀나기도[35] 붓을 가히 그리지 못ᄒᆞ리어라 셩(性)되 ᄆᆡ화ᄅᆞᆯ 족히 녁여 잇ᄂᆞᆫ 난간 밧긔 여러 조ᄅᆞᆯ 심것어라 샹이 방(榜)ᄒᆞ야 ᄀᆞᆯ오사되 ᄆᆡ졍(梅停)이라 ᄒᆞ시라 비 ᄆᆡ화 피면 글 짓고 귀경ᄒᆞ야 밤이 깁도록 오히려 고ᄎᆞᆯ(花) ᄉᆞ랑ᄒᆞ야 자지 아니ᄒᆞ니 상이 족히 넉이물 희롱ᄒᆞ야 ᄆᆡ비(梅妃)라 ᄒᆞ시라 비 퉁소와 난초와 이원과 ᄆᆡ화와 봉적과 파져잔과 젼도와 깁창과 이여곱 가지ᄅᆞᆯ 글 지은 거시 잇더라

妃善屬文，自比謝女，淡妝雅服[眼]，而姿態明秀，筆不可描畫。性喜梅，所居闌[欄]檻，悉植數株，上榜曰“梅亭”。梅開賦賞，至夜分尙顧戀花下不能去。上以其所好，戲名曰“梅妃”。妃有≪蕭≫、≪蘭≫（≪蕭蘭≫）、≪梨園≫、≪梅花≫、≪鳳笛≫、≪玻杯≫、≪剪刀≫、≪絢窗≫八（七）賦。

매비는 문장을 잘 지었는데, 스스로 자신을 晉의 才女 謝道蘊과 비교하였다. 그녀는 옅게 화장하고 주로 단아한 옷을 즐겨 입었는데 오히려 그 자태와 용모는 매우 아름다워, 필묵으로 간단히 묘사할 수 없을 정도이다. 그녀는 매화를 매우 좋아하여 그녀가 사는 곳 난간의 안과 밖에 몇 그루를 심었다. 때문에 황제는 그녀의 처소에 “梅亭”이라는

---

34) 謝道蘊 : 때어난 때와 사망 시기는 정확하지 않지만 東晉의 재상이었던 陽夏謝氏 謝安이 그녀의 숙부이며 그로 인해 그녀의 집안은 동진에서 유력한 가문을 이루었다. 사도온은 어릴 적부터 총명하여 문장과 담론에 능했기에 숙부 사안의 총애를 받았다고 전해진다. 내리는 눈을 버들개지에 비교하여 詠雪之才라는 말이 유래되었다. 당시 동진의 대 귀족이었던 낭야왕씨 가문의 王凝之와 결혼하였는데 그는 중국 최고의 대서예가 王羲之의 둘째 아들이었다. 383년에 일어난 비수전투에서 동생 謝玄이 적을 물리치며 공적을 세우자 동진 최고의 가문을 이루었다. 하지만 385년 숙부 사안이 사망하면서 쇠망하기 시작하였다. 399년 孫恩이 五斗米道 교단을 이끌고 난을 일으켜 會稽(지금의 浙江省 紹興)로 쳐들어오자 會稽太守였던 남편 왕응지가 반란군에게 사망하였다. 사도온은 반란군에게 생포되어 손은에게 끌려갔으나 당당하게 맞서 논쟁을 벌였으며 이에 감탄한 손은이 사도온을 放免하였다고 전해진다.

35) ᄲᅢ혀나기도 : 빼어나다.

편액을 하사했다. 매화가 만개할 무렵이면 매비는 꽃을 감상하며 詩를 짓고, 밤늦게까지 꽃 아래를 배회하느라 떠날 줄을 몰랐다. 황제는 이런 습성을 가진 그녀를 장난삼아 "梅妃"라 불렀다. 매비가 쓴 賦도 〈蕭蘭〉·〈梨園〉·〈梅花〉·〈風笛〉·〈玻杯〉·〈剪刀〉·〈綺窗〉 등 7편이나 된다.

위에서 예를 든 것과 같이 번역을 함에 있어 착실히 한 글자 한 글자를 번역했다. 주로 직역 위주의 번역을 했지만, 원문에 없는 부분을 덧 붙여 의역하기도 하였다. 예를 들면 "父仲遜, 世爲醫(부친 江仲孫은 평생 의술을 행하였다)"라는 부분을 "아비 듕손이 될손 신농 약서를 ᄇᆡ화 사ᄅᆞᆷ을 구ᄒᆞ니라"라고 더 첨가하여 번역하였고, "能誦≪二南≫(능히 '二南'을 외울 수 있었다)" 도 "주남(周南) 소남(召南)을 외와"라고 구체적으로 풀어놓았다. 비록 의역한 부분이 있긴 하지만 전반적으로는 원문을 보고 직역한 것이라서 읽는 데 불편함이 없게 해주었다. 뿐만 아니라 직역한 어휘로 보아 번역하고 필사한 이의 문장 해독 능력도 상당했음을 추정하게 해준다. 다시 중간에 양귀비가 궁에 들어온 부분부터 살펴보자.

마참 태진 양시 드러와[36] 뫼시매 총(寵)과 ᄉᆞ랑이 날로 아이여[37] 상은 비록 소ᄒᆞᆫ 뜻이 업ᄉᆞ나 두 사ᄅᆞᆷ이 서로 피ᄒᆞ여 길흘 ᄃᆞᆫ니되 상은 아황(娥皇) 여영(女英)[38]의게 비기시니 의[意]는 ᄋᆞᄂᆞᆫ 사ᄅᆞᆷ이 닐으되 업조비 ᄀᆞᆺ지 아니라ᄒᆞ야 ᄀᆞ만이 웃더라 태진은 새움[39]을 ᄒᆞ되 지혜만고 비ᄂᆞᆫ 셩이 부드럽고 이완ᄒᆞ여[40] ᄆᆡ 이긔지 못ᄒᆞᄂᆞ리라 마참내 잡히여 상양동궁의 올맛더니[41]

會太真楊氏人侍，寵愛日奪，上無疏意。而二人相疾，避路而行。上嘗方之英、皇，議者謂廣狹不類，竊笑之。太真忌而智，妃性柔緩，亡以勝，後竟為楊氏遷於上

36) 드러와 : 들어와

37) 아이여→ '아이다' : '빼앗기다'의 의미.

38) 아황과 여영은 전설 속 요 임금의 두 딸이다. 요임금이 순의 재능과 덕을 높이 평가하여 두 딸을 그에게 시집보냈다. 아황은 왕후가 되고 여영은 왕비가 되었다. 훗날 순이 남쪽으로 순수를 나갔다가 蒼梧에서 세상을 뜨자 두 사람도 그곳으로 달려가 모두 瀟湘 사이에서 몸을 던져 죽었다. 전하기로는 아황은 상군이 되고 여영은 상부인이 되었다고 한다.
(http://blog.naver.com/allchina21?Redirect=Log&logNo=130110739763)

39) 새움→'새우다' : '시기하다'의 의미.

40) 이완ᄒᆞ여→'이완하다' : 부드럽다.

41) 올맛더니 : 옮기다.

陽東宮。

후에 楊太眞이 궁에 입궁하자 매비가 받던 총애는 점점 사그라져 갔다. 황제는 그녀에게 소원하려는 의도는 없었으나, 매비와 태진 두 사람은 오히려 서로를 질투하여, 길에서 조차 서로 피해 다녔다. 황제는 그녀들을 舜의 두 妃였던 娥皇과 女英에 비유하였으나 두 사람의 일을 아는 사람들은 모두 이 비유가 적당하지 않다는 걸 알고 있었고 오히려 몰래 비웃었다. 양태진은 질투가 심했고 계략을 쓰는 여인인데 반해, 매비는 성격이 유약해서 태진을 이길 수가 없었다. 결국 태진에 의해 上陽東宮으로 옮겨지게 되었다.

이 단락에서는 '寵愛'를 '총과 ᄉᆞ랑이'라고 하였으며, '疏意'를 '소ᄒᆞᆫ 뜻', '議者' '의는 ᄒᆞᄂᆞᆫ 사ᄅᆞᆷ이' 라고 번역 하였고, '英、皇'는 오히려 '아황(娥皇) 여영(女英)'이라고 자세히 이름을 언급하여 독자들의 이해를 도와주었다.

> 후의 상이 시룸의 낫좀 자시더니 어프시 보니 비 대수풀[42]을 격ᄒᆞ야 울며 눈물을 울먹음고 ᄉᆞ매룰 ᄀᆞ리와 ᄉᆞᆺ최잇룰 ᄉᆡ인도시ᄒᆞ고 닐으ᄃᆡ[43] 녯 제해 쓧 글을 닙으시매 쳡이 난병(亂兵)의 손의 죽으니 쳡을 슬허ᄒᆞ난 재쳡의 체룰 년뭇 등식 ᄆᆡ화나모 겻ᄒᆡ[44] 무덧나니이라[45] 상이 놀나 쫌을 흘니고 ᄭᆡ여 명ᄒᆞ여 태왹지(太液池) ᄀᆞ의 가라 보라ᄒᆞ시니 암것도 업거놀 상이 더욱 즐겨 아니ᄒᆞ시더니 문득 쇠도라 닐으시되 온쳔탕지(溫泉湯池) ᄀᆞ의 ᄆᆡ화 여라문주 이시니 아니 여긔엇는가 하시고 상이 손수 가리이시니 계유 두어듀도 지나 시신을 어드니 비단 니불의 차술고조의 너허 무더시되 흙너어 잘홀[46] 덥헛더라 상이 크게 통곡 ᄒᆞ시되 ᄎᆞ마 되미러 보옵지 못ᄒᆞ더라 고생ᄒᆞᆫ 고슬 보니 겨드랑 아내 칼 허물이 잇더라 상이 손수 글을 지어 태호[태우]시고 비빈 새로이 장(葬)ᄒᆞ시니라

> 後上暑月晝寢，彷彿見妃隔竹間泣，含涕障袂，如花蒙霧露狀。妃曰：〈昔陛下蒙塵，妾死亂兵之手。哀妾者埋骨池東梅株旁。〉上駭然流汗而寤。登時令往太液池發視之，無獲。上益不樂。忽悟溫泉湯池側有梅十餘株，豈在是乎！上自命駕，令發現。才數株，得屍，裹以錦，盛以酒槽，附土三尺許。上大慟，左右莫能仰視。視其

42) 대수풀 : 대나무 숲.
43) 닐으ᄃᆡ : 이르되.
44) 겻ᄒᆡ : 곁에.
45) 무덧나니이라 : 묻었더라.
46) 잘홀 : 자루를

所傷, 脅下有刀痕。上自制文誄之, 以妃劄易葬焉。

하루는 황제가 낮잠을 자는데 매비가 옆에 있는 대나무 숲에서 울고 있었다. 비록 옷소매로 얼굴을 가렸으나 눈물이 마구 쏟아지는 것이 마치 꽃잎에 이슬방울이 맺힌 것 같았다. 매비가 말하길 "그때 폐하께서 피난 가실 때 저는 亂兵의 손에 죽었답니다. 저를 불쌍히 여겨 연못 동쪽 매화나무 아래 묻어 주었어요."라고 하였다. 황제가 온몸에 땀을 흠뻑 흘리고 깨어나, 바로 사람들을 시켜 太液池 주변을 파서 찾아보게 했으나, 찾지 못했다. 황제는 점점 더 심난해졌다. 문득 溫泉池 주변에 매화나무 10여 그루가 있었던 것이 생각났다. 설마 그곳을 말하는 것인가? 생각이 여기에 미치자 황제는 친히 가서 파라고 명했다. 몇 그루를 파다가 시체 한구를 찾았는데 겉을 비단 이불로 싸서 커다란 술 항아리에 넣고, 윗부분을 3척이나 되는 두꺼운 흙으로 덮어버렸다. 황상이 대성통곡하자, 옆에 있던 사람들 모두 그 마음 아파하는 모습을 보고 애통해 하였다. 매비의 몸에 난 상처를 자세히 보니 갈빗대 아래 칼자국이 있었다. 황제는 친히 제문을 지어 그녀를 추모하였고 비의 예로써 다른 곳에 매장하였다.

이 부분은 본문의 마지막 단락으로, 이 단락 다음에 바로 贊이 이어진다. 위에서 번역된 부분에서도 알 수 있듯이 원문 중 跋文을 제외한 원문은 이렇게 착실하게 한 글자 한 글자 직역으로 번역되어 있다. 이 부분 다음에 이어지는 贊 역시 마찬가지로 착실하게 번역되었다. 贊부분은 운문을 번역했을 때처럼 한 줄 내려서 글을 시작하여, 그 부분도 원문에 충실하게 표현하였다.

안타까운 점은 필사자가 필사를 하면서 개인의 감정을 전혀 드러내지 않았다는 점이다. 대개 필사본은 필사자의 느낌대로 필사하거나 때로는 내용을 바꾸기도 하고, 필사본 마지막 장에는 반드시 자신의 감상을 적는 것이 일반적이다. 그렇게 함으로서 오히려 작가의 의도는 감퇴시키고 필사자를 부각시키는 경우가 많다. 하지만 ≪매비전≫은 전문을 직역 위주로 착실하게 번역함으로서 작가의 의도를 훼손시키지 않았다. 이런 상황은 물론 필사자가 누구인지 드러나지 않았다는 아쉬움은 남지만 원본 텍스트를 충실히 반영해 주었다는 점에서 가치가 있다고 할 수 있다.

2) 음독이 부가된 운문 번역

≪梅妃傳≫은 번역을 함에 있어 직역에 가깝게 번역하였다. 하지만 시를 번역함에 있어서는 먼저 음독을 해서 이해를 돕고 다시 시 풀이를 해주었다. 이런 번역 상황은 조선후기 번역 필사의 일반적인 상황이라고 볼 수 있다.[47] 한글 번역본에서 詩詞를 번역했을 경우에는 먼저 시의 독음을 표시하고 난 이후에 번역을 하고 있어 시다운 정취를 보여주고 이해도를 높이고자 했던 것으로 보인다.[48]

≪梅妃傳≫에는 총 세 편의 시가 나온다. 매비가 현종의 사랑을 다시 얻기 위해 스스로 지어 바치는 〈樓東賦〉와 현종이 매비에게 진주 10말을 하사하자 받지 않고 시와 함께 되돌려 보낼 때 지은 〈一斛珠〉와 마지막으로 환관이 현종에게 매비의 초상을 그려 바쳤는데, 현종이 그 그림위에 매비를 그리는 네 구절을 적어 넣은 詩가 전부이다. 이 운문 시의 경우 역자이자 필사자는 음독을 부가하고 운문을 번역해주는 방법을 취하였다. 併記를 함에 있어서도 운문에 대한 부분을 처음부터 끝까지 음독을 부가하고, 다시 처음부터 해석을 하는 방법을 취하였다. 필자는 여기에서 편의상, 음독한 부분과 번역한 부분을 나란하게 놓고 살펴보도록 하겠다. 우선 매비가 스스로 지어 황제에게 바쳤다는 〈樓東賦〉를 살펴보도록 하자.

〈樓東賦〉

옥감의 진생(玉鑒塵生)이오	옥거울의 틋글이[49] 날
붕심의 향진(鳳奩香珍)이라	봉그린 장심의 향이 ᄉᆞ라지도다
난선빙지교소(懶蟬鬢之巧梳)ᄒᆞ야	ᄆᆞ암의 귀밋흘 족이 빗기를 게어르니ᄒᆞ고
한누의지경련(閒縷衣之輕練)이라	슈노흔 오시 가보야이 단장ᄒᆞ기랄 드므리ᄒᆞᄂᆞᆫ도다
고적막어혜궁(苦寂寞於蕙宮)ᄒᆞ야	고존이 혜궁의 젹막히 이겨라
단응ᄉᆞ호난젼(但凝思乎蘭殿)이라	단 난젼의 ᄉᆡᆼ각ᄒᆞ미 어리엿도다
신표낙지ᄆᆡ화(信標落之梅花)여	진실로 표락ᄒᆞᆫ ᄆᆡ화여
격장문이불견(隔長門而不見)이라	장문[50]은 격ᄒᆞ여 보디 못ᄒᆞᄂᆞᆫ도다

---

47) ≪紅樓復夢≫뿐 아니라, ≪瑤華傳≫·≪경화연≫ 등 당시 한글 번역 필사본의 경우, 詩詞를 필사했을 경우 먼저 독음을 달고 다시 번역을 하였다.

48) 김명신, 〈낙선재본 ≪紅樓復夢≫의 번역 양상〉, ≪중국소설논총≫제21집, 2005.

49) 틋글이 : 티끌이

50) 한무제 때 진황후의 장문궁을 가리킨다. 여기서는 매비가 자신을 진황후와 비교하고 있기 때문에 매비가 있는 상양궁을 의미하는 것이다.

황내화심양ᄒᆞᆫ(況乃花心颺恨)ᄒᆞ고	ᄒᆞ물며 이에 고ᄎᆡ ᄆᆞ음은 ᄒᆞᆫ울
뉴안농슈(柳眼弄愁)로다	버들눈은 시름을 희롱ᄒᆞᄂᆞᆫ도다
난풍습습(暖風習習)이오	어은 ᄇᆞ람은 습습ᄒᆞ고
춘됴축축(春鳥啾啾)로다	봄 새 축축 ᄒᆞᄂᆞᆫ도다
누상황혼혜(樓上黃昏兮)여	누우희 황혼 ᄯᅵ의
텽붕취이회슈(聽風吹而回首)ᄒᆞᄯᅵ	풍취ᄅᆞᆯ 듈 머리ᄅᆞᆯ 두루 혀며
벽운일모혜(碧雲日暮兮)여	푸른 구름의 날이 져물미여
ᄃᆡ소월이응ᄆᆡ(對素月而凝眸)로라	흰 달을 ᄃᆡᄒᆞ여 눈물이 어리엿도다
온쳔불도(溫泉不到)호니	온쳔의 가지 못하니
억습취지구유(憶拾翠之舊遊)ᄒᆞ고	푸른 것 ᄌᆞᆺᄂᆞᆫ 옛 놀기ᄅᆞᆯ ᄉᆡᆼ각ᄒᆞ고
장문심폐(長門深閉)호니	장문을 깁히 다드시니
차청난지신쉬(嗟靑鸞之信修)로다	쳥난의 신이 먼 주소을 슬허 ᄒᆞᄂᆞᆫ도다
억태왹쳥파(憶太液淸波)에	태왹 쳥파의
슈광탕부(水光蕩浮)ᄒᆞ고	물 빗치 탕부ᄒᆞ고
ᄉᆡᆼ가상연(笙歌賞宴)	ᄉᆡᆼ가 상연의
ᄇᆡ종신뉴(陪從宸旒)ᄒᆞ야	신뉴ᄅᆞᆯ 뫼와
주문란지묘곡(奏舞鸞之妙曲)ᄒᆞᄆᆡ	국차 문안의 문ᄒᆞᆫ 두됴ᄅᆞᆯ 주ᄒᆞ며
승화악지선쥬(乘畫鷁之仙舟)ᄒᆞ야	화악의 션쥬ᄅᆞᆯ 타니
군정견권(君情繾綣)ᄒᆞ야	군의 졍이 견권ᄒᆞ야
심셔쥬슈(深敍綢繆)ᄒᆞ니	깁히 쥬슈ᄒᆞ물 베프시니
셔산회이상재(誓山海而常在)ᄒᆞᄆᆡ	ᄆᆡ와 바다ᄒᆞᆯ ᄆᆡᆼ세ᄒᆞ야
ᄉᆞ일월이무휴(似日月而無休)서니	얼시 이시며 희돌 ᄀᆞᆺ티 비업리라 ᄒᆞ시어니
내하질ᄉᆡᆨ용용(奈何嫉色庸庸)ᄒᆞ여	엇디엇디 지물 ᄆᆡ워ᄒᆞᄂᆞᆫ 빗치 용용하며
투기튱튱(妒氣沖沖)ᄒᆞ야	새우[51]ᄂᆞᆫ 기운이 튱튱ᄒᆞ야
탈아지애힝(奪我之愛幸)ᄒᆞ고	나의 ᄉᆞ랑과 고이믈[52] 앗고
쳑아호유궁(斥我乎幽宮)	날을 깁ᄒᆞᆫ 궁의 내쳐서
사구환지막득(思舊歡之莫得)이라	내 즐거운 일을 ᄉᆡᆼ각ᄒᆞ되 엇디 못ᄒᆞᄂᆞᆫ디라
상몽착호몽농(想夢著乎朦朧)이로다	ᄉᆡᆼ각ᄒᆞ난 꿈은 어심픗ᄒᆞᆫ되 부쳣도다
됴화됴여월석(度花朝與月夕)의	ᄉᆞᆺ핀 아젹과 ᄃᆞᆯᄇᆞᆰ은 나죄ᄅᆞᆯ 지내ᄆᆡ
슈란되호츈풍(羞懶對乎春風)ᄒᆞ라	봄ᄇᆞ람 ᄃᆡᄒᆞ기ᄅᆞᆯ ᄇᆞᆺ드려[53] ᄒᆞᆯ와
욕상여지쥬부(欲相如之奏賦)라	상여의 부 드리기ᄅᆞᆯ ᄒᆞ고져 하나
내세촌지불공(奈世才之不工)	셰상 ᄌᆡ지 ᄒᆞ수롭지 아니ᄒᆞᄆᆡ

51) 새우 → '새우다' : 시기하다.

52) 고이믈(괴이믈) → '괴이다' : 사랑을 받다.

53) ᄇᆞᆺ드려 : 부끄러워

속수음지미진(屬愁吟之未盡)ᄒᆞ야	엇지ᄅᆞᆯ 시름ᄒᆞ야 읍기ᄅᆞᆯ 맛디 뭇하야
이향동호소중(已響動乎疏鐘)이라	블셔 셩진[54] 붑(북)소리 들리ᄂᆞᆫ 도다
공장탄이엄몌(空長歎而掩袂)ᄒᆞ고	속졀업시 깊이 한숨 지며 소매로 낫출 ᄀᆞ리오고
쥬리보우누동(躊躇步於樓東)이라	누동셕회 거ᄅᆞᆷ울 머뭇머뭇 ᄒᆞ엿더라

우선 내용을 먼저 보도록 하겠다. 〈옥거울 위에는 먼지 가득하고, 화장갑엔 향기조차 없어요. 게을러져 아름답게 꾸미지도 못하고 아름다운 옷조차 차려입을 수도 없어요. 적막하고 우울한 날들이 계속되니, 차가운 궁에선 시름만 깊어갑니다. 장문궁은 임의 처소와 지척이거늘, 당신은 볼 수조차 없어요. 꽃도 내 마음 같은지 한이 서려 흩날리고, 버들잎도 수심 담고 하늘거립니다. 따뜻한 바람이 부니 봄새들은 울어 대고, 황혼은 쓸쓸히 누대를 비추며, 바람을 맞으며 고개를 돌립니다. 碧雲도 해를 따라 지며 공연히 明月을 원망하네요. 다시는 온천에서 목욕할 수 없으니, 봄에 같이 즐겼던 일만을 생각합니다. 닫혀 있는 이 깊은 장문궁에는 파랑새도 소식을 전해주지 못하는군요. 태액지(太液池)의 맑은 물결 생각하니 물결은 빛나고 笙 가락 울려 퍼졌죠. 황상과 함께 〈舞鸞〉곡을 연주하고 畫鷁 仙舟에 올라탔어요. 군주의 정 끝없어 이별하기 힘들어, 산과 바다처럼 영원히 사랑하자고 맹세했었지요. 해와 달이 그렇게 영원히 사랑하듯이! 어째서 누군가의 질투로 저에 대한 사랑이 사라지고, 이 차가운 궁에 가두어 두셨나요. 지난날의 즐거움이 다시 올 수 없으니, 다할 수 없는 그리움을 꿈속에 담아 둡니다. 아침저녁 할 일없으니, 가을비 봄바람 대하기도 부끄럽습니다. 사마상여가 賦를 바친 것처럼 하려했으나, 세상의 才子들 詩筆조차 좋지 않군요. 수심 가득할 뿐 다 쓰지도 못했는데, 아침 종소리 들려옵니다. 긴 탄식과 흐르는 눈물 참을 수 없어 樓東을 천천히 배회합니다.〉

번역자는 이 부분의 운문을 번역함에 있어 우선 처음부터 끝까지 음독을 부가해주고 그 작품이 끝나면 다시 번역을 해 주었다. 내용은 司馬相如의 〈長門賦〉를 모방하여 지은 것이기 때문에 전반적으로 장문궁의 陳皇後를 매비 자신에게 비유해서 총애를 잃은 자신의 처지를 솔직하게 담아, 잃어버린 현종의 사랑을 다시 찾고자 했다. 이 부분을 번역함에 있어서도 비교적 원문에 충실하게 번역을 하였으나 習習(8쪽:12행), 庸庸(9

54) 셩진 → '성기다' : 성긴.

쪽:9행), 沖沖(9쪽:10행) 등의 단어는 원문의 음독 그대로 "습습ᄒᆞ야", "용용ᄒᆞ여", "튱튱ᄒᆞ야"로 번역해 주었다. 조선후기에 운문 번역은 대체로 이런 방법으로 이루어졌다. 대개 여성들이 필사에 참여했을 경우 번역까지는 아니더라도 음독을 달아주는 방향으로 필사를 하였는데, ≪매비전≫의 상황을 보면 음독도 하고 다시 번역을 충실하게 해 주었다. 비록 소설의 내용은 여성독자를 겨냥했을 가능성이 짙어 보이지만, 번역의 양상을 보면 한문 해독에 어느 정도 일가견이 있는 사람일 것으로 추정된다.

다음으로는 ≪一斛珠≫와 매비의 초상에 현종이 직접 써 넣은 詩를 살펴보도록 하겠다.

≪一斛珠≫
뉴엽빵미구불묘(柳葉雙眉久不描)ᄒᆞ니
잔장황누오홍쇼(殘妝和淚汙紅綃)라
장문진일무소세(長門自是無梳洗)ᄒᆞ니
하필진쥬위적막(何必珍珠慰寂寞)요

버들닙 갓흔 눈겁울을 ᄀᆞ리니 아니ᄒᆞ니
쇠잔ᄒᆞᆫ 장이 눈물의 화ᄒᆞ야 붉은 깁을 어리이는도다
장문의 날이 ᄆᆞᆺ도록 세쳑ᄒᆞ미 업ᄉᆞ니
엇지 반드시 진쥬ᄅᆞᆯ 보내여 젹막ᄒᆞᆷ믈 위로ᄒᆞ리오

버들잎 두 눈썹 오랫동안 그리지 않고, 남은 화장 눈물에 젖어 두건조차 붉게 되었다. 장문(매비)이 스스로 꾸미기를 포기했거늘, 어찌 진주로 적막함을 위로할 수 있겠는가! 이 부분은 매비의 현종에 대한 심정이 그대로 담겨있다. ≪樓東賦≫를 보내도 아무런 반응을 보이지 않던 현종이 양귀비의 눈치를 보면서 진주로 자신을 달래는 모양새가 달갑지 않을뿐더러 진주로는 달랠 수 없는 임을 향한 외로움이 절실하게 느껴진다. 의문점은 '장문진일무소세(長門自是無梳洗)ᄒᆞ니'에서 '진일'이라고 한글로 표기한 부분이 있는데, 원문에서는 '自是'라고 되어 있다. ≪說郛≫本을 보고 번역 했다면 분명 '자시'라고 음독을 달았어야 한다.[55] 해석을 보면 '장문의 날이 ᄆᆞᆺ도록 세쳑ᄒᆞ미 업ᄉᆞ니'라고

55) ≪설부≫본의 ≪매비전≫을 실은 ≪中國古典小說鑑賞辭典≫의 원문을 보면 분명 '長門自是無梳洗'라고 되어 있음(中國展望出版社, 1981년).

하여 번역도 약간의 차이를 보이고 있다.

다음으로 환관이 그려준 매화를 들고 있는 매비의 초상에 덧붙인 네 구의 詩를 살펴보자.

〈매비 그림에 덧붙인 시〉
억셕교비재자신(憶昔嬌妃在紫宸)ᄒᆞ니
연화불어득쳔진(鉛華不禦[56]得天眞)이라
상초슈ᄉᆞ당시틱(霜綃[57]雖似當時態)나
쟁내교파불고인(爭奈嬌波[58]不顧人)고

옛 교비 자신(紫宸)의 이실제를 생각하니
연지와 분을 므지아나도 하늘 진짓식을 어덧더니라
서리 ᄀᆞᆺ흔 그림이 비록 당시의 틱도 ᄀᆞᆺᄒᆞ나
교틱를 물결 ᄀᆞᆺ흔 눈의 사ᄅᆞᆷ을 도라보지 아니ᄒᆞ매 엇지ᄒᆞ리오

교비가 자줏빛 침소(紫宸)에 있을 때를 생각해 보니, 얼굴에 화장기는 없어도 정말 순수했었지. 그림 속의 모습이 비록 그녀와 닮았다 하나, 눈빛이 나(현종)를 보지 않고 있으니 어찌 하겠는가! 이 부분의 번역도 음독하고 번역을 하였는데, 번역을 함에 있어서도 비교적 내용을 충실하게 전달하려고 하였기 때문에 당시 한글 필사본의 주 독자층인 여성들이 어려움 없이 해독 할 수 있었을 것이다.

이상으로 위에서 ≪梅妃傳≫에 나오는 세 편의 운문을 모두 살펴보았다. 이처럼 운문을 번역할 때, 읽는 사람의 편의를 위하여 먼저 음독을 제시하여 주고, 음독이 다 끝나는 부분에 다시 우리말 번역을 제시하여 작품을 쉽게 이해할 수 있게 도와주었다. 번역자는 한자의 해독능력이 뛰어났을 뿐 아니라, 직역을 하더라도 감정을 살려 번역하는 글재주도 지녔다. 필사된 글씨체를 보더라도 물론 약간의 흘림체이긴 하지만, 간혹 정갈한 궁서체의 흔적을 발견할 수 있다. 필사된 고어의 사용정도와 글씨체의 정도로 보아 적어도 19세기에는 번역되고 필사된 것으로 보인다. 번역자가 어떤 판본을 저본으로

56) 鉛華不禦 : 不用脂粉等化妝品
57) 霜綃 : 畫幅
58) 嬌波 : 指眼神

삼았는지는 알 수 없으나, ≪說郛≫本을 참고 했을 가능성이 가장 크다. ≪梅妃傳≫ 뒤에 있는 跋文만 번역되어 있지 않고, '贊'까지 비교적 자세히 번역하였다. 아마도 원문을 보고 읽어가면서 번역했을 가능성이 크다고 볼 수 있다.

본 논문에서 필자는 우선 ≪梅妃傳≫跋文의 내용을 근거로 창작시기와 작가에 대한 부분을 살펴보았다. 물론 南宋代에 쓰여 져서 후에 曹鄴이라는 인물에 가탁했을 것이라는 설도 있지만, 발문에 쓰여 진 大中 2年 7月에 쓰여 졌다는 기록에 의거해서, 필자는 唐末 曹鄴이 ≪梅妃傳≫을 창작했을 것이라는 說에 의견을 같이 했다. 또한 국내 유입되었을 정황과 시기를 고찰함에 있어 ≪說郛≫가 국내에 유입되었을 시기를 추정하여 ≪梅妃傳≫의 유입시기를 살펴보았다.

≪說郛≫는 가장 이른 기록은 고려시대 말에 보이지만, 남아있는 판본이 없어 추정하기 어렵고, 지금 남아있는 기록들에 의해 허균이 중국 사신으로 가서 책을 구입해 왔던 시기인 1614년에서 1615년에 국내에 유입되었을 것으로 보았다. ≪梅妃傳≫은 단행본으로 남아있지 않고 국내에서는 ≪藝苑捃華≫本과 ≪說郛≫本 안에 들어있기 때문에 ≪說郛≫의 국내 유입이 곧 ≪梅妃傳≫의 유입이라고 볼 수 있는 것이다. 때문에 국내 소장되어 있는 ≪梅妃傳≫판본을 세 가지로 나누어 ≪藝苑捃華≫本과 ≪說郛≫本, 아단문고에 소장되어 있는 한글 필사본 ≪梅妃傳≫을 살펴보았다.

특히 아단문고에 소장되어 있는 국내 유일의 번역 필사본은 뒷부분에 부록으로 ≪한셩뎨됴비연합덕젼≫과 ≪당고종무후뎐≫이 번역되어 있다. 아단문고 소장의 한글 필사본 ≪梅妃傳≫은 짧은 단편이라 크게 두 가지 양상으로 번역 양상을 살펴보았다. 첫째는 "직역하고 의역"한 부분으로 처음부터 끝까지 직역을 위주로 한 글자 한 글자를 충실히 번역했다. 간혹 의역한 부분이 보이긴 하지만 역자가 해독에 도움을 주고자 덧붙인 것들이고, 많은 부분에 해당되지 않는다. 또 운문을 번역할 때는 "음독을 부가해서 운문 번역"을 하였다. 운문 한 글자 한 글자에 음독을 붙여 나열하고 독자를 위해 처음부터 다시 번역 해주었다.

≪梅妃傳≫은 단편소설이고 한글로 번역되어 있는 필사본도 18장의 짧은 소설로 되어있다. 단행본이 없었던 작품인데 어떻게 번역되었는지, ≪說郛≫에 실려 있는 많은 작품 중에서 왜 ≪梅妃傳≫을 번역했는지, 그 의도에 대해서는 추정할 수 없으나, 번역

필사자는 상당한 문장 해독 능력을 지닌 사람이었을 것이다. 한 글자씩 직역을 했다는 점, 원문에 나오지 않은 부분까지 의역하여 추가하였다는 점, 음독을 부가하여 운문 번역을 하였다는 점 등은 그런 사실을 뒷받침 해준다. ≪梅妃傳≫뿐 아니라 뒤에 부록으로 있는 ≪한셩뎨됴비연합덕젼≫과 ≪당고죵무후뎐≫도 같은 글씨체임을 감안해 본다면 한 사람이 번역하고 필사했을 가능성이 크다. 내용으로 보아 여성 필사자인 가능성이 커 보이지만, 필사가가 기록을 남기지 않아 누가, 왜 황제와 비의 사랑 이야기 세 편을 번역 필사 해 놓았는지 정확한 이유는 알 수 없다. 앞으로 이 부분까지 연구해서 그 관련성과 의도를 연구해 보다면 더 가치 있을 것이다.

5. ≪夷堅志≫의 국내수용과 影向 硏究*

≪夷堅志≫는 宋代 志怪說話集으로 洪邁(1123-1202年)가 쓴 대표적 作品 中 하나이다. 이 책은 總 420卷 가운데 절반가량이 現存하고 있는 작품이다. 洪邁가 晩年에 저술한 작품으로 알려진 이 작품의 書名은 ≪列子 · 湯問≫〈夷堅聞而志之〉[1]에서 취하였다고 전해지며 내용은 대부분 전해져 내려오는 怪異한 일이나 사건을 위주로 꾸며진 지괴소설집이다.

≪夷堅志≫는 원래 四百二十卷으로 初志、支志、三志、四志로 되어 있고 每志마다 十集으로 되어 있으며, 甲 · 乙 · 丙 · 丁 等의 順序로 編次되었다. 더 세밀히 분석하면 甲에서 癸까지 200卷, 支甲에서 支癸까지 100卷, 三甲에서 三癸까지 100卷, 四甲에서 四乙까지 20卷으로 총 420卷으로 구성되어 있으나 원본은 이미 유실되었다. ≪宋史≫〈藝文志〉小說家類에 두 종류가 기재되어 있는데, 한 종은 甲·乙·丙志를 포함한 60卷이고, 다른 종는 丁·戊·己·庚志를 포함한 80卷으로 총 140卷이다. 이도 또한 현존하지는 않는다.

또 明代 胡應麟의 ≪少室山房類稿≫卷104〈續夷堅志〉에는 支甲부터 三甲까지 100卷의 필사본을 언급하고 있으나 당시에 전해지는 것은 오직 50卷뿐이라고 밝혔다. 그 외 ≪四庫全書總目≫小說家類에는 ≪夷堅支志≫50卷(支甲에서 支戊까지 五十卷)이 기재되어 있다.

그 후 근대에 들어와 張元濟가 여러 자료를 모아 ≪新校輯補夷堅志≫를 편집하여 간행했는데, 여기에는 甲·乙·丙·丁 四志 각 20卷씩 80卷, 支志 甲·乙·丙·丁·戊

---

* 이글은 2011년 중국 ≪九江學院學報≫第30卷 總第162期에 〈夷堅志的韓國傳入和影向之硏究〉라는 제목으로 게재된 것을 번역하였고 일부는 보충하였다.

** 閔寬東 : 慶熙大 中國語學科 敎授

1) ≪列子≫〈湯問〉에 "대우는 다니면서 보고, 백익은 아는 것에 이름을 붙이고, 이견은 듣고 기록하였다(大禹行而見之, 伯益知而名之, 夷堅聞而志之)"라는 대목이 있는 것으로 보아 '夷堅'은 상고시대 博物學者로 추정된다.

·庚·癸 각 10卷씩 70卷, 三志 己·辛·壬 각 10卷씩 30卷, 補 26卷 등 총 206卷이 전한다. 그 후 1981년에는 中華書局에서 張元濟本을 저본삼아 1卷을 더 보충하여 207卷으로 출간 하였는데, 이것이 현존하는 가장 완전한 판본으로 보인다.[2)]

이 책은 宋初부터 洪邁 自身이 生存하였던 시기까지를 대상으로 만든 책으로, 當時 社會와 民間에서 유통되던 奇怪類나 혹은 怪談類를 수집하여 정리한 책이다. 그러하기에 宋代의 社會와 民俗 等의 資料가 매우 풍부하게 수록되어 있다. 후에 作品內容의 相當數는 宋·元·明代의 話本小說과 戱曲의 素材로 활용되어 後代 影向을 많이 끼친 作品중의 하나로 평가되고 있다. ≪夷堅志≫는 高麗時代에 이미 국내에 유입되었으며, 특히 高麗時代와 朝鮮時代에 문학방면 뿐만 아니라 문화방면에도 적지 않은 影向을 끼친 것으로 사료된다.

紹興 13年(1143)부터 嘉泰 初까지 약 60년 동안 洪邁가 심혈을 기울여 편찬했다고 전해지는 ≪夷堅志≫는, 대략 甲志를 紹興 29年(1159)에 완성했다고 하며, 四志를 嘉泰 初年(1201)에 완성했을 것으로 보고 있다.

≪夷堅志≫의 저자 洪邁에 대해서는 ≪宋史≫〈洪邁傳〉에 최초로 언급되어 있는데 관련기록을 살펴보면 그는 字가 景盧, 號가 容齋 혹은 野處老人이며, 饒州 鄱陽(지금의 江西 波陽) 사람으로 알려졌다. 그는 紹興 15年(1145)에 博學宏詞科에 급제하였고, 후에 兩浙轉運司를 제수 받아 관직을 수행하였으며, 말년에는 端明殿學士를 지내다 隆興 元年(1163)에 관직을 물러나 얼마 되지 않아 80세의 일기로 생을 마감하였다. 대표적인 저서로는 ≪夷堅志≫ 외에 ≪史記法語≫·≪南朝史精語≫·≪萬首唐人絶句≫·≪容齋隨筆≫·≪野處類稿≫ 등이 있다.[3)]

5.1 ≪夷堅志≫의 국내 유입과 記錄

≪夷堅志≫에 대한 국내 최초의 기록은 高麗 忠烈王 때 文臣이었던 秋適[4)]

2) 陳文新, ≪中國筆記小說史≫, 臺灣: 志一出版社, 1995年, 432쪽.

3) 민관동·유희준·박계화 공저, ≪한국 소장 중국문언소설의 판본목록과 해제≫, 학고방, 2013년. 163-164쪽.

(1246~1311, 官職은 藝文官提學)이 著述한 것으로 알려진 ≪明心寶鑑≫〈正己篇〉에 "이견지에 이르기를, 여색 피하기를 원수 피하는 것과 같이 하고, 바람 피하기를 날아오는 화살 피하는 것 같이 하며, 빈 속에 차를 마시지 말고 밤중에 밥을 많이 먹지 말라"[5] 라고 인용된 문구로 볼 수 있다. ≪明心寶鑑≫에 분명 ≪夷堅志≫에서 인용하였다고 언급되어 있는 것으로 보아 국내 유입 시기는 늦어도 高麗時代 末期 이전에는 유입된 것으로 보인다.

≪夷堅志≫를 인용한 ≪明心寶鑑·正氣篇≫第14章을 살펴보면 다음과 같다.

> 第13章. 近思錄云; 懲忿如救火, 窒慾如防水.
> 第14章. 夷堅志云; 避色如避讐, 避風如避箭, 莫喫空心茶, 少食中夜飯.
> 第15章. 荀子曰; 無用之辯, 不急之察, 棄而勿治.[6]

이처럼 ≪明心寶鑑≫〈正氣篇〉第14章 가운데 ≪夷堅志≫에서 引用했다고 분명히 밝힌 점과 ≪明心寶鑑≫은 고려 말 文臣 秋適(1246~1311)이 지은 책이라는 사실이 이를 뒷받침해 준다. ≪明心寶鑑≫은 당시 兒童을 위하여 各種 古典文獻 가운데 有益한 문구를 발취하여 만든 책으로 大略 孔子를 위시한 諸子百家의 經書와 명언명구 및 詩·賦 가운데서 比較的 쉽고 容易한 문구와 生活의 指針이 될 만한 內容을 위주로 꾸민 책이다. ≪明心寶鑑≫은 당시 敎育의 基本圖書로 일반적으로 ≪千字文≫을 讀破한 후에, 다음과정으로 배우는 敎材였으며 이 책이 만들어진 시기는 高麗 忠烈王 31年(1305)으로 알려져 있다. 이 책은 總 19篇으로 儒·佛·仙의 思想을 총망라하였고, 朝鮮時代에는 基礎敎育機關이었던 書堂에서 주로 人格修養의 목적으로 가르쳤던 과목이다.

이 책은 當時 高麗와 朝鮮뿐만 아니라 中國과 日本 等 동북아 일대에서 널리 전파되어 읽혀졌던 책이며 現在 遺傳되는 版本은 朝鮮 高宗 6年(1869年) 秋適의 20代孫 秋世文이 出刊한 仁興齋本이 있다.

---

4) 明心寶鑑版本, 市道有形文化財第37號(韓國 慶尚北道 大邱 達城郡)
5) 夷堅志云, 避色如避讐, 避風如避箭, 莫喫空心茶, 少食中夜飯.
6) 李鐘瓚, ≪明心寶鑑≫, 語文閣, 1993年, 69-72쪽

그 밖에 ≪夷堅志≫에 대한 관련기록은 1740년경에 간행된 李瀷(1681~1763)의 ≪星湖僿說≫[7]제2권 〈天地門〉중 '雹'에 대한 설명에서 이 책에 대한 언급이 보이고,[8] 또 李德懋(1741~1793)의 ≪靑莊館全書≫, 李圭景(1788~1856)의 ≪五洲衍文長箋散稿≫에도 인용문구들이 보인다.

먼저 朝鮮時代 李德懋(1741-1793年)[9]의 ≪靑莊館全書≫에 언급된 내용을 살펴보면 다음과 같다:

> 夷堅志曰: 臨川有人被蝮傷, 卽昏死. 一臂如股, 少頃遍身皮脹黃黑. 一道人以新汲水調香白芷末一斤灌, 黃水自口中出, 腥穢逆人. 良久消縮如故.
>
> [≪靑莊館全書≫第52卷, ≪耳目口心書≫5][10]
>
> ≪夷堅志≫에 이르길: "임천(臨川)에 어떤 사람이 蝮蛇(살모사)한테 물려 곧 까무라쳐서 죽게 되었다. 팔 하나가 다리만하더니 조금 후에는 온몸이 붓고 누르면서 검기도 하였다. 한 道人이 새로 길어 온 물에다 香白芷 1근을 다려 먹이니 누런 물이 입 속에서 나오는데 비린 냄새가 얼마나 역겨운지 사람이 못 견딜 지경이었다. 한참 후에 부기가 다 빠지고 전처럼 회복되었다."

---

7) 평소에 기록해 둔 글과 제자들의 질문에 답한 내용을 1740년경에 집안 조카들이 정리한 것으로, 30권 30책의 규장각 소장본 등 여러 필사본으로 전해오다가 수차례 영인본으로 간행되었고 민족문화추진회에 의해 한글 완역본도 간행되었다. 주제에 따라 다섯 부분으로 나누어져 있다. 223항으로 구성된 〈天地門〉은 천문과 자연과학, 자연지리 및 역사지리에 대한 내용이고, 368항의 〈萬物門〉은 의식주의 생활 문제와 화초·화폐·도량형·기구 등을 수록하였다. 〈人事門〉은 인간의 사회생활과 학문에 대한 내용을 담았는데, 정치·경제·인물·사건·사상에 대한 990항목이 실려 있다. 〈經史門〉은 유교와 역사에 대한 1,048항목이, 〈詩文門〉에는 중국과 조선의 시와 문장에 대한 비평 378항목이 실려 있다. 형식적 특징은 백과전서적인 포괄적 구성에 있다.

8) 비·눈·서리·싸락눈 같은 것들은 모두 그렇게 되는 이치가 있으되, 오직 우박만은 알 수가 없다. 혹은 크기가 계란만하기도 하고, 馬頭만하기도 하고, 도끼만하기도 하고, 斗만하기도 하니 그것은 반드시 물이 있은 뒤에 한데 뭉쳐서 된 것이다. 그런데 공중에서 어디에 의지하여 이렇게까지 크게 된 것일까? ≪稽神錄≫에, "한 번은 우박이 왔는데 높이가 다락[樓]과 같을 정도로 쌓여서 땅 위에 길[丈]이 넘게 되었다." 하였으니, 이것이 변괴이기는 하나 계란만하고 말만한 것들이 무더기로 쌓이는 그럴 이치도 없지는 않을 것이다. ≪朱子語類≫에, "蜥蜴[도마뱀]이 물을 머금어 만든 것이다." 하였으니, 이 말은 ≪夷堅志≫와 합치되는 것이다. 만약 이런 이치가 없다면 주자가 반드시 龍의 기운이 서로 감동한다는 말을 하지 않았을 것이니, 만물의 이치는 이루 다 궁구할 수 없는 것이다.……(중략)

9) 李德懋(1741-1793年), 字는 懋官, 號는 炯庵·雅亭·靑莊館·嬰處·東方逸士 等이다. 朝鮮後期 學者로 著書에는 ≪靑莊館全書≫ 等이 있다.

10) 李德懋, ≪國譯靑莊館全書≫第8卷, 民族文化推進會刊行, 1980年, 218쪽.

이처럼 朝鮮時代 文人 李德懋의 ≪靑莊館全書≫에는 ≪夷堅志≫의 文句를 그대로 인용한 기록이 上記文 이외에도 여러 건의 기록이 보인다. 그 외 ≪夷堅志≫에 대한 기록으로는 朝鮮時代 李圭景(1788-1856年)[11]의 ≪五洲衍文長箋散稿≫卷七 〈小說辯證說〉에 이르길:

漢藝文志, 小說者流, 蓋出於稗官 : 如淳曰, 稗音鉤家排九章, 細米爲稗, 街談巷說, 其細碎之言也. 王者欲知閭巷風俗, 故立稗官, 使稱說之. 今世偶語爲稗. 師古曰, 稗音稊稗之稗, 不與排同也. 稗官小官, 漢名, 奏唐林請省置吏, 公卿大夫至都官稗官, 各減十三是也.

街談巷語道聽塗說者之所造也. 孔子曰, 雖小道, 必有可觀者焉, 致遠恐泥, 足以君子弗爲也. 然亦不滅也, 閭里小智之所及, 亦使綴而不忘, 如或一言可采, 此亦蕘狂夫之議也. 小說之在古可考者, 有齊諧記 (見莊子齊諧志怪者也). 虞初志 (虞初, 漢武帝時, 小吏衣黃乘輜米訪天下異聞者也). 夷堅志 (出列子云, 夷堅聞而志之). 酉陽雜俎 (小酉山石穴, 有書千卷, 故名也). 諾皐記 (有引梗陽巫皐事者, 遁甲中經云, 住山林中, 呪曰諾皐太陰將軍, 蓋諾皐, 乃太陰之名, 太陰乃陰神之神也, 取秘隱者也), 有稗海者 (取古今稗官小說, 亟人其中, 匯以爲書矣, 因樹屋書影云). 續文獻通考, 以琵琶記, 水滸傳列之. 經籍誌中, 雖稗官小說, 古人不廢. 然羅列不倫, 何以垂遠, 乃格言也. 謝肇淛, 五雜俎小說, 野俚諸書, 稗官所不載者, 雖極幻妄無當然, 亦有至理存焉.

≪漢書≫〈藝文志〉에 이르길, 小說家類는 대체로 稗官에서 나왔다고 한다. 如淳이 말하길 "稗音鉤家排九章"에서 細米가 곧 稗를 말하는 것으로, 이는 거리와 골목에서 하는 이야기로 자질구레한 말들이다. 왕이 여항의 풍속을 알고자 하여 패관을 설치하여 그렇게 일컫게 되었다. 오늘날 세상에서는 둘이 마주 대하여 하는 얘기를 稗라 한다. 師古가 말하길: 稗音은 稊稗의 稗이다. 그러나 排와 더불어 함께 배열되지 않는다. 패관은 낮은 관리로 漢代의 명칭이다. 唐林에 상주하여 성에 청하여 관리를 설치하였다가 공경대부, 도관, 패관에 이르기까지 각각 열 셋을 줄인 게 그것이다.

길거리와 골목에서 주워들은 것을 가지고 만든 것이다. 孔子가 말하길: "비록 작은 도이나 반드시 볼 만한 게 있다. 그러나 원대한 것에 나아감에 막힘이 있을까 염려하여 군자는 이를 하지 않는 것이다"라고 하였다. 그러나 또한 없어지지도 않았다. 마을의 소지식인들이 이것을 책으로 엮어 잊지 않도록 하려고 전하였는데, 만약 한마디 취할 만한 말이 있다면 이는 나무꾼이나 狂夫들에게나 중시될 만한 議論일 뿐이다. 옛날 소설 중에 상고할 만한 것은 ≪齊諧記≫(莊子의 제해지괴자를 보라), ≪虞初志≫(우초, 한 무제때 하급 관리로 노란 옷을 입고 수레를 타고 천하의 이문을 채집한 자이다), ≪夷堅志≫(列子에서 나

---

11) 李圭景(1788-1856年), 字는 伯揆, 號는 五洲 · 嘯雲居士이다. 朝鮮後期 學者로 著書에는 ≪五洲衍文長箋散稿≫와 ≪五洲書種≫ 等이 있다.

왔다고 하는데 이견이 듣고 기록하였다), ≪酉陽雜俎≫(小酉山의 石窟속에 冊 一千卷이 있었기 때문에 책명으로 삼은 것이다), ≪諾皐記≫(梗陽巫皐의 일을 인용한 것인데 遁甲中經에 "山林속에 머물면서 諾皐太陰將軍이란 주문을 왼다."하였으니 諾皐란 太陰의 이름이다. 太陰은 隱神의 神이며 비밀히 숨긴 것을 취한 것이다.) 패해라는 것이 있어 (고금 패관소설에서 취하여 사람들이 자주 그 중에서 모아서 책을 만들었는데 ≪因樹屋書影≫이라고 말한다) ≪續文獻通考≫에도 ≪琵琶記≫·≪水滸傳≫을 나열하였다. ≪經籍志≫ 중에서 비록 패관소설이지만 고인들이 폐하지 않았다. 그러나 비윤리적인 것을 나열한다면 어떻게 후대까지 이어질 것인가, 당연한 말이다. 謝肇淛의 ≪五雜俎≫ 소설과 비속한 여러 책들은 패관이 실지 않는 것이다. 비록 지극히 황당하고 당연하지 않으나 거기에는 지극한 이치가 존재한다.

[五洲衍文長箋散稿 卷七, 影印本 上, 229-231쪽]

그 외에 同書 經史篇4, 經史雜類2, 典籍雜說, 〈古今書籍名目辨證說〉에도 이와 유사한 문구가 보인다.

如段成式酉陽雜俎 有玉格一卷 所記鬼神詳異 而類之譜錄中 盖以爲品玉之書 元撰樹萱錄一卷 入艸木類 盖以爲種樹之書. 古之文章博識 亦有此患 可不念哉. 愚故爲此辨 然則漏萬掛一也 覽者勿譏其少焉. 如書名.

齊諧記(者) : 見莊子齊諧志怪者也.

虞初志(者) : 虞初 漢時小吏 衣黃乘輜 采訪天下異聞者也.

虞初新志 : 王晫 張潮著.

夷堅志(者) : 出列子云夷堅聞而志之者也.

酉陽雜俎(者) : 唐段成式著 小酉山石穴 有書千卷 故名也.

諾皐記(者) : 唐段成式著 引梗陽巫皐事者 遁甲中經云 住山林中 呪曰諾皐太陰將 蓋諾皐 乃太陰之名 太陰乃隱神之神也 取秘隱者也. …………(中略)…………[12)]

그 예로 段成式이 지은 ≪酉陽雜俎≫에는 玉格 一卷이 들어 있는데, 내용이 鬼神과 詳瑞 異變에 관한 것으로, 玉을 品評하는 것으로 알고 譜錄 가운데 넣었으며, 元代 劉燾가 편찬한 樹萱錄 一卷을 艸木類에 넣었으니, 아마 種樹書로 알았던 모양이다. 옛날 文章이 博識한 사람도 이러한 잘못을 저질렀으니, 어찌 조심하지 않을 수 있겠는가? 그러므로 내가 이에 대하여 변증을 하였으나 만의 하나에 불과하니(대부분을 누락하고 지엽적이고 하찮은 것만을 쓴 것에 불과하니), 독자는 비웃지 말았으면 한다. 책이름은 다음과 같다.

齊諧記(者) : 莊子에 보이는데 齊諧란 괴이한 것을 적은 것이다.

---

12) 閔寬東, ≪中國古典小說批評資料叢考≫, 學古房, 2003年, 312-319쪽 再引用.

虞初志(者) : 虞初란 漢나라 때의 小吏로서 黃衣를 입고 수레를 타고 다니면서 천하의 異聞을 채집한 사람이다.

虞初新志 : 王晫 張潮가 지었다.

夷堅志(者) : 列子에 나오는데 夷堅이라는 자가 기이한 것을 듣고 기록한 것이다.

酉陽雜俎(者) : 唐의 段成式이 저술한 것이다. 小酉山의 石窟속에 冊 一千卷이 있었기 때문에 책명으로 삼은 것이다.

諾皐記(者) : 唐의 段成式이 지었다. 梗陽巫皐의 일을 인용한 것인데 遁甲中經에 "山林속에 머물면서 諾皐太陰將軍이란 주문을 왼다."하였으니 諾皐란 太陰의 이름이다. 太陰은 隱神의 神이며 秘隱한 것을 취한 것이다.

이상에서 언급된 문구 가운데 ≪五洲衍文長箋散稿≫卷七〈小說辯證說〉云: "夷堅志 : 出列子云夷堅聞而志之"와 同書≪五洲衍文長箋散稿≫(經史篇4, 經史雜類2, 典籍雜說, 古今書籍名目辨證說)云"夷堅志(者) : 出列子云夷堅聞而志之者也", 라는 문구는 內容이 동일하게 중복되어 언급되어 있다. 이처럼 朝鮮時代 文人 李圭景도 ≪列子≫ 가운데 언급된 이 문장을 인용한 것으로 보인다.

그 외 ≪夷堅志≫의 작품 외에도, ≪夷堅志≫의 著者인 洪邁에 관한 記錄도 李德懋(1741-1793年)의 ≪青莊館全書≫에 보인다:

群芳譜曰: 宋洪邁有痰疾. 因晩對, 上遣使諭, 令以胡桃肉生薑, 臥時嚼服數次卽愈. 如旨服之, 朝而痰嗽止.

[≪青莊館全書≫第52卷, ≪耳目口心書≫5][13)]

≪群芳譜≫에 이르길: "宋나라 洪邁가 담질(痰疾)이 있었다. 晩對(임금이 밤에 신하를 불러 경사를 강론하는 것)로 인한 것이기에 임금님이 使臣을 보내서 下諭하며 호도알과 생강을 잘 때에 씹어 먹는데 두어 차례만 하면 곧 낫는다 하였다. 말씀대로 먹었더니 아침에 가래 기침이 그쳤다."

이처럼 朝鮮文人 李德懋는 自己의 著作 ≪青莊館全書≫에 ≪群芳譜≫의 記錄을 재인용한 점도 홍미로운 일이지만, 또 洪邁 身上의 疾病治療 問題 등 當時의 醫學技術에 대한 소개도 韓中 기록문화에 매우 주목되는 자료로 평가된다.

13) 李德懋, ≪國譯青莊館全書≫第8卷, 民族文化推進會刊行, 1980年, 65-66쪽.

5.2 국내 소장된≪夷堅志≫版本

현재 국내 도서관에 소장된 ≪夷堅志≫版本은 國立中央圖書館 · 서울大 · 高麗大 · 延世大圖書館 等에서 볼 수 있다. 그러나 대부분은 淸末의 판본이 주류를 이루고 있다. ≪夷堅志≫의 판본목록은 다음과 같다[14];

書 名	編著者, 出版事項	版式狀況	一般事項 (序, 紙質)	所藏處
島居隨錄	盧若騰, 范濂, 張燾, 彭遵泗, 沈初, 洪邁. 中國石版本. 上海進居書局, 淸版本(年度未詳)	14冊, 12.5×10cm.	內容:島居隨錄, 卷上下1冊/盧若騰(淸)著. -羅砭軒質言, 4卷1冊 /范濂(淸)著. -津門雜記, 卷上中下1冊/張燾(淸)輯. -蜀碧/彭遵泗(淸)編. -西淸草記, 4卷, 2卷合1冊/沈初(淸)記. -夷堅志, 50卷10冊/洪邁(宋)著.	서울大
夷堅志	洪邁(宋)撰, 中國石印本, 宣統3年(1911)刊	50卷16冊, 19.6×13㎝	序: 乾道七年(1171年)五月…洪邁景盧敍. 刊記: 宣統三年(1911年)七月初版	高麗大
	洪邁(宋)撰. 中國木版本, 1778年以後.	20冊, 四周雙邊, 12.5×9cm, 上下小黑口, 16.6×10.5cm, 卷首目錄.	序:乾隆戊戌(1778)六月中澣仁和沈?瞻. 序:乾隆戊戌(1778)立秋後十日何琪. 內容:第1-2冊,甲集上,下--第3-4冊,乙集上,下--第5-6冊,丙集上,下--第7-8冊,丁集上,下--第9-10冊,戊集上,下--第11-12冊,己集上,下--第13-14冊,庚集上,下--第15-16冊,辛集上,下--第17-18冊,壬集上,下--第19-20冊,癸集上,下.	서울大
	洪邁(宋)撰, 中國木版本, 光緖5年(1897)刊	74卷11冊(缺帙), 四周雙邊, 半郭17.4×12cm, 有界, 9行18字, 註雙行, 大黑口, 無魚尾.	刊記: 光緖五年歲在屠維單閼 (1879) 甲志 卷7-20, 乙志 卷1-20, 丙志 卷1-20, 丁志 卷1-20	延世大 812.385
	釋齊賢評, 日本木版本, 元祿6(1693年)	8卷8冊, 27.8×19.3cm. 表題:夷堅志和解	序:元祿三載(1690)...近雅散人. 跋:時貞亭三歲次丙寅(1686)..桑門齊賢..刊記:元祿六癸酉(1693) 仲春十一日中村孫兵衛繡梓.	國立中央圖書館BA古5-80-21

14) 閔寬東, ≪中國古典小說史料叢考≫, 亞細亞文化社, 2001年, 229쪽 參考.
韓國國立中央圖書館 · 서울大圖書館 · 高麗大圖書館 · 延世大圖書館的 ≪古書目錄≫ 參考.

국내 소장 판본 중 가장 오래된 판본은 의외로 國立中央圖書館에 소장되어 있는 일본목판본으로 1693년 일본에서 간행된 판본(8권 8책)이다. 이 책은 釋齊賢評으로 元祿6年(1693年)에 刊行된 것으로 序文에는 “元祿三載(1690).....近雅散人”이라고 되어 있고, 跋文에는 “時貞亭三歲次丙寅(1686).....桑門齊賢”라고 되어 있으며, 刊記는 “元祿六癸酉(1693)仲春十一日中村孫兵衛繡梓”라고 기록되어있다. 1693년 일본에서 간행된 판본이 어떤 경로로 국내에 유입되었는지는 알 수 없으나 대략 일제강점기에 유입된 것으로 추정된다. 이 책은 중국이 아닌 일본판본이라는 점에서 나름의 연구가치가 있는 판본으로 사료된다. 그 외에 1778년 이후 중국에서 목판본으로 간행된 20책 판본이 서울대학교에 소장되어 있고, 1879년 중국에서 간행된 木版本이 延世大學校에, 1911년에 간행된 木版本이 高麗大學校에 각각 소장되어 있다.

5.3 ≪夷堅志≫의 국내 수용과 影向

≪夷堅志≫의 내용은 北宋 末期에서 南宋 中期에 이르기까지의 기이한 이야기, 사회생활, 종교문화, 윤리도덕, 풍속, 민심, 전고 방언, 의학 등 다양한 분야의 자료들을 담고 있다.[15] 총 2,800여 개의 이야기를 소개하여 다양한 제재와 흥미로운 이야기를 포함하고 있다. 현실 생활의 다양한 모습들을 비교적 사실적으로 묘사하고 있어 통속화되고 시민화된 창작특징을 보여주는 작품들이 많이 포함되어 있다. 때문에 이미 宋末에 “≪夷堅志≫를 보지 않는 사람이 없었다(夷堅志無有不覽)”고 할 만큼 ≪太平廣記≫와 함께 說話人들의 필독서가 되었다고 한다.[16] 남녀 혼인에 관한 이야기가 많아 이후 백화소설 작가들에게도 지대한 영향을 주었다. 예를 들면 支庚 卷一에 있는 “鄂州南市女”이야기는 宋元話本 ≪鬧樊樓多情周勝仙≫의 원형이고, 明代≪龍圖公案≫의 〈紅牙珠〉와 范文若의 ≪鬧樊樓≫에 까지 영향을 주었다.[17]

15) 강종임, 〈夷堅志에 나타난 宋代 여성의 초상〉, ≪중국소설논총≫第31輯, 2010. 116쪽.
16) 박명진, 〈夷堅志 공안소설의 몇 가지 유형〉, ≪중국소설논총≫第32輯, 2010. 52~54쪽.
17) 민관동 · 유희준 · 박계화 공저, ≪한국 소장 중국문언소설의 판본목록과 해제≫, 학고방, 2013년 2월. 164쪽.

이처럼 ≪夷堅志≫는 중국에서도 후대에 많은 영향을 끼친 소설집이지만 국내에서도 적지 않은 영향을 끼친 것으로 보여 진다. 특히 朝鮮時代에는 教育分野·醫學分野·民間故事 等 문화방면에 다양한 기록이 전해진다.

1) 教育分野

教育方面에 影向을 끼친 것으로는 ≪明心寶鑑≫中에 引用된 ≪夷堅志≫의 記錄을 들 수 있다. 이 책은 위에서도 언급하였듯이 ≪明心寶鑑≫〈正氣篇〉·第14章 가운데 "夷堅志云; 避色如避讐, 避風如避箭, 莫喫空心茶, 少食中夜飯"라고 인용한 문구가 있으며 그 예라고 할 수 있다. ≪明心寶鑑≫은 高麗時代와 朝鮮時代에 "書堂"에서 人格修養의 目的으로 學生을 가르쳤던 主要科目이기에 ≪夷堅志≫는 教育方面으로도 매우 重要한 工具書로 활용되기도 하였음이 증명된다.

2) 醫學分野

醫學方面의 影向으로는 李德懋의 ≪青莊館全書≫를 들 수 있다. 이 記錄은 ≪青莊館全書≫ 가운데 "≪夷堅志≫曰: 臨川有人被蝮傷, 卽昏死. 一臂如股, 少頃遍身皮脹黃黑. 一道人以新汲水調香白芷末一斤灌, 黃水自口中出, 腥穢逆人. 良久消縮如故." 라고 ≪夷堅志≫의 文句를 인용한 기록과 또 ≪夷堅志≫의 저자 洪邁가 病을 치유한 記錄에서 ≪夷堅志≫가 醫學方面으로도 활용되었음을 알 수 있다.

3) 民間故事分野

국내의 民間故事 가운데는 中國民間故事의 影向을 받은 것이 상당수가 있는데 그 중에서 ≪夷堅志≫[(十萬卷樓叢書所收)甲志卷十七]의 "解三娘的故事"와 韓國의 "阿娘故事"가 매우 밀접한 영향관계를 가지고 있다. 먼저 ≪夷堅志≫의 "解三娘的故事"를 살펴보면:

≪夷堅志≫中의 "解三娘的故事";

興州後軍統領趙豊, 紹興二十七年(1157年)春, 以帥檄按兵諸郡, 次果州, 館于南充驛. 命吏置榻中堂. 驛人前白, 曰: "是堂有怪, 夜必聞哭聲. 常時賓客至此, 多避不敢就, 但舍于廳之西閤." 豊笑曰:"吾豈畏鬼者耶" 竟寢堂上. 至夜間, 哭聲從外來, 若有物直赴寢所. 豊曰:"汝豈非有寃欲言者乎? 言之, 吾爲汝直; 否則亟去." 果去, 頃之又來. 群從者皆聞履聲趾趾然. 明日以語太守王中孚弗. 王以爲妄也. 是夕, 赴郡宴夜歸. 方酒酣, 未得寢, 倚胡床以憩. 一女子散髮, 在前立曰:"妾乃解通判女三娘者也, 名蓮奴. 本中原人, 遭難入蜀, 失身于秦司茶馬, 李忞戶部家. 實居此館. 李有女, 嫁郡守馬大夫之子紹京, 以妾爲媵. 不幸以姿貌, 見私于馬君. 李氏告其父, 杖妾至死. 氣猶未絕, 卽命掘大窖, 倒下妾尸瘞之. 今三十年矣. 幸將軍哀我, 使得受生." 豊曰:"汝死許久, 士大夫日日過此, 何不早自直." 曰:"遺骸思葬, 未嘗須臾忘. 是間有神司守, 不許數出. 十年前, 妾夜哭出訴. 地神告曰:'後有趙將軍來此, 是汝寃獲伸之時.' 日夜望將軍至, 故敢以請." 豊曰:"果如是, 吾當念之." 女謝去. 遣人隨視之, 至堂外墻下, 沒不見. 明日, 召僧爲誦佛書, 作薦事, 遂行. 晩至潼川之東關縣, 止縣驛. 女子復在前, 已束髮爲高髻. 豊曰:"吾旣爲汝作佛事, 何爲相逐." 曰:"將軍之賜, 固已大矣. 但白骨尙在堂外墻下, 非將軍, 誰爲出之?" 豊曰:"吾爲客, 又已去彼, 豈能爲汝出力? 胡不訴于郡守王郎中?" 曰:"非不知也. 戟門有神明, 詎客輒入. 然妾之寃, 非王郎中不能理. 非將軍爲地, 何以達于王郎中乎? 妾骨不出, 則妾不得生. 使妾骨獲出, 而得生, 在將軍一言, 宛轉間耳." 豊又許之. 再具其事, 走介白王守. 王乃訪昔時李戶部所使從卒, 獨有譚詠一人生. 委咏訪其骨. 咏率十數兵, 來墻下, 發土求之. 凡兩日, 迷不得所在. 咏致一巫母問之. 巫自稱聖婆, 口作鬼語, 呼咏責曰:"汝當時手埋我, 豈眞忘所在耶? 今發土處卽是, 但尙淺耳. 當時到下我, 盖以木床. 木今尙在, 若得木, 骨卽隨之. 頂骨最在下, 千萬爲我必取. 我不得頂, 得不可生." 咏驚怖伏狀. 不明日, 果得尸. 卽爲徙葬于高原. 時紹京爲渠州隣水尉, 未幾就調晉州推官. 見解氏來說當日事. 紹京繼踵亦卒. 關壽卿耆孫, 初赴教官, 適館于此. 嘗爲作記. 虞幷甫爲渠州守, 紹京正作尉云.[18)]

이처럼 ≪夷堅志≫의 "解三娘的故事"類型은 국내 도처에서 "阿娘型故事"로 유포되어 있지만 그중에서 대표적인 것이 바로 경상도 밀양의 "阿娘故事"이다. 먼저 국내 일반적으로 퍼져있는 "阿娘型故事"와 경상도 밀양의 "阿娘故事"의 내용을 살펴보면:

"阿娘型傳說" [1].

옛날 어떤 고을 驛舍에는 恒常 鬼神이 나와서 新官이 到任하기만 하면 반드시 그날밤 內로 죽어 버리는 怪異한 일이 있었다. 그래서 그 고을 郡守의 職을 願하는 者는 한 사람도 없게 되었다. 朝廷에서는 하루라도 官長의 位를 비어 둘 수가 없으므로 不得已 志願者를 募集하게 되었다. 그러나 누구든지 生命을 아까워하므로 아무도 自願하는 者는 없었다.

18) 이 故事는 宋代 李昌齡의 ≪樂善錄≫卷上에서도 볼 수 있으나 ≪夷堅志≫보다는 간단하게 축약하였고 內容도 明瞭하지 못한 부분이 많다.

그러할 때에 한 사람의 志願者가 나타났다. 그는 豪蕩한 氣質과 不怯의 勇膽을 가졌으나 人物이 변변치 못하였으므로 恒常 不遇의 境遇에 있었다. 그는 그 고을官廳에서 鬼怪가 자주 나서 新官이 到任 當日 밤에 恒常 죽어버린다는 말을 듣고 그까짓 鬼神이 무엇이냐고 大膽스럽게 自願한 것이었다. 朝廷에서는 아무 異議없이 그者를 그 고을 郡守로 임명하였다.

郡守로 到任하는 날 밤 그는 廳舍에 혼자 자기로 하였다. 驛吏들은 그의 어림없는 行動을 보고 護衛兵卒을 많이 데리고 자기를 忠告하였다. 하나 그는 그것을 拒絶하고 다만 많은 燭火만을 準備하여 두라고 命슈하였다. 그는 방안에 燭불을 찢어지게 數없이 밝히고 밤들기를 기다렸다. 밤중이 되었을 때 별안간 찬 기운이 房에 돌더니 一陣狂風이 일어나며 굳게 닫힌 문이 화닥닥 열리고 燭 불은 꺼질락말락 하였다. 상당히 膽大한 그도 잠깐은 氣絶할뻔 하였다. 하나 그는 다시 정신을 차려서 급히 周易을 읽기 시작하였다. 그는 높은 소리로 呪文을 읽었다. 房는 조금동안 깊은 靜寂을 繼續하였다. 또 조금 있더니 이번에는 한편 房門이 소리없이 슬그머니 열리면서 뼈를 찌르는듯한 찬 기운과 함께 머리를 散髮하고 全身에 피를 흘리는 妖怪가 눈 앞에 우뚝 나타났다. 그는 連해 呪文만을 높이 읽었다. 그 妖怪는 다시 사라지고 四圍는 다시 沈黙하였다. 세 번째는 어떤 여인의 소리가 門 밖에서 나며 房안에 있는 사람을 불렀다. 그는 再三 생각하다가 누구이냐고 對答하였다. 女人은 哀願하는 듯한 말소리로 "나는 鬼神도 아니요 사람도 아니나 呼冤할 말이 있으니 문을 열어 주시오"하였다. 그는 비로소 그 妖怪가 冤魂임을 알았다. 그리고 몸을 부들부들 떨면서도 大膽하게 房門을 열어 주었다. 어떤 素服한 美女가 목에 칼을 꽂은채 방안으로 들어와서 그의 앞에 절하였다. 그는 여인의 態度에 겨우 마음을 놓고 무슨 呼冤이 있느냐고 물었다. 여인의 呼訴는 이러하였다.

"나는 원래 이 고을 守廳하는 妓生이러니 通引 某者가 저의 要求를 듣지 아니한다고 이렇게 나를 목 찔러 죽이고 나의 屍體를 客舍뒤 古木속에 거꾸로 집어넣었으므로 當時의 長官에게 이것을 呼訴하려고 하였으나 나의 모양에 겁내어 죽고 그 뒤 新官이 到任할 때마다 그들의 膽力을 試驗하기 위하여 아까 한 態度를 하여 보았으나 그들은 모두 失神하여 죽어버렸습니다. 그러나 지금 당신의 膽勇을 보니 가히 나의 寃을 풀어 줄만 하기에 이렇게 本形으로 나타나서 呼訴하는 것입니다. 通引놈은 나의 목에 칼을 찌른 후 나의 命이 채 다 끊어지지도 아니한 것을 古木속에 쳐 넣었으므로 나는 지금 산 사람도 못되고 죽은 사람도 되지 아니하였습니다. 나를 죽인 通引은 지금도 이 고을에서 通引으로 있는 者이오니 그놈을 處斬하고 나의 屍體를 古木에서 끄집어 낸 뒤에 목에 칼을 뽑고 몸을 바로하여 埋葬하여 주시면 寃을 풀고 저승길을 떠날 수 있겠습니다."

그는 곧 여인의 訴冤을 들어 주기로 約束하였다. 여인은 百拜하고 물러나갔다. 하나 그는 그날 밤 조금도 잠을 이루지 못하였다.

아침에 날이 밝자 驛卒들은 新官의 屍體를 處理하고자 거적대기를 準備하여 가지고 客舍내로 들어왔다. 방문을 열고 新官이 살아있는 것을 보고 驛卒들은 大驚失色하였다. 新官은 그날 곧 通引을 拷問하여 보았다. 通引은 할 수없이 始終을 自白하였다. 그래서

冤魂의 말이 거짓이 아님을 알고 곧 客舍뒤 古樹속에 그의 시체를 찾아보았다. 정말 목에 칼을 찔린 거꾸로 박힌 屍體가 나왔다. 新官은 곧 屍體의 목에서 칼을 뽑고 墓地를 구하여 매장을 하여주었다. 그리고 通引은 斬刑에 처하였다. 그 뒤로 그는 名官의 말을 듣게 되고 그 고을 廳舍의 妖怪도 없어지게 되었다고 한다.

(1923년 7월 慶北 漆谷郡 倭館 金永奭氏 談)[19]

밀양 "阿娘傳說" [2].

경상남도 밀양읍 남천강 강변위에 있는 영남루 밑 갈대수풀 속에는 작은 비석과 "아랑각"이라는 사당이 있다.

지금부터 400여 년전 명종때의 일이었다고 한다. 밀양부사에게는 아랑이라는 열 아홉되는 어여쁜 딸 하나가 있었으니 그는 어려서 어머니를 여의고 유모와 같이 있게 되었는데 그 용모의 아름다움은 그 부근일대에 평판이 자자하였다고 한다. 그런데 이 아랑의 아버지 밑에서 일을 보고 있던 젊은 官奴 하나가 있었으니, 그는 아랑의 아름다움에 연모의 정이 간절하여 타오르는 정을 억제할 수 없어, 그는 아랑의 유모에게 많은 돈으로 매수를 하였다.

어느날 밝은 보름달 저녁, 아랑에게 달 구경도 할겸 바람도 쏘일겸 놀러 나가자고 유인하였다. 아랑도 마음으로는 한번 놀러나가려 하던 차라, 쾌히 승낙하였다. 그리하여 그는 유모와 같이 푸른 하늘의 밝은 달을 쳐다보면서 영남루 앞 뜰까지 걸어왔다. 달빛 어린 영남루 일대의 아름다운 경치를 이리저리 구경하고 있을 때, 유모가 살짝 빠져나간 사이에 벌써 약속을 하여둔 그 관노는 어디 숨어 있었는지 별안간에 아랑에게 덤벼들므로 아랑은 죽을 힘을 다하여 그 관노에게 반항하였다. 이 관노는 아랑의 완고한 저항에 어떻게 할 수가 없었든지 그만 칼을 빼어 찔러 죽이고 말았다.

이 무참한 아랑의 죽음을 아는 자는 이 두 사람 외에는 아무도 아는 이가 없었고, 밀양부사도 딸의 행방을 알려하였으나 알 수가 없었다. 그 후 아랑의 아버지는 다른 곳으로 부임해 가고 후임으로 여러 차례 새로 밀양부사가 부임해 왔으나 어찌된 일인지 부임한 그 이튿날 아침에는 죽고죽고 하는 것이었다.

이 괴상한 사건이 계속해서 일어나므로 밀양 부사로 가는 사람이 없었다. 그 때 어떠한 분이 이 이야기를 듣고 밀양 부사를 지원하였다. 나라에서는 밀양 부사로 가는 사람이 없어 걱정을 하고 있었던 판이라 쾌히 승낙하였다.

이 부사는 곧 관노들에게 불 켜는 초를 많이 구해 들이게 하였다. 그리하여 밤이 되자 많은 촛불을 사방에 낮과 같이 환하게 켜놓고 잠을 자지 않고 있었다. 밤이 깊어 오자, 갈가리 찢어진 옷을 입은데다가 피투성이로 머리를 풀어헤친 한 처녀가 나타나서 부사에게 공손히 예를 하고는 하는 말이, "제가 원하는 바가 있어 말씀드리고자 가까이 하면, 어찌된 일인지 부사가 혼돈하여 죽고 죽고 하여 말씀을 드리지 못하였습니다."하면서 자기가 죽은

19) 孫晉泰, ≪韓國民族說話의 硏究≫, 乙酉文化社, 1991年, 39-42쪽.

이야기를 모두 말하고 내일 자기가 흰 나비로 화하여 원수의 갓에 앉을 터이니 자기의 원수를 갚아 달라는 말을 하고는 사라져 버렸다.

오랫 동안의 수수께끼를 이제야 알게 된 부사는 영남루 밑 대나무 속에 가 보니까 거기에는 과연 무참하게도 칼에 맞아죽은 처녀의 시체가 있었다. 그 이튿 날 부사는 부하의 관노들을 모아 놓고 부임한 첫 인사를 하고 있을 때, 어제 밤 유령이 나타나서 한 말과 같이 흰 나비 한 마리가 날아 와서 한 사람의 관노의 갓에 앉았다. 부사는 이 관노를 잡아 문초를 한바 사실이 들어났음으로 사형에 처하여 아랑의 원수를 갚아 주었다고 한다.

이런 일이 있은 후로는 부사가 죽었다는 기이한 사건은 전연 없었다고 한다. 죽음으로써 지킨 아랑의 정조를 영구히 찬양하고자 밀양의 처녀들이 모여서 아랑각이란 비각을 세웠다고 하며, 비석이 서있는 곳은 아랑이 죽은 곳이라고 하는데, 해마다 음력 4월 보름에는 이곳 처녀들이 제사를 지낸다고 한다.

檀紀 4269년 8월 密陽郡 密陽面 金二再氏 談[20]

≪靑邱野談≫에 나오는 밀양의 阿娘傳說" [2].

옛날에 밀양의 부사 한 사람이 중년에 아내를 잃고 별실의 첩과 며느리, 결혼하지 않은 딸을 하나 데리고 살았다. 딸은 태어나 몇 달 만에 어머니를 잃고 유모에게 자라서, 유모를 친 어머니같이 여기고 함께 관부의 별당에서 거처하였는데 부사의 사랑이 극진했다. 하루는 딸이 유모와 함께 간 곳을 알지 못해 읍내에 마을 곳곳을 뒤져도 행방을 알지 못해 드디어 부사는 상심하다가 광질을 얻어서 부득이 관직을 그만두고 서울로 돌아갔으나 이내 사망했다. 이후로 밀양에는 새로 제수 받은 자가 임지에 도착하면 곧 사망하는 일이 삼사년 계속되었다.

번번이 이와 같으니 사람들이 모두 흉읍이라고 하여 배임지로 이곳에 오려는 자가 아무도 없었다. 조정에서는 크게 걱정하여 이곳에 부사로 갈 사람을 궐내에서 모집하도록 명령하였다. 이때 금군으로 오래 있다가 겨우 6품에 오르고 물러나 관직을 얻지 못한 지 20 여년 되는 사람이 나이 60세에 가까이 되도록 기근으로 굶주린 지 십 여 년에 이르고 단벌옷에 극도로 가난한 생활을 하면서 문 밖을 나와 본 지 이미 오래인 사람이 있었다. 그 사람의 아내가 이대로 있다가는 그냥 죽을 뿐이니, 부사로 자원하면 비록 죽더라도 태수의 이름을 얻을 것이며, 요행히 죽지 않는다면 다행이 아니겠느냐고 하였다. 이에 그 무변으로 있던 사람이 조정에 가서 자원하니 조정에서는 매우 기뻐하고 바로 밀양부사로 임명하였다.

무변의 아내는 자신도 동행하겠다고 하여 부임지로 갔다. 부임지로 가니 관속들은 존경의 뜻이 없고 아내와 함께 온 것을 보고 희롱의 빛이 있었다. 안으로 들어가니 관부의 내외 건물이 전혀 관리되지 않아 낡아서 황폐해 있었고, 저녁에 되자 그곳을 지키는 무리들은 말도 없이 퇴청하여 부사 내외 이외에는 아무도 없었다. 밤이 되어 부인은 남편에게 들어가 자라고 하며 자신이 남자 옷을 입고 나가 관아의 동정을 살피겠다고 하였다. 부사의

20) 崔常壽 著, ≪한국민간전설집≫, 通文館刊, 1984년 5월, 187-189쪽.

처가 홀로 촛불을 밝히고 앉아 있는데 삼경에 이르렀다. 문득 음산한 바람이 불고 촛불이 꺼질 듯하면서 차가운 기운이 뼛속에 스며들었다. 방문이 저절로 열리더니 알몸의 한 처녀가 온 몸에는 피가 흘러내리고 머리를 풀어헤친 채 손에는 '주기(朱旂)'라고 쓴 것을 가지고 있었다.

그 부인은 당황하거나 놀라지 않고 '그대는 필시 원통한 사정이 있어서 호소하러 온 것 같구나. 내가 너를 위하여 원수를 갚아 줄테니 다시 나타나지 말고 조용히 가서 기다려라' 라고 말했다. 그 처녀는 감사의 절을 하고 물러갔다. 부사 아내는 안으로 들어와 남편에게 '이제 귀신이 다녀갔으니 두려워 말고 이제 나가서 주무십시오'라고 했다. 부사는 나갔으나 잠이 안와 뒤척이며 잠을 이루지 못했다. 다음날 아침이 되자 문밖에는 관속들이 거적과 장례 도구를 챙겨 와서 서로 먼저 문을 열라고 미루고 있었다. 이때 부사가 의관을 갖추고 문을 열고 호령하기를, '무슨 까닭으로 여기에 이러고 있으며 가지고 있는 것은 무엇이냐' 하고 소리쳤다. 부사가 죽은 줄 알고 왔던 관속들은 크게 놀라 내려가서는 뿔뿔이 흩어졌다. 부사는 어제, 관아를 지키지 않은 일을 다스려 아전들과 관노들을 벌주었다. 아전들과 관노들이 쩔쩔매며 부사를 귀신같이 생각하고 두려워하였다.

그날 밤 부인이 들어와 어젯밤 일의 경위를 자세히 설명하고 말하기를 '이는 필시 지난번 부사의 딸이 흉악한 사람에게 죽임을 당한 것 같습니다. 모름지기 몰래 염탐하여 이름이 주기인 자를 찾으십시오'하였다. 부사가 다음날 관아에 가서 장교안(將校案)을 살펴보니 집사 중 한 사람 이름이 주기(周基)였다. 이에 부사가 형구를 갖추고 주기를 잡아오게 하였다. 주기는 모른다고 하다가 묶고 형틀에 올려놓고 마을에서 상하를 막론하고 괴이하게 생각하는 일을 어찌 모른다고 하느냐며 전 부사의 딸에 대해 물었다.

주기는 속일 수 없음을 알고 '영남루에 유모와 함께 구경나온 부사 딸을 보고 마음이 끌려 뇌물을 주고 유모를 매수했습니다. 하루는 유모를 시켜 부사 딸을 유인해 관부 뒤편에 있는 대밭 근처의 죽루로 데리고 나오도록 했습니다. 유모가 부사 딸에게 달구경을 핑계로 함께 죽루로 나왔을 때, 숨어 있다가 갑자기 나가 부사 딸을 안고 겁탈하려 했습니다. 이때 부사 딸이 강하게 저항하며 울부짖고 소리치며 말을 듣지 않아, 급한 나머지 부사 딸을 칼로 찔러 죽였고 일이 탄로될까 염려하여 유모도 함께 죽여 두 시체를 인적이 드문 관가 뒷산으로 가지고 가서 묻었습니다'라고 하였다.

부사는 곧 이 일을 관찰사에게 보고하고 주기를 사형에 처하였다. 그리고 부사 딸의 시체는 파서 보니 몇 년이 지났는데도 얼굴빛이 살아있는 것 같았고 혈흔이 그대로였다. 그래서 깨끗한 옷으로 갈아입히고 염습해 서울로 올려 보내 선산 곁에 장례 지내게 하였다. 그 후 대밭을 없애고 죽루도 헐어버렸는데 이후부터는 읍이 무사하였고 태수에 대한 칭송도 자자했다. 이후 방어병수사로 옮긴 부사는 벼슬이 통제사에 이르렀으며 가는 곳마다 좋은 정치를 하였다.

≪青丘野談≫21)

---

21) ≪靑邱野談≫卷一, 〈雪幽寃夫人識朱旗條〉 원문 참조.

이처럼 "阿娘型故事"는 韓國 各地에 普遍的으로 流布되어 있으며, 일명 장화홍련전 계통의 설화로도 분류된다. 그중 가장 유명한 고사가 密陽地方의 嶺南樓에 있는 "阿娘傳說"이다. 그중에서 손진태가 수집하여 정리한 "阿娘型傳說"[1]은 ≪夷堅志≫의 "解三娘的故事"와 구성상에 있어서 매우 유사한 구조를 띄고 있으며, ≪青邱野談≫(朝鮮後期 著者未詳의 野談錄)卷一 〈雪幽寃夫人識朱旗條〉와 密陽의 "阿娘傳說"과도 某種의 전승관계가 있었음이 확인된다.

영향관계를 살펴보면 특히 모 지방의 客堂에 귀신이 나타나 누구도 머무르려 않는다는 이야기의 출발점으로 시작하여, 어느 담이 큰 사람이 나타나 驛人의 충고를 무시하고 客堂에 머물게 되고 결국에는 冤魂美女의 한을 풀어 준다는 스토리의 구성과 범인이 아직도 살아있어 범인을 찾아내는 내용 등 매우 유사한 구조를 띄고 있다. 여인이 미인이이기에 發生되었던 원인과 매장형태 등을 살펴볼 때 국내의 阿娘型故事는 직간접으로 中國故事의 影向이 있었음을 확인 할 수 있고 또 密陽 嶺南樓의 "阿娘傳說"의 일부분도 ≪夷堅志≫의 "解三娘的故事"에서 轉化되었음을 추정 할 수 있다.[22)]

결론적으로 宋代 洪邁가 저술한 志怪小說集 ≪夷堅志≫는 일찍이 高麗時代에 국내에 유입되었는데, 이는 高麗時代 忠烈王때 文臣인 秋適이 만든 ≪明心寶鑑≫〈正氣篇〉에 引用된 ≪夷堅志≫의 文句에서 그 유입사실을 확인할 수 있다. 그 외의 관련 기록으로는 ≪青莊館全書≫와 ≪五洲衍文長箋散稿≫ 等에서 ≪夷堅志≫의 關聯記錄을 찾을 수 있다.

국내에 현존하는 판본은 그리 많지 않고 그것도 대부분 청대 판본이다. 그 중 주목할 만한 판본은 日本木版本(8卷8冊)으로 釋齊賢評本이다. 이 책은 元祿 6年(1693年)刊行本으로, 現在 韓國國立中央圖書館에 있는데 출판시기로 보아 나름의 연구가 있는 판본으로 보인진다.

≪夷堅志≫는 국내에 유입된 후에 특히 朝鮮時代에는 우리의 文化 各 方面에 적지 않은 영향을 끼친 것으로 보인다. 특히 教育分野 · 醫學分野 · 民間故事 等에서 여러 관련 자료가 이를 증명해 준다.

---

http://search.naver.com/search.naver?where=nexearch&query. 번역문 참고.

22) 孫晉泰, ≪韓國民族說話의 硏究≫, 乙酉文化社, 1991年, 56쪽 參考.

6. ≪皇明世說新語≫의 국내 출판과 수용 연구*

劉義慶의 ≪世說新語≫는 후세에 등장한 문언소설에 지대한 영향을 주었는데 그 중에서도 특히 志人小說에 많은 영향을 주었다. 이런 영향은 唐을 거쳐 宋·元·明·淸에 이르는 동안 적지 않은 작품들이 ≪世說新語≫를 모방해서 '世說體' 소설이라는 형식으로 창작되어지는 결과를 낳았다. 그럼 과연 '世說體' 소설이란 무엇인가? 寧稼雨는 ≪中國志人小說史≫에서 '世說體' 소설에 대해 다음과 같이 언급했다. "瑣言小說은 여러모로 世說新語類의 체례를 본받아 문인들의 사적을 위주로 하여 정리하였는데, 이것은 世說新語의 홍성에 부홍한 것이다. 逸事小說은 형식적인 면에서 西京雜記를 따라 '門類'로도 나누지 않아 내용이 매우 방대하고 잡다하다. 하지만 항간에서 전해들은 이야기를 수록한 野史 위주의 고사여서 편히 볼 만하다. 필자는 이 두 종류의 소설을 '世說體'와 '雜記體'로 구분한다."[1] 라고 했다. 이처럼 ≪世說新語≫를 모방해서 문인들의 사적을 기록한 쇄언소설들을 '世說體' 소설이라고 칭했다. 이런 작품들은 비록 문인들의 사적을 정리해 놓긴 했지만 실제 사실을 바탕으로 소설적 요소를 덧붙여 기록해 놓았기 때문에 사료적 가치 뿐 아니라 소설적인 홍미까지 더해져 많은 문인들의 사

---

* 이 논문은 2010년도 정부 재원(교육과학기술부 인문사회연구 역량강화사업비)으로 한국연구재단의 지원을 받아 연구되었음(NRF-2010-322-A00128)
이글은 2013년 8월 ≪중국소설논총≫제40집에 투고된 논문을 수정 보완하여 작성한 것임.

** 주저자 : 유희준(경희대학교 비교문화연구소 학술연구교수) / 교신저자 : 민관동(경희대학교 중국어학과 교수)

1) 寧稼雨, ≪中國志人小說史≫, 遼寧人民出版社, 1991, 9-10쪽.
"瑣言小說多模倣世說新語以類相從的體例, 以記載文人事跡爲主, 是世說新語的附庸和餘波, 逸事小說在形式上則追隨西京雜記不分門類, 只分卷次. 內容龐雜, 只收錄閭巷傳聞, 野史故事爲主. 爲方便起見, 筆者將此2類小說分別稱爲'世說體'和'雜記體'"

랑을 받아왔다.

대표적인 작품들을 들자면 唐代에는 王方慶이 撰한 ≪續世說新書≫十卷과 劉肅가 撰한 ≪大唐新語≫十三卷, 李垕가 撰한 ≪續世說≫[2]十卷 등이 있다. 그 후 宋代에는 孔平仲이 撰한 ≪續世說≫十二卷과 王讜이 撰한 ≪唐語林≫八卷 등이 있는데, 이 작품들은 모두 '世說體' 형식을 빌려 새롭게 창작을 한 소설들이다.

그러나 元代에 이르면 '世說體'를 모방한 새로운 소설 작품을 창작하기 보다는 기존 ≪世說新語≫에 나와 있는 내용을 각색하여 雜劇이나 南戲로 개편한 작품들이 주로 선보였다. 대표적인 雜劇으로는 關漢卿의 ≪溫太眞玉鏡臺≫(假譎 9)·≪漢元帝哭昭君≫(賢媛 2)·≪石崇妾綠珠墜樓≫(仇隙 1)·≪終南山管寧割席≫(德行 1)이 있는데, 안타깝게도 이 작품들은 ≪溫太眞玉鏡臺≫를 제외하곤 현재 유실되어 남아있지 않지만 모두 ≪世說新語≫의 내용을 가지고 劇을 만든 것이다. 이외에도 馬致遠의 ≪破幽夢孤雁漢宮秋≫(賢媛 2)·≪劉伯倫酒德頌≫(文學 69)와 王實甫의≪曹子建七步成章≫(文學 66) 등이 있다. 이런 작품들은 비록 소설로 창작되지는 않았지만 문인들의 전유물로만 여겨지던 ≪世說新語≫의 내용들이 서민들에게 한 걸음 다가갈 수 있었다는 점에서 큰 의의를 지닌다.

물론 이런 흐름은 明代에도 이어져 徐渭의 ≪狂鼓史漁陽三弄≫이나 汪道昆의 ≪洛水悲≫ 등 많은 작품이 각색되기에 이른다. 하지만 무엇보다도 明代에 주목할 사항은 明代 중·후기에 대량의 '世說體' 작품들이 쏟아져 나와 '世說體' 소설 창작의 일대 興盛期를 맞았다는 점이다. 寧稼雨의 ≪中國文言小說總目提要≫나, 陳大康의 ≪明代小說史≫의 부록으로 나와 있는 〈明代小說編年史〉를 위주로 통계를 내보면 명대 중, 후기 '世說體' 작품은 대략 32種으로 그 중 弘治·嘉靖·天啓·崇禎年間 4代에 이르는 동안 6編만이 나왔을 정도인데, 그 나머지에 해당하는 작품들이 모두 萬曆年間에 창작되어진 작품들이다. 34년이라는 시간동안 현존하는 작품의 21種이 창작되어진 것이다. 이것은 이 시기에 얼마나 많은 '世說體' 작품들이 창작되어 졌는지를 보여주는 중요한 증거자료가 된다. 이렇게 기록에 나타난 明代 '世說體' 작품들을 표로 정리하면 다음과 같다.

2) ≪南北史續世說≫ 또는 ≪南北史續世說≫이라고 한다.

〈표 1〉 明代 世說體小說 編年表[1])

書名	作者	成書時間	存佚
≪吳中往哲記≫/≪往哲記≫ 一卷	楊循吉(1458-1546)	弘治十年(1497)	存
≪何氏語林≫/≪語林≫ 三十卷	何良俊(1506-1573)	嘉靖三十年(1551)	存
≪續吳中往哲記≫ 一卷	黃魯曾(1487-1561)	嘉靖三十六年(1557)	存
≪續吳中往哲記補遺≫ 一卷	黃魯曾	嘉靖三十六年(1557)	存
≪世說新語補≫ 二十卷	劉義慶撰 劉孝標注 何良俊增 李贄評點 張文柱校	嘉靖三十五年(1556)萬曆十三年(1585) 萬曆十四年(1586)萬曆十五年(1587)	存
≪世說新語補≫ 四卷	何良俊撰補、王世貞刪、張懋辰考訂	萬曆十三年(1585)	存
≪初潭集≫ 二十八卷/三十卷	李贄(1527-1602)	萬曆十六年(1588)	存
≪淸賞錄≫ 二十卷	包衡 張翼	萬曆二十九年(1601)	存
≪說儲≫/≪說塵≫ 八卷	陳禹謨(1548-1618)	萬曆十五年(1587) 萬曆三十七年(1609)	存
≪說儲二集≫ 八卷	陳禹謨	萬曆年間(十五年 1587、二十七年1609、三十九年1611)	存
≪邇訓≫ 二十卷	方學漸(1540-1561)	萬曆年間	存
≪皇明世說新語≫/≪明世說新語≫ 八卷	李紹文	成書萬曆三十四年(1606) 刻於萬曆三十八年(1610)	存
≪西山日記≫ 二卷	丁元薦	萬曆年間(中後期)	存
≪霞外塵談≫ 十卷	周應治	成書萬曆年間、刻於崇禎六年(1633)	存
≪舌華錄≫ 九卷	曹臣	萬曆四十三年(1615)	存
≪蘭畹居淸言≫/≪淸言≫ 十卷	鄭仲夔	成書萬曆三十或三十一年(1602, 1603) 刻於萬曆四十五年(1617)	存
≪玉堂叢語≫ 八卷	焦竑(1541-1620)	萬曆四十六年(1618)	存
≪琅嬛史唾≫ 十六卷	徐象梅	萬曆四十七年(1619)	存
≪耳新≫ 八卷	鄭仲夔	天啓六年初刻(1626) 崇禎七年重刻(1634)	存
≪說雋≫ 四卷	華淑	今有明刊本及≪快書六種≫本	未見
≪燕都妓品≫	佚名	現存≪重訂欣賞編≫、≪綠窓女史≫及≪續說郛≫本。萬曆年間	存
≪明世說≫ 八卷	焦竑	≪千頃堂書目≫、≪明史・藝文志≫小說家類著錄。萬曆年間	佚
≪問奇類林≫ 三十六卷	郭良翰	≪千頃堂書目≫、≪明史・藝文志≫小說家類著錄。現有萬曆三十八年(1610)刊本	存

書名	作者	成書時間	存佚
≪問奇類林續≫ 三十卷	郭良翰	≪千頃堂書目≫、≪明史・藝文志≫小說家類著錄。現有萬曆三十八年(1610)刊本	存
≪問奇一臠≫ 三十卷	郭良翰	≪千頃堂書目≫、≪明史・藝文志≫小說家類著錄	未見
≪廣世說新語≫ 無卷數	賀虞賓	何舜齡撰≪空凡賀公墓志≫載有此書。據書名知爲志人小說。參見宋慈抱≪兩浙著述考≫子部小說家類	佚
≪唐世說≫ 無卷數	賀虞賓	同上	佚
≪宋世說≫ 無卷數	賀虞賓	同上	佚
≪明世說≫ 無卷數	賀虞賓	同上	佚
≪兒世說≫ 一卷	趙瑜	現存≪續說郛≫本	存
≪南北朝新語≫ 四卷	林茂桂	現有天啓刻本	存
≪集世說≫ 六卷	孫令弘	≪千頃堂書目≫小說類著錄	佚

이 작품들 중에서 가장 인기를 누렸던 작품은 당연 何良俊의 ≪何氏語林≫이었다. ≪何氏語林≫은 단독 작품으로 알려지기 보다는 王世貞에 의해 ≪世說新語≫와 합본으로 묶여 ≪世說新語補≫라는 제목으로 다시 간행되어 인기를 끌었다. 중국뿐 아니라 우리나라에서도 많은 사대부들이 관심과 사랑을 받았기 때문에 국내에서 여러 차례 간행되었다. 결국 ≪世說新語補≫는 문언소설 가운데 ≪剪燈新話句解≫ 다음으로 국내에서 가장 많이 사랑받고, ≪剪燈新話句解≫ 다음으로 여러 번 국내에서 출판된 서적이 되었다.

그 외 ≪何氏語林≫의 인기 정도는 아니지만 국내에서 많은 호응을 받고 간행된 작품이 또 있는데 이것이 바로 李紹文의 ≪皇明世說新語≫이다. 이 작품은 중국에서는 그다지 큰 인기를 누리지 못했다. 작가 李紹文에 대해서는 알려진 바가 없기 때문에 그가 편찬한 작품에 대해서도 별 관심을 기울이지 않은 것은 당연한 일일 수 있다. 하지만 국내에서는 달랐다. 작품 자체가 많이 알려져 있는 것은 아니었지만 ≪皇明世說新語≫가 국내에 유입되어서 許筠에 의해 여러 번 언급이 될 만큼 많은 사랑을 받았고, 유입된 판본을 바탕으로 조선후기 국내 출판도 이루어졌다. 아마도 許筠에 의해 국내 유입되었을 것이고, 許筠은 이 작품을 독점 소장하고 있었던 듯 보인다. 그 후 아마도 許筠이 세상을 떠난 뒤, 아마도 許筠의 ≪閑情錄≫에 의해 이 작품이 문인들 사이에서 더욱 회자되었을 것이고, 그 때문에 許筠의 소장본 또는 그 이후에 국내로 유입된 원본을 바탕으로 국내에서 간행된 것으로 보인다. 이 작품은 중국에서조차 많이 연구되지 않아, 선행 연구 자료를 찾아 볼 수가 없었다. 1990년 臺灣 高雄師範大學 陳永瑢이 쓴 碩士論文이 유일한 연구논문이다.

물론 淸代에도 많은 작품은 아니더라도 '世說體' 작품이 끊임없이 창작되어졌다. 작품으로는 梁維樞(1589-1662年)의 ≪玉劍尊聞≫·吳肅公(1626-1699年)의 ≪明語林≫·李淸(1602-1683年)의 ≪女世說≫·王晫(1636-?年)의 ≪今世說≫·章撫功의 ≪漢世說≫·易宗夔(1874-1925年)의 ≪新世說≫ 등이 있다.

이미 소개한 唐代부터 淸代까지 '世說體' 작품 중 국내 유입된 작품으로는 ≪何氏語林≫·≪世說新語補≫·≪皇明世說新語≫·≪今世說≫ 등 네 작품에 해당된다. 이 중 ≪何氏語林≫은 ≪世說新語補≫로 합본이 되어 국내에 유입되고 여러 차례 출판도 이루어졌다. 그 외 ≪今世說≫은 국내 유입은 되었으나 간행까지 이루어지지는 못했다.

앞에서도 언급했듯이 필자가 ≪皇明世說新語≫에 주목하게 된 원인은 이 작품이 국내에 유입되어 許筠의 ≪閑情錄≫에 소개되고 상당부분 내용을 인용한 기록이 남아있다는 점에 흥미를 가졌고, 許筠의 사망 후에 다시 이 작품이 국내에서 간행되어진 출판 정황 때문이었다. 하지만 아직 불모지와 같은 이 작품의 연구 분야에 조금이나마 도움이 되길 바라는 마음에서 연구를 시작하는 것이기 때문에 부족하고 미흡한 점이 많을 것이다. 따라서 본 논문에서는 우선 아직까지도 많이 알려지지 않은 ≪皇明世說新語≫의 작가 李紹文에 대해서 알아보고, ≪皇明世說新語≫가 어떤 작품인지를 살펴본 후에, 국내 유입된 이후 출판된 정황과 국내에서의 수용양상을 許筠의 〈閑情錄〉을 통해서 살펴보고자 한다.

6.1 작가 李紹文에 대해서

≪皇明世說新語≫의 작가인 李紹文의 생애에 대해서는 알려져 있는 바가 없다. 正史에도 기록된 바가 없어, 단지 陸從平이 ≪皇明世說新語≫에 쓴 序文으로 그의 집안과 그의 성격과 창작 배경 등을 살펴 볼 수밖에 없다.

李紹文의 字는 節之로 원래 그의 宣祖들은 洛陽에 籍을 두고 있었다. 宋代에 이르러 南渡하여 武林으로 이주하였다가 다시 上海의 王渡裏로 이주하였다. 그 후 高祖 德芳이 華亭 某氏의 데릴사위가 되어 華亭에 안착하게 되었다고 한다. 高祖 德芳이 晟을 낳고 晟이 枰과 壽·官을 낳고 枰이 다시 霆을 낳았다.

李霆은 號가 鶴峯翁으로 儒學으로 李氏 가문을 일으켰다. 正德年間에 歲貢[3]으로 발탁되었고, 후에 제자들을 양성했을 정도로 학문에 조예가 깊었다. 李霆에게는 다섯 아들이 있었는데, 그 중에 日宣과 日章이 비교적 여러 방면에서 뛰어났다고 전해진다. ≪皇明世說新語≫의 작가 李紹文이 바로 李日章의 孫子이다.

李日章의 字는 尙絅이고 號는 海樓이다. 明 孝宗 弘治 10年에 출생하여 世宗 嘉靖 42年에 생을 마감했다. 嘉靖 元年에 鄕試에 등과하고 嘉靖 2年에 同鄕인 徐階[4]와 나란히 進士에 급제하여 刑部主事 직을 하사받았고 이후 員外郎과 轉任郎中 등을 역임했다. 李日章은 豫亭과 升亭이라는 두 아들을 두었는데, 둘 다 문장으로 널리 이름을 날렸다고 한다. 그 중 하나인 豫亭이 바로 李紹文의 부친이다.

李豫亨의 字는 元薦, 號는 中條로 王陽明, 王龍谿 등 대학자의 사상을 이어받았다. 정치에 관심을 두지 않아 일찌감치 관직에서 물러나 학문에 매진했다. 학문의 범위도 유학에만 두지 않고, 醫學, 점술, 농업 등 다양한 분야에 관심을 두었다. 저서로는 ≪推蓬寤語≫·≪自樂編≫·≪三事遡眞≫·≪格致明辨≫·≪自樂窩詩草≫·≪梅花百詠≫·≪青鳥緖言≫ 등이 있고, 편저로는 ≪寒穀回音≫·≪藥籃春意≫·≪廣記攬玄≫·≪珊瑚枝≫ 등이 있다.[5] 안타깝게도 지금 남아있는 책으로는 ≪推蓬寤語≫ 8권 및 부록 1권, ≪三事遡眞≫·≪青鳥緖言≫ 등 3種에 불과하다. 이런 기록은 ≪雲間據目抄≫와 ≪明人傳記資料索引≫ 등에 李豫亨의 저서로 소개되어 있고, ≪四庫全書總目提要≫ 에 ≪推蓬寤語≫와 ≪三事遡眞≫가 소개되어 있어 참조할 가치가

---

3) 明·淸時代에 해마다 지방 학생들 중에서 우수한 학생을 선발해서 國子監에서 공부시키던 제도.

4) 徐階(1503-1583年) : 字는 子升이고 號는 少湖로 漢族이다. 明 松江府 華亭縣 사람이다. 嘉靖12年(1533) 進士가 되고, 編修에 올랐다. 張孚敬의 눈 밖에 나서 延平府推官으로 좌천되었다. 나중에 승진하여 國子祭酒를 거쳐 禮部侍郎에 올랐다가 吏部로 옮겼다. 관리들을 접견하면서 항상 변방의 문제에 대해 묻고 民情의 동태를 살폈다. 얼마 뒤 翰林院學士를 겸하면서 한림원 일을 관장하고 禮部尙書로 옮겼다. 嚴嵩의 꺼림을 받았지만 다투지는 않고 업무에 충실했다. 또 齋祠를 맡으면서 황제의 뜻에 맞추어 엄숭도 어쩌지 못했다. 얼마 뒤 文淵閣大學士로 機務에 참여했다. 은밀하게 仇鸞의 죄를 글을 올려 구란이 주륙되었다.

5) 이런 기록은 ≪雲間據目抄≫에 나와 있다.

있다. 그 외에도 伯公 李日宣은 만년에 ≪狎鷗亭稿≫를 써서 이름을 날렸으며, 李日宣의 아들 凌雲, 凌霄 등도 문재로서 명망이 있었다고 전해진다.

이러한 가풍에서 성장한 李紹文은 晩明 시대를 살았다. 비록 자신이 정계에 진출하지는 않았지만 祖父와 父親의 영향으로 明代 남방에 거주하는 사대부들의 풍취를 거의 다 흡수할 수 있었다. 그뿐 아니라 그의 형 李紹箕 역시 江西都昌主簿를 지낸 才子였기에 그 영향을 받았다고 볼 수 있다. 하지만 결국 그의 형도 후에 祖父와 父親을 따라 華亭에 있으면서 독서 생활을 하고 저술을 집필하는 생활로 남은 생을 보냈다.

저자 李紹文 역시 그의 형처럼 벼슬에 큰 뜻을 두지 않고 저술에만 힘을 쏟았는데 陸從平 序文에 의하면 10년의 노력 끝에 ≪皇明世說新語≫를 완성한 것이라고 한다. ≪皇明世說新語≫작품 외에도 ≪藝林≫ · ≪雲間雜識≫ · ≪雲間人物志≫ 등이 있는데, 그 중에서 ≪皇明世說新語≫가 가장 많이 알려졌고, 작품성 있는 저서로 알려졌다.

6.2 ≪皇明世說新語≫의 서지사항과 내용

≪皇明世說新語≫는 8卷으로 된 명대 文言小說集으로 李紹文이 편찬했다. 현재 萬曆 38年(1610) 雲間李氏 原刊本이 전해진다. ≪皇明世說新語≫ 또는 ≪明世說新語≫라고도 하며 沈懋孝 · 王圻[6] · 陸從平 · 陳繼儒 등의 序文이 있다. 그 중 陸從平의 서문은 萬曆 丙午(1606)에 쓴 것이라서 책의 成書 시기도 추정할 수 있다. 陸從平의 字는 履善이고 松江 華亭 사람으로 陸應寅의 막내아들이다. 隆慶 2年에 進士가 되어 바로 淸豐으로 발령을 받았다. 75세로 생을 마감할 때까지 ≪燕思齋稿≫ · ≪熬波集≫ 등의 저작을 남겼는데 ≪皇明世說新語≫의 序文은 萬曆 丙午(1606)에 본인이 직접 쓴 것이다. 이 때 서문을 썼다는 것은 ≪皇明世說新語≫가 적어도 1606년에는 이미 책을 다 완성했음을 말해주고 있으며, 이것은 현재 남아있는 雲間李氏 原刊本

6) 王圻(1530-1615年) 字는 元翰, 호는 洪洲로 上海사람이다. 원래 祖籍은 江橋로 지금의 青浦縣이다. 明 嘉靖 44年(1565)에 進士가 되어 淸江知縣이 되었고 萬安知縣 등을 거쳐 禦史가 되었다. 이후 직언을 한다는 이류로 재상 張居正 등에게 相左되어 福建僉事가 되었다. 張居正이 죽은 후 다시 복귀되어 陝西提學使 · 神宗傅師 · 中順大夫資治尹 등을 역임했다.

의 1610년 판본과도 일치한다고 볼 수 있다.

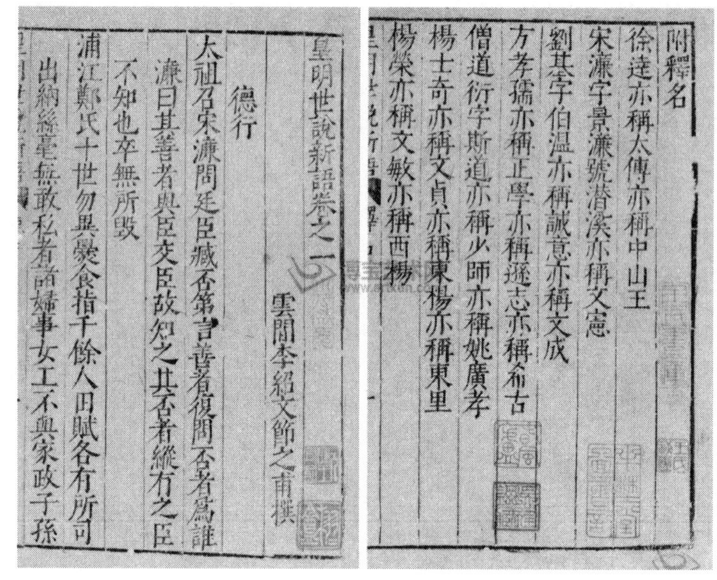
附釋名
徐達亦稱太傅亦稱中山王
宋濂字景濂號潛溪亦稱文憲
劉基字伯溫亦稱誠意亦稱文成
方孝孺亦稱正學亦稱遜志亦稱希古
僧道衍字斯道亦稱少師亦稱姚廣孝
楊士奇亦稱文貞亦稱東楊亦稱東里
楊榮亦稱文敏亦稱西楊

皇明世說新語卷之一
雲間李紹文節之甫撰
德行
太祖召宋濂問廷臣臧否第言善者復問否者爲誰
濂曰其善者與臣友臣故知之其否者縱有之臣
不知也卒無所毀
浦江鄭氏十世勿異爨食指千餘人田賦各有所司
出納絲毫無敢私者諸婦事女工不與家政子孫

〈그림 1〉 1610년 중국에서 간행된 ≪皇明世說新語≫ 8行 20字

李紹文은 ≪世說新語≫의 형식을 빌려와 다양하고 광범위한 소재를 취하여 明初부터 嘉靖·隆慶年間에 이르기까지의 逸聞瑣語와 명사들에 관한 떠도는 이야기들을 다루었다. 또한 책 서두에 있는 釋名에서는 이 책에서 다루고 있는 인물들의 이름과 시호·직위·고향 등에 이르기까지 상세히 기록하였고, 광범위한 내용을 통해 明代 中期 以前 사회의 여러 면모들을 살필 수 있어 좋은 자료를 제공해 주고 있다.

목차 역시 ≪世說新語≫의 구성을 그대로 따랐다.[7)]

卷之一 : 德行·言語

卷之二 : 文學·政事

卷之三 : 方正·雅量·識鑑

卷之四 : 賞譽·品藻·規箴·捷悟

---

7) 편목은 ≪세설신어≫체례를 그대로 따랐고, 편목에 대한 구체적인 설명은 김장환의 〈≪세설신어≫ 창작의 소설사적 배경과 지인소설적 특징〉 (≪文鏡≫제2·3호 合輯)67-68쪽에 자세히 언급되어 있다.

卷之五 : 夙惠 · 豪爽 · 容止 · 自新 · 企羨 · 復逝 · 捷逸

卷之六 : 賢媛 · 術解 · 巧藝 · 寵禮 · 任誕

卷之七 : 簡傲 · 排調 · 輕詆

卷之八 : 假譎 · 黜免 · 儉嗇 · 汰侈 · 忿狷 · 讒險 · 尤悔 · 紕漏 · 惑溺 · 仇隟 등으로 구성되어 있으며 총 36편 1,510條의 이야기가 실려 있다.

대표적인 내용을 살펴보면, 우선 卷之一의 내용은 〈德行〉으로 시작한다. 이 덕행이라는 항목은 유가사상에서 가장 우선이 되는 덕목이다. 유가의 궁극적인 목표는 결국 천하를 안정시키는 것이다. 전통적으로 학자라고 하면 독서로서 학문을 완성시키는 것을 최고로 치고 綠을 받는 것을 그 다음으로 여기기 때문에 나라를 구하고 민생에 신경 쓰는 것이 가장 중요한 덕목이다. 정치무대에 입문하면 학식만큼 중요한 것이 성심성의껏 덕으로써 나라를 다스리는 것을 이상으로 삼는다. 더군다나 덕행은 효행과도 연관되는데 "백가지 선 중에서 효를 최우선으로 한다(白善孝爲先)." 또는 "충신을 효자의 문에서 구한다(求忠臣於孝子之門)."는 말이 있듯이 덕이 행동으로 발현되어 나타나는 것이 효행이다. 이 덕행의 항목 안에는 明代 士人들의 빈곤함과 청렴함까지 다루고 있다. 예를 들면 송잠계의 "차라리 굶어 죽을지언정, 억지로 이익을 취하지 않겠다."와 같은 일화가 유명하다. 이런 덕행이 좀 더 君臣의 관계로까지 확대되면 바로 忠義의 정신으로 나타나게 되는데 夏忠靖(夏原吉)과 楊榮從의 일화를 통해 이런 가치관을 나타내려고 했다.

그리고 〈政事〉와 〈方正〉 두 편을 보면 明代의 정계구조를 이해하는데 많은 도움을 받을 수 있다. 明代는 君主專制가 기반이 된 시대이지만 종종 그 권위가 권력을 가진 신하에게로 옮겨지는 경우가 있다. 원래 군주와 신하는 이해득실을 따지지 말아야 하며, 단지 백성과 朝廷에 이익이 되는가 안 되는가를 따져서 일을 추진해야 한다. 그래야만 이익 때문에 군주와 신하 사이에 충돌이 발생하지 않는다. 더욱이 군주는 더 낮은 자리에서 백성을 위로 바라보고 다스려야 결국 걱정거리가 없어지고 朝廷과 백성에게 복락이 내려지는 것이다. 〈政事〉와 〈方正〉을 통해 明代 군주와 권력을 가진 신하, 또는 사대부 간의 삼각구도를 이해 할 수 있다. 또한 明代 초기 권력자들 사이에서 벌어지는 암투와 다툼까지도 그대로 이해할 수 있다. 예를 들면 成祖는 원래는 太祖의 네 번째 아들이었으나 자신이 叔父의 신분으로서 조카의 왕권 자리를 뺏은 것이다. 이런 일련의 사건을 비롯한 명대 사회 전반을 알 수 있어 사료적 가치도 상당하다고 볼 수 있다.

卷之三과 卷之四의 〈雅量〉·〈識鑑〉·〈規箴〉 세 편의 내용에서는 주로 엄격한 법규로 조정을 바로 세우려는 대신들의 이야기라든지 나라를 위해 '賢'을 구하는 대신들에 이르기까지 다양한 풍격의 名士들을 언급하고 있다. 이렇듯 ≪皇明世說新語≫를 통해 明代 사대부들의 생활상의 대강을 그대로 엿볼 수 있는데, 이 책에 소개된 사대부들은 대체로 부유하지 않은 경우들이 있다. 明 개국 초기 관리들의 祿俸은 대개 江南의 田畓으로 받는 경우가 많았다. 안정이 되고나서야 겨우 쌀로 녹을 받을 수 있었는데, 洪武 13年이 되어서야 쌀로 받을 수 있었다고 한다. 등급별로 받는 녹도 다를 수밖에 없는데 1품에서 3품까지 877석을 받았다고 한다. 녹봉이 많지 않아 그만큼 청렴결백하게 생활할 수밖에 없었다고 한다. 〈德行〉편에 소개된 내용들도 이렇게 청렴결백한 선비들에 관한 이야기들이 주를 이루고 있다.

그 외에도 ≪皇明世說新語≫를 통해 明代 시행된 과거제도의 폐단에 대해서도 알 수 있다. ≪明史≫에 언급된 明代 科擧制度는 크게 4가지로 나눌 수 있는데, 바로 學校·科目·薦擧·銓選 등 이다. 學校는 國子監과 같은 교육기관에서 교육을 받는 것을 말하고, 科目은 각 과목별 과거시험을 치르고 관리를 선발하는 것을 말하고, 薦擧는 추천을 해서 관리를 선발하는 것을 말하고, 銓選은 인물을 銓衡하여 골라 뽑는 것을 말한다. 하지만 과거제도는 늘 폐단이 있기 마련이다. 明 초반에는 한때 과거제도의 폐단으로 인하여 洪武 6年 科擧制度가 잠시 폐지되고 다시 洪武 15年에 재기되기도 하는 일들이 있었다. 그래도 明代 관리들은 대체로 이 4가지 유형 안에서 선발되었다고 볼 수 있다.

뿐만 아니라 ≪皇明世說新語≫는 孝烈을 표창하였고 봉건예교와 정체세력에 의해 잔혹하게 압박 받고 희생당하는 여성들에 대해서까지도 언급하였다. ≪皇明世說新語≫에 언급된 이야기들의 來源은 매우 광범위해서 예술적인 관념이나 예술풍격의 다양성을 다 표현해주고 있다. 특히 문인 귀족들의 가치관이라든지 일반 시민계층의 조정에 대한 원망이나 요구사항까지도 언급하고 있어, 시대상을 이해하기에 충분하다. 때로는 어느 정도 곡절 있는 情節로써 표현하기도 하고 때로는 간략하게 사자성어로써 뜻을 나타내기도 하였는데, 실록에서나 볼 수 있을 것 같은 실제 사실들을 언급하기도 했고, 때로는 허구적 이야기를 첨가하여 재밌게 풀어나간 부분도 있다.

≪皇明世說新語≫에 제시된 釋名을 통해 살펴보면 이 책에 언급된 明代 名士들만 해도 총 152명에 달한다. 孫德崖에게 붙잡힌 주원장을 구출한 뒤로 신뢰를 받아 개국공신이 된 徐達를 비롯해서, 元代 문학가였지만 원대 벼슬길에 오르지 않고 명대 벼슬을 한 宋濂 등을 필두로 언급하고 있다. 〈德行〉 편 가장 먼저 언급된 인물이 바로 宋濂이다. 그리고 至正 18年(1358) 朱元璋이 金華와 麗水縣을 공략한 뒤 초빙을 받아 주원장의 謀士가 되어 時務 18冊을 올려 韓林兒를 받들지 말 것과 陳友諒을 무너뜨릴 계책을 올리고, 張士誠을 등용할 것 등 천하를 통일하는 데 중요한 역할을 했던 인물인 劉基, 오로지 王道를 밝히고 太平을 이룩하는 것을 목적으로 해서 옳지 않은 일을 거부하다가 결국 죽음으로 내몰린 方孝孺[8] 등의 이야기도 소개된다. 이렇게 소개되는 152명의 明代 名士들을 표로 정리하면 아래와 같다.

〈표 2〉 皇明世說新語 府釋名

府-釋名	府-釋名	府-釋名
徐達亦稱太傅亦稱中山王	宋濂字景濂號潛溪亦稱文憲	劉基字伯溫亦稱誠意亦稱文成
方孝孺亦稱正學亦稱遜志亦稱希古	僧道衍字斯道亦稱少師亦稱姚廣孝	楊士奇亦稱文貞亦稱東楊亦稱東裏
楊榮亦稱文敏亦稱西楊	楊溥亦稱文定亦稱南楊亦稱石首	胡濙亦稱忠安
夏原吉亦稱忠靖	解縉字大紳	楊翥字仲擧
周忱字恂如亦稱丈襄	王翱號九皐亦稱忠肅	劉大夏亦稱忠宣
於謙亦稱少保亦稱肅湣	韓雍亦稱襄毅	李時勉號古廉亦稱忠文
朱希周亦稱恭靖	薛瑄號敬軒亦稱文清	徐有貞初名珵亦稱武功亦稱天全翁
張寧亦稱汀州	孝(李)賢亦稱文達亦稱南陽	毛澄亦稱文簡
劉健字希賢亦稱文靖	蔡清字介夫號虛齊	謝遷號木齋亦稱文正
孝東陽號西涯亦稱文正亦稱長沙	許進亦稱襄毅子詰稱莊敏讚稱文簡	商輅亦稱文毅
陳循號芳洲	郭登亦稱定襄	餘子俊亦稱肅敏
王恕亦稱端毅	程敏政號篁墩	陳音字師召號愧齋
楊繼宗字子器	章綸亦稱恭毅	丘濬字仲深亦稱文莊
山雲亦稱襄毅	吳與弼號康齋亦稱聘君	崔銑字子鍾
劉鉉亦稱文恭	張元禎字廷祥	王越字世昌亦稱威寧
王直亦稱文端	劉球亦稱忠湣	廖莊亦稱恭敏

8) 惠帝를 섬겨 侍講學士로서 두터운 신임을 받았으나, 1402년 燕王(永樂帝)이 皇位를 찬탈한 뒤, 그에게 즉위의 詔를 기초하도록 명하자 붓을 땅에 내던지며 죽음을 각오하고 거부하다가 끝내 죽임을 당했다.

府-釋名	府-釋名	府-釋名
羅欽順號整菴亦稱文莊	陳獻章號白沙	劉定之字王靜亦稱文安
莊泉字定之	楊守陳亦稱文懿	何孟春號燕泉
儲瓘號柴墟亦稱丈懿	邵寶字國賢號二泉亦稱丈莊	桑悅字民懌
呂柟字仲木號涇野	魏驥亦稱文靖	呂原字逢原亦稱文懿
陳選亦稱恭湣	章懋號楓山亦稱文懿	林俊號見素
王鏊號守溪亦稱文恪	楊一淸號邃菴又號石淙亦稱文襄	蔣琯亦稱恭靖
周經亦稱文端	張弼字汝弼號東海	吳寬號匏菴亦稱文定
費宏號鵝湖亦稱文憲	梁儲亦稱文康亦稱厚翁	錢福號鶴灘
何喬新字廷秀亦稱文肅	楊廷和號石齋	胡世寧亦稱端敏
孫燧亦稱忠烈	張敷華亦稱簡肅	王守仁號陽明亦稱文成亦稱新建
王瓊號晉溪	舒芬字國裳	徐禎卿字昌穀
楊愼字用修號升菴	李夢陽字獻吉號崆峒亦稱北地	何景明字仲默號大復亦稱信陽
薛蕙字君采	張含字愈光號禺山	都穆字玄敬號南濠
梁林號儉菴	董玘號中峰	霍韜號渭崖亦稱文敏
張孚敬初名璁號羅峰亦稱文忠亦稱永嘉	桂萼號古山亦稱文襄	陸深號儼山亦稱文裕
嚴嵩號介溪亦稱分宜亦稱相嵩	夏言號桂洲亦稱丈湣亦稱貴溪	徐階號存齋亦稱丈貞亦稱華亭
鄭曉號淡泉亦稱端簡	顧璘字華玉號東橋	楊博號虞坡
孫承恩號毅齋亦稱文簡	王廷陳號夢澤	陸粲字子餘號貞山
趙貞吉號大周	唐樞號一菴	王維楨號槐野
鄒守益號東廓亦稱文莊	屠應峻號漸山	薛應○號方山
羅洪先亦稱文恭	唐順之字應德號荊川	陸樹聲號平泉亦稱宮保亦稱宗伯
沈鍊號青崖	楊爵號斛山	楊允繩號抑齊
楊繼盛號椒山亦稱忠湣	沈周字啓南號石田	唐寅號六如
徐霖字子仁號髯山	祝允明號枝山	文徵明字徵仲號衡山亦稱太史
李攀龍字於鱗號滄濱亦稱歷下	王世貞字元美號鳳洲亦稱司寇	李春芳亦稱文定亦稱興化
徐中行字子輿	張居正號太嶽亦稱江陵	汪道昆字伯玉
申時行號瑤泉亦稱吳門	張佳胤字肖甫	王錫爵號荊石亦稱太倉
張九一字助甫	張位號洪陽亦稱豫章	王世懋字敬美號麟洲
周思兼字叔夜號萊峰	吳國倫字明卿	鄧以讚號定宇亦稱文溸
鄒元標號南皐	李多見號思弦	屠隆字長卿
馮夢禎號具區	陶望齡號石簣	袁宏道字中郎亦稱石公
熊劍化字神阿號際華亦稱令君	江盈科號晴淥	孫一元字太初
盧南字次楩	沈明臣字嘉則	謝榛字茂秦
兪允文字仲蔚	莫雲卿字廷韓	王寅字仲房號十嶽
先君字元薦號中條	陳繼儒號眉公	

이 명단은 ≪皇明世說新語≫에 등장하는 인물로, 여기에 명시된 152명은 작품 안에서 구체적인 이름이 제시된 경우를 말하는 것이다.

그렇다면 "왜 明代에 이렇게 '世說體' 소설이 많이 쓰여 지고 읽혀졌는지", 그리고 "≪皇明世說新語≫에 이렇게 많은 明代 名士들을 다루게 되었는지" 이 부분에 대한 의문을 떨쳐버리기 어렵다. 그 해답은 아마도 明代의 사회상과도 연관이 있을 것이다. 개국초기부터 권력 쟁탈의 소용돌이 속에 휘말려 있었기 때문에 선비들과 관리들은 정치의 濁流안에 있었다고 볼 수 있다. 이들은 대대로 유가의 사상을 공부하고 교육을 받았지만 洪武年間 10年 동안의 과거제도 폐지 등으로 인하여 정계진출의 판로가 막혔을 것이고, 洪武 15年 다시 과거제가 부활하였지만 끊임없는 폐단을 맛보아야 했을 것이다. 이런 사회현실은 사실 선비들이 추구하려던 이상과는 많은 괴리감이 있었을 것이다. 어쩔 수 없는 현실의 모순 속에서 의식 있는 젊은 학자들은 갈등했을 수도 있다. 때문에 한적하게 은일하면서 정치를 벗어나 자신의 생명을 유지하기 위한 발판을 찾아야 했기에 정치방면의 밖에서 그들의 출로를 찾으려 했을 수도 있다. 어쩌면 단지 잘 살아가는 것만이 그들의 목표였을 수도 있다. 이런 분위기 속에서 은일하고 청렴한 선비들의 이야기는 귀감이 되고 회자될 만했을 것이다. 그리고 또한 명대 관리 선발제도의 하나인 추천제도가 다른 사람들의 품평을 할 수 밖에 없는 사회 분위기를 조성했었을 수도 있다.

비록 ≪皇明世說新語≫전반의 내용을 다 다루지는 못했지만 이 작품을 통해 晩明의 사회상과 선비들의 생활상을 살펴볼 수 있을 것이다. 후에 좀 더 깊은 내용 연구를 시도해 보고자 한다.

6.3 국내 출판과 수용양상

1) 국내 유입과 출판

〈그림 1〉에서 볼 수 있듯이 ≪皇明世說新語≫ 原刊本은 중국에서 1610년에 간행되었고, 이 판본은 지금까지 남아있다. 비록 국내로 유입된 기록은 정확히 없지만, 許筠의 ≪閑情錄≫에 많은 부분 ≪皇明世說新語≫를 인용한 글귀들이 소개되는 것으로 보아 許筠이 소장하고 있었다는 것을 증명해준다. 許筠의 사망 年代가 1618년임을 감

안해 볼 때 국내 유입 시기는 1610년에서 1618년 사이일 것으로 추정된다. 좀 더 자세한 정황을 살펴보면 아래와 같다.

許筠은 조선 중기 때의 문신으로 본관은 陽川이고 字는 端甫, 號는 蛟山·鶴山·惺所·白月居士 등이다. 아버지는 同知中樞府事 曄이며, 어머니는 후취인 江陵金氏로 예조판서 光轍의 딸이다. 임진왜란 직전 일본통신사의 서장관으로 일본에 다녀온 筬이 이복형이며, 봉과 蘭雪軒이 동복형제이다. 12세 때 아버지를 잃고 더욱 시공부에 전념하였다. 학문은 柳成龍에게 배웠으며, 시는 三唐詩人의 하나인 李達에게 배웠다.

1606년 명나라 사신 朱之蕃을 영접하는 종사관이 되어 글재주와 넓은 학식으로 이름을 떨치고, 누이 난설헌의 시를 주지번에게 보여 이를 중국에서 출판하는 계기를 만들었다. 光海君 1年(1609) 명나라 책봉사가 왔을 때 李尙毅의 종사관이 되었다. 이 해에 僉知中樞府事가 되고 이어 형조참의가 되었다.

1610년 殿試의 시관으로 있으면서 조카와 사위를 합격시켰다는 탄핵을 받아 전라도 咸悅로 유배되었다. 그 뒤 몇 년간은 泰仁에 은거하였는데, 1613년 계축옥사에 평소 친교가 있던 서류출신의 徐羊甲·沈友英이 처형당하자 신변의 안전을 도모하기 위하여 李爾瞻에게 아부하여 大北黨에 참여하였다. 1614년 千秋使가 되어 중국에 다녀왔으며, 그 이듬해에는 冬至兼陳奏副使로 중국에 다녀왔다. 1614년(46세) 2월에 호조참의가 되고 천추사가 되어 중국에 갔다가 오는 길에 ≪太平廣記≫를 포함하여 4천여 권의 많은 책을 사왔다. 그리고 이때 문제의 ≪林居漫錄≫도 같이 사오게 된 것이다. 許筠은 光海君에게 ≪林居漫錄≫에 조선 왕실의 종계가 잘못 기록되어 있다고 알리게 된다. 놀란 光海君은 許筠에게 북경에 가서 잘못된 부분을 바로 잡아줄 것을 명하고, 그 다음해 1615년(47세) 2월에 許筠은 승문원 부제조가 되어, 왕의 명으로 중국에 다녀와 가져온 ≪林居漫錄≫과 4가지 종류의 책을 올렸다고 한다.

그러나 이 때 許筠은 많은 금은보화를 받아서, 중국을 갔다 온 듯 위장한 후 중간에서 양쪽 나라에서 사용하는 문서의 도장을 위조하여 찍고 중국어를 잘하는 현응민을 시켜 ≪林居漫錄≫을 쓰게 하여 光海君에게 올렸다고 한다.[9]

許筠은 이런 속임수를 통해 왕으로부터 받은 금은보화를 중간에 가로챌 수 있게 되

9) 민관동·유희준·박계화, ≪한국 소장 중국문언소설의 판본목록과 해제≫, 학고방, 2013, 279-280쪽 ≪林居漫錄≫ 해제를 참조.

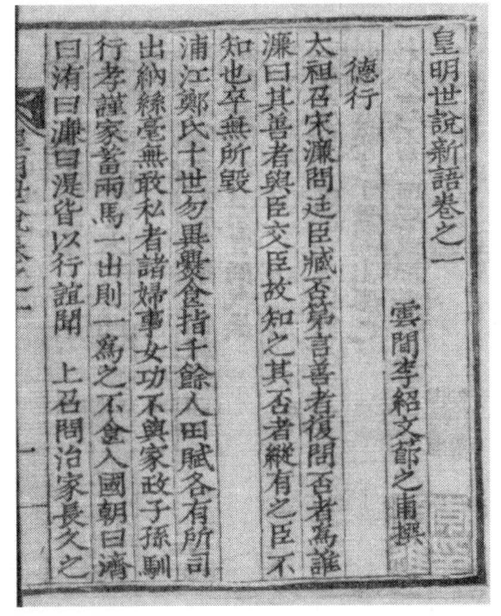
皇明世說新語卷之一

雲間李紹文節之甫撰

德行

太祖召宋濂問廷臣臧否第言善者復問否者爲誰濂曰其善者與臣交臣故知之其否者縱有之臣不知也卒無所毀

浦江鄭氏十世勿異爨食指千餘人田賦各有所司出納絲毫無敢私者諸婦事女功不與家政子孫馴行孝謹家畜兩馬一出則一爲之不食入國朝曰濟曰洧曰濂曰湜皆以行誼聞 上召問治家長久之

〈그림 2〉 국내 출판 皇明世說新語
臺灣國家圖書館 所藏本

었고, 그 돈으로 개인의 서책을 구입하게 된다. 이런 사실을 모르고 있는 光海君은 크게 기뻐하여 許筠에게 그 공을 치하했지만, 原任 沈喜壽라는 사람이 許筠의 속임수를 눈치 채고 있었고 이를 이상히 여겨 의심하였으나, 오히려 沈喜壽 자신이 관직을 잃게 되는 결과를 낳는 어이없는 일이 벌어지게 된다. 許筠은 공금 횡령한 돈으로 자신의 개인 서책을 사는데 돈을 쓰고, 그 책들은 자신의 서고에 보관해 둔 채, 후에 許筠이 편찬한 ≪閑情錄≫ 책에 인용하게 된다.

許筠의 ≪閑情錄≫이라는 책은 ≪惺所覆瓿稿≫ 시집에 있는 부록으로, 이미 기존에 있는 서적들의 중요부분을 인용해서 엮어낸 편서이다. 許筠이 중간에 공금을 횡령했다는 것은, 許筠 자신이 ≪閑情錄≫ 凡例에 언급한 다음과 같은 문장 때문에 더욱 의심을 받고 있다.

> "갑인(1614) · 을묘(1615) 양년(兩年)에 일이 있어 두 차례 북경에 갔다. 그때 집에 있는 돈으로 약 4,000권의 책을 구입했다."

이 4천권의 책은 굉장히 많은 양의 책이다. 학자들은 許筠의 "집에 있는 돈"이라는 말에 초점을 맞춰서, 4천권이나 되는 서책을 집에 있는 돈으로 구입해서 가져오기는 쉽지 않았을 것이며, 인부들과 말 등 이동 수단까지 생각하면, 아마도 그가 중간에 가로챈 금은보화는 당연히 그가 개인적으로 책을 구입하는 데 썼을 것이라는 추정들을 하고 있다.

이유가 어찌됐건 許筠은 이 책들을 인용하면서 ≪閑情錄≫을 편찬하게 된다. ≪閑情錄≫의 인용 서목은 무려 100여 종에 이르는데, 이 책들은 당시 조선에 거의 알려지지 않은 새로운 책들이 대부분이다. 원래 ≪閑情錄≫의 집필은 1610년부터 시작하지만 許筠이 세상을 등지기 1년 전 역모 죄로 몰리면서 7년 전부터 집필하고 있던 ≪閑情錄≫을 다시 꺼내 새로 구입해온 중국의 여러 책에서 은둔과 閑適에 관한 내용을 새로 첨가해서 책을 완성하게 된다. 때문에 ≪閑情錄≫에는 그동안 알려져 있지 않던 ≪世說新

語補≫·≪玉壺氷≫·≪臥遊錄≫·≪何氏語林≫·≪皇明世說≫ 등의 작품들이 인용되어 있었다.

국내 유입된 ≪皇明世說新語≫판본은 1610년에 간행된 木版本이다. 현재 당시 유입되었던 이 판본이 남아있지는 않지만 국내에서 다시 간행되어 사대부들 사이에서 유통되어졌다. 현재 成均館大學校와 全羅南道 長城郡 筆巖書院(紛失)에 소장되어 있는 木版本은 紙質이 楮紙로 되어 있는 확실한 국내 간행본이다. 그 외 國立中央圖書館과 延世大學校·啓明大學校·서울大 奎章閣 등에 소장되어 있는 ≪皇明世說新語≫木版本 역시 모두 국내 간행본들이다. 현재 국내 남아있는 판본을 표로 정리하면 다음과 같다.

〈표 3〉 韓國 所藏 皇明世說新語 版本[1)]

書名	出版事項	版式狀況	一般事項	所藏處/所藏番號
皇明世說新語	李紹文(明)撰, 刊年未詳	8卷4冊, 木版本(覆刻), 30.9×20.4cm, 四周雙邊, 半郭:18.5×14.9cm, 10行20字, 註雙行, 上二葉花紋魚尾	印記:[申甲O印][武臣經O]	國立中央圖書館 [한]48-221
皇明世說新語	李紹文(明)撰	8卷4冊, 木版本, 四周雙邊, 半郭:18.4×14.8cm, 有界, 10行20字, 下向二葉花紋魚尾	序:萬曆庚戌(1610)陸從平	延世大學校 (元氏文庫) [고서]950.952
皇明世說新語	李紹文(明)撰, 刊年未詳	8卷4冊, 木版本, 30×20.3cm, 四周雙邊, 半郭:19.8×15.4cm, 有界, 10行20字, 上花紋魚尾	序:萬曆庚戌(1610)…陸從平	啓明大學校 082-이소문ㅎ
皇明世說	李紹文(明)撰	8卷4冊, 木版本, 31×20cm 四周雙邊, 半郭:19×14.8cm, 有界, 10行20字, 上花紋魚尾	卷頭書名:皇明世說新語 序:萬曆庚戌(1610)…陸從平	서울大 奎章閣 4660-17 冊1-4
皇明世說新語	李紹文(明)撰, 朝鮮朝後期刊	8卷4冊, 木版本, 32.8× 21.4cm, 四周雙邊, 半郭:18.7×15cm, 有界, 10行20字, 註雙行, 上二葉花紋魚尾, 紙質:楮紙		成均館大學校 B09FC-0029
皇明世說新語	李紹文(明)撰, 朝鮮朝後期刊	8卷4冊, 木版本, 30.3×19.5cm, 四周雙邊, 半郭:18.9×14.8cm, 有界, 10行20字, 上下向二葉花紋魚尾, 紙質:楮紙	表題:皇明世說, 版心題:皇明世說, 序:萬曆庚戌(1610)陽月友人 陸從平頓首書, 所藏印:筆巖書院之章	全南 長城郡 筆巖書院 (紛失)
皇明世說新語	李紹文(明)撰	8卷3冊, 筆寫本, 23.5×17.9cm, 四周單邊, 半郭:19.7×13.8cm, 有界, 10行20字, 上下向二葉花紋魚尾	本文에 朱墨校正字 있음, 表題:明世說, 序:萬曆庚戌(1610)陽月友人 陸從平頓首書	延世大學校 (용재문고) [고서]1110-1

국내에서 간행되어 남아있는 판본들을 살펴보면 같은 시기에 같은 곳에서 간행된 것으로 보이는 판본인데도 불구하고 각 소장처 별로 冊을 묶은 상태가 약간씩 차이가 있다. 국립중앙도서관 판본은 안타깝게도 원본은 볼 수가 없었다. 원본은 이미 좀이 많이 먹은 상태라 공개조차 되지 않았는데 그나마 다행인 것은 복사본이 남아있어 열람이 가능했다. 표지는 '皇明世說'이라고 되어 있으며 속표지에도 '皇明世說'이라도 되어있다. 그 다음페이지부터 바로 '皇明世說新語序'가 들어가는데 이것은 萬曆 庚戌 陽月에 陸從平이 쓴 序文이다. 그 다음에는 바로 '皇明世說新語目錄'이 들어가고, 부록으로 釋名이 첨가되어 있어, 이 작품에서 언급된 인물이 자세히 소개되고 있다. 釋名 다음에는 이 책을 校閱 본 사람들이 소개되고 있다. 그 교열자의 명단은 다음과 같다.

〈附名公校閱姓氏〉

惺所許樂善　伯生陸應陽　七澤張所望　完三杜士全　鹹甫馮大受　眉公陳繼儒
伯還朱本淳　侗初張　鼐　景和朱本洽　彥恭杜士基　伯復張齊顏　仁甫林有麟
神超薑雲龍　弟峻甫淩雲

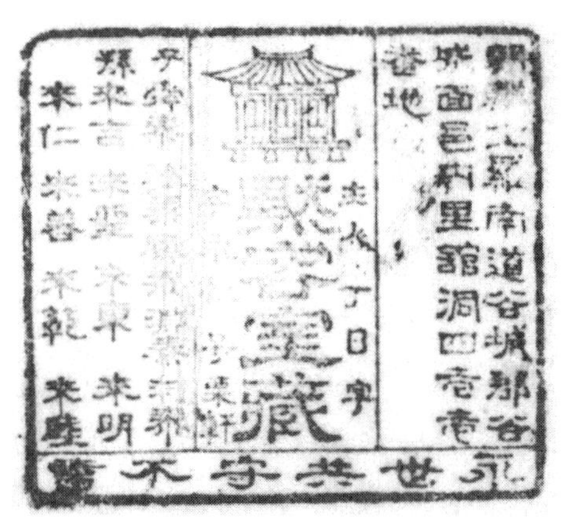

〈그림 3〉 錦城丁氏 默容室 藏書印

주목해야 할 판본은 성균관대학교에 소장되어 있는 ≪皇明世說新語≫판본이다. 비교적 보관상태가 깨끗하고 양호했는데, 국립중앙도서관에 소장되어 있는 판본과 비교해 보면 책을 엮은 순서가 달랐는데, 우선 〈皇明世說新語序〉가 먼저 나오고, 부록으로 있는 釋名과 校閱者가 먼저 소개되고, 다음이 〈皇明世說新語目錄〉가 소개되고 있다. 그리고 중요한건 이 책을 소장하고 있던 묵용실에 대해 소개하는 내용의 종이가 붙어 있고, 소장자 집안에 대한 내력이 한문으로 소개되어 있다는 점이다. 그 내용은 아래와 같다.

粤我正宗大王丙寅秋高祖考雲穀公諱志默始寓浴川竹洞

錦城丁氏寓居穀城珍藏
先考府君諱日宇字永叔號栗軒潛叟所閱
甲子四日十七日不省鳳泰抆血再拜書子大
東湖南穀城郡西山下栗裏前館洞洙雲齋內不惑軒
伯兄 舜泰春沂 仲兄 海泰曾庵 次弟 淵泰潛庵 季弟 河泰淸庵
姝 來吉 來聖 來明 來仁 來善 來熹 來烈
子 來東 來範 來睦 [10]

이 기록에 의하면 錦城 丁씨들은 正宗大王 때 고조 雲穀公 志默이 浴川竹에 은거하면서 穀城에 자리 잡게 되었고, 府君인 字가 永叔이고 號가 栗軒潛叟 인 日宇가 읽었다는 기록 등이 남아있다.

'전라남도 곡성군 읍내리 411번지'가 바로 곡성 지역의 대지주이자 유력한 향리 가문인 금성 丁氏家이다. 이 집의 삼형제 중 막내 정일홍은 27세 때인 1894년 갑오년에 사망했고, 맏아들인 율헌 정일우가 1923년, 둘째인 석우 정일택이 1929년에 세상을 떴다. 그 이후 가문을 이은 것은 정일우의 차남인 오재 정봉태였다. 정봉태는 아버지 정일우의 유언대로 가문 대대로 7대째 내려온 墨容室의 막대한 장서와 유물을 1932년 9월에 연희 전문학교 도서관에 기증하였다. 연희 전문학교가 넘겨받은 문헌만 해도 총 728종 9,458책과 거문고, 가야금, 인장, 현판 50~60개가 포함되어 있었다. 곡성의 정씨 가문에서 기증한 책은 물론 지금도 연세대 도서관에 묵용실 문고로 남아 있다. 묵용실 장서에는 정씨 집안 고유의 장서인[11]이 찍혀 있는 것으로도 유명하다.

뿐만 아니라 정봉태의 외아들 정내동은 훗날 성균관대 교수가 되었는데 퇴임할 때 113종, 약 1,500책을 성균관대에 기증했다. 성균관대는 정봉태의 호를 딴 오재 문고를 설치해서 서적을 보관하고 있다. 그 밖에 고려대에도 100여 종이 기증되었다고 한다.[12]

이런 정황으로 보면 연세대학교에 남아있는 국내 간행본 ≪皇明世說新語≫를 비롯한 필사본은 아마도 1932년도에 금성 정씨 가문에서 기증한 것으로 보인다. 그리고 성균관대학교에 소장되어 있는 ≪皇明世說新語≫판본은 정내동이 자신이 끝까지 소장하고 있던 귀중한 판본을 마지막으로 학교에 기증한 것으로 보인다. 때문에 가문과 관계

---

10) ≪황명세설신어≫, 성균관대학교 소장본 참조.
11) 묵용실 장서인 이미지 : 화봉문고(화봉 여승구 소장 도서) http://bookgram.pe.kr/120169342209
12) 정내동, ≪정내동 전집≫(전 3권), 금강출판사, 1971.

된 글귀들이 남아있는 것이다. 이 외에도 서울대 奎章閣에도 ≪皇明世說新語≫판본이 남아있다.

안타까운 점은 ≪皇明世說新語≫가 정확히 어디에서 간행되었는지는 추정할 수 없다는 것이다. 전라도 곡성의 금성정씨 집안에서 많은 양을 소장하고 있었지만, 전라도 지방에서 간행했다고 추정하기에는 조심스럽다. 물론 1918년 丁秀泰 등 14인에 의하여 만들어진 ≪곡성군지≫[13]등의 정황을 보면 금성 정씨 집안에서 간혹 책을 간행했던 것으로 보인다. 그렇지만 ≪皇明世說新語≫에 정확한 출판 간기가 남아있지 않아 현재로서는 정확한 간행지를 추정하기는 힘들다. 그래도 금성 정씨 집안에서 7대에 거치면서 중국과 국내 간행본 뿐만 아니라 중국에서 간행된 서적까지 총 1만 여권이 넘는 책을 소장하고 있었다는 점만은 부정할 수 없는 사실이고, 그 덕분에 현재 우리들은 온전하게 보전된 ≪皇明世說新語≫를 볼 수 있는 것이다.

2) 許筠의 ≪閑情錄≫과 ≪明世說≫

국내 서적 중 유일하게 許筠의 ≪閑情錄≫에만 ≪皇明世說新語≫의 내용이 남아있다. ≪閑情錄≫을 편찬하면서 약 96권의 서적 중에서 隱遁·高逸·閑適·遊興·玄賞·幽事·雅致 등의 이야기를 묶어 정리했다고 한다. 許筠은 범례에서 편찬 경위에 대해 다음과 같이 언급했다.

> 내가 庚戌年(1610, 光海君 2)에 병으로 世間事를 謝絶하고 문을 닫고 客을 만나지 않아 긴 해를 보낼 방법이 없었다. 그러던 중 보따리 속에서 마침 책 몇 권을 들춰냈는데, 바로 朱蘭嵎(朱之蕃) 太史가 준 ≪棲逸傳≫·≪玉壺氷≫·≪臥遊錄≫ 3종이었다. 이것을

13) 1918년 丁秀泰 등 14인에 의하여 만들어진≪곡성군지≫등의 정황을 보면 금성 정씨 집안에서 간혹 책을 간행했던 것으로 보인다. ≪곡성군지≫에는 呂圭亨이 서문을 썼는데, 그가 高宗31年(1894) 유배로부터 풀려나 穀城郡의 경계를 지나게 되었는데, 이때 곡성의 수려한 산수와 푸근한 인정에 매료되었던 인연이 있었다고 한다. 그 후 10년이 지난 1917년 丁鳳泰가 새로 군지 편찬을 마치고 서문을 부탁해서 기꺼이 응했다고 한다. 정수태는 이 군지의 편찬이 父親 栗軒公의 가르침과 지시, 그리고 스승인 梧岡 金正昊의 遺志를 따랐다고 하며, 張志淵은 역시 서문에서 이 같은 작업의 의미를 근자 10년 동안 郡縣의 官制가 폐합이 無常하고, 항상 城, 堡, 樓, 亭의 沿革이 날로 바뀌어지니 편찬 修補를 한번 하려하나 일의 어려움은 글로 다할 수가 없었다고 한다. 栗軒 丁日宇는 항시 이를 개탄하여 아들 丁鳳泰에게 명하여 郡誌를 편찬하게 하였다고 한다.

> 반복하여 펴 보면서 곧바로 이 세 책을 4門으로 類集하여 〈한정록〉이라 이름 하였다. 그 類門의 첫째가 '隱逸'이요, 둘째가 '閑適'이요, 셋째가 '退休'요, 넷째가 '淸事'였다. 내 손으로 직접 베껴 책상 위에 얹어 두고 취미가 같은 벗들과 그것을 함께 보며 모두 참 좋다고 하였다. …… 그런데 내가 일찍부터 집에 있는 史籍이 적고 이 〈한정록〉이 매우 간략한 것이 아쉬워, 여기에 遺事를 添入하여 全書를 만들기를 간절히 바라 계획한지 오래되었다. 그러나 바빠 시간이 없었다. 그러던 중 甲寅(1614)·乙卯(1615) 兩年에 일이 있어 北京에 두 번이나 가게 되어, 그때 집에 있는 돈으로 약 4천권의 책을 구입하였다. 그 가운데 한정에 관계되는 부분에는 浮帖으로 책 윗부분에 끼워두었다가 나중에 옮겨 적을 때 쓰도록 하였다. 그러나 刑曹判書를 맡아 공무가 너무 많게 되어 감히 聚選에 착수하지 못하였다. 그러던 중 금년 봄에 남의 고발을 당해 죄인의 몸이 되자 두렵고 놀란 정황에 깊은 시름을 떨쳐 버릴 방도가 없었다. 마침내 그 책들을 가져다가 끼워놓은 浮帖을 보고 베껴내고, 이것을 다시 16部門으로 나누니 卷의 분량도 역시 16권이 되었다.[14)]

이 기록으로 보면 처음 許筠은 1606년 원접사 유근의 종사관이 되어 조선에 온 사신 주지번을 만났고, 그로부터 몇 권의 책을 선물 받았다. 처음엔 단지 ≪棲逸傳≫·≪玉壺氷≫·≪臥遊錄≫ 세 권을 정리해서 책을 엮었으나 나중에 4천권의 책을 구입한 이후에 부족한 부분을 보충해서 ≪閑情錄≫이라는 책을 완성하게 된다. 아마도 ≪皇明世說新語≫를 비롯한 대부분의 책들이 이 시기에 구입되었을 것이다. 그럼 許筠이 ≪閑情錄≫을 편찬하면서 어떤 책들을 인용해서 정리했는지 표로 정리해서 살펴보도록 하겠다. 이 작업은 김은슬의 논문 〈≪閑情錄≫ 現傳本에 나타난 문헌의 인용방식과 그 체계〉를 참조해서 다시 정리하였다.

〈표 4〉 閑情錄에 인용된 문헌들

번호	문헌	횟수	번호	문헌	횟수	번호	문헌	횟수	번호	문헌	횟수
1	小窓淸記	103	2	何氏語林	101	3	世說新語	58	4	眉公秘笈	45
5	知非錄	41	6	巖棲幽事	27	7	明世說新語	26	8	公餘日錄	26
9	高士傳	21	10	問奇類林	21	11	楮記室	19	12	玉壺氷	17
13	眉公十部集	13	14	世說新語補	12	15	鶴林玉露	12	16	蘇文忠公集	11
17	藏說小萃	9	18	道書全集	9	19	四友叢說	9	20	金丹正理大全	8
21	劉昫 唐書	8	22	事文類聚	8	23	壽養叢書	8	24	勸誡叢書	6

14) 許筠 지음, ≪한정록≫, 민족문화추진회, 1997, 13-19쪽.

번호	문헌	횟수	번호	문헌	횟수	번호	문헌	횟수	번호	문헌	횟수
25	明野史	6	26	稗史彙編	6	27	近思錄	5	28	金罍子	5
29	貧士傳	5	30	修眞秘錄	5	31	南村輟耕錄	4	32	讀書鏡	4
33	眉公茶董	4	34	長公外記	4	35	稗海	4	36	厚生訓纂	4
37	顔氏家訓	3	38	見聞授玉	4	39	名臣言行錄	3	40	說郛	3
41	臥遊錄	3	42	自警編	3	43	太平廣記	3	44	避暑錄話	3
45	海嶽集	3	46	玄關雜記	3	47	經鋤堂雜志	2	48	仙傳拾遺	2
49	列仙傳	2	50	林居漫錄	2	51	朱子全書	2	52	遵生八牋	2
53	夢溪筆談	1	54	弇州四部稿	1	55	弇州堂別集	1	56	癸辛雜識	1
57	廣輿志	1	58	睽車志	1	59	丹錄	1	60	陸文裕公集	1
61	文公集	1	62	文山集	1	63	文選	1	64	白氏長慶集	1
65	百川學海	1	66	法藏碎金	1	67	史記本世家	1	68	四字粹言	1
69	山家淸事	1	70	西湖遊覽志	1	71	宣和學古論	1	72	聖學啓關	1
73	詩人玉屑	1	74	艶異編	1	75	吳越春秋	1	76	客齋隨筆	1
77	魏志	1	78	劉氏鴻書	1	79	耳談類增	1	80	夷門廣牘	1
81	李氏焚書	1	82	李翰林集	1	83	灼艾集	1	84	張紫陽集	1
85	張子全書	1	86	戰國策	1	87	正學集	1	88	晉書	1
89	眞仙通鑑	1	90	澄懷錄	1	91	參同契	1	92	太平淸話	1
93	婆羅館集	1	94	河南師說	1	95	漢書本傳	1	96	後漢書	1

위의 표에서도 알 수 있듯이 許筠의 ≪閑情錄≫에 가장 많이 인용된 서적은 ≪小窓淸記≫로 무려 103번이나 책에서 인용되었다. 그 다음이 ≪何氏語林≫과 ≪世說新語≫로 각각 101번과 58번이 인용되었다. ≪何氏語林≫이나 ≪世說新語≫만큼은 아니지만 ≪皇明世說新語≫도 7번째로 많은 인용횟수를 차지한다. 무려 26번이나 인용되어 비교적 많은 양을 차지하고 있다. 하지만 이 통계는 김은슬의 논문을 참조한 것이고 중국논문, 左江의 〈許筠 ≪閑情錄≫與 '世說體'小說〉[15]에서는 ≪何氏語林≫이 가장 많은 130條가 인용되었고, 다음이 ≪小窓淸記≫로 110條, 세 번째가 ≪世說新語≫로 45條, ≪皇明世說新語≫역시 45條가 인용되었다고 언급하였다. 통계학적인 차이는 있지만 ≪何氏語林≫과 ≪世說新語≫, 그리고 ≪皇明世說新語≫가 인용된 횟수를 합산해 본다면 상당량의 내용을 바로 '세설체' 소설들에서 가져왔다고 볼 수 있다. 이런 면에서 보면 국내에서 많이 알려지지 않은 작품들, 특히 ≪皇明世說新語≫와

15) 左江, 〈許筠 ≪閑情錄≫與 '世說體'小說〉, ≪南京大學學報≫, 2010.

같은 작품을 국내에 알리고 국내 출판까지 이루어낸 공은 바로 許筠에게 돌려야 할 것이다. 그럼 許筠의 ≪한정록≫에서 이소문의 ≪皇明世說新語≫가 어떻게 인용되었는지 대표적인 몇 가지 내용만 간단히 살펴보도록 하겠다.

≪惺所覆瓿稿≫〈한정록〉 제1권 〈隱遁〉

太祖(明太祖)의 옛 친구 焦某는 태조가 여러 번 불렀으나 오지 않으므로 사람을 시켜 그를 찾도록 하였다. 하루는 焦가 닭과 술을 가지고 禦街로부터 곧장 궁궐로 들어오니, 上은 기뻐서 光祿寺에 음식을 장만하게 하여 함께 술을 마시고 서로 매우 즐거워하였다. 술자리가 파한 뒤 태조는 金帶·銀帶·角帶를 내어 놓고 초에게 마음대로 고르게 하여 그가 고른 帶에 따라 벼슬을 주려 하였는데, 焦가 角帶를 취하므로 千戶에 除授하였다. 며칠 뒤 焦는 高橋門으로 나아가서 冠과 帶를 뽕나무에 걸어 놓고 돌아갔다.

太祖故人焦某屢命不起使人搜索之一日焦荷雞酒由禦街直入 上大喜命付光祿治具相飮甚懽已而出金銀角三帶命其自拾以官之焦取角授千戶數日出高橋門掛冠帶於桑樹而歸 ≪皇明世說新語·棲逸≫

제2권 〈高逸〉

王恭이 나이 60여 세에 천거되어 京師에 가게 되었는데, 같은 고을에 사는 王偁이 우스갯소리로 말하기를, "자네는 會稽太守의 인끈을 숨겨가지고 오는 일이 없도록 하게" 하니, 왕공이 웃으며 "山中의 도끼자루가 다행히 별탈이 없네"라고 대답하였다.

王恭年六十餘薦至京師同郡王偁戲恭曰君無以會稽章綬故來耶恭笑謝曰山中斧柯幸自無恙

≪皇明世說新語·棲逸≫

熊隮華가 다음과 같이 말하였다. "吉水縣 鄒南皐裏를 지나다보니 그 石水가 淸涼하여 참으로 사람으로 하여금 貪廉懦立하는 생각을 갖게 한다. 또 거기에서 어떤 선생을 만났는데, 한 마디 말이 다 끝나기도 전에 이미 吟風弄月하면서 돌아오는 흥취가 있었다."

態隮華曰過吉水鄒南皐裏水石冷冷眞使人懷廉立之想歸及過先生一語語不可了已翩然有唅風弄月以歸之興矣 ≪皇明世說新語·企羨≫

제3권 〈閒適〉

莫雲卿은, "내가 일찍이 산 속에서 僧房을 빌려 혼자 거처할 적에 매번 林巒이 막 개고 새 소리가 요란하고 巖扉가 환해지고 雲山이 눈앞에 흔들리는 듯하는 사이에 山椒가 걷히고 紫翠가 머리맡에 와서 떨어지는 듯하곤 하므로, 마치 금방 신선이라도 된 듯이 이 몸과 이 세상이 허공으로 붕 떠오르는 것만 같았다"하였다.

莫雲卿曰餘嘗獨居山中時借榻僧舍每見林巒新霽鳥聲碎耳巖扉初曉雲山盪腦一啓山

椒紫翠正落枕上仙乎仙乎覺身世之欲浮也 ≪皇明世說新語 · 豪爽≫

제4권 〈退休〉

고소(姑蘇)의 좌 태참 문석(左太參文席 태참은 직명(職名))이 치사하고 고향으로 돌아와 날마다 글만 지으면서 살았으므로 아는 사람이 적었다. 마침 윤 총재(尹冢宰)가 공과 동년(同年)이었으므로 고소 태수에게 공을 찾아보도록 부탁했다. 그래서 골목골목 뒤져 짚신에 더러운 모자를 쓴 노인 하나를 찾아냈는데, 모습은 담박했다. 어떤 사람이 공(公)에게 태수(太守)가 오고 있다고 알려주니, 공은 피해버렸다.

姑蘇尤大參文度乞歸日以機杼爲活人罕知者會尹冢宰與公同年托蘇守訪之因覓得一老絡絲委巷芒鞋褻帽澹如也人或告以郡侯至則趨避之 ≪皇明世說新語 · 棲逸≫

呂仲木(呂枏)이 병을 핑계하고 고향으로 돌아왔다. 門人들이 길에서 맞이하면서, "선생님께서 경사(京師)로 가신 지가 1년밖에 안 됐는데 또 돌아오시니, 어째서 이렇게 번거로움을 꺼리지 않으십니까?"하니, 여중목이, "어쩔 수 없는 일이지. 직위(職位)만 지키면서 공으로 먹는 관(官)의 술과 안주가, 남산(南山)의 거친 나물밥처럼 감미롭지는 못하더란 말일세."했다.

呂仲木引疾歸門人迎於道曰夫子如京期年而又還何不憚煩也呂曰豈子得已哉曠職素餐在官之酒脯不若南山蔬食之爲甘也 ≪皇明世說新語 · 棲逸≫

제5권 〈遊興〉

鄧文潔(鄧以讚의 謚號)은 평생 병이 많아 자신의 몸을 매우 아꼈다. 그러나 崇山의 峻嶺에 올라서는 끝까지 가보지 않고는 쉬지 않았고, 절벽에 임하지 않고는 중지하지 않았다. 그때마다 정신이 산뜻해져서 훨훨 날고 싶었다 한다.

鄧文潔善病平生酷自愛及登崇山峻嶺不及絶處不休不臨懸不止每會神情獨得仙仙欲飛 ≪皇明世說新語 · 豪爽≫

제6권 〈雅致〉

莫廷韓(莫是龍의 字)은 말하였다. "내가 평소에는 그리 좋아하는 것이 없다. 그러나 시냇가 대나무 숲 그림자가 조그만 창문을 가리고 있는 정경을 볼 적마다, 곧 그 아래 살고 싶은 마음이 든다."

莫廷韓曰餘生平無深好每見竹樹臨流小窓掩映欲藺居其下 ≪皇明世說新語 · 企羨≫

제7권 〈崇儉〉

方遜志가 일찍이 병들어 누웠는데 양식이 떨어졌다. 집안사람이 양식이 떨어졌음을 알리자 말하기를, "옛사람 중에는 한 달 동안에 아홉 끼니를 먹고 쌀독에는 곡식 한 톨 없던 사람이 있었는데, 곤궁한 것이 오직 우리뿐인가." 하자, 서로 보며 크게 웃었다.

方遜志嘗臥病絶糧家人以報輒曰古人有三旬九食𥹋無儲粟者窮豈獨我哉方希古磔於市膚骨碎暴詔不得收其門人某毁儀容裝風顚乞子詭啖方肉謬擲方骨且笑且罵俟間則遺竊注於囊而出瘞之 ≪皇明世說新語 · 德行≫

宋文憲[16](문헌은 宋濂의 시호)이 田宅을 장만하지 않고 누가 자손을 위한 계책을 권하기라도 하면 이렇게 말하였다. "가난하고 가멸함이 어찌 한 가정의 일인가. 나는 이 말을 유산으로 남겨주리라."

宋文憲不置田宅或勸爲子孫計曰貧富豈一家物哉吾乃所以遺之也 ≪皇明世說新語 · 德行≫

제10권 〈幽事〉

薛蕙(자는 君采. 明代 사람)는 벼슬을 그만두고서 아름답게 정원을 꾸며 한가로이 지내되, 시 짓기를 일체 끊고 ≪老子解釋≫을 저술하였다. 그리고 책상 위에는 達磨의 초상을 놓았으므로, 陳의 邵堯夫가 이를 두고 시를 짓기를, "옳도다 옳도다 더없이 옳도다./是矣是矣蔑以尙矣" 했었다.

薛蕙罷官乃爲佳園宴處痛罷爲詩著老子解供達磨像案上陳邵堯夫詩曰是矣蔑以尙矣 ≪皇明世說新語 · 棲逸≫

제12권 〈靜業〉

汪道昆[17]의 책장의 책갈피에 쪽지를 꽂아 놓은 책이 1만 권도 더 되었다. 客이 그 책들을 곁눈질해 보면 왕도곤은 말하였다. "쪽지 꽂아 놓은 책이 많다고 欽羡하지 말게. 다만 내가 뒤에 찾아보는 데 편리하도록 그렇게 했을 뿐이네. 인생에 있어 꼭 필요한 책을 몇

16) 송렴(1310-1381年)은 원말의 유명한 문학가인 吳萊 등에게서 공부를 하였으며, 원대에는 벼슬을 하지 않고 명대에 벼슬을 하였다. 송렴은 '宗經'을 글의 바탕으로 한다고 역설하는 한편 옛 문학가의 글 지음의 견해를 수용했다. 그는 태평성세, 가공송덕의 많은 글을 지음으로써 후일 臺閣體에 영향을 끼쳤다. 그는, 특히 전기문, 記敍文에 뛰어나 〈秦士錄〉 · 〈王冕傳〉 · 〈李疑傳〉 등의 훌륭한 글을 남겼다.(이수웅, ≪역사 따라 배우는 중국문학사≫, 다락원, 2010)

17) 왕도곤(1525-1593年) 명 徽州府 歙縣 사람. 희곡 작가. 자는 伯玉 또는 玉卿이고, 호는 南冥 또는 太函이며, 만호는 函翁이다. 嘉靖 26年(1547) 進士가 되어 義烏知縣에 임명되었고, 襄陽知府와 福建副使를 역임했다. 戚繼光과 함께 抗倭 전쟁에 참가하여 공을 세워 按察禦史에 발탁되었고 僉都禦史에 승진했지만 얼마 되지 않아 관직을 버렸다. 隆慶 연간에 兩陽巡撫가 되고, 副都禦史로 나아갔으며, 관직이 兵部左侍郎에 이르러 황명을 받들고 변방을 순행했다. 군비를 줄여 해마다 낭비되던 20여만 전을 절약했는데, 나중에는 연로한 양친을 奉養하느라 고향으로 돌아갔다. 시문으로 세상에 이름을 떨쳐 太倉 사람 王世貞과 南北司馬로 병칭되었다. 저작이 아주 많아 ≪太函集≫120권과 ≪南冥副墨≫24권 · ≪太函遺書≫2권 · ≪春秋左傳節文≫ · ≪贏詘令名譜≫ 등이 있다. (임종욱 편저 · 김해명 감수, ≪중국역대인명사전≫, 이회문화사, 2010)

가지를 숙독해야 하네. 이는 비유하면, 漢 高祖가 천하를 통일하는 데 가장 뜻이 맞은 사람은 불과 蕭何·張良·韓信 세 사람에 지나지 못한 것과 같네."

汪道昆架上牙籤不啻萬卷客睥睨久之公曰無若其多聊備檢證人生所用書只須熟數種譬之漢高取天下其最屬意者不過三傑耳 ≪皇明世說新語·文學≫

제13권 〈玄賞〉

莫雲卿(明 莫是龍의 자)이 말하였다. "서늘한 저녁에 못가에 걸터앉아 몇 잔의 술을 마시고 간혹 붓과 벼루를 벌여 놓고 고帖 한두 行을 쓰고 거문고를 타면 정신이 伏羲氏의 세상에 노는 듯하다."

莫雲卿曰晩涼箕踞臨酌數間設筆墨摹古帖一二行援琴而鼓之神遊羲黃矣 ≪皇明世說新語·棲逸≫

비록 ≪閑情錄≫에 있는 내용 모두를 예를 들지 않았지만, 여기에 언급된 내용들만 보더라도 許筠은 청렴하고 후덕한 이미지를 가진 선비들의 이야기를 많이 인용했다. 어쩌면 그런 점은 許筠의 가치관과도 상통한다고 볼 수 있다. ≪세설신어≫는 국내에 유입[18]된 이래 우리나라 사람들의 끊임없는 사랑을 받아왔다. 許筠은 '閑情'이라는 주제를 설정해 놓고, ≪세설신어≫를 비롯한 '세설체' 작품들 중에서 문인들의 사적을 정리해 놓았다. ≪閑情錄≫자체가 '세설체' 소설을 정리한 편저라고 해도 과언이 아닐 정도로 많은 양을 인용했기 때문에 ≪閑情錄≫을 우리나라 유일의 '세설체' 작품으로 분류해야 한다. 더욱이 ≪閑情錄≫은 당시 중국과 조선의 서적교류 뿐 아니라 문화교류까지도 살펴볼 수 있는 의미 있는 작품이라고 할 수 있다.

6.4 출판 목적과 의의

1) ≪세설신어보≫의 유행 - 明代 지식인의 가치관 공유

조선시대는 ≪世說新語≫에 대한 열기가 대단히 뜨거웠던 시기로, 이 시기에는 劉義慶의 원본 ≪世說新語≫ 보다는 明代 何良俊의 ≪何氏語林≫을 동시대의 王世貞

18) 김장환은 최치원(857-?年)의 〈春曉偶書〉라는 시에 ≪세설신어≫ 내용이 인용된 것을 예로 들어, 이미 통일신라 후기에 국내에 유입되었을 것으로 추정했다.

이 刪定한 ≪世說新語補≫가 더 크게 유행했다는 점이 주요한 특징이다.[19] ≪世說新語補≫는 중국에서 1556년에 처음 간행되었고, 김장환은 ≪世說新語補≫의 국내 유입에 대해서 英祖 때의 大提學 李宜顯(1669-1745年)의 ≪陶穀集≫에서 찾고 있지만, 이미 1606년 朱之蕃이 조선에 사신으로 왔을 때 전해졌거나, 許筠이 두 차례 북경에 방문했을 때 사가지고 들어왔을 가능성이 크다. 許筠이 북경에서 4천권의 책을 사오기 전에는 그 어디에서도 ≪世說新語補≫에 대한 기록이 없는 것으로 봐서는, 許筠이 구입해서 왔을 가능성이 크다. 그래서 許筠은 자신의 ≪閑情錄≫에 ≪하씨어림≫을 비롯한 ≪世說新語補≫의 내용을 많이 인용하게 된다. 덕분에 조선의 학자들 사이에서 ≪世說新語補≫의 붐을 만들어 낼 수 있었다.

이 ≪世說新語補≫의 유행은 '세설체' 소설의 유행으로 이어지고, 많은 수요자들이 생겨남에 따라 필사본으로 그 요구를 감당해 낼 수 없었을 것이다. 그래서 1708년 肅宗 34年 현종실록자로 ≪世說新語補≫20권 6책본과 20권 7책본을 출판하기에 이른다. 그러다가 ≪世說新語補≫를 더욱 효과적으로 읽어내기 위해 기존의 세설신어 판본의 체재와는 완전히 다르게 편집한 ≪世說新語姓彙韻分≫까지 간행하게 된 것이다. ≪世說新語姓彙韻分≫은 ≪세설신어보≫를 해체해서 성씨를 기준으로 새롭게 정리해서 출판한 작품인데, 이런 사실은 당시 지식인들이 얼마나 세설신어류의 소설에 빠져있었는지를 잘 대변해 주고 있다.[20]

이미 조선시대 지식인들 사이에서 ≪세설≫에 대한 연구가 어느 정도 이루어졌기 때문에 나름대로 분류도 하고 새로운 형식의 책을 만들어낼 수 있었을 것이다. 이러한 사회분위기는 ≪황명세설신어≫까지의 유행하게 하는 상황을 만들어 냈을 것으로 추정한다. 더욱이 먼 옛날의 이야기가 아니라 동시대를 살고 있는 明代 지식인들의 삶을 들여다볼 수 있다는 것은, 세상을 좀 더 넓게 거시안적으로 바라볼 수 있기 때문에 큰 의미를 가진다. 아마도 조선의 지식인들은 다양한 내용이 담겨진 ≪皇明世說新語≫를 통해 명대 사회 전반을 이해하는데 도움을 받고자 했을 것이다.

---

19) 김장환, 〈한국 고활자본 ≪세설신어성휘운분≫연구〉, ≪중국어문학논총≫제13호, 2000, 407쪽.
20) 김장환, 〈한국 고활자본 ≪세설신어성휘운분≫연구〉, ≪중국어문학논총≫제13호, 2000, 410쪽.

2) ≪閑情錄≫의 유행 - 새로운 작품에 대한 독서 욕망

≪閑情錄≫은 許筠이 사망한 후 필사본으로 유전되었다. 許筠이 역모죄로 몰려 죽임을 당하였기 때문에 그의 작품을 소유하거나 필사하는 일 자체가 매우 위험한 일이기 때문에 현전하는 ≪閑情錄≫필사본에는 許筠이 편찬했다는 말은 어디에도 없다. 현전하는 ≪閑情錄≫ 필사본은 총 17종으로 국립중앙도서관에 2종, 규장각에 2종, 연세대학교에 1종, 문경새재박물관에 1종, 국민대학교에 2종, 동국대학교에 1종, 단국대학교 퇴계, 율곡 도서관에 각1종, 국학진흥원에 1종, 국사편찬위원회에 1종, 김근수 1종, 미국 하버드 옌칭도서관에 1종, 미국 버클리대학교 아사미문고에 1종 등이 남아있다. ≪閑情錄≫은 許筠의 시문집인 ≪성소부부고≫의 부록으로 원래 16권 2책으로 되어있다. 지금 현재 17종이 남아있을 정도로 저자가 누군지도 모르는 이 책은 매우 조선의 지식인들 사이에서 굉장히 유행했다.

아마도 ≪閑情錄≫을 읽은 지식인들은 자신들이 잘 모르고 있었던 중국의 서적에 대해 매우 흥미를 느꼈을 것이다. 책 속에 보이는 새로운 書名들은 지식인들의 독서에 대한 욕망을 더욱 자극시켰을 것이다. 한 두 번 인용된 저서가 아닌 여러 번 등장하는 작품에 대해서는 더더욱 읽고 싶은 욕망과, 소유하고 싶은 욕망을 같이 느꼈을 것이다. 때문에 〈한정록〉에 언급된 작품 중에서 주요 작품이라고 생각되는 ≪세설신어보≫나 ≪옥호빙≫·≪황명세설신어≫는 출판까지 이어졌을 가능성이 높다.

許筠은 중국 작품들의 내용들을 인용하는 데에도 나름 주제를 정해놓고 자신의 뜻과 부합되는 내용들을 정리해 놓았기 때문에 비교적 조선의 신지식인들 사이에서도 공감대를 형성할 수 있었을 것이다.

이렇듯 ≪皇明世說新語≫의 출판은 ≪세설신어보≫의 유행이 ≪황명세설신어≫까지 이어져 이 작품을 통해 동시대를 살고 있는 명대 지식인들과 공감대를 형성하고 싶은 욕구가 실현된 것이고, 또한 ≪閑情錄≫의 유행으로 인해 ≪閑情錄≫에 소개된 새로운 작품에 대한 독서 욕망이 지식인들 사이에서 크게 작용했을 것으로 추정된다.

≪皇明世說新語≫의 출판본은 비록 8行 20字로 간행된 중국의 원판본과는 다르게 10行 20字로 다시 짜여져 간행되었지만, 판본의 상태가 양호하고 글자체역시 조선후기의 '현종실록자'로 추정되기 때문에 굉장히 깔끔하게 간행되었다. 비록 정확한 간행지와 年度는 알 수 없지만, 현재 대만의 國家圖書館으로 역 유입되어 귀중서로도 소장되고

있다. 일본에서 간행된 ≪皇明世說新語≫판본은 9行 20字로 중국 판본이나 조선 판본과는 다른 형식으로 판을 구성했다. 세 나라의 판본을 비교 분석해서 상호 유입과 유전에 대해 연구해 보는 것도 동아시아 문화교류사에 있어 의미 있는 작업이라고 생각한다.

≪皇明世說新語≫의 내용과 출판된 정황을 통해 당시 조선의 지식인들이 추구하고자 했던 가치관과 사상까지도 추정해 볼 수 있으며, 판본 자체의 연구를 통해 글자체, 종이질 등 출판에 관련된 당시의 출판문화 분야까지 연구를 확대할 수 있어 매우 가치 있는 자료라고 볼 수 있다.

필자는 조선후기 간행된 ≪皇明世說新語≫라는 明代 '세설체' 작품을 살펴보면서, 그 작품이 국내 유입되어 지식인들에게 읽혀지고, 출판되는 등 국내에서 수용된 다양한 양상을 살펴보았다. ≪皇明世說新語≫는 明代 李紹文이 10년에 걸쳐 정리한 작품으로 중국에서는 1610년에 간행되었으며, 국내에는 1614-1615년경에 許筠에 의해 유입되었을 것으로 추정한다. 국내 문집 중 유일하게 許筠의 ≪閑情錄≫에 많은 내용을 인용해서 소개하고 있는 점이 그런 사실을 증명해주고 있다.

許筠의 ≪閑情錄≫에 ≪何氏語林≫과 ≪世說新語≫을 비롯해서 ≪皇明世說新語≫도 많은 부분이 인용되어 있어서, ≪閑情錄≫에 소개된 이후 아마도 조선의 지식인들 사이에서 ≪閑情錄≫을 필사하면서 ≪皇明世說新語≫라는 작품을 접했을 것이고, 구두로 회자되었을 것이다. 더욱이 조선 英祖·正祖年間에 ≪세설신어보≫의 유행을 등에 업고 그 여파로 더불어 ≪皇明世說新語≫에 대한 관심이 다른 서적에 비해 증가해서 결국 출판까지 이루어졌을 가능성이 크다. 당시 조선에서는 ≪世說新語補≫를 여러 차례에 걸쳐 출판하였고, 좀 더 쉽고 편리하게 읽기 위해서 姓氏 별로 구분해서 ≪世說新語姓彙韻分≫이라는 책을 간행했을 정도로 많은 사랑을 받고 있었다.

조선의 지식인들은 ≪世說新語≫보다 ≪世說新語補≫를 더 많이 읽었는데, 그것은 明代 이야기가 같이 섞여 있기 때문일 것이다. 때문에 明代 지식인들의 실제 생활이 담겨있는 ≪皇明世說新語≫에도 상당한 관심을 보인 듯하다. 결국 ≪世說新語補≫의 인기와, 조선 지식인들의 새로운 작품에 대한 독서 열망이 ≪皇明世說新語≫를 출판에까지 이르게 하였다. 안타까운 점은 출판과 관련된 간기가 남아있지 않아, 언제 어디서 간행했는지에 대한 여부는 알 수가 없다는 것이다. 유난히 전라도 지방의 錦城丁

氏 집안에서 여러 권 소장하고 있었다는 점 때문에 출판이 이 집안과 연관이 있을 수도 있다는 가능성만을 열어두고 있다. 7대째 默容室에 소장하고 있던 서책을 연세대학교와 성균관대학교에 기증을 한 덕분에 깨끗한 상태로 보관된 ≪皇明世說新語≫를 볼 수 있어서 감사했다.

국내에서 간행된 ≪皇明世說新語≫는 현재 국립중앙도서관을 비롯해서 서울대 규장각·연세대학교·성균관대학교·계명대학교 등에 소장되어있다. 중국에서보다 국내에서 더 인기를 끌었기 때문에 국내 소장된 ≪皇明世說新語≫판본은 모두 국내 출판본이다. 비교적 완정한 상태로 8권 4책이 소장되어 있기 때문에 ≪皇明世說新語≫의 내용을 깊이 있게 분석해보고자 하는 연구자들에게 많은 도움을 줄 것이다. 본 논문에서는 이 작품에 대한 소개의 글에 그쳤지만, 앞으로 이 분야에 좀 더 많은 연구가 이루어져서 체계적으로 번역도 되고 분석도 이루어지길 바란다.

7. ≪兩山墨談≫의 국내 출판과 수용양상*

중국고전소설이 국내에서 출판되어 졌다는 기록은 조선시대 초기부터 조선 말기까지 다양하게 나타나고 있다. 현재 朝鮮時代에 出版된 中國古典小說로는 대략 24種이 확인된다. (1)≪列女傳≫ · (2)≪新序≫ · (3)≪說苑≫ · (4)≪博物志≫ · (5)≪世說新語補≫ · (6)≪酉陽雜俎≫ · (7)≪訓世評話≫ · (8)≪太平廣記≫ · (9)≪嬌紅記≫ · (10)≪剪燈新話句解≫ · (11)≪剪燈餘話≫ · (12)≪文苑楂橘≫ · (13)≪三國演義≫ · (14)≪水滸傳≫ · (15)≪西遊記≫ · (16)≪楚漢傳≫ · (17)≪薛仁貴傳≫ · (18)≪鍾離葫蘆≫ · (19)≪花影集≫ · (20)≪效顰集≫ · (21)≪玉壺氷≫ · (22)≪錦香亭記≫[1] · (23)≪兩山墨談≫ · (24)≪皇明世說新語≫ 등이 있다.

조선시대 출판된 24종 중국소설 가운데 아직 원본을 찾지 못한 판본은 3종으로≪列女傳≫ · ≪博物志≫ · ≪嬌紅記≫가 있고, ≪剪燈餘話≫도 일본 내각문고에 일부분만 보관되어 있어 확인하기가 어렵다. 그 외 나머지 20종 작품은 모두 확인이 가능한데, 그렇게 확인 가능한 소설 판본을 중심으로 출판유형을 분류해 보면 크게 6가지로 분류[2] 할 수 있다.

---

* 이 논문은 2010년도 정부 재원(교육과학기술부 인문사회연구 역량강화사업비)으로 한국연구재단의 지원을 받아 연구되었음(NRF-2010-322-A00128)
이글은 2013년 1월 ≪중국어문논역총간≫제32집에 투고된 논문을 수정 보완하여 작성한 것임.

** 주저자 : 유희준(경희대학교 비교문화연구소 학술연구교수) / 교신저자 : 민관동(경희대학교 중국어학과 교수)

1) 민관동은 ≪중국고전소설의 전파와 수용≫(아세아문화사, 2007, 78-79쪽)에서 18종으로 분류하였으나 최근에 ≪新序≫ · ≪說苑≫ · ≪博物志≫ · ≪兩山墨談≫ · ≪皇明世說新語≫가 추가로 출판기록이 발견되었고, ≪新序≫ · ≪說苑≫은 원판본도 발굴되었다. 또 ≪전등여화≫의 경우는 최용철이 일본 내각문고에 이 책의 뒷부분이 보관되어 있는 것을 확인하였다고 한다. 그 외 ≪訓世評話≫는 중국원판본이 없고 조선시대 당대 전기류 작품 중에서 선별하여 만든 책이기에 처음에는 제외시켰으나 그래도 중국고전소설에 대한 국내 출판본이기에 추가로 포함시켰다.

2) 민관동 · 정영호, ≪中國古典小說의 國內 出版本 整理 및 解題≫, 학고방, 2011.

첫 번째가 原文을 그대로 出版한 경우로 ≪新序≫ · ≪說苑≫ · ≪唐段小卿酉陽雜俎≫ · ≪世說新語補≫ · ≪玉壺氷≫ · ≪效顰集≫ · ≪花影集≫ · ≪鍾離葫蘆≫ · ≪兩山墨談≫ · ≪皇明世說新語≫ · ≪三國演義≫ 등이 있다.

두 번째는 註解를 달아 出版한 경우로 ≪剪燈新話句解≫가 있다.

세 번째로는 體制를 變形해서 出版한 경우로 ≪世說新語姓彙韻分≫이 있다.

네 번째는 縮約 및 部分的으로 編輯해서 出版한 경우로 ≪詳節太平廣記≫ · ≪刪補文苑楂橘≫ 등의 출판이 그러한 예이다.

다섯 번째로 飜譯해서 出版한 경우인데 ≪三國志≫ · ≪水滸傳≫ · ≪西遊記≫ · ≪楚漢志≫ · ≪薛仁貴傳≫ · ≪錦香亭記≫ 등이 있다.

그리고 마지막 여섯 번째로 用度를 變更해서 出版한 경우인데 ≪訓世評話≫ 등이 있다.[3)]

이들 국내 출판된 중국소설에 대한 자세한 설명은 민관동 · 정영호가 편찬한 ≪中國古典小說의 國內 出版本 整理 및 解題≫에서 자세히 다루고 있기 때문에 본 논문에서는 다루지 않겠다. 여기서는 아직까지 국내에 소개된 바 없는 ≪兩山墨談≫에 대한 전반적인 개황과 출판 상황을 알아보고자 한다.

≪兩山墨談≫은 국내에 유입된 이래 문인들에게 끊임없이 사랑을 받아 왔고, 급기야 1575년에는 慶州에서 출판까지 이루어진 작품이다. 어떤 작품이기에 문인들에게 지속적인 관심을 받았는지 그 저자와 서지사항, 국내 출판 사항과 국내 수용양상까지 살펴보겠다.

7.1 ≪兩山墨談≫의 저자와 서지사항

≪兩山墨談≫은 明 陳霆(약 1477-1550年)이 편찬한 작품으로 ≪千頃堂書目≫과 ≪明史 · 藝文志≫小說家類에 18卷이 저록되어 있다. ≪國史經籍志≫에는 8卷으로 되어 있으며, ≪四庫全書叢目≫에는 雜家類에 속해있다. 그 외 ≪惜陰軒叢書≫와 ≪吳興

3) ≪三國演義≫처럼 여러 차례 판을 달리하여 출판하였거나 또는 번역하여 방각본으로 출판된 경우에는 따로따로 분리하여 기술하였다.

叢書≫本에도 들어있다.[4]

陳霆은 字가 聲伯이고, 號가 水南居士, 別號 渚山眞逸, 可仙道人 등 이며, 浙江 德淸縣 사람이다. 家世는 강남에 근거를 두고 있었으나 관직에 있는 동안 淮南 일대를 돌아다녔기 때문에 그 지역에 대한 폭넓은 지식을 습득할 수 있었다. 弘治 15年(1502)에 進士가 되어 刑科給事中을 역임했고, 正德 元年(1506) 劉瑾에 의해 옥에 갇혀졌으나, 후에 다시 刑部主事로 복직되었다. 다음해에 山西提學僉事로 임용되었으나 오래지 않아 사직하고 낙향하여 苕南에 은거하면서 저술에만 힘썼다. 陳霆의 생졸에 대해서 정확하게 언급한 자료가 아직 없지만, ≪新市鎭續志 · 陳霆傳≫에 "卒年七十有四"라는 기록이 있어 74세에 사망했음을 알 수 있다.

王磊는 박사학위 논문[5]에서 陳霆 조카 陳翀의 ≪水南文集後跋≫에 있는 "叔父水南先生, 養高林下四十餘祀矣"라는 문구를 인용하면서 陳霆이 正德 6年(1511)에 사직하고, 正德 7年(1512)에는 귀향했을 것이라고 보고, 낙향해서 40년 후인 1552년 이후에 세상을 떠났을 것이라고 보았다. 또한 陳霆이 嘉靖年間에 정리한 ≪德淸顯志≫卷四 職官表와 卷六 選擧表에 기록된 가장 늦은 職官表가 嘉靖 13年(1552)의 費銓條인 것을 근거로 사망연도를 1553년으로 보았고 출생 연도를 1479년으로 추정했다.[6] 陳霆의 생애는 크게 세 단계로 구분할 수 있다. 첫 단계는 출생부터 24세까지로 공부하고 과거를 보는 시기이고, 두 번째 단계는 25세부터 33세까지로 관직생활을 하던 시기, 마지막은 34세부터 74세까지로 낙향해서 은거하며 저술에 힘썼던 시기로 나눌 수 있다.

明 成化 15年(1493) 陳霆은 湖州府 德淸顯 新市鎭에서 출생했다. 어려서부터 총명하여 "生有異才"라 불리었고, 弘治 6年(1493) 15세의 나이에 邑庠에 들어가 공부하기 시작했으며 후에 장인이 될 鄕宦 胡瑄 집에서 수학하기도 하였다.[7] 弘治 8年(1495) 17세의 나이에 臨安으로 가서 시험을 치르고 生員 즉 秀才가 되어,[8] 이로써 鄕試에 참여할 수 있는 자격을 얻게 되었다. 弘治 12年(1498) 陳霆의 나이 20세가 되던

---

4) 寧稼雨, ≪中國文言小說總目提要≫, 齊魯書社, 1996, 444쪽.

5) 王磊, 〈陳霆硏究〉, 復旦大學 博士學位論文, 2005.

6) 王磊, 〈陳霆硏究〉, 復旦大學 博士學位論文, 2005, 13쪽.

7) "予自十五進邑庠, 於時同知胡公廷器方爲山東泰安……明年張館延二子師, 旣又求可規益者, 予旣乏師承, 則束書往學焉"(≪水南稿≫卷16 〈明故胡母馮宜人墓誌銘〉)

8) ≪水南稿≫卷15.

해 드디어 杭州로 가서 처음으로 鄕試를 보게 된다. 이 시험에서 비록 擧人이 되지 못했지만 벗과 더불어 西湖를 유람하면서, 다시 한 번 螢窗雪案 하기로 마음을 다진다. 弘治 14年(1501) 23세의 진정은 다시 항주에서 향시를 쳤고, 6등이라는 성적으로 과거에 합격하게 되어 그 다음해에 進士第三甲에 올랐다.

弘治 15年(1502)부터 正德 6年(1511)까지는 陳霆이 관직에 있던 시기로 영화로움도 있었지만 반대로 치욕스러운 일도 겪어야 했다. 進士가 되었지만 母親喪으로 인해 3년만인 弘治 18年(1505) 27세의 나이로 刑科給事中이라는 직책을 처음 하사받고[9] 그 다음해까지 이어진다. 관직생활을 하면서 진정은 뜻밖의 일을 경험하게 된다. 弘治 18年 4月 27日 孝宗이 기우제를 지내다 몸이 상하게 되었는데 당시 禦藥이었던 張瑜가 마음대로 院判 劉文泰와 禦醫 高廷和에게 약을 조제하게 했는데 잘못해서 孝宗이 병이 깊어져 7일 만에 세상을 떠나는 일이 있었다. 이에 張瑜·劉文泰·高廷和가 하옥되어 참형을 받아야 하는 일이 일어났다. 이때는 당쟁이 심했던 때였는데 진정의 동료인 湯仁夫가 張瑜·劉文泰·高廷和 뿐 아니라 당시 조정의 무질서한 법도를 바로잡아야 한다는 분노를 표현한 600字의 ≪大璫張瑜科參≫을 올렸다. 뜻밖에도 이 상소에 陳霆의 이름이 여러 번 거론되었고, 당쟁의 소용돌이 속에서 張瑜의 고향사람이었던 劉瑾에 의해 진정이 하옥되고 곤장 30대를 맞는 치욕을 겪었다. 결국 황제를 崩禦하게 한 장본인인 張瑜·劉文泰·高廷和 세 사람은 오히려 죽음을 면하고 출옥되었으나[10] 진정은 오히려 六安으로 귀향을 가게 된다. 당쟁의 소용돌이 속에서 진정이 희생양이 된 것이다. 正德 5年(1510) 刑部主事로 복직되었으나 관직 생활에 회의를 느낀 진정은 1512년 사직하고 귀향하게 된다.

李檗이 쓴 ≪兩山墨談≫序文에 의하면 진정은 사직하고 고향으로 돌아와 兩山(渚山)에 초가를 짓고 곁에 서적만을 가까이한 채 오로지 저술에만 힘을 썼다고 한다. 世俗에는 관심을 두지 않고 山水를 가까이 하였기 때문에 진정의 마음은 그 어느 때 보다도 평안했고 깨끗했다.[11] 때론 명승고적지를 여행하기도 했는데 이런 경험이나 귀향

9) 王磊, 〈陳霆硏究〉, 復旦大學 博士學位論文, 2005, 17쪽.

10) 王磊, 〈陳霆硏究〉, 復旦大學 博士學位論文, 2005, 18쪽.

11) 水南先生旣謝塵鞅. 結廬兩山之閒. 居左右圖書. 放情山水. 銳意述作. 於世俗外膠泊然淡然也.

생활을 했던 六安의 경험들은 그의 저술 활동에 상당한 소재를 제공해 주게 된다. 그가 저술한 작품만 해도 백 권에 가까울 정도이며 대표적인 작품으로는 ≪新市鎮志≫·≪德淸顯志≫·≪唐餘紀傳≫·≪宣靖備史≫·≪兩山墨談≫·≪山堂瑣語≫·≪綠鄕筆林≫·≪閑居錄≫·≪水南稿≫·≪渚山堂詩話≫·≪渚山堂詞話≫·≪草堂遺音≫·≪水南集≫ 등이 있다. 세속을 떠나 서책에만 묻혀 지내던 진정은 正德 32年(1553) 74세의 나이로 세상을 뜨게 된다.

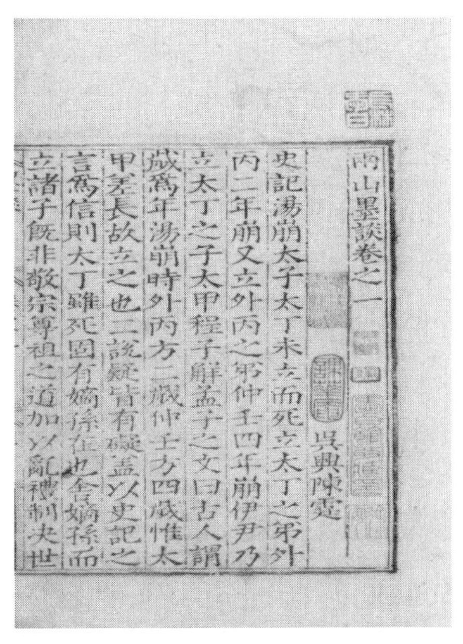
兩山墨談卷之一
吳興陳霆
史記湯崩太子太丁未立而死立太丁之弟外
丙二年崩又立外丙之弟仲壬四年崩伊尹乃
立太丁之子太甲程子解孟子之文曰古人謂
歲爲年湯崩時外丙方二歲仲壬方四歲惟太
甲差長故立之也二說疑皆有礙蓋以史記之
言爲信則太丁雖死固有嫡孫在也舍嫡孫而
立諸子既非敬宗尊祖之道加以亂禮制決世

〈그림 1〉 中國 初刻本 추정≪兩山墨談≫
(上海圖書館, 天津圖書館 所藏)

진정의 여러 저서들 중에서 ≪兩山墨談≫은 당시 德淸의 知顯이던 李檗이 초고를 읽은 후에 선생의 책에 감탄해서 직접 간행하기에 이른다. "선생의 墨談 책은 크게는 經에 근간을 두고 史를 근거로 하여 오류를 바로 잡았다. 작게는 事와 物을 나누고 情變을 다 했다. 기이하지만 허황되지 않고, 옛 틀을 이어받았지만 얽매이지는 않았다. 분별력이 있되 거짓됨은 없고 자랑하되 지나침은 없다. 증명함에 있어 근거가 없지 않고 넓게 그 근원을 찾아 상세하게 설명하였다"12)라고 극찬하고 明 嘉靖 18年(1539)에 이 책을 간행하였다.

≪兩山墨談≫의 내용은 비록 고증을 위주로 하였지만 기존에 전해 내려오는 야사나 전설 등의 이야기들의 근원과 사실을 밝혀내고 기이한 이야기 뿐 아니라 폭넓은 잡학들이 담겨있어 일찍이 小說家類와 雜家類에 모두 속하는 작품이 되었다. 筆記 방식의 서술을 채택하여 자신의 의견을 많이 담아놓았기도 했는데 목차나 소제목을 따로 두지 않았고 兩山墨談卷之一부터 兩山墨談卷之十八까지 나열되어 있다. 卷之一은 殷나라 湯王이 崩禦 한 후 太子 太丁이 뒤를 잇지 못하고 太丁의 동생 外丙이 2년, 外丙의 동

12) 先生墨談之書. 大則根經據史. 訂疑考誤. 少則別事與物. 窮情盡變. 奇而匪浮. 襲而匪固. 辨而無誕. 炫而無畔. 證而無晦. 殆博求而詳說者也.

생 仲壬이 4년, 그 뒤를 다시 太丁의 아들 太甲이 계승한 문제에 대해 ≪史記≫와 ≪孟子≫의 글을 인용해서 어느 문건이 사실에 더 가까운지에 대해 자신의 의견을 피력하면서 고증하는 내용부터 시작한다. 湯王 이후부터 여불위와 吳越春秋 등에 관한 상세한 이야기뿐 아니라 자신이 보고 들은 이야기들, 직접 다닌 곳에 대한 이야기들을 담아 놓았다. 예를 들면 자신의 유배지였던 六安의 茶에 대해 자세히 서술했고 부채에 관한 유래에 대해서도 나열했고, 長淮地域과 압록강에 대한 지형적인 설명까지도 담고 있다. 卷之十八은 宋代의 관찰사 汪介然의 이야기로 시작된다. 元人 汪幼鳳의 저작에 있는 내용을 보면 洪忠宣 皓[13]가 金에 사신으로 갔다가 '虜'라는 지역에 사로잡혀 오랫동안 돌아오지 못하자 高宗이 그의 아들 適을 재상으로 삼고 여러 번 교지를 내려 皓를 구해 오라고 하였지만 虜가 어디인지 알 수가 없었다고 한다. 이 때 介然이 虜 지역을 여행하고 있었는데, 洪皓에 관한 얘기를 듣고 南音 지역임을 알고 황제에게 밀서를 보내 알현하여 그 다음해에 사로잡힌 사람들을 모두 돌아올 수 있게 했다는 기록이 있다. 진정은 이 부분에 대해 의혹을 제기하면서 다른 사료를 인용해 그 기록이 잘 못 되었음을 밝힌다. 文言으로 되어 있음에도 불구하고 인물이나 사건에 대한 일화들을 소개하고 잘못된 부분들을 사실에 맞게 수정하려고 하였는데 元代까지의 인물과 사건을 위주로 서술하여 소설적인 요소들이 돋보인다.

≪兩山墨談≫은 明 중기 이후 역사 書目에서 여러 번 언급되었을 정도로 널리 알려진 작품이었다. ≪兩山墨談≫이 기재된 서적만도 12곳이나 되는데 그 목록을 소개하면 다음과 같다.

> ≪吳興備志≫[14]卷二十二
> : 陳霆≪水南集≫ · ≪續集≫ · ≪兩山墨談≫ · ≪唐餘紀傳≫ · ≪綠鄉筆林≫ · ≪水南閑居錄≫ · ≪宣靖備史≫ · ≪渚山堂詩話≫ · ≪詞話≫ · ≪山堂瑣語≫ · ≪仙潭志≫ 共一百餘卷.

---

13) 洪皓는 洪適과 洪邁의 아버지로 이들 세 부자를 가리켜 '三洪'이라고 부르기도 한다. 洪適과 洪邁는 학문에도 뛰어나 형제 둘이 博學鴻詞科에 나란히 급제했다. 洪邁의 저서로는 ≪夷堅志≫가 있고, 洪適은 재상의 자리에까지 오른다. 洪皓는 金에 갔다가 사로잡힌 채 15년 동안 돌아오지 못했지만, 절개를 지켜 무사히 돌아올 수 있었다.

14) 董斯張(1587-1628年)이 萬曆 42年(1614)에 편찬한 ≪吳興掌故集≫六卷과 天啟 4年(1624) 續作을 閔元衢 형제가 정리해서 ≪吳興備志≫를 완성했다.

≪千頃堂書目≫15)卷十二

: 陳霆≪兩山墨談≫十八卷, 又≪水南閑居錄≫, 又≪綠鄕筆林≫, 又≪山堂瑣語≫

≪明史≫16)藝文志三

: 陳霆≪兩山墨談≫十八卷(第02435頁)

≪經義考≫17)卷二百七十五

: 鄭氏如幾魏春秋……載陳霆兩山墨談、董斯張吳興藝文補如幾.

≪浙江通志≫18)卷二百四十六

: ≪兩山墨談≫八卷, 又≪水南閑居錄≫, 又≪綠鄕筆林≫, 又≪山堂瑣語≫, ≪德清顯志≫陳霆著

≪欽定續文獻通考≫19)卷一百七十六

: 陳霆≪兩山墨談≫十八卷 霆見史類

≪四庫全書總目≫20)

≪兩山墨談≫十八卷, 兩淮鹽政采進本

明陳霆撰. 霆有唐餘紀傳, 己著錄.……

≪持靜齋書目≫21)

兩山墨談十八卷, 明嘉靖乙亥刊本, 明陳霆撰

≪持靜齋藏書紀要≫22)

兩山墨談十八卷, 明陳霆撰, 嘉靖乙亥刊(存目)

≪振綺堂書錄≫(王遠孫, 抄本, 不分卷)

"兩山墨談十八卷, 明苕溪陳霆水南撰, 李檗序"

≪嘉業堂藏書志≫23)

---

15) 中國明代著述目錄으로 黃虞稷(1626-1692)이 撰했다. 經 · 史 · 子 · 集으로 배열되어 있으며 明代의 著作뿐 아니라 宋 · 遼 · 金 · 元의 著作까지 다 수록하고 있다.

16) 明나라 正史로 淸나라 張廷玉 등이 칙명을 받들어 지음. 本記 16(24권) · 志 15(75권) · 表 5(13권) · 列傳 180(220권) · 目錄(4권).

17) 易 · 書詩 · 論語 · 春秋 · 孟子 等 經書에 關한 諸說 · 沿革 따위를 망라한 목록서. 淸나라의 주이존이 編纂한 300권이고 또 그 補正인 ≪경의고보정≫은 12권으로 淸나라의 옹방강이 編纂한 것이다.

18) ≪浙江通志≫는 浙江 總督 胡宗憲(?-1565)이 修交하고 武進 薛應旂 總理가 纂輯.

19) ≪欽定續文獻通考≫252卷, 乾隆12年 奉敕 撰.

20) 淸代 紀昀(1724-1805) 등이 編纂한 서적으로 古代 도서목록을 광범위하게 수록했다.

21) 淸 丁日昌이 編纂하고 路子強, 王雅新 등이 교정한 叢書.

22) '持靜齋'는 淸末 廣東 大藏書家 丁日昌의 藏書樓의 이름이다. 丁日昌의 藏書에 대한 정황을 이해하려면 앞의 주 21)에서 언급한 ≪持靜齋書目≫과 ≪持靜齋藏書紀要≫2卷을 참고하면 된다.

23) 浙江 湖州 南潯鎮 嘉業堂은 近世 著名 私家 藏書樓로 書樓의 주인은 劉承幹氏로 淸말부터 민국초의 서적 60만권을 소장하고 있었다. 그 목록을 정리한 것이 바로 ≪嘉業堂藏書志≫이다.

≪兩山墨談≫十八卷 明刊本
明陳霆撰. 霆字聲伯, 號水南, 德淸人, 弘治壬戌進士.……
≪文綠堂訪書記≫
陳霆字水南, 吳興人, 著兩山墨談, 甚有義理……

총 十八卷으로 구성된 ≪兩山墨談≫의 중국 출판본과 소장본을 살펴보면, 明 嘉靖 18年(1539) 당시 德淸의 知顯이었던 李檠이 刊한 1冊이 최초의 간행본이자 善本으로 〈그림 1〉을 참조하면 된다. 지금 현재 上海圖書館과 天津圖書館 두 곳에 소장되어 있다. 이 외에도 11種이 더 있는데 그것을 표로 정리하면 아래와 같다.

書名	出版事項	版式狀況	一般事項	所藏處
兩山墨談	明嘉靖十八年(1539), 德淸知顯李檠刊	刻本, 一冊	李檠刊本, 善本	上海圖書館 天津圖書館
	日本天保六年(1835)	日本抄本, 十卷		北京國家圖書館
	淸道光十九年(1839), 三原李錫齡惜陰軒刊	刻本, 十八卷, 四冊	惜陰軒叢書本	北京大學圖書館
	淸道光二十六年(1846)刊		宏道書院本	臺灣大學圖書館
	淸光緖十四年(1888)刊	刻本, 三冊	惜陰軒叢書本	北京大學圖書館 臺北國家圖書館
	淸光緖二十二年(1896)刊, 長沙胡元堂	刻本, 三冊	惜陰軒叢書第十三函本	
	民國(1912-1949)年間刊, 嘉業堂劉氏	刻本, 四冊	吳興叢書本	
	民國五十八年(1969)刊, 臺灣藝文印書館	影印本	叢書集成初編本	
兩山墨談記	與權齋老人筆記、月河所聞集合刻			臺灣中硏院文哲所圖書館
兩山墨談	北京:中華書局, 1985	影印本	叢書集成初編本	
	上海:上海古籍出版社, 1995	影印(據天津圖書館藏明嘉靖十八年刻本)	續修四庫全書, 史部, 第1143冊	
	濟南:齊魯書社, 1997	影印(據明嘉靖18年李檠刊本)	四庫全書存目叢書, 子部第96冊, 雜家類	

이 표에서도 알 수 있듯이 ≪兩山墨談≫은 최근까지 끊임없이 출판되어 소개되었다. 嘉靖 18年(1539)에 初刻本에는 간행자 李檠의 序文이 있고, 저자 陳霆의 跋文[24]

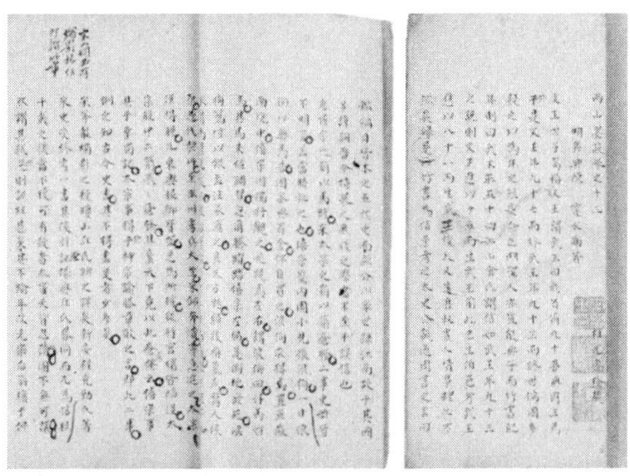

〈그림 2〉 北京國家圖書館 소장 ≪兩山墨談≫필사본

이 있다. 현재 1冊이 남아있지만 간행 당시 1冊으로 편찬했는지의 여부는 알 수 없다. 이 문제는 차후 중국 판본을 직접 살펴 본 후에야 해결될 듯하다. 그 후 300년 동안 중국에서는 출판이 이루어지지 않았다. 당시 간행된 판본들은 아마도 조선에 전해졌을 테고 다시 일본에 까지 전해졌던 것 같다.

현재 北京國家圖書館에는 ≪兩山墨談≫일본 필사본의 일부가 소장되어 있다. 이 필사본은 중국 초각본을 필사한 것인지, 조선에서 간행된 1575년 판본을 필사한 것인지는 확실하지 않지만 일본 天保 6年(1835)에 필사된 책으로 읽기 편하게 評點을 찍었으며, 〈그림 2〉에 보이는 것처럼 간혹 評語까지 남겨 놓았다.

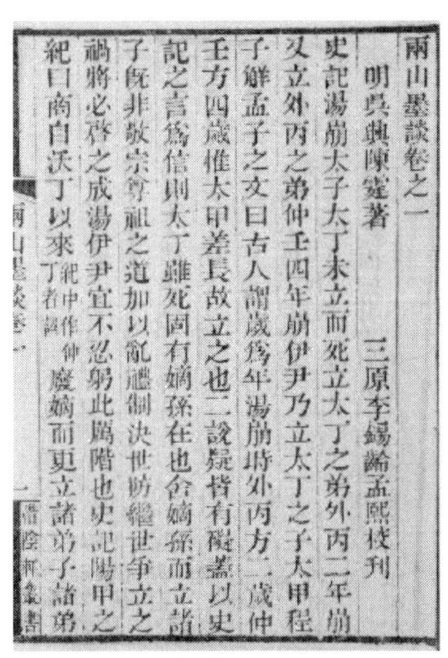

兩山墨談卷之一

明吳興陳霆著　三原李錫齡孟熙校刊

史記湯崩太子太丁未立而死立太丁之弟外丙二年崩又立外丙之弟仲壬四年崩伊尹乃立太丁之子太甲孫子辯孟子之文曰古人謂歲爲年湯崩時外丙方二歲仲壬方四歲惟太甲差長故立之也二說疑皆有礙蓋以史記之言爲信則太丁雖死固有嫡孫在也舍嫡孫而立諸子旣非敬宗尊祖之道加以亂禮制決世嫡繼世爭立之禍將必啓之成湯伊尹宜不忍躬此亂階也史記陽甲之紀曰商自沃丁以來紀中作仲丁者誤廢嫡而更立諸弟子諸弟

兩山墨談卷一　一　惜陰軒叢書

〈그림 3〉 惜陰軒叢書本 ≪兩山墨談≫

그 이후 淸 道光 19年(1839) 三原 李錫齡이 惜陰軒에서 간행한 惜陰軒叢書本이 있다. 이 刻本은 四冊으로 엮었으며, 初刻本에 있는 李檗의 序文과 함께 重刻者 李錫齡의 序文이 들어있다. 〈그림 3〉에서 보는 것과 같이 10行 22字로 되어있는데, 당시 1539년 초각본을 저본으로 간행된 듯하다.

그 외에도 주요 판본으로는 淸 道光 26年(1846)刊本과 淸 光緖 14年(1888)刊本이 있고, 淸 光緖 22年(1896)刊本과 民國年間 嘉業堂劉氏本 등이 남아 있다.

24) 予著墨談十八卷. 藏襲久矣. 邑侯雙崖先生雅尙文事. 因就予取閱. 既徹偏. 則以書來曰. 是不可不傳也. 爰遂斥俸付之梓. 且命邑民沈懷. 調度其事. 工既訖. 衆謂侯此擧. 蓋不欲以論衡自私之意. 而懷之率義. 亦宜得書. 因識之未簡.嘉靖己亥春正月吉旦陳霆書.

7.2 ≪兩山墨談≫의 국내유입과 출판

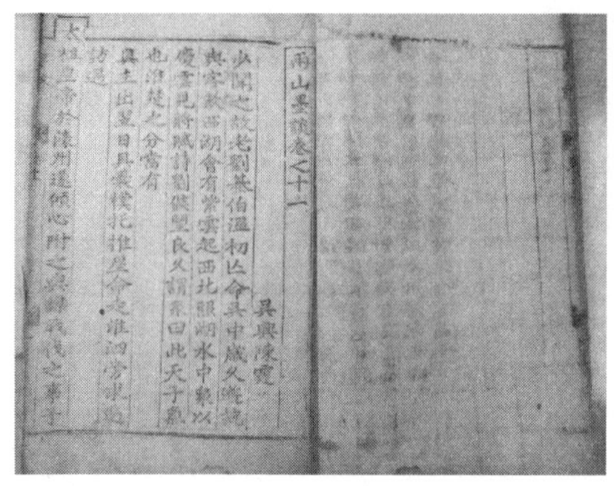

〈그림 4〉 高麗大學校에 소장본 ≪兩山墨談≫

≪兩山墨談≫이 국내 유입되었다는 기록은 정확히 남아있지는 않지만, 문인들의 문집에 남아있는 기록이나 출판기록을 보면 유입된 시기를 추정할 수 있다. 중국 初刻本은 明 嘉靖 18年(1539) 당시 德淸의 知顯이었던 李檗이 刊한 1冊本이다. 이 刻本이 원래 1책으로 간행되었는지는 알 수 없으나 현재 남아있는 판본은 1冊뿐이다. 그 이후에 간행이 이루어진 시기는 淸 道光 19年(1839)으로 중간의 300년 동안 중국에서는 출판이 이루어지지 않았다. 그러나 국내에서 1575년에 출판된 판본이 남아있기 때문에 明 嘉靖 18年(1539)에 간행된 初刻本이 국내에 유입되어 그 판본을 底本으로 삼아 간행했을 것으로 보고 있다. 그렇게 본다면 ≪兩山墨談≫이 적어도 16세기후반에서 17세기초반에는 이미 국내에 유입되었다는 사실이 된다. 안타깝게도 중국에서 유입되었을 것으로 보이는 1539년 판본이 지금 현재 남아있지 않아 그 유입시기를 정확히 파악하기는 힘들고 단지 국내에서 출판된 기록을 살펴보는 것으로 대신하기로 하겠다.

明宗 9年(1554) 문인이었던 魚叔權이 類書로 처음 편찬한 ≪攷事撮要≫는 당시 중국과 우리나라의 여러 문물제도를 기록하여 韓中關係史를 살피는 데 빼놓을 수 없는 자료로 여러 차례 개정·증보되었다.[25] 그 가운데 〈攷事撮要冊板目錄〉은 조선 최초의 도서목록으로서 임진왜란 이전 전국 각지에서 발간된 도서의 간행장소와 간행연도를 추정할 수 있는 중요한 자료이다. 宣祖 1年(1568)과 18年(1585)에 간행된 ≪攷事撮要≫ 속 목록을 살펴보면 ≪兩山墨談≫이 지방 관아에서 간행되었다는 기록이 남아있다.

아래 내용은 김치우의 ≪고사촬요 출판목록과 그 수록 간본 연구≫에 있는 내용으로 ≪攷事撮要≫에 있는 출판 내용과 그 판본에 대한 약간의 설명을 덧붙여 놓았다.

25) 宣祖 때 許篈이 증보, 朴希賢이 續纂, 다시 인조 때 崔鳴吉이 增減修正 하였다.

兩山墨談/陳霆(明)著. —明版飜刻本. —慶州(9日程), 宣祖8(1575). —18卷4冊, 線裝 : 內向黑魚尾. 界線, 9行18字, 四周雙邊, 半郭 : 21.6×15cm ; 24.2×20.9cm (啓明大學校 李仁哉文庫)

위의 간본은 萬曆 3年(1575) 경주부에서 개간하였다는 간기가 있으므로[26] 宣祖 8年(1575)에 9일정 경주에서 개판된 것을 알 수 있으며 가정 기해(1539)의 명판을 번각한 것이다. ≪고사촬요(宣祖18목)≫의 경주조 책판 중에 수록되어 있는 ≪양산묵담(兩山墨談)≫은 본서를 가리키는 간본으로 추정된다.

주제는 자부 수록류에 관한 것으로 전존본은 계명대학교와 옥산서원, 일본 내각문고(內閣文庫)에 18권 4책이 소장되어 있다.[27]

또한 ≪일본 봉좌문고 한국전적 ≫을 보면 ≪兩山墨談≫이 宣祖 8年(1575)에 경상도 慶州 지역에서 간행되어, 일본에까지 전해졌다는 기록도 남아있다.[28]

番號	書名	編·著者	版種	刊年	冊數	備考
107	선문□영(選文□英)		筆書體子活子本	壬亂以前	2卷2冊	내사 윤의중(內賜尹毅中)
108	시전대전(時傳大全)	明 胡廣 等編	木板	明宗16(1561)	20卷9冊	〃
109	신증도상소학일기고사대전(新增圖像小學記日古事大全)	明 우소(虞韶) 纂集	木板	明宗21(1566)	10卷2冊	〃
110	신편음점성리군서구해(新編音點性理群書句解)	송 웅절 편(宋 熊節 編)	木板(初鑄甲寅字覆刻)	朝鮮前記	23卷10冊	〃
111	심경부주(心經附註)	宋 眞德秀 撰	木板	中宗~明宗年間	4卷1冊	〃
112	양산묵담(兩山墨談)	明 진정(陳霆) 撰	木板	宣祖 8(1575)	18卷4冊	韓圖協
113	겸수주문집(謙隋州文集)	元 金覆詳 撰	木板	中宗~明宗年間	11卷外集1卷2冊	〃

위의 도표는 準漢籍을 분류하여 1978년 ≪名古屋市 蓬左文庫 漢籍分類目錄≫을

26) 皇明萬曆三年歲在乙亥(1575)春 慶州府開刊. [明나라 만력 3년 을해년 봄에 慶州府에서 개간하다]

27) 김치우 저, ≪고사촬요 출판목록과 그 수록 간본 연구≫, 아세아문화사, 2007, 325-326쪽 참조.

28) 천혜봉, ≪일본 봉좌문고 한국전적≫, 지식산업사, 2003, 참조.

발간한 목록에서 다시 〈朝鮮史類〉와 〈朝鮮人文集〉을 발췌한 목록 중 일부를 가져온 것이다.

朝鮮 宣祖 8年(1575) 慶尙道 慶州官廳에서 간행한 ≪兩山墨談≫판본은 嘉靖 乙亥年(1539)에 陳霆이 쓴 발문이 있으며, 당시 경학에 뛰어난 실력을 겸비했던 崔起南(1559-1619年)의 교정에 의해 편찬되었다. 중국 湯王 이후부터 宋代에 이르기까지 역사문헌을 발췌한 本書를 조선 宣祖 때 飜刻한 것으로 간행에 참여한 경상도관찰사 尹根壽 등 28名의 이름이 명기되어 있고 刊記가 분명한 희귀본으로 분류되어 있다.

〈그림 5〉 계명대학교 소장 ≪兩山墨談≫- 맨 뒷장의 刊記

위의 〈그림 6〉에서 보이는 바와 같이 계명대학교에 소장되어 있는 1575년 慶州 간행 ≪兩山墨談≫刊記에 명기된 서명을 자세히 살펴보면 아래와 같다.

> 嘉善大夫慶尙道觀察使兼兵馬水軍節度使 尹根壽[29]
> 都事 崔滉[30]

29) 윤근수(1537-1616年)는 조선 중기의 문신으로 본관은 海平 字는 子固, 號는 月汀. 掌苑 繼丁의 증손으로, 할아버지는 司勇 希林이고, 아버지는 軍資監正 忭이며, 어머니는 副司直 玄允明의 딸이다. 영의정 閗壽의 동생이다.

通政大夫守慶州府尹慶州鎭兵馬節制使 朴承任[31)]
中直大夫行慶州府判官慶州鎭節制都尉 元豪[32)]
校正成均生員 金得基[33)]
校正成均生員 崔起南[34)]
書寫定虜衛 朴道生[35)]
書寫承訓郞 趙遝壁
都色 崔壽近
刻手 僧幸文 鄭 泗 僧性湛 林潤富 金甫千 徐德龍 黃雲進
鄭萬年 金春福 李仍邑金 金壽福 僧義仝 崔千孫 僧性明
僧哲玄 金順年 崔芮同 朴 光 金老連 際
皇明萬曆三年歲在乙亥春慶州府開判

위에서 보이는 명단을 보면 당시 경상도관찰사였던 尹根壽 외에 都事 崔滉과 병마절도사 朴承任, 절제도위였던 元豪 등이 ≪兩山墨談≫간행에 관여했다. 그리고 실질적인 판본 작업을 위해 책을 교정하는 작업은 당시 성균관 유생이었던 金得基와 崔起南 등이 일을 도왔고, 본격적으로 판을 제작함에 있어 글씨체를 제공한 사람은 당시 유명한 비문 등에 글을 남긴 朴道生과 趙遝壁 등이 書寫 작업을 담당했다. 都色은 崔壽近이 담당했고, 판을 짜고 글자를 새기는 일은 비교적 여러 사람이 나누어 작업을 했다. 刻手로는 승려 幸文, 鄭泗, 승려 性湛, 林潤富, 金甫千, 徐德龍, 黃雲進, 鄭萬年, 金春福, 李仍邑金, 金壽福, 승려 義仝, 崔千孫, 승려 性明, 승려 哲玄, 金順年, 崔芮

---

30) 최황(1529-1603年)은 태어나면서 병이 많아 15세에 이르도록 글을 배우지 못했으나 글을 배우고 싶다 하여 李仲虎 문하로 가서 고작 한 줄 정도의 글을 배우고 부지런히 밤새도록 읽었는데, 이렇게 하기 3개월에 文義가 급속히 진취하여 1566년 文科에 급제하면서 관직생활을 시작하였다.

31) 박승임(1517년-1586年) 조선 중기의 문신 · 학자. 경상북도 영주 출신으로 본관은 나주, 字는 重甫, 號는 嘯皐. 아버지는 珩이며, 어머니는 禮安 金氏로 萬鎰의 딸이다. 李滉의 문인이다.

32) 원호(1533-1592年) 조선 중기의 무신. 이탕개의 침입을 격퇴했고 임진왜란 때 여주 신륵사, 구미포에서 적을 무찔렀다.

33) 자세한 생평은 나와 있지 않다. 義城金氏族譜에 이름이 올라있다. 본관은 경주이고 宣祖3년(1570) 庚午 式年試 생원 三等으로 합격했다.

34) 최기남(1559-1619年) 조선 중기의 문신. 본관은 全州. 字는 興叔. 號는 晩穀 · 晩翁 · 養庵. 장사랑 命孫의 증손으로, 할아버지는 별제 業이고, 아버지는 증좌승지 秀俊이며, 어머니는 증호조참의 南尙質의 딸이다. 成渾의 문인이다.

35) 박도생 : 글씨체가 뛰어났으며 경상남도 문화재자료 제392호 〈松溪申季誠閭表碑〉를 쓴 것으로 유명하다.

同, 朴光, 金老連 등 총 19명이 참여했는데, 승려만 해도 5명이나 된다. 이런 특징은 당시 출판된 많은 서적 중 일부분은 사찰을 중심으로 간행되었기 때문에 승려들이 자연스럽게 板刻 기술을 습득하게 되었고, 官府에서 책을 간행할 경우에도 같이 동원되어 참여 할 수 있었다. 刻手들은 각자 판을 나누어 자신이 맡은 양의 판을 새겼는데 때로는 판심어미에 자신을 상징하는 기호나 문구, 또는 이름 등을 남겨놓았다. 자신이 어느 부분을 맡아서 板刻했는지 남겨놓기 위한 행위로 간주되는데 모든 판본에서 확인되는 것은 아니고 ≪兩山墨談≫의 일부 판심에서 볼 수 있다.

국내 출판된 서책 중에서 이렇게 刊記가 뚜렷하게 남아있는 경우는 종종 있지만 ≪兩山墨談≫의 경우처럼 출판과 관련된 인물들을 관직의 등급대로 나열하여 남겨놓은 경우는 흔하지 않기에 이 책이 사료적으로 더욱 가치 있는 것이다. 당시 몇 부를 발행했는지는 명확한 기록이 남아있지 않아 추정할 수는 없다. 하지만 계명대학교에 18권 4책이 完整本으로 남아있어 당시 출판 상황을 이해하기에 좋은 자료를 제공해 주고 있다. 이 慶州 간행본은 중국에서 1539년 초각본이 나온 후 불과 40년도 안 된 시점인 1575년 국내에서 간행된 점으로 보아, 중국 초각본이 늦어도 1500년대 초반에는 국내 유입되어 그 책을 底本으로 삼아 출판한 것으로 보인다. 더욱이 上海圖書館과 天津圖書館에 남아있는 중국 초각본은 1冊만이 남아있어 불완정한 중국본보다 계명대학교 소장본이 사료적 가치가 더 높다고 볼 수 있다. 안타까운 점은 당시 중국에서 유입된 초각본이 남아있지 않아 원판과의 비교는 할 수 없었다. 단지 〈그림 1〉의 중국 초각본과 경주 간행본을 비교해 본 결과 행간 수와 글자 수까지 거의 동일하게 판을 짜서 간행했다는 사실을 알 수 있었다.[36)]

이렇게 해서 국내 소장된 ≪兩山墨談≫판본은 크게 두 가지로 구분 할 수 있다. 첫째는 앞에서 살펴본 宣祖 8年(1575)에 慶州에서 간행된 木版本으로 國立中央圖書館과 啓明大學校·京畿大學校·高麗大學校 등에 소장되어 있다.

두 번째는 東國大學校에 소장되어 있는 中國木版本이다.

우선 國立中央圖書館과 啓明大學校 및 京畿大學校 등에 소장되어 있는 ≪兩山墨

---

36) 중국에서 善本이라 여기는 이 판본은 조선 출판본과 판식이 거의 비슷하다. 때문에, 중국 초간본인지 조선간행본인지 조선간행본이 역으로 중국에 유입된 것인지 의문을 지울 수 없다. 이에 대해서는 판본을 서로 비교하여 정확한 연구를 할 필요가 있음을 밝혀둔다.

談≫판본을 보면 비록 전체 책 크기는 다르지만 판의 크기가 21.6×15.2cm, 21.6×15cm, 20.9×15cm로 거의 비슷하고 글자 수도 9行 18字로 일치하고 있어 1575년에 간행된 같은 판본일 것으로 추정하고 있다. 高麗大學校에 소장되어 있는 ≪兩山墨談≫도 비록 총 18卷 중에서 卷之十부터 卷之十三까지 1冊만이 남아있지만, 판심제 역시 '墨談'이라고 찍혀있고 종이질도 楮紙로 되어있으며, 판의 크기가 21.5×15.1cm로 되어 있어 宣祖 8年(1575)에 경상도 慶州에서 같이 간행되었던 판본이 확실해 보인다.

그 외 東國大學校에 소장되어 있는 판본은 光緖 22年(1896) 中國에서 간행된 木版本으로 국내에서 간행된 판본에 비해 300여년 후에 출판된 판본이다.

위에서 설명한 국내 소장된 ≪兩山墨談≫판본을 정리하면 아래와 같다.

書名	出版事項	版式狀況	一般事項	所藏處/所藏番號
兩山墨談	陳霆(明)撰, 李檗 編, 崔起南…等校正, 慶州, 慶州府, 宣祖8年(1575)	13卷3冊(全18卷4冊), 木版本, 33.4×20.8cm, 四周雙邊, 半郭:21.6×15.2cm, 有界, 9行18字, 註雙行, 內向黑魚尾, 紙質:楮紙	版心題:墨談, 序題:刻兩山墨談, 序文:行書筆寫體大字, 跋:嘉靖己亥(1539)…陳霆(明), 刊記:皇明萬曆三年歲在乙亥(1575)春慶州府開刊 手書刻序:嘉靖己亥(1539)…李檗(明)	國立中央圖書館 BA3638-39
兩山墨談	陳霆(明), 慶尙道, 慶州府, 宣祖8年(1575)	18卷4冊, 木版本, 24.2×20.9cm, 四周雙邊, 半郭:21.6×15cm, 有界, 9行18字, 內向黑魚尾	刊記:皇明萬曆三年歲在乙亥(1575)春慶州府開刊 序:嘉靖己亥(1539)…/李檗	啓明大學校 812.8-진정ㅇ
兩山墨談	陳霆 撰, 宣祖8年(1575)刊	9卷2冊(缺帙), 木版本, 32×20.1cm, 四周雙邊 半郭:20.9×15cm, 有界, 9行18字, 上下內向黑魚尾	版心題:墨談, 刊記:皇明萬曆三年歲在乙亥(1575)春慶州府開刊	京畿大學校 경기-K120798-4 卷6-10, 15-18
兩山墨談	陳霆(明)撰	4卷1冊(缺帙), 木版本, 29×19cm, 四周雙邊, 半郭:21.5×15.1cm, 有界, 9行18字, 內向黑魚尾		高麗大學校 만송貴-309-10-13 卷10-13
兩山墨談	陳霆(明)著, 李錫齡(淸)校刊, 長沙, 惜陰軒, 光緖22年(1896)	18卷3冊, 中國木版本, 24.1×15cm, 四周單邊, 半郭:17.8×12.1cm, 有界, 10行22字, 註雙行, 上下中黑口, 上內向黑魚尾, 紙質:竹紙	惜陰軒叢書, 序:嘉靖己亥(1539)歲仲春…李檗(明)拜書, 道光己亥(1839)仲春…李錫齡(淸)識於惜陰軒, 跋:嘉靖己亥(1539)春正月吉旦陳霆(明)書, 刊記:光緖丙申(1896)七月重刊於長沙	東國大學校 도전D819.35 진73ㅇ

7.3 ≪兩山墨談≫의 국내 수용양상

≪兩山墨談≫이 국내에서 간행된 1575년 연도를 기준으로 볼 때 이 책이 적어도 1500년대 초에 국내 유입되어 문인들에게 읽혀졌을 것으로 추정된다. 아마도 처음에는 문인들 사이에서 서로 돌려보던 것이 책 내용이 재미있고 인용할 것이 많아 결국 간행하게 된 것으로 보인다. 조선 초·중기에 자신의 일상을 기록하여 ≪眉巖日記≫[37]를 남긴 柳希春[38]은 교서관 제조로서 宣祖 초반에 서적을 간행하는 데 큰 역할을 했으며 또 직접 많은 서적을 편찬하기도 하였다. ≪眉巖日記≫에는 당시 교서관에서 간행하는 서적의 내용뿐 아니라 자신의 서적 구입 경로를 자세히 기록했는데, 필사의 방법 외에 다른 지방관이나 주위 사람으로부터 책을 증여받거나 선물 받는 경우가 있었고, 또 다른 방법은 서적 거간꾼 책쾌를 통해 서적을 구입하는 것이었다.[39] ≪兩山墨談≫의 경우, 宣祖 9年(1576) 2월 1일에 慶尙監司 遞任時 尹根壽가 인출하여 자신에게 보내주었다고 기록하였는데[40] 이 때 받은 ≪兩山墨談≫은 현재 國立中央圖書館 등에 남아 있는 宣祖 8年 경주에서 간행한 ≪兩山墨談≫ 판본이 확실해 보인다.

조선 중기의 학자로 예조판서·이조판서 등을 지낸 李墍(1522-1600年)의 ≪松窩雜說≫[41]에도 ≪兩山墨談≫에 대한 내용이 소개되어 있다.

> ……나라 풍속에 大便과 小便을 大馬·小馬라 한다. 나는 이 말이 무슨 일과 관련된

---

37) 조선 中宗-宣祖 때의 문신·학자인 柳希春의 친필 일기. 필사본. 본래 14책이었으나 11책만이 현존함. 宣祖 즉위(1567) 10월 1일부터 宣祖 10年(1577) 5월 13일까지 약 10년간의 일기로, 조선시대 개인의 일기 중 가장 방대하며 ≪宣祖實錄≫을 편찬할 때 사료로 이용됨(1567-1577).

38) 柳希春은 1567년부터 1577년까지 10년간 자신의 일상과 당시 조정에서 일어난 사건에 대해 적고 있어서 그의 일기는 사료로서 가치가 크다.

39) 이민희, ≪16-19세기 서적중개상과 소설·서적 유통관계 연구≫, 도서출판 역락, 2007, 36-37쪽.

40) 初一日. 同知尹根壽書雲. 矯首南天. 邈然千裏. 旣違函丈. 有疑無質. 倀倀然不知將何所底止也. 四書吐釋劄記. 若得小暇溫習. 則當錄上一二條. 晦菴集, 朱子大全. 竝審令示. 續蒙求. 在南時已囑改板於星山. 而遞時未及印來. 兩山墨談. 入梓慶州. 印件四本. 今敢呈納雲雲.

41) 조선 중기에 李墍가 지은 詩話雜錄集으로 양권본과 단권본의 2종이 있으나 내용의 차이는 별로 없다. 양권본인 ≪廣史≫·≪說海≫의 수록본은 국내에서 볼 수 없고, 단권본인 ≪寒皐觀外史≫·≪鵝洲雜錄≫·≪野乘≫·≪稗林≫·≪大東野乘≫ 등의 수록본을 참고할 수 있다.

것이며, 어느 때에 나온 것인지 몰랐다. 그런데 우연히 ≪兩山墨談≫을 열람하다가, '貴嬪의 집에서 오줌 그릇을 만들 때에, 복판은 비게 하고 말 모양같이 굽게 한다. 등 위에 구멍이 있고 그 등에 걸터앉아서 변을 보는데 이것을 "獸子"라 한다.'라는 것을 보았다. 그것을 본 다음에야 비로소 그 말이 중국에서 나온 것임을 알았고, 똥을 누면서 馬 본다는 것도 또한 의심이 없었다. 우리나라에서 '馬腰(마렵다는 말)'라고 하는 것도 또한 '수자'와 관련해서 한 말이었다.[42]

이 기록에서는 이기가 분명 ≪兩山墨談≫을 읽었다고 언급하고 있다. 이 판본이 국내에서 간행된 판본인지 분명치는 않지만 이기의 생애를 보면 가능하다고 볼 수 있다.

또한 조선 중기의 문신·학자였던 鄭逑(1543-1620年)는 ≪寒岡集≫[43]속집 제7권 書 〈孫景徵에게 보냄〉에서 이 작품을 빌려달라는 서신을 孫景徵에게 보내게 된다.

……내가 병중에 우연히 ≪兩山墨談≫을 훑어보고 싶은 생각이 있어 사방으로 구해 보았으나 얻지 못하다가 어제서야 비로소 그대의 책상 위에 그 책이 있다는 말을 듣고 기쁘기 그지없었네. 이에 빌려 달라고 간청하는 바이니, 혹시 나에게 좀 빌려 주지 않으려는가? 한번 만나 볼 길이 막연하기에 종이를 마주 대하고 이 글을 쓰노라니 그리움이 더욱 간절하네.[44]

비록 책을 빌려보았는지에 대한 기록은 남아있지 않지만 당시 이 책을 읽고 싶어하는 간절한 바람이 그대로 묻어져 있다. 이런 기록은 당시 문인들 사이에서 ≪兩山墨談≫이 얼마나 인기가 있었는지를 알 수 있게 해주는 자료가 된다.

이 외에도 조선 明宗때의 문인으로 임진왜란 이전까지 활동한 權應仁의 ≪松溪漫錄≫下[45]에도 ≪兩山墨談≫의 내용을 인용한 기록되어 있다.

---

42) 李墍의 ≪松窩雜說≫: …國俗以大便小便. 謂之大馬小馬. 餘未知此言之緣何事. 而出於何時也. 偶閱兩山墨談. 貴嬪家爲溷器. 空其中而穹窿如馬形. 背上有穴.據其背而便之. 謂之獸子. 然後始知其言出於中國. 而以遺矢爲見馬者. 亦無疑也. 我國稱爲馬腰者. 亦因獸子而言也.

43) 조선 중기 학자 鄭逑의 시문집으로 원집 15권, 속집 9권, 별집 3권, 합11책. 1680년경 家藏草稿를 바탕으로 許穆이 편집한 것을 초간하고, 憲宗7年(1841) 경상북도 성주군의 檜淵書院에서 중간했다. 책머리에 허목의 서문이 있다.

44) ≪寒岡集≫속집 제7권 書 〈孫景徵에게 보냄〉 …仍白病裏偶有欲披考兩山墨談之書. 而四求而未得. 昨始聞尊案有之雲. 不任蘇幸. 玆奉請借之煩. 倘不借一鴟之惠否. 一奉無路. 臨紙增懸.

……≪兩山墨談≫에, "項羽가 西楚伯王에 封해졌으니, 이른바 백제라는 것은 항우를 지목한 말이다. 이것은 劉邦이 흥하고 항우가 망한다는 징조이다."하였으니, 이 말은 반드시 근거가 있는 말일 것이다.……[46]

이 말은 ≪兩山墨談≫卷之三에 있는 내용으로 劉邦과 項羽에 대한 이야기를 언급한 부분을 인용한 것이다. 이 앞부분을 보면 〈≪史記≫ 〈漢高帝紀〉에, "한 늙은 할미가 밤에 울면서, '내 아들은 白帝의 자식인데, 지금 赤帝의 자식이 베어 죽였다.' 하였다." 한다. 사람들은 모두 백제를 秦나라 황제로 생각하였다. 그러나 秦 나라 황제는 水德으로 왕이 된 것이니, 黑帝이지 백제가 아닌 것이다.〉[47] 라는 내용이 나와 있다. 대체로 기존에 알고 있던 사실에 대한 고증이나 새로운 관점이나 사실을 설명하려고 할 때 ≪兩山墨談≫의 내용을 인용했던 것으로 보인다.

다음으로는 金時讓(1581-1643年)의 ≪紫海筆談≫[48]에서도 ≪兩山墨談≫이 인용된 흔적을 찾을 수 있다.

근래에 陳霆의 ≪兩山墨談≫을 보니, 嬴氏를 呂氏로 바꾸고 馬씨를 牛씨로 바꾼 일을 논하여 말하기를, "邯鄲 美姬의 일은 애매하고, 馬牛의 일은 의혹스럽다."하였다. 중국 문헌의 논의가 적은 나라의 좁은 소견과 같을 줄이야 누가 알았으랴? 그런 까닭에 군자는 거슬러 올라가 옛날 어진이를 벗으로 삼는 것이다. ≪兩山墨談≫에, 司馬公이 ≪通鑑≫을 짓는데, 唐太宗의 시대를 기술할 때가 되자 홀연히 누른빛 도포를 입은 사람이 앞에 나타나서 말하기를, "바라건대 선생께서는 잘 써 주십시오." 라고 하였다. 공이 그가 황제인 것을 알고 꿇어 앉아 말하기를, "폐하께서는 惡德이 많습니다. 신의 머리는 벨 수 있지만 붓은 빼앗을 수 없을 것입니다."하니, 드디어 보이지 않았다는 것이다. 이것은 제나라 동쪽 야인의 허황된 이야기이다.……[49]

---

45) 조선 중기에 權應仁이 지은 시화 및 일화집으로 상·하 2권으로 되어 있다. 권응인은 李滉의 제자로 시문에 능하여 당시에 그를 상대할 이가 드물 정도였으나, 출신이 서자였던 관계로 변변한 벼슬에도 오르지 못한 채 불우한 생애를 마쳤다.

46) 權應仁의 ≪松溪漫錄≫下 : … 兩山墨談雲. 項羽封西楚伯王. 所謂白帝者指羽也. 此蓋謂劉興項亡之兆也. 斯言必有所據矣.

47) 史記漢高帝紀. 有老嫗夜哭曰. 吾子白帝之子也. 今赤帝子斬之. 人皆以白帝爲秦皇. 秦皇以水德王者也. 乃黑帝非白帝也.

48) 조선후기의 문신 金時讓의 잡록집으로 分卷으로 1책으로 되어있다. 당시의 정치나 정치인·현인·악인 등에 얽힌 奇談 및 異事에 속하는 내용이 실려 있다. 임진왜란 때의 이야기를 많이 기술하고 있지만, 이밖에 정사에서 볼 수 없는 기이한 이야기들의 단편이 많이 수록되어 있다.

다음으로는 李德懋(1741-1793年)의 ≪靑莊館全書≫[50]盎葉記二 〈臣瓚〉에 인용된 내용을 살펴보겠다.

> ≪兩山墨談≫에 이렇게 되어 있다. "신찬이라는 자는 옛사람들이 누구인지 모른다고 하였다. 지금 상고하건대, 晉 나라 中書監 和嶠가 명을 받고≪목천자전≫5권을 교정하였는데, 찬은 그의 校書官屬인 郎中 傅瓚이다. 후세 사람이 그의 설을 취하여≪한서≫를 풀이하였기 때문에 신찬의 註가 생긴 것이다."

이 외에도 李圭景의 ≪五洲衍文長箋散稿≫[51]에 언급된 "≪한서(漢書)≫주(注)에 표기된 신 찬(臣瓚)은 곧 교서랑(校書郞) 부찬(傅瓚)이다"라는 문구도 ≪兩山墨談≫에 있는 내용을 인용한 것이다. 주로 무심코 사용하고 있던 단원에 대한 내원을 찾아내고자 했다.

이런 기록 말고도 朴趾源(1737-1805年)의 ≪熱河日記≫[52] 에는 지명의 이름과 강의 원류 등에 대한 내용들이 들어있다. 우선 〈渡江錄〉에 인용된 내용을 살펴보자.

> ≪兩山墨談≫에는, "淮水 이북은 北條(북쪽 가닥)라 일컬어서 모든 물이 황하로 모여들므로 강으로 이름 지은 것이 없는데, 다만 북으로 고려에 있는 것을 압록강이라 부른다." 하였으니, 대체 이 강은 천하에 큰 물로서 그 발원하는 곳이 시방 한창 가무는지 장마인지 천 리 밖에서 예측하기 어려웠으나, 이제 이 강물이 이렇듯 넘쳐흐름을 보아 저 백두산의 장마를 가히 짐작할 수 있겠다.……[53]

---

49) 近見陳霆兩山墨談. 論嬴易呂馬易牛之事曰. 邯鄲曖昧. 馬牛疑迷. 孰謂中國文獻之論. 乃與偏邦管見同乎. 是以君子取尙友也. 兩山墨談. 司馬公作通鑑. 至唐太宗之世. 忽有穿黃袍人見於前曰. 先生幸善書. 公知其爲帝也. 跪而言曰陛下穢德多矣. 臣頭可取筆不可奪遂不見. 齊東野人之言也.

50) 조선후기의 학자 李德懋의 저술 총서. '청장관'은 저자의 호이다. 아들 光葵가 편집, 이완수가 교정한 것으로 모두 33책 71권이었다.

51) 19세기의 학자 李圭景(1788-1856年)이 쓴 백과사전 형식의 60권 60책.

52) 조선 정조 때에 朴趾源이 청나라를 다녀온 燕行日記로 26권 10책으로 되어 있다.

53) 兩山墨談雲. 自淮以北爲北條. 凡水皆宗大河. 未有以江名者. 而北之在高麗曰鴨綠江. 蓋是江也. 天下之大水也. 其發源之地. 方旱方潦. 難度於千裏之外也. 以今漲勢觀之. 白山長霖.可以推知. 況此非尋常津涉之地乎. 今當盛潦. 汀步巇泊. 皆失故處. 中流礁沙. 亦所難審. 操舟者少失其勢. 則有非人力所可廻旋. 一行譯員迭援故事. 固請退期

이밖에 ≪熱河日記≫〈銅蘭涉筆〉에도 비슷한 내용이 소개되어 있다.

……≪兩山墨談≫에 이르기를, "長淮는 남북의 큰 한계가 되는데, 장회 이북은 北條가 되어 모든 물은 황하를 조종으로 삼고 있으므로 '江'이란 이름을 붙인 물은 없고, 장회 남쪽은 南條가 되어 모든 물은 大江(양자강)을 조종으로 삼고 있으므로 '河'라는 이름을 붙인 물은 없다. 두 가닥 물 이외에 북으로 고려에 있는 물은 混同江 · 압록강이라 하고, 남으로 蠻詔에 있는 물은 大渡河라고 하는데, 그것은 禹의 치수 사업 중에 들지 않았다." 하였으나, 나는 이 말들을 옳지 않다고 생각한다. 강과 河는 맑고 흐린 것으로 구별한 것이니, 내가 압록강을 건널 때 강 넓이는 漢江보다 넓은 것이 없으나, 물이 맑기는 한강에 비할 만했다.……[54]

위에서 소개된 내용들은 주로 용어와 지명, 단어의 내원 등에 대한 언급들로 ≪兩山墨談≫내용을 인용하여 정확한 사실을 밝혀내려는 의도가 강하다. 이런 인용은 주로 조선후기까지 이어져 당시 문인들의 독서열과 ≪兩山墨談≫의 인기도를 가히 알 수 있게 해준다.

이런 인기는 20세기 초까지 이어진다. 1936년 사망할 때까지 독립운동가로 이름을 남긴 신채호의 ≪조선상고사≫[55]를 보면 당 태종 이세민이 눈에 화살 맞고 앓다가 죽은 것에 대한 사실을 ≪兩山墨談≫에 있는 내용을 인용해서 언급하고 있다.

'당태종의 눈 상한 사실을 지나의 사관이 나라의 國恥라 꺼려서 唐書에 뺀 것이 아닌가' 하는 의문을 가지고 그 해답을 찾아보았다. 明나라 사람 진정의 ≪兩山墨談≫에 의하면,

---

54) 兩山墨談 陳霆著 雲. 長淮爲南北大限. 自淮以北爲北條. 凡水皆宗大河. 未有以江名者. 自淮以南爲南條. 凡水皆宗大江. 未有以河名者. 二條之外. 北之在高麗曰混同江, 鴨綠江. 南之在蠻詔曰大渡河. 禹跡之所畧也. 此說非是. 江與河以淸濁分. 餘渡鴨綠江. 江之廣不踰於漢江. 而淸則比之. 自至皇京. 凡渡水十餘. 或舟涉馬浮. 而所名混河, 遼河, 灤河, 太子河, 白河等. 水皆黃濁. 葢野水濁而峽水淸也. 鴨綠江發源長白山而行塞上諸山中. 故常淸. 東八站諸水皆淸. 亦其驗. 餘雖未見長江. 而發源於岷峨萬山中. 穿三峽而下則其淸可知. 所謂南條諸水. 未有以河名者. 楚之南多山多石. 故水皆淸故也. 然則南詔之大渡河. 想應發源平野而水濁. 故稱河耳.

55) 신채호(申采浩)가 우리나라 상고시대의 역사를 기록한 책으로 단군시대로부터 백제의 멸망과 그 부흥운동까지 서술하고 있다. 1931년에 ≪조선일보≫ 학예란에 연재되었고, 이후 1948년 종로서원에서 단행본으로 발행되었다. 원래 이 책은 신채호의 ≪조선사≫ 서술의 일부분이었으나, 그 연재가 상고사 부분에서 끝났기 때문에 ≪조선상고사≫로 불려 지게 되었다.

> 송 태종이 거란을 치다가 날아오는 화살에 다쳐서 돌아온 후 몇 년 만에 결국 그 화살에 맞은 상처가 덧나서 죽었으나 이를 宋史나 遼史에 기록하지 않았는데, 이 사건은 수백 년 후 진정의 고증에 의하여 발견되었다. 이로부터, 중국인들은 그 군주나 신하들이 외족과의 싸움에서 패하여 상하거나 죽거나 하면 이를 국치라 하여 역사에 기록하지 않고 감추고 있다는 실증을 얻어서 나의 가설이 성립되었다.[56]

이상으로 ≪兩山墨談≫이 조선 초기에 국내에 유입되어, 다시 출판되고 문인들 사이에서 인기를 누린 정황을 문인들의 문집에 인용된 내용을 통해 살펴보았다. 국내에서 이 책은 소설류라기보다는 역사적 사실의 고증서로서 한번쯤은 읽어봐야 할 필독서로 자리 잡은 듯하다. 늦어도 1500년 초반에 국내에 유입되어 1575년에 慶州府에서 간행되었고, 그 판본역시 부족해서 서로 빌려서 다투어 읽으려 했던 상황은 이 책에 대한 당시 호사가들의 소유욕이 얼마나 강했는지를 짐작케 해준다.

이상에서 살펴본 바와 같이 小說家類와 雜家類에 모두 속하는 陳霆의 ≪兩山墨談≫은 국내에서 많은 사랑을 받았다. 1539년 중국 德淸의 知縣이었던 李檗이 陳霆의 ≪兩山墨談≫초고를 읽고 내용에 감동받아 간행한 이후 그 판본이 朝鮮으로 유입되었고 그 책을 底本 삼아 1575년 慶州府에서 木版本으로 간행되었다. 당시 경상도 관찰사였던 尹根壽를 비롯한 28명이 ≪兩山墨談≫출판에 직접적으로 관여하였다.

계명대학교에 소장되어 있는 ≪兩山墨談≫완정본에는 간행된 시기의 刊記와 출판에 참여한 관리 및 19명의 刻手 등 28명의 이름이 그대로 명기되어 남아있다. 성균관 유생이었던 金得基와 崔起南이 교정을 보았고, 당시 碑文 등에 글씨를 남기던 朴道生 등이 書寫하고 19명의 刻手들이 정성껏 판각하여 중국의 원본보다도 글씨체가 더 아름답게 간행되었다. 이렇게 자세한 출판기록은 조선초기의 출판문화를 이해하는 데 큰 도움을 주고 있다. 특히 刻手 중에서 승려가 5명이나 포함되어 있어, 당시 사찰과 官府간의 상호 협조상황까지 엿볼 수 있는 좋은 자료가 되고 있다. 또한 계명대학교에 남아있는 ≪兩山墨談≫본은 1539년에 간행된 중국 初刻本 1冊에 비해 완정한 상태로 보관되어 있어, 국내뿐 아니라 중국에까지 귀중한 사료가 될 것이라고 생각된다.

≪兩山墨談≫은 국내 유입된 이후 문인들의 끊임없는 사랑을 받아왔으며 그러한 관

56) 신채호 저, 박기봉 역, ≪조선상고사≫, 도서출판점자, 2009, 466-470쪽 참조.

심과 사랑이 출판으로 이어졌고, 출판이후에도 문인들의 여러 문집에 내용이 소개되어 소설로서 또는 고증서로서 다양하게 수용되어 활용되었다. 조선 초기뿐 아니라 중후기, 1900년대 초반까지 국내 문집에 다양하게 인용되었는데, 당시 문인들의 독서열기와 신지식에 대한 탐구열을 가히 짐작할 수 있게 해준다. 이렇게 ≪兩山墨談≫은 당시의 출판문화뿐 아니라 지식인들의 다양한 기호와 독서양상을 이해하는데 도움이 되는 자료이다. 앞으로 좀 더 많은 연구가 이루어져서 양산묵담의 폭넓은 내용을 21세기의 우리들이 쉽게 접할 수 있게 되기를 기대해 본다.

8. 清代 文言小說集 ≪閒談消夏錄≫ 연구*

- 국내 유입된≪閒談消夏錄≫판본과 번역본을 중심

필자는 한국연구재단 토대연구 과제인 "한국에 소장된 중국고전소설과 희곡판본의 수집정리와 해제"를 수행하면서 國立中央圖書館에 소장된≪閒談消夏錄≫이라는 한글 번역 필사본을 처음 보게 되었다. 본인이 主筆로 준비하고 있는 "韓國 所藏 중국문언소설의 판본목록과 해제"를 작성하기 위해 자료를 수집하던 중에 清代 文言小說集인 朱翊清의 ≪埋憂集≫을 정리하게 되었고, 여러 관련된 자료를 찾으면서 朱翊清의 이름으로 된 또 다른 문언소설집 ≪閒談消夏錄≫이 있다는 사실을 확인할 수 있었다. 하지만 朱翊清의 自序가 들어있는 奎章閣 소장의 ≪閒談消夏錄≫木版本을 확인한 후에도 ≪中國文言小說總目提要≫나 중국문학사, 중국소설사 어디에도 이 소설집에 대한 언급을 찾을 수 없었고 중국과 국내에서도 아직까지 ≪閒談消夏錄≫에 대해 연구된 자료조차 없었다.

최근 관련자료 목록을 수집정리 하던 중 國立中央圖書館에 表題가 ≪消夏錄≫이라고 된 한글 필사본을 발견하였는데, 內題에 한글로 "한담쇼하록"이라고 되어 있었다. 두 작품의 연관성을 찾기 위해 奎章閣 ≪閒談消夏錄≫原本과 비교를 해보니 清代 文言小說集≪閒談消夏錄≫의 번역본임이 확인되었다.

지금까지 문언소설집 ≪閒談消夏錄≫의 국내 유입과 판본에 대한 기록과 자료가 없는 상황에서 國立中央圖書館 소장의 한글 번역 필사본 ≪閒談消夏錄≫의 발견은 매우 귀중한 사료적 발굴이 될 것이다. ≪閒談消夏錄≫의 국내 수용 양상과 번역 양상까지 파악할 수 있기 때문에 연구할 만한 가치는 충분하다고 본다. 특히 이번 한글 번역 필사본 ≪閒談消夏錄≫의 발굴을 통해 국내 소장되어 있는 번역본 중국소설의 목록도 다시 정리하게 되었다. 본 토대연구 프로젝트팀의 수집결과에 의하면 현재 국내에 소장되어 있는 번역본 중국소설은 ≪閒談消夏錄≫을 포함해서 총 72種[1]으로 확인된다.

국립중앙도서관 소장 한글 번역 필사본 ≪閒談消夏錄≫은 ≪消夏錄≫이라는 題名으로 표기되어 있는데, 原本이 국내에 유입되어 이렇게 번역까지 되었다는 사실은 조선 후기 이 작품이 국내에서 어느 정도 읽혀져 여러 독자층을 형성했을 수도 있다는 사실을 증명하고 있는 것이기에 상당한 의미를 지니고 있다고 사료된다.

본 논문에서 필자는 ≪閒談消夏錄≫의 편찬자와 이 책의 成書過程을 살펴보고 국내 유입되어 각 대학에 소장되어 있는 판본들까지 중점적으로 알아보려고 한다. 또한 국립중앙도서관에 소장되어 있는 한글 번역 필사본 ≪閒談消夏錄≫의 작품 중 중요한 작품 두 편의 내용을 원문과 함께 소개 해 보고자 한다.

8.1 ≪閒談消夏錄≫의 편찬자와 成書過程

≪閒談消夏錄≫은 王韜의 ≪遯窟讕言≫과 朱翊清의 ≪埋憂集≫을 모아 새로 책을 엮어 만든 文言小說集이다. 이 책의 표제에는 外史氏의 ≪閒談消夏錄≫이라 언급이 되어 있고 清 朱翊清(1786-1846?年)의 同治 13年(1874) 自序[2]가 실려 있다. 外史

* 이 논문은 2010년도 정부 재원(교육과학기술부 인문사회연구 역량강화사업비)으로 한국연구재단의 지원을 받아 연구되었음(NRF-2010-322-A00128)
이글은 2012년 12월 ≪중어중문학≫제53집에 투고된 논문을 수정 보완하여 작성한 것임.

** 주저자 : 유희준(경희대학교 비교문화연구소 학술연구교수) / 교신저자 : 민관동(경희대학교 중국어학과 교수)

1) 列女傳·古押衙傳奇(無雙傳)·太平廣記(諺解)·太原志(太原誌)·吳越春秋·梅妃傳·紅梅記·薛仁貴傳·水滸傳·三國志演義·殘唐五代演義·大明英烈傳·武穆王貞忠錄(大宋中興通俗演義)·西遊記·列國志·包公演義(≪龍圖公案≫번역)·西周演義(封神演義)·西漢演義·東漢演義·平妖記(三遂平妖傳)·仙眞逸史(禪眞逸史)·隋煬帝艶史·隋史遺文·東度記·開闢演義·孫龐演義·唐晉[秦]演義(大唐秦王詞話)·南宋演義(南宋志傳)·北宋演義(大字足本北宋楊家將)·南溪演談(義)·剪燈新話·聘聘傳(娉娉傳)·型世言·今古奇觀·花影集·後水滸傳·平山冷燕(≪第四才子書≫)·玉嬌梨傳·樂田演義·錦香亭記(≪錦香亭≫)·醒風流·玉支磯(≪雙英記≫)·畵圖緣(≪花天荷傳≫)·好逑傳(≪俠義風月傳≫)·快心編(醒世奇觀)·隋唐演義·女仙外史(≪新大奇書≫)·雙美緣(駐春園小史의 飜案)·麟鳳韶(≪引鳳簫≫)·紅樓夢·雪月梅傳·後紅樓夢·粉粧樓·合錦廻文傳·續紅樓夢·瑤華傳·紅樓復夢·白圭志(第八才子書)·補紅樓夢·鏡花緣(第一奇諺)·紅樓夢補·綠牡丹·忠烈俠義傳·忠烈小五義傳·繡像神州光復志演義·珍珠塔(九松亭)·再生緣傳(≪繡像繪圖再生緣≫)·梁山伯傳·千裏駒, 閒談消夏錄.

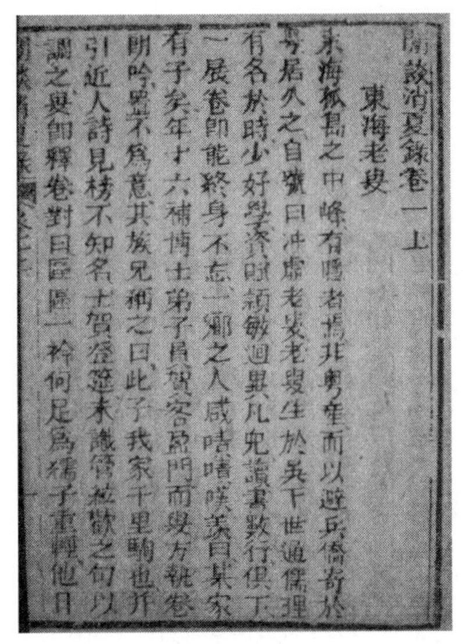
閒談消夏錄卷一上

東海老叟

東海孤島之中峰有隱者焉非[illegible]而以避兵僑寄於島居久之自號曰沖虛老叟老叟生於吳下世通儒理有名於時少好學資賦穎敏迥異凡兒讀書數行俱下一展卷即能終身不忘一鄉之人咸嘖嘖嘆羨曰某家有子矣年十六補博士弟子員賀客盈門而叟方執卷朗吟略不爲意其族兄稱之曰此子我家千里駒也并引近人詩見榜不知名士賀登瀛未識會垣歡之句以調之叟即釋卷對曰區區一衿何足爲孺子重輕他日

〈그림 1〉 ≪閒談消夏錄≫中國 木版本

氏가 朱翊淸을 가리킨다고 단정할 수는 없으나 朱翊淸의 自序가 실려 있는 것으로 봐서는 '外史'가 朱翊淸의 별호 '紅雪山莊外史'를 말하는 것이라 추정할 수 있다. 하지만 이 ≪閒談消夏錄≫이 自序에 적혀진 연도대로 同治 13年(1874)에 간행되었다 하더라도 朱翊淸이 죽은 지 28년이나 지난 뒤라 朱翊淸이 편찬했는지에 대한 의문이 남는다.

≪北京師範大學圖書館中文古籍書目 · 集部 · 小說類 · 筆記≫에 있는 기록을 보면 "≪閒談消夏錄≫12卷, 朱翊淸撰, 光緖 翠筠山房 刻本 12冊. ≪續閒談消夏錄≫6卷, 朱翊淸撰 光緖 翠筠山房 刻本 6冊."[3] 이라고 되어 있다. 이 기록에 의하면 ≪閒談消夏錄≫12卷은 朱翊淸이 편찬한 것이고 光緖 4年(1878) 翠筠山房에서 간행되었다. 하지만 王韜의 ≪遯窟讕言≫重刻本 後書의 내용을 보면 이 ≪閒談消夏錄≫12卷은 朱翊淸의 사후, 江西지역의 書商에서 朱翊淸의 이름으로 가탁한 것이라고 언급하였다. 王韜의 ≪遯窟讕言≫重刻本 後書의 내용대로라면 朱翊淸은 ≪閒談消夏錄≫12卷의 편찬가가 될 수 없다. 이에 대한 명확한 이해를 돕기 위해 남아있는 기록들을 추적해 보도록 하겠다.

朱翊淸은 역사 기록에 실린 바가 없어서 그의 생애를 정확히 파악하기 어렵다. 그러나 民國 25年 ≪烏靑鎭志≫卷29〈人物〉篇에 나온 기록에 의하면 字는 載垣이고, 號는 梅叔, 別號는 紅雪山莊外史로 歸安(지금의 浙江 湖州市 吳興縣)에서 1786년에

---

2) 朱翊淸은 1846년에 생을 마감했는데, 1845년에 ≪埋憂集≫의 간행을 위해 써놓은 自序가 이미 있었다. 同治 12年(1873) 간행된 ≪埋憂集≫初刻本과 同治 13年 간행된 1次 重刻本에는 1845년 自序가 들어있지만, 그 이후 2次 重刻本 부터는 自序의 내용은 바뀌지 않았고 연도만 同治 13年(1874)으로 고쳤다. 그리고≪閒談消夏錄≫에도 同治 13年(1874) 自序를 그대로 실었다.

3) ≪北京師範大學圖書館中文古籍書目 · 集部 · 小說類 · 筆記≫著錄 : "≪閑談消夏錄≫十二卷, 朱翊淸撰, 光緖翠筠山房刻本, 十二冊。≪續閑談消夏錄≫, 六卷, 朱翊淸撰, 光緖翠筠山房刻本, 六冊。" ≪續閑談消夏錄≫詳後。≪閑談消夏錄≫署 "外史氏著", 十二卷, 每卷又分上下。

·출생했다고 한다.

道光 10년 貢生이었으며 누차 시험에 응시하였으나 합격하지 못하였다. 道光 戊子年(1828)에 부인 吳氏가 사망하자, 장례를 마치고 武林으로 가서 향시를 보았으나, 역시 합격하지 못한 채 돌아오게 된다. 일생 아들이 없었는데 이때부터 어린 딸을 돌보며 부유하지 못한 삶을 영위하게 된다. 이후에도 몇 번 시험에 응시했으나, 낙방하고 결국 벼슬길을 단념하였다고 한다. 평생 어려운 삶을 살다가 1846년에 사망하였다고 한다. 朱翊淸의 작품으로는 ≪埋憂集≫10卷·≪續集≫2권, ≪金石錄≫과 약간의 詩古文詞 등이 남아있다.

≪閒談消夏錄≫의 내용은 주로 만청 사회의 암흑상과 각종 부패에 대해 비판하는 내용을 담고 있는데, 한 이야기의 실마리는 "어느 곳의 누구는 어떠하다는 식"으로 시작하여 그 인물을 중심으로 풀어 놓았으며 주로 설화와 전설 위주의 이야기가 담겨있다.

앞에서 잠시 언급했듯이 ≪北京師範大學圖書館中文古籍書目·集部·小說類·筆記≫에 "≪閒談消夏錄≫12卷, 朱翊淸撰, 光緖 翠筠山房 刻本 12冊. ≪續閒談消夏錄≫6卷, 朱翊淸撰 光緖 翠筠山房 刻本 6冊"이라고 되어 있다. 또한 ≪閒談消夏錄≫에는 外史氏著 12卷으로 되어 있고 每卷은 上·下로 나뉘어 있다. 지금 남아있는 ≪閒談消夏錄≫에도 同治 13年 朱翊淸의 自序가 들어있고 본문에도 卷1에만 저자의 언급이 없을 뿐 모두 '外史氏著'라고 되어 있다. '朱翊淸撰' 또는 '外史氏著'라는 기록들이 독자로 하여금 朱翊淸이 ≪閒談消夏錄≫을 편찬한 것으로 단정하게 만들고 있다.

하지만 淸代 石繼昌의 ≪淸季小說辯僞≫의 기록을 보면 어디에도 朱翊淸이 ≪閒談消夏錄≫을 편찬했다는 언급이 없다. "光緖 戊寅 4年(1878) 翠筠山房 刻本 ≪閒談消夏錄≫은 王韜의 ≪遁窟讕言≫및 朱梅叔의 ≪埋憂集≫두 책을 취하여 간행하였다. …≪遁窟讕言≫12卷, ≪埋憂集≫10卷 續集2卷 합하여 12卷을 ≪閒談消夏錄≫이란 이름으로 하여 다시 12卷으로 엮었다. 그리고 每卷을 上·下로 나누었는데, 上卷은 ≪遁窟讕言≫을 下卷은 ≪埋憂集≫으로 엮었는데, 한 글자도 바꾸지 않고 그대로 옮겨 놓았다."[4)]

---

4) 石繼昌≪淸季小說辨僞≫"光緖戊寅（四年, 1878）翠筠山房刊本≪閑談消夏錄≫, 即合王韜≪遁窟讕言≫及朱梅叔≪埋憂集≫二書錯綜刊行以欺世者。……≪遁窟讕言≫凡十二卷；≪埋憂集≫十卷續集二卷, 合之亦十二卷；其易名僞托之≪閑談消夏錄≫亦十二卷,

石繼昌의 말처럼 ≪閒談消夏錄≫은 王韜의 ≪遁窟讕言≫과 朱翊清의 ≪埋憂集≫을 반반 엮어 편찬하였다. 아마도 書商들에 의해 당시 인기를 끌고 있었던 두 문언소설집을 合刊한 것으로 보인다. 奎章閣 소장본 ≪遯窟讕言≫(奎中 5290)의 〈重刻遯窟讕言書後〉에 남긴 王韜의 기록을 좀 더 자세히 보면 이 말이 더 명확해 진다. 王韜가 하루는 서점에서 우연히 ≪閒談消夏錄≫을 발견하고 일람하였더니, 자신의 ≪遯窟讕言≫을 완전히 한 글자도 안 바꾸고 베끼었으며, 자신의 ≪遯窟讕言≫뿐 아니라 朱翊清의 ≪埋憂集≫을 그대로 엮어 책을 이루었다고[5] 언급하고 있으며, 이 책은 江西 지역의 書商이 朱翊清의 이름으로 가탁한 것[6]이라고 했다.

이렇게 간행한 ≪閒談消夏錄≫은 총 12권 12책으로 이루어졌으며, 각 권은 다시 上·下로 나뉘어있다. 권 1의 앞부분에는 朱翊清이 죽기 전 1845년 가을에 쓴 〈自序〉[7]가 실려 있고 그 뒤에는 '閒談消夏錄目錄'이 있다.[8] 최초 간행된 시기는 光緖 4年(1878)翠筠山房에서 木版本을 발행했으며, 다시 光緖 21年(1895)에 上海 上海書局에서 石印本을 간행하였다.

서울대 奎章閣에 소장되어 있는 ≪閒談消夏錄≫판본은 光緖 4年(1878) 翠筠山房 木版本일 것으로 추정된다. 비록 책이 간행된 시기를 언급하는 대신 同治 13年 朱翊清의 自序만 들어있어 간행시기를 잘못 판단할 수도 있으나, ≪閒談消夏錄≫이 王韜의 ≪遁窟讕言≫및 朱梅叔의 ≪埋憂集≫합본임을 감안해 볼 때 ≪閒談消夏錄≫의 初刻 연도는 王韜의 ≪遁窟讕言≫이 간행된 1875년과 朱翊清의 ≪埋憂集≫이 간행된 1874년 이후가 될 것이다. 따라서 初刻 연도는 현재 남아있는 기록에 의해 光緖 4年(1878)이 되며, 당연히 국내 유입된 시기는 적어도 19세기 후반이 될 것이다.

每卷複分上下, 上即≪遁窟讕言≫, 下即≪埋憂集≫, 適足十二卷之數, 一字不易。"今案此書保存著同治十三年朱翊清自序, 除卷一無題署外, 餘均署"外史氏著"。

5) ≪遯窟讕言≫ 重刻本 後文 : 歲在乙亥, 滬上尊聞閣主人素餘著述, 將付手民。餘卽以 ≪甕牖餘談≫、≪遁窟讕言≫ 兩種遞諸郵筒。刊布未幾, 而翻刻者四出。一日, 餘於書肆中偶見 ≪閑談消夏錄≫, 一翻閱間, 則全剿裝餘之≪遁窟讕言≫, 一字不易, 此外, 則安朱梅叔之 ≪埋憂集≫ 也, ……

6) 據王韜≪遁窟讕言≫重刻書後雲, 此書乃"江西書賈所僞托"。

7) 원래 朱翊清의 自序는 1845년에 쓴 것이고 후에 날짜만 同治 12年, 同治 13年으로 바꾼 것이다.

8) 서울大 ≪閒談消夏錄≫백광준 해제 참조.
(서울대학교규장각한국학연구원 http://e-kyujanggak.snu.ac.kr/)

≪閒談消夏錄≫을 어떤 이유로 엮었는지에 대해서는 명확하게 고증해 낼 수는 없다. 하지만 당시 書商들은 이익을 창출하기 위해 책을 출판하던 전문인들이었다는 점을 감안해 볼 때 이 두 소설집은 이미 상당한 인기를 끌고 있었고, 江西지역의 書商들은 이 두 작품집을 엮어 출판했을 때의 기대 효과를 어느 정도 예상했던 것으로 보인다. 이런 전반적인 정황을 이해하기 위해 우선 王韜의 ≪遁窟讕言≫ 및 朱梅叔의 ≪埋憂集≫이 어떤 성격을 지닌 작품집인지 살펴보는 것이 선행되어야 한다.

1) 王韜의 ≪遯窟讕言≫

〈그림 2〉 奎章閣 所藏 ≪遯窟讕言≫

≪遯窟讕言≫은 王韜가 편찬한 清代 傳奇小說集이다. 현재 光緒 6年(1880) 申報館叢書本, 光緒 6年 上海 木活字本, 光緒 26年(1890) 江南書局刻本, 1913年 借陰書屋 石印本, 1935年 上海大達圖書供應社 排印本 등이 전해진다. 다른 이름으로 ≪遁叟奇談≫이라고도 하며 모두 13권이다.

王韜(1828-1879年)는 처음에 이름이 利賓이었다가 후에 瀚으로 바꾸었으며 홍콩으로 간 후 다시 韜로 바꾸었다. 字는 懶今 · 仲弢 · 紫詮이고, 號는 天南遁叟로 長洲(지금의 江蘇省 蘇州) 사람이다. 18세에 1등으로 수재가 되었으나 그 후 계속 낙방하자 과거 시험에 뜻을 접었다고 한다. 22세에 上海에 가서 墨海書館에서 일을 하였고 咸豊 11年(1861)에 太平軍에 작전책략을 제안하였다가 清 정부에 의해 사로잡혔지만, 영국 영사의 도움으로 12년에 홍콩으로 탈출할 수 있었다고 한다. 同治 6年(1867)에 선교사 레그(J.Legge : 1814-1897)를 따라 영국과 프랑스 등지를 유람하였으며[9], 同治 13年 홍콩에서 ≪循環日報≫의 편집을 담당했다. 光緒 5年(1879)에는 일본을 유람하였고, 1884년에는 李鴻章의 묵인 하에 상해로 다시 돌아와 거주하였다. 1893년에 상해에서 申報館의 편집 업무를 주

9) 서울大 奎章閣 한국학연구원 ≪遯窟讕言≫백광준 해제 참조.
(서울대학교규장각한국학연구원 http://e-kyujanggak.snu.ac.kr/)

관하였고 格致書院을 운영하며 저술활동을 하였다.[10] 洋務派 인사와 왕래하였으며 근대 改良派 사상의 선구자이자 문단의 대가였다. 주요 저서로 ≪遯窟讕言≫·≪淞隱漫錄≫·≪淞濱瑣話≫ 등의 문언소설집이 있으며, 그 외에도 ≪弢園詩文集≫·≪瀛壖雜志≫·≪海陬冶遊錄≫ 등 40여 종의 문집이 남아있다. 일기 쓰는 습관이 있었던 王韜는 53세로 생을 마감할 때까지 거의 매일의 일을 기록으로 남겼는데, 자서전 ≪弢園老民自傳≫에 고스란히 전하고 있어 王韜의 생애를 이해하는데 좋은 자료가 된다. 현재까지 출판된 王韜의 일기는 모두 4冊 이다.[11]

≪遯窟讕言≫은 同治 元年(1862) 王韜가 홍콩으로 도망간 후에 지은 것으로 光緖 元年(1875)에 처음 간행된 王韜의 첫 문언소설집이다. 어린 시절 王韜는 이미 ≪鷄窗瑣話≫라는 제목으로 짧은 단편들을 약간 집필 했었고, 홍콩에 머무는 시간 동안 추가로 집필한 것을 모아 ≪遯窟讕言≫12권을 완성했다고 한다.[12]

王韜는 유년시절부터 여러 소설류의 고사들을 접하면서 관심 있는 분야에 관해 글을 짓곤 했는데, 홍콩으로 도망 온 후로 고독하고 적막한 생활을 하면서, 자신의 울분을 글에 담아 만청 사회의 암흑상과 부조리 등을 비판하는 일종의 견책류의 소설을 완성하게 된다. ≪聊齋志異≫의 문체를 모방하여 태평천국과 관련된 일화들을 소재로 삼아 쓰기도 했고, 홍콩의 풍물과 자신의 생활을 반영하기도 했다. 〈傳鸞史〉·〈範德隣〉·〈無頭女鬼〉·〈江西神異〉 등 20여 편의 작품은 태평천국의 농민혁명에 대한 내용을 대표적으로 반영한 작품들이다. 그 외 〈二狼〉과 같은 작품은 上海 川沙에 사는 顧氏와 蔣氏 두 사람이 마을에서 권세가로 군림하여 민간인을 억압하고 만행을 저질러 사람들이 그들을 '二狼(두 마리 이리)'로 불렀다는 고사를 풍자한 이야기이다. 〈碧蘅〉과 〈魏生〉 등은 각각 八股文의 무용함을 지적하고 재능이 없는데도 1등으로 합격했다가 망신을 당하는 선비의 이야기를 소개하였는데 이를 통해 과거제도의 폐해를 풍자하였다. 王韜가 이전에 쓴 작품들도 있지만 홍콩에 머물면서 책을 완성한 것이기 때문에 작품의 3분의 1은 홍콩에서 집필한 홍콩과 관련된 것들이다. 편폭은 길지 않지만 인간과 귀신의

10) 吳志達, ≪中國文言小說史≫, 齊魯書社, 1994, 781쪽.

11) 代順麗, 〈王韜小說創作硏究〉, 福建師範大學, 博士學位論文, 2007, 7쪽 참조.

12) ≪弢園著述總目≫에서 王韜가 언급했다고 하며 그 내용은 湯克勤의 〈論王韜的文言小說創作〉 (≪蒲松齡硏究≫, 2007. 1期) 논문에서 볼 수 있다.

사랑이라든지 인정세태를 묘사한 것들이 대부분을 차지한다.

현재 상해 도서관에는 王韜가 당시 집필했던 문언소설 작품의 手稿本들이 남아있다. 하지만 유독 ≪遯窟讕言≫만은 남아있지 않다고 한다. 이 책은 1875년 처음 간행되고 나서 4번이나 重刻이 이루어졌을 만큼 당시에 이 책만의 독자층이 형성되어 인기를 끌었다. 어쩌면 ≪閒談消夏錄≫을 편찬하면서 ≪遯窟讕言≫을 그대로 가져올 수밖에 없었던 이유도 당시의 이 작품의 유명세에 기대고 싶은 바람 때문이었을지도 모른다. 이 작품의 手稿本만 아직까지 발견되지 않은 것은 아마도 누군가가 이 手稿本을 숨긴 채 몰래 소장하고 있기 때문은 아닐까 추정해 볼 수도 있다.

光緖 5年(1879) 王韜가 일본을 여행하게 되었는데 당시 일본 친구들은 그에게 ≪遯窟讕言≫을 요구했다고 한다.[13] 하지만 책이 이미 다 팔려 더 이상 구할 수 없게 되었고, 그 다음해인 1880년 홍콩 中華印務總局에서 木活字本 ≪遯窟讕言≫을 다시 출판하였다고 한다. 이 때 책을 펴내면서 1875년 판본 卷末의 〈眉珠庵憶語〉 한 편을 삭제하고 새로 20여 편을 첨가해서 모두 161편의 단편 소설을 완성했다고 한다. 권 12의 〈懺紅女史〉도 이때에 첨가된 작품으로 내용 중에 언급된 光緖 丁丑은 初刻이 나온 이후 重刻하기 전인 1877년을 말하는 것이다.[14]

≪遯窟讕言≫의 유행은 王韜에게 새로운 자신감과 창작의 열의를 더욱 자극하는 계기를 마련해 준다. 1884년부터 상해에 머물면서 申報館의 ≪點石齋畵報≫에 매월 3期, 每期마다 한 편씩 단편소설을 연재하여 光緖 13年末에 이것들을 모아 단행본 ≪後聊齋誌異圖說≫(일명 ≪繪圖後聊齋誌異≫라고도 함)[15]을 출간하였다. 원래 제목은

---

13) 代順麗, 〈王韜小說創作硏究〉, 福建師範大學, 博士學位論文, 2007, 8쪽 참조.

14) 代順麗, 〈王韜小說創作硏究〉, 福建師範大學, 博士學位論文, 2007, 9쪽 참조.

15) ≪後聊齋誌異≫는 王韜가 편찬한 청대 전기소설집으로 원래 제목은 ≪淞隱漫錄≫이다. 광서 10년(1884) 하반기부터 申報館의 〈點石齋畵報〉에 연재하기 시작하여 光緖 13년 말에 연재가 끝났으며, 上海 點石齋에서 책으로 엮고 당시 화가 吳友如와 田英(子琳)이 삽화를 곁들여 石印 출판하였다. 이후 上海 鴻文書局과 積山書局에서 원판을 축소 인쇄하여 ≪繪圖後聊齋誌異≫라고 이름을 바꿨으며, 판심에는 ≪後聊齋誌異圖說≫이라 하였다. 또한 원본에서 누락되었던 4편을 보충하였다. 이 책의 내용은 '後聊齋誌異'이라고 명명한 것에서 짐작할 수 있듯이, 蒲松齡의 ≪聊齋誌異≫와 유사하게 특이한 소문이나 괴상한 일 등이 주된 내용이다. 王韜는 自序에서 사람들의 좁은 식견에 대해 지적을 하고, 서양인의 과학 기술 발전에 대해 기술을 한 다음에, 자신이 나라와 민생을 이롭게 하는 데 힘쓰지 않고 오히려 황탄한 일을 찾은 것에 대한 해명을 한다. 곧 어려서부터 세상에 쓸모 있기를 꿈꾸며 實事求是를 지향하였으나 결국 불우하

≪淞隱漫錄≫으로 당시 화가 吳友如와 田英(子琳)이 삽화를 곁들여 石印 출판하였다. 그 후 다시 ≪點石齋畵報≫에 새 단편소설 작품을 연재하여 光緖 19年 ≪淞濱瑣話≫라는 제목으로 12권, 총 68편의 소설을 완성하게 된다. 하지만 후에 평론가들이 이 두 문언소설집에 대해 평가하기를 집필과정도 짧고, 내용 또한 ≪遯窟讕言≫에 못 미친다고 했다.

≪遯窟讕言≫이 국내에 유입되었다는 기록은 아직까지 찾을 수 없다. 단지 서울大 奎章閣과 澗松文庫에 光緖 6年(1880)에 간행된 12卷 4冊의 활자본이 소장되어 있기 때문에 유입 시기는 적어도 19세기 말이 될 것으로 추정된다. 국내 유일의 소장본인 이 두 판본은 1875년 初刻本이 아니라 1880년에 다시 重刊한 木活字本으로, 여러 판식 사항이 비슷하고 책 크기가 13.6×21㎝로 동일한 것으로 보아 같은 판본인 것으로 보인다.

書 名	出 版 事 項	版 式 狀 況	一 般 事 項	所藏處	所藏番號
遯窟讕言	王韜(淸)撰, 光緖6年(1880)	12卷4冊, 中國活字本, 13.6×21㎝	序:光緖六年(1880)…洪士偉, 跋:光緖紀元乙亥(1875)…王堉, 印:集玉齋, 帝室圖書之章	서울大 奎章閣	[奎중]5290
遯窟讕言	王韜(淸)撰, 高宗17年庚辰, 光緖6年(1880)	12卷4冊, 中國鉛活字本, 13.6×21㎝, 四周雙邊, 半郭:9.7×13.1㎝, 有界, 12行23字, 白口, 黑魚尾上	序:洪士偉(前序1875, 後序1880), 黃懷珍 王韜自序(1875), 跋:梁鶚(1875), 錢徵(1875), 印:善齋, 閔丙承印, 刊記:庚辰仲夏重校以活字版印行	澗松文庫	

≪遯窟讕言≫의 목차는 다음과 같다. 여기에서 소개하는 ≪遯窟讕言≫ 목차는 王

여 마음 의탁할 곳이 없어서 결국 귀신, 여우, 신선, 초목, 조수 등에 관한 이야기를 통해 자신의 생각을 기록하게 된 것이다. 이 책의 편찬이 그의 처지와 당시 사람들의 좁은 학문 태도 등과 연관되고 있음을 알 수 있으며, 동, 서양의 학문에 대해 폭넓은 소양을 바탕으로 경세치용을 강조하는 王韜의 면모를 살필 수 있다. 덧붙여 王韜는 이 책을 출판한 경위에 대해서, "尊聞閣主人이 지은 것을 누차 보여주기를 청하여 출판하려 하기에, 30년 동안 보고 들은 것으로 놀랍고도 두려운 일을 기록하니, 존문각주인이 사람을 구해 그림을 넣고 판각하여 12권으로 '聊齋誌'라 명명하여 출판하였다고 하였다"고 적고 있다. 국내에는 언제 유입되었는지 분명하지 않지만 현재 성균관대학 도서관과 규장각에 光緖 10年(1884) 王韜의 自序가 수록된 석인본이 소장되어 있다. 성균관대학에 소장된 판본은 제목이 ≪繪圖後聊齋誌異≫이고, 규장각본은 제목이 ≪後聊齋誌異圖說≫ 이다. 규장각본은 권 1부터 권 11까지 매권 10편씩 수록되어있고 마지막 권만 8편의 작품이 실려, 도합 118편의 작품이 담겨있다. 각 작품의 앞부분에는 본론의 내용과 관련한 그림이 소개되어있다(필자가 주필하고 있는 책 "韓國 所藏 중국문언소설의 판본목록과 해제" 중에서 참조함).

韜가 初刻했을 때의 ≪遯窟讕言≫과는 다소 차이가 있는, 1880년 重刻本으로 奎章閣에 소장되어 있는 판본을 참고하여 정리하였다. 밑줄 친 작품들은 ≪閒談消夏錄≫에서는 볼 수 없는 작품이다.

卷一

〈天南遯叟〉·〈韻卿〉·〈碧珊小傳〉·〈鸚媖記〉·〈奇丐〉·〈江楚香〉·〈李酒顚傳〉·〈傳鸞史〉·〈劇盜〉·〈江遠香〉·〈夢幻〉

卷二

〈鶯紅〉·〈何氏女〉·〈劍俠〉·〈吳氏〉·〈鎖骨菩薩〉·〈月嬌〉·〈幻遇〉·〈碧衡〉·〈女道士〉·〈於蕊史〉·〈仇慕娘〉·〈檸檬水〉·〈葍人受誑〉

卷三

〈瑤姬〉·〈朱慧仙〉·〈黑白熊〉·〈月仙小傳〉·〈媚娘〉·〈珠屛〉·〈蕊仙〉·〈蜂媒〉·〈骷髏〉·〈鏡中人〉·〈掘藏〉·〈二狠〉·〈趙碧娘〉·〈陸芷卿〉·〈鴛鏽〉

卷四

〈芝仙〉·〈鄒蘋史〉·〈賈芸生〉·〈諸葛爐〉·〈李仙源〉·〈翠駝島〉·〈郭生〉·〈淩洛姑小傳〉·〈攝魂〉·〈汪秀卿〉·〈慧兒〉·〈雙影〉

卷五

〈蝶史瑣紀〉·〈周髯〉·〈魏生〉·〈燕尾兒〉·〈神燈〉·〈巫氏〉·〈梁芷香〉·〈瑣瑣〉·〈李芸〉·〈陸祥叔〉·〈小蒨別傳〉·〈玉姑〉·〈嬌鳳〉·〈柳妖〉

卷六

〈花妖〉·〈珊珊〉·〈範德隣〉·〈古琴〉·〈情死〉·〈駱芳英〉·〈吳淡如〉·〈劉氏婦〉·〈賣瘋〉·〈湯大〉·〈汪女〉·〈單料曹操〉·〈夢異〉·〈蘇仙〉

卷七

〈香案吏〉·〈魯生〉·〈三麗人合傳〉·〈甯蕊香〉·〈粧鬼〉·〈白玉嬌〉·〈陳玉如〉·〈鍾馗畵像〉·〈黃粱續夢〉·〈麥司寇〉·〈霍翁妾〉·〈無頭女鬼〉

卷八

〈屍解〉·〈姚女〉·〈林素芬〉·〈葉芸士〉·〈義烈女子〉·〈三菩薩小傳〉·〈玉笥生〉·〈貞烈女〉·〈說狐〉·〈離魂〉·〈江西神異〉·〈四川神異〉·〈鄭仲潔〉·〈雙珠〉

卷九

〈鬼語〉·〈菊隱山莊〉·〈餘仙女〉·〈苗民風俗〉·〈說鬼三則〉·〈雙尾馬〉·〈瘋女〉·〈蘇小麗〉·〈孫藝軒〉·〈汪菊仙〉·〈趙遜之〉·〈石崇後生〉·〈美人局〉·〈某觀察〉·〈三元宮僧〉·〈黃嫗〉·〈李一鳴〉·〈鶴報〉

卷十

〈產異〉·〈方秀姑〉·〈馬逢辰〉·〈卓月〉·〈蓉隱詞人〉·〈鐵臂張三〉·〈石朝官〉·〈李軍門〉·〈少林絶技〉·〈妙塵〉·〈鐵佛〉·〈麗鵑〉·〈顧蓮姑〉·〈張小金〉·〈順天衡〉·〈素響〉

卷十一

〈海島〉·〈相術〉·〈範遺民〉·〈李甲〉·〈竊妻〉·〈孟禪客〉·〈眉修小傳〉·〈鬟仙小傳〉·〈綠芸別傳〉·〈豔秋〉·〈瓊仙〉

卷十二

〈趙四姑〉·〈天裁〉·〈柔珠〉·〈島俗〉·〈鬼妻〉·〈鵲華〉·〈陸書仙〉·〈懺紅女史〉·〈於素靜〉·〈訾雲〉

2) 朱翊清의 ≪埋憂集≫

≪埋憂集≫은 10卷, 續集 2卷으로 총 12권 208편으로 구성되었다. ≪八千卷樓書目≫에 小說家類로 저록되어 있고 ≪中國叢書綜錄≫에 小說類雜錄으로 저록되어 있으나 '朱翔淸'의 작품이라고 잘못 언급되어 있다. ≪筆記小說大觀≫本과 ≪淸代筆記叢刊≫本에도 '朱翔淸'으로 잘못된 표기를 그대로 따랐다. 同治 13年 ≪湖州府志≫과 光緖 8年 ≪歸安縣志≫에 모두 이 책이 언급되었고, 民國≪烏靑鎭志≫卷38〈著述·上〉에도 '12卷'을 正·續을 나누어 언급하였다. 현존하는 판본 중 가장 오래된 판본은 同治 12年(1873)刊本으로 卷首에 '埋憂集' '癸酉年新鐫'、'本堂藏板'、'戊上紅雪山莊外史著'라는 언급들이 있다. 책 앞에는 道光 25年(1845)에 쓴 작가의 自序와 秀水沈岩의 序, 道光 26年(1846) 桐鄉 周士炳의 序가 있다. 그리고 각 卷마다 校勘者를 언급해 주었다. 校勘者는 〈一卷-震澤沈味辛〉·〈二卷-秀水高傑〉·〈三卷-烏程張揆〉·〈四卷-烏程邱廷銓〉·〈五卷-桐鄉張丹書〉·〈六卷-烏程陳寶善〉·〈七卷-桐鄉周士燮〉·〈八卷-秀水馬成志〉·〈九卷-秀水高汝霖〉·〈十卷-烏程周如懷〉·〈續集二卷-桐鄉張光錫〉 등 이다.

그 후 同治 13年에 杭州 文元堂에서 간행된 刻本이 있는데 沈岩 序文과 周士炳의 序文이 빠져있고 작가의 自序만 남겨두었는데, 自序를 쓴 날짜 역시 道光 25年(1845)을 바꾸지 않았다. 그리고 遼寧省 圖書館에 소장된 同治 13年 刻本의 책 앞부분에는 '新鐫' ≪談怪埋憂集≫'戌上紅雪山莊外史著' 라고 되어있으며, 沈岩 序文과, 周士炳의 序文을 그대로 남겨놓았고 작가가 自序를 쓴 시기만 同治 13年이라고 고쳐졌다.

光緒 初年 尙有書局에서 간행한 ≪閑談消夏錄≫12권은 그의 ≪埋憂集≫과 王韜의 ≪遯窟讕言≫을 엮어 만들었으며 책 앞의 自序는 ≪埋憂集≫의 것을 베낀 것이라서 시기가 同治 13年으로 되어 있다. 光緒 20年 文海書局에서는 ≪埋憂集≫을 ≪珠邨談怪≫라는 題名으로 바꾸어 石印本으로 출판하였다.[16] 그 후에 ≪筆記小說大觀≫本과 ≪淸代筆記叢刊≫本, 民國 3年 上海 掃葉山房에서 출판한 石印本 等에도 작가를 '朱翔淸'으로 언급하였고, 沈岩과 周士炳의 序文은 삭제했지만 작가의 自序는 여전히 同治 13年에 썼다고 실었고, '戌上紅雪山莊外史著' 라는 문구도 같이 실었다. 또한 篇數 역시 208편으로 同治 13年本과 일치한다.

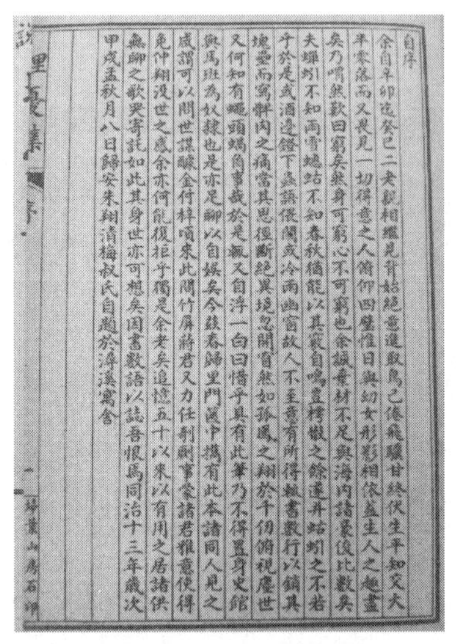
自序
余自辛卯迄癸巳二[illegible]輒見背始絕意進取鳥之倦飛驥甘終伏生平知交大
半零落而又畏見一切得意之人俯仰四壁惟日與幼女形影相依益生人之趣盡
矣乃喟然歎曰窮矣然身可窮心不可窮也余竊負材不足與海內諸豪俊比數矣
夫蟬蛻不知雨雪蟪蛄不知春秋猶能以其聲自鳴豈樗櫟之餘遂并蛄蟬之不若
乎於是或酒邊鐙下蟲語偎闌或冷雨幽窗故人不至意有所得輒書數行以銷其
塊壘而寫髀肉之痛當其思極斷絕異境忽開窅然如孫鳳之翔於千仞俯視塵世
又何知有蠅頭蝸角事哉於是[illegible]又自[illegible]一白曰惜乎具有此筆乃不得置身史館
與馬班為奴隸也是亦足聊以自娛矣今茲春歸里門篋中攜有此本諸同人見之
咸謂可以問世謀醵金付梓頃來此間竹屏蔣君又力任剞劂事衆諸君推意使得
免仲翔沒世之感余亦何能復拒乎獨是余老矣追憶五十以來以有用之居諸供
無聊之歌哭寄託如此其身世亦可想矣因書數語以誌吾恨焉同治十三年歲次
甲戌孟秋月八日歸安朱翊清梅叔氏自題於滸溪寓舍

〈그림 3〉 高麗大 所藏≪埋憂集≫自序

1921년 廣益書局 汪少雲 重編의 ≪埋憂集≫은 沈岩과 周士炳의 序文을 싣고, 同治 13年의 작가 自序가 모두 들어있지만 篇數는 200편으로 더 적게 구성하였다. 1936년 상해 大達圖書 校點本은 卷을 나누지 않았고, 〈捉奸〉 한 편만을 더 첨가했다. 그 후 1985년 嶽麓書社에서 출판한 校點本은 同治 13年에 출간된 杭州 文元堂刊本을 底本으로 삼아 간행한 것이다.[17]

작가의 自序를 보면 이 책은 道光 13年(1833)에서 道光 25年(1845)사이에 집필했을 것임을 알 수 있다. 周士炳의 序文과 작가의 自序를 보면 작가는 이미 생전에 이 ≪埋憂集≫출간을 준비하

16) 寧稼雨, ≪中國文言小說總目提要≫, 齊魯書社, 1996, 361쪽.

17) 張振國, 〈可奈人間難索解 從敎地下永埋憂-歸安朱翊淸 ≪埋憂集≫後論〉, ≪湖州師範學院學報≫ 第31卷 第3期, 2009.6, 39쪽.

고 있었다. 만약 그가 갑자기 세상을 뜨지 않았다면 이 바람은 이루어졌을 것이다. 그가 세상을 떠나고 그의 사위는 장인의 장례를 치를 만한 여력이 없어, 여러 사람들이 조금씩 금전을 보태어 朱翊淸의 장례를 마쳤다. 때문에 ≪埋憂集≫출판이 늦어질 수밖에 없었다.[18] 후에 ≪埋憂集≫출간을 사위가 했는지, 정확히 누가 도왔는지는 알 수 없으나, 현재 남아있는 最古本은 同治 12年(1873)本 이다.

이 책에 대한 수수께끼가 비로소 풀린 듯하다. 필자는 朱翊淸이 세상을 떠난 시기가 대략 1846년이라고 사료들에서 언급했는데, 어째서 自序가 쓰인 연도가 同治 13年(1874)으로 되어 있는지 의문이 들었었다. 하지만 朱翊淸은 생전에 ≪埋憂集≫의 출간을 준비하고 있었고 이미 自序까지 써 놓은 상태였다. 안타깝게도 본인이 간행을 하지 못하고 세상을 뜰 수밖에 없었고, 장인의 유지를 받들어 사위가 이 책을 세상에 내놓았다고 추정할 수 있다. 그 시점이 바로 同治 12年이다. 그래서 처음 同治 12年에 간행된 刻本에는 朱翊淸이 살아있을 당시 沈岩과 周士炳이 쓴 序文이 남아있고 道光 25年(1845)에 써 놓은 작가의 自序가 남아있는 것이다. 작가가 自序를 쓴 시기와 책을 간행한 시기가 거의 27-8년 차이가 있기 때문에 重刻부터는 自序의 날짜도 바꾼 것이라고 볼 수 있다. 〈그림 3〉에 보이는 ≪埋憂集≫의 작가 自序역시 同治 13年(1874)라고 되어 있고, 작가에 대해서도 朱翔淸(朱翊淸) 梅叔이라고 되어있다. 이 판본은 民國 3年(1914)에 上海 掃葉山房에서 간행한 판본으로 沈岩과 周士炳의 序文 역시 그대로 남아있다.

하지만 더욱 의심스러운 점이 또 있다. 지금까지의 연구에 따르면 ≪埋憂集≫의 初刻本은 同治 12年本이라고 알고 있는데, 1855년에 출판된 陸以湉[19]의 ≪冷廬詩鈔≫ 중에 〈感舊詩〉에 朱翊淸에 대해 언급한 구절이 있다. "豪情健筆敵曹劉, 氣壓元龍百丈樓. 可奈人間難索解, 從敎地下永埋憂." 라는 문구 뒤에 주를 달기를 "同裏의 朱梅

18) 張振國, 〈可奈人間難索解 從敎地下永埋憂-歸安朱翊淸≪埋憂集≫後論〉, ≪湖州師範學院學報≫第31卷 第3期 2009.6. 39쪽.

19) 陸以湉(1802-1865年) 字 敬安, 號 定甫, 浙江 桐鄕 사람이다. 道光 16年(1836)에 進士가 되어 19年(1839)台郡敎授가 되었고, 29年(1849)에 杭州敎授가 되었다. 咸豐 6年(1856)에 咸豐學舍에서 ≪冷廬詩鈔≫8卷을 발간했을 당시는 이미 54세의 나이였다. 咸豐 10年(1860) 太平軍이 杭州를 공격했을 때 관직을 그만두고 고향으로 낙향했다. 태평군이 항주에서 퇴각한 후 잠시 다시 관직을 받았으나 반년도 못되어 同治 4年(1865)세상을 떠났다.

叔 翊淸은 烏程 출신으로…≪埋憂集≫4권이 있는데, 그의 사위 張幹齋 光錫[20]이 간행하여 세상에 내놓았다"[21] 라고 하였다. 이 문구를 보면 적어도 ≪冷廬詩鈔≫가 간행되었던 咸豐 5年(1855) 전에 ≪埋憂集≫4卷이 朱翊淸의 사위에 의해 이미 간행되어 있었음을 알 수 있다.[22] 이것은 추정일 뿐 아직까지 판본이 발견되지 않아 단정 지을 수는 없다. 또한 同治 12-13年 刻本 앞에 '新鐫' 이라는 문구가 있는 걸로 보아서 이미 舊版本이 있었다는 추정도 가능해 진다. 하지만 陸以湉이 ≪埋憂集≫4卷을 언급했다고 해서 ≪埋憂集≫原本이 존재했었다고 단정하기에는 조심스러워 더 이상의 언급은 피하겠다. 이 문제는 좀 더 구체적인 사료들이 발견되어 고증되어야 할 문제이다.

≪埋憂集≫은 내용이나 체재 면에서 기존의 소설을 넘어섰다고 볼 수 없고, 많은 작품들이 전기의 색채를 띠고 있어 전대 작품을 모방한 흔적이 보인다. 이전에 나온 이야기에 좀 더 수식을 가하거나 생략한 경우도 있고, 대부분 淸代 이래의 雜事로, 귀신이나 괴이한 일에 관한 것과 異聞 · 考證 등을 엮어 놓았다. 권2 〈諸天驥〉의 경우 전반부는 ≪聊齋志異≫〈羅刹海市〉와 〈粉蝶〉의 내용과 많이 흡사하다. 실의에 빠져있는 文人의 白日夢을 그려내고 있는데, 전반부는 가치관이 전도된 나라 이야기이고 후반부는 女兒國 이야기이다. 권8 〈眞生〉은 ≪聊齋志異≫〈葉生〉이야기에 근거한 것으로 남녀 애정을 다룬 이야기이다. 이 외에도 당시 역사적 사실을 다룬 빼어난 작품들도 적지 않다. 예를 들어, 권8의 〈陳忠湣公死難事〉는 道光 年間 閩省 水師提督 陳化成이 영국군에 항거한 사실을 기록하고 있으며, 권10의 〈乍浦之變〉은 영국군이 사포를 공격하여 양민들을 죽인 참상을 기록하고 있다. 또한 공안 이야기와 형벌의 참혹함을 묘사한 이야기들도 볼 만한 것이 많다. 208편중에서도 〈穿雲琴〉과 〈熊太太〉 · 〈薛見揚〉은 독창성이 돋보이는 작품들도 손꼽힌다. 문체는 간결하고 소박하지만 서사가 정련되고 난삽하지 않으며, 중간에 구어를 잘 활용하여 생동감을 주는 등, 근대 문언소설 중 佳作으로 여겨진다.

---

20) 張光錫은 朱翊淸의 사위로 字는 幹齋, 張夢廬의 차남으로 1822년 6월 5일 출생한 後珠村 사람이다.

21) 同裏朱梅叔明經翊淸, 烏程籍, 材調驚人, 抱不可一世之志, 應試屢不售, 鬱抑以沒, 著有≪埋憂集≫說部四卷, 其婿張幹齋明經光錫爲刊行於世

22) 張振國, 〈可奈人間難索解 從敎地下永埋憂-歸安朱翊淸≪埋憂集≫後論〉, ≪湖州師範學院學報≫第31卷 第3期 2009.6, 40쪽.

중국 판본으로는 同治 13年(1874) 杭州 文元堂 刊本, ≪筆記小說大觀≫本, ≪珠村談怪≫라고 題가 되어 있는 光緖 年間 石印本이 있다. 국내에는 적어도 20세기 초에 유입된 것으로 보이며, 延世大學校에는 民國 시기 上海 進步書局에서 간행한 石印本 소장되어 있고 高麗大學校와 成均館大學校에는 民國 3年(1914) 上海 掃葉山房에서 간행한 石印本이 소장되어 있다. 국내 소장되어 있는 판본 모두에는 저자가 '朱翔淸'이라고 잘못 언급되어 있는데, 이것은 앞에서도 언급했듯이 ≪八千卷樓書目≫와 ≪中國叢書綜錄≫에 '朱翔淸'의 작품이라고 잘못 언급되어 있는 것을 그대로 따랐기 때문이다. 여기서 당연히 '朱翊淸'으로 바로잡아야 하나 우선은 책에 언급된 상태로 놔두기로 한다.

書名	出版事項	版式狀況	一般事項	所藏處	所藏番號
埋憂集	朱翔(翊)淸 著, 上海進步書局印行	10卷2冊, 續集2卷1冊, 共3冊, 中國石印本, 16cm, 四周雙邊, 12.7×7.9cm, 14行35字, 上下小黑口, 上黑魚尾	自序:歲次甲戌(1874)孟秋月八日 朱梅叔自題, 印記:默容室藏書印 外5種	延世大學校	812.38/3
埋憂集	朱翔(翊)淸(淸) 著, 上海, 掃葉山房, 民國3年(1914)	10卷, 續集2卷, 合3冊, 中國石印本, 20×13.3cm, 15行32字	序:沈巖敬識, 同治十三年歲次甲戌(1874)… 周士炳謹識, 甲戌孟秋… 朱翔淸梅叔氏自題於溽溪寓舍, 印:默容室書印	高麗大學校	C14-B28
埋憂集	朱翔(翊)淸(淸) 著, 上海, 掃葉山房, 中華3年(1914) 刊	本集10卷, 續集2卷, 合4冊, 中國石印本, 19.7×13cm, 四周雙邊, 半郭:16×11cm, 有界, 15行32字, 上黑魚尾, 紙質:竹紙	自序:同治十三年歲次甲戌(1874) 孟秋月八日歸安朱翔淸梅叔氏自題於溽溪寓舍, 刊記:民國三年(1914)掃葉山房石印	成均館大學校	D7C-29

≪埋憂集≫의 목차는 다음과 같다.

卷第一

〈穿雲琴〉·〈熊太太〉·〈嘉興生〉·〈潘生傳〉·〈周奎〉·〈義犬塚〉·〈戚自詒〉·〈可師〉·〈扛米〉·〈無錫老人〉·〈屍擒盜〉·〈鍾進士〉·〈蛇殘〉·〈賭飯〉

卷第二

〈雪姑〉·〈吳烈女〉·〈程光奎〉·〈諸天驥〉·〈雷殛〉·〈蟋蟀〉·〈活佛〉·〈通字〉·〈海鰍〉·〈大人〉·〈捕鬼〉·〈郭某〉·〈張癡〉·〈綺琴〉

卷第三

〈昭慶僧〉·〈雙做親〉·〈周爛面〉·〈狗羹飯〉·〈邵士梅〉·〈沈年〉·〈陳三姑娘〉·〈大人〉·〈雲雨〉·〈春江公子〉·〈霧淞〉·〈疫異〉·〈水災〉·〈穀裏仙人〉·〈白雀〉·〈龜王〉·〈薛見揚〉·〈考對〉

卷第四

〈人形獸〉·〈異蛇〉·〈稱掀蛇〉·〈名醫〉·〈手技〉·〈田雞教書〉·〈鐵兒〉·〈金蝴蝶〉·〈柿園敗〉·〈慧娘〉·〈賈荃〉·〈支氏〉·〈墮胎〉·〈捉奸〉

卷第五

〈銷陰〉·〈火藥局〉·〈諂禍〉·〈送詩韻〉·〈龜鑑〉·〈陰狀〉·〈箬包船〉·〈金鏡〉·〈藥渣〉·〈傷餅阿六〉·〈秦檜爲豬〉·〈賈似道〉·〈鬼舟〉

卷第六

〈二僕傳〉·〈段珠〉·〈金三先生〉·〈讀律〉·〈賣詩〉·〈詩讖〉·〈秋燕詩〉·〈樊遲廟〉·〈施氏〉·〈空空兒〉·〈鬼鐙〉·〈祭鱷魚文〉·〈射兎〉·〈馬宏謨〉·〈茅山道士〉·〈葉太史詩讖〉·〈奇獄〉·〈譎判〉·〈錢大人〉·〈夫婦重逢〉·〈官偉鏐〉·〈海大魚〉·〈車夫〉·〈奇兒〉

卷第七

〈賈義士〉·〈姚三公子〉·〈趙孫詒〉·〈嚴侍郎〉·〈星葍〉·〈常開平遺槍〉·〈人面豆〉·〈奎光〉·〈陳學士〉·〈徐孝子〉·〈男妾〉·〈上智潭黿〉·〈武松墓〉·〈死經三次〉

卷第八

〈宅異〉·〈櫃中熊〉·〈遺米化珠〉·〈夢廬先生遺事〉·〈捐官〉·〈辨誣〉·〈金氏〉·〈荷花公主〉·〈夜叉〉·〈奇疾〉·〈眞生〉·〈明季遺車〉·〈樹中人〉·〈陳忠湣公死難事〉

卷第九

〈烏桕樹〉·〈獅子〉·〈諂效〉·〈醉和尙〉·〈香樹尙書〉·〈全荃〉·〈周爛鼻〉·〈潘爛頭〉·〈臀癢〉·〈草庵和尙〉·〈樊惱〉·〈許眞君〉·〈茅山道人〉·〈憎鬚〉·〈梁山州〉·〈詩嘲〉·〈陶公軼事〉·〈改名〉·〈負債鬼〉·〈蛇異〉

卷第十

〈鬼隸宣淫〉·〈狐母〉·〈七額駙〉·〈瞿式耜〉·〈孫延齡〉·〈縊鬼〉·〈乍浦之變〉·〈虎尾自鞭〉·〈夷船〉·〈甕閒手〉·〈挖眼〉·〈狐妖〉·〈織裏婚事〉·〈嗅金〉·〈佛時貞觀〉·〈剪舌〉

卷第十一

〈劉綖〉·〈黃石齋〉·〈對縊〉·〈生祭〉·〈熊襄湣軼事〉·〈地震〉·〈王秋泉〉·〈蚺蛇〉·〈采龍眼〉·〈大言〉·〈陸世科〉·〈猩猩〉·〈燕妬〉·〈戒貪〉·〈師戒〉·〈牡丹〉·〈柳畵〉·〈湖市〉·〈氷山錄〉·〈泰山〉·〈夷俗〉·〈雙林淩氏〉·〈楊園先生〉·〈水月庵〉·〈腹語〉·〈劉子壯〉·〈熊伯龍〉·〈庫中畵〉·〈亂書〉·〈玉人〉·〈天主敎〉·〈大膽〉·〈項王走馬埒〉

卷第十二

〈無支祈〉·〈人面瘡〉·〈陳句山〉·〈瘞鷺〉·〈償債犬〉·〈剝皮〉·〈仙方〉·〈耿通〉·〈陸忠毅公傳贊〉·〈異獸〉·〈殿試卷〉·〈推背圖〉·〈李自成〉·〈徐珠淵〉·〈毛文龍傳辨〉

앞에서 언급했듯이 ≪閒談消夏錄≫은 ≪遯窟讕言≫12권과 ≪埋憂集≫10권과 속집 2권을 그대로 엮어 다시 총 12권을 만들고 상하로 구분하여 上은 ≪遯窟讕言≫을, 下는 ≪埋憂集≫을 수록하였다. 王韜의 ≪遯窟讕言≫이 初刻된 시기는 光緖 元年(1875)이고, ≪埋憂集≫이 初刻된 시기는 同治 12年(1873)[23]이다. ≪遯窟讕言≫과 ≪埋憂集≫두 책을 엮으려면 적어도 두 작품이 모두 출판된 이후에라야 가능하다. 비록 奎章閣에 남아있는 ≪閒談消夏錄≫이 同治 13年(1874)에 간행된 것처럼 되어있지만 이 시기는 朱翊淸이 道光 25年(1845)에 쓴 自序를 연도만 바꾸어 삽입한 것이기 때문에 발행 연도로 보기는 어렵다. 또한 朱翊淸은 1846년에 이미 세상을 떠났기 때문에 27-8년이 지난 시기에 ≪閒談消夏錄≫을 엮어 낼 수도 없었을 것이다. 그렇다면 누가 왜 王韜의 ≪遯窟讕言≫과 朱翊淸의 ≪埋憂集≫을 표절해서 새로운 ≪閒談消夏錄≫을 편찬했을까? 편찬자의 署名이 명기되어 있지 않아 정확한 書商의 이름을 알기는 어렵다. '外史氏'의 ≪閒談消夏錄≫이라고 되어 있는데 '外史'는 朱翊淸의 別號인 '紅雪山莊外史'를 가리키는 것으로 보인다. 실제 서울대 奎章閣에 소장되어 있는 ≪閒談消夏錄≫판본을 보면 朱翊淸의 同治 13年 自序 다음에 바로 目次가 나와 있어 마치 同治 13年에 朱翊淸이 간행한 것처럼 되어있다.

그러나 앞의 ≪北京師範大學圖書館中文古籍書目·集部·小說類·筆記≫에 언급된 기록[24]과 淸代 石繼昌의 ≪淸季小說辯僞≫에 언급된 기록[25]에 의해 결국 ≪閒

23) 현재 남아있는 最古의 판본은 同治 13年(1874)에 간행한 것이다.

談消夏錄≫12卷은 光緒 4年(1878) 翠筠山房에서 初刻되었다라고 결론 내릴 수 있다. 당시의 자세한 정황을 추정하기는 어렵지만, 당시 방각본소설이 유행하면서 江西 書商이 朱翊淸의 이름에 가탁해서, 이미 몇 차례 重刻이 이루어질 정도로 인기를 끌고 있었던 두 문언소설집 ≪遯窟讕言≫과 ≪埋憂集≫을 合刊한 것이라고 볼 수 있다.

8.2 국내 소장 ≪閒談消夏錄≫판본

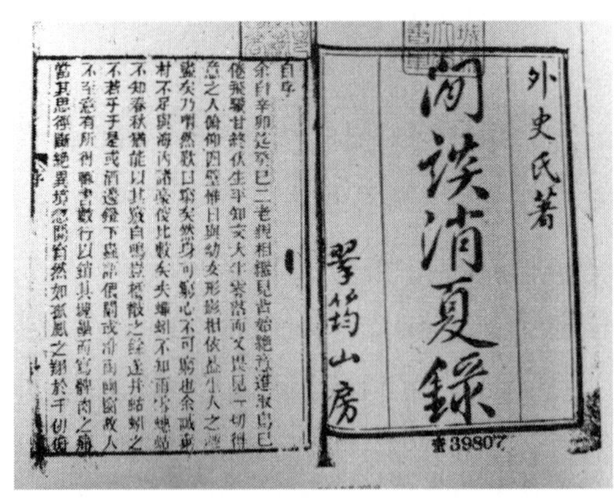

〈그림 4〉 奎章閣 所藏本 ≪閒談消夏錄≫

≪閒談消夏錄≫의 국내 유입 시기는 남아있는 기록이 없기 때문에 정확히 추정하기 어렵다. 하지만 이 책이 光緒 4年(1878) 翠筠山房에서 初刻 되었다고 보면, 이 책이 국내 유입된 시기는 적어도 19세기 말로 규정지을 수 있다.

〈그림 4〉에서 보듯이 奎章閣 所藏本 ≪閒談消夏錄≫은 光緒 4年(1878) 翠筠山房에서 간행한 木版本으로 15.8×11.5㎝ 크기의 袖珍本으로 보인다. 이 판본은 앞에서 소개한 〈그림 1〉의 翠筠山房 中國 판본과 일치한다. 종이는 누런색의 중국의 竹紙를 사용했는데, 인쇄 상태가 좋지 않고 글자가 뭉개져서 정확한 해독은 힘들다. 한 페이지에 10行 21字를 넣어 총 12卷 12冊으로 구성하였는데, 奎章閣에 12卷 12冊이 모두 남아있어 王韜의 ≪遯

24) "≪閒談消夏錄≫12卷, 朱翊淸撰, 光緒 翠筠山房 刻本 12冊. ≪續閒談消夏錄≫6卷, 朱翊淸撰 光緒 翠筠山房 刻本 6冊"

25) "光緒 戊寅 4年(1878) 翠筠山房 刻本 ≪閒談消夏錄≫은 王韜의 ≪遁窟讕言≫ 및 朱梅叔의 ≪埋憂集≫두 책을 취하여 간행하였다. …≪遁窟讕言≫12卷, ≪埋憂集≫10卷 續集2卷 합하여 12卷을 ≪閒談消夏錄≫이란 이름으로 하여 다시 12卷으로 엮었다. 그리고 每卷을 上·下로 나누었는데, 上卷은 ≪遁窟讕言≫을 下卷은 ≪埋憂集≫으로 엮었는데, 한 글자도 바꾸지 않고 그대로 옮겨 놓았다."

窟讕言≫과 ≪埋憂集≫의 연관성을 살피는 데 좋은 자료가 되고 있다. 서울大 奎章閣 所藏의 ≪閒談消夏錄≫목차는 아래와 같다.

卷一上

〈東海老叟〉·〈李酒顚傳〉·〈韻卿〉·〈傳鸞史〉·〈碧珊小傳〉·〈劇盜〉·〈鸚娱記〉·〈江遠香〉·〈奇丐〉·〈夢幻〉·〈江楚香〉

卷一下

〈穿雲琴〉·〈熊太太〉·〈嘉興生〉·〈潘生傳〉·〈周奎〉·〈義犬塚〉·〈戚自貽〉·〈可師〉·〈扛米〉·〈無錫老人〉·〈屍擒盜〉·〈鍾進士〉·〈蛇殘〉·〈賭飯〉

卷二上

〈鶯紅〉·〈幻遇〉·〈何氏女〉·〈碧衡〉·〈劍俠〉·〈女道士〉·〈吳氏〉·〈於蕊史〉·〈鎖骨菩薩〉·〈仇慕娘〉·〈月嬌〉·〈檸檬水〉·〈蔔人受誑〉

卷二下

〈雪姑〉·〈吳烈女〉·〈程光奎〉·〈諸天驥〉·〈雷殛〉·〈蟋蟀〉·〈活佛〉·〈通字〉·〈海鰍〉·〈大人〉·〈捕鬼〉·〈郭某〉·〈張癡〉·〈綺琴〉

卷三上

〈瑤姬〉·〈蜂媒〉·〈朱慧仙〉·〈骷髏〉·〈黑白熊〉·〈鏡中人〉·〈月仙小傳〉·〈掘藏〉·〈媚娘〉·〈二狼〉·〈珠屛〉·〈趙碧娘〉·〈蕊仙〉

卷三下

〈昭慶僧〉·〈雙做親〉·〈周爛面〉·〈狗羹飯〉·〈邵士梅〉·〈沈蔔年〉·〈陳三姑娘〉·〈大人〉·〈雲雨〉·〈春江公子〉·〈霧淞〉·〈疫異〉·〈水災〉·〈穀裏仙人〉·〈白雀〉·〈龜王〉·〈薛見揚〉·〈考對〉

卷四上

〈芝仙〉·〈翠駝島〉·〈鄒蘋史〉·〈郭生〉·〈蝶夢〉·〈淩洛姑小傳〉·〈賈芸生〉·〈攝魂〉·〈諸葛爐〉

卷四下

〈人形獸〉·〈異蛇〉·〈稱掀蛇〉·〈名醫〉·〈手技〉·〈田雞敎書〉·〈鐵兒〉·〈金蝴蝶〉·〈柿園敗〉·〈慧娘〉·〈賈荃〉·〈支氏〉·〈墮胎〉·〈捉奸〉

卷五上

〈蝶史瑣紀〉·〈梁芷香〉·〈周髯〉·〈瑣瑣〉·〈魏生〉·〈李芸〉·〈燕尾兒〉·〈陸祥叔〉·〈神燈〉·〈小倩別傳〉·〈巫氏〉·〈玉姑〉

卷五下

〈銷陰〉·〈火藥局〉·〈諂禍〉·〈送詩韻〉·〈龜鑑〉·〈陰狀〉·〈箬包船〉·〈金鏡〉·〈藥渣〉·〈傷餅阿六〉·〈秦檜爲豬〉·〈賈似道〉·〈鬼舟〉

卷六上

〈花妖〉·〈劉氏婦〉·〈珊珊〉·〈賣瘋〉·〈範德隣〉·〈湯大〉·〈古琴〉·〈汪女〉·〈情死〉·〈單料曹操〉·〈駱芳英〉·〈夢異〉·〈吳淡如〉

卷六下

〈二僕傳〉·〈叚珠〉·〈金三先生〉·〈讀律〉·〈賣詩〉·〈詩讖〉·〈秋燕詩〉·〈樊遲廟〉·〈施氏〉·〈空空兒〉·〈鬼鐙〉·〈祭鱷魚文〉·〈射兎〉·〈馬宏謨〉·〈茅山道士〉·〈葉太史詩讖〉·〈奇獄〉·〈譎判〉·〈錢大人〉·〈夫婦重逢〉·〈官偉鏐〉·〈海大魚〉·〈車夫〉·〈奇兒〉

卷七上

〈香案吏〉·〈白玉嬌〉·〈魯生〉·〈陳玉如〉·〈三麗人合傳〉·〈鍾馗畵像〉·〈甯蕊香〉·〈黃梁續夢〉·〈粧鬼〉·〈麥司寇〉

卷七下

〈賈義士〉·〈姚三公子〉·〈趙孫詒〉·〈嚴侍郎〉·〈星蔔〉·〈常開平遺槍〉·〈人面豆〉·〈奎光〉·〈陳學士〉·〈徐孝子〉·〈男妾〉·〈上智潭黿〉·〈武松墓〉·〈死經三次〉

卷八上

〈飛〇將軍〉·〈玉笥生〉·〈姚女〉·〈貞烈女〉·〈林素芬〉·〈說狐〉·〈葉芸士〉·〈離魂〉·〈義烈女子〉·〈江西神異〉·〈三菩薩小傳〉·〈四川神異〉

卷八下

〈宅異〉·〈櫃中熊〉·〈遺米化珠〉·〈夢廬先生遺事〉·〈捐官〉·〈辨誣〉·〈金氏〉·〈荷花公主〉·〈夜〉·〈奇疾〉·〈眞生〉·〈明季遺車〉·〈樹中人〉·〈陳忠湣公死難事〉

卷九上

〈鬼語〉·〈蘇小麗〉·〈菊隱山莊〉·〈孫藝軒〉·〈餘仙女〉·〈汪菊仙〉·〈苗民風俗〉·

〈趙遜之〉·〈說鬼三則〉·〈石崇後生〉·〈雙尾馬〉·〈美人局〉·〈瘋女〉

卷九下

〈烏桕樹〉·〈獅子〉·〈諂效〉·〈醉和尙〉·〈香樹尙書〉·〈全荃〉·〈周爛鼻〉·〈潘爛頭〉·〈臀癢〉·〈草庵和尙〉·〈樊惱〉·〈許眞君〉·〈茅山道人〉·〈憎鬚〉·〈梁山州〉·〈詩嘲〉·〈陶公軼事〉·〈旼名〉·〈負債鬼〉·〈蛇異〉

卷十上

〈產異〉·〈石朝官〉·〈方秀姑〉·〈李軍門〉·〈馬逢辰〉·〈少林絶技〉·〈卓月〉·〈妙塵〉·〈蓉隱詞人〉·〈鐵佛〉·〈鐵臂張三〉

卷十下

〈鬼隸宣淫〉·〈狐母〉·〈七額駙〉·〈瞿式耟〉·〈孫延齡〉·〈縊鬼〉·〈乍浦之變〉·〈虎尾自鞭〉·〈夷船〉·〈甕閒手〉·〈挖眼〉·〈狐妖〉·〈織裏婚事〉·〈臭金〉·〈佛時貞觀〉·〈剪舌〉

卷十一上

〈海島〉·〈孟禪客〉·〈相術〉·〈眉修小傳〉·〈範遺民〉·〈鬟仙小傳〉·〈李甲〉·〈綠芸別傳〉·〈竊妻〉

卷十一下

〈劉綖〉·〈黃石齋〉·〈對縊〉·〈生祭〉·〈熊襄湣軼事〉·〈地震〉·〈王秋泉〉·〈蚺蛇〉·〈釆龍眼〉·〈大言〉·〈陸世科〉·〈猩猩〉·〈燕妬〉·〈戒貪〉·〈師戒〉·〈牡丹〉·〈柳晝〉·〈湖市〉·〈永山錄〉·〈泰山〉·〈夷俗〉·〈雙林淩氏〉·〈楊園先生〉·〈水月庵〉·〈腹語〉·〈劉子壯〉·〈熊伯龍〉·〈庫中晝〉·〈亂書〉·〈玉人〉·〈天主敎〉·〈大膽〉·〈項王走馬埒〉

卷十二上

〈趙四姑〉·〈鬼妻〉·〈天裁〉·〈某女士傳〉·〈柔珠〉·〈附眉珠盒憶○〉·〈島俗〉

卷十二下

〈無支祈〉·〈人面瘡〉·〈陳句山〉·〈瘞蠶〉·〈償債犬〉·〈剝皮〉·〈仙方〉·〈耿通〉·〈陸忠毅公傳贊〉·〈異獸〉·〈殿試卷〉·〈推背圖〉·〈李自成〉·〈徐珠淵〉·〈毛文龍傳辨〉

이미 앞에서 소개한 ≪遯窟讕言≫과 ≪埋憂集≫ 그리고 ≪閒談消夏錄≫의 목차를

〈그림 5〉 國立中央圖書館 所藏 한글 번역 필사본≪한담쇼하록≫표지

살펴보면 약간의 相異함을 찾을 수 있다. ≪遯窟讕言≫의 목차에서 밑줄 그은 편수들이 ≪閒談消夏錄≫에는 없는 이야기들이다. 여기에서 소개한 ≪遯窟讕言≫은 重刻本이고, ≪閒談消夏錄≫에서 참고한 ≪遯窟讕言≫은 아마도 初刻本이었을 것이다. 때문에 빠진 작품들이 있고, 작품의 순서 역시 일정하지 않게 나열되어 있다.

東亞大學校에 소장되어 있는 石印本은 上海에 있는 上海書局에서 光緖 21年(1895)에 간행한 것으로 奎章閣에 소장되어 있는 木版本에 비해 책 크기도 14.8×8.9㎝로 더 작고 한 페이지에 글자 수도 18行 35字이나 빽빽하게 넣어 총 12卷 4冊으로 구성하였으며, 表紙書名에는 "增廣閒談消夏錄"이라고 기록되어 있다. 비록 완전하게 남아있지는 않지만 국내 소장된 중국 판본으로는 奎章閣 소장본과 더불어 귀중한 가치가 있는 판본이라고 볼 수 있다.

주목할 만한 판본으로는 국립중앙도서관에는 한글로 필사된 국문 번역본이 소장되어 있는데 〈그림 5〉와 〈그림 6〉을 통해 자세히 볼 수 있다. 원래 外史氏의 ≪閒談消夏錄≫원본은 12卷 12冊이지만 한글 번역 필사본은 2卷까지 번역이 되어 있고, 그것도 2권까지 완역한 것이 아니라 중간에 몇 편이 빠져있다.

표지에 '共十六 卷之一'과 '共十六 卷之二'라는 기록이 남아있는 것을 보면 원래 본 한글 번역 필사본은 16권 16책으로 되어 있었던 것으로 추정할 수 있다. 표제는 '閒談'이 빠진 채로 '消夏錄'이라 되어 있다.

내제는 '한담쇼하록 권지일'과 '한담쇼하록 권지이'라고 되어 있고 제목과 권차를 밝히고 있다. 每面은 10行, 每行은 20여 字 안팎으로 되어 있다. 글씨체는 宮體로 되어 있는데, 책 장정이 깔끔하고 글씨체도 전형적인 궁체라는 점에서 이 한글 번역 필사본은 역관에 의해 번역되어 궁중에서 읽혀졌던 것이 아니었나 사료된다. 아마도 1880년 전후 국내에 유입되어 이종태[26] 등의 문사들이 번역했을 가능성이 가장 크다고 볼 수 있다.

이외에 책 표지나 내면에 다른 기록이 전혀 없어 본 해제본과 관련한 필사 시기라든가 향유층이라든가 하는 주변 정황은 확인할 수 없다. 더욱이 卷之一 시작의 〈동해노수〉부분에 "日本總督府圖書館藏書之印"이 찍혀있는 것을 보면 원래 궁[27]에서 보관했었던 서책이 일제강점기에 총독부 도서관으로 옮겨졌을 가능성이 있다.

앞에서 언급한 국내 남아있는 ≪閒談消夏錄≫판본은 총 3종으로 표로 정리하면 아래와 같다.

書名	出版事項	版式狀況	一般事項	所藏處	所藏番號
閒談消夏錄	朱翊淸(淸)編, 翠筠山房, 同治13年(1874)	12卷12册, 中國木版本, 15.8×11.5㎝	序:同治十三年(1874)…朱翊淸, 印:集玉齋, 帝室圖書之章	奎章閣	[奎중]6271
閒談消夏錄	外史氏(淸) 著, 上海, 上海書局	12卷4册, 中國石印本, 14.8×8.9㎝, 四周雙邊 半郭:11.8×7.6㎝, 無界, 18行35字 註雙行, 上黑魚尾	刊記: 上海書局石印, 敍:光緖二十一年(1895)中秋後三日錢塘十二峰主人繩伯洪榮識幷書, 表紙書名:增廣閒談消夏錄	東亞大學校 한림圖書館	(3):10:3-15 卷1-12
閒談消夏錄		2册, 筆寫本, 30.3×19.9㎝	表題 : 消夏錄	國立中央圖書館	BC古朝48-258 卷1-2

8.3 번역본 ≪閒談消夏錄≫의 내용

한글 필사본 ≪閒談消夏錄≫의 번역 상황을 살펴보면 정련된 궁서체로 적혀 있으며 시가 부분에는 우리말 독음을 달고 雙行의 해석 부분을 쓰고 있으며 직역 위주의 번역으로 되어 있어 원문의 내용을 알아보기 쉽게 되어 있는데 朝鮮末期에 번역된 것으로 보인다.

---

26) 高宗 연간 역관이었던 이종태(李鍾泰)는 궁중의 명을 받아 ≪紅樓夢≫을 번역했을 가능성이 있는 사람이다. 이미 최용철 등 기존의 연구자에 의해 세계 최초의 번역본이라 할 수 있는 창덕궁 낙선재 소장본 ≪홍루몽≫이 1884년 경 이종태에 의해 번역되었을 것이라는 연구 논문이 나왔다. 하지만 이계주 등의 연구자는 이에 대해 반대하는 의견을 피력하고 있어 단지 이종태설에 의한 가능성만 제시해 두고자 한다.

27) 번역상태가 좋고 글씨체가 아름다운 정련된 궁서체로 필사된 정황으로 보아 낙선재에 소장되어 있었을 가능성이 크다.

1권에는〈동해노수〉·〈운경〉·〈벽산소전〉·〈앵매기〉·〈강초향〉·〈이주전전〉·〈부란사〉·〈극도〉·〈강원향〉·〈몽환〉·〈천운금〉·〈웅처처〉·〈가홍생〉등 총 14명의 인물에 대한 일화가 수록되어 있으며, 권2에〈반생전〉·〈의견종〉·〈척자이〉·〈가사〉·〈강미〉·〈무석노인〉·〈시금도〉·〈종진사〉·〈사잔〉·〈도반〉·〈앵홍〉·〈하시녀〉·〈검협〉·〈오시〉·〈쇄골보살〉 등 총 15명의 인물에 대한 일화가 수록되어 있어, 총 29명의 인물에 대한 일화가 정리되어 있다.

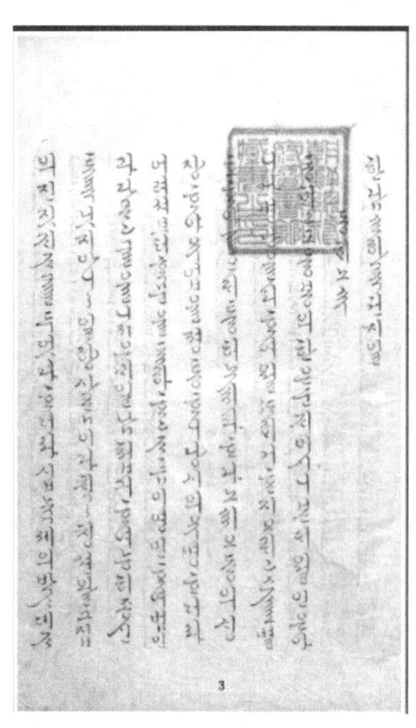

〈그림 6〉 國立中央圖書館 所藏 한글 번역 필사본≪한담쇼하록≫권지일

이들 인물 중 1권에는 〈강초향〉·〈강원향〉·〈천운금〉·〈웅처처〉와 같은 인물에 대해서는 "외사씨왈"로 시작하는 논평을 붙였다. 2권에서도 〈가사〉와 같은 인물에 대해서는 "외사씨왈"로 시작하는 논평을 붙인 것도 있으나 "외사씨왈"을 배제하고 그냥 논평을 붙인 경우가 오히려 더 많다. 이유는 ≪遯窟讕言≫에 있던 작품에는 대부분 外史氏의 評이 없고, ≪埋憂集≫에 있던 작품에만 外史氏 評이 있었기 때문이다.

王韜의 ≪遯窟讕言≫과 편자 朱翊清의 ≪埋憂集≫을 엮은 것이기 때문에 내용에 있어서 일관성이 있다기보다는 짤막한 이야기를 모아 놓은 느낌이 더 강하다. 王韜는 자신의 後記에서 '한 글자도 바꾸지 않고 똑같다'라고 언급하고 있지만 실제 편찬자는 작품을 수록함에 있어 제목과 작품의 내용에서 약간의 손질이 가했다. 예를 들면 ≪遯窟讕言≫의 권 1의 〈天南遁叟〉가 ≪閒談消夏錄≫에서는 〈東海老叟〉로 바뀌어 있으며, 본문에서도 고유명사 부분을 마음대로 바꾸는 방식으로 나름대로 수정을 했다.

또 일부 문장의 생략이나 추가가 이루어지기도 하였다. ≪遯窟讕言≫의 권 12와 ≪閒談消夏錄≫권 12의 상권을 살펴보면 원래의 10 작품 가운데 5작품만 남아있고 〈鬼妻〉·〈某女士傳略〉 등 3 작품이 더 추가되어 있다.

이 판본의 발굴이 최근에 이루어져 현재 작품을 해독하고 번역 양상을 연구하는 과정에 있음을 밝혀두고, 우선 본 논문에서는 ≪遯窟讕言≫에 해당되는 〈동해노수〉와 ≪埋憂集≫에 해당되는 〈천운금〉의 내용을 소개하여 한글 번역본 ≪소하록≫을 이해하는 데 도움을 주고자 한다.

1) 〈동ᄒᆡ노슈〉

【3】 [28]한담쇼하록 권지일 동ᄒᆡ노슈

동ᄒᆡ고도(東海孤島) 듕봉(中峰)의 한 은둔ᄌᆡ[29] 이시니 본ᄃᆡ 월(粵) 인은 아니나 병난을 피ᄒᆞ여 월 ᄯᆞᄒᆡ[30] 거ᄒᆞᆫ지 오ᄅᆡ고 스스로 별호ᄒᆞ야 ᄀᆞᆯ오ᄃᆡ 튱허노수(沖虛老叟)라ᄒᆞ다

(東海老叟 : 東海孤島之中峰有隱者焉非粵産而以避兵僑寄於粵居久之自號曰沖虛老叟)

노슈 오동의 셩장ᄒᆞ야 유업을 졍통ᄒᆞ니 당시의 유명ᄒᆞ더라 어려서브터 ᄒᆞᆨ문을 됴하ᄒᆞ고 ᄌᆞᄅᆞᆷ이 영민ᄒᆞ여 범인과 다르고 글을 닑으ᄆᆡ[31] 일남 쳡권ᄒᆞ여 능히 종신토록 닛지[32] 아니니 일향(一鄉) 사ᄅᆞᆷ이 다 ᄎᆡᆨᄎᆡᆨ[33] 칭션왈

(老叟生於吳下世通儒理有名於時少好學資賦穎敏迥異凡兒讀書數行俱下一展卷卽能終身不忘一鄉人之鹹嘖嘖嘆羨曰)

그 집의 진짓[34] ᄌᆡᄌᆞᄅᆞᆯ 두엇다 ᄒᆞ더라 십뉵세의 박ᄉᆞ 뎨ᄌᆞ(弟子) 【4】의 비원ᄒᆞ니 하ᄀᆡᆨ[35]이 만좌ᄒᆞᄃᆡ 노슈 서안을 ᄃᆡᄒᆞ야 글을 낭독ᄒᆞ며 심상히 보고 뜻을 아니ᄒᆞ니 족형(族兄)이 칭찬ᄒᆞ야 ᄀᆞᆯᄋᆞᄃᆡ 이 ᄋᆞᄒᆡᄂᆞᆫ[36] 우리집 천리귀(구)[37]라 ᄒᆞ고 인ᄒᆞ여 일슈(一首) 시(詩)ᄅᆞᆯ 읇허 노슈ᄅᆞᆯ 경계ᄒᆞ니 기시의 왈

(某家有子矣年十六補博士弟子員賀客盈門而叟方執卷朗吟置不爲意其族兄稱之曰此子我家千裏駒也 幷引近人詩)

---

28) 쪽수는 국립중앙도서관에서 제공하는 이미지 사진에 있는 쪽수를 참조하였다.

29) 은둔ᄌᆡ : 은둔자가

30) ᄯᆞᄒᆡ : 땅에

31) 닑으ᄆᆡ : 읽으매

32) 닛지 : 잊지

33) ᄎᆡᆨᄎᆡᆨ : 책책. 크게 외치거나 떠드는 소리

34) 진짓 : 짐짓, 과연(아닌 게 아니라 정말로)

35) 하ᄀᆡᆨ : 賀客, 축하하는 손님

36) ᄋᆞᄒᆡᄂᆞᆫ : 아이는

37) 천리구 : 뛰어나게 잘난 자제(子弟)를 칭찬(稱讚)하는 말

견방부지명亽하(見榜不知名士賀) 방을 보고 명亽의 치하를 알지 못ᄒᆞ고
등연미식관현환(登筵未識管絃歡)[38] 연석의 울나란 현의 즐기믈 아지 못ᄒᆞᄂᆞᆫ 도다

노슈 이 글을 보고 돈연히[39] 셰ᄃᆞ라 칙을 덥고 대왈 구구ᄒᆞᆫ 박亽 뎨지 엇지 족히 유ᄌᆞ를 위ᄒᆞ여 치하ᄒᆞᆯ 빅리오 타일(他日)의 맛당히[40] 천하를 경계ᄒᆞ며 긔이ᄒᆞᆫ 계 【5】교를 베러 불 셰지궁을 닐윌 거시어ᄂᆞᆯ 엇지 노슈의 ᄌᆞ천ᄒᆞ믈 효축ᄒᆞ리오 불연 죽츌ᄒᆞᆯ 이 갈건 포의(布衣)로 산림 천석(泉石)의 한가히 놀고 창강연파의 어옹이 되기를 원ᄒᆞᄂᆞ이다 족형이 더욱 그말의 장ᄒᆞ믈 긔특히 너기더라
(之句以調之叟卽釋卷對曰區區一衿何足爲孺子重輕　他日當爲天下晝奇計成不世功安用此三寸毛錐子哉不然寧以布衣終老泉石作煙波釣徒一流人也族兄益靑其言)

나히 약관(弱冠)의 과업을 바리고 경亽(經史)의 힘쓰고 손[客]을 ᄃᆡᄒᆞ여 경의를 논란ᄒᆞᄆᆡ 문답이 여류ᄒᆞ여 ᄒᆞ(毫)리를 분석ᄒᆞ고 亽(史)긔를 관통ᄒᆞ며 디리(地理)를 겸전[41]ᄒᆞ여 ᄆᆡ양 산천이 험익ᄒᆞ고 고금 젼징(戰爭)ᄒᆞ던 곳을 맛ᄂᆞ면 능히 승픽 존망을 말ᄒᆞ여 교연히 손으로 가르친 듯 ᄒᆞ고 평싱의 술흘 즐기고 놀기를 됴 【6】하ᄒᆞ여 독장망혀로 두로 단녀 원근을 혜지 하니ᄒᆞ고 산명슈려ᄒᆞᆫ 곳을 지나면 술흘 부어 통음ᄒᆞ고 시를 읇허 가국을 창화ᄒᆞ더라
셩품이 질탕 호방ᄒᆞ여 亽괴여 노ᄂᆞᆫ 재히 내의 가득ᄒᆞ여 문장과 긔졀노 셔로 권면ᄒᆞ며 사ᄅᆞᆷ이 한 ᄌᆡ조의 장궤이시면 기리기를 미불용국하고 혹 옹속ᄒᆞᆫ 사ᄅᆞᆷ이 갓거이 이시면 물니치기를 유공불급[42]ᄒᆞ니 이러므로 사ᄅᆞᆷ이 다 긔한이고 강ᄒᆞ믈 쓰리ᄃᆡ 노슈 심식 ᄌᆞ약(自若)ᄒᆞ더라
(弱冠卽棄擧子業致力經史偶與客談論辨析毫芒如肉貫串於史尤精地理凡遇山川扼塞及古今用兵爭戰之處輒能言其勝敗嘹如指掌生平嗜酒好遊蠟屐擕笻不問遠近歷佳山水則引巵大嚼神與默契長於詩歌跌宕自豪不名一家交遊所及滿海內無不以文章氣節相砥礪人有一技之長譽之弗容口而見凡近齷齪者擯之門牆如恐弗及以是人或憚其崖岸之高而叟自若也)

염암좌편(靈巖左偏)의 별업을 짓고 슈원이라 일흠ᄒᆞ여 오유서식ᄒᆞᄂᆞᆫ 곳을 삼으니 일구 일 학과 일 혹 일 금 【7】이 유한ᄒᆞᆫ 경ᄀᆡ를 가초앗더라 글니저은 여가의 산슈의 유람ᄒᆞ고 혹을 깃드리며 거문고를 ᄐᆞ고 소요 ᄌᆞ득ᄒᆞ여 소견세련ᄒᆞ고 초연이 세상의 다시 쓰일

---

38) 한자 원문은 번역된 한글 필사본에는 없는 것으로 이해를 위해 필자가 삽입한 것이다.
39) 돈연히 : 1) 조금도 돌아봄이 없게 2)소식 따위가 끊어져 감감하게 3)어찌할 겨를도 없이 급하게
40) 맛당히 : 마땅히
41) 겸전(兼全): 여러 가지를 완전히 갖춤
42) 유공불급하다 (唯恐不及) : 오직 미치지 못할까 두려워하다

쓰지 업더니 일족호협ᄒᆞ여 노니다가 문득 뉘 웃고 연접 시를 지어 뜻슬 베프니 기시의 왈
(叟於靈嚴左偏築一別墅名曰弢園爲藏修遊息之所一邱一壑一鶴一琴備極幽閒勝致誦讀之暇玩山臨水調鶴撫絃肅散自喜籍以消遣塵慮超然有不復用世之志少嘗好狹邪遊後並悔之曾於詠蝶詩中自見其志中二聯雲)

문장금분동하용(文章金粉終何用)	문장의 금분이 맛츰내 어ᄃᆡ 쓰일고
신세표령공자ᄎᆞ(身世飄零空自嗟)	신세표령ᄒᆞ니 브졀업시 스스로 ᄎᆞ탄하도다
만리가산춘이로(萬裏家山春已老)	만리 가산의 봄이 임의[43] 늙어시니
일ᄉᆡᆼ풍월염ᄌᆞᄎᆞ(一生風月念多差)	일ᄉᆡᆼ의 풍월을 ᄉᆡᆼ각ᄒᆞ미 어긔으미 업도다

그 글이 세ᄉᆞ를 ᄀᆡ탄ᄒᆞᆫ 쓰지 깁허시며 셔ᄌᆡ의 제익 【8】ᄒᆞ여 왈 거암이라ᄒᆞ니 ᄃᆡᄀᆡ 탁의ᄒᆞᆫ ᄇᆡ 잇더라 일족 탄식ᄒᆞ여 ᄀᆞᆯᄋᆞᄃᆡ 사ᄅᆞᆷ이 다 몽듕의 몽연ᄒᆞ거ᄂᆞᆯ 세상 사ᄅᆞᆷ이 오히려 도도(滔滔)히 그러ᄒᆞ니 나ᄂᆞᆫ 장쥬(莊周)의 호졉몽을 면치 못ᄒᆞ리로다 향(鄉)니 사ᄅᆞᆷ이 노슈 다려 세상의 ᄂᆞ가 벼슬 ᄒᆞ기를 권ᄒᆞᄃᆡ 노슈 웃고 말 아니코[44] 시뎐의 형문 장귀를 고셩낭독ᄒᆞ니 소리 금옥울 마으ᄂᆞᆫᄃᆞᆺ ᄒᆞ더라
(其寄慨深矣遂顔其讀書之齋曰 蘧菴蓋有所托也嘗嘆曰 人皆夢夢世尙滔滔吾其爲莊周矣乎 鄉人有勸其出仕者笑而不答爲抗擊誦衡門之首章響震金石)

팔호(八戶) 굉광(宏光)의 자ᄂᆞᆫ 손슉(順叔)이니 동희의 명 하시라 바다흘 건너 월ᄯᅡ히 니르러 노슈의 일홈을 듯고 그집의 ᄂᆞᄋᆞ가 한번 보고 환약(歡若) 평ᄉᆡᆼ(平生)ᄒᆞ여 교계 쥬밀 ᄒᆞ더라 일일은 노슈다려 일너 왈 션ᄉᆡᆼ이 셩장지 【9】년의 긔이ᄒᆞᆫ ᄌᆞ룸으로 명망이 이셔 나라히 큰 그릇이 될 거시어ᄂᆞᆯ 엇진 연고로 농모ᄌᆞ이의 슘어이셔 옛ᄂᆞᆯ 왕안셕(王安石)의 ᄂᆞ가지 아니ᄒᆞ면 그 창ᄉᆡᆼ의 엇지 ᄒᆞ리오 ᄒᆞ던 뜻을 ᄉᆡᆼ각지 아니ᄒᆞᄂᆞᆫ다 셔ᄌᆡ 일홈을 슈원이라 ᄒᆞ고 브졀업시 문장을 졀ᄌᆞ 탁마(琢磨)ᄒᆞ여 스스로 즐기니 션ᄉᆡᆼ의게 바라던 ᄇᆡ 아니로다
(八戶宏光順叔東瀛之名儒也 渡海至粵耳遯叟名造廬請謁既見歡若平生訂世外交甚密嘗謂叟曰先生以盛年抱負奇姿璠璵品望鬱爲國珍固此邦之南金也奈何闊彩韜光屈蹤隴畝安石不出其如蒼生何今乃以弢園名室空以琢磨文字自娛甚非所望於先生也)

노슈 ᄀᆞᆯᄋᆞᄃᆡ 노ᄌᆞ(老子)의 말ᄉᆞᆷ의 ᄀᆞᆯᄋᆞᄃᆡ 흰거ᄉᆞᆯ 알면 거믄거ᄉᆞᆯ 직흰다ᄒᆞ니 내 장ᄎᆞᆺ 종신토록 직히고ᄌᆞ ᄒᆞ노라 이제 도령의 문신의ᄂᆞᆫ 이윤[45]과 고요[46] 가ᄐᆞ니 잇고 무신의ᄂᆞᆫ

43) 임의 : 이미
44) 아니코 : 아니하고
45) 중국 은나라 탕왕 때의 명상(名相)인 이윤(伊尹)
46) 요순 때의 현신(賢臣)인 고요(皐陶)

위청[47]과 곽거병[48] ᄀᆞᄐᆞ니 이셔 셔로 권면ᄒᆞ여 욱욱ᄒᆞᆫ[49] 문장과 규규ᄒᆞᆫ[50] 무렬 【10】이 도영(녕)의 가득ᄒᆞ니 이ᄂᆞᆫ 니른바 천ᄌᆡ일시(千載一時)라 복이 엇지 감히 비박ᄒᆞᆫ ᄌᆡ질노 셩명ᄒᆞᆫ 세상의 외람히 ᄌᆞ현(自炫)ᄒᆞ리오 오직 음풍영월ᄒᆞ여 셩경을 가다드머 하늘의 명ᄒᆞ신 바ᄅᆞᆯ 슌슈ᄒᆞᆯ ᄯᆞᄅᆞᆷ이라 ᄒᆞᆫᄃᆡ 손슉이 노슈의 고강ᄒᆞᆫ 말을 듯고 우면 탄복왈

(遯叟曰老子有言知白守黑拙者善藏之道也　吾將終身守之今朝廷之上則有伊皐行陣之問則有衛霍文武競勸中外鹹孚黼藻隆乎奮揚鴻烈此千載一時也　僕何敢以非材薄植自炫於明時惟嘲弄風月陶冶性情以自適其天而已順叔聞之憮然有間曰)

광일ᄒᆞ다 군ᄌᆞ여 이ᄂᆞᆫ 쥬역(周易)의 니른바 그 ᄯᅳᆺ슬 놉혀 왕후ᄅᆞᆯ 셤기지 아니 ᄒᆞᄂᆞᆫ ᄇᆡ로다 ᄒᆞ고 그 벗의게 부촉ᄒᆞ여 노슈의 ᄒᆡᆼ적을 찬즙[51]ᄒᆞ고 별젼 일젼을 ᄆᆡᆫᄃᆞ라 국듕의 뎐파ᄒᆞ고 ᄯᅩ 찬을 지어 왈 ᄌᆡ조와 ᄯᅳᆺ슬 품어 운한의 소ᄉᆞᄂᆞᆫ지라 가히 비ᄒᆞᆯ거시 업ᄉᆞ니 이ᄂᆞᆫ 옛적 도ᄅᆞᆯ ᄌᆡᆨ 【11】희여 낙을 삼ᄂᆞᆫ 션ᄇᆡ라 엇지 세상의 ᄯᅳ지 업ᄉᆞ리오 세상의 ᄡᅳ이면[52] 횡ᄒᆞ고 ᄡᅳ이지 못하면 감초일거시니 산림은 군자로 지목ᄒᆞ미 ᄯᅩᄒᆞᆫ 노슈션ᄉᆡᆼ을 엿게 보미라 ᄒᆞ더라

(曠逸哉君也 此易所謂高尚其志不事王侯者歟順叔特囑其友撰次始末爲別傳一篇郵寄其國中而幷系以贊曰懷才負志含貞抱璞矯然於霄漢而不可方物其古之有道之士歟顧彼豈無意於世者哉用之則爲鴻漸不用則爲蠖屈如僅目爲山林隱逸者流亦淺之乎視老叟矣)

* 이 이야기는 王韜의 傳記와도 같은 내용을 담고 있다. 老叟는 왕도의 號 '遯叟'를 가리키는 것으로 왕도가 홍콩으로 가서 벼슬하지 못하고 은둔하며 지내는 생활이 서술되어 있다. ≪遯窟讕言≫의 〈天南遯叟〉를 〈東海老叟〉로 바꾸면서 편찬자가 의도적으로 고유 명사를 바꾸려고 하였으나, 원문을 자세히 보면 군데군데 미처 바꾸지 못한 부분들이 보인다. 세상의 어지러움으로 인해 홍콩에 몸을 피해 있었지만 囊中之錐처럼 재능을 감출 수 없는 王韜의 비범함이 글 속에 나타나 있다.

---

47) 한 무제(漢武帝) 때의 명장인 위청(衛靑)
48) 한 무제(漢武帝) 때의 명장인 곽거병(霍去病)
49) 욱욱(煜煜) : 빛나서 환하다
50) 규규(赳赳) : 씩씩하고 헌걸차다
51) 찬즙 : 찬집(纂輯)의 잘못, 자료를 모아 분류하고 일정한 기준 밑에 순서를 세워 책을 엮음
52) ᄡᅳ이면 : 쓰이면

2) 〈쳔운금〉

【94】 쳔운금

강희(康熙) 연간의 구곡도사(勾曲道士) 망전(忘筌)은 본ᄃᆡ 무창(武昌) ᄯᆡ[53] 세가 ᄌᆞ뎨니 어려서 부모를 여희고 난을 피ᄒᆞ여 노산(勞山)의 드러가 【95】니라 셩품이 호방ᄒᆞ고 글 읽기ᄅᆞᆯ 됴하 ᄒᆞ며 술흘 잘 먹고 묵죽(墨竹)을 잘 그리며 ᄯᅩ[54] 거문고ᄅᆞᆯ ᄉᆞ랑하여 됴흔 거문고ᄅᆞᆯ 만ᄂᆞ면 듕가(重價)ᄅᆞᆯ 주고 ᄉᆞ더라

(穿雲琴: 康熙間勾曲道士忘筌本武昌名家子以幼孤避亂入道勞山 性豪逸耽書嗜飮善畵墨竹 尤精於琴 遇良材 必重價購之 至於典質不倦)

신안(新安) ᄯᅴ 오ᄉᆡᆼ(吳商)의 일홈은 외룡(畏龍)이니 그 집의 됴흔 거문괴[55] 만흔줄 듯고 즉시 ᄎᆞᄌᆞ 가보니 외룡이 ᄉᆡᆼ의 오물 보고 문왈 슈ᄌᆡ 거문고ᄅᆞᆯ 즐겨 ᄒᆞᄂᆞᆫ다 답왈 진실노 평ᄉᆡᆼ의 됴하ᄒᆞᄂᆞᆫ ᄇᆡ로ᄃᆡ 명금을 보지 못ᄒᆞ물 한ᄒᆞ노라 ᄒᆞ고 인ᄒᆞ여 그 가져온 바 거문고ᄅᆞᆯ 가리켜 왈 이 거문고ᄂᆞᆫ 송나라 명현 가상(賈相)의 거문괴니 이도 ᄯᅩᄒᆞᆫ 상품(上品)은 아니라 드리니 션ᄉᆡᆼ의 집의 고금(古琴)이 만타ᄒᆞ기로[56] 원근을 혜지 아니 【96】코 이의 니르럿시니 아지 못게라[57] 가히 한 번 어서 보랴 ᄒᆞᆫᄃᆡ 외룡이 망ᄉᆡᆼ으로 더브러 금서 음률을 강론ᄒᆞᄃᆡ 망ᄉᆡᆼ이 손을 곱닐며 거문고 타ᄂᆞᆫ 법을 말ᄒᆞ니 신묘한 법이 만터라

(後聞新安吳商名畏龍者 蓄琴頗富 裹糧往訪 商見其攜有古琴 問煉士亦善此乎 對曰固生平所好也 但恨未遇名材耳 即指手中所攜者曰 此宋賈相悅生堂中物 向以五百金購得之 然亦非上品 聞先生多蓄古琴 故不憚遠涉 未識可賜一觀否 商與論琴理 筌爲細述勾撥挑剔之法 語多神解)

외룡이 일시의 능히 녁냑지 못ᄒᆞ여 신묘ᄒᆞᆫ 슈법을 보고ᄌᆞ ᄒᆞ거ᄂᆞᆯ 망ᄉᆡᆼ이 거문고ᄅᆞᆯ 술상의 노코 슈션됴(水仙操) 일곡을 ᄐᆞ니 소리 청렬ᄒᆞ여 산님(山林)의 묘명(杳冥)ᄒᆞ니 외룡이 송연[58]이 듯고 좌듕(座中)의 니러 다 절도히 즐기거ᄂᆞᆯ 망ᄉᆡᆼ이 곡됴ᄅᆞᆯ 파ᄒᆞ고 말ᄒᆞ여 왈 이 곡됴ᄂᆞᆫ ᄇᆡᆨᄋᆡ[59](伯牙) ᄒᆡ강(嵇康)의게 젼ᄒᆞᆫ 곡되라[60] 일홈은 광능산(廣陵散)[61]이니 ᄒᆡ

53) ᄯᆡ : 때
54) ᄯᅩ : 또
55) 거문괴 : 거문고가
56) 만타ᄒᆞ기로 : 많다고 하여
57) 아지 못게라 : 알지 못할 것이다
58) 송연하다 : 두려워 몸을 옹송그릴 정도로 오싹 소름이 끼치는 듯하다
59) ᄇᆡᆨᄋᆡ : 백아(伯牙)가
60) 곡되라 : 곡조이라
61) 廣陵散은 蔡邕의 저서 琴操에 기록되어 있는 由緖 깊은 曲으로, 晉나라 때의 隱士(竹林七賢 중의 1人)이며 거문고의 名手인 혜강이 어느 世外古人에게서 전수한 것이라 한다.

강이 죽은 후의 이곡되[62] 끈허[63] 젓더니 내 특별【97】이 의ᄉ로 히독ᄒ여 금보(琴譜)의 올녓노라 ᄒ니 외룡이 십습장지 하엿던 급십여장을 내여 노흐ᄃ 족히 다 보졸거시 업고
(商一時未能盡領 請傳之妙手 筌解囊 爲彈水仙操一闋 商危坐竦聽 如有山林杳冥海濤汩沒起於座中 輒爲嘆絶 筌停琴 言曰此調自伯牙傳至嵇康名廣陵散 所謂觀濤廣陵者也 康死此調已絶 某特以意譜之耳 商乃出其素所珍藏者十餘琴 皆不足觀)

최후의 한 거문고를 본 즉 금묘정(金貓睛)으로 휘(徽)를 민드며[64] 용 안석으로 진을 민들고 등의 쳔운금이 좌식여시니 진짓 고금의 빵이 업는 보빅라 망싱이 ᄉ랑ᄒ여 ᄎᄆ아[65] 노치 못ᄒ고 가져온 거문고와 밧고기를[66] 쳥ᄒᄃ 허치[67] 아니커ᄂᆯ 오빅금을 더 쥬어도 듯지 아니ᄒ고 시동을 명ᄒ야 드려 가거ᄂᆯ 망싱이 몸을 니러 창연히[68] 나와 그 집 문직힌자[69] 다려 무론ᄃ 답왈 쥬인이 한갓[70] 일홈만 ᄉ모ᄒᆯ ᄯᄅ미오 실상은 업【98】ᄉ더니 이제 션싱의 명감이 약ᄎ(若此)ᄒ니 엇지 니히[71]를 도라보리오 하더라
(最後一琴以金貓睛爲徽, 龍肝石爲軫背刻二字曰穿雲 質理密栗 古色黝然 曠代物也 筌愛玩不忍釋 請以所攜琴易之不許 增以五百金 亦不許 呼仆取入 筌乃起 悵然而出謀諸閽者 閽者謝曰主人亦徒慕風雅耳本無眞賞 今見師賞監若此 豈復能動以利乎)

망싱이 이의 승샤(僧寺)의 우거[72]ᄒ야 ᄆᆡᆼ세코 그 거문고를 엇지 못ᄒ면 집의 도라가지 아니ᄒ리라 ᄒᄃ ᄆᄎᆷ내 계(計)교[73] 업서 ᄂᆯ마다 술만 먹더니 일일은 밤의 홀노 안ᄌ 술 ᄒᆯ 먹다가 문득 싱각하니 낭탁[74]의 은젼은 장ᄎ 갈ᄒ고 거문고는 졸연히[75] 엇지 못ᄒᆯ지라 쳑연히[76] 눈물을 흘니고 안ᄌ더니 한 녀ᄌ[77] 우스믈 머금고 닐러 ᄀᆯ오ᄃ 여ᄎ 냥야의 ᄆᆰ

62) 이곡되 : 이 곡조가
63) 끈허 : 끊어
64) 민드며 : 만들며
65) ᄎᄆ아 : 차마
66) 밧고기를 : 바꾸기를
67) 허치 : 허락하지
68) 창연히 : 몹시 서운하고 섭섭하게
69) 문직힌자 : 문 지키는 사람
70) 한갓 : 고작하여야 다른 것 없이 겨우
71) 니히 : 니ᄒ다(利)
72) 우거(寓居) : 남의 집이나 타향에서 임시로 몸을 부쳐 삶. 또는 그런 집
73) 계교 : 계교가
74) 낭탁(囊橐) : 어떤 물건을 자기의 차지로 만듦. 또는 그렇게 한 물건
75) 졸연히 : 1) 갑작스럽게 2) 까다롭거나 힘들지 않고 쉽게
76) 쳑연히 : 척연(戚然), 근심스럽고 슬프다
77) 녀ᄌ : 여자가

은 노ᄅᆡ로 술흘 권ᄒᆞ여 울적ᄒᆞᆫ 회포를 위로코ᄌᆞ ᄒᆞ노라 ᄉᆡᆼ 【99】이 의아ᄒᆞ여 니ᄅᆞᄃᆡ 낭ᄌᆞᄂᆞᆫ 어ᄃᆡ로 조ᄎᆞ 오ᄂᆞᆫ 답왈 수고로이 뭇지 말지어다 그ᄃᆡ의게 화를 기칠 재[78] 아니로라 ᄒᆞ고 품속을 조ᄎᆞ 상아박판을 내여 금심(琴心) 일결을 창ᄒᆞᄒᆞᆫ지라

(筌乃出 賃居一僧寺誓不得琴不返 然卒無可爲計 惟日飮 無何一夕對月獨酌 念資用將竭而寶琴終不可得淒然泣下 忽聞墻陰屧響有聲一女子豐姿綽約 含笑而至曰如此良夜請爲淸歌侑酒以破岑寂可乎 筌訝問美人何來 女曰勿勞窮詰當非禍君者 遂於懷中取黃牙拍板唱琴心一折 音韻淒婉 顧盼生姿)

ᄉᆡᆼ이 년ᄒᆞ여 술 삼ᄇᆡ를 기우리고 상상(床上)의 취도 ᄒᆞ엿다가 술흘 셰혀보니 창젼(窗前) 월ᄉᆡᆨ(月色)이 형연ᄒᆞᆫᄃᆡ 미인이 홀노 안잣거ᄂᆞᆯ 도라가기를 ᄌᆡ촉ᄒᆞᆫᄃᆡ 녀ᄌᆡ ᄀᆞᆯ오ᄃᆡ 쳡이 ᄯᆞᆨᄒᆞᆫ ᄉᆞᄉᆞ로이 음분ᄒᆞᄂᆞᆫ 겨집이 아니라 낭군과 속세 연분이 잇고 낭군의 졍(情)이 이가치 깁흔고로 쥬인을 ᄇᆡ반ᄒᆞ고 온 ᄯᆞᄌᆞᆫ 장ᄎᆞᆺ 이몸을 의탁고ᄌᆞ ᄒᆞ미러니 군ᄌᆡ 【100】 이가치 거절ᄒᆞ믄 뜻밧기라 ᄒᆞ고 언필의 낭안의 누쉬여 우어ᄂᆞᆯ[79]

(筌連酹數觥竟醉倒於床上 及醒窗中斜月瑩然矣 女猶坐於燈前 遽起促之歸寢女曰妾亦非私奔者自蒙靑盼 覺人間尙有中郎 繼知君情深如許故背主而來將以此身相托 即君心中事或者猶可借箸不意見拒之深也 言已以袖揾淚)

망ᄉᆡᆼ이 녀랑의 ᄐᆡ되[80] 작약[81]ᄒᆞ고 언ᄉᆡ[82] 감ᄀᆡ[83]하물 보고 ᄆᆞ음이 동ᄒᆞ야 이의 ᄂᆞᄋᆞ가 옥슈를 ᄂᆞ으여 잡고 은근이 말ᄒᆞ며 왈 이곳의 류련ᄒᆞ여[84] 외룡의 명금을 혈심으로 구ᄒᆞ려 ᄒᆞ노라 ᄒᆞᆫᄃᆡ 녀ᄌᆡ 왈 이 일은 어려울 거시 업다 ᄒᆞ거ᄂᆞᆯ 망ᄉᆡᆼ이 이 말을 듯고 희불자승[85]ᄒᆞ여 드ᄃᆡ여 닛글고 금니의 드러가니 운우지졍이 녀산 악히ᄒᆞ여 늣게야 맛나믈[86] 한ᄒᆞ더니 이윽고 ᄂᆞᆯ이 장ᄎᆞᆺ 붉으려 ᄒᆞ거ᄂᆞᆯ 녀ᄌᆡ 왈 우리 낭군이 엇지 이곳의 오ᄅᆡ 두류[87]ᄒᆞ리오 ᄒᆞᆫᄃᆡ

(筌見其羅袂單寒 轉更韻絶乃擁之入懷 爲訴流連之故 女曰此易事耳 筌聞之 喜極曰 然則今夕願爲情死 遂擁入共相繾綣 既而烏語參横 女急起曰吾二人豈可復留此耶)

---

78) 재 : 자가

79) 원문을 보면 '言已以袖揾淚'라고 되어 있어 소매 속에 머리를 파묻고 우는 걸 의미한다

80) ᄐᆡ되 : 태도가

81) 작약(綽約)하다 : 몸매가 가냘프고 아리땁다

82) 언ᄉᆡ : 언사가

83) 감ᄀᆡᄒᆞ다 : 어떤 감동이나 느낌이 마음 깊은 곳에서 배어 나오다

84) 류련ᄒᆞ다 : 차마 떠나지 못하다

85) 희불자승(喜不自勝) : 어찌할 바를 모를 만큼 매우 기쁨

86) 맛나믈 : 만남을

87) 두류(逗留/逗遛) : 체류

망싱 왈 명금을 엇기젼 【101】의는 ᄃᆞ라가지 아니ᄒᆞ리라 녀지 우어 왈 군지는 다만 힝ᄒᆞ고 근심 말지어다 ᄒᆞ고 밧그로 ᄂᆞᄋᆞ가더니 녀지 저근[88] 협(篋)ᄉᆞ 하나를 가지고 드러와 도복 일습을 내여 싱을 닙히고 후문을 열고 ᄂᆞ가 힝ᄒᆞ다가

(筌辭以商琴未得女笑語曰 第行勿憂也 卽往墻角取一小篋出水田衣裙各一幷冠履易作道裝相與促裝 啓後扉而行)

듕도(中途)의셔 주렴의 드러가 술을 마시더니 일위 도ᄉᆡ 안잣거ᄂᆞᆯ 망싱이 긍경[89]ᄒᆞ여 읍ᄒᆞ고 담논ᄒᆞ니 물졍과 니긔를 깁히 아ᄂᆞᆫ지라 드ᄃᆡ여 술울 내여 서로 권ᄒᆞ니 녀랑이 피ᄒᆞ여 가거ᄂᆞᆯ 도ᄉᆡ[90] 가마니 닐너 왈 그ᄃᆡ ᄯᆞ라온 녀지 사룸이 아니니 금야(今夜)의 동침ᄒᆞᆯ ᄯᅢ의 【102】 내 문밧긔셔 셜법ᄒᆞ거든 단단이 안고 노치 말면 어둘거시[91] 이시리라 ᄒᆞ거ᄂᆞᆯ

도ᄉᆞ 가르친ᄃᆡ로 녀지로 동침ᄒᆞᆯ ᄯᅢ의 녀지 무슨긔미를 아ᄂᆞᆫ 듯ᄒᆞ여 거지 슈상ᄒᆞ거ᄂᆞᆯ 단단이 안고 놋치 아니코 잠드럿더니 야심후의 잠을 ᄭᆡ여 녀지를 어르만진 즉 녀지난 간ᄃᆡ업고 일장 고금(古琴)을 안고 잇ᄂᆞᆫ지라 ᄆᆞ음의 놀납고 의혹ᄒᆞ여 밧비 불을 켜고 ᄉᆞᆯ펴보니 뜻밧긔 평싱 ᄉᆞ모ᄒᆞᆫ던 외룡의 명금이라 싱이 깃거[92] 가지고 ᄂᆞᄋᆞ가 도ᄉᆞ를 뵈인ᄃᆡ 도ᄉᆡ왈 이ᄂᆞᆫ 양귀비 ᄐᆞ던 명금이라

(中途入一村店沽飮先有一道者在座筌揖與談理致玄遠遂邀共飮 女避去 道人密語曰 君相隨少尼非人也 今夜共枕時某於門外作法 君當緊抱勿釋 如其言果得一琴卽商所寶藏者也 大喜持示道人 道人曰此楊貴妃遺琴也)

남송(南宋)의 니르러 니종(理宗)[93]황뎨 봉ᄒᆞᆫ후의 산능의 순장(殉葬)ᄒᆞ엿더니 그후의 양련(楊璉)[94]이 파여내여 내든빈 되여시니 그ᄃᆡ 아니면 이가ᄐᆞᆫ 보빅를 가지지 못하지라고 금의 신통ᄒᆞᆫ 물건이 쇽인(俗人)의 슈듕(手中)의 드지 아니ᄒᆞᄂᆞ니 【103】 그ᄃᆡ난 다시 노산

88) 저근 : 작은
89) 긍경(矜競) : 재능을 뽐내어 남과 우열을 겨룸
90) 도ᄉᆡ : 도사가
91) 어둘거시 : 얻을 것이
92) 깃거 : 기뻐
93) 宋理宗 趙昀 : 宋의 제14대 황제이며 南宋 제5대 황제(재위 1225-64). 1224년에 寧宗이 병으로 쓰러져 위독한 상태에서, 寧宗의 친아들이 모두 요절하였으므로 재상 사미원에 의해 황태자로 옹립되어 되어 황위를 계승해 제5대 황제로서 즉위하여 40년 동안 재위하였다.
94) 양련 (920－940) 중국 五代十國 시대의 인물, 南吳 睿帝 양부(楊溥)의 장남. 江都王에 봉해져 930年에는 태자의 신분이 되어 徐知誥의 딸과 혼인하였다. 南唐이 세워지고 徐知誥[李昪]이 皇帝가 되자, 太子의 신분에서 황제 사위의 신분으로 弘農郡公、平盧軍、康化軍節度使、中書令 등을 역임했다. 940年 平陵에서 북경으로 가던 중 배안에서 만취한 상태로 죽은 채로 발견되었다.

(勞山)의 가지 말나 ᄒᆞ거늘 잠간 둘ᄶᅥ 쉼이서 ᄭᆡᆫ듯ᄒᆞ야 즉시 니러ᄂᆞ 도ᄉᆞ긔 ᄇᆡᄇᆡ 사례ᄒᆞ고 거문고ᄅᆞᆯ 닛글고 표연히[95] ᄂᆞᄋᆞ가 종남산(終南山)의 드러가 다시 도라오지 아니ᄒᆞ니라

(傳至南宋理宗曾以殉葬 後爲楊璉眞伽掘得 非君不足當此物 亦見古今神物 必不終淪於俗子手中 然君亦不可復至勞山矣 筌乍聞 恍若夢醒遂起再拜 攜琴入終南山不返)

외ᄉᆞ시왈 오외룡의 거문고ᄅᆞᆯ 만히[96] 어더[97] 두므로ᄡᅥ 겨유 쳔운금 ᄒᆞᄂᆞᆯ 어더시니 신통ᄒᆞᆫ 물건을 가히 만히 엇지 못하물 알괘라 그런 보ᄇᆡᄅᆞᆯ 알지 못ᄒᆞ고 허슈히[98] 간ᄉᆞᄒᆞ엿다가 ᄆᆞᄎᆞᆷ내 일허시니[99] 일홈을 외룡이라 하미 그 실리ᄅᆞᆯ 닐코ᄅᆞ미로다 노산 도ᄉᆡ 명금을 엇고 ᄌᆞᄒᆞ다가 낭탁의 금이 진ᄒᆞ므【104】로ᄡᅥ 엄읍 불낙ᄒᆞ니 만일 명금을 엇지 못ᄒᆞ면 장ᄎᆞᆺ 다시 도라가지 못ᄒᆞ랴 어리석다 도ᄉᆞ의 거문고 됴하ᄒᆞ미여 그러나 도ᄉᆞ의 어리셕근 벽이 아니면 ᄯᅩ 엇지 귀신을 통ᄒᆞ리오 세상의 아ᄆᆞ 일이나 즐겨하고 한ᄌᆡ조도 닐위지 못ᄒᆞᄂᆞᆫ자ᄂᆞᆫ 닷ᄌᆞ로닐ᄃᆡ 어리석지 안타ᄒᆞᄂᆞᆫ 쟤니 도ᄉᆞ의 어리석으물 밋지 못ᄒᆞ리로다

外史氏曰以吳商蓄琴之富而 僅得一穿雲琴亦見神物之未可多得矣 惜其不知所寶而慢藏以失之 名曰畏龍 稱其實矣 彼勞山道士者欲得良材而以金盡飮泣 設其終不得琴其將不復返乎 癡哉道士之好琴也 然非道士之癡 又烏能通乎鬼神若是 彼世之通脫自喜而卒於一藝無成皆其自謂不癡者也 於是乎道士之癡乃不可及

* 이 이야기는 거문고를 좋아하는 주인공이 양귀비가 타고 놀았다는 거문고 穿雲琴을 얻는 과정을 실감나게 그려내고 있다. 앞에서 소개했던 王韜의 〈東海老叟(天南遯叟)〉라는 작품에 비해 서술이 쉽고 재미있게 묘사되어 있어, 朱翊淸의 문체를 간단하게라도 느낄 수가 있다. 이 작품은 ≪埋憂集≫에 있는 다른 작품들과 비교해서도 뛰어난 작품으로 손꼽히는데, 거문고라는 독특한 소재를 통해 마치 한 편의 짧은 사랑이야기를 접하는 느낌을 받는다. 번역 또한 뛰어나 원작자의 의도를 잘 살려주고 있다고 볼 수 있다.

본 논문은 清代 文言小說集 ≪閒談消夏錄≫에 관해 전반적으로 개괄을 한 것이다. 1874년 朱翊淸의 ≪埋憂集≫과 1875년 王韜의 ≪遯窟讕言≫을 기본으로 하여 道光

95) 표연히 : 1)바람에 나부끼는 모양이 가볍게 2)훌쩍 나타나거나 떠나는 모양이 거침없이
96) 만히 : 많이
97) 어더 : 얻어
98) 허슈히 : 허술하게
99) 일허시니 : 잃어버렸으니

4年(1878)에 이 두 책을 합본하여 새로 ≪閒談消夏錄≫이라는 題名으로 출판을 하였다. 책에 朱翊清의 同治 13年 自序 이외에 어떤 흔적도 남아있지 않아 이 책을 누가, 왜, 어떤 의도로 묶었는지는 추정하기 힘들다. 단 朱翊清의 이름을 가탁한 것으로 봐서는 朱翊清과 연관이 있을 것이라고만 추정하는데 卷1에만 저자의 이름이 없을 뿐 卷2부터는 '外史氏著'라고 분명하게 언급되어 있어, 더욱 그 연관성에 대한 의문을 증폭시켰다. 하지만 王韜가 남긴 ≪遯窟讕言≫ 後書에 江西 지역의 書商에서 가탁했다는 기록만 남아있을 뿐이다. 결과적으로 이 ≪閒談消夏錄≫라는 문언소설집으로 인해 당시 이 ≪遯窟讕言≫과 ≪埋憂集≫라는 소설집이 상당히 인기가 있었다는 사실을 알 수 있게 되었다.

≪閒談消夏錄≫은 ≪遯窟讕言≫과 ≪埋憂集≫의 합본임에도 불구하고 국내에는 먼저 유입되었다. 현재 奎章閣에 소장되어 있는 ≪閒談消夏錄≫판본은 1878年本이지만, 奎章閣 소장본 ≪遯窟讕言≫은 1880年本이고 高麗大에 소장되어 있는 ≪埋憂集≫은 民國 연간에 간행된 판본이다. 더욱이 국내에서는 ≪閒談消夏錄≫일부가 번역까지 되어 貴重書로 남아있다. 國立中央圖書館에 남아있는 ≪閒談消夏錄≫의 한글 번역 필사본은 매우 정련된 궁서체로 필사되어 있는데, 어느 정도 지식과 교양 수준을 갖춘 사람이 번역하고 필사했을 것으로 추정된다. 대개 직역과 의역 위주로 번역하였는데, 본 논문에서는 ≪遯窟讕言≫에 들어있던 한 작품과 ≪埋憂集≫에 들어있던 한 작품의 내용만을 소개하여 번역본 ≪소하록≫에 대한 이해를 돕고자 하였다. 이후 한글 번역 필사본의 내용을 좀 더 연구한 후에 전반적인 번역 양상과 중국 및 조선에서의 수용 양상까지 살펴보는 기회를 갖고자 한다.

이번에 ≪閒談消夏錄≫의 연구는 전혀 예기치 못한 성과였다. 짐작컨대 아직까지 발굴해 내지 못한 소설방면의 여러 판본들이 더 숨어 있을 것이라고 본다. 연구자들의 세심한 관심을 통해 앞으로 더 많은 연구 성과들이 나오길 기대해 본다.

9. 淸代 文言小說≪螢窗異草≫의 판본과 국내유입*

중국 문언소설 중에서 최고의 작품을 뽑으라면 바로 ≪聊齋志異≫를 들 수 있을 것이다. ≪聊齋志異≫는 魏晉·唐의 소설기법을 그대로 받아들여, 기이한 것을 좋아하는 일반 독자층의 사랑을 한 몸에 받은 소설로 淸代의 대표적 문언소설인 동시에, 백화소설에 밀리어 식어가던 문언소설에 다시 한 번 번영의 불꽃을 당긴 소설이기도 하다. 그리하여 ≪聊齋志異≫가 나온 그 이후 아류작들이 대거 등장하는 계기가 되었고 또 당시 주류를 이루었던 백화소설 속에서도 문언소설의 명맥을 유지시켜주는 초석이 되었다. 이런 창작의 흐름은 民國 초기까지 이어졌으니, 그 인기를 가히 짐작할 만하다. 소위 "聊齋體" 라 불리는 이런 소설류는 淸代 문언소설 중에서 중요한 지위를 차지하게 된다. 魯迅도 ≪中國小說史略≫에서 ≪聊齋志異≫를 본받은 작품들을 아래와 같이 소개하며 열거하였다.

> 순수하게 ≪聊齋≫를 본받은 작품으로는 당시 吳門의 沈起鳳이 지은 ≪諧鐸≫ 10권이 있지만, 그 뜻이 지나치게 익살스럽고 문필역시 섬세하다. 만주의 和邦額이 지은 ≪夜譚隨錄≫ 12권은 다른 사람의 책에서 제재를 빌려 온 것이 자못 많아 모두 자신으로부터 나온 것은 아니다. 문투도 역시 때로 조야하고 거칠지만, 변방의 경물과 시정의 상황을 기술한 것은 특히 볼만하다. 그밖에 長白 浩歌子의 ≪螢窗異草≫3편 12권, 海昌 管世灝의 ≪影談≫4권, 平湖 馮起鳳의 ≪昔柳摭談≫8권, 근래에 이르러서는 金匱 鄒弢의 ≪澆愁集≫8권이 있는데 모두 지괴이며, 앞서의 책들과 마찬가지로 ≪聊齋≫의 상투적인 틀을 벗어나지 못하고 있다.[1)]

---

* 이 논문은 2010년도 정부 재원(교육과학기술부 인문사회연구 역량강화사업비)으로 한국연구재단의 지원을 받아 연구되었음(NRF-2010-322-A00128)
이글은 2011년 6월 ≪비교문화연구≫제23집에 투고된 논문을 수정 보완하여 작성한 것임.

노신이 언급한 목록 외에도, ≪聊齋志異≫의 영향을 받은 작품으로는 ≪小豆棚≫ · ≪淞濱漫錄≫ · ≪淞濱瑣話≫ 등이 더 있다.

≪螢窗異草≫는 소재, 형식, 필법에 이르기까지 ≪聊齋≫의 모방작이라 할 만하다. 심지어 '聊齋剩稿'라고 불려 지기도 하였다. 소재의 면에서 보면 중요한 것으로는 신과 귀신, 요괴, 여우 등이 등장하는 작품이 많다. 형식적인 면에서 보면 간단하고 생동감 있는 문언으로 쓰인 단편고사의 형식으로 되어 있다. 이야기 편말에 '外史氏' 와 '隨園老人'이 평했다는 짤막한 단평이 있다. 이 작품은 가장 비현실적인 기이한 이야기를 취해 현실생활에 반영하여 완곡하게 표현함으로서 작가의 사상을 반영하였다.

1872년 4월 30일 上海에서 정식으로 개업을 시작한 申報館이라는 書坊이 있었다. 이 출판사에서는 주로 문언소설류의 작품들을 인쇄하여 시중에 유통시켰는데[2] 그 중 淸 光緖 2-3年(1876-1877) 에 ≪螢窗異草≫라는 작품을 출판하였다. 初編、二編、三編, 每編 四卷, 총 3편 12권 138편의 작품으로 구성되었다. 총 3십 여 만자로 평균한 작품 당 2천자의 분량이 된다. 작가는 단지 長白浩歌子라고만 되어있을 뿐 그가 누구인지에 대한 설명은 되어 있지 않다. 출판되면서 독자들의 사랑을 받았지만, 오히려 거의 연구되지는 못한 실정이다. 노신의 ≪중국소설사략≫ 이외에도 寧稼雨의 ≪中國文言小說總目提要≫, 侯忠義의 ≪中國文言小說參考資料≫, 袁行霈와 侯忠義의 ≪中國文言小說書目≫, 林辰의 ≪神怪小說史≫, 薛洪彭의 ≪傳奇小說史≫, 李劍國과 陳洪의 ≪中國小說通史≫ 등에 오직 書名만 기록되어 있는 정도이다.

** 주저자 : 유희준(慶熙大學校 비교문화연구소 전임연구원) / 교신저자 : 민관동(慶熙大學校 중국어과 교수)

1) 魯迅 著, 조관희 역주, ≪中國小說史≫, 소명출판, 2004, 540-541쪽.

2) 書坊 申報館의 문언소설 출판 상황: 宋莉貨 著, ≪明淸時期的小說傳播≫, 中國社會科學出版社, 362쪽.

書 名	定 價	折 銀
印雪軒隨筆四卷	每部四本價洋二角	一錢五分
庸閑齋筆記八卷	每部四本價洋二角五分	一錢八分
遯窟讕言十二卷	每部四本價洋四角	二錢九分
客窗閑話正續十六卷	每部四本價洋四角	二錢九分
螢窗異草四卷	每部四本價洋二角	一錢五分
影談二卷	每部四本價洋一角五分	一錢一分
…	…	…

이 작품은 1876년 최초 인쇄되어 출판되었지만, 오히려 학계에서는 깊이 있는 논의가 이루어지지 못했다. 1980년대에 들어서면서 그나마 연구가 진행되어 그 성과물들이 조금씩 소개되었다. 薛洪의 〈≪螢窗異草≫論略〉, 祝注先의 〈長白浩歌子和他的≪螢窗異草≫〉, 王鴻蘆의 〈關於≪螢窗異草≫幾個問題的探討〉 등을 선두로, 최근 2000년대에 들어서서 ≪螢窗異草≫에 대한 연구가 비교적 활발히 진행되기 시작하였다. 裴效維의 〈≪螢窗異草≫的寫作時間及作者考〉, 李峰의 〈也談≪螢窗異草≫之成書年代及作者〉, 劉燕萍의 〈≪螢窗異草≫中的人仙戀〉, 李傑玲과 李寅生의 〈≪螢窗異草≫: ≪聊齋≫餘瀾中的波峰-探析≪螢窗異草≫的思想和藝術特色〉, 王海洋의 〈合說部之衆長續≪聊齋≫之神韻-淸代仿≪聊齋≫傳奇小說槪念〉 등의 논문이 나왔고 2006년에는 석사논문 2편이 나왔다. 한 편은 紀芳의 〈≪夜譚隨錄≫·≪螢窗異草≫報恩主題作品的文化闡釋〉이고, 다른 한 편은 段潁의 〈"人間四月芳菲盡, 山寺桃花始盛開"-論文言小說≪螢窗異草≫〉등 이다. 하지만 이들 논문은 주로 작가의 고증문제, 창작시기의 문제와 판본, 인쇄의 문제 등을 다루는데 그쳤다. 그에 반해 2009년 李曉暉의 〈≪螢窗異草≫研究〉 에서는 소재와 내용, 예술성취에 대해 구체적으로 언급되어 있어, 관심을 기울일 만하다.

이렇듯 중국에서는 ≪螢窗異草≫의 가치를 찾기 위한 노력과 연구가 조금씩 일어나고 있지만, 국내에서는 아직까지 소개조차 되어 있지 않은 실정이다. 때문에 필자는 본 논문을 통해 ≪螢窗異草≫의 작가와 판본에 대한 정황을 살펴보면서, 한국에 유입된 시기, 국내 소장된 규장각 판본을 비롯한 몇몇 대학에 소장된 판본을 소개하고자 한다.

9.1 작가 "長白浩歌子"에 대하여

1) 작가에 관한 4가지 설

≪螢窗異草≫의 작가 署名은 長白浩歌子 라고 되어 있으며, 이것은 당연히 필명이다. 長白浩歌子의 신분에 대해서는 의견이 분분하지만, 주로 4가지 설로 귀결된다.

첫째, 長白浩歌子는 乾隆年間 大學士 尹繼善의 여섯 째 아들 尹慶蘭이라는 설이다.

이 의견에 대해서는 梅鶴山人이 〈≪螢窗異草≫序〉에서 말하길 "누군가 ≪螢窗異

草≫필사본 三冊을 보았다고 하는데, 署名이 '長白浩歌子'라고 되어있다고 한다. 어느 시대 사람인지 밝히진 않았지만, 尹씨네 6째 아들이라고도 한다[3])"라는 언급이 있다. ≪螢窗異草提要≫에 이르길 "浩歌子는 尹文端의 6째 아들로, 似村은 秀才로서 생을 마감했다고 전해진다. 귀한 신분이었지만 저술에 뜻을 두어, 이젠 귀하다고 할 수 없다"[4])라는 구절도 있다. 또한 清末 民初 사람 恩華(1868-?年)가 1936년에 편찬한 ≪八旗藝文編目≫에 稗說類 "螢窗異草條" 아래에 "만주 경란 저, 경란의 자는 사촌이고, 양생(庠生)이다. 윤문단의 아들이다"[5])라는 기록이 있다. 袁行霈, 侯忠義의 ≪中國文言小說書目≫에도 ≪螢窗異草≫의 작가를 尹慶蘭이라고 언급했다. 馮偉民 · 薛洪 · 祝注先 등의 학자들도 尹慶蘭의 생애와 문학적 소양 등을 고찰하면서 ≪螢窗異草≫의 작가를 경란이라고 고증했다. 이 '윤경란설'은 거의 학계에서 받아들여지고 있는 설이다. 그 외의 說들이 있지만, 크게 주목을 끌 만한 주장은 아니다. 여기서는 단지 간단하게 소개하려 한다.

둘째, 작가는 申報館의 文人이라는 설이다.

清末 학자 平步青(1832-1895年)은 이 작품을 반드시 윤사촌이 썼다고 할 수도 없을 뿐 아니라 원매가 평을 달았으나, 모두 허황된 이야기로 사건을 증명할 수 없다고 했다. 2편, 3편의 이야기를 봐도 졸렬한 편이라고 주장하면서, 당시 신보관에 속해 있던 문인이 출판을 위해 쓴 것이라고 주장했다.[6])

셋째, 작가는 光緒 年間에 과거를 치르려는 문인이라는 설이다.

陳祖武와 李金松은 二編 卷四 〈竊妻〉에 나오는 "西國友人"이나 "香港" 등의 단어들을 근거로 들면서 작가는 19세기 후반에 이름을 숨긴 문인이라고 주장했다.[7])

넷째, 작가는 이름을 드러내지 않은 여성작가라는 說이다.

李傑玲、李寅生은 〈≪螢窗異草≫:≪聊齋≫餘瀾中的波峰-探析≪螢窗異草≫的思想和藝術特色〉에서 소설 속의 여성 형상을 분석한 후에, 작가는 여성일 수도 있다

---

3) 梅鶴山人, ≪螢窗異草(螢窗異草序)≫, 北京: 人民文學出版社, 1990, 1쪽.
4) 相傳浩歌子爲尹文端第六子, 似村以一秀才終, 貴介而能注意著述, 已爲難能可貴.
5) 滿洲慶蘭著. 慶蘭字似村, 庠生. 尹文端公子.
6) 平步青, ≪霞外裙屑≫上, 上海:上海古籍出版社, 1982, 392쪽.
7) 陳祖華, 〈螢窗異草成書年代獻疑〉, ≪貴州社會科學≫, 1988, 第10期, 60쪽.
李金松, 〈螢窗異草成書年代及作者辨〉, ≪文獻季刊≫, 2000, 第3期, 286쪽.

고 반론을 제기했다.8)

이런 네 가기 설이 존재하지만, 본고에서는 이미 ≪螢窗異草≫의 작가로 고증된 '尹慶蘭說'에 초점을 맞추어 가족들과 그 자신의 생애를 살펴보고자 한다.

2) 尹慶蘭의 가족과 생애

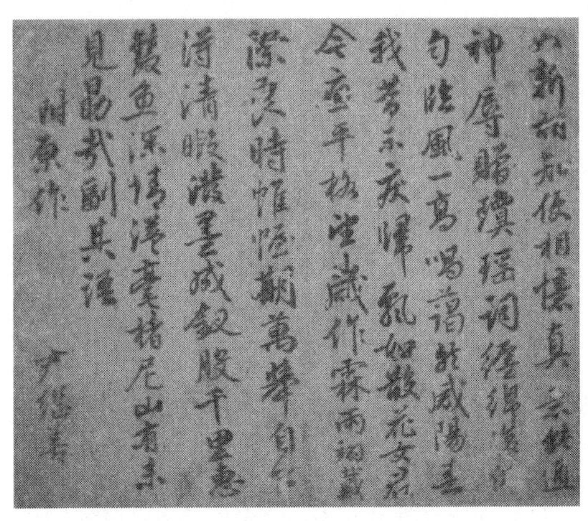

〈그림 1〉 윤계선의 筆跡(詩)

尹慶蘭은 字가 似村으로 본래 姓은 章佳이다. 滿洲 鑲黃旗人으로 조상들은 遼東지역에 적을 두고 있었다. 祖父 尹泰(?-1738年)는 兵部尙書를 역임하고, 東閣大學士 재상까지 지냈으며 학문에 뛰어나, ≪大淸會典≫·≪世宗實錄≫의 편찬에도 관여했다. 乾隆 3年에 세상을 떠났는데, 그에 대한 기록은 ≪淸史稿≫卷289에 전한다.

부친 尹繼善(1696-1771年)은 字가 元長이고 號는 文端이었다. 만년에 스스로 望山이라는 호를 붙였다. 尹泰의 다섯째 아들로 雍正 元年(1723)에 進士가 되어 翰林에 들어갔으며, 33세에 江蘇巡撫、34세 江南河道總督 등의 직을 역임하면서 刑部尙書 등, 文英殿大學士로 재상직을 지냈다(≪淸史稿≫권3. 〈尹繼善傳〉). 雍正·乾隆 兩朝 50년의 관직생활을 하였는데, 乾隆의 총애를 한 몸에 받았다고 전해진다. 윤계선의 여식을 황제의 여덟 번째 아들의 妃로 삼았고, 그 妃의 생모와 계선의 측실들에 이르기까지 모두 "夫人"의 호칭을 내려주었으며, 계선의 70세 생일에 "韋平介祉"라는 편액을 친히 하사하였을 정도로 친밀한 관계를 유지하고 있었다. 乾隆은 繼善의 문학적 소양을 높이 평가해서 특히 詩를 사랑했으며, 그가 세상을 떠났을 때는 특별히 애도의 뜻을 전하여 은자 5천을 하사하며, 여덟 째 아들을 친히 보내기도 하였다고 전해진다.9) 그의 저서 ≪尹文端公詩集≫10卷에는 1710

8) 李傑玲, 李寅生, 〈螢窗異草: (聊齋) 餘瀾中的波峰- 探析(螢窗異草) 的思想和藝術特色〉, ≪蒲松齡硏究≫, 2007, 第2期, 145쪽.

수의 시가 수록되어 있다.

尹慶蘭의 형제는 13명이었는데, 尹慶蘭의 셋째 형 慶玉(?-1787年)은 字가 璞齋, 號가 兩峰이다. 乾隆 21年(1756) 擧人이 되었으며, 安徽按察使、湖北布政使 등의 관직을 역임했다. 袁枚의 ≪隨園詩話≫卷14에 이르길 "윤씨 형제들은 모두 詩에 능했는데, 그 중 셋째 양봉이 가장 뛰어나다"[10]라고 할 정도로 문학적 능력이 뛰어났다. 저서로는 ≪錦繡段詩集≫가 있다.

넷째 형 慶桂(1735-1816年)는 字가 樹齋로 乾隆 21年(1755) 그의 나이 21세에 이미 戶部員外郎이라는 관직을 받았다. 그 후 60년 동안 乾隆, 嘉慶 年間에 이르는 동안 兵部尙書까지 올랐고, 嘉慶 초에 또 文淵閣大學士로 재상에 임명되는 등 82세로 생을 마감하기까지 10종의 관직을 하사받게 된다. ≪小倉山房詩集≫에 袁枚와 주고받은 詩가 여러 首 전한다.

다섯째 형 慶霖(1737-1806年)은 字가 雨林, 號가 晴村이다. 侍衛·侍講·寧古塔副都統·靑州副都統·江寧將軍·福州將軍 등을 지냈다. 비록 시문집은 전하지 않지만 袁枚가 ≪題慶雨林詩冊≫詩序에 "甲戌 봄淸江에서 雨林의 詩書가 한 冊이 완성 되었다(甲戌春在淸江, 爲雨林公子書詩一冊)"라고 전하고 있다. 甲戌은 乾隆 19年(1754)으로 慶霖이 18세 되던 해이다. 이미 이때에 시문집이 있었던 것으로 보인다. 그림에 능했으며, 특히 蘭을 잘 그렸다고 전해진다.

또한 慶蘭에게는 생졸년이 알려지지 않은 慶保라는 어린 남동생이 있었다. 字는 佑之이고, 號는 蕉園이다. 江蘇布政使·廣州將軍 등을 역임했으며, 시를 잘 지어 ≪蘭雪堂集≫이 있다. 그림에도 능했는데, 꽃과 나비 그림을 잘 그렸다고 한다.

이렇듯 윤씨 가문이 비록 만주인이기는 하지만 한 집안에 삼대에 이르는 동안 모두 재상을 배출한 일은 淸代에 매우 드문 일이었고, 역대에도 보기 힘든 일이라고 한다. 앞에서도 언급했듯이 尹慶蘭의 여동생도 여덟 번째 왕자의 妃가 되었으니, 尹氏 가문은 그야말로 명문세가라고 할 만하다. 慶蘭은 이런 집안 분위기에서 자연스럽게 성장하면서 학문적 소양을 넓힐 수 있었다.

慶蘭은 尹繼善의 여섯 째 아들이다. 일찍이 건륭이 大殿에서 수재라고 칭해, 그 일

9) 李曉暉, 〈≪螢窗異草≫硏究〉, 華中師範大學, 2009, 碩士學位論文, 5쪽.

10) 尹氏昆季皆能詩, 而推三郎兩峰爲最.

로 인해 "殿試秀才"로 불리기도 했지만, 후에 오히려 과거시험에 낙방하여 평범하게 단지 秀才로서 생을 마감했다. 乾隆年間 유명한 문인 袁枚와 尹씨 집안은 두 세대 간 서로 친밀한 교류가 있었다고 전해진다. 袁枚는 尹繼善의 제자였고, 그래서 윤씨 집안의 형제들과도 각별했으며 여섯 째 아들인 慶蘭과는 20년의 나이 차이를 초월한 知己라고 전해진다. 袁枚의 ≪小倉山房詩集≫卷三十二에 〈哭似村〉이라는 詩가 있는데, 서문에 "今春始寄答二章, 詩未到而似村亡" 라는 구절이 있다. 이 '今春'이라는 단어로 유추해보면 사촌은 봄에 세상을 떠났다. 또한 卷32에는 丁未에서 庚戌의 詩歌들이 수록되어 있는데, 시간을 유추해보면, 〈哭似村〉의 詩 〈秋暑〉는 戊申 가을이라고 볼 수 있다. 〈哭似村〉의 "今日思量可能再? 幾行衰淚付秋風" 라는 구절에서 '秋風' 단어를 보면, 이 시는 가을에 썼음을 알 수 있게 한다. 〈哭似村〉 후반부에 〈己酉元日香亭以詩見寄依韻答之〉 시는 '元日'라는 말로 보아 당연히 己酉 정월 초하루에 썼을 것이다. 시간 순서에 따라 배열된 ≪小倉山房詩集≫의 시들을 살펴보면 〈哭似村〉는 戊申 가을에 쓰여 졌고, 그 해 봄에 尹似村이 세상을 떠났다고 볼 수 있는 것이다. 즉 乾隆 53年(1788) 봄이 戊申이었고, 尹似村이 죽은 것이다. ≪小倉山房詩集≫ 卷十四 〈投尹六公子似村〉에 "我年如郎小, 初拜老尙書. 忽忽二十年, 郎年復我如" 로 보아 尹似村은 원매보다 20살 아래인 것으로 보인다. 袁枚는 康熙 55年(1716)에 출생하였고 尹似村는 乾隆 元年(1736)에 출생하였다. 그렇다면 尹慶蘭은 乾隆 元年에 태어나서 53年(1736-1788)에 생을 마감한 것이고, 그의 나이 향년 53세였다.[11]

尹慶蘭은 어릴 적 곁에서 부친을 따라다니며 모셨다. 부친의 50년 관직 생활 중 북경에 머물렀던 시간은 그리 길지 않다고 한다. 초반의 2-3년 이후 20여년 이상을 전국 여기저기 지방관으로 발령받았고, 그럴 때마다 부친을 따라 거의 대륙 전 지역을 돌아다녀야만 했다고 전해진다. 東으로는 浙江·江蘇, 西로는 四川·陝西·雲南·貴州·北으로는 伊犁·遼東·北京, 南으로는 廣東·福建 등 광범위한 지역을 돌아다니며 그 곳들의 생활을 직접 체험할 수 있었는데, 이런 경험은 훗날 경란의 창작에 밑거름이 된다. 앞에서 언급했지만 乾隆 12年(1747), 12세에 慶蘭은 황제로부터 '秀才'라고 칭함을 받았다.[12] 이것은 慶蘭에게 있어 공명의 길로 들어서는 가장 화려한 입문과도 같은 것이

11) 원매와 19살 차이로 보고 있는 說도 있다. (裵效維, 〈螢窗異草的寫作時間及作者考〉, ≪文史≫, 2000, 第1期)

었지만, 이후 그는 과거 시험에 낙방하여, 종신토록 단지 수재에 머물고 만다.

乾隆 20年(1755), 慶蘭은 아버지를 따라 江南에 와서 隨園에 머물게 되면서, 隨園主人인 袁枚와 평생의 知己가 된다. 30여년의 사귐이 드디어 시작된 것이다. 이때는 慶蘭이 막 아름다운 신부와 결혼하여 둘의 금슬은 매우 좋았던 때라서 袁枚는 특별히 〈尹六公子花燭詩〉 五首를 지어 축하했다고 전해진다. 그 중 "尙書婚嫁人間說, 開到瓊花第六枝" 句가 있다. 그 후 10년 동안 慶蘭은 줄곧 강남에 머물렀으나 乾隆 30年(1765)에 부친이 마지막 6-7년을 북경에서 재상직을 지냈기 때문에 江南을 떠나야 했는데, 경란역시 아버지를 따라 강남을 떠나게 된다. 이때도 袁枚는 送別詩 四首를 지어 주었다고 전해진다. 〈送似村公子還長安〉는 모두 三首인데, 이 시기 慶蘭의 생활에 대해 언급한 구절도 있다고 한다.[13] 그리고 나머지 한 수는 〈同梅岑送似村渡江同宿浦口別後卻寄〉의 "君行淚不收, 我歸淚更流"로 袁枚와 慶蘭의 깊은 우정과 헤어지기 아쉬운 마음을 그대로 나타냈다.

이후 두 사람은 수십 년 동안 거의 하루도 빠짐없이 서신을 왕래하였지만, 다시 만나지는 못했다고 한다. 乾隆 36年(1771) 경란의 나이가 이미 30대 중반으로 들어섰을 무렵 아버지 尹繼善이 사망하게 된다. 그는 부친이 돌아가시기 전부터 스스로의 삶을 준비하여 이후 시골에서 유유자적하며 안빈낙도의 생활을 했다고 한다.[14] 부와 권력을 가진 집안의 귀한 신분에서 곤궁한 일개 평민으로 전락한 것이다. ≪紅樓夢≫의 작가 曹雪芹과도 친분이 두터웠던 만주족 시인 明義는 慶蘭과도 친분이 매우 두터웠는데, 明義의 〈綠煙瑣窗集〉에 慶蘭과 주고받은 시 18수가 전한다. 明義의 시를 통해 경란의 후반부 삶을 유추해보면 마치 도연명처럼 은거생활을 하며 공명에 욕심을 버렸다고 전해진다.[15] 가문은 부귀하였으나 낡은 가옥 몇 채를 손질하여 홀로 후미진 곳에 머무름으로써 방문을 피하였다고 전해진다. 또한 시 읊조리는 것을 좋아하였고, 회화에도 뛰어났다고 한다.

---

12) 袁枚의 ≪隨園詩話補遺≫卷四에 이르길 "〈殿試秀才〉 者, 以丁卯(即乾隆十二年, 1747年)科試, 諸生鬧場, 上惡之, 親自監試, 似村獨蒙欽取故也"이라고 했다.

13) "全家歸網下, 後會真茫茫. 我聞斯言畢, 中懷惻以傷""君家瓊瑤枝, 森森十三樹. 偏君最有緣, 十載江南住"

14) 裵效維, 〈螢窗異草的寫作時間及作者考〉, ≪文史≫, 2000, 第1期, 3쪽.

15) 李曉暉, 〈≪螢窗異草≫硏究〉, 華中師範大學, 2009, 碩士學位論文, 6쪽.

袁枚의 ≪小倉山房外集≫卷三에 〈尹似村公子詩集序〉가 있는데, 이미 이 시기에 尹慶蘭의 詩集이 출판되었다고 한다. 하지만 안타깝게도 이미 유실되고 지금은 전하지 않고 있다.

清末 民國初의 徐世昌이 편찬한 淸詩總集 ≪晚清落詩匯≫二百卷에는 詩人 6천 백여명과 詩 2만7천首가 수록되어 있는데 慶蘭과 그의 시집에 대해서도 간단히 소개되어 있다. "慶蘭은 字가 似村이고 滿洲旗人으로 庠生이다. ≪小有山房詩鈔≫·≪絢春園詩鈔≫이 있다"고 하면서 〈秋日卽事〉[16]·〈芳園〉[17]·〈卽景〉[18]이라는 시 세수를 소개하고 있다.

이 시 세수는 모두 정경을 읊은 것이다. 〈秋日卽事〉는 가을의 정경으로 秋光·夕陽·雁聲·苔痕·茉莉 등의 意象이 가을의 높고 시원한 기운의 풍경과 조화를 이루고 있다. 가을의 정취를 읊는 일반적인 시에 등장하는 蕭瑟이나 凋零之氣 같은 단어는 보이지 않는다. 이것은 작가의 평안하고 욕심 없는 마음이 전달된 것이라 볼 수 있다. 〈芳園〉 〈卽景〉은 모두 봄의 정경을 묘사했다. 芳園의 버드나무에 안개 자욱 깔리고, 멀리 산의 색이 푸르러 더욱 아름답다. 비 온 뒤의 맑은 하늘은 마치 씻어낸 듯 하고, 맑은 봄 볕 아래에서 시인은 죽림에 앉아 거문고를 뜯는다. 때론 석양아래서 낚시대를 기울이고, 때론 정원의 아름다운 꽃들을 감상한다. 이것은 바로 유유자적 은거하는 삶을 반영한 것이다.

滿族 詩人 鐵保가 嘉慶 9年(1804)에 八旗詩歌總集 ≪熙朝雅頌集≫134卷을 발간했는데, 清初에서 嘉慶초까지의 534명의 八旗詩人의 시 6천여수가 수록되어 있는데, 卷第一百二에 慶蘭의 詩 28수가 남아있다. 비교적 중요한 작품으로는 〈竹窗試筆〉·〈春寒〉·〈元武湖泛舟〉·〈春歸〉·〈綠陰〉·〈春日〉·〈閑意〉 등이 있다. 주요한 내용으로는 景物을 읊은 것이거나, 여행기, 이별, 회답시, 친구간의 우정 등으로 산야에 은거하는 한적한 심정이 평담한 일상 정취와 잘 어우러져 있다.

---

16) 〈秋日即事〉 秋光半院夕陽西, 散步清搏手自攜. 花滿欄前人影瘦, 雨餘山外雁聲低. 湘簾風細波初動, 曲徑苔深路欲迷. 好傍小窗安茉莉, 愛他香晚透玻璃.

17) 〈芳園〉 芳園楊柳帶煙和, 聊試掉前一曲歌. 欲透春光簾半卷, 好收山色鏡新磨. 鵲非報喜何妨少, 雨縱澆花也怕多. 解事小奚知我意, 卻從竹裏抱琴過.

18) 〈即景〉 碧天雲淨雨初收, 水滿平橋卻礙舟. 忽聽屐聲叢竹裏, 是誰先我上層樓. 新柳才青鳥未遮, 釣竿好趁夕陽斜. 園中細草憑他長, 多恐鋤時誤去花.

이미 여러 학자들이 고증했듯이 ≪螢窗異草≫의 작가에 대한 자료들에 의하면, 그래도 '尹慶蘭說'이 가장 믿을만하다. 慶蘭은 특수한 신분이었기 때문에 중국대륙의 여러 곳을 다니면서, 견문을 넓힐 수 있었다. ≪螢窗異草≫의 내용이 주로 西北과 西南 위주로 치우쳤는데, 이것은 그 곳에서의 경험을 통해 그려낼 수 있었다고 본다. '長白浩歌子'에서 '長白'을 長白山으로 보는 견해도 있다. 장백산은 滿族人의 발양지다. 청대 사람들은 長白山을 숭배했는데 康熙·乾隆·嘉慶 모두 친히 장백산에 와서 조상님께 제를 올렸었다고 한다. 청대 사람들은 종종 자신을 '長白某某' 라고 칭하였고, '長白山人'의 작가 王會역시 만주족이었다. 따라서 윤경란 역시 만주족 신분으로 '장백'이란 호칭을 가져왔을 가능성이 농후하다. 어쨌든 남아있는 자료와 尹慶蘭의 생애, 그의 남겨진 시와 작품들을 살펴보면, ≪螢窗異草≫의 작가는 결국 尹慶蘭으로 귀결되고, 乾隆元年에 태어난 그는 53년(1736-1788)을 일기로 생을 마감한 것이다.

9.2 ≪螢窗異草≫의 창작시기와 내용

1) 창작시기와 판본

≪螢窗異草≫가 쓰여 진 시기에 대해서는 두 가지 설이 있다. 하나는 乾隆年間의 작품이라고 보는 견해이고, 두 번째는 光緒年間의 작품이라는 주장이다.

비록 두 가지 견해가 거론되기는 했어도, 魯迅을 비롯한 학자들이 첫 번째 견해에 힘을 실어 주고 있다. 우선 戴不凡은 ≪小說見聞錄≫에서 ≪聊齋剩稿≫의 잔여분 중 일부 필사본을 보았다고 하면서, 종이색과 인쇄색을 보고 건륭연간보다 늦지 않을 것이라고 했다.[19] 여기서 말하는 ≪聊齋剩稿≫31편은 ≪螢窗異草≫와 같은 본이라고 학자들이 고증했고, 그래서 이 두 책은 같은 책이고, 尹慶蘭이 쓴 것으로 인정되었다. ≪聊齋剩稿≫卷三·卷十의 31편 편목을 ≪螢窗異草≫에서 모두 찾아볼 수 있고, 한 글자도 틀리지 않고, 순서도 바뀌지 않았다고 고증했다. 후에 현대학자 薛洪·祝注先 등 역시 대불범의 설을 이어 乾隆年間의 작품이라고 주장했다.

---

19) 戴不凡, 〈僞題(聊齋剩稿)殘帙〉, ≪小說見聞錄≫(1980. 2), 浙江人民出版社, 243쪽.

〈그림 2〉 申報館板本系列

〈그림 3〉 申報館板本系列

魯迅은 ≪中國小說史略≫第22篇 〈청대: 晉唐소설 모방과 그 지류(淸之似擬晉唐小說及其支流)〉에서 ≪聊齋志異≫를 모방한 7개의 작품을 언급했는데, 그 중 ≪螢窗異草≫에 대해 "長白浩歌子의 ≪螢窗異草≫ 3편 12권(건륭대에 모방한 작품으로 별도로 4편 4권이 있다고 하나, 이 책은 위조일 것이다.似乾隆中作, 別有四編四卷, 乃書估僞造)"라고 하였다.[20] 노신이 언급한 4편 4권은 지금도 그 존재 여부를 알 수 없지만, 남아있는 3편 12권은 위작이 아닌 長白浩歌子가 틀림없이 쓴 것이다. 물론 이런 판본이 후인의 위작들과 섞였다면, 최초 필사본의 종이 질이나 색을 보지 않고서는 언제 창작되었는지를 가리기는 힘들 것이다. 결국 노신은 책의 序言 중 "或稱爲尹六公子所著"라는 글귀와 작품의 내용을 통해 창작연대를 건륭연간으로 추정하였다고 볼 수 있다.

≪螢窗異草≫의 138편 중 41篇은 이야기가 일어난 시간적 배경을 언급하고 있다. 北宋 元祐에서 淸代 중엽까지 약 700여년의 시간을 넘나든다. 구체적으로 宋 元의 이야기는 各 1篇, 明代를 배경으로 한 이야기는 12篇, 明末 淸初의 이야기 1篇, 淸代는 26篇에 해당된다.

하지만 宋·元代의 이야기를 보면 國號·年號·干支 등이 정확히 표기 되지 않았다. 예를 들면 "宋元祐間"(≪虢國夫人≫)·"元皇統中"(≪蘇緒≫)·"故明天啓五年"(≪薑千裏≫) 등으로 시간을 언급했다.

20) 魯迅 著, 조관희 역주, ≪中國小說史≫, 서울 : 소명출판, 2004, 540-541쪽.

그리고 淸代初에서 康熙年間의 이야기들을 보면 모두 國號가 생략되어 있고, 단지 年號나 干支만을 언급했다. 예를 들면 "康熙戊子"(≪柳靑卿≫), "康熙初年間"(≪癡婿≫) 또는 "國初"(≪程黑二≫)라고 시대배경을 설명하고 있다. 이것은 ≪螢窗異草≫가 淸代 康熙以後에 쓰인 것임을 입증해 주고 있다.

시간적 배경이 나타난 41편 중 19篇은 國號·年號 모두 생략되어 있고 단지 幹支만을 언급하고 있으며, 혹은 春、夏、秋、冬을 덧붙이기도 했다. 예를 들면 "丙子歲"(〈金三娘子〉)、"甲子夏"(〈玉鏡夫人〉)、"庚午春"(〈賈女〉)、"戊子秋梢"(〈訾氏〉) 등이 그러한 예이다. 옛 사람들은 글을 쓸 때 습관적으로 자신이 살고 있는 시대의 年號를 생략하는 경향이 있기 때문에 이런 干支 기록은 매우 중요하다. 이런 정황이 ≪螢窗異草≫의 창작연대를 추정할 수도 있게 해준다.

≪螢窗異草≫初編 卷四 마지막에 있는 〈狐嫗〉의 내용에 언급되어 있는 "辛未大駕南巡", "淸和下旬"가 있다. ≪淸史稿 · 高宗本紀≫에 의하면, "乾隆'十六年春正月……上奉皇太後南巡', 至四月底回京." 라는 기록이 있다. 乾隆 16年이 곧 辛未年이었고, "淸和下旬"은 음력 4월 하순이 된다. 따라서 〈狐嫗〉의 "辛未大駕南巡"은 바로 乾隆皇帝의 南巡을 말하는 것이다. 작품에서 언급된 간지 중에서 가장 이른 것은 "乙卯"(雍正 13年)이고, 그 다음이 "丁巳"(乾隆 2年), 가장 늦은 것이 "己亥"(乾隆44年)이다. 결국 "乙卯"외에, 다른 간지들은 모두 乾隆年間을 가리킨다. ≪淸史稿·高宗本紀≫에 의하면, "雍正 13年 8月에, 世宗(雍正)이 崩禦하시고, 황제의 네 번째 아들 弘歷이 황위에 오르니 바로 高宗(乾隆)이다. 다음해에 정식으로 연호를 乾隆으로 바꾸었다"라는 기록이 있다. 그렇다면 雍正 13年 8月에 이미 乾隆이 황제자리를 받았기 때문에 ≪螢窗異草≫의 시대적 배경은 건륭연간이 되고, 작가 역시 건륭연간 사람이다. 때문에 창작연대도 이 시기로 추정할 수 있는 것이다.

裵效維은 ≪螢窗異草≫중 가장 늦은 간지 연도가 "己亥(乾隆 44년)"인 것을 감안하고, 경란이 세상을 떠난 시기가 乾隆 53年인 것을 감안하여, 乾隆 44年에서 53年 사이(1779-1788) 그 9년의 기간 동안 창작을 했을 것이라고 추정했다.[21]

두 번째는 光緖年間의 작품이라는 주장이다. 이 책의 작가는 申報館文人 혹은 19세

21) 裵效維, 〈螢窗異草的寫作時間及作者考〉, ≪文史≫, 2000, 第1期. 3쪽.

기 후반의 과거를 준비하는 문인이라고 보고, 平步青·陳祖武·李金松·李峰 등이 光緖年間에 쓰여진 작품이라고 주장했지만, 근거가 확실하지 않다. 대체로 乾隆年間에 쓰여져 100년 동안 필사본으로 유통되다가 光緒 2-3年 申報館에서 인쇄한 것으로 보고 있다.

≪螢窗異草≫는 대체로 건륭연간에 창작되어 100여 년 간 필사되어 유통되다가 光緖2,3年에 최초로 출판한 것으로 전해진다. 그 판본을 살펴보면 주로 4가지 계통으로 분류된다.

첫 번째는 戴不凡이 보았다는 ≪聊齋剩稿≫本이다. 乾隆年間에 간행했다고 전해지는 3편 12권으로 31편이 남아있다. 申報館本과 각 편의 글자가 일치하지만 篇末의 評語만 같지 않다. ≪聊齋剩稿≫本은 篇末에 '異氏史曰'·'王漁洋曰'·'外史氏曰' 등이 있다. 申報館本은 단지 '外史氏曰'·'隨園老人曰'이 있을 뿐이라서 그 차이가 있다. 내용은 일치하지만 단지 ≪聊齋剩稿≫本의 '外史氏曰' 내용은 申報館本에서는 볼 수 없는 것들이라고 한다. 앞에서 언급했듯이 아마도 乾隆年間에 간행한 것으로 추정되는 최초의 판본이다.

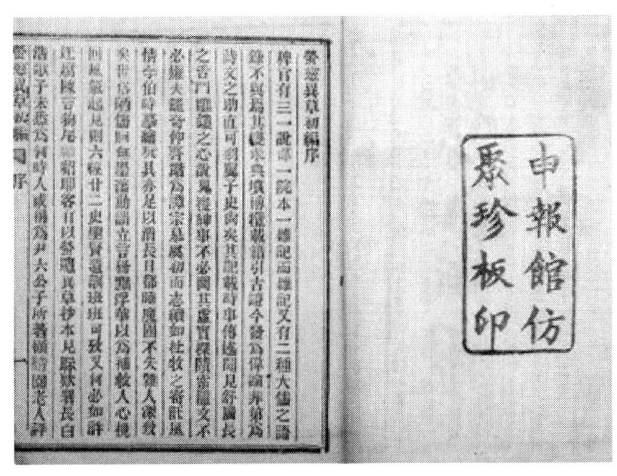

〈그림 4〉 光緒2年(1876) 申報館 인쇄본

두 번째는 申報館 필사본이다. 申報館에서 출판을 위해 이 책을 수집하여 필사해 둔 판본이 있었는데 杭州 若穀先가 소장하고 있었으며, 모두 3編으로 138篇이 남아있다. 原題에 '長白浩歌子著, 武林隨園老人續評, 關中柳橋居士重訂'이라고 되어있고, 光緒 2-3年(1876-1877) 申報館에서 인쇄하면서 篇末에 '外史氏' '隨園老人'의 평을 덧붙여 간행했다고 전해진다. 후에 출판된 ≪螢窗異草≫는 모두 이 판본을 근거로 인쇄하였다. 篇首의 三篇 序言은 光緒 2年(1876) 단오절에 梅

鶴山人이 쓴 〈≪螢窗異草≫序〉, 光緖 3年(1877)에 古滬縷馨仙史가 쓴 〈≪螢窗異草≫二編序〉와 역시 光緖 3年 여름에 山陰悟癡生이 쓴 〈≪螢窗異草≫三編序〉로 나누어져 있다. 아마도 이 序文들은 출판할 때 덧붙인 것이지, 창작당시에 쓴 것이 아니라고 보고 있다. 〈≪螢窗異草≫序〉에 보면 "隋園老人의 평은 확실히 원매가 덧붙인 것이다(顧隨園老人評語, 的系附會)"라고 하는 구절이 있다. 비록 이 수원노인의 평이 전체 중 단지 29편에만 있고, 단지 소설의 인물과 사건에 대해 간단히 자신의 의견을 쓴 것이지만, 예술성이나 내용면에서 확실히 원매가 쓴 것으로 고증되었다.

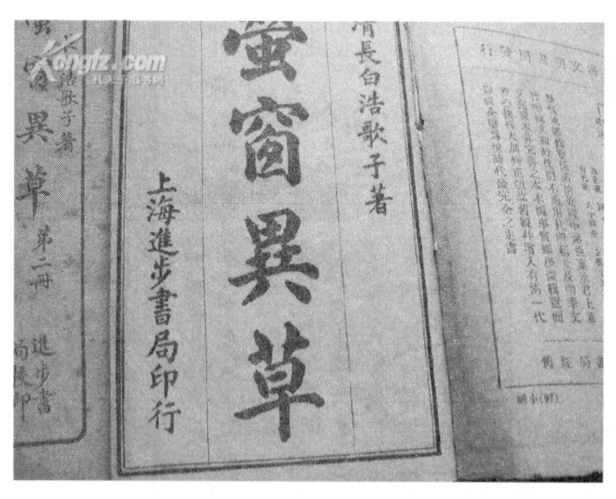

〈그림 5〉 上海 進步書局의 筆記小說大觀本

세 번째는 光緖 21年(1895) 上海 漱芳潤齋에서 필사본을 근거로 인쇄한 ≪續聊齋志異≫本 이다. 모두 5卷으로 86편의 작품이 수록되어 있다. 그 중 17편은 위에 언급한 두 판본에는 보이지 않은 내용이라고 한다. 署名에 "古吳浩歌子增訂, 漁洋山人續評, 外史氏再評"이라고 되어 있지만, 현재 전하지 않아 볼 수 없는 판본이다. 薛洪이 漱芳潤齋本과 申報館本은 서로 다른 필사본으로 간행한 것이라고 분석하면서, 다른 판본에 없는 17편 고사의 사상적인 측면이나, 내용을 분석해보면 확실히 浩歌子가 쓴 것이고, 그렇기 때문에 결국 ≪螢窗異草≫은 총 154편이 존재한다고 주장하기도 하였다.

네 번째는 ≪筆記小說大觀≫本이다. 1920년대 上海 進步書局에서 ≪筆記小說大觀≫을 간행했는데, 그 중 ≪螢窗異草≫가 있고, "長白浩歌子著, 武林隨園老人評"라고 되어 있다. 篇首에 〈螢窗異草提要〉가 있지만, 작가에 대해서는 언급하지 않았다. 申報館本에 비해 〈王秋泉〉·〈竊妻〉 두 편의 고사가 더 추가되어 있을 뿐 그 외 다른 고사들은 순서가 똑같이 배열되어 있다. 단 내용면에서 약간의 글자가 바뀌어 있다.

〈王秋泉〉은 朱栩淸의 ≪埋憂集≫에서도 볼 수 있으니, 아마도 필사 과정에서 혼합되어 섞였을 가능성도 배제할 수 없는 것이다. 이 판본 序言은 申報館本과는 다르다고 하는데, 梅鶴山人의 初編 서문과 縷馨仙史의 二編 서문은 쓴 시기가 光緖 31年(1905)으로 바뀌어 있다고 한다. 하지만 내용은 일치하고, 三編의 서문은 "同治甲子仁和許康甫識於武林之薇雲仙館"라고 되어있으며, 내용면에서도 申報館本의 山陰悟癡生의 〈螢窗異草三編序〉와는 완전히 다르다고 한다.

판본은 위에 언급한 네 종류가 전부이다. 그 이후 1980년대 ≪螢窗異草≫가 기이한 소설을 좋아하는 독자층에게 사랑 받으면서 여러 출판사에서 간행되기에 이른다. 1985년 齊魯書社에서 劉連庚校點本으로 출판되었으며, 1986년 浙江 古籍出版社에서 楊一擎選譯本으로 출판되었고, 1986년 中州 古籍出版社에서 孟慶錫校點本으로 출판되었다. 1989년 上海 古籍出版社에서 馮裳과 蕭逸校點本으로, 1990년 人民文學出版社에서 馮偉民校點本으로, 1995년 遼寧 古籍出版社에서, 2005년 重慶出版社에서 출판되었다. 이런 교점본들은 주로 申報館本을 底本으로 삼고, ≪筆記小說大觀≫本을 참고로 하여 출판된 책들이 주류를 이루고 있다.[22)]

2) ≪螢窗異草≫의 구성과 내용

≪螢窗異草≫는 <螢窗異艸初編>·<螢窗異艸二編>·<螢窗異艸三編> 등 총 세 편으로 이루어졌다. 각 편은 4책 4권으로 이루어졌는데, <初編>의 권1은 13편, 권2는 10편, 권3은 13편, 권4는 10편, 도합 46편, <二編>의 권1은 10편, 권2는 12편, 권3은 9편, 권4는 10편, 도합 41편, <三編>의 권1은 11편, 권2는 14편, 권3은 12편, 권4는 12편, 도합 49편이 실려 있다.

初編

序

卷一 : <天寶遺跡>·<藺大功>·<金三娘子>·<玉鏡夫人>·<賈女>·<桃花女子>·<紅鞋>·<毒餅>·<翠衣國>·<癡婿>·<犬婿>·<田鳳翹>·<劉天錫>

22) 필자는 齊魯書社에서 1985년에 劉連庚校點本과 人民文學出版社에서 1990년에 출판한 馮偉民校點本을 참고했다.

卷二：<桃葉仙>·<馮塡>·<昔昔措措>·<溫玉>·<睡姬>·<張仙>·<守一女>·<柳青卿>·<珊珊>·<白衣庵>

卷三：<魂靈>·<妒禍>·<李念三>·<訾氏>·<假鬼>·<銀針>·<靨殃>·<落花島>·<貨郎>·<化豕>·<縫裳女>·<火龍>·<青眉>·<王秋泉>23)

卷四：<胎異>·<夏姬>·<郎十八>·<三生夢>·<固安尼>·<無常鬼>·<蘇緒>·<衛美人>·<苦節>·<狐嫗>

二編

序

卷一：<瀟湘公主>·<紫玉>·<古塚狐>·<崔十三>·<白雲叟>·<遼東客>·<弱翠>·<考勘司>·<杜一鳴>·<酒狂>

卷二：<祝天翁>·<暢生>·<鏡中姬>·<程黑二>·<拾翠>·<小珍珠>·<屍變>·<黃灝>·<徐小三>·<花異>·<鬼書生>·<於成璧>

卷三：<綠綺>·<癡狐>·<燈下美人>·<梁少梅>·<定州獄>·<住住>·<仙壽>·<陸廚>·<豔梅>

卷四：<嫋煙>·<鏡兒>·<翠微娘子>·<徐之璧>·<女南柯>·<子都>·<大同妓>·<虢國夫人>·<薑千裏>·<畫廊>·<竊妻>24)

三編

序

卷一：<唐城隍>·<智媼>·<挑繡>·<田一桂>·<沈陽女子>·<晉陽生>·<春雲>·<折獄>·<隔江樓>·<談易狐>·<田再春>

卷二：<宜織>·<遺鉤>·<奇遇>·<繡舄>·<輿中人>·<龐眉叟>·<詩妖>·<變鬼>·<續念秧>·<生生袋>·<窺井>·<巨蠍>·<梅異>·<童之傑>

卷三：<楊秋娥>·<笑案>·<戲言>·<銷魂獄>·<訟疫>·<秦吉了>·<龍陽君>·<苑公>·<銀箏>·<董文遇>·<馬元芳>·<瓢下賊>

卷四：<蛇媒>·<續五通>·<又>·<玉洞珠經>·<阿玉>·<鬥蟋蟀>·<狐判官>·<鍾釂>·<鬼無頦>·<秋露織雲>·<蕭翠樓>·<盧京>·<蘇瑁>

각 편의 끝에는 '外史氏曰'이라 하여 내용과 주인공에 관련된 설명을 제시하고 있다.

---

23) 申報館本을 底本삼고, ≪筆記小說大觀≫本을 참고하여 추가된 작품.

24) 申報館本을 底本삼고, ≪筆記小說大觀≫本을 참고하여 추가된 작품.

三編 권2의 <巨蠍>의 뒤에는 '수원노인(원매)이 이르니, 이 단락은 간결해서 좋다(隨園老人曰, 此一段簡潔可喜)'와 같은 袁枚의 평어도 함께 실려 있다. 初編의 卷頭 書名은 "螢牕異草"으로 되어있으며, 우선 光緖 2年(1876)에 梅鶴山人이 쓴 <螢窗異艸初編序>가 실려 있다. 二編의 권1의 앞부분에는 光緖 3年(1877) 縷馨僊史가 쓴 서문이 있고, 三編의 권1 앞부분에는 光緖 丁丑年(1877)에 悟癡生이 쓴 서문이 실려 있다. 신보관본의 서문에서는 "대체로 ≪聊齋誌異≫를 많이 모방하였지만 새로운 것은 어느 정도의 경지에 올라섰다"[25]고 평가한 글이 있다. 또한 梅鶴山人은 "비록 소설가의 말과 유사하여 문인이 불변의 법칙으로 삼기에는 부족하지만, 이로써 긴 낮을 해소하고 잠을 좇으리니, 진실로 안 될 것이 없다"[26]고 평가하였다. 전체적으로 보자면, 세상을 권계하는 작품으로 권선징악과 투기, 욕심, 음행을 경계하고 귀신의 허황함을 폭로하고 있다. 그 밖에 애정 고사도 많이 들어 있으며, 사회를 제재로 한 이야기는 대개 사회의 모습을 반영하여 풍자하고 있다.

애정고사를 예를 들어보면 전체 138편 중 총 46편에 달한다. 그중 3분의 1이 남녀 간의 사랑에 관한 것이다. 46편 중 10편이 여우와 인간의 사랑이고, 10편이 인간과 귀신 간의 사랑이다. 6편이 인간과 신선(선녀)의 사랑이고, 3편이 인간과 신의 사랑, 2편이 인간들 간의 사랑, 2편이 인간과 요괴의 사랑, 1편이 인간과 새의 사랑, 1편이 인간과 물고기의 사랑, 1편이 인간과 곰의 사랑을 그렸다. 현재 우리들의 관점으로 이해할 수 없는 사랑의 형태들이 그려졌지만, 현실과 예법의 속박에서 벗어나 순정과 욕정을 자유롭게 표현하고 있다. 단점이라면 남자의 눈으로 여성의 형상을 바라보고 있기 때문에 요괴든, 인간이든, 여성 캐릭터에 주로 남자들의 고정적인 이상형을 반영하여 그려놓았다는 평가를 받고 있다.

<女南柯>라는 작품의 내용을 간단히 살펴보면, 항주에 사는 黃履城의 막내딸 畹蘭은 어렸을 때부터 매우 총명한 아이여서 아버지는 친히 글공부를 가르치며 원란을 손바닥위의 명주처럼 애지중지하였다. 9세에 이미 杜甫의 시를 이해하고 받아들일 정도였다. 귀하게 어여쁜 소녀로 성장한 원란의 신랑감은 아버지가 직접 채택하고 싶었으나 맘에 드는 사람이 없었다. 원란은 매우 情이 많은 소녀로 성장하였다. 하루는 봄에 잠

25) 其書大旨, 酷慕≪聊齋≫, 新潁處駿駿乎升堂入室.

26) 雖有類小說家言, 弗足爲文人典而要, 以之消長日, 卻睡魔, 固無不可也.

을 자다가 꿈에서 儂蒲國에 들어가 황후로 봉해진다. 국왕과 황후는 둘이 사랑하는 정은 깊었지만, 그런 꿈같은 생활은 계속되지 않았다. 임금은 향락을 좋아했고, 그런 즐거움에 빠져 나라는 서서히 망해가고 있었다. 나라가 망하는 것을 그냥 지켜만 볼 수 없어 황후는 임금에게 충고를 하지만 왕은 귀를 기울이지 않는다. 나중에 적병이 쳐들어오는 상황이 일어나게 되고 결국 황후는 도망을 친다는 고사이다. 꿈에서 깬 원란은 베개에 누워 情으로 다 설명할 수 없는 인생의 또 다른 철리를 깨닫게 된다. <女南柯>는 ≪枕中記≫·≪南柯太守傳≫과도 같은 류의 작품으로, 이 이야기에 등장하는 국왕은 乾隆 황제로 당시 그의 행위를 풍자하기 위한 것이라고 하는 이도 있고, 원란은 실제 孝莊太候를 투영한 것이라고 언급하는 이도 있다. 순정을 추구하는 정신은 李贄와 公安派, 湯顯祖로 이어지는 '至情'의 경지를 드러낸 것이라고도 할 수 있다.

이외에도 철리적인 내용을 담고 있는 이야기들도 있는데, 이들은 우언 소설의 맛을 지니고 있다. 대체로 작품의 주인공은 일반 백성이 많고, 특히 선량하고 총명하며 다정하고 용감한 여자의 형상이 많이 등장한다. 한편 누형선사는 이 책에 대해 "그 생각은 심원하고 아득한 곳으로 들어가니, 이치상 분명 없는 것이라고 판단할 수 있으며, 그 언어는 풍유로 귀착하니, 감정상 있을 수도 있는 것으로 믿을 수 있다"라고 지적하고 있다.

9.3 국내 소장된 ≪螢窗異草≫ 판본

1) ≪螢窗異草≫의 국내유입

≪螢窗異草≫가 국내 유입된 정황은 정확히 밝혀지지 않았다. 또 이렇다 할 유입기록도 없다.

조선시대 正祖 12年(1788)·15年(1791)·16年(1792)·17年(1793) 중국의 책 수입을 금지시킨 시기에 소설 뿐 아니라 경서, 역사서의 수입도 전면 금지된다.[27] 하지만 금지령을 내렸지만 완전히 금지된 것이 아니라, 어명을 어기고 실제 많은 책들이 유입되었다고 한다. 그래서 이때 다시 중국소설에 대한 需要가 올라갔고, 이후 純祖 8年(1808)

27) 宋莉華 著, ≪明清時期的小說傳播≫, 中國社會科學出版社, 2004, 331쪽.

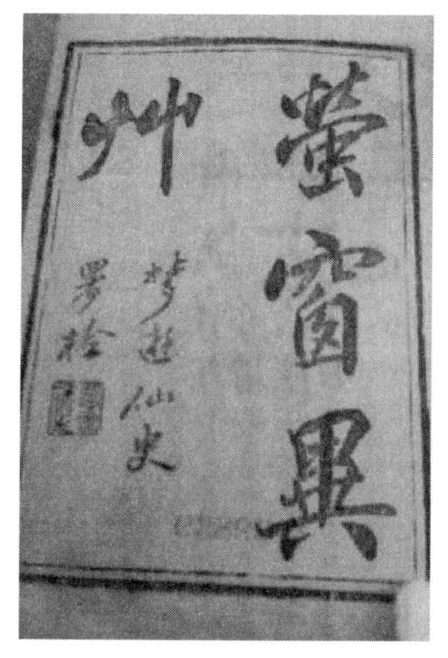

〈그림 6〉 奎章閣所藏本

이조판서 남공철이 소설 수입을 금지해야 한다는 상소를 올린다.[28] 상소를 올려 중국소설의 그 위험한 잠식을 잠재우려는 의도가 있었을 것으로 보인다. 시기적으로 볼 때 ≪聊齋志異≫는 대략 이즈음에 유입이 된 것으로 추정되고 ≪螢窗異草≫ 역시 이 시기와 유사할 것으로 본다. 먼저≪聊齋志異≫가 유입된 시기를 추정한 글을 살펴보도록 하겠다.

≪聊齋志異≫가 국내에 수입된 시기는 대략 1800년 초기로 보여 진다. 李圭景(1788-1856年 : 朝鮮憲宗時文人)의 ≪五洲衍文長箋散稿≫에 의하면 :

> 桃花扇 紅樓夢 續紅樓夢 續水滸傳 列國志 封神演義 東遊記, 其他爲小說者不可勝記, 有聊齋志異蒲松齡者, 稗說中最爲可觀

이상에서처럼 여러 소설 중에서 포송령의 ≪聊齋志異≫가 가장 볼만하다고 극찬한 기록에서 이 작품의 유입시기를 추정할 수 있다. 그 외 국내에서 볼 수 있는 판본의 대부분은 王士禎評 呂湛恩注의 ≪聊齋志異≫版本(한국학중앙연구원, 高麗大, 延世大, 成均館大 等)이다. 그 亞流小說 또한 상당수 있는데 예를 들어, 王紫詮의 ≪繪圖聊齋志異≫ (成均館大), 王韜의 ≪後聊齋志異圖說≫(奎章閣)과 ≪遯窟讕言≫(澗松本), 無名氏의 ≪女聊齋志異≫, 袁枚의 ≪新齊諧≫(一名:子不語, 奎章閣), 沈起鳳의 ≪諧鐸≫(奎章閣), 和邦額의 ≪夜譚隨錄≫, 浩歌子의 ≪螢窗異草≫(奎章閣, 成均館大), 天長宣鼎의 ≪夜雨秋燈錄≫(延世大, 奎章閣) 등이 있다.[29]

---

28) 宋莉華 著, ≪明淸時期的小說傳播≫, 中國社會科學出版社, 2004, 332쪽.

29) 閔寬東, ≪中國古典小說史料叢考≫, 아세아문화사, 2001, 55쪽.

위의 기록을 근거로, ≪聊齋志異≫는 1800년대 초반 純祖에서 憲宗시기에 국내로 유입되었을 것이 거의 확실하다. 하지만 ≪螢窗異草≫의 경우를 보면 浩歌子가 작품을 창작한 시기는 乾隆 44年(1779) 이후로 보고 있는 견해들이 있고, 100여 년간 필사되어 유통되다가 光緖 2-3年, 1876년 9월부터 이듬해 1877년 8월까지 申報館에서 처음으로 인쇄되었다는 점을 감안한다면, ≪聊齋志異≫보다 적어도 80년 이상은 늦게 유입되었을 것이다. 100여 년 동안 필사되어 유통된 정황을 보면, 반드시 필사본이 유입되지 않았다고 단정할 수도 없다. 안타까운 점은 현재 국내 소장된 필사본은 보이지 않고, 또 필사본이 유입되었다는 기록도 따로 없다. 단지 국내 소장된 판본 중에서 서울대학교 규장각에 있는 ≪螢窗異草≫가 바로 신보관에서 光緖 2-3年 에 출판한 총서본이고 가장 오래된 판본이다. 奎章閣 所藏本 ≪螢窗異艸≫의 표제지 뒤쪽에는 '申報館仿袖珍板印'이라는 기록이 있고, 각 권의 권두에는 "長白浩歌子著, 武林隨園老人續評, 關中柳橋居士重訂"이라는 기록이 있다. 光緖 年間에 신보관에서 간행된 것으로 수원노인이 평어를 달고 柳橋居士가 재수정한 판본임을 알 수 있다.

〈그림 7〉 奎章閣所藏-申報館本 序言

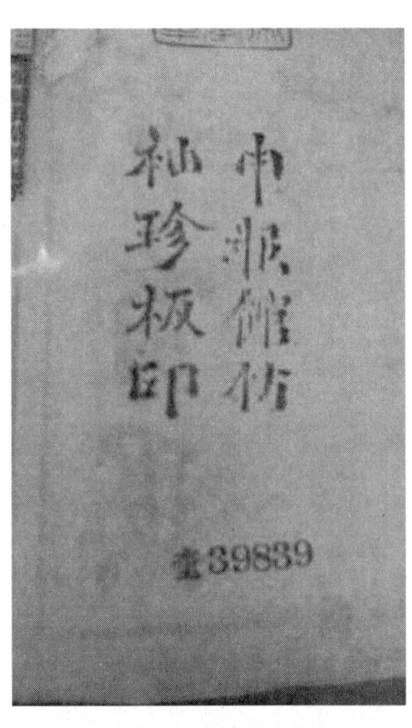

〈그림 8〉 奎章閣所藏-申報館本

2) 국내 소장된 판본 현황

앞에서 언급한 서울대 소장 申報館本 외에도, 국내에는 한국학중앙연구원을 비롯하여, 성균관대학교·단국대학교·이화여자대학교·한양대학교·부산대학교에서 ≪螢窗異草≫판본을 소장하고 있다. 물론 크게는 申報館本類에 해당되는 판본들이지만, 申報館에서 출판한 ≪螢窗異草≫는 서울대학교 奎章閣에만 소장되어 있고, 錦章圖書局에서 출판한 것을 한국학중앙연구원·성균관대학교·이화여자대학교·한양대학교·부산대학교에서 소장하고 있다. 그 외에 英界棋盤街에서 출판한 ≪螢窗異草≫는 단국대에서 소장하고 있다. 특징은 모두 상해에 있는 출판사 들이라는 점이다. 아마도 신보관에서 출판했을 당시 독자들의 사랑을 받았을 것이다. 그래서 다른 출판사에서 그림도 넣고 출판했을 가능성이 크다.

각 대학에 소장된 ≪螢窗異草≫판본에 대한 정황은 아래와 같다.

書名	出版事項	版式狀況	一般事項	所藏處(番號)
螢窗異艸	長白活歌子(淸)著, 袁枚(淸)續評, 申報館, 光緖2年(1876)	4卷12冊, 中國活字本, 17×11.2㎝	卷頭書名:螢牕異草 序:光緖二年(1876)梅鶴山人 印:集玉齋, 帝室圖書之章	서울大 奎章閣 [奎중]5912
螢窗異草	長白浩歌子(淸)著, 隨園老人(淸)續評, 柳橋居士(淸)重訂, 上海:錦章圖書局, 民國年間	16卷8冊(全16卷8冊), 中國石印本, 有圖, 20.1×13.4㎝	表紙書名:繪圖螢窗異草全編 刊記:上海錦章圖書局石印 序:光緖二年歲次丙子(1876) …梅鶴山人序於海上豆一枝軒	韓國學中央研究員 장서각 D7C-94
螢窗異草	長白浩歌子(淸)著, 隨園老人(淸)續評, 上海:英界棋盤街, 光緖2年(1876)	1匣4編8冊, 彩色揷圖, 20.5×13.5㎝		檀國大 퇴계기념도서관 IOS, 고823.6-장182ㅎ
繪圖螢窗異草全編	長白浩歌子(淸)著, 隨園老人(淸)續評, 柳橋居士重訂, 上海:錦章圖書局, 光緖2年(1876)	16卷8冊, 中國石印本, 20.5×13.5㎝, 四周雙邊, 半郭:17.4×11.9㎝, 有界, 21行42字, 上黑魚尾, 紙質:竹紙		成均館大 尊經閣 D07C-0122
螢窗異草初編	長白活歌子(淸)著, 上海:錦章圖書局, 光緖2年(1876)	4編8冊(1-8), 中國石印本, 有圖, 22×13.5㎝, 四周雙邊, 半郭:17.7×12㎝, 有界,	表題:繪圖螢窗異草全編 序:光緖二年歲次丙子(1876) 端陽節梅鶴山人序	부산大 圖書館 3-12-36

書名	出版事項	版式狀況	一般事項	所藏處(番號)
		21行42字, 白口, 上下向黑魚尾		
螢窗異草全編	長白浩歌子(淸)著, 隨園老人(淸)續評, 柳橋居士(淸)重訂, 上海:錦章圖書局, 光緖2年(1876)	2卷1册(全16卷8册), 中國石印本, 有圖, 20.2×13.4cm, 四周雙邊 半郭:17.3×11.8cm, 有界, 21行42字, 上內向黑魚尾	版心書名:繪圖螢窗異草初編 刊記:上海 錦章圖書局石印 序:光緖二年歲次丙子(1876) 梅鶴山人	한양대 백남학술정보관 812.85-장4182ㅎ-v.3 (2編(1)(卷1-2)) 梨花女大 圖書館 812.3-장52-1-8(卷1-16) 한양대 백남학술정보관 812.85-장4182ㅎ-v.4 812.85-장4182ㅎ-v.5 812.85-장4182ㅎ-v.6 812.85-장4182ㅎ-v.8 [2-4編(1-2)]
	長白浩歌子(淸)著, 隨園老人(淸)續評, 柳橋居士重訂, 上海:錦章圖書局, 光緖丁醜(1877)	2卷1册(全16卷8册, 4編(1)卷1-2), 中國石印本, 有圖, 20.2×13.4cm, 四周雙邊, 半郭:17.3×11.8cm, 有界, 21行42字, 上內向黑魚尾	版心書名:繪圖螢窗異草初編 刊記:英界棋盤街上海錦章圖 書局石印 序:光緖丁醜 (1877)山陰悟癡生識	한양대 백남학술정보관 812.85-장4182ㅎ-v.7

위의 표에서 정리했듯이 국내 소장된 ≪螢窗異草≫판본은 크게 세 가지로 구분할 수 있다.

첫째, 上海 申報館에서 출판한 袖珍本[30]≪螢窗異草≫이다.

둘째, 上海 錦章圖書局에서 출판한 그림이 있는 삽화본 ≪螢窗異草≫이다.

셋째, 上海 英界棋盤街에서 출판한 채색 그림의 삽화본 ≪螢窗異草≫이다.

이들 판본을 비교해보면, 우선 가장 큰 차이는 申報館 판본은 목활자본인데 반해 다른 書坊에서 출판한 판본들은 모두 석인본이라는 점이다. 활자본으로 책을 인쇄한다는 것은 소량의 책을 빨리 찍어내고 빨리 판을 해체하고 다른 책의 판을 짜려는 출판업자들의 의도가 숨어있다고 볼 수 있다.[31] 아무리 100여 년간 필사로 유통되었다고 하더라

30) 휴대용으로 소매 속에 넣고 다닐 수 있도록 만든 작은 책. 목판으로 제작되어 민간인에게도 널리 유포 되었다.

31) 대량의 인쇄물은 목판인쇄로 얻었으니, 사실 금속활자는 多種 小量의 인쇄물을 얻는데 목적이 있었다. 다종 소량의 텍스트 중 보다 널리 보급해야 할 책이 있다면 그것은 지방에서 목판으로

도 운영자의 입장에서 이 책이 상업적으로 성공할 수 있을지는 장담하기 어려웠기에 무작정 판을 만들어 많이 찍어내는 것은 도박과도 같은 일이었을 것이다. 이렇게 1876년 가을에 인쇄된 판본이 시중에 유통되면서, 주위에 있던 書坊들의 관심을 받게 된다. 물론 최초 필사본에 대한 판권은 申報館에서 가지고 있었지만, 申報館에서 인쇄되어 선보인 판본은 袖珍本이었고, 그림이 들어가 있지 않았다. 단지 작은 문고판처럼 만들어, 들고 다니면서 읽기 좋게 찍어냈을 뿐이다. 그 후 申報館 판본의 단점을 보완하여 삽화를 넣어 上海 錦章圖書局에서 출판을 한다. 시기적으로 보면 光緖 2年(1876)인데, 아마도 申報館本이 시중에 선보이고 나서 바로 석인본으로 찍어낸 듯하다. 자료를 찾던 중에 申報館 ≪螢窗異草≫는 세일을 해서 팔았던 기록을 찾을 수 있었는데,[32] 당시의 독자들이 삽화가 들어간 ≪螢窗異草≫를 더 선호했던 것으로 보인다. 그리고 바로 다시 上海 英界棋盤街에서 삽화에 채색을 더한 ≪螢窗異草≫판본을 선보이게 된다. 채색을 넣어 책을 만든다는 것은 당시 기술적인 부분과 경제적인 부분이 뒷받침되어야 했기 때문에, 英界棋盤街에서 이 채색본을 선보였다는 것은 이미 ≪螢窗異草≫의 독자층이 어느 정도 확립되었다는 것을 증명하는 것이다. 그리고 위의 표에서 보듯이 한국학 중앙연구원에 소장된 ≪螢窗異草≫는 上海 錦章圖書局에서 民國初期까지도 ≪螢窗異草≫를 출판한 것을 알 수 있다. 이 작품이 비록 연구된 바는 많지 않았지만, 꾸준히 독자들의 사랑을 받았던 것 같다.

더욱이 당시는 小說評點이 소설 홍성에 큰 역할을 담당했던 시기였기 때문에, ≪螢窗異草≫의 작가 浩歌子가 尹慶蘭이라고 고증이 안 된 시기더라도, 隨園老人 袁枚의 評이 있다는 것만으로도 어느 정도 인기를 끄는데, 한 몫을 했었을 것이다. 申報館本을 보면 매 편 뒤에 外史氏와 수원노인의 평만 있는데 반해, 錦章圖書局本에는 柳橋居士의 評이 추가된 상태로 인쇄되었다. 아마도 錦章圖書局에서 삽화본을 출판하면서 추가된 것으로 보인다.

이 판본들의 책 크기를 보면 申報館本이 17×11.2㎝이고, 錦章圖書局本이 20.5×13.5㎝(20.1×13.4cm 한국학중앙연구원), 英界棋盤街本이 20.5×13.5㎝이다. 申報館의

번각되거나 아니면 필사본으로 복제되었다(강명관, ≪책벌레들 조선을 만들다≫, 서울, 푸른역사, 2010, 14쪽).

32) 앞의 주석2번 참조.

袖珍本을 제외하면, 두 곳 출판사의 책은 크기가 비슷하다. 신보관본의 글자 수는 12行 24字로 구성되어있다. 한국학중앙연구원 장서각 소장본인 英界棋盤街本은 字數不定이고, 錦章圖書局本은 21行 42字로 구성되어있다. 이렇듯 각 대학에 소장된 판본들에서도 약간의 차이들을 보이고 있기 때문에, 이 판본들이 한꺼번에 유입되어 분포되었다고 보기는 힘들 것이다. 각 판본이 유입된 전후시기를 연구하고, 국내 소장된 ≪螢窗異草≫판본 자체를 심도 있게 연구하는 일도 의미 있을 것이라고 생각된다.

필자는 서울대학교 奎章閣에 소장되어 있는 국내 유입 문언소설 목록을 정리하는 과정에서 ≪螢窗異草≫판본을 접하게 되었다. 노신은 ≪중국소설사략≫에서 ≪螢窗異草≫를 단지 ≪聊齋志異≫를 모방한 작품이라는 정도로만 소개하고 있어, 이 작품에 대한 흥미를 더욱 가중시켰다. 하지만 이 작품에 대한 국내 연구가 미비하여, 본고에서는 작품의 내용에 치중하기 보다는 우선 ≪螢窗異草≫의 작가와 창작시기, 판본에 대한 간단한 소개만을 위주로 하였다. 먼저 작가 署名의 長白浩歌子가 누구인지에 대한 4가지 설을 간단히 소개하고, '尹慶蘭說'에 집중하여 그 집안의 가족관계 등을 살펴보면서 尹慶蘭이 작품을 창작하게 된 동기와 배경 등을 유추하려 하였다. 대개 尹慶蘭이 乾隆연간에 창작을 했으며, 이 작품이 100여 년 동안 필사본으로 유통되어졌다는 사실도 알게 되었다.

기이하고 신기한 이야기를 좋아하는 풍조가 ≪聊齋志異≫를 통해 더욱 유행하면서 드디어 上海 申報館이라는 출판사에서 ≪螢窗異草≫를 인쇄해서 세상에 내놓게 되었던 것이다. 당시는 출판사에서 귀한 책을 얼마나 소장했느냐가 중요시 되었고, 유명인의 작품을 출판하는 것이 돈이 되었기 때문에 다투어 출판하였다. ≪螢窗異草≫의 몇몇 작품 뒤에 袁枚의 평이 있다는 것으로도 더욱 가치가 있었을 것이다. 奎章閣에 직접 가서 판본을 보면서 申報館에서 출판한 판본이 지금의 문고판 소설처럼 작게 출판된 袖珍本이었다는 것도 알게 되었다. 그리고 乾隆年間에 필사본으로 유통되던 이 소설이 상해 申報館에서 처음으로 인쇄본으로 나오게 되었는데, 그 귀한 판본이 국내 규장각에 단지 한 질만이 소장되어 있다는 사실이 안타까웠다. 다른 몇몇 대학 도서관에도 ≪螢窗異草≫가 소장되어 있지만, 申報館의 최초 판본이 아니어서, 奎章閣에 있는 申報館本의 가치가 더 두드러진다고 볼 수 있다.

필자역시 이 판본에 관심을 갖게 된지 얼마 되지 않아 본고에서는 단지 이 작품을 소개하는 것에 그쳤지만, 이 작품에 대한 내용분석과, 예술적 가치를 분석하는 일도 가치 있다고 본다. 일반적으로 明淸代는 백화소설이 주류를 이루었다고 보고 있지만, 淸代 후반까지 ≪聊齋志異≫의 영향으로 晉·唐의 문언소설을 모방한 작품들이 쓰여 졌고, 출판되었다는 점은 소설사에서도 간과해서는 안 될 흐름이라고 할 수 있다.

第三部

附　錄

(발굴자료 사진)

1. 신서

1.1 군자마을

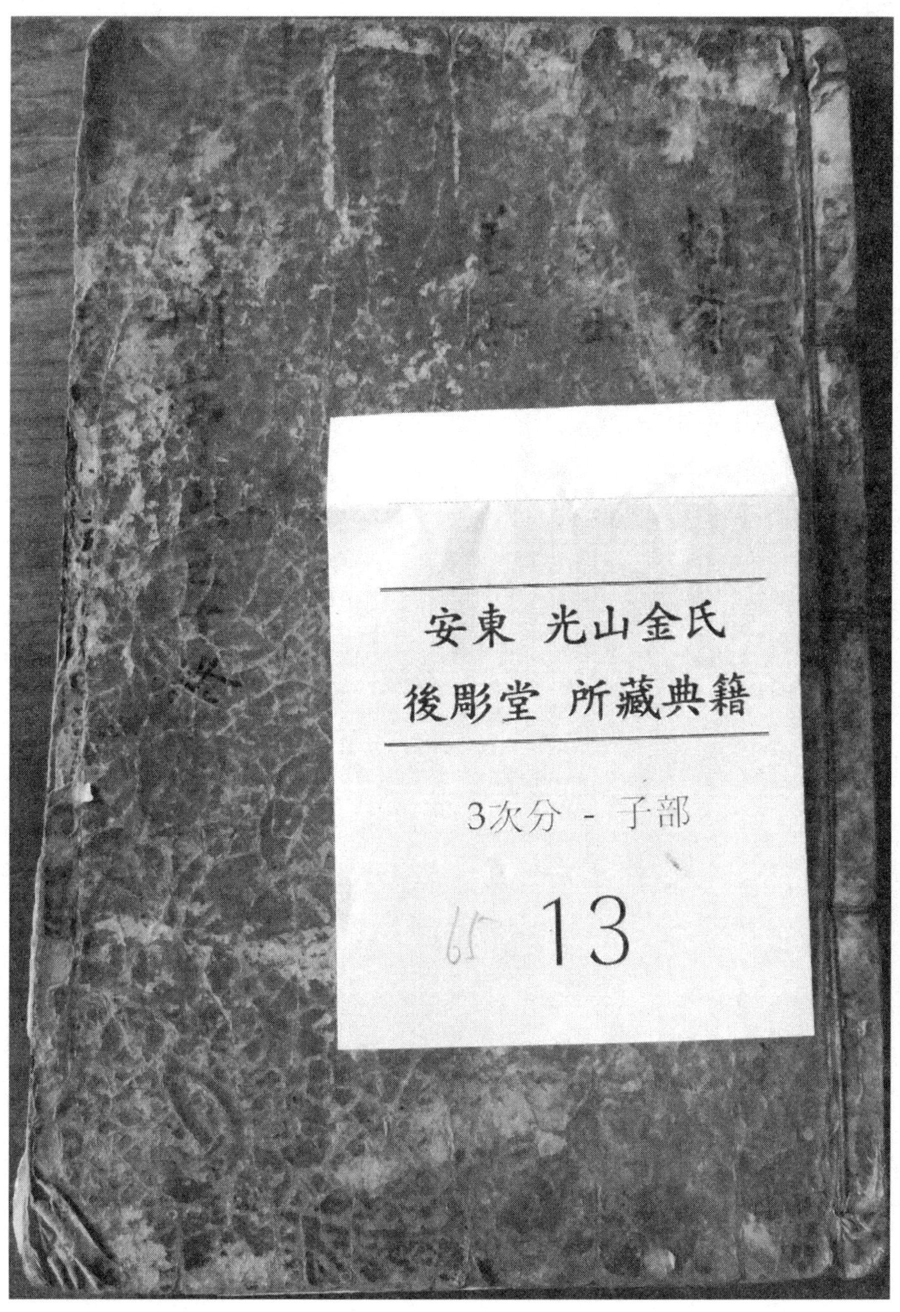
安東 光山金氏
後彫堂 所藏典籍
3次分 - 子部
65 13

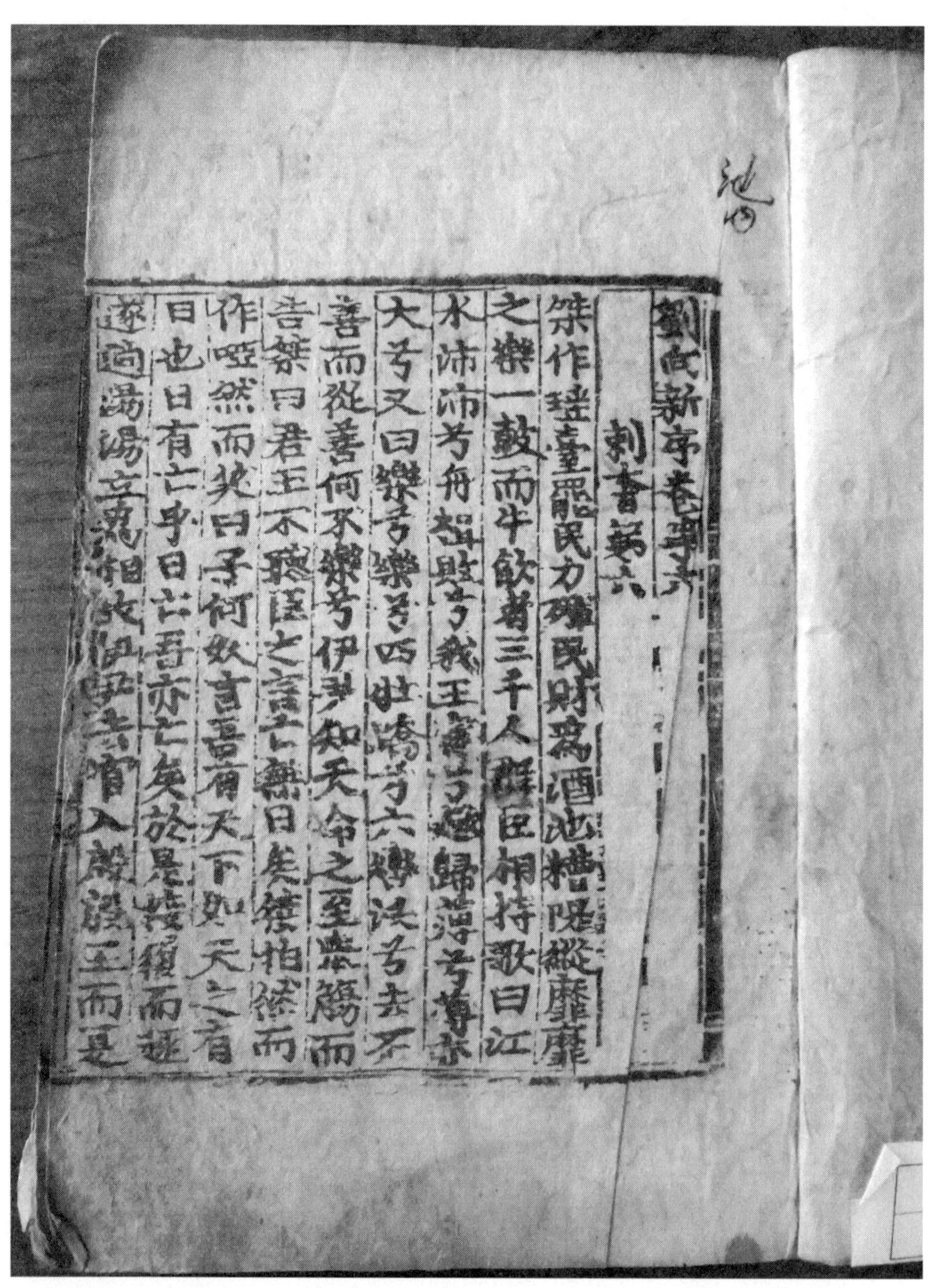

劉向新序卷第六

刺奢第六

桀作瑤臺罷民力殫民財為酒池糟隄縱靡靡
之樂一鼓而牛飲者三千人群臣相持歌曰江
水沛沛兮舟楫敗兮我王廢兮趣歸薄兮薄亦
大兮又曰樂兮樂兮四牡蹻兮六轡沃兮去不
善而從善何不樂兮伊尹知天命之至舉觴而
告桀曰君王不聽臣之言亡無日矣桀拍然而
作啞然而笑曰子何妖言吾有天下如天之有
日也日有亡乎日亡吾亦亡矣於是接履而趣
遂適湯湯立為相故伊尹去夏入殷殷王而夏

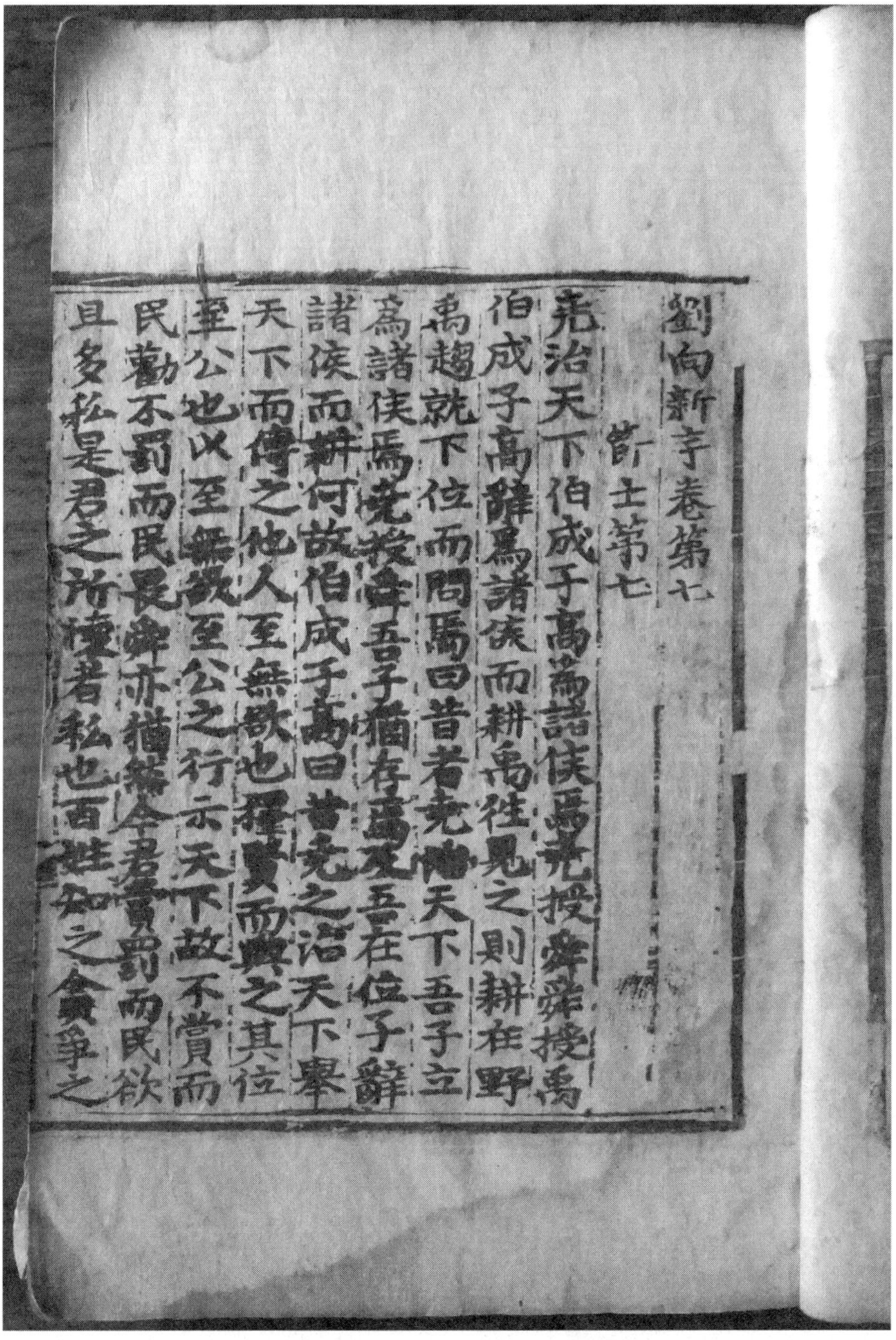

劉向新序卷第七

節士第七

堯治天下伯成子高爲諸侯焉堯授舜舜授禹
伯成子高辭爲諸侯而耕禹往見之則耕在野
禹趨就下位而問焉曰昔者堯治天下吾子立
爲諸侯焉堯授舜吾子猶存焉及吾在位子辭
諸侯而耕何故伯成子高曰昔堯之治天下擧
天下而傳之他人至無欲也擇賢而與之其位
至公也以至無欲至公之行示天下故不賞而
民勸不罰而民畏舜亦猶然今君賞罰而民欲
且多私是君之所懷者私也百姓知之貪爭之

1.2 계명대

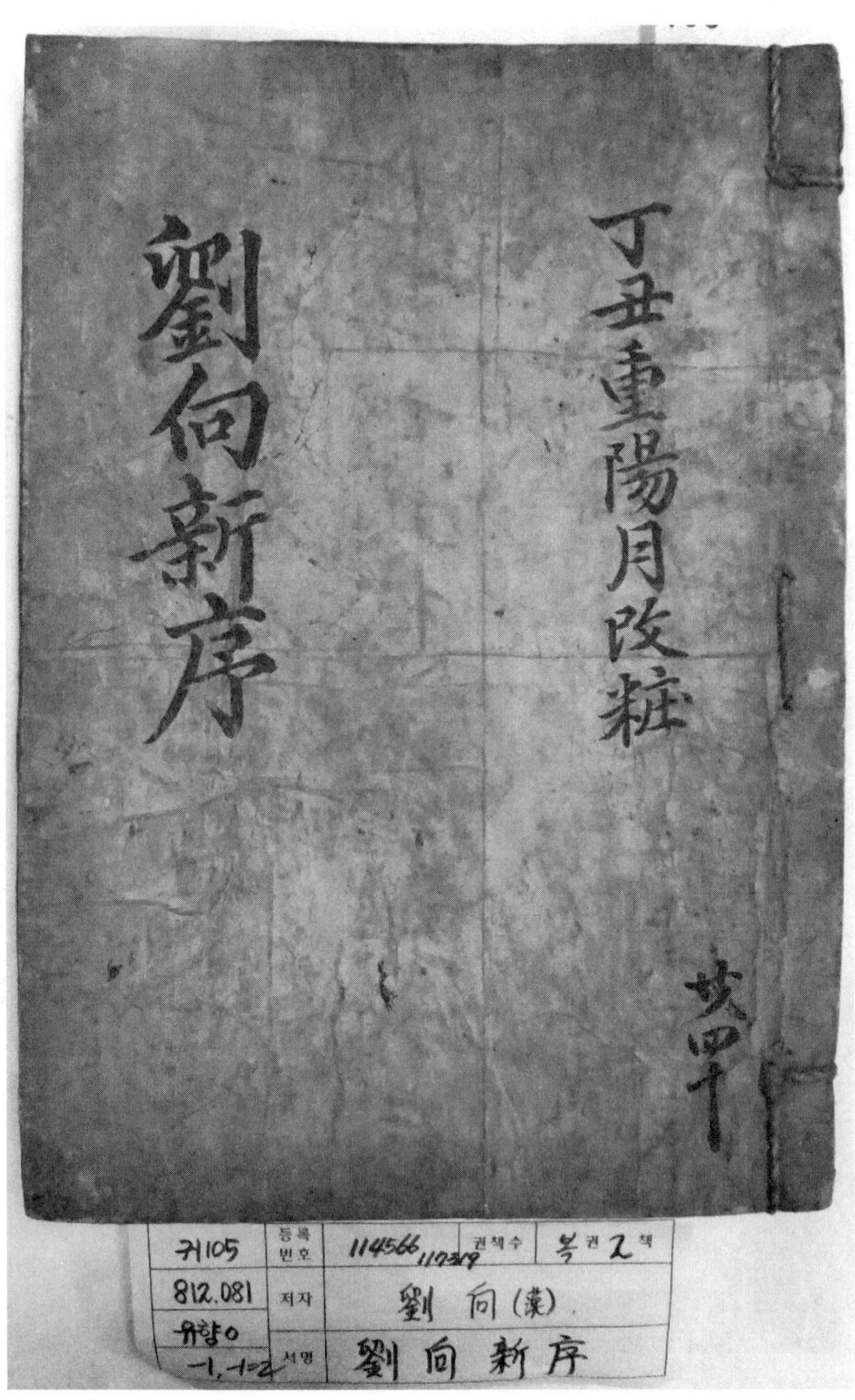

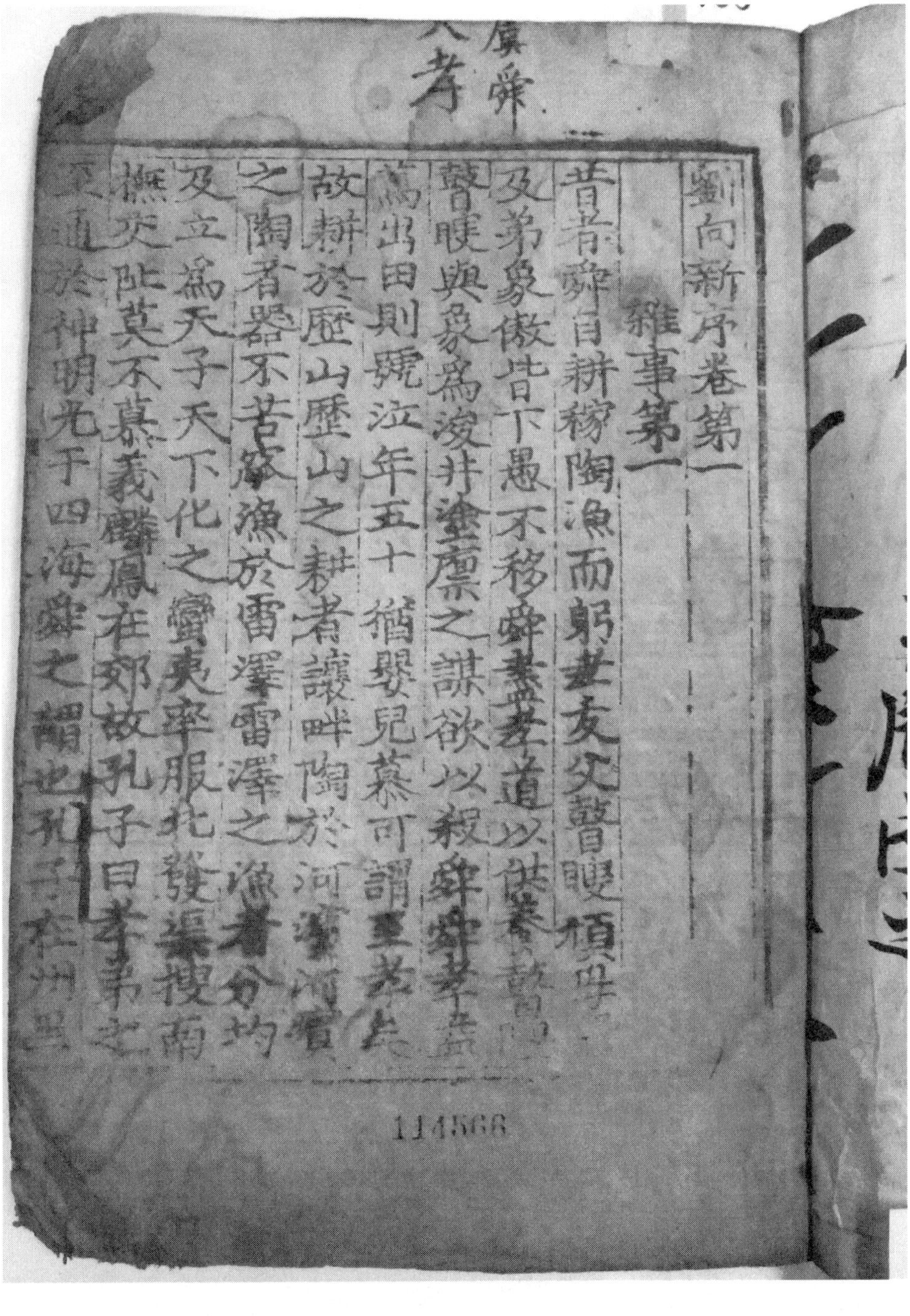

虞舜 大孝

劉向新序卷第一

雜事第一

昔者舜自耕稼陶漁而躬孝友父瞽瞍頑母嚚及弟象傲皆下愚不移舜盡孝道以供養瞽瞍瞽瞍與象爲浚井塗廩之謀欲以殺舜舜孝益篤出田則號泣年五十猶嬰兒慕可謂至孝矣故耕於歷山歷山之耕者讓畔陶於河濱河濱之陶者器不苦窳漁於雷澤雷澤之漁者分均及立爲天子天下化之蠻夷率服北發渠搜南撫交阯莫不慕義麟鳳在郊故孔子曰孝弟之至通於神明光于四海舜之謂也孔子在州里

十一聖人皆有師

劉向新序卷第五

雜事第五

魯哀公問子夏曰必學而後可以安國保民乎子夏曰不學而能安國保民者未嘗聞也哀公曰然則五帝有師乎子夏曰有臣聞黃帝學乎大眞顓頊學乎緑圖帝嚳學乎赤松子堯學乎尹壽舜學乎務成跗禹學乎西王國湯學乎威子伯文王學乎鉸時子斯武王學乎郭叔周公學乎太公仲尼學乎老聃此十一聖人未遭此師則功業不著乎天下名號不傳乎千世詩曰不愆不忘率由舊章此之謂也夫不學不明古

2. 설원

2.1 군자마을

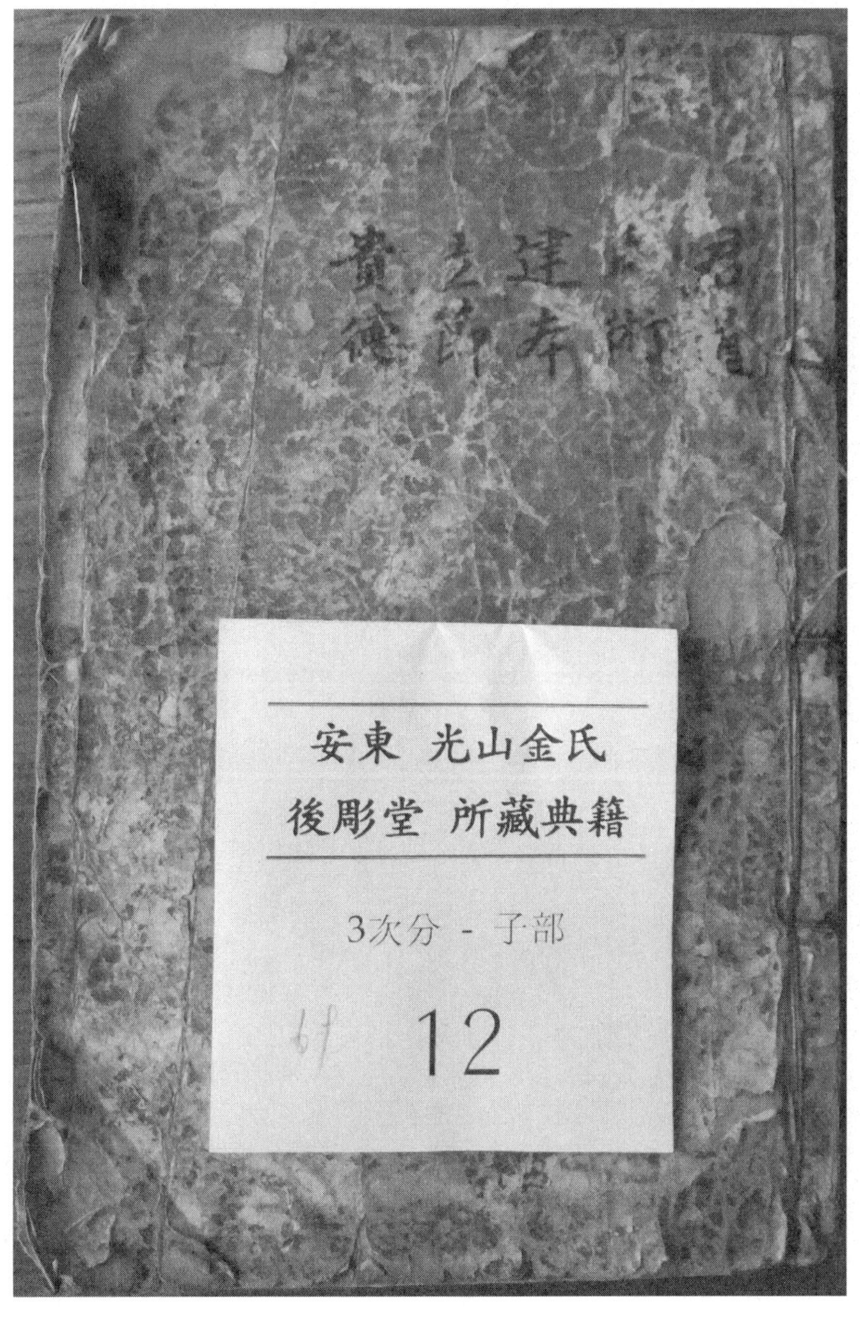

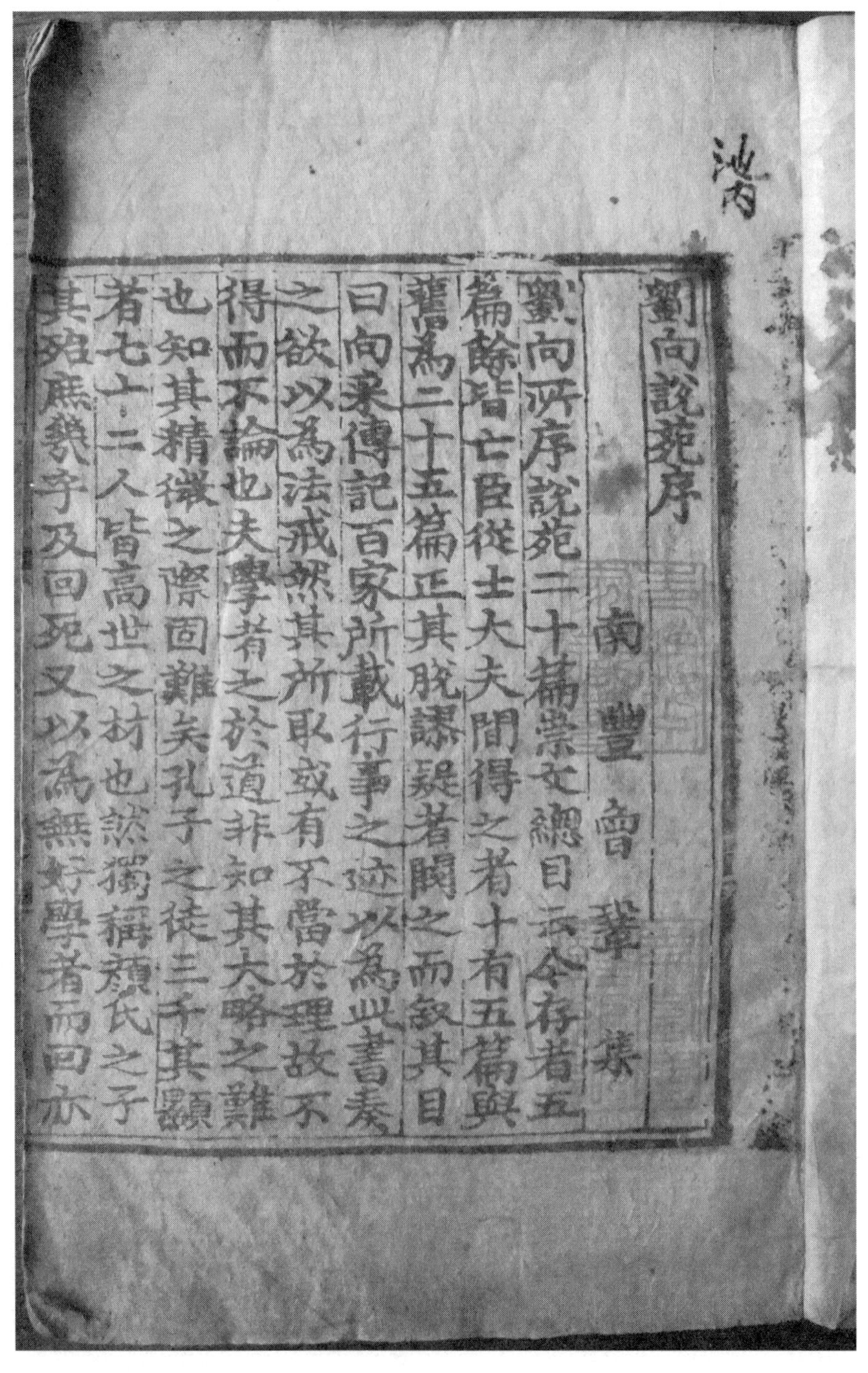

劉向說苑序

南豐曾鞏集

劉向所序說苑二十篇崇文總目云今存者五篇餘皆亡臣從士大夫間得之者十有五篇與舊為二十五篇正其脫謬疑者闕之而叙其目曰向采傳記百家所載行事之迹以為此書奏之欲以為法戒然其所取或有不當於理故不得而不論也夫學者之於道非知其大略之難也知其精微之際固難矣孔子之徒三千其顯者七十二人皆高世之材也然獨稱顏氏之子其殆庶幾乎及回死又以為無好學者而回亦

劉向說苑卷第一

君道

晋平公問於師曠曰人君之道如何對曰人君
之道清淨無爲務在博愛趨在任賢廣開耳目
以察萬方不固溺於流俗不拘繫於左右廓然
遠見踔然獨立屢省考績以臨臣下此人君之
操也平公曰善

齊宣王謂尹文曰人君之事何如尹文對曰人
君之事無爲而能容下夫事寡易從法省易因
故民不以政獲罪也大道容衆大德容下聖人
寡爲而天下理矣書曰睿作聖詩人曰岐有夷

3. 유양잡조(충재박물관)

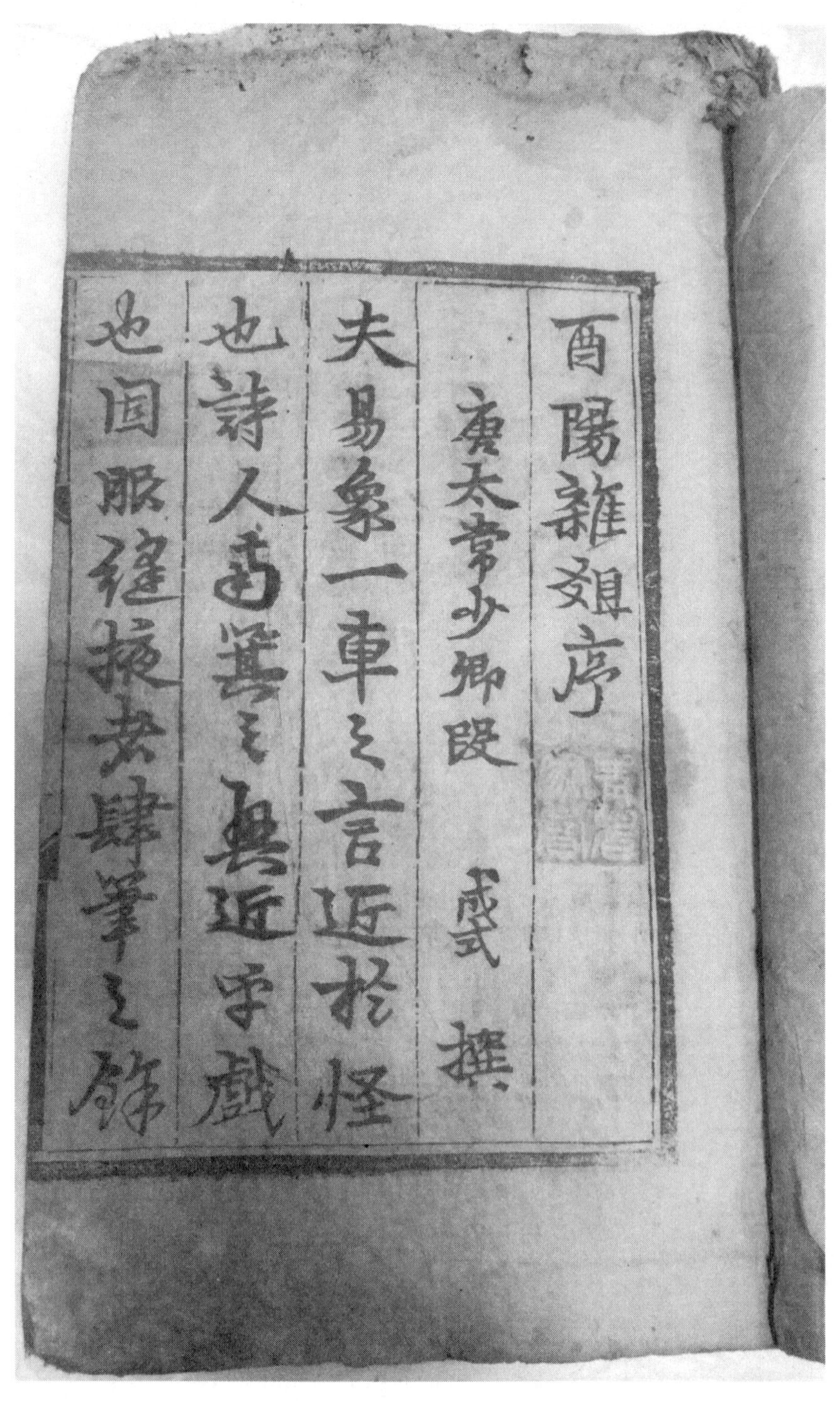

酉陽雜俎序

唐太常少卿段 成式 撰

夫易象一車之言近於怪

也詩人南箕之興近乎戲

也固服縫掖者肆筆之餘

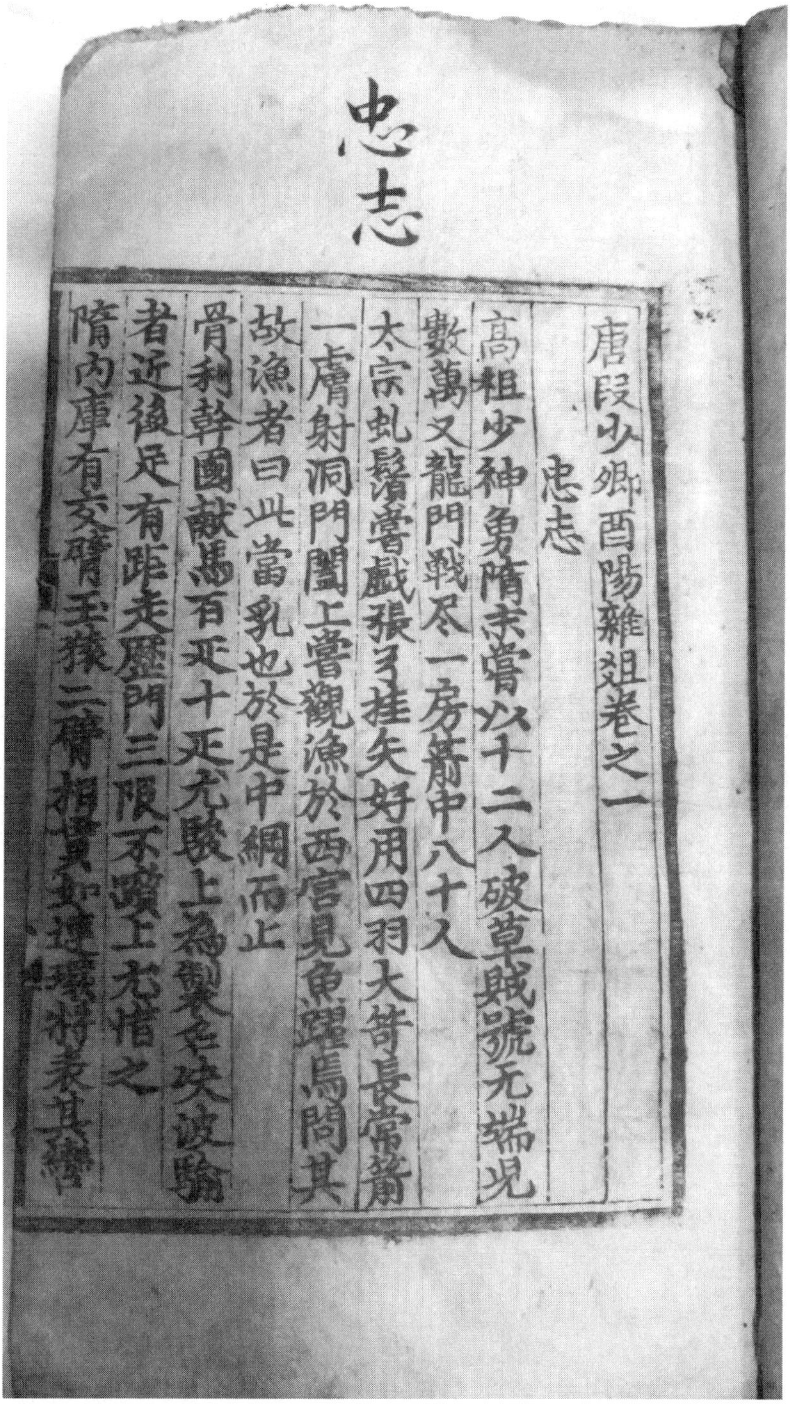

忠志

唐段少卿酉陽雜俎卷之一

忠志

高祖少神勇隋末嘗以十二人破草賊號无端兒數萬又龍門戰盡一房箭中八十人

太宗虬鬚嘗戲張弓挂矢好用四羽大笴長常箭一膚射洞門闔上嘗觀漁於西宮見魚躍焉問其故漁者曰此當乳也於是中網而止

骨利幹國獻馬百疋十疋尤駿上爲製名决波騟者近後足有距走歷門三限不躓上尤惜之

隋內庫有交臂玉猿二臂相貫如連環將表其轡

4. 오월춘추(단국대)

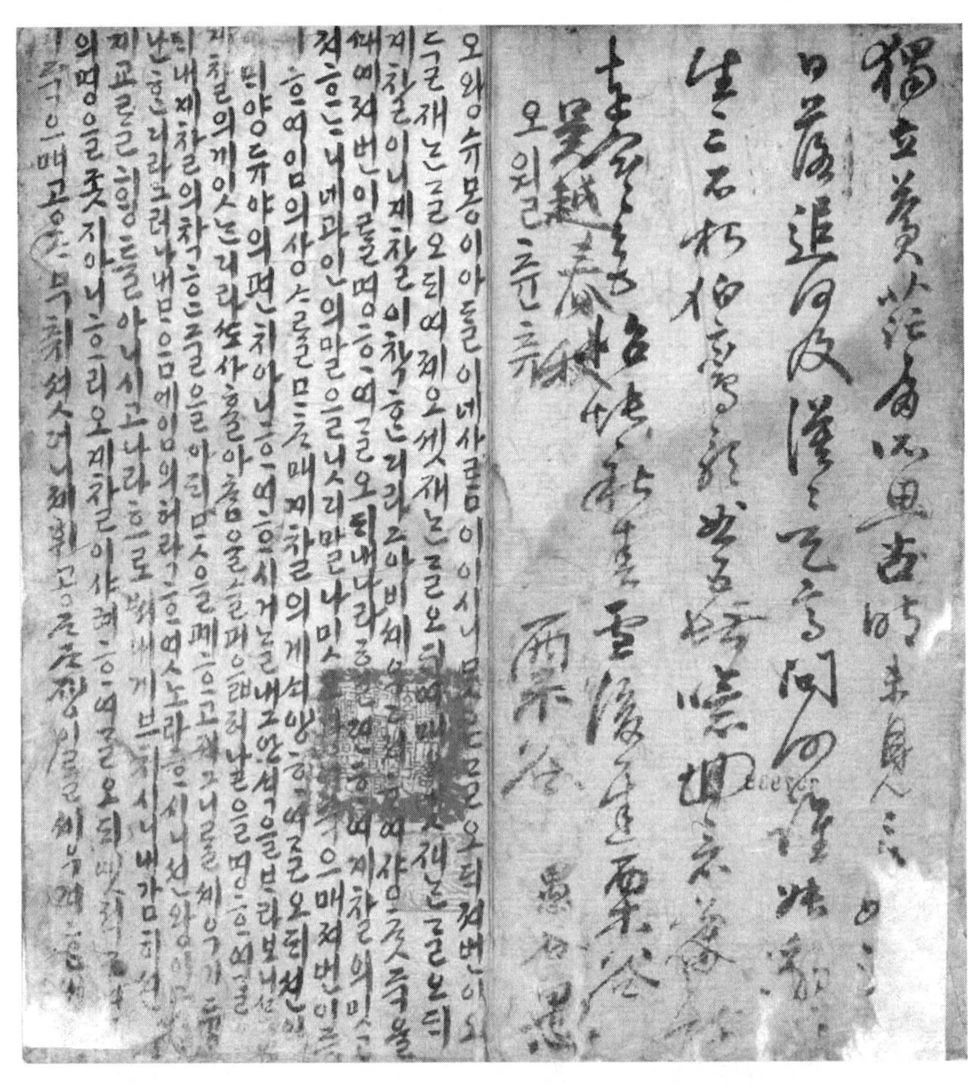

5. 매비전(아단문고)

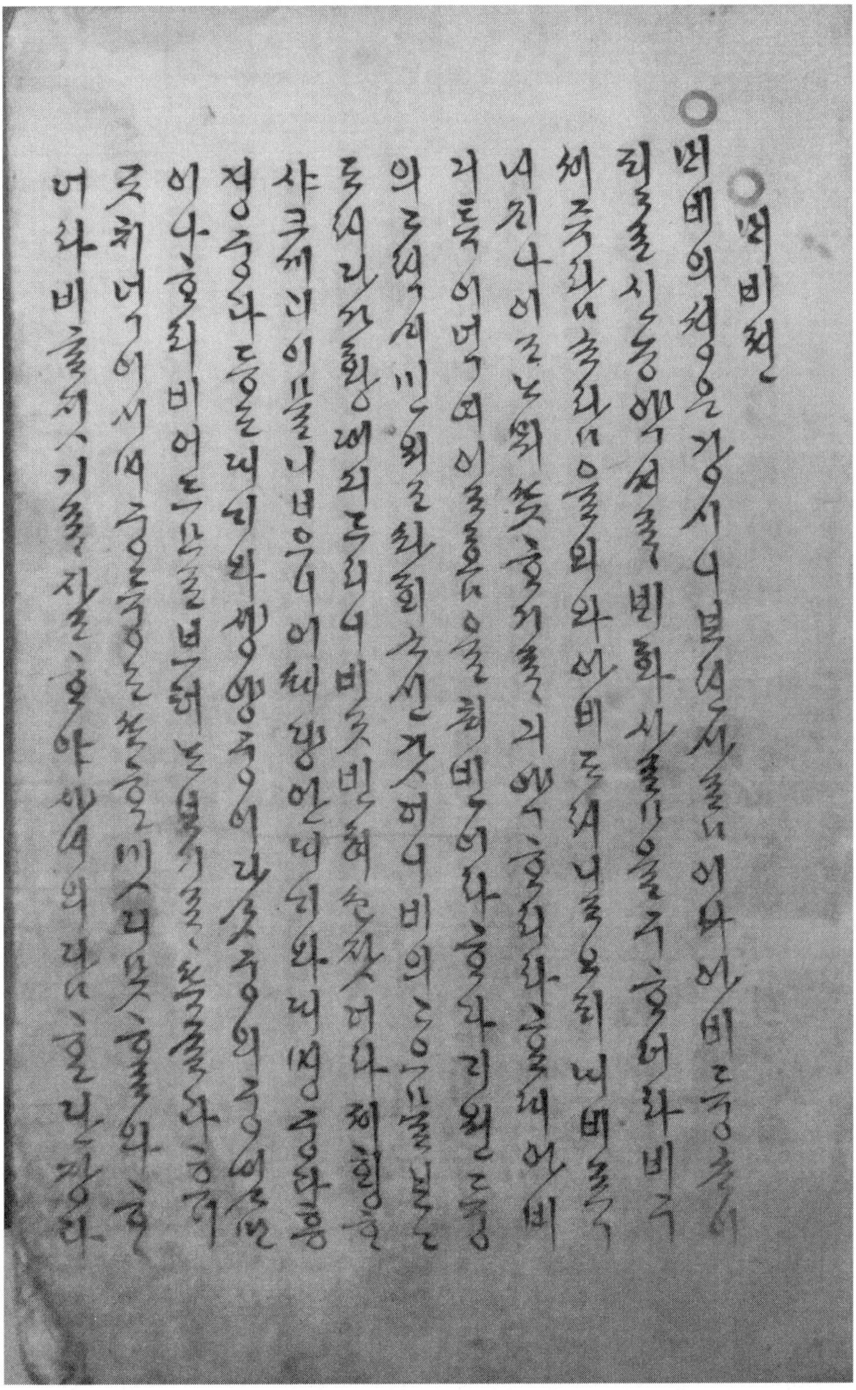

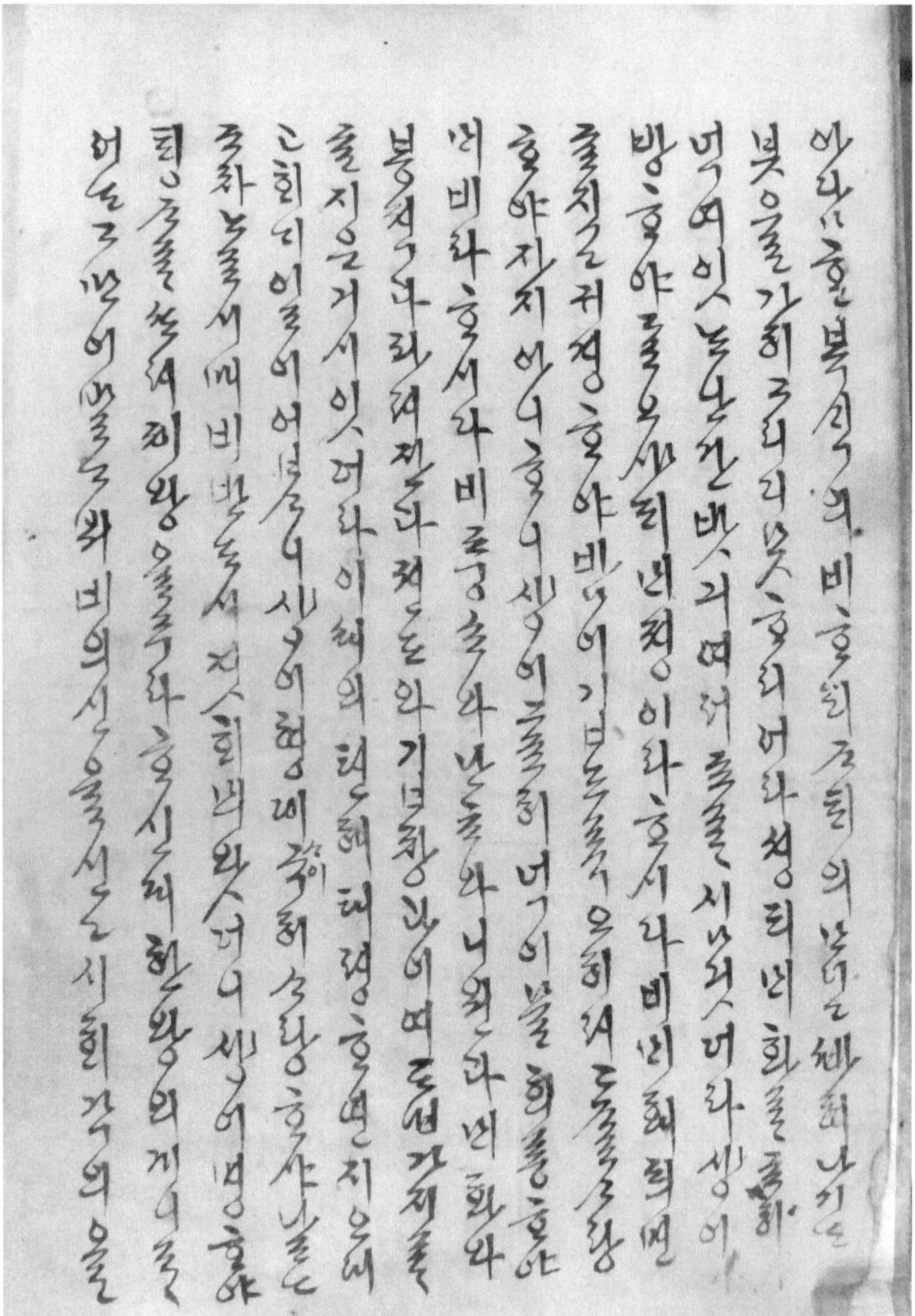

6. 조비연전(아단문고)

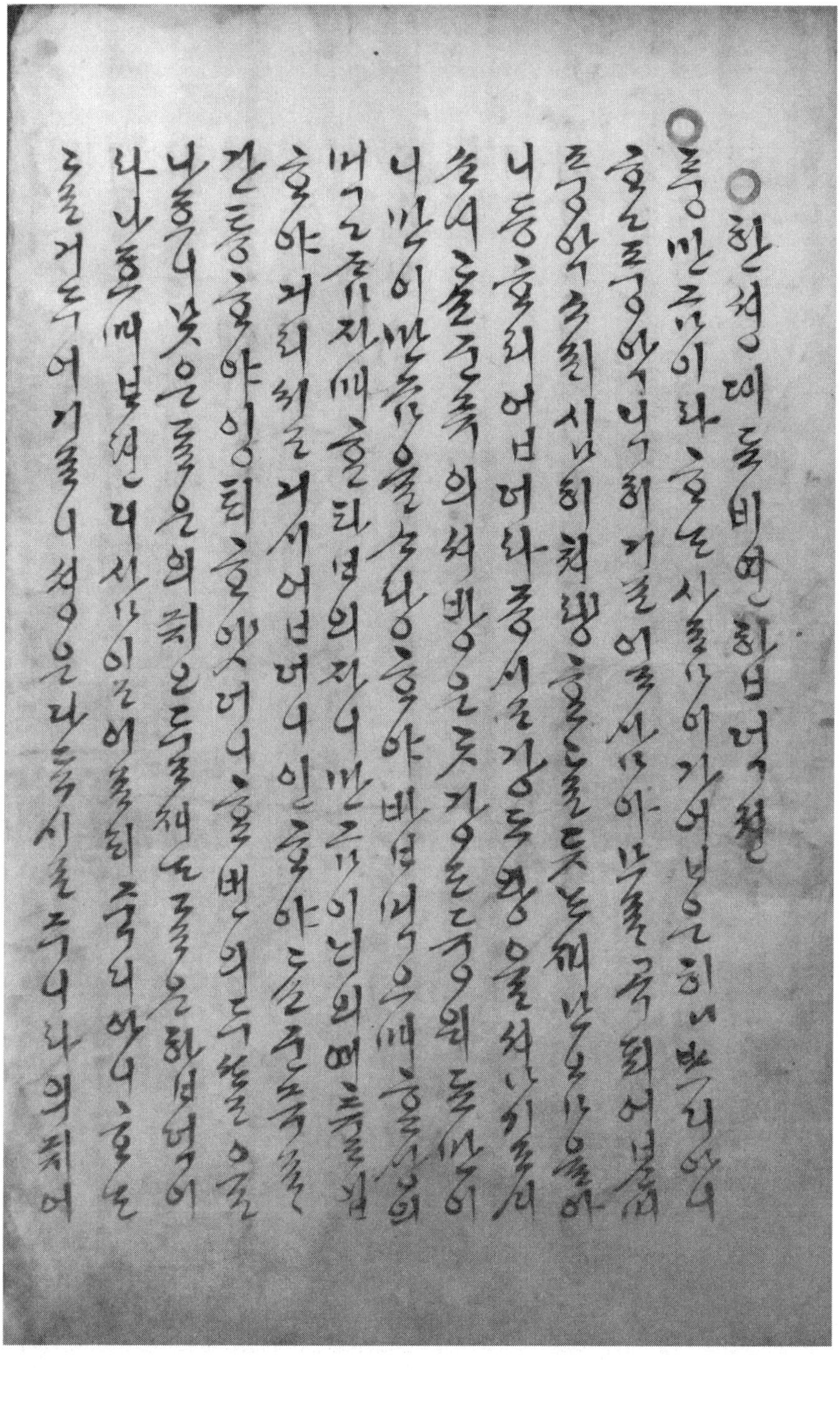

녀시졀브터 평ᄌᆞ의 방셕을 벌화리ᄌᆞᄅᆞᆯ ᄒᆞᆫ
횡ᄒᆞᄂᆞᆫ ᄃᆞᆯ조ᄅᆞᆯ ᄯᅢ ᄆᆞᄋᆞᆷ이 가ᄇᆡ엽ᄂᆞᆫ 거지 미쳡ᄒᆞᆫ
야 횡동ᄒᆞᆷ이 ᄂᆞᆫ 놀ᄂᆞᆫ 듯ᄒᆞ니 사ᄅᆞᆷ이 이ᄂᆞᆯ오ᄃᆡ 비연
이라 ᄒᆞ어라 ᄒᆞ엿더니 이 슐이 ᄲᅡ즈어 와 ᄂᆞᆯ이ᄂᆞᆨ
더ᄂᆞᆫ 날의 낫ᄀᆞ디 아니ᄒᆞᆯ 쎵을 어득히 도ᄒᆞ도ᄅᆞᆯ
ᄯᅢ에 욕소ᄅᆡ 곳ᄒᆞᄂᆞ니 평ᄯᅢ도 사ᄅᆞᆷ의 ᄌᆞ디 이 ᄊᆡᆼ
의 셰ᄉᆡ 날ᄉᆡ 미만은 어ᄌᆞᆨ을 ᄯᅢ 가산이 탕진ᄒᆞ니
비연이 ᄒᆞᆫ 번 더운ᄋᆞᆯ 미ᄇᆞ어 누릐 ᄒᆞ야 평안의 의니칠
어ᄃᆡ 이 ᄊᆡ 사ᄅᆞᆷ에 죠ᄎᆞ 니ᄅᆞ오ᄃᆡ 도ᄆᆞᆯ의 다ᄅᆞᆫ ᄌᆞᄉᆡᆨ
이라ᄂᆞᆫ ᄒᆞ어라 ᄒᆞᆷ양 등조의 말이 ᄃᆞᆺ도ᄅᆞᆷ의게 의디
ᄒᆞ야 ᄊᆞᆷ이 되엿더니 인ᄒᆞ야 ᄒᆞᆷ양 등조의 시ᄯᅢ
되니 평ᄯᅢ라 ᄌᆞ득의 도ᄅᆞᆯ 어ᄇᆡ ᄒᆞᆫᄯᅢ 가ᄆᆞᆯ 드ᄆᆞᆷ에
빌ᄒᆞᆯᄂᆞᆫ 날을 ᄌᆞᆨ ᄇᆡᄅᆞᆯ 이 치ᄯᅢ ᄒᆞ니 ᄃᆞᆼᄂᆞᆫ ᄃᆞ료어 오ᄂᆞᆫ

7. 당고종무후전(아단문고)

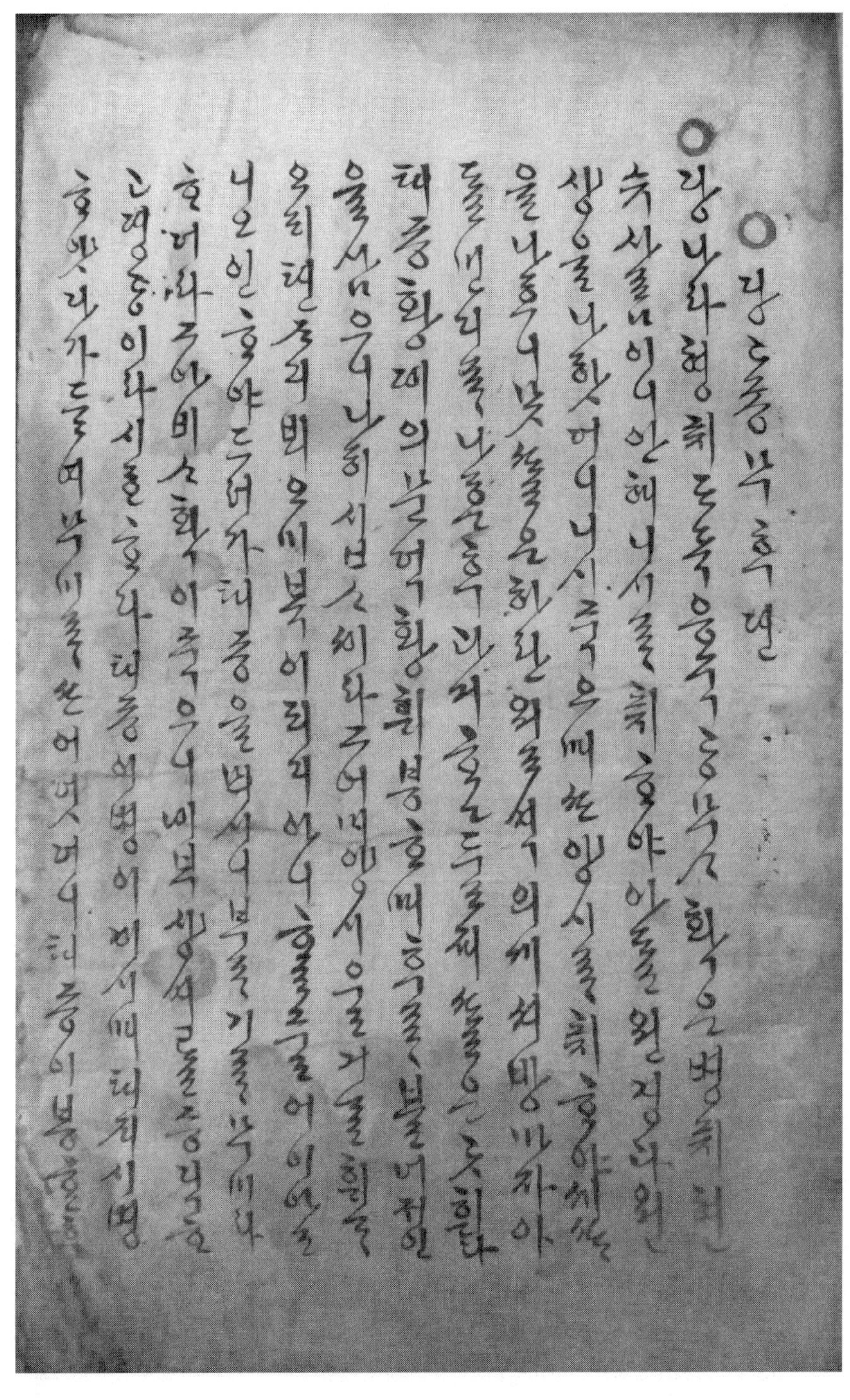

○당고종무후뎐

○당나라 형쥐 도독 무ᄉᆞ확은 병쥐 문
슈 사ᄅᆞᆷ이니 안해 샹니시ᄅᆞᆯ 취ᄒᆞ야 아ᄃᆞᆯ 원경 원
샹을 나ᄒᆞᆺ더니 샹니시 죽은 ᄯᆡ 후 양시ᄅᆞᆯ 취ᄒᆞ야 셰 ᄯᆞᆯ
을 나ᄒᆞ니 맛ᄯᆞᆯ은 하란 월셕의게 셔방 마자 아
ᄃᆞᆯ 민지ᄅᆞᆯ 나흔 후 과거ᄒᆞ고 둘ᄌᆡ ᄯᆞᆯ은 곳 측텬
태종황뎨의 날려ᄒᆞᆷ을 황휘 봉ᄒᆞᆯ ᄯᆡ ᄒᆞ구ᄅᆞᆯ 블너 지인
을 삼으니 나히 십ᄉᆞ 셰라 ᄌᆡ어ᄆᆡ 양시 울며 ᄀᆞᆯ외 ᄒᆞᆫᄃᆡ
오ᄃᆡ 텬ᄌᆞᄅᆞᆯ 뵈오미 복이 되리니 ᄒᆞᆯ로 ᄀᆞᆯ 어미 어ᄉᆞ
니오 인ᄒᆞ야 드러가 태종을 뫼셔니 복을 기ᄅᆞᆯ 무ᄯᆡ라
ᄒᆞ더라 ᄌᆞ야비 소확이 죽으니 미복 ᄉᆡᆼ셔근을 중다ᄒᆞᆫ
ᄂᆞᆫ 태종이라 시ᄅᆞᆯ ᄒᆞᆫ다 태종이 병이 ᄭᅴ시ᄯᆡ 태ᄌᆡ 시병
ᄒᆞ엿다가 ᄃᆞᆯ며 무ᄆᆡᄅᆞᆯ ᄲᅩᆫ어 여ᄉᆞ며니 ᄒᆡ 증이 봉ᄒᆞ

낙미 여어 승니ᄅᆞᆯ 어부여 니승이 되니라 태ᄌᆞ 즉위ᄒᆞᆫ
나ᄌᆞᆫ 도ᄅᆞᆼ 황뎨나 황후 왕시오 태ᄌᆞ 시녀 어여ᄡᆞᆯ
비 봉ᄋᆞᆼ글 둉회ᄋᆞ ᄒᆞᄂᆞᆫ 디라 황회 기ᄉᆞ거여 나ᄒᆞ며나
뎨 승방의 ᄌᆞᆺ다가 무시ᄅᆞᆯ 보고 가ᄂᆞᆼᄒᆞ야 ᄒᆞᄂᆞᆫ 어ᄅᆞᆯ을
황회 어ᄅᆞᆫ 언ᄒᆞ야 다시 무시ᄅᆞᆯ 블러 후궁의 두니
슉비의 둉ᄋᆞᆯ 아ᄉᆞ라 ᄒᆞ미니 무시 ᄆᆞᆯᄋᆞᆯ 잘ᄒᆞᆫ ᄒᆞᆫ
느ᄂᆞᆯ 주뷰ᄒᆡ 황ᄒᆞ글 ᄡᆞ니 나 황회 기거ᄒᆞ야 ᄌᆞᄅᆞᆯ
뎨의게 기리ᄂᆞᆫ 들 언ᄒᆞ야 무시ᄅᆞᆯ ᄒᆞᄂᆞᆯ 봉ᄒᆞ야 ᄒᆞᆼ
횡이 ᄒᆞᆫ 슉비ᄋᆞᆯ 헌 ᄋᆞᆯᄂᆞᆫ 죄ᄂᆞ 황ᄒᆞ글 어ᄇᆞ니 화복
디몰ᄒᆞ나 황후의 ᄡᆡᆼ총ᄂᆞᆫ 어가ᄉᆞ 복ᄒᆞᆯ 어ᄂᆞ 둉ᄒᆞ야
ᄉᆡᆼ화 임시녀ᄋᆞᆯ 잘ᄒᆞ슉ᄉᆞ 吉디 몰ᄒᆞ도다라 ᄒᆞᆫ의 황후
의 무ᄲᅵ 사ᄅᆞᆷ을 여ᄉᆞ 보아 밧로 시샤ᄂᆞᆫ 츄ᄋᆞᆼ을 ᄣᅡᆼ회ᄒᆞ
노ᄂᆞᆯ 황ᄒᆞᆼ가라 슉비의 ᄒᆞᄂᆞᆫ 이ᄅᆞᆯ은 ᄯᅢᄅᆞᆯ 어보시 ᄯᅴ의ᄭᅴ

8. 황명세설신어(국립중앙도서관)

등 록
고서
2001. 1. 2 6
95974
대한민국국립중앙도서관
皇明世說

皇明世說新語卷之一

雲間李紹文節之甫撰

德行

太祖召宋濂問廷臣臧否第言善者復問否者爲誰濂曰其善者與臣交臣故知之其否者縱有之臣不知也卒無所毀

浦江鄭氏十世勿異爨食指千餘人田賦各有所司出納絲毫無敢私者諸婦事女功不與家政子孫馴行孝謹家畜兩馬一出則一爲之不食入國朝曰濟曰洧曰濂曰湜皆以行誼聞　上召問治家長久之

9. 양산묵담(계명대)

〈高麗大學校에 소장본 ≪兩山墨談≫〉

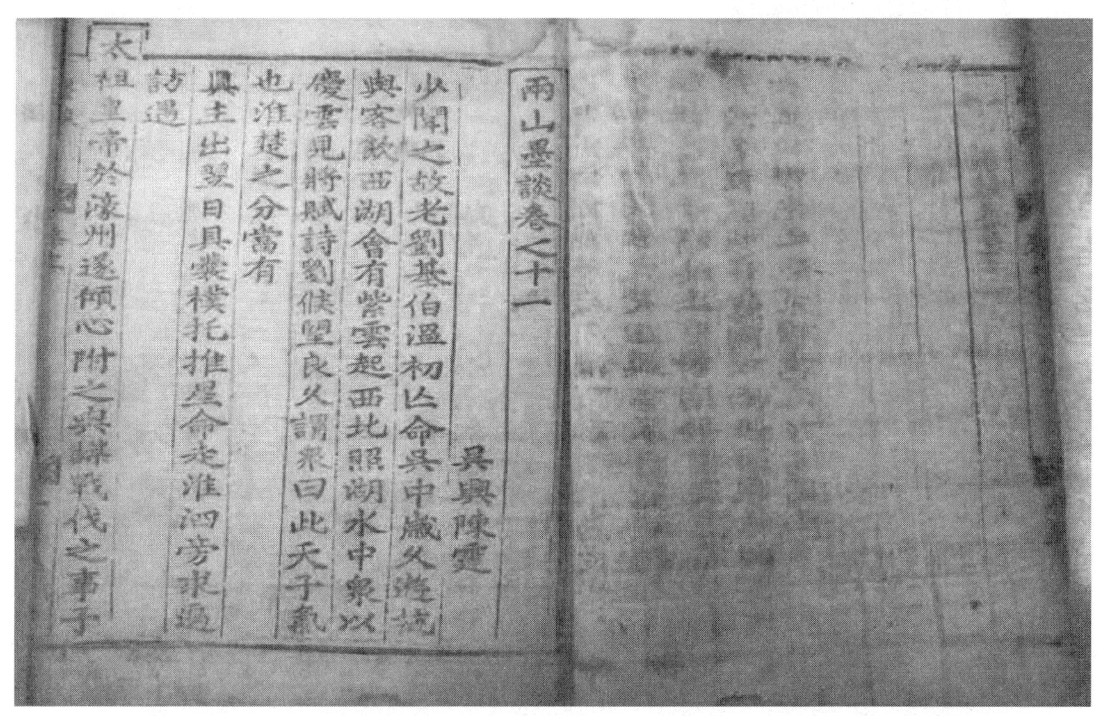

兩山墨談卷之十一

吳興陳霆

少聞之故老劉基伯溫初亾命吳中歲久遊杭
與客飲西湖會有紫雲起西北照湖水中衆以
慶雲見將賦詩劉俟望良久謂衆曰此天子氣
也淮楚之分當有
異主出焉因具囊襆托推星命走淮泗旁求遍
訪遇
太祖皇帝於濠州遂傾心附之與謀戰伐之事于

10. 옥호빙(군자마을)

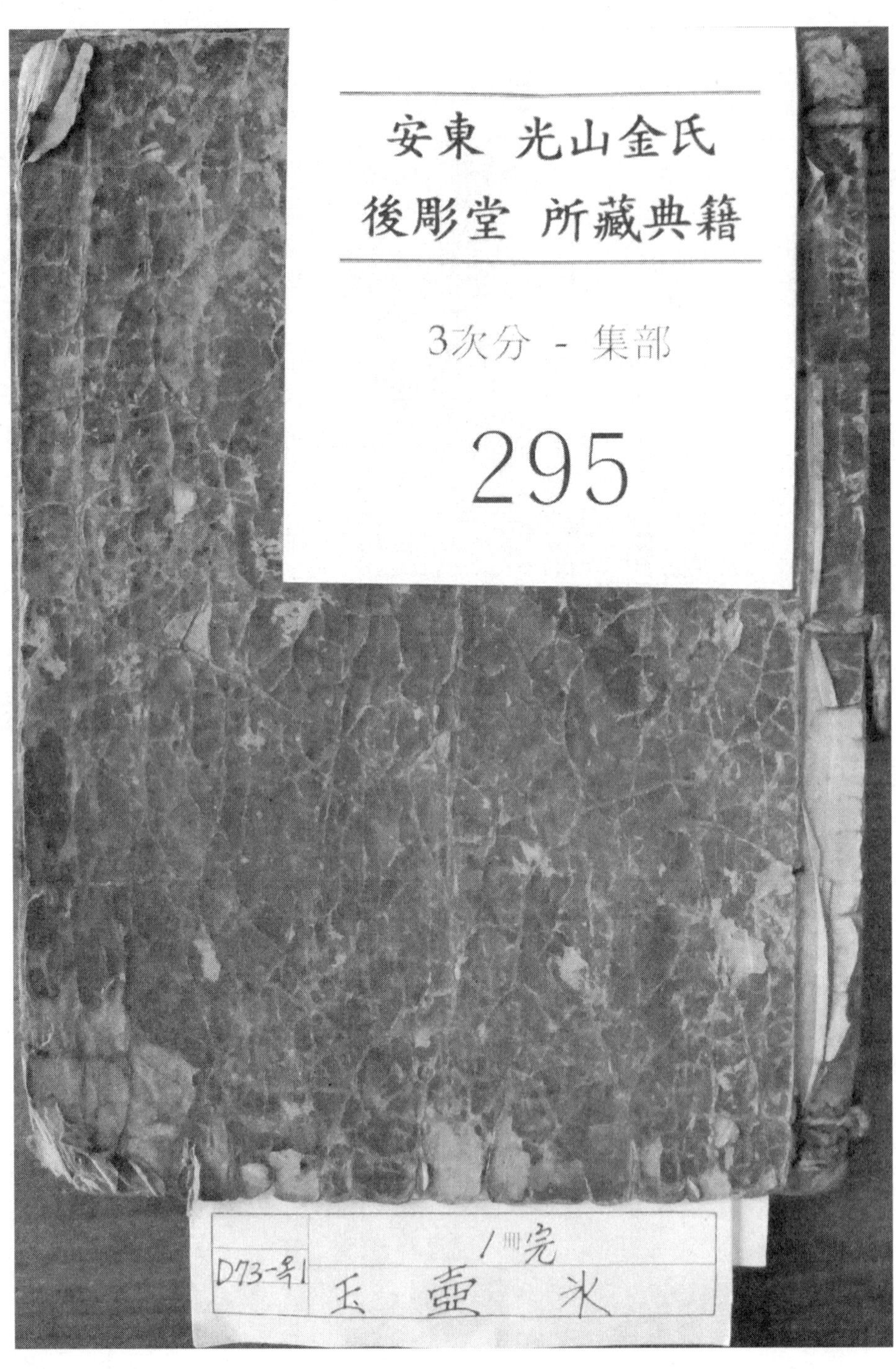

玉壺氷

躑躅畦苑遊戲平林濯清水追涼風釣遊鯉
弋高鴻風於舞雩之下詠歸高堂之上安神
閨房思老氏之玄虛呼吸精和求至人之彷
佛與達者數子論道講書俯仰二儀錯綜人
物彈南風之雅操發清商之妙曲逍遙一世
之上睥睨天地之間不受當時之責永保性
命之期如是則可以陵霄漢出宇宙之外矣

樂志論

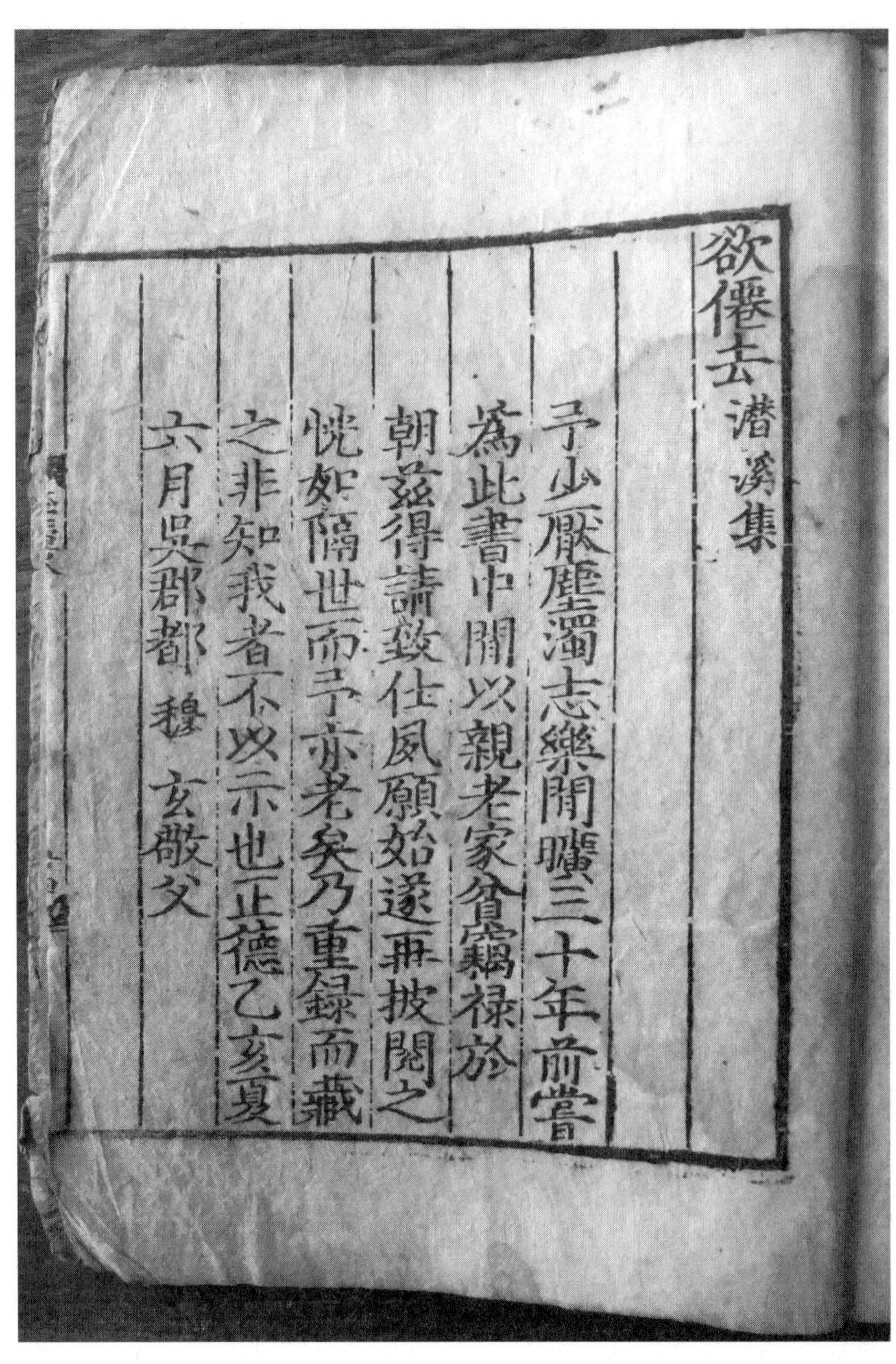

欲僊去潛溪集

予少厭塵濁志樂閒曠三十年前嘗
爲此書中間以親老家貧竊祿於
朝茲得請致仕夙願始遂再披閱之
恍如隔世而予亦老矣乃重錄而藏
之非知我者不以示也正德乙亥夏
六月吳郡都穆玄敬父

11. 세설신어보(영남대)

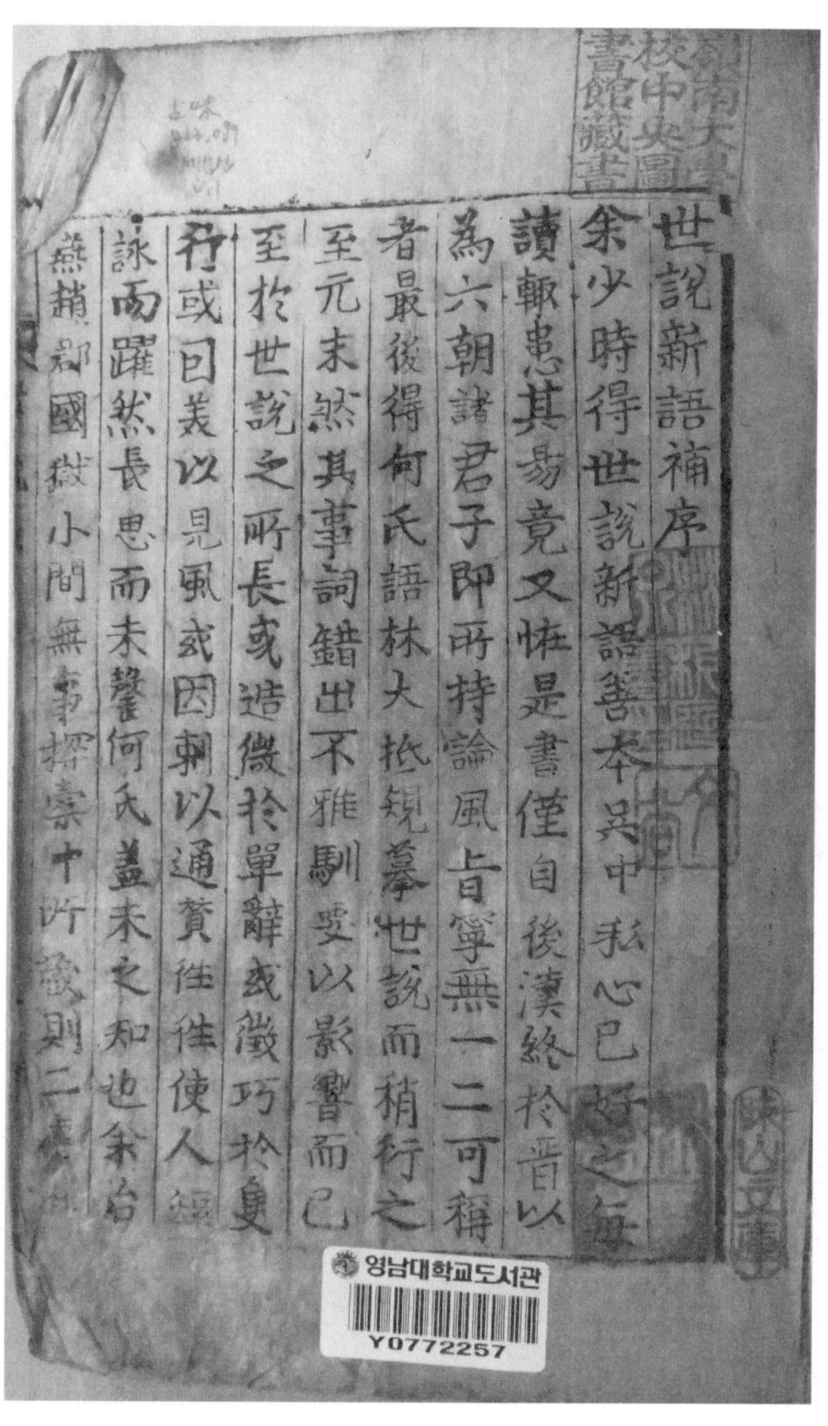

世說新語補序

余少時得世說新語善本吳中私心已好之每
讀輒患其易竟又怪是書僅自後漢終於晉以
爲六朝諸君子卽所持論風旨寧無一二可稱
者最後得何氏語林大抵規摹世說而稍衍之
至元末然其事詞錯出不雅馴要以影響而已
至於世說之所長或造微於單辭或徵巧於隻
行或因美以見風或因刺以通賛往往使人短
詠而躍然長思而未饜何氏蓋未之知也余治
燕捐鄖國獄小間無事探槖中所藏則二書

12. 세설신어성휘운분(영남대)

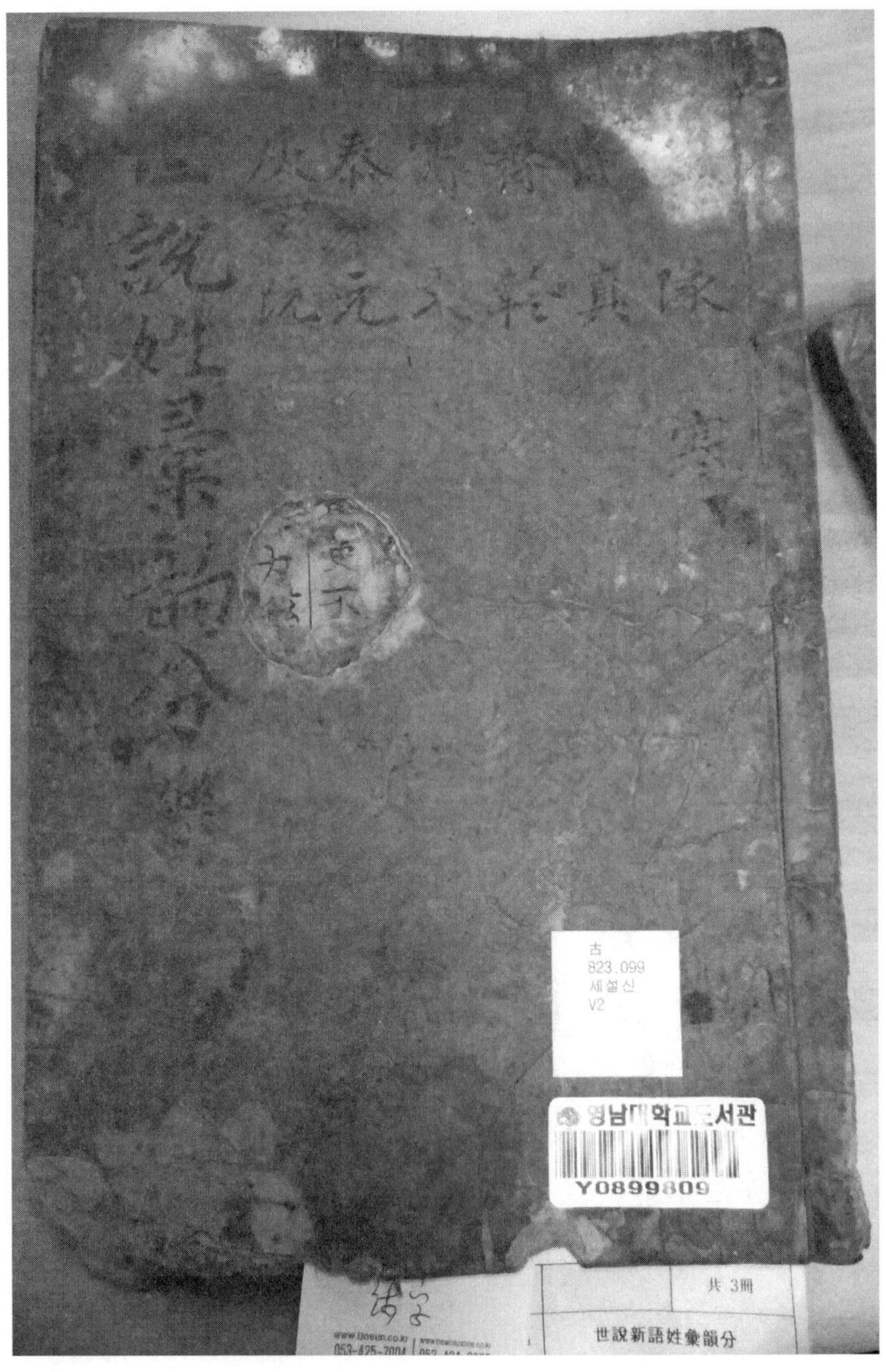

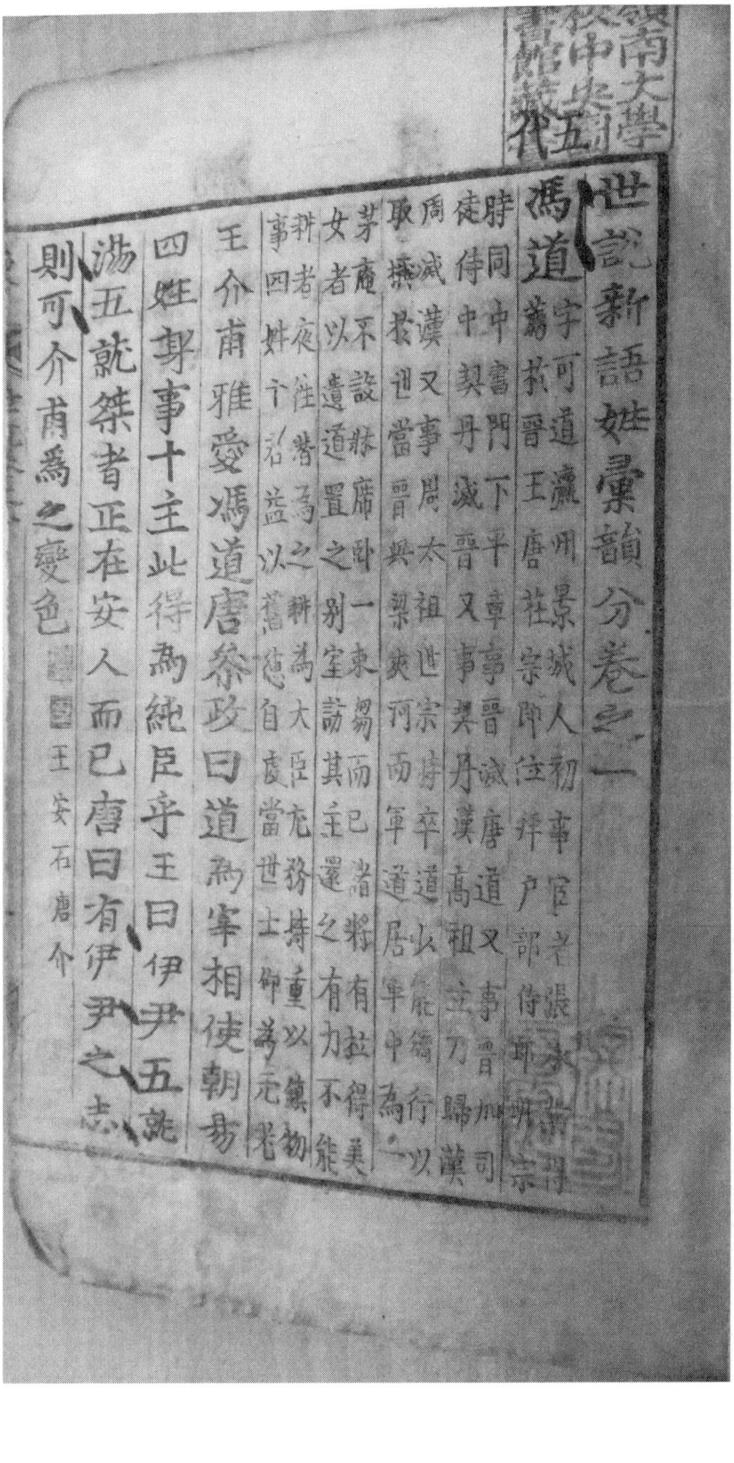

世說新語姓彙韻分卷之一

馮道 字可道瀛州景城人初事宦者張承業薦於晉王唐莊宗即位拜戶部侍郎明宗時同中書門下平章事晉滅唐道又事晉加司徒侍中契丹滅晉又事契丹漢高祖立乃歸漢周滅漢又事周太祖世宗時卒道少能矯行以取稱於世當晉與梁夾河而軍道居軍中為一茅庵不設牀席卧一束芻而已諸將有掠得美女者以遺道置之別室訪其主還之有力不能耕者夜往潜為之耕為大臣尤務持重以鎮物事四姓十君益以舊德自處當世士仰為元老

王介甫雅愛馮道嘗參政曰道為宰相使朝易四姓身事十主此得為純臣乎王曰伊尹五就湯五就桀者正在安人而已唐曰有伊尹之志則可介甫為之變色 王安石唐介

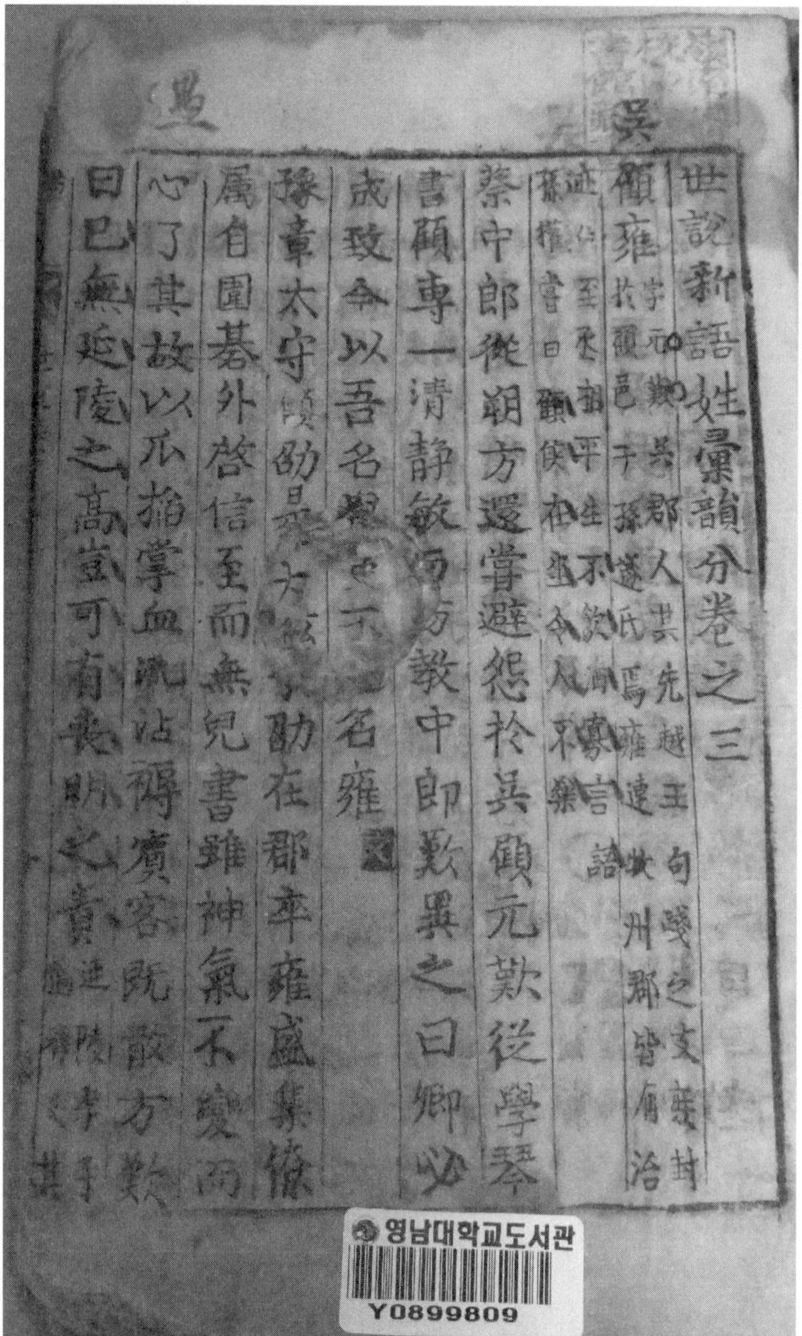

世說新語姓彙韻分卷之三

吳 顧雍 字元歎吳郡人其先越王句踐之支族封於顧邑子孫遂氏焉雍歷州郡皆有治迹仕至丞相平生不飲酒寡言語孫權嘗曰顧侯在坐令人不樂

蔡中郎從朔方還嘗避怨於吳顧元歎從學琴書顧專一清靜敏而有方數中郎歎異之曰卿必成致今以吾名與之故名雍

豫章太守顧劭是雍之子劭在郡卒雍盛集僚屬自圍棊外啓信至而無兒書雖神氣不變而心了其故以爪掐掌血流沾褥賓客既散方歎曰已無延陵之高豈可有喪明之責 延陵季子其

13. 태평광기상절(충남대)

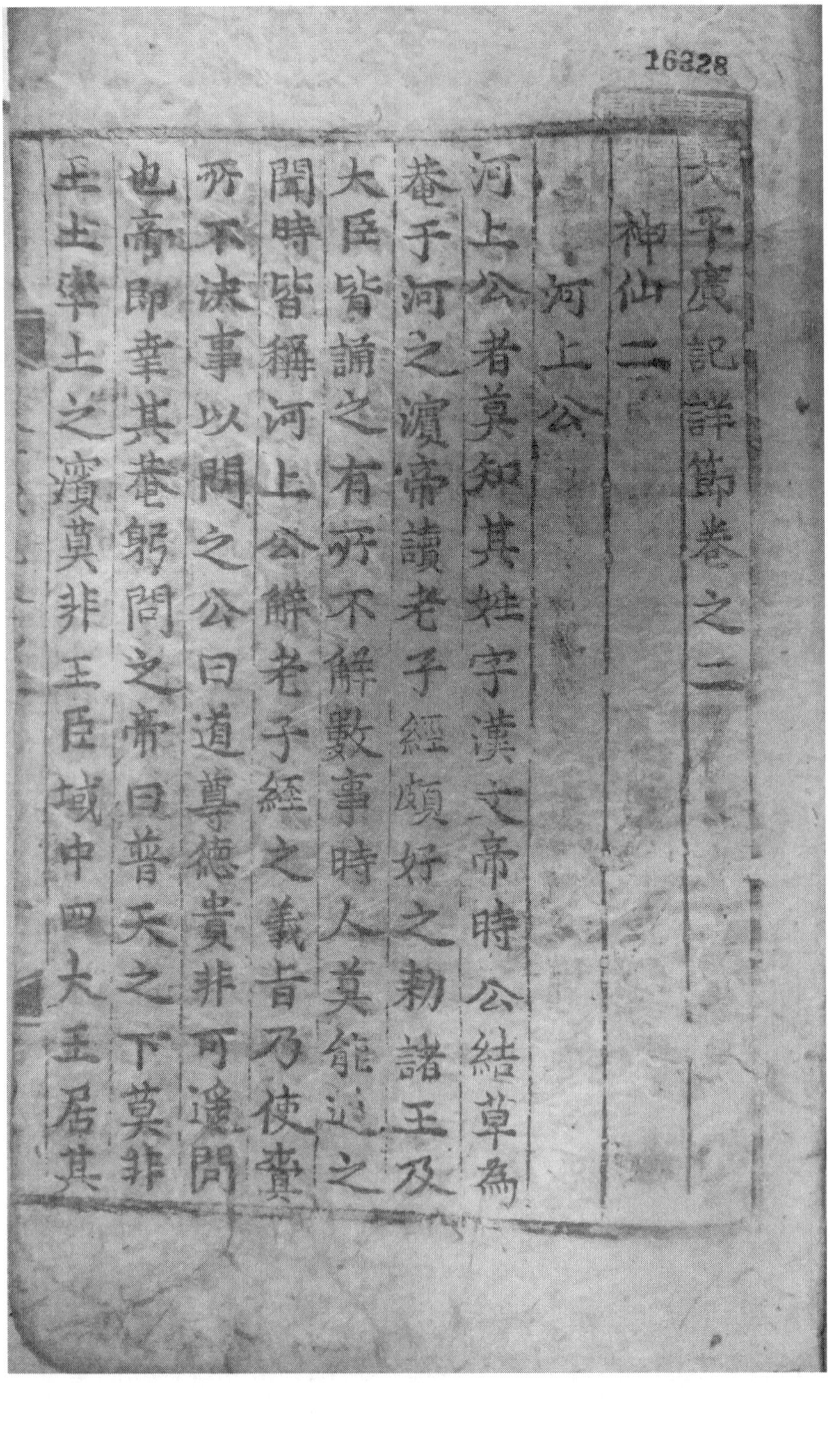

太平廣記詳節卷之二

神仙二

河上公

河上公者莫知其姓字漢文帝時公結草為菴于河之濵帝讀老子經頗好之勑諸王及大臣皆誦之有所不解數事時人莫能通之聞時皆稱河上公觧老子經之義旨乃使賚所不決事以問之公曰道尊德貴非可遥問也帝即幸其菴躬問之帝曰普天之下莫非王土率土之濵莫非王臣域中四大王居其

14. 전등신화구해(경북대)

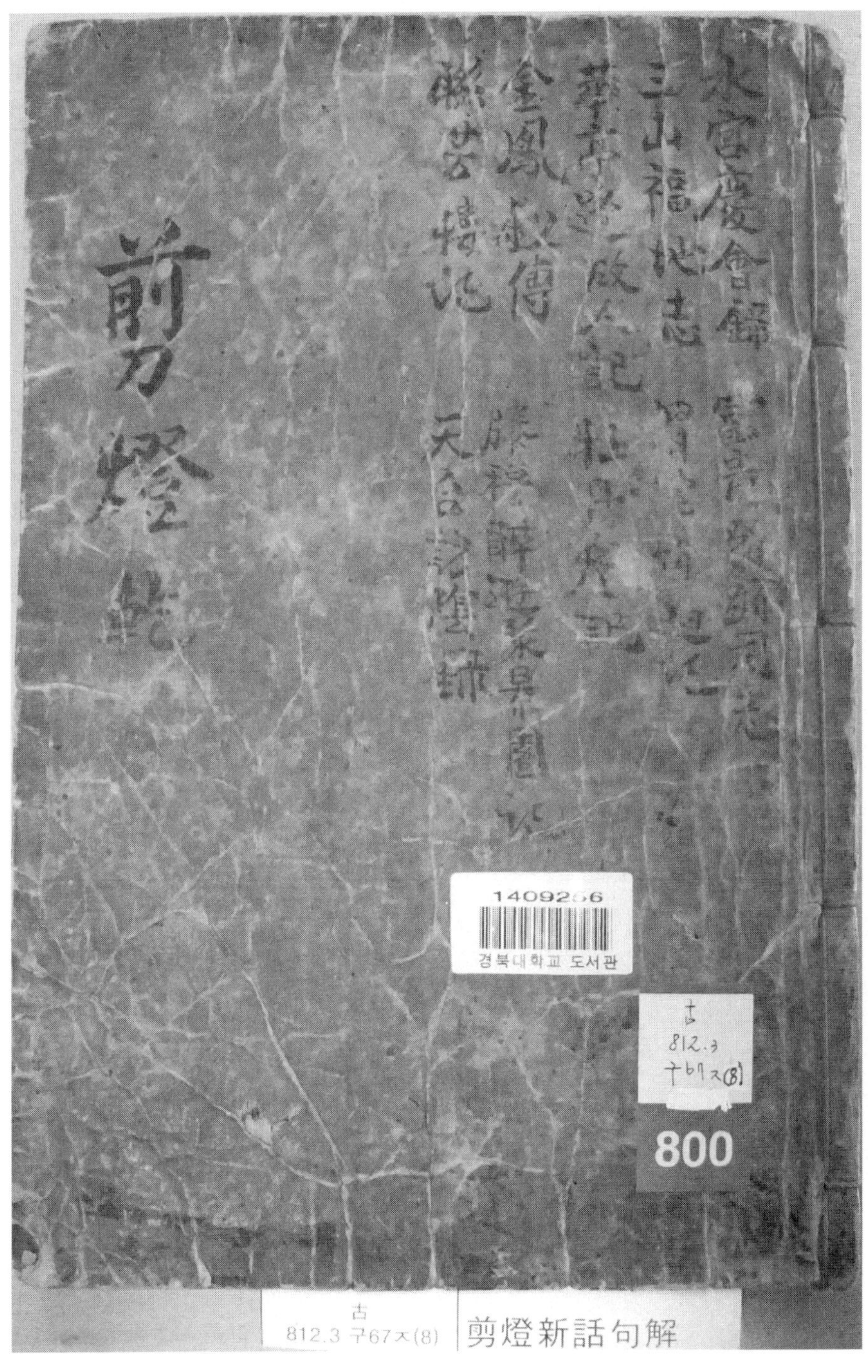

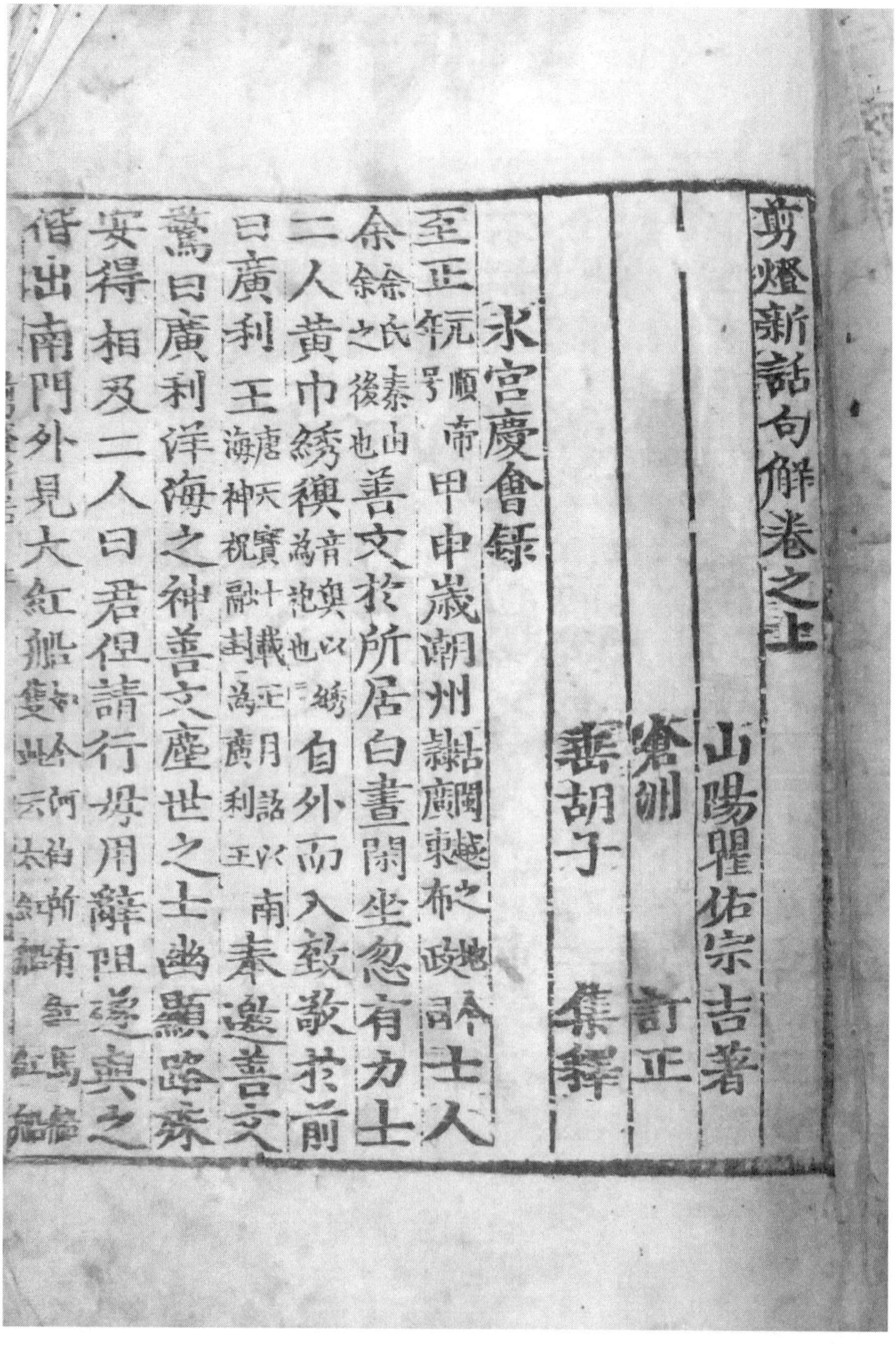

剪燈新話句解卷之上

山陽瞿佑宗吉著

滄洲 訂正

垂胡子 集釋

水宮慶會錄

至正(元順帝年號)甲申歲潮州(古閩越之地今隸廣東布政司)士人余善文(余氏秦由余之後也)於所居白晝閑坐忽有力士二人黃巾繡襖(音奧以繡爲袍也)自外而入致敬於前曰廣利王(唐天寶十載正月詔以南海神祝融封爲廣利王)奉邀善文驚曰廣利洋海之神善文塵世之士幽顯路殊安得相及二人曰君但請行毋用辭阻遂與之偕出南門外見大紅船一隻(今河泊所有紅馬船此云大紅船紅船)

15. 종리호로(아단문고)

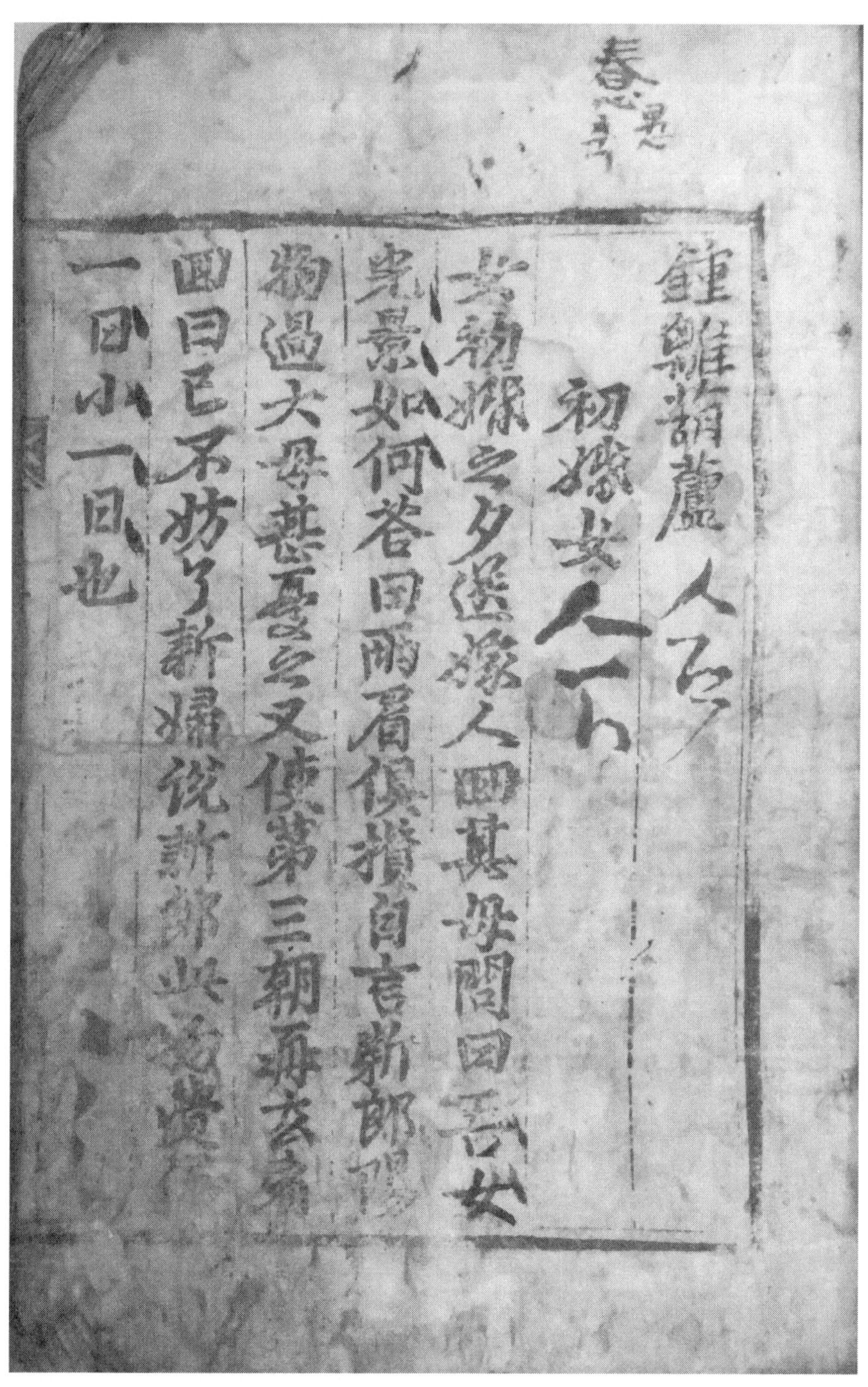

鍾離葫蘆

初嫁女人

一女初嫁之夕 送嫁人囑其母問曰 吾女

婿景如何 答曰 兩眉傍揩 自言新郎陽

物過大 母甚憂之 又使第三朝再來[illegible]

回曰 已不妨了 新婦說新郎此[illegible]

一回小一回也

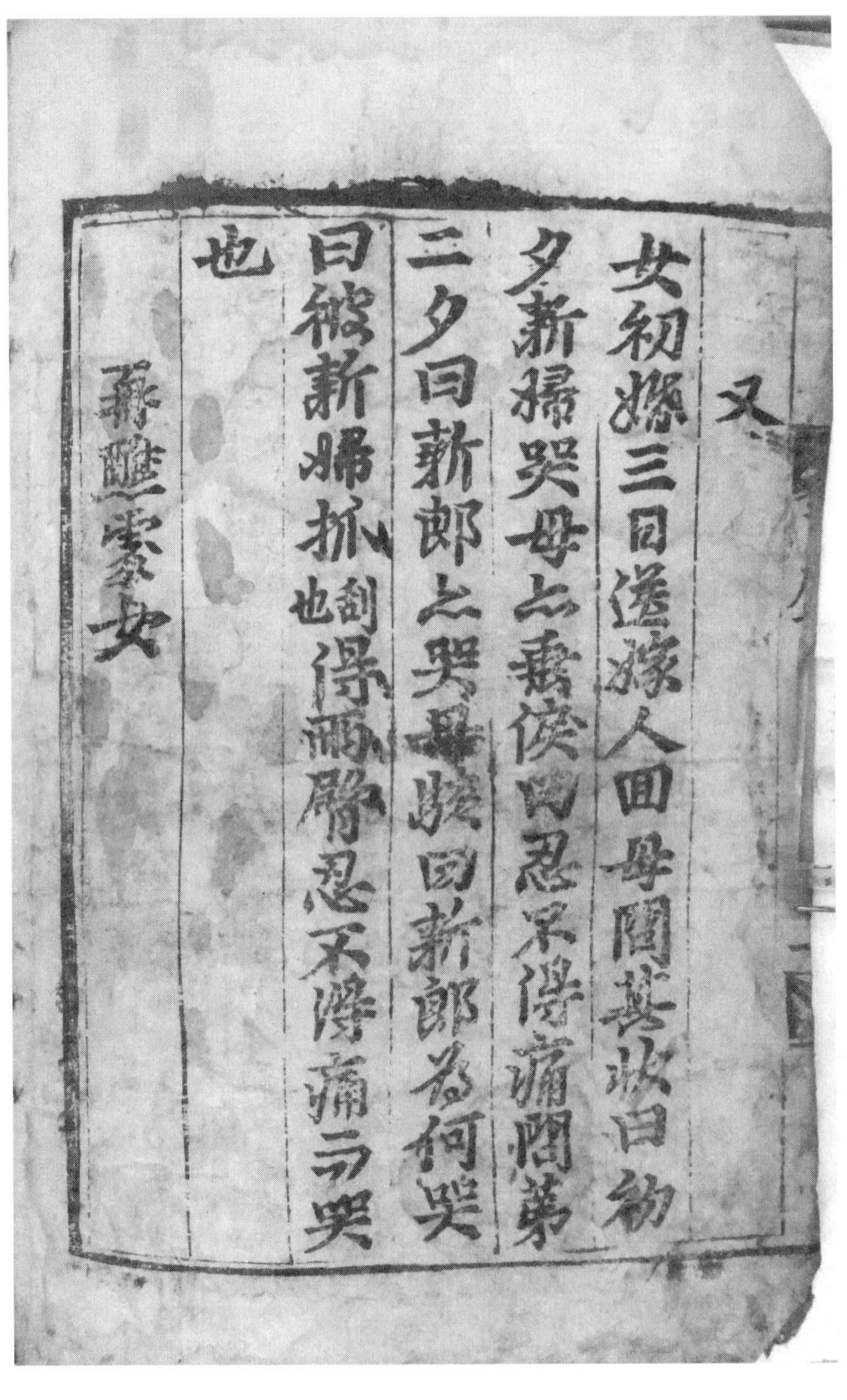

又

女初嫁三日送嫁人回母問其故曰初夕新婦哭母云毒侯因忍不得痛問第二夕曰新郎之哭母駭曰新郎爲何哭曰緣新婦抓刮也得兩臀忍不得痛云哭也

聶醢零女

저자소개

민관동(閔寬東, kdmin@khu.ac.kr)

- 1960年生, 韓國 天安 出生.
- 慶熙大 중국어학과 졸업.
- 대만 文化大學 文學博士.
- 現 慶熙大 중국어학과 教授.
- 前 韓國中國小說學會 會長.

著作

- ≪中國古典小說在韓國之傳播≫, 中國 上海學林出版社, 1998年.
- ≪中國古典小說史料叢考≫, 亞細亞文化社, 2001年.
- ≪中國古典小說批評資料叢考≫(共著), 學古房, 2003年.
- ≪中國古典小說의 傳播와 受容≫, 亞細亞文化社, 2007年 10月.
- ≪中國古典小說의 出版과 研究資料 集成≫, 亞細亞文化社, 2008年 4月.
- ≪中國古典小說在韓國的研究≫, 中國 上海學林出版社, 2010年 9月.
- ≪韓國所見中國古代小說史料≫(共著), 中國 武漢大學校出版社, 2011年 6月.
- ≪中國古典小說 및 戲曲研究資料總集≫(共著), 학고방, 2011年 12月.
- ≪中國古典小說의 國內出版本 整理 및 解題≫(共著), 학고방, 2012年 4月.
- ≪韓國 所藏 中國古典戲曲(彈詞·鼓詞) 版本과 解題≫(共著), 학고방, 2013年 12月.
- ≪韓國 所藏 中國文言小說 版本과 解題≫(共著), 학고방, 2013年 2月.
- ≪韓國 所藏 中國通俗小說 版本과 解題≫(共著), 학고방, 2013年 4月.
- ≪韓國 所藏 中國古典小說 版本目錄≫(共著), 학고방, 2013年 6月.
- ≪朝鮮時代 中國古典小說 出版本과 飜譯本 研究≫(共著), 학고방, 2013年 7月.
  외 다수.

翻譯

- ≪中國通俗小說總目提要≫(第4卷-第5卷) (共譯), 蔚山大出版部, 1999年.

論文

- 〈在韓國的中國古典小說翻譯情況研究〉, ≪明清小說研究≫(中國) 2009年 4期, 總第94期.
- 〈朝鮮出版本 新序와 說苑 연구〉, ≪中國語文論譯叢刊≫第29輯, 2011.7.
- 〈中國古典小說의 出版文化 研究〉, ≪中國語文論譯叢刊≫第30輯, 2012.1.
- 〈朝鮮出版本 中國古典小說의 서지학적 考察〉, ≪中國小說論叢≫第39輯, 2013.4
  외 80여 편.

유희준(劉僖俊, shao0321@sookmyung.ac.kr)

- 1971년생, 韓國 서울 出生.
- 淑明女子大學校 중문학과 졸업.
- 淑明女子大學校 文學博士.
- 慶熙大學校 비교문화연구소 학진토대연구팀 전임연구원.

著作

- ≪韓國 所藏 中國文言小說 版本과 解題≫(共著), 학고방, 2013年 2月.
- ≪韓國 所藏 中國古典小說 版本目錄≫(共著), 학고방, 2013年 6月.

論文

- 〈脂硯齋 批語의 소설 미학적 세계〉, ≪中國文化硏究≫ 第6輯, 2005.6.
- 〈紅樓夢 초기 비평가 연구-脂硯齋를 中心으로〉, ≪中國小說論叢≫ 第24輯, 2006.9.
- 〈梅妃傳의 국내 유입과 번역 양상〉, ≪比較文化硏究≫ 第27輯, 2012.6.
- 〈淸代 文言小說集 閒談消夏錄 연구〉, ≪中語中文學≫ 第53輯, 2012.12.
- 〈兩山墨談의 국내 출판과 수용양상〉, ≪中國語文論譯叢刊≫ 第32輯, 2013.1. 외 10여 편.

박계화(朴桂花, guihua@hanmail.net)

- 1969년생, 韓國 서울 出生.
- 延世大學校 중문학과 졸업.
- 北京大學 文學碩士.
- 延世大學校 文學博士.
- 成均館大學校 大東文化硏究院 수석연구원.

著作

- ≪明淸代 出版文化≫ (共著), 이담북스, 2009.
- ≪韓國 所藏 中國文言小說의 版本目錄과 解題≫ (共著), 학고방, 2013年 2月.

翻譯

- ≪역사에서 허구로-중국의 서사학≫ (共譯), 길, 2001.
- ≪太平廣記≫ 1-4 (共譯), 학고방, 2000-2001.
- ≪虞初新志≫ 1-4 (共譯), 소명출판, 2011.
- ≪棠陰比事≫(共譯), 세창출판사, 2013.
- ≪리위의 희곡이론≫(共譯), 보고사, 2013.

論文

- 〈18세기 조선문인이 본 중국 艶情小說-'欽英'을 중심으로〉, ≪大東文化硏究≫第73集, 2011.3.
- 〈소송사회의 필요악 訟師-명청대 문언소설 속에 나타난 訟師의 형상과 법률문화〉, ≪中國語文學論集≫ 第68號, 2011.6.
- 〈중국 문언소설의 국내유입과 수용양상-宋·元·明·淸代를 중심으로〉, ≪中國語文學論集≫ 第75號, 2012.8.
- 〈중국 문언소설의 국내유입과 수용양상-宋代 以前 文言小說을 중심으로〉, ≪中國語文學論集≫ 第82號, 2013.10. 외

경희대학교 비교문화연구소 비교문화총서 11

國內 所藏 稀貴本 中國文言小說 紹介와 硏究

초판 인쇄 2014년 4월 15일
초판 발행 2014년 4월 30일

공 저 | 민관동 · 유희준 · 박계화
펴 낸 이 | 하운근
펴 낸 곳 | 學古房

주 소 | 서울시 은평구 대조동 213-5 우편번호 122-843
전 화 | (02)353-9907 편집부(02)353-9908
팩 스 | (02)386-8308
전자우편 | hakgobang@naver.com, hakgobang@chol.com
홈페이지 | http://hakgobang.co.kr
등록번호 | 제311-1994-000001호

ISBN 978-89-6071-399-4 93820

값 : 34,000원

※ 파본은 교환해 드립니다.